U0870775

A Christmas Carol and Other Christmas Writings

圣诞故事集

A Christmas Carol and Other Christmas Writings

Charles Dickens

〔英〕查尔斯·狄更斯 著　汪倜然　金绍禹 等译

上海译文出版社

Charles Dickens
A Christmas Carol and Other Christmas Writings
A Christmas Carol in Prose first published 1843; The Chimes first published 1844; The Cricket on the Hearth first published 1845; The Battle of Life first published 1846; The Haunted Man first published 1848
由上海译文出版社有限公司与企鹅兰登(北京)文化发展有限公司联合出品
Simplified Chinese edition by Shanghai Translation Publishing House in association with Penguin Random House (Beijing) Culture Development Co., Ltd.
Cover design and illustration Coralie Bickford-Smith

®“企鹅”及相关标识是企鹅图书有限公司已经注册或尚未注册的商标。
未经允许,不得擅用。
封底凡无企鹅防伪标识者均属未经授权之非法版本。

图书在版编目(CIP)数据

圣诞故事集/(英)狄更斯(Charles Dickens)著;汪倜然,金绍禹译. —上海:上海译文出版社,2022.1(2025.7 重印)
(企鹅布纹经典)
书名原文:A Christmas Carol and Other Christmas Writings
ISBN 978-7-5327-8964-1

Ⅰ.①圣… Ⅱ.①狄…②汪…③金… Ⅲ.①中篇小说—小说集—英国—近代 Ⅳ.①I561.44

中国版本图书馆 CIP 数据核字(2021)第 278644 号

圣诞故事集

[英]狄更斯/著　汪倜然　金绍禹　邹绿芷　邹晓建　戴侃　高殿森/译
总策划/冯　涛　责任编辑/顾　真　美术编辑/张志全工作室

上海译文出版社有限公司出版、发行
网址:www.yiwen.com.cn
201101　上海市闵行区号景路 159 弄 B 座
南京爱德印刷有限公司印刷

开本 850×1168　1/32　印张 16.5　插页 6　字数 325,000
2022 年 4 月第 1 版　2025 年 7 月第 6 次印刷
印数:24,001—27,000 册

ISBN 978-7-5327-8964-1
定价:108.00 元

本书版权为本社独家所有,未经本社同意不得转载、摘编或复制
如有质量问题,请与承印厂质量科联系,T:025-57928003

目　次

译者前记

英国小说家查尔斯·狄更斯（1812—1870）一生写过十四部长篇小说。他在1843年至1848年间，除1847年外，每年圣诞节发表一篇中篇小说，共得五篇，即：《圣诞欢歌》（1843）、《古教堂的钟声》（1844）、《炉边蟋蟀》（1845）、《人生的战斗》（1846）和《着魔的人》（1848）。这五篇圣诞故事在19世纪40年代中期的英国是家喻户晓的。尤其是《圣诞欢歌》，更是狄更斯小说中最深入人心的一部，有人说，英国四分之三的人知道其作者的名字，还能说出故事中的人物来，小说主人公的名字Scrooge在英语中已成了“吝啬鬼”的代名词即是一例。1870年6月9日狄更斯与世长辞，许多讣告中都说，圣诞节在狄更斯的著作及观点中具有“中心地位”。而文学评论家则认为，狄更斯的《圣诞故事集》的发表，标志着他小说创作的“重要发展阶段”。

英国历史上有所谓“饥饿的40年代”（the Hungry Forties）的说法，专指19世纪40年代，尤其是1843年前的农业歉收、面包昂贵、失业猛增的年代，那也是“宪章运动”的年代。英国文学史家认为，狄更斯的《圣诞故事集》是“饥饿的40年代”的产物。这话是很有道理的。作为批判现实主义的艺术大师，狄更斯是非常关心贫苦人民的命运的。狄更斯热爱生活，但他憎恨他所生活的那个社会。

在18世纪英国“工业革命”之后，英国的社会关系发生了巨大的变化。随着资本主义的发展，工人阶级的地位及其作用也日益明显提高。到了19世纪的30年代，工人与资本家之间的矛盾已经成了英国社会的主要矛盾。由于机器大生产的发展，手工业者破产了，大量的童工及妇女进入劳动市场。“工业革命”促使城市毫无计划地迅速发展，造成劳动人民居住区卫生条件恶劣。1831年发生的流行性霍乱使统治阶级惶惶不安。在工人运动的强大压力下，英国政府曾通过了规定童工及妇女十小时工作日的法案，但这些仅限于纺织业，并不适用于采矿业。事实上，自1833年以来，大量童工进入矿业，因为父母们工资太低，只得让儿童干活，以增加收入。1840年，童工调查委员会的主任委员史密斯博士（Dr Thomas Southward Smith）送了一份该委员会的报告给狄更斯，报告中关于矿业使用童工的情况使这位作家大为震惊，使他感到愤怒。1843年，史密斯又给狄更斯送来一份关于穷人的卫生状况的政府蓝皮书，这又一次使狄更斯感到震惊和愤怒。他在给史密斯的一封信中表示，他要把他的作品当作“大锤”，抨击这些社会弊端。《圣诞欢歌》、《古教堂的钟声》就是这样产生的。

除了《炉边蟋蟀》之外，其余各篇都与圣诞节多少有点关系。除了《人生的战斗》之外，其余各篇都反映了“饥饿的40年代”的英国的社会面貌。但是所有圣诞故事都有一个共同的主题，作者对劳动人民寄予深切的同情，对富人的贪婪、自私、虚伪作了无情的揭露；同时，在这些故事中都寄托了作者劝人为善的美好希望。作品的结尾都是一派欢快的气氛，而且，《古教堂的钟声》与《炉边蟋蟀》均在美好的婚礼与狂舞中结束。

《圣诞欢歌》中的斯克掳奇是一家商号的老板，他是个贪婪、自私的人，是个季节的冷暖都于他无关的冷酷的人，是个十足的吝啬鬼。在风雪交加、阴冷潮湿的圣诞节前夜，他商号的办事员的火炉里只燃着一块煤，想再加一块也不行，因为煤块放在他自己的房间里。他说，穷人想过圣诞节是胡闹。穷人们死了倒好，可以减少“过剩的人口”。后来，三个幽灵在圣诞节前夜领着他跑遍全城，让他看到了穷人的善良，看到冷酷残忍的人的下场。他于是醒悟了，第二天即圣诞节，他便给办事员加薪，祝贺人们新年快乐，愿上帝保佑每一个人。

《古教堂的钟声》被一些评论家看作是狄更斯的一篇公开的“政治宣言”。作者代表维多利亚王朝初期英国被压迫的穷人的利益，无情揭露了各种社会弊端，批判了资产阶级的各式各样的理论——穷人是社会的多余之物，生来是没有用的、堕落的、讨嫌的。小说中的主人公托贝是一个脚夫，在圣诞节前的一天，他站在教堂门前，顶着交加的风雪，希望能等到一件差事。他的女儿好容易找到了一件活儿，挣了几个钱，为他准备了一顿美餐——一盆牛肚。但富人老爷却说穷人是不该有此享受的。富人们说穷人是不该结婚的，甚至连生存的权利也没有。在圣诞钟声敲响之前，托贝做了一个梦，在教堂大钟鬼的引领下，他看到了更多的现实。作者用这一方式进一步揭露了社会罪恶，并告诉读者，这一切罪恶都是富人的压迫和剥削造成的。故事在欢快的气氛中结束，呼吁读者去改善、缓和这严酷的现实。

狄更斯在1844年曾酝酿办一个周刊《蟋蟀》，要把“炉边欢唱的小生物”作为题辞，象征“圣诞欢歌哲学”。周刊虽然没有办起来，但他把蟋蟀用在一篇小说中，这就是《炉边蟋蟀》，并起了个副题叫“家的童话”。故事也以快乐的婚礼与狂舞作结。狄更斯说，蟋蟀是“小小的家神——人们受苦、悲愁时它一声不鸣，人们高兴、万事如意时它又放声高唱”。

《人生的战斗》是一个浓缩的长篇，这篇动人的爱情故事发生在18世纪的中产阶级家庭，既没有鬼魂出现，也没圣诞节的气氛，只是第二部分结尾处写到了大雪。不过，玛丽安一家的一对勤劳、朴实的老用人却给读者留下了深刻的印象。

1847年狄更斯没有奉献给读者圣诞故事。到了1848年，他写了最后一个圣诞故事，即《着魔的人》。故事又在圣诞节展开，又有幽灵出现，即所谓“活人的鬼魂”。幽灵给了化学家莱得洛以魔法，使他忘记了过去的苦恼，可是他同时也忘记了他的善行，凡是他接触的人也都走向了反面，善变成了恶。他给人们带来了灾难，他伤心，于是，又在幽灵指点下，失去了魔法，恢复了以前的他。化学家从此懂得了一个道理，如同物质世界一样，少一个步骤、少一个原子世界就会出现一个空白，所以，在人们的记忆中，恶与善、悲与乐都是相关的，宽恕才能使生活愉快。这是一个寓言故事。

狄更斯的圣诞故事的发表，标志着他创作的重要阶段。当时正是他创作的中期——文学史家一般将1842年《游美札记》的发表至1850年《大卫·考坡菲》的问世划为第二阶段。至此，狄更斯发现，那么多富人有钱又有势，却自私、虚伪，他对于资本主义社会的乐观主义观点遭到了极大的震动。

《圣诞欢歌》的创作是与长篇小说《马丁·瞿述伟》前部同时进行的；他在写《人生的战斗》这一中篇时，《董贝父子》也已同时开始创作；而他写完最后一个圣诞故事《着魔的人》之后不久，已着手回忆往事，创作他最喜欢的一部长篇《大卫·考坡菲》了。圣诞故事的创作为他后来的长篇巨著打下了基础。我们可以看出，在这几个中篇里，狄更斯重视了结构，采用了重复及对比的手法，这在先前的作品中是不明显的，但此后的《董贝父子》便不同了。1852年五个圣诞故事结集出版，狄更斯在序文中写道：

> 这些圣诞故事最初发表时，必须限制在较小的篇幅之内，这就使这些故事的结构的处理显得有些困难，使它们的布局各有所别几乎是必要的。在这样有限的篇幅中，我从来未曾想到对人物的性格作细致入微的描绘，因为我认为，那是不可能奏效的。我的意图是想采用那个时节人们快活的情绪能赞许的怪诞的假面舞剧似的方式，唤醒人们喜爱的、持久的思考，这在基督教世界是绝不至于格格不入的。

除第三、四篇故事之外，其余三篇圣诞故事中，鬼魂的出现使作者有了更大的方便来处理时间问题，时间的跳跃也不至显得不自然，这是按故事发展顺序来写所无法达到目的的。第三、四篇乍一看似乎与圣诞节无关，也没有涉及“饥饿的40年代”，但是这两篇故事中渲染的家庭的爱与欢乐，以及回忆和由此产生的对道德生活的影响，这一主题仍然是贯穿始终的。

狄更斯怀着对劳动人民的深厚的爱，无情揭露了资本主义社会的罪恶，饥馑、失业的威胁，贫苦人面前只有监狱（狄更斯在长篇巨著《小杜丽》中揭露得更加深刻，他指出，整个社会即是一座监狱）。但是狄更斯的局限性也是明显的。连英国的资产阶级文学评论家都说，狄更斯在通往革命者的道路上走到了一半。《圣诞故事集》中的贪婪、自私、冷酷的商人一夜间变成了一个宽厚慷慨的人；几篇故事结尾的快乐气氛大大地冲淡了故事中所提出的问题的严重性。当然，一部中篇不可能把什么都写尽，而且，有谁能对狄更斯再提什么过高的要求呢？我们应记住，《圣诞故事集》是狄更斯创作生涯的重要发展阶段。如果这几个中篇能引起读者对狄更斯其他长篇巨著的更大的兴趣，能使专家们对狄更斯的创作及思想再作深入的研究，作为译者，我们将感到莫大的高兴。

金绍禹

圣诞欢歌

（散文体）

圣诞节的鬼故事

汪倜然　译

Mr. Fezziwig's Ball.

初版本序

我在这本讲鬼的小书[①]里，竭力想招来一个“意念之鬼”，它决不致使我的读者们对于他们自己，对于彼此之间，对于这季节，或是对于我，感到不愉快。愿这个鬼愉快地出没于他们的屋子里，而没有人想要去驱除它！

他们的忠实的朋友和仆人

查尔斯·狄更斯

1843 年 12 月

① 这是狄更斯写的第一篇圣诞故事，也是他最著名的作品之一。这一年他目睹天寒岁暮，平民生活困苦，为唤起对于平民的同情，他创作了这篇小说，在圣诞节前出版。法国作家莫洛亚在他的《英国名人研究》的狄更斯篇中，开头写道："1870年当狄更斯的死讯传到英国、美国、加拿大和澳大利亚的家庭中时，人们就像死掉了亲人一样。一个小孩问道：'如果狄更斯先生死了，圣诞爷爷是不是也会死呢？'"可见本书影响之大。

第一节歌[①]
马利的鬼魂

话说马利死了。这是毫无疑问的事。在他安葬的登记簿上有牧师、办事员、殡仪承办人和主要送丧人的签字。斯克掳奇在上面签了字。而斯克掳奇的这姓氏在交易所里是很吃得开的，不管他高兴着手干什么事情都行。

老马利已经像一只门钉似的死绝了[②]。

请注意！我的意思并不是说，我凭自己的知识，知道一只门钉会死绝到什么程度。我自己倒还是想把一只棺材钉当作五金业买卖中最死绝的东西。但是门钉这个譬喻表现了我们祖先的智慧，我不应该用我这双不敬神明的手来窜改它，否则我们的祖国就要完蛋了。因此，请诸位准许我再强调地说一次：马利已经像一只门钉似的死绝了。

斯克掳奇是否知道马利死了呢？他当然是知道的。他怎么会不知道呢？斯克掳奇同他合伙做生意已不知道有多少年了。斯克掳奇是他唯一的遗嘱执行人，唯一的财产管理人，唯一的财产受让人，唯一的剩余财产受赠人，唯一的朋友和唯一的送葬人。斯克掳奇并不因为这丧事而感到极度悲伤，竟然在老马利落葬那一天仍然是一位出色的生意人，做了一笔挺上算的交易来举行这次葬礼。

谈到马利的落葬，我又得从头说起。毫无疑问，马利已经死了。这件事情一定要领会得一清二楚，否则，我下面要讲的故事就一点也不稀奇了。正好像我们若不是深信哈姆雷特的父亲是在戏开场以前就死掉的，那末，他夜里冒着东风漫步在自己的城堞上，也就同任何别的中年绅士在天黑以后鲁莽地出现在一个风飕飕的地方——比方说圣保罗大教堂的坟场吧——来吓唬吓唬他那个懦怯的儿子，一样地不足为奇了。

斯克掳奇始终没有把老马利的姓氏涂掉。好些年以后，货栈的大门顶上还是这几个字：“斯克掳奇与马利”。这家商行就叫作“斯克掳奇与马利”。刚做这行买卖的人，有时候把斯克掳奇叫做斯克掳奇，有时候把他叫做马利，但不管叫哪个姓氏他都答应。对于他，这反正都是一样。

咳，斯克掳奇这人才真是一个死不松手的吝啬鬼！一个巧取豪夺、能搜善刮、贪得无餍的老黑心！又硬又厉害，像一块打火石，随便哪种钢从它上面都打不出什么火星来；行迹隐秘，沉默寡言，孤单单的，像一只牡蛎。他心中的冷酷，使得他那苍老的五官冻结了起来，尖鼻子冻坏了，脸颊干瘪了，步子也僵硬了；使得他的眼睛发红，薄薄的嘴唇发青；说话精明刻薄，声音尖锐刺耳。他头发已经白得像霜一样，一双眉毛和瘦削结实的下颏也都是这样。他总是带着自己一身的冷气，人走到哪儿，就带到哪儿；在大热天里，他使自己的办公室冰冻起来；即使到了圣诞节，还是不让气温上升一度来解冻。

外界的转冷变热，对于斯克掳奇丝毫不起作用。无论怎样炎热都不能够使他温暖，无论怎样酷寒也不能够使他发冷。风随便刮得怎样凶，也比不上他的心那样狠；雪随便下得怎样猛，也比不上他求财之心那样迫切；淫雨随便下得怎样大，也比不上他那样从来不听人恳求。恶劣的气候简直不知道怎样才能制服他。即使顶猛烈的雨、雪、冰雹和雨夹雪也只有一点可以自夸

---

① 英国旧时风俗，每逢圣诞节，民间歌手挨家挨户去唱圣诞欢歌，以欢颂基督的诞生或有关圣诞的事件。狄更斯把这篇小说称作“散文体的圣诞欢歌”，所以不称“章”而称“节”。

② 英国谚语。古老的大门上往往镶有一只大钉，门环叩在上面作响，把它敲得命都没有了。一般都指物，这里指人，是要造成一种虚幻的气氛。

胜过他。它们常常“出手”很大方，而斯克掳奇却是从来不会这样的。

在街上，从来没有人迎上他，用一种高兴的神情对他说：“亲爱的斯克掳奇，你好吗？你什么时候来看看我？”没有哪一个乞丐会请求他施舍一个小钱，没有哪一个儿童会问他现在是几点钟。在斯克掳奇的一生中，从来没有一个男人或女人向他问过去某个地方的路。连瞎子养的狗似乎都认得他，一看见他走过来，就赶快拖着它们的主人躲到门洞子里，或者跑进院子里去；接着它们还会摇摇尾巴，仿佛在说：“失明的主人啊，生着一双凶恶的眼睛，还不如没有眼睛的好！”

但是斯克掳奇才不在乎这一切呢！这种情形正是他所欢迎的。对斯克掳奇说来，在拥挤不堪的人生道路上，侧着身子一路挤过去，同时叫人世间的同情心都对他避而远之，这正是那些明眼人所说的“正中下怀”之事。

话说从前有一次——偏偏是在一年之中的这个最好的节日，圣诞节的前夜——老斯克掳奇坐在他的账房里忙着。天气阴寒砭骨，而且有雾；他听得见外面院子里人们喘着气在走来走去，用手拍着胸部，用脚在石板地上跺着取暖。城①里钟楼上的大钟刚刚敲过三点，但是天色已经很黑了。——这一整天就没有怎么亮过——附近那些办公室的窗子里，蜡烛光都已经在闪耀着，仿佛给这触摸得着的棕色空气②抹上了一些红颜色。雾从每一道隙缝和每一个钥匙孔里涌进来；在户外，雾浓得连对面的屋子（虽然只隔着一个极其狭小的院子）看上去也好像幻影一样了。看见这片阴暗的云雾低垂下来，遮蔽住一切东西，人们不禁要以为大自然就住在附近，正在那里大规模地酝酿着气候的剧变。

---

① 这“城”不是指整个伦敦城，而只是指城中部旧城区一带，那里是伦敦的金融贸易中心，大银行、公司等集中于此；还有伦敦塔、圣保罗大教堂等。

② 触摸得着的棕色空气，这是说空气中的雾太浓了，仿佛已经凝固，可以用手触摸得着。

斯克掳奇账房间的门是开着的，因为这样他才可以时刻注意他的办事员，那人坐在外面那间像一只水槽似的阴森的斗室里，正在抄写信件。斯克掳奇屋子里生着一炉很小的火，可是办事员的那炉火比他的还要小得多，看起来就像是只烧着一块煤。他可没法加点煤上去，因为斯克掳奇把煤箱放在他自己的房间里；只要这办事员拿了煤锹进去，老板就准要预告说，他们看来非分手不可了。于是办事员只得披上了白围巾，尝试着好歹就在蜡烛上面取点暖；可惜他并不是一个想象力很强的人，他这番努力失败了。

“祝圣诞快乐，舅舅！上帝保佑你！”一个快活的声音说。说话的人是斯克掳奇的外甥，因为他来得这么突然，斯克掳奇直到听见他的声音，才知道他来了。

“呸！”斯克掳奇说。“胡闹！”

斯克掳奇的这位外甥，因为是冒着迷雾和浓霜匆匆赶来，走得很热，所以满面红光，脸儿又红润又漂亮；他的眼睛闪闪发亮，他的呼吸又冒起热气来了。

“圣诞节是胡闹，舅舅！”斯克掳奇的外甥说。“你的意思不会真是这样吧，我相信！”

“我的意思就是这样，”斯克掳奇说。“快乐的圣诞节！你有什么权利可以快活？你有什么理由可以快乐？你是够穷的啦。”

“得了，”他的外甥快活地回答说。“你有什么权利可以不快活？你有什么理由可以闷闷不乐？你是够富的啦。”

斯克掳奇一时想不出什么好的答语来，就又说了声，“呸！”接着又是一声，“胡闹！”

“不要怄气嘛，舅舅！”外甥说。

“我不怄气怎么办，”舅舅回答说，“我就生活在这么一个满是傻瓜的世界里！快乐的圣诞节！滚它的快乐圣诞节！对你说来，圣诞节不过是一个没有钱还账的时节；一个发现自己大了一岁，可是随着时光流逝并不多一点钱的时节；一个年底结账[①]，结果发现整整十二个月里笔笔账都闹亏空的时节；除此以外，还有什么意义？如果我的愿望能够实现的话，”斯克掳奇愤怒地说，“凡是跑来跑去把‘快乐的圣诞节’挂在嘴上的痴子，都应该把他跟自己的布丁一起煮熟了，再给他当胸插上一根冬青树枝[②]，埋掉拉倒。他活该！”

“舅舅！”外甥恳求道。

“甥儿！”舅舅严厉地回答，“你照你自己的方式去过圣诞节，让我照我自己的方式来过圣诞节吧。”

“过节！”斯克掳奇的外甥重复了一遍。“但是你并不过节呀。”

“那末，就让我不过节吧，”斯克掳奇说。“但愿这个节日会给你许多好处！它到底给过你多少好处呀！”

“有许多事情，我本来可以从中得到好处，可是我并没有去捞好处，我敢说，”他外甥回答。“圣诞节就是其中的一桩。但是我确信，每逢这个节日到来的时候——且不说它那神圣的名字和起源所引起的崇敬，如果任何属于圣诞节的事情可以撇开这种崇敬不谈的话——我总是把它当作一个好日子，一个友好、宽恕、慈善、快乐的日子；据我所知，在漫长的一年之中，只有在这时节，男男女女才似乎不约而同地把他们那紧闭的心房敞开，把那些比他们卑微的人真的看作是走向坟墓的旅伴，而不是走向其他路程的另一种生物。因此，舅舅，圣诞节虽则从来没把丝毫金银放进我的口袋，我还是相信它的确给了我好处，而且以后还会给我好处；所以我说，上帝保佑它！”

---

① 年底结账，英国习俗，到了圣诞节，要结算账目，看看收支是否相抵。如有欠债，即应归还，颇似我国农历除夕。

② 冬青树枝，冬青是一种常绿树，冬季结红色果实，是圣诞节的象征，多用来作室内装饰。在圣诞前夕的宴会中，最后上有干果的布丁时，就把一根冬青枝插在布丁上，这是传统的风俗，所以斯克掳奇这样讲。

待在“水槽”里的那个办事员禁不住喝起彩来。他立刻感觉到这是越轨的举动，就去拨弄那炉火，却把最后一颗微弱的火星都就此弄熄了。

“我如果听见你再哼一声，”斯克掳奇说，“那你就丢了你的饭碗，去过你的圣诞节吧！你真是一位蛮有力的演说家，阁下[1]，”他接着转身向着他的外甥说。“我奇怪的是，你怎么不进国会去。”

“不要生气，舅舅。来吧！明天来跟我们一块儿吃饭。”

斯克掳奇说他宁愿先看见他外甥……[2]是的，他的确是这样说的。他把这句咒人的话全讲了出来，说是他宁愿先看见他外甥死难临头。

“这是为什么呢？”斯克掳奇的外甥叫道。“为什么呢？”

“你为什么结了婚？”斯克掳奇说。

“因为我当初发生恋爱了。”

“因为你当初发生恋爱了！”斯克掳奇咆哮着说，仿佛这是世界上唯一比快乐的圣诞节更荒唐可笑的事情。“再见！”

“不，舅舅，即使在我结婚以前，你也从没有来看过我呀，干吗现在要把这件事作为不来的理由呢？”

“再见，”斯克掳奇说。

“我不需要你给我任何东西；我不向你要求任何东西；我们为什么不能友好相处呢？”

“再见，”斯克掳奇说。

“看见你这样坚决，我心里实在觉得难过。在我们两人的争吵里，我从来不是一个参加者。我如今作这次尝试，是为了向圣诞节表示敬意，所以我一定要把我的圣诞节欢乐心情保持到底。

---

① 阁下，这是长辈责备晚辈时的反称。

② “看见他外甥……”，原文这句话作者没有完全写出来，下文应该是：“go to the devil first”（“先见魔鬼去”），是骂人“该死”的粗话，一般人都说不出口的，但斯克掳奇却全讲了出来。

我还是要祝你圣诞快乐，舅舅！”

“再见！”斯克掳奇说。

“并祝新年快乐！”

“再见！”斯克掳奇说。

然而他外甥还是不说一句生气的话，就离开了这房间。他在外面门口停了一下，向那办事员致以节日的祝贺，而那人虽则身上寒冷，心里却比斯克掳奇温暖得多，因为他满腔热诚地回答他的祝贺。

“又是一个这号人，”斯克掳奇偷听到他的答话，嘀咕道，“我这个办事员，一个礼拜赚十五个先令，有老婆和一家子人，却还在说什么圣诞快乐。我真要躲进疯人院[1]去啦。”

这个疯子放斯克掳奇的外甥出去时，同时放了另外两个人进来。他们都是肥头胖耳的绅士，看起来很够味儿；这时都脱下了帽子，站在斯克掳奇的办公室里。他们手里拿着簿册和一些纸张，向他鞠躬致意。

“是斯克掳奇与马利商行吧，我相信，”绅士中的一个说，参看着他手中的那张表。“请问阁下是斯克掳奇先生，还是马利先生？”

“马利先生已经死了七年啦，”斯克掳奇回答。“他是七年前去世的，就在今天这样的圣诞夜。”

“我们深信，这位健在的合伙老板的慷慨之心一定不下于他的，”这位绅士说，一面拿出证明文件来。

这倒确实如此；因为他们一直就是两个性格相同的人。一听见“慷慨”这个不祥的字眼，斯克掳奇就眉头一皱，摇摇头，把证明书还给了他。

“逢到一年之中的这个节日，斯克掳奇先生，”这绅士说，拿

① 疯人院，原文为Bedlam，即伦敦著名的伯利恒圣马利亚医院的简称，本是一所修道院，后成为专门收治疯人的精神病院。这里是说他们全疯了。

起一支笔来，“我们就格外需要替那些穷苦人稍微提供一点补助物品，因为他们目前受苦受得很厉害。成千上万的人缺乏日用必需品；几十万人缺乏生活福利上所需要的东西，先生。”

“难道没有监狱么？”斯克掳奇问。

“监狱多得很，”那绅士说，又把笔放下来。

“还有恤贫局办的贫民习艺所①呢？”斯克掳奇问。“现在还办不办？”

“都办的。可是，”这绅士回答，“我但愿能够说一声，它们都不办了。”

“那末，踏车②和济贫法③现在还都在发挥充分的威力啰？”斯克掳奇说。

“两者都忙个不停，先生。”

“哦！我起先听了你的话，还深怕发生了什么事情，使它们不能够进行这种有益的工作，”斯克掳奇说。“现在听你这样讲，我就放心了。”

“我们因为认识到，它们对于大众几乎无法提供什么基督教式的、精神上和肉体上的愉快，”那绅士答道，“我们这几个人才正在努力想筹集一笔钱来给穷人们买一点肉、酒以及御寒的东西。我们选择这个时节，是因为这时节穷人们最感到困苦拮据，而有钱人最兴高采烈。我给您写上多少？”

“什么也不要写！”斯克掳奇回答。

“您是想要匿名？”

---

① 恤贫局，由两个以上的教区联合设立，是办理救济贫民事务的机构。习艺所里的工作和生活都有意搞得非常艰苦，贫民宁愿干什么都可以，却不愿进习艺所。狄更斯在他的名著《奥立佛·退斯特》中有详细的描写。

② 踏车，一种梯级形、圆桶形或长带形的木轮踏车，设在监狱内，令犯人终日践踏，旋转不停，作为刑罚。后来不用，改为教犯人习手艺做工。

③ 济贫法，英国救济贫民的法律，其经费来自纳税人所缴济贫税。斯克掳奇这里的意思是说，既然已经交过税，还要再拿出什么钱呢？狄更斯对于济贫法的改革曾起过很大作用。

“我想要不受打搅，”斯克掳奇说。“既然你问我想要什么，先生们，这就是我的答复。我自己在圣诞节不寻欢作乐，我也没那么多钱来让懒汉们寻欢作乐。我帮着维持刚才我提到过的那几个机构，它们要的钱已经够多的了；那些景况不好的人都应该到那里去。”

“有许多人不能到那里去；还有许多人宁死也不肯去。”

“如果他们宁愿死的话，”斯克掳奇说。“他们还是死掉的好，同时还可以减少过剩的人口。况且——对不起——我不了解这种事情。”

“但你也许是了解的，”那位绅士说。

“那不关我的事，”斯克掳奇回答。“一个人管好他自己的事情，别去干涉别人的事情，也就足够了。我自己的事情一直使我够忙的。再见，先生们！”

这两个绅士清清楚楚地看出，再说下去也还是没有结果的，就告辞了。斯克掳奇继续做他的事情，对于自己更加满意了，而且情绪也比往常轻松了。

这时候，雾更浓了，夜色也更黑了，有些人拿着耀眼的火把①跑来跑去，为人们照明。他们走在马车的马匹前面，给这些马车带路。礼拜堂的古老的钟楼已经看不见了，里面有一口声音粗厉的老钟，老是从墙上一个哥特式②的窗子里偷偷地向下看着斯克掳奇，它在云端里报时和报刻，敲过以后发出一阵颤抖的尾音，仿佛它的头伸在高空里，给冻坏了，牙齿在打战。寒气更酷烈了。在大街上，院子的转角处，有几个工人正在修理煤气管，在火盆里生起了熊熊的一大堆火，一群衣衫褴褛的大人和小孩围在这火盆的周围，暖和暖和他们的手，兴高采烈地冲着火光眨眼。水龙头呢，因为这时没人去睬它了，它那溢出的水愤懑地冻结起来，

---

① 当时伦敦街上，雾浓时有许多小孩，手持火把，为马车及行人引路，以博取微酬，称为“火把小子”。

② 哥特式，西欧 12 世纪至 16 世纪常见的建筑样式，有尖顶拱门，多用于教堂。

变成厌恨人类的冰块。店铺里灯火明亮，人们经过时，苍白的脸给照得红彤彤的。冬青树的枝条和红果，给橱窗里的灯光烘得毕剥作响。家禽铺和杂货店里的生意成为一种绝妙的赏心乐事，一种壮丽的庆祝大典，人们简直无法相信，那种乏味的讨价还价和廉价出售的原则会跟它有什么相干。市长[①]大人在他那高大府邸的壁垒里，命令他的五十名厨子和管家把圣诞节过得像市长府邸应当过的那样。连那小裁缝，上星期一因为喝醉了酒在街上打架，被市长罚款五先令，这时也在他的阁楼里搅着明天要吃的布丁；他那瘦小的老婆呢，带着娃娃上街去买牛肉了。

雾更加浓了，天更加冷了，冷得彻骨切肤，无孔不入。如果仁慈的圣邓斯丹[②]不用他那使惯的武器，而用一点儿这样的寒气来钳住恶魔的鼻子，这恶魔也一定会有强烈的理由大声叫嚷！有个小孩子，瘦削的鼻子给这饿慌了的寒风咬住了咀嚼着，像狗啃骨头似的，这时正蹲下身来，凑着斯克掳奇门上的钥匙孔，献唱一支圣诞欢歌；但是斯克掳奇一听见歌儿的开端：

> 上帝保佑你，快乐的先生！
> 愿你一切如意，无忧无虑！[③]

他就马上抓起戒尺，动作极其迅猛，吓得那唱歌的人慌忙逃走，让迷雾以及与之臭味相投的寒气钻进钥匙孔去。

---

① 市长，当时伦敦市长是市议会的主席，由议会中的长老议员选出，长老议员则由议员们选出。市长人选总是城里殷富的商人。其官邸坐落于城中心，面对英格兰银行。

② 圣邓斯丹，英国传说中 10 世纪的一名修道士，后任坎特伯雷大主教。据说魔鬼曾亲自去引诱他，他不但不受诱惑，反而用一把烧得通红的火钳钳住魔鬼的鼻子，使它号叫着讨饶。这里说的“武器”就是指火钳。

③ 当时每逢圣诞节，常有小孩们串街走巷，唱着圣诞欢歌，讨取几个铜子儿。有些歌流传久远，这一首即其中之一，歌的下文是：“……因为耶稣基督，我们的救世主，就降生在这一天，使我们免受魔鬼的引诱，迷途知返，摆脱魔法。喜讯带来安逸与欢欣，因为我们的救世主，耶稣基督，降生在圣诞日。”

最后，账房间关门的时候到了。斯克掳奇才不乐意地从圆凳上爬下来，对那在“水槽”里等待下班的办事员默认时间已经到了，那办事员便立刻剪熄了蜡烛，戴上了帽子。

“我看你明天想歇一整天吧？”斯克掳奇说。

“如果方便的话，先生。”

“不方便，”斯克掳奇说，“而且也不公平。如果我因为这个缘故，扣掉你半个克朗①，你不就要以为自己吃亏了么？这我可以保证。”

办事员勉强地笑笑。

“然而，”斯克掳奇说，“我付了一天的工资，没有人替我工作，你倒不认为我吃亏了。”

办事员说，这只不过是一年一次嘛。

“每逢12月25日，就要扒掉人家一笔钱，这实在不成其为借口！”斯克掳奇说着，把大衣直扣到下颔边。“但是我看你是非要一整天不可的啰。后天早晨可要来得更早些！”

办事员答应他一定来得更早些，斯克掳奇就抱怨一声，走了出去。一眨眼工夫，账房间的门关上了，办事员便围上白围巾，围巾两头一直挂到腰下面（因为他没有大衣可以夸耀），他跑到康希尔街结了冰发滑的人行道上，跟在一长行小孩的末尾，溜了二十遍，用以庆祝这个圣诞节前夜，然后用最快的速度，跑回到堪姆登镇②自己家里，好去玩捉迷藏游戏。

斯克掳奇呢，在他去惯的那家凄凉的小客店里，吃了他那顿凄凉的晚餐；他把所有的报纸全读过了，并且把晚上其余的时间消磨在他的银行账目上之后，才回家去睡觉。他所住的这几个房间，从前是属于他那已故的合伙人的。这是一套阴暗的房间，在院子后面一幢阴郁的建筑内。这幢房子跟这个院子毫不相干，人

① 克朗，英国硬币名，意即皇冠，因币上印有皇冠或戴皇冠的头像，故名。值五先令，现已不用。

② 堪姆登镇为伦敦当时的一个郊区，大部分居民是贫苦劳动人民。

们不禁会想象：它一定是在它还是新房子的时候，跟别的房子玩捉迷藏，跑到那儿去了，就此忘掉出来的路径。它现在已经老得很了，而且凄惨得很，除了斯克掳奇之外，没有别人住在里头，别的房间都租出去作为办公室了。院子里黑得很，斯克掳奇虽然连那里的每一块石头都很熟悉，也不得不用手摸索着走。在那漆黑古老的大门上，霜厚雾浓，看起来好像气候之神就坐在门槛上静默志哀。

事实上，说起门上的那个门环，它除了很大之外，并没有什么特别的地方。而且，这也是事实，在斯克掳奇居住在这地方的整个时期里，他每天早晚都看见过这个门环；何况他也像伦敦城里的任何人一样——说句大胆的话，甚至连市府当局、长老议员①和那些穿制服的人②在内——是一个很少有所谓幻想的人。此外我们还得记住，斯克掳奇自从那天下午提到他那死去了七年的合伙人以来，还没有再想到过马利。那末，如果有哪一位能够解释个中道理的，就请他来解释给我听吧：怎么搞的，当斯克掳奇把他的钥匙插入门上的锁孔时，这期间那门环本身一点儿也没有发生过变化，然而斯克掳奇看见的却不是一个门环，而竟是马利的脸儿。

马利的脸。它不像院子里其他的东西那样，笼罩在深不可测的阴影里头，而是带着一种惨淡的亮光，好像黑暗地窖里的一只腐烂的龙虾。那张脸既不在生气，也并不狰狞可怕，只是对斯克掳奇看着，像马利生前看他那样，一副鬼相的眼镜架在他鬼相的额角上。头发在古怪地飘动着，仿佛是被呼吸或热气吹拂着；而且，两只眼睛虽然是大张着的，却一动也不动。这种神情，再加上它那青灰的肤色，使得它狰狞可怕；但它的可怕，与其说是它

---

① 长老议员为英格兰及爱尔兰的市议会中由议员们选出来的高年资议员，其地位仅次于市长。

② 穿制服的人，19 世纪时伦敦七十六家公司和同业公会的荣誉市民、会员等，都穿特制的制服，故有此称。

自身表情的一部分，还不如说是它自己无法控制的脸相。

当斯克掳奇紧盯着这怪现象看时，它又变成一个门环了。

如果说斯克掳奇并不惊骇，或者说他的血脉里并没有产生自出娘胎以来从未有过的恐怖之感，那未免不符事实。可是他把手又搁在他刚才放开的钥匙上，用力把它转了一下，就开门进去，把蜡烛点起来。

他的确站住了，踌躇了片刻，才关上大门。他也的确先小心地对门背后望望，仿佛他多少在期待会看见马利的辫子[①]伸进穿堂，使他自己大吃一惊。但是门背后什么东西都没有，只有那钉住门环的螺钉和螺帽，因此他说了两声“呸，呸！”就嘭的一声把门关上了。

关门声像打雷似的在全屋里产生了回响。楼上的每一个房间和下面酒商地窖里的每一个酒桶，都似乎各自发出一阵轰隆隆的回声。斯克掳奇并不是一个会被回声吓住的人。他闩上了门，走过穿堂，走上楼去，还是慢吞吞地边走边修剪着烛芯。

你也许会含混地谈到：驾一部六匹马的大马车，驶上一道古老的楼梯，或者冲破国会里新通过的一道坏法案[②]；但是我的意思是说，你大可以把一辆柩车驶上这道楼梯，而且是横着上去，车辆的横木对着墙壁，车后的门对着栏杆，而且可以轻易地做到这一点。那楼梯的宽度足够让人这样做，而且地位还有多余；也许就是因为这个缘故，斯克掳奇才自以为看见一辆机动柩车，在幽暗中在他面前行驶着。外边街上的六七盏煤气灯都不会把这条过道照得很亮，因此你可想而知，单靠斯克掳奇的一支小蜡烛头，这里当然是很暗的。

斯克掳奇还是往上走，丝毫不理会这一点。黑暗不用费钱，

---

① 当时英、法等国的男子，流行在脑后扎一根辫子，英国俗称“猪尾巴”。

② “驾一部六匹马（或四匹马）的大马车冲破新法案”是一句英国谚语，意思是像驾着一部大马车似的横冲直撞，把国会刚通过的法案加以破坏。意指新法案往往不够完善，有很大空子可钻。

所以斯克掳奇喜欢黑暗。但是他在把他那扇沉重的房门关上以前，先在几个房间里走了一遍，看看一切是否都对头。他还相当记得那张脸儿，所以要这样做一下。

起居室、卧室、杂物室，都依然如故。台子底下没有人；沙发底下没有人；壁炉里生着一堆小火；汤瓢和餐盆都已准备好；一小锅燕麦粥（斯克掳奇的脑袋着了点凉）搁在炉边的保温铁架上。床铺底下没有人；壁橱里没有人；他的晨衣挂在墙上，模样颇为可疑，但是里面也没有人。杂物室跟平时一样。一块旧炉栅、几双旧鞋子、两只鱼篓子、一个三只脚的脸盆架以及一根拨火棒。

对一切都觉得放心之后，他便关上房门，把自己反锁在里面；用双重锁把自己反锁在里面，这可是一反他向来的习惯的。这样部署妥当，不会有遭受突然袭击的危险了，他才解下领巾，穿上晨衣和拖鞋，戴上睡帽，在壁炉前坐下来，吃他的燕麦粥。

壁炉里的火确实非常微弱；在这么一个寒冷的夜间，这点火起不了什么作用。他只得靠近壁炉坐着，并且俯身在炉火上，才能从这一点点燃料上得到极细微的温暖。这壁炉是个古老的东西，是很久以前一个荷兰商人造的，周围砌着古色古香的荷兰瓷砖，上面的图画描绘了《圣经》中的一些故事。砖上有该隐和亚伯、法老的女儿们、示巴女王、驾着鸭绒垫般的云朵从空中下降的天使们、亚伯拉罕、伯沙撒①、乘着黄油碟子般的船只出海的使徒们，一共有几百个人物来吸引他的注意力；然而死了七年的马利的脸儿，却像古先知的杖②似的出现，把其他人物全都吞没了。

---

① 该隐是亚当的长子，他杀害了他的弟弟亚伯。法老是古埃及国王的称号，示巴是阿拉伯南部的一个国家，其女王曾访问以色列国王所罗门。亚伯拉罕是希伯来族的始祖。伯沙撒是巴比伦的最后一个国王。这些都是《圣经 · 旧约全书》中的著名人物。

② 据《圣经 · 旧约 · 出埃及记》第 7 章第 8 到 13 节，摩西和他哥哥亚伦遵照耶和华的旨意，去见法老行奇事，亚伦以杖掷地，变成了一条蛇，把别的术士们的杖都吞吃了下去。

如果每一块光滑的瓷砖起先都是空白的，却有法力把他思想中杂乱无章的片段拼成一幅图画的话，那末，每一块砖上都会有一幅老马利的脑袋的复本。

“胡闹！”斯克掳奇说，一面朝房间的另一头走去。

兜了几圈之后，他又坐下来。当他把头朝后靠在椅背上时，他的目光凑巧落到一只铃上，这只铃挂在房间里，已经不用了，它是同屋子里最高一层楼上的一个房间连接着的，至于当初装着作什么用，如今已被人忘记了。看着看着，他看见这只铃摇摆起来，不禁大为惊诧，并产生了一种奇异的、莫名其妙的恐惧。起初，这铃摇摆得非常轻微，简直一点声音也没有；但是不久响声就大起来了，屋子里的每一只铃也都响了起来。

这样大约响了有半分钟，或者一分钟，但是好像有一个小时之久。铃声一齐停止了，正像刚才一齐响起来一样。接着是一阵从下面深处发出的铛锒锒的声音，仿佛有人在酒商的地窖里把一根沉重的链条从一只只酒桶上面拖过去。斯克掳奇这时候才想起听人说过，在凶宅里的鬼是拖着链条的。

地窖的门嘭的一声打开了，于是他听见下面地板上的声音更加响了；接着响到楼梯上来了；接着一直响到他房门口来了。

“这还是胡闹！”斯克掳奇说。“我不相信。”

然而，它片刻不停地穿过那道厚重的门，一直跑到房间里来了，斯克掳奇亲眼目睹之下，脸色都变白了。它一进来，那快要熄灭的火焰就蹿了起来，好像在叫道，“我认识他，那是马利的鬼魂！”说完火光又低落下去。

还是这张脸儿，一模一样。马利拖着辫子，穿着平时常穿的背心、紧身衣裤和皮靴；靴上的流苏倒竖着，像他的辫子、他的上装下摆以及他的头发一样。他拖着的那根链条绕在他的腰际。链条很长，像一条尾巴似的缠在他身上；它是由（因为斯克掳奇看得很仔细）一些银箱、钥匙、挂锁、账簿、契据和钢制的钱袋等组成的。他的身体是透明的，因此斯克掳奇在注视他时，能够透过他的背心，看见他上装背后的两颗纽扣。

斯克掳奇常常听到人家说，马利是没有肚肠心肺的，他以前一直不相信，但是现在亲眼看见了。

不，即使到现在，他还是不相信。他虽然对着这幻象看了又看，而且眼见它站在自己面前；虽然感到它那死亡般冰冷的眼睛阴气袭人，而且注意到那条围住他脑袋和下颔的围巾是什么质料（这条围巾他以前从没看见过），他还是不相信，还是疑心自己看错了。

"怎么啦！"斯克掳奇说，仍然是又尖刻又冷酷。"你找我有什么事？"

"事情多着呢！"——毫无疑问，这是马利的声音。

"你是谁？"

"你该问我从前是谁。"

"那末，你从前是谁？"斯克掳奇提高嗓子问。"你真爱挑剔，鬼透啦。"他本来想说"阴透啦"[①]的，但是改用前面的说法，以为似乎更确切些。

"我生前是你的合伙人，雅各·马利。"

"你能不能够——能不能够坐下来？"斯克掳奇问，满腹狐疑地看着他。

"我能够。"

"那末，坐下来吧。"

斯克掳奇问这句话，是因为他不知道像这样一个通体透明的鬼能不能坐到椅子上去；他以为，这鬼如果不可能坐下的话，那就免不了要作一番尴尬的解释。但是这个鬼已经在壁炉的对面那边坐下了，仿佛它惯常都是这样做的。

"你不相信我，"鬼说。

---

① "鬼透啦"、"阴透啦"，原文为 for a shade（鬼，就鬼而言）及 to a shade（阴，疙瘩到了极点）。同一个字（shade）因介词的不同（for、 to）而意义有异。这是狄更斯在玩弄文字游戏。

“我不相信，”斯克掳奇说。

“除了你自己的感觉之外，你要有什么证据才能相信我真的在这儿呢？”

“我不知道，”斯克掳奇说。

“你为什么怀疑你自己的感觉？”

“因为，”斯克掳奇说，“只要有一点儿地方不对头，感觉就会失常的。譬如说胃里稍微有点不舒服，感觉就会靠不住。你也许是一小块未消化的牛肉、一摊芥末、一片干奶酪的碎皮、一块没有煮熟的马铃薯。不管你是什么东西，你身上的油分总比土分来得多！”

斯克掳奇是不太习惯于讲笑话的，而且那时候他也一点儿没有想开玩笑的心思。其实，他是想装得精明些，以便转移他自己的注意力，同时抑制他的恐惧心理，因为那个鬼的声音使他从骨髓里感到惶恐不安。

斯克掳奇觉得，这样一时默不作声地坐着注视这双呆滞而无神的眼睛，实在是叫他受不了。何况，非常可怕的是，这幽灵本身就带着一种地狱般的气氛。斯克掳奇自己感觉不到这股气氛，但情况明摆着是这样；因为那个鬼虽然坐在那里一动不动，可是他的头发、衣摆和流苏，都照样在飘动着，好像被炉灶里的热气激荡着似的。

“你看见这根牙签没有？”斯克掳奇说；他为了刚才提到的那个原因，很快地又来发动攻势了，只希望能把这幽灵的铁石般的凝视转移到他自身以外的东西上去，即使是一秒钟也好。

“我看得见，”鬼回答说。

“你并没有对它看嘛，”斯克掳奇说。

“可是，”这鬼说，“我还是看见它的。”

“好吧！”斯克掳奇回答说。“我只要把这根牙签吞下肚去，我这后半世就会一直受到我自己想象中的一大批精灵所迫害。胡闹，我告诉你！胡闹！”

Marley's Ghost.

那鬼听到这里，发出一声可怕的叫喊，并且摇动它的链条，发出一阵那么凄凉可怕的声音，吓得斯克掳奇紧紧抓住了椅子，以免晕倒。但是更使他惊骇的是，只见这幽灵把头上的围巾解了下来（好像在室内围着太热似的），它的下颔竟一直垂到了胸前！

斯克掳奇双膝跪下，紧握双手遮住了脸。

“饶了我吧！”他说。“可怕的阴魂，你为什么要来缠我？”

“凡夫俗子啊！”鬼回答说，“你现在相信不相信我？”

“我相信啦，”斯克掳奇说。“我不能不相信。但是幽灵们为什么要到人间来走动，而且为什么要来找我呢？”

“每个人，”那鬼回答说，“都应当使自己内在的心灵到人们之间去活动，到四面八方去旅行；如果在世的时候他的心灵不到外面去，那末死后就要罚它这样做。它将注定要到全世界去流浪——咳，好苦啊！——而且要亲眼看到许多他在世时本来可以分享得到、并且从中得到幸福的事物，现在他却没有资格分享了。”

这鬼魂又发出一声号叫，摇动它的链条，搓着一双鬼手。

“你给上了锁链，”斯克掳奇发着抖说。“告诉我这是为了什么？”

“我身上缠着的锁链是我在世时自己锻造的，”鬼回答说。“我一环一环，一码一码地把它打成；我自愿把它绕在身上，自愿佩戴着它。你是不是觉得它的式样从未见到过？”

斯克掳奇抖得更厉害了。

“或者，你是想知道，”这鬼接下去说，“你自己身上缠着的那条结实的锁链有多少重多少长吧？在七个圣诞夜以前，它就已经足足有这样重这样长了。从那时候起，你还在辛辛苦苦地制造它。现在它是一条其重无比的锁链啦！”

斯克掳奇看看周围的地板，以为会发现自己被五六十英寻[①]长的铁索包围着；但是他什么也没有看见。

---

① 英寻，英国测量水深的长度单位，一英寻等于六英尺，合 1.829 米。

“雅各，”他恳求着，“老雅各·马利啊，你再多讲点给我听听。讲点安慰的话给我听听，雅各！”

“我没有什么安慰的话可以讲给你听，”这鬼回答说。“这种话是从别的地域来的，埃伯尼泽·斯克掳奇，这是要由别的使者们带来，传达给另外几种人听的。我也不能把我想讲的话告诉你。准许我讲给你听的只有很短的几句话了。我不能休息，不能停住，不能在任何地方逗留。我的灵魂从来没有走到我们账房的外面去过——注意听我的话！——我在世时，我的心灵从来没有漫游到我们那狭窄的兑换处窗口的外面去过；如今疲劳的旅程正展开在我面前！”

斯克掳奇有这样一个习惯：每逢想心思的时候，总要把双手插进裤袋里。他现在思量着那鬼所讲的话，手也就这样做了，不过他的眼睛并不向上看，人也并不站起来。

“你一定是走得很慢的，雅各，”斯克掳奇一本正经地说，然而是带着谦卑和恭敬的样子的。

“慢！”鬼重复说了这个字。

“死了已经七年啦，”斯克掳奇思量着说。“这时期中一直在旅行吗？”

“整整七年啦，”那鬼说。“没有休息，没有安宁。在不断的悔恨中受尽苦楚。”

“你走得快吗？”斯克掳奇说。

“御风而行嘛，”鬼回答说。

“这七年里，你原本是可以走过许多地方的啊，”斯克掳奇说。

那鬼听了这句话，又发出了一声号叫，铛锒锒地挥动着它的链条，在万籁俱寂的夜间，声音怪可怕的，如果治安监护人要控告它扰乱安宁，是很有理由的。

“咳！被绑住手脚并上着双重桎梏的囚徒啊，”这幽灵叫道，“竟不知道，自古以来有多少不朽的人物为了人间长期不断地努力，可是在其可感知的好处尚未完全显露以前，这些努力就得成为泡影！竟不知道，任何具有基督教精神的人，在他那小天地里善良地工作着，不论这小天地是什么，他都会感到，行善之道广阔无涯，但人生如朝露，无能为力。竟不知道，人生的机缘一旦贻误，就将从此追悔莫及！然而我正是如此！唉，我正是如此啊！”

“但你向来是一位业务能手嘛，雅各，”斯克掳奇结结巴巴地说，他现在开始把这话应用到他自己身上了。

“业务！”那鬼搓搓手，叫道。“人类才是我的业务！大众的福利才是我的业务；慈悲、仁爱、宽容与和善，这一切才都是我的业务。至于我那一行买卖，在我这浩瀚似海的业务中，只不过是一滴水罢了！”

他伸直手臂，举起链条，仿佛他所有那些徒然的悲伤，都来自这唯一的根源；然后把这根链条又重重地摔在地上。

“在这岁月流逝、一年将尽的时候，”这鬼魂说，“我受苦受得最厉害。当我在人群中穿行时，我为什么把眼睛向下看，却从来不朝上望望那颗指引三位博士到一个穷人住处去的神佑的星[①]呢？难道已经没有穷人的家庭可以让这颗星的光束给我领路吗？”

斯克掳奇听着鬼魂这样说下去，觉得惊慌失措，不禁浑身发起抖来，抖得非常厉害。

“听我说呀！”鬼叫道。“我的时间快要完了。”

“我听着，”斯克掳奇说。“不过可别对我太严厉！别咬文嚼字，雅各！恳求你！”

“我怎样会在你面前，以一种看得见的形态出现，这是我不便告诉你的。我坐在你身边，而你看不见，这样已经有好多天了。”

---

① 据《圣经·新约·马太福音》第2章第1节，东方有三位博士观星象而发现耶稣基督降生，这颗星在他们前面引路，使他们寻到伯利恒，在约瑟的贫苦的家里，拜见新生的婴儿。

这回事叫人听了可不好受。斯克掳奇打了一个寒噤，抹去额上的汗。

“在我赎罪补过的苦行中，这是并不轻松的一部分，”这鬼接下去说。“我今夜到这里来，是要警告你：你还有逃脱我这种命运的一线机会和希望。这是我替你求来的一线机会和希望，埃伯尼泽。”

“你向来是我的好朋友，”斯克掳奇说。“谢谢你！”

“有三个幽灵，”那鬼接下去说，“将要来缠着你。”

斯克掳奇的脸色立刻沉下来，跟那个鬼刚才的脸色差不多。

“这就是你刚才提到的机会和希望么，雅各？”他声音颤抖地问。

“正是。”

“我——我想我宁愿不要，”斯克掳奇说。

“如果没有他们来找你，”那鬼说，“你就别想能逃避我所走的道路。明天敲一点钟的时候，你等着第一位到来吧。”

“我能不能让他们一起来，干脆了结掉这件事呢，雅各？”斯克掳奇透露这个想法说。

“在第二夜的同一个时间，你等着第二位到来吧。第三位，在下一夜刚敲完十二点钟的时候来。你不必指望再看见我；而且，为了你自己的好处，你必须记住我们之间的这次交谈！”

那鬼说完这几句话之后，就把围巾从桌上拿过来，像先前一样包在头上。斯克掳奇知道这一点，是因为听到它的上下颌被围巾包拢在一起时，牙齿发出清脆的响声。他壮着胆子，举目又看了一下，只见他这位鬼客笔直地站在他面前，链条在手臂上紧绕密缠着。

这幽灵从他身边倒退着走去；它每向后退一步，窗框就自动向上升高一点。等到它退到窗边时，窗户已经敞开了。它招呼斯克掳奇走过去，斯克掳奇听从了。等他们彼此距离只有两步路

了，马利的鬼魂举起手来，警告他不要再走近去。斯克掳奇就站住了。

这与其说是服从，不如说是由于惊异和恐惧；因为，当那鬼举起手来的时候，斯克掳奇就听见空中有一阵嘈杂的声响：断断续续的悲叹声和悔恨声；难以形容地悲戚和自我谴责的哭声。那鬼听了一会儿之后，也加入了这悲伤的挽歌声，并且飘浮到凄冷的黑夜里去了。

斯克掳奇跟到窗户边；他出于好奇心，拼命向窗外望去。

空中充满了幻影，仓皇不安地东飘西荡，一面走一面呜咽着。他们个个都像马利的鬼魂那样，链条缠身；有几个（它们也许是有罪孽的官僚吧）还给绑在一起；却没有一个是自由的。内中有许多在世时是斯克掳奇认识的。他很熟悉其中一个年老的鬼，它穿着一件白色的背心，脚踝上挂着一只巨大无比的铁保险箱，它看见下面一家门口有一个抱着婴孩的可怜巴巴的女人，因为自己不能够去帮助她而伤心地哭着。它们大家的苦恼是很明显的：为了要行善，都试图过问人间的事情，只可惜已经永远无能为力了。

这些鬼魂究竟是渐渐消失在雾里，还是被雾笼罩了，他可说不准了。但是它们和它们的幽灵之声一起消失了；于是黑夜又变得同他走回家时一样了。

斯克掳奇关上窗子，去检查那鬼从那儿进来的那道门。门还是双重锁着，跟他自己亲手锁上的时候一样，门闩也没有被人动过。他想说一声“胡闹”，但是说出头一个字就住口不说了。而且，因为刚才情绪激动了一阵子，或是因为白天工作得疲乏了，或是因为瞥见了阴间世界，听到了那鬼的枯燥乏味的谈话，以及时间已经很晚了，使他非常需要休息，因此就衣服也不脱，一直走到床边，倒在床上，立刻睡着了。

第二节歌
三幽灵中的第一个

斯克掳奇醒来的时候，天还是很黑，他从床上望出去，简直无法把那扇透明的窗子同他房里的不透明的墙壁分辨出来。他竭力想用他那双雪貂[①]般锐利的眼睛望穿黑暗，这时，附近一座教堂连敲了报四刻的钟声。他便静听接着敲几点钟。

叫他大为惊骇的是，这沉重的钟声敲了六下再敲第七下、第八下，这样有规则地直敲了十二下才停止。十二点啦！他上床的时候已经是两点多。这只钟一定是出毛病了。一定有一根冰柱搅进它的齿轮之间去了。十二点！

他揿揿打簧表[②]的弹簧，来校正一下这只岂有此理的钟。表的小脉搏快速地打了十二下，就停止了。

“我竟会睡了整整一个白天，再一直睡到半夜，”斯克掳奇说，“这怎么可能呢！这也不可能是太阳出了什么毛病，而现在是中午十二点吧！”

因为这个想法太吓人了，他就赶快爬下床来，摸索着走到窗边去。他非得用晨衣的袖子擦掉窗上的霜，才能够看见东西；可是即使这样仍然看不大到什么。他所能看出的只是：雾还很大，天还非常冷，没有人跑来跑去的声音，也没引起很大的骚动；假如黑夜当真已经赶走了白昼而占有了世界的话，那就毫无疑问会引起骚动的。这倒是一个莫大的安慰，因为，如果无法计算日子的话，那末“见此第一联汇票三日后请付埃伯尼泽 · 斯克掳奇先生或其授权人”等等，就会变得像一张美国的债券[③]一样不值钱了。

斯克掳奇回到床上去，想啊想的，想了又想，还是想不出一个名堂来。而且他越想就越糊涂，他越是竭力不去想它呢，反而越是想得多。马利的鬼魂使他烦恼得不得了。每当他经过充分思考，断定这全是一场梦之后，他的心却老是像一个放松了的强力弹簧似的，又弹回到原来的地方去，结果又得从头研究这同样的问题：“这到底是不是一场梦？”

斯克掳奇怀着这种心情躺着，直躺到钟声报了三刻，这时候他忽然想起，那鬼警告过他，当钟报一点时就会有客来找他。他决定醒着躺在床上，等候这个时辰过去；而这个主意，由于他那时的不能入睡正如他不能入天堂一样，也许可以说是他所能作出的最聪明的决定了。

这一刻钟时间真长，以致他不止一次地认为自己一定不知不觉地打起瞌睡，错过钟点了。最后，钟声传入他那静听着的耳中来了。

“叮，当！”

“十二点一刻，”斯克掳奇数着说。

“叮，当！”

“十二点半，”斯克掳奇说。

“叮，当！”

“一点差一刻，”斯克掳奇说。

“叮，当！”

“到点了，”斯克掳奇得意地说，“一点事情也没有！”

他说话时，报点的那一下还没有敲响，现在可来了：深沉、滞重、空洞而阴郁地当的一声。房间里立刻闪起一道亮光，他床

---

① 雪貂，一种似黄鼠狼的食肉动物，多为白毛，眼睛红而锐利，善于捕食兔、鼠等。英国人有带雪貂行猎者。

② 打簧表为18、19世纪欧洲流行的一种表，内装小铃，揿动弹簧即能报时刻。

③ 美国的债券，在本故事发生的这个时期，美国正发生经济大恐慌，使美国债券成为很不值钱的东西。

上的帐子被掀开了。

他床上的帐子，我告诉你，是被一只手掀开的。不是掀他脚边的帐子，也不是他背后的帐子，而是他面前的帐子。他床上的帐子被掀开到一边去，于是斯克掳奇惊跳起来，成了一个半躺半靠的姿势，发现自己正面对着那掀开帐子的阴间来客：跟它靠拢得就像我现在靠拢你一样，而我的心神现在正在你的身旁。

那是一个希奇古怪的形象[①]——像一个小孩子；可是，如果说它像一个小孩子，倒不如说更像一个老头子，因为通过某种幽幻的介质看来，它显得渐渐远离视线，而缩成一个孩子的大小。它的头发披在颈边，并且下垂到背上，仿佛因为年纪老而变白了；可是脸上却一丝皱纹也没有，皮肤上还显出最娇嫩的红色。胳膊很长，筋肉发达；一双手也是这样，仿佛紧握起来是力大非凡的。它的腿和脚形状都非常娇柔，像它的手臂一样裸露着。它穿着一件最洁白的束腰短袍，腰间扎着一条亮晶晶的带子，光彩夺目。它手里拿着一根新鲜的冬青树枝；可是，跟这冬天的标志特别显得不调和的是，它的衣服上都缀满着夏季的鲜花。但是最最奇怪的事情是，从它的天灵盖上射出一道灿烂的光芒，把这一切都照得清清楚楚的；这无疑就是它逢到要使这光较暗些的时候，用一顶挺大的熄灯帽[②]来当作睡帽的原因，现在这帽子正挟在它腋下。

这情形虽然奇怪，可是斯克掳奇越是向它盯着看，就越觉得这还不是它最奇怪的地方。因为，当它那条腰带一会儿在这部分，一会儿在那部分闪烁发光、忽明忽暗的时候，它的形体本身也就一会儿清晰，一会儿模糊；有时是一个只有一条臂膊的东西，有时却是只有一条腿；有时有二十条腿，有时有两条腿而没有头，有时是有头而没有身体。那些消失了的肢体都融入了浓黑

---

① 希奇古怪的形象，这个幽灵是斯克掳奇在老年时对自己幼年时的回忆所得的形象，所以似少又老。

② 熄灯帽为一种熄灭灯火用的铅质锥形筒。

的夜色里，一点儿轮廓也看不出来。接着，就在这样的奇迹中，它又会重新恢复原状，依旧是一清二楚的。

“阁下，您就是有人事先通知我要光临的那位神灵吗？”斯克掳奇问。

“我就是！”

说话的声音是轻柔而温和的。声音特别低，仿佛不是从他近旁，而是从很远的地方传来的。

“你是谁，是干什么的？”斯克掳奇追问道。

“我是‘过去圣诞节之灵’。”

“过去很久么？”斯克掳奇注意到它那侏儒般的身材，这样问道。

“不。是你的过去。”

如果有谁来问斯克掳奇，斯克掳奇也许答不出个道理来，但他怀着一种特别的愿望，想看看这幽灵戴上帽子的样子，于是他便请求它把帽子戴上。

“怎么！”这幽灵叫道，“难道你迫不及待地要用你这双世俗的手来把我发出的光明扑灭么？有些人把他们的欲望制成了这顶帽子，逼我把它低低地戴在额角上，一直戴了这许多年，而你就是他们中间的一个，难道这还不够么？”

斯克掳奇毕恭毕敬地否认他有丝毫冒犯它的意思，也想不起自己一生中的任何时候曾经故意硬给它“戴上帽子”[①]过。接着他便大胆地请问它到这儿来有什么贵干。

“为了你的福利！”幽灵说。

斯克掳奇表示十分感激，但是心里不禁想：没有人来打扰，让他安睡一夜，恐怕对于他的福利更有帮助。这幽灵一定是猜到他的心思了，因为它立刻就说道：

“那末，就说为了你的改过自新吧。注意！”

---

① 这里有玩弄别人，把别人戴的帽子硬揿到眼睛边的意思。

它一边说，一边伸出它那只强壮的手，轻轻地勾住他的胳膊。

“起来！跟我一起走吧！”

斯克掳奇即使恳求它，说气候和时间都不适宜于出去散步；说床上暖和，寒暑表却降到了零下好几度；说他只穿着拖鞋和晨衣，戴着睡帽，身上是单薄的；还说他这时正在伤风——即使这样恳求它，也都是没有用的。那只抓住他的手，虽则轻柔得像一只女人的手，却是无法抗拒的。他站起身来，但是发现那幽灵正向窗口走去，就抓住它的袍子，恳求怜悯。

“我是一个凡人，”斯克掳奇抗议说，“会摔下去的。”

“只要你经得起我用手在那里点一下，”这幽灵说，把手放在他的心口上，“你就会被举起来，比这还要高！”

话刚说完，他们就穿过了墙壁，站在一条宽阔的乡村道路上，两旁都是田野。城市已经完全消失了，连一点影子都看不见了。黑暗和迷雾也跟它一起消失，变成了一个晴朗、寒冷的冬天的日子，地上铺满着雪。

“天啊！”斯克掳奇向四周看了看，把双手勾在一起。“我就是在这个地方生长的。我从小就在这儿的！”

那幽灵温和地盯着他。虽然它那手刚才只是轻微而短促地点了他一下，可是这老头子似乎到现在还带着这种感觉。他觉得空气中飘浮着千百种气味，每一种气味都使人联想起很久很久以前就已淡忘的千百种思虑、希望、欢乐和忧愁！

“你的嘴唇在打哆嗦，”那幽灵说。“还有，你脸上的那一点是什么？”

斯克掳奇声音里带点不寻常的哽咽，咕了一声说那是一个粉刺，就恳求这幽灵带领他到他愿去的地方。

“你还记得路径吗？”幽灵问。

“记得路径！”斯克掳奇热情洋溢地叫道，“我蒙住眼睛也能走到那儿去哩！”

“奇怪的是，你竟把它忘掉那么多年了，”幽灵说。“我们继续走吧。”

他们沿着这条路走去，斯克掳奇认出了每一道院门，每一根柱子和每一株树，最后看到远处出现了一个小小的市镇，那儿有桥、礼拜堂和一条曲折的河。有几匹蓬松着鬃毛的小马在向他们快步跑来，马背上骑着小孩子，他们招呼着坐在农民们驾驶的双轮单马车和大车里的其他孩子们。这些孩子都是兴高采烈的，彼此大喊大叫，闹得这广阔的田野里充满了一片愉快的音乐声，连那清新的空气听了都笑起来！

“这些只是过去事物的影子罢了，”幽灵说。“它们意识不到我们在这儿。”

那些高高兴兴的旅客走过来了；当他们走来时，斯克掳奇认出他们每一个人，并且叫得出每一个人的名字。他为什么看见他们就欢喜得不得了呢？为什么等他们走过身边时，他那冷酷的眼睛会发出光亮，他的心会怦怦地跳呢？当他们在十字路口或岔路上分手，各自回家时，他们彼此祝颂着圣诞快乐，为什么他听见了这种声音就心中充满了喜悦呢？圣诞快乐对于斯克掳奇算得上什么呢？去他的圣诞快乐！它对他哪有过什么好处呢？

“学堂里的人还没有全走掉，”幽灵说。“有一个孤单单的孩子，朋友们都不理睬他，还留在那儿。”

斯克掳奇说他知道这回事。接着他就啜泣起来。

他们离开大路，拐上一条很熟悉的小路，不久就走到一座暗红色的砖砌大厦跟前。大厦屋顶上有个钟形小阁，上面安着一只小风信鸡，里面挂着一口钟。这是一幢大房子，不过是一家破落户的房子；因为那些宽敞的下房简直没人在使用了，墙壁都是潮湿的，生满着苔藓，窗户都破碎了，院门已经腐烂。家禽在马厩里咯咯叫，昂首阔步地走着；马车房和棚子里都长满了草。即使屋子里面也并不更多地保持着旧观；因为他们一踏进那凄凉的门厅，从开着的房门望到那许多房间里，就发现这些房间陈设简陋，寒冷、空旷。空气里有一股泥土气息，屋子里有一种阴森森的荒凉气象，这多少使人联想到是由于常常天不亮就点上蜡烛起床①，同时吃的东西又不充足。

他们，这幽灵和斯克掳奇，穿过门厅，走到屋子后部的一扇门前。门在他们面前开了，展现出一间简陋凄凉的长形房间，里面摆着几排未油漆的松木长凳和书桌，使这间房间显得更加简陋了。在一张书桌前，有一个孤寂的孩子在暗淡的炉火旁读着书；斯克掳奇看见了自己那被遗忘的、可怜巴巴的小时候的形象，不禁在一张板凳上坐下，哭了起来。

屋子里潜藏着的回声，板壁后面老鼠的尖叫和打架声，萧条的后院里水落管开始解冻的滴滴嗒嗒声，一株垂头丧气的白杨树从光秃秃的枝条间发出的叹息声，一间空储藏室的门百无聊赖的摇晃声，甚至连火炉里毕毕剥剥的响声，这种种声音，没有一种不落在斯克掳奇的心上，起到软化的作用，使他的眼泪更流个不住。

那幽灵碰碰他的胳膊，指指他小时候正在专心读书的那个形象②。忽然有一个穿外国服装的人，看起来活灵活现、清清楚楚的，正站在窗户外面，腰带里插着一把斧头，一手抓住笼头，牵着一匹驮着木柴的驴子。

“唷，那是阿里巴巴③呀！”斯克掳奇狂喜地叫道。“那是亲爱的、诚实的好阿里巴巴！是的，是的，我想起来了！有一年圣诞节，当这个寂寞的孩子孤零零地被撇下在这里的时候，他真的

① 这里是说斯克掳奇回忆起他做孩子时待的住读学校里的生活是多么艰苦。这种学校狄更斯在他的好几部小说中都描述过，特别是《大卫·考坡菲》和《尼古拉斯·尼克尔贝》。

② 这里是说斯克掳奇在孤单单地读书，正幻想着有书中的英雄人物来同他做伴。这也正是狄更斯在描述他自己儿时的经历，他在《大卫·考坡菲》中就有过同样的叙述。

③ 阿里巴巴，《一千零一夜》中的人物之一。他本是一个以砍柴为生的穷樵夫，后来因发现四十个大盗的宝窟，并设计尽歼群盗，终于成为一个富人。

来了，那是头一次，就像现在一样。可怜的孩子！还有伐兰坦，”斯克掳奇说，“和他那孪生的兄弟奥逊[1]；他们从那边走过去了！还有，那个穿着衬裤睡着了被人放在大马士革城门口的，他的名字叫什么？你看见他没有？还有那苏丹的马夫，妖魔使他倒立，他还在头朝下地倒立着！他这是活该！我很高兴。他有什么资格去跟公主结婚啊？”

假使斯克掳奇那些在城里做生意的朋友听见他把他天性中的满腔热忱都发泄在这些事情上，而声音又像哭又像笑，非常特别；并且看见他那张又兴奋又激动的脸儿，他们准会大大吃惊的。

“看那只鹦哥！”斯克掳奇叫道。“绿身体，黄尾巴，头顶上长着一件像根莴苣似的东西；它就在那儿！当可怜的鲁滨孙[2]环绕全岛航行后回家时，鹦哥就叫他可怜的鲁滨孙。‘可怜的鲁滨孙，你刚才到哪儿去了，鲁滨孙？’那人还以为他在做梦呢，其实他并没有。是那鹦哥在叫他，你知道。礼拜五跑过去了，他是在往小溪逃命！嗨呀！嗬！嗨呀！”

于是，在一种跟他平时的性格完全不符的迅速转变下，他痛惜过去的自己，不禁说了声：“可怜的孩子！”就又哭了起来。

“我希望，”斯克掳奇把手伸到口袋里，嘀咕着说，并且先用袖口擦干了眼泪，再向周围看看，“可是如今太迟了！”

“怎么回事？”这幽灵问。

“没有什么，”斯克掳奇说。“没有什么。昨天夜里，有个小孩在我门口唱了一支圣诞欢歌。我当时真该给他一点什么。就是这么一回事。”

那幽灵若有所思地微笑了，一边摆摆手，一边说道：“让我们来看看另外一个圣诞节的情形吧！”

---

① 伐兰坦和奥逊是法国中世纪骑士故事中的主人公，他们是一对孪生兄弟。

② 鲁滨孙为英国作家但尼尔·笛福（1660—1731）的长篇小说《鲁滨孙历险记》中的主人公。他在荒岛上养了只鹦哥，还收容了一个土人，取名“礼拜五”。

话刚说完，斯克掳奇自己小时候的形象马上变得大起来，那个房间也变得更暗更脏了。墙上的镶板蜷缩起来，窗户都裂缝了；天花板上的灰泥一片片地剥落下来，露出了里面的光板条；但是怎么会弄成这样，斯克掳奇所知道的也并不比你我多。他只知道这情况是确实的；这一切当初确实是发生过的；他还是独自一人待在那儿，别的孩子们都已经回家去欢度节日了。

他这时不在读书了，而是在绝望地走来走去。斯克掳奇对幽灵看看，伤心地摇摇头，带着焦急的心情望着门口。

门打开了；一个小女孩，年纪比这男孩子小得多，飞也似的奔进来，用手臂搂住他的脖子，连连地吻着他，称呼他“亲爱的、亲爱的哥哥”。

“我是来接你回家去的，亲爱的哥哥！”女孩说，拍着她的一双小手，弯下身体笑着。“来接你回家，回家，回家！”

“回家，小芳？”这男孩应道。

“是的！”女孩子说，充满了欢喜。“回家去，永远不再来啦。回家去，从此不离开了。父亲比从前仁慈得多了，所以家里就像天堂一样啦！有一个值得纪念的晚上，在我上床睡觉的时候，他对我讲话特别温和，因此我就壮起胆子再问他能不能准许你回家来；他就说，好，你可以回家；还派我坐了马车来接你。而且你快要成为大人啦！”女孩子睁大了眼睛说。“再也不必回到这里来了；不过首先，我们要一起过完这个圣诞节期①，享受世界上最愉快的时光。”

“你真像个长大了的女人了，小芳！”这男孩叫道。

她拍着手笑，想去摸他的头；可是因为个儿太小了，就又笑起来，踮起脚尖来搂抱他。接着她带着她那孩子气的迫不及待的神情，拉着他向门口走去；而他呢，本来很乐意去，就跟着她走了。

---

① 圣诞节期，从 12 月 24 日圣诞节前夕一直到翌年 1 月 6 日主显节。

门厅里一个可怕的声音喊道："嗨，把斯克掳奇少爷的箱子搬下来！"于是校长本人在门厅里出现了，他带着一种恶狠狠的、假作殷勤的样子盯着斯克掳奇少爷，并且跟他握握手，这使他慌张得不得了。校长接着便把他和他妹妹带到那最好的客厅里去，那地方简直像一口从未见过的冷得叫人发抖的古井，在那里，墙壁上的地图、窗台上的天体仪和地球仪，都给冻得像蜡一般苍白了。在这里，他拿出一细颈玻璃瓶淡得出奇的酒和一大块重得出奇的饼，并把这些精美的东西分了点给这两个孩子吃；同时他打发一个挺瘦的仆人送一杯"什么东西"去给那车夫喝，车夫回答说，谢谢这位老爷，但是如果这东西就是他上次尝过的那种桶装老酒，那末他情愿不要喝。斯克掳奇少爷的衣箱这时候已经捆好在马车顶上了，两个孩子就满心情愿地向校长告别；接着跨上马车，欢快地沿着花园里的曲径驶去；急转的车轮把常青树深绿色叶子上的白霜和积雪都震落下来，像水花飞溅一般。

"一向是个体质娇嫩的人儿，仿佛一口气就可以把她吹得枯萎的，"那幽灵说。"但是她具有伟大的心胸！"

"她是这样的一个人，"斯克掳奇叫道。"你说得对。我不会否定你这句话，幽灵。上帝也不容许！"

"她死时已经是个妇人了，"幽灵说，"而且，我想，她还生有子女。"

"一个孩子，"斯克掳奇回答道。

"不错，"幽灵说。"就是你的外甥！"

斯克掳奇似乎问心有愧，只简单地回答了一声"是的"。

他们虽则还是刚刚离开那学堂，可是眼前已经到了一个城市的热闹的大街上，只见有隐隐绰绰的行人在来来往往，还有隐隐绰绰的运货车和马车在争夺着路走，凡是一个真正的城市所有的争吵和喧嚣，这里都有。从店铺的装潢上清清楚楚看得出，这儿也正好又逢着圣诞节来临了；但时候是在晚上，街上都已灯火辉煌了。

幽灵在某一所仓库的门口停下了步，问斯克掳奇知道不知道这地方。

“知道不知道！”斯克掳奇说。“我不就是在这儿当过学徒的吗？”

他们走进去。一位戴着威尔士假发①的老先生，坐在一张高得可以的写字台后面，如果他的身高再多两英寸的话，他的头就要碰到天花板了；斯克掳奇一看见他，就激动万分地叫起来：

“哎呀，原来是老费昔威！上天保佑他，费昔威复活啦！”

老费昔威放下了笔，抬头看看钟，时针正指着七点。他搓搓手，整整他那件宽大的背心，笑得前俯后仰，从他的皮鞋到他那乐善好施的脑袋，都在笑，并且用一种舒畅、圆滑、丰润、饱满和喜悦的声音叫道：

“唷嗬，嗨！埃伯尼泽！迪克！”

斯克掳奇从前的自己，这时已经成长为一个青年了，轻快地走进来，他的师兄弟跟他一起进来。

“迪克·威尔金斯，一点不错！”斯克掳奇对幽灵说。“天啊，是他。正是他。他跟我很要好的，这个迪克。可怜的迪克！唉，唉！”

“唷嗬，我的孩子们！”费昔威说。“今儿晚上不要再工作了。圣诞节前夜嘛，迪克。圣诞节嘛，埃伯尼泽！咱们来把护窗板都上起来，”老费昔威叫道，响亮地拍了一下手，“说干就干吧！”

你简直不会相信这两个家伙怎么干得这么快！他们掮起护窗板就冲到街上——一、二、三——把板都上好了——四、五、六——插上窗闩把板扣住了——七、八、九——你还没有数到十

---

① 威尔士假发，17、18 世纪时，英国上流社会及法官、律师、演员等，以戴假发（原产于威尔士）为时髦。这里指的是一种白色小型的卷曲假发。

二，他们已经跑了回来，像赛跑的马那样直喘气。

老费昔威异常灵活地从他那张高写字台上跳了下来，嘴里叫道，“唏哩—呵！把东西搬开，孩子们，让我们这儿多空出些地方！唏哩—呵，迪克！唧、唧、唧，埃伯尼泽！”

把东西全搬开！有老费昔威在旁边看着，他们还有什么东西不高兴搬开，或是搬不开的！一眨眼工夫就都做好了。每一件可以移动的东西都搬开了，仿佛要把它们永远摒弃不用似的；地板打扫过了并洒上了水，灯芯都剪好了，木柴都堆在炉火上了；于是这仓库就变成一个你巴不得在冬天夜里看见的挺舒服、暖和、干燥而光明的舞会大厅了。

一位小提琴手夹着乐谱走了进来，跑到那高大的写字台上，把它变成一个奏乐台，就调起音来，像胃病患者在一迭连声地哼叫。费昔威太太走了进来，完全是一副笑逐颜开的样子。三位费昔威小姐走了进来，笑容可掬，而且令人生爱。六个年轻的追随者走了进来，他们的心都被她们搅碎了。这个商行所雇用的男女青年们都走了进来。使女走了进来，带着她的表兄，一个面包师。厨娘走了进来，带着她哥哥的好朋友，送牛奶人。街对面的小厮走了进来，人们怀疑他在他主人家里是吃不饱的；他想躲在隔壁第二家的使女的背后，而她是已经证明被她女主人扯过耳朵的。他们都走了进来，一个接着一个；有的害臊，有的大胆，有的优雅，有的笨拙，有的推着，有的拉着；反正以各种各样的方式，他们大家都走了进来。他们立刻组成了二十对，下去跳舞：手搭着手转了半圈，然后再从另一方向转过来；队伍穿过场子中间跳到一端，再回过来；在各个不同的阶段中，结成了亲密的集体，回旋再回旋；原来领头的那一对总是走错了地方，后来的第一对跳到领头的地方就立刻重新开始；最后大家都排成一行，无所谓头一对了，所以也没什么后面的一对来衬托他们了！等到产生了这样的结果时，老费昔威就拍拍手叫大家停止了跳舞，大叫一声“跳得好”。于是那小提琴手把他那张发热的脸浸到一大罐黑啤酒里，这罐酒就是特地为他准备的。但是他把头抬起来之后，虽则这时候还没有人跳舞，他却不愿意休息，立刻又演奏起来，仿佛先前那个提琴手已经筋疲力尽，被人搁在护窗板上，抬回家去了，而他已成为一个崭新的人物，决心完全胜过过去的他，宁死也要做到。

接着又跳了几次舞，并玩了几次罚物游戏①，然后又跳了几次舞，还有蛋糕，有尼格斯酒②，并且有一大块冷烤牛肉，一大块冷炖猪肉，还有明治攀③以及许许多多啤酒。但是这一晚的大轴戏是在上了烤肉和炖肉以后，那时候琴师（是个狡猾的家伙，注意！他对于业务，比你我所能指点他的要熟悉得多）奏起《罗杰·德·科弗莱爵士》舞曲④来。于是老费昔威站出来和费昔威太太跳舞，而且是带头的一对；这对于他们实在是一件需要有硬功夫的事情，因为舞侣有二十三四对，都是些不可轻视的人，都是些宁愿跳舞而绝对不打算散步的人。

但是即使人数增加一倍——哦，甚至四倍于原来的数目吧——老费昔威还是比得过他们的，而费昔威太太也是如此。说到她，她是无论哪一方面都配得上做他的伴侣的。如果这句话还不算是最高的赞美，那末请你告诉我一句更好的，我就来用这句话。费昔威的两条小腿似乎当真发出光芒⑤来。它们像月亮般在每一个舞步中照耀着。在任何时刻，你都无法预言它们在下一秒钟内将会怎么样。老费昔威和费昔威太太从头到尾跳着这次舞；你进我退，双手拉着舞伴，鞠躬和屈膝⑥，来一个螺旋钻孔，来一个线穿

---

① 玩这种游戏时，犯规者须交出身上的一件东西，等经过某种开玩笑的处罚后，才能发还。

② 尼格斯酒为用葡萄酒、糖、柠檬汁和豆蔻混合制成的热饮料。

③ 明治攀是碎肉或百果做的馅饼。

④ 一种苏格兰乡村舞蹈及乐曲。

⑤ 这句话指费昔威舞步轻快。作者在这里玩弄了一次文字游戏，因为原文“light”一词在英语中既可作“轻快”解，又可作“光明”解。

⑥ 男子行鞠躬礼，妇女行屈膝礼。

针眼，然后回到原来的位置上，费昔威就来一个“剪式动作”①，干得那么灵活，他似乎把两条腿像眼睛般眨了眨，就双脚落地，稳健地站住了。

钟敲十一下的时候，这个家庭舞会散场了。费昔威先生和太太各就各位，一人站在门口的一边，等每个人走出去时，和他或她一一握手，并且祝他或她圣诞快乐。等所有的人都走了，只剩下这两个学徒的时候，他们也同样跟他们握手祝贺。欢乐的人声就这样消散了，这两个小子留在那儿，回自己床上去睡觉，床铺就在店堂后进的一个柜台下面。

在整个这段时间中，斯克掳奇的行动像一个神志失常的人一样。他全副精神贯注在这一场景中，贯注在他自己从前的形象中。他确证了每一件事，记起了每一件事，享受着每一件事，而且感受到无比奇特的激动。直到这时，当他从前的自己和迪克两人的快乐脸儿转过去的时候，他才记起那幽灵来，并且意识到它正在紧盯着他看，它脑袋上的光芒照耀得非常清楚。

“只不过一件小小的事情，”幽灵说道，“就使得那些傻瓜这样地感激。”

“小小的事情！”斯克掳奇附和着说。

幽灵向他做了个手势要他听那两个学徒在说的话，他们这时正在竭力称赞费昔威；等他听过了，它就说道：

“喏！不是吗？他不过花了你们人世间的几镑钱，也许不过三四镑吧。难道这笔钱就那么了不起，使他这样值得称赞？”

“话不是这样讲的，”斯克掳奇被这话激恼了，讲起话来就不知不觉地像他从前的自己而不像后来的自己了。“话不是这样讲的，幽灵。他有这种权力来使我们快活或不快活，使我们的工作变成轻松或是繁重，变成娱乐或是苦工。如果说，他的权力存在于语言和神色之中，存在于一些微不足道得无法汇集起来也无法

① 舞蹈中的一种老式舞步，舞者跃起，双足腾空踢动，然后落地。

计算的事情之中，那又怎么样呢？他给人的幸福是那样大，就同花了极大一笔钱才换来的一样。”

他觉得幽灵的眼光在看着他，就住口不说了。

“什么事不对头啊？”幽灵问。

“没有什么特别的事，”斯克掳奇说。

“总有点什么事吧，我想？”幽灵追问着。

“没有，”斯克掳奇说，“没有。我真想现在就对我的伙计讲一两句话！就是这么点事。”

当他说出这个愿望时，他从前的自己正在把灯芯捻小；于是斯克掳奇和那幽灵又肩并肩地站在户外了。

“我没有多少时间可以耽搁了，”幽灵说。“快点！”

这句话不是对斯克掳奇说的，也不是对他能看见的任何人说的，但是这话立刻产生了效果。因为斯克掳奇又看见他自己了。他现在年纪已经大了一点，是个年富力强的男子。他脸上还没有后来岁月中出现的那些严峻而刻板的纹路，不过已经开始表现出患得患失和贪得无厌的迹象了。那浮躁地转动着的眼睛里流露出一种急切的贪婪神气来，显示出贪欲已在那儿生了根，在日长夜大地成为一棵大树，它的阴影将落到什么地方。

他不是一个人在那儿，而是坐在一位穿孝服①的姣美的少女旁边，她那眼睛里含着的盈盈泪水，被那“过去圣诞节之灵”所发出的光芒照得亮晶晶的。

“这无关紧要，”她轻柔地说。“对你来说，很无关紧要。另外一个偶像已经代替了我；如果它在将来能够像我所想做的那样，使你得到快乐和安慰，那我就没有可悲伤的正当理由了。”

“什么偶像代替了你啊？”他接口问。

“一个黄金的偶像。”

“难道这就是世上公平合理的待遇！”他说。“世上没有比贫

① 孝服，表示哀悼的黑色衣服。

穷更苦恼的了；但是世上公然加以谴责的也没有比对追求财富更严厉的了！”

“你太害怕世人了，”她温和地回答说。“你所有的其他希望都汇合成了一个希望，那就是：不至于遭受到世人的苛刻指责。我看见你那些更崇高的志愿都一一消失掉了，直到那主要的欲望，贪欲，占有了你。难道我没有看到吗？”

“那又怎么样呢？”他反驳道。“即使我变得比从前聪明多了，又怎么样呢？我对你一点也没有变心啊。”

她摇摇头。

“我没变心吧？”

“我们的婚约是早就订下的。订约的时候我们双方都是贫穷的，而且是安于贫穷，情愿等到适当的时候，能靠着我们坚韧不拔的辛勤劳动，来改善我们在世上的处境。可你现在变了。我们当初订婚的时候，你可不是这样一个人啊。”

“我当时还是个毛孩子，”他不耐烦地说。

“你自己的感觉会告诉你，你从前跟现在是大不相同的，”她回答说。“我却还是老样子。在我们两人一条心的时候，本来可以得到幸福，现在我们既然变成了两条心，自然是充满着痛苦的。我对这个问题考虑过多少次，感到怎样的难过，这些我都不必说了。我只要对你说这一点就够了：我已经考虑好这件事情，现在可以跟你解约了。”

“我曾经要求过解约吗？”

“在言语中，没有。从来没有过。”

“那末，是在什么方面呢？”

“是在性情的改变上；在精神的转移上；在另一种生活气氛中；你把另外一种希望当作了人生的伟大目标。凡是从前使我的爱情在你眼里有点身价和价值的一切，现在都改变了。假使我们之间从来没有发生过这样的事的话，”这姑娘说，温和而坚定地看着他，“告诉我，你现在会不会来追求我，并且想得到我？唉，不会的！”

他似乎要不由自主地承认这个假设是公正的。但是他勉强地回答道：“这是你以为不会。”

“我但愿能够不这样想，”她回答说，“天知道！等我懂得了这样一条道理，我知道它必定是非常强有力和不可抗拒的。但是如果你今天、明天或昨天解除了婚约的话，难道我能相信你会选一个没有嫁妆[①]的女子吗——你这个人，在你同她亲密无间的时候，也是以财富来衡量一切的；再说，即使你暂时违反了你生平唯一的主导原则而选中了她，难道我不知道你事后一定会后悔莫及的吗？我知道的，所以我要跟你解约。为了对他——那个从前的你——的爱，我诚心诚意这样做。”

他正想说话，但是她把头转过去不看他，接下去说道：

“这件事也许会使你感到痛苦的——回想起过去的情分，我不免有半点这样的希望。只要经过一段极短的时间，你就会很高兴地把对这件事情的回忆，当作一场无利可图的梦而撇开，以为你能从这场梦里醒过来正是再好也没有的事。愿你在你所选择的生活里能够快乐！”

她离开了他，他们就此分手了。

“幽灵！”斯克掳奇叫道，“别再显现给我看了！领我回家去吧。你为什么喜欢折磨我啊？”

“再看一个过去的形象！”幽灵叫道。

“不要再看啦！”斯克掳奇喊道。“不要再看啦！我不愿意看。不要再显现什么给我看啦！”

但是这狠心的幽灵用两臂把他挟住，强迫他再看接着出现的事情。

他们这时到了另外一个场景中，那是一间不很大也不华丽的

---

① 英国当时的风俗是，女儿将出嫁时，父母要给她一笔钱或财产，称作嫁资或嫁妆。没有嫁妆的姑娘是不受欢迎的。

房间，但是充满了舒适的陈设。靠近那过冬用的炉火旁，坐着一位美丽的少女，和刚才的那一位非常相像，斯克掳奇起先还以为就是同一个人，直到后来才看清她现在已是一位秀丽的主妇了，正坐在她女儿的对面。这房间里真是声音嘈杂极了，因为小孩实在太多，斯克掳奇在心神不宁中，简直数也数不清；而且，不像那首诗①中的著名的牛群，他们不是四十个孩子行动起来如同一个，却是每一个孩子行动起来像四十个。结果是吵闹得令人难以置信，可是似乎没有一个人觉得讨厌；恰恰相反，她们母女俩畅快地大笑着，感到十分有趣；而女儿不久就参加到这些游戏里去，受到这帮小强盗毫不留情的骚扰。假使我能够成为他们中间的一个，要我出任何代价我都肯！不过我决不会那么粗鲁，决不，决不！不管出我多大代价，我也不愿把那结成辫子的头发弄散，把它扯下来；还有那只珍贵的小靴子，上帝保佑我，我是无论如何不肯把它脱下来的。至于像他们这一群大胆的小把戏那样，量她的腰身闹着玩儿，这种事情我也决计做不出来；我该料想自己的手臂会遭到天罚，围着她的腰就此永远伸不直。然而我承认，我实在巴不得亲一亲她的嘴唇；想问她一句话，使她张开她的嘴来；想注视她那目光下垂的眼睛上的睫毛，而不致使她脸红；想解开她那波浪般卷曲的头发——这头发，即使得到一英寸，也是无价之宝的纪念品。总而言之，我极愿意享受到孩子们的最轻微的放纵自由，同时又像大人似的懂得这种自由的可贵。

但是这时候听见有人在敲门了，大家立刻都奔过去，她带着笑脸，穿着被扯乱的衣服，给拥在这一群脸儿通红的、吵吵嚷嚷的孩子中间，一直被推到门口去，刚好及时地迎接回家来的父亲。父亲背后跟随着一个捧着不少圣诞节玩具和礼物的人。接着是一片大嚷大闹，争先恐后地对这毫无防备的门房展开猛烈的攻

① 指英国诗人威廉·华兹华斯（1770—1850）的《写于三月》，其中有名句云：“四十头牛食草，静如一头。”

击！拿椅子当作梯子，爬到他身上去，伸手到他口袋里去挖，把那些牛皮纸包从他手里抢夺过来，紧紧地抓住他的领结，搂住他的脖子，用拳头捶着他的背脊，以乐不可支的亲热劲儿踢他的腿！每个包裹打开时引起了一大阵惊奇和欣喜的喊叫声！接着有人骇人听闻地声称：那婴孩正要把一个玩具煎锅塞进嘴去，而且好像已经把一只胶在木头碟子上的假火鸡吞到肚里去了！后来发现这是一场虚惊，大家又是多么地快慰啊！那份欢欣、感激和狂喜呀！他们的行动都是言语所无法形容的相似。只要说这一句就够了：这些孩子们带着他们的欢乐情绪逐渐地离开了客厅，一步跨一级楼梯，一直走到屋子的最高层，上床去睡觉了，这一场喧闹才平静下来。

这时斯克掳奇比以前更用心地瞧着了，只见这一家的主人，把女儿拉过来亲热地偎在身上，然后跟她和她的母亲在自己的炉旁一起坐下来。斯克掳奇想到另一个这样的孩子，同样的俊秀和富有前途，满可能称他为父亲，并且成为他萧瑟的暮年中的一段春日的，这时候，他的眼睛不禁被泪水沾得十分模糊了。

“贝儿，”那丈夫回过头来，笑着对他的妻子说，“今天下午我看见了你的一个老朋友。”

“谁啊？”

“猜猜看！”

“我怎么猜得着？得了，我还会不知道？”她一口气接下去说，同他一样地笑着，“斯克掳奇先生。”

“正是斯克掳奇先生。我经过他办公室的窗外，因为窗子没有关上，而且里面又点着蜡烛，我不免看见了他。他的合伙人躺在床上快死了，我听人说；他独个儿坐在那里。孤零零地一个人在世上，我相信正是这样。”

“幽灵！”斯克掳奇声音哽咽地说，“把我从这地方带走吧。”

“我对你讲过，这些都是往事的影子，”幽灵说。“至于它们

今天是这副本来面目，那你别责怪我！”

“把我带走吧！”斯克掳奇叫道，“我实在受不了啦！”

他转身面对着幽灵，只见它正在瞧着他，而它的那张脸，说也奇怪，竟是它刚才指点给他看的那些脸的片段拼凑起来的，他就跟它揪打起来。

“放开我！带我回去。不要再跟我作祟了！”

如果这能算是搏斗的话，那么，在这场搏斗中，他用足了气力，但那幽灵却显然一点都不抵抗，也丝毫不感到惊慌。斯克掳奇在搏斗中看见，那幽灵头上的光照得又高又亮。他迷迷糊糊地认为这幽灵对他的作祟是跟它的光有关系的，就抓住了那顶熄灯帽，出其不意地往下揿在它头上。

那幽灵在帽子下面瘫倒下去，这样，这顶熄灯帽就盖住了它的整个身体。但是尽管斯克掳奇用尽平生之力把帽子往下揿，却仍旧遮不住那道光[①]，它从帽子下面放射出来，毫不间断地泻照在地上。

他感到筋疲力尽，瞌睡难当；而且还发现正在自己的卧室里。他把那顶帽子最后捏了一把，就松了手；人刚刚摇摇晃晃地倒在床上，就立刻陷入酣睡之中。

---

① 这光就是记忆之光，尽管斯克掳奇不愿回忆自己的过去，但往事既已勾起，就再也无法把它完全扑灭了。

第三节歌
三幽灵中的第二个

斯克掳奇从鼾声大作中醒过来，在床上坐起定了定神，根本用不着人家来告诉他，就知道钟又将敲一点了。他觉得自己正好在这紧要关头醒过来，就是特地为了要和那第二个使者来一次会晤，而这个使者正是由于雅各·马利的干预，才到他这里来的。但是当他开始猜想这个新幽灵会把他帐子的哪一边拉开时，他觉得自己很不舒服地发起冷来，便索性用自己的手把每一边的帐子都拉开来，然后再在床上躺下，对床的四周保持严密的警戒，因为他打算在这幽灵一出现时，就向它挑战，而不愿意突然遭到袭击，弄得惊惶失措。

那些悠闲自在、不拘形迹的先生们，自负有那么两下子，而且是分外通晓世事，善于审时应变的，为了要表示他们在冒险应变方面神通广大，就说他们从掷钱游戏到杀人勾当，任何事情都是擅长的；而在这两个相反的极端之间，无疑地还有着范围相当广泛的许多事情。我固然不敢把斯克掳奇说得这么有能耐，可是我愿意请你们相信，他是准备看到范围相当广泛的各种稀奇古怪的东西出现的，从一个小娃娃直到一头大犀牛之间，无论什么东西出现都不会使他太惊骇。

如今，正因为他准备看见差不多任何东西，他才毫无准备会一无所见；因此，当钟鸣一下，而并无鬼影出现时，他禁不住剧烈地发起抖来。五分钟，十分钟，一刻钟过去了，可是什么都没有出现。在这一段时间里，他一直躺在床上，处于一道红光的核心和中央，这道光是在钟敲一点时就照射在他身上的；而且，由于只是一道光，竟比一二十个鬼更惊人，因为他既无法了解它的用意是什么，也不知道它打算怎么样；有些时候他更深怕自己当时会自燃[①]起来，成为一个有趣的事例，事先却一点也没有思想准备。然而，到了最后，他开始想到——至于你我，是一开头就会想到的，因为旁观者清，只有不置身在困境中的人才知道应该怎样去应付这种境遇，并且毫无疑问地会这样去做——到了最后，我刚才说，他才开始想到，这道鬼光的来源和奥秘，可能就在隔壁的那个房间里，因为他再把这道光的踪迹追寻了一下，发现它似乎就是从那个房间里照射出来的。他心里既然完全存了这个想法，就轻轻地从床上起来，趿着拖鞋走到房门口去。

斯克掳奇的手刚碰到锁上，一个陌生的口音就叫了一声他的名字，而且吩咐他进去。他遵命做了。

那是他自己的房间。这一点是毫无疑问的。但是这个房间已经起了惊人的变化。四壁和天花板上都挂满了活的绿色植物，看起来完全像是一座小丛林，亮晶晶的浆果在丛林里的每一个地方闪耀着。冬青、槲寄生和常青藤[②]的鲜嫩的叶子把这些亮光反射出来，好像有许多小镜子散布在那儿似的；熊熊的火焰直向烟囱里轰轰地上蹿，无论是在斯克掳奇的时期，马利的时期，还是过去许许多多的冬季里，这个阴沉的化石般的壁炉里都从未有过这样猛烈的火焰。堆在地板上，形成一个宝座似的，是火鸡、鹅、野味、家禽、腌肉、大块的腿肉、乳猪、一长串一长串的香肠、明治攀、葡萄干布丁、一桶桶的牡蛎、火热的栗子、像孩儿脸般红通通的苹果、多汁的橘子、甘美的生梨、庞大的主显节[③]饼，以及煮

① 自燃，物质在并无直接加热的情况下，通过缓慢的氧化过程，温度逐渐升高，终于达到着火点，自发地引起燃烧。这里是说斯克掳奇唯恐这道光发自他自己的身上，以致自己燃烧起来。

② 这三者是英国人在圣诞节时作装饰品用的。

③ 主显节在圣诞节后第十二天（即1月6日）。

沸的一碗碗五味酒[1]，它们冒出来的芬芳的热气，把这个房间都熏得模糊了。在这里的榻上坐着一个兴高采烈的巨人，气派堂皇，手里拿着一根通红的火把，形状同象征丰饶的羊角[2]不无相似之处，它把它高高地举起，等斯克掳奇走到房门口来张望的时候，火把的光正好照在他身上。

"进来！"这幽灵叫道。"进来！同我多熟悉熟悉，朋友！"

斯克掳奇畏畏缩缩地走了进去，在这幽灵面前低头站着。他已经不是从前那个冥顽不灵的斯克掳奇了；虽则那幽灵的眼光是明朗和善的，他却不愿意和它接触。

"我是'现在圣诞节之灵'，"这幽灵说，"对我看！"

斯克掳奇就恭而敬之地照办了。只见它穿着一件朴素的绿色长袍，或是大氅，周围用白的毛皮镶边。这件衣服宽松地披在它身上，它那宽阔的胸部都露了出来，仿佛不屑被人为的衣饰所卫护或遮掩。从衣服的宽大的褶裥下面，看得见它的一双脚也是赤露着的；它的头上不戴别的东西，只戴着一个冬青编的花冠，上面到处点缀着闪闪发光的冰柱。它那深褐色的鬈发很长，随便地披着，就像它那和蔼的脸儿、闪光的眼睛、张开的手掌、愉快的声音、自在的举止和快乐的气氛那样地随便不羁。它的腰间佩着一把古老的剑鞘，可是里面没有剑，而且这古老的剑鞘已经长满了锈。

"你从来没有见过像我这样的吧！"幽灵叫道。

"从来没有，"斯克掳奇回答它。

"从来没有同我家里比较年轻的成员们一起走动过吧？我的意思是说，在最近几年里诞生的我的哥哥们，因为我的年纪是很

---

① 五味酒原出印度，有酒、茶、柠檬汁、糖和水等五种成分，后泛指掺水加糖和香料的混合酒。

② 丰饶羊角，据希腊神话，大神宙斯长大后，取一羊角赠克里特王之女，以报其抚育之恩，说有了这东西，能随心所欲，无不如意。因此这羊角被称为"丰饶之角"，是和平与繁荣的象征。

Scrooge's third Visitor.

小的，”幽灵不放松地说。

“我想我是没有这样做过，”斯克掳奇说。“我恐怕是没有这样做过。你有许多兄弟么，幽灵？”

“有一千八百多个[①]，”这鬼说。

“这可是一个很不容易赡养的大家庭啊！”斯克掳奇嘀咕着说。

“现在圣诞节之灵”站起身来。

“幽灵呵，”斯克掳奇恭顺地说，“带我到你要带我去的地方吧。昨天夜里我是被逼出去的，可是我已经得到了一种教训，这教训现在正在起作用了。今天夜里，如果你有什么要教导我的话，那就让我得到教益吧。”

“轻轻地抓住我的袍子！”

斯克掳奇遵照他的吩咐做了，把袍子紧紧抓住。

冬青、槲寄生、红浆果、常青藤、火鸡、鹅、野味、家禽、腌肉、鲜肉、猪、香肠、牡蛎、馅饼、布丁、水果和五味酒，立刻全都消失了。那个房间、壁炉、通红的火光、夜间的钟点，也全都消失了，他们已经站在圣诞节早晨的城里的街道上。因为天气寒冷得很，人们在把住宅前面人行道上和屋顶上的雪都铲掉，发出了一种聒噪、轻快但并不难听的乐声，而最使孩子们欣喜若狂的是看见雪从屋顶上沉重地落到下面路上，碎裂成人造的小暴风雪。

同屋顶上那一片平滑洁白的积雪以及地面上稍微肮脏些的雪对照之下，房屋的正面就显得相当黝黑，而窗户也显得更黑了。街上的积雪都已经被那些大车和货车的沉重的车轮犁成深深的沟畦；在那几条大街分岔出去的地方，这些沟畦重复交叉了不知有几百次，造成了许多纵横交错的水渠，在那很稠的黄泥浆和冰冷的水里，简直找不出它们的途径来。天空是阴郁的，那些最短的

① 狄更斯的这篇小说写于 1843 年，圣诞节每年一次，所以他说有一千八百多个圣诞节的幽灵。

街道上都充塞着一片半融解半冻结的污秽的雾气，其中较重的微粒就成为一种煤灰①，像阵雨般落下来，仿佛大不列颠所有的烟囱都一起着起火来，正在称心如意地燃烧着。拿气候或是这城市来说，这儿并没有什么令人感到十分快乐的地方，然而却布满着一种快乐的气氛，即使最清净的夏季空气和最晴朗的夏季太阳，也决计散发不出来。

因为，那些在屋顶上铲雪的人，都是兴高采烈，满怀快乐的；他们从胸墙边大着嗓子你叫我唤，有时候还寻开心地把雪球抛来抛去——这是一种比口头的玩笑更富有友好意味的飞弹——如果打中了的话就哈哈大笑，如果打偏了的话也笑得同样地起劲。家禽铺子的门刚开了一半，水果铺则是五光十色。又大又圆、肚皮鼓出的栗子篮——模样儿就像快活的老先生们所穿的背心——在门口斜靠着，它们身体肥胖，易患中风，就这么摔倒在街上。褐色的脸色泛着红的、腰围很宽的西班牙球葱，像西班牙修道士般长得肥肥胖胖，油光锃亮；当姑娘们走过去时，它们就从架子上对她们挤眉弄眼，一派调皮放肆的样子，并且假装正经地瞟瞟挂在上面的槲寄生②。梨啊，苹果啊，都叠得高高的，堆成了壮丽的金字塔；一串串的葡萄，由于水果铺老板的好心肠，悬挂在特别触目的钩子上，使得人们在经过的时候嘴里禁不住会流出口水来，而不费分文；一堆堆带着藓苔的褐色榛子，它们所发出的香气，使人回忆起森林中的古老道路，以及在深可没踝的枯叶堆里，愉快地蹒跚行走的情景；还有烹调用的诺福克苹果，矮胖胖、黑黝黝的，把橘子和柠檬的黄颜色衬托得格外鲜明，而且因为它们那多汁水的身体长得非常结实，它们迫切地恳求人们把它们装在纸袋里带回家去，在饭后把它们吃掉。那些金色和银色的鱼，盛在一只缸里，安置在这些精美的水果中间，它们虽然属于

① 伦敦城内当时有无数烟囱，浓烟滚滚，雪和雾落下后，就变成又脏又黑了。
② 按照英国古老的风俗，男子可以吻站在一串悬着的槲寄生下面的女子。

一个呆笨迟钝的族类，似乎也知道现今正有什么事情在发生着；而且，所有的鱼都一样，全在它们那小小的天地里，带着缺乏热情的兴奋，喘着气大兜其圈子。

杂货铺呢——哦，杂货铺呀！——差不多已经打烊了，大概已经上了两扇或者一扇护窗板，但是从那些窗缝里可真有看头呢！不仅仅是磅秤落到柜台上发出的悦耳声音，或者麻线与滚轴很爽快地分了手，或者罐子[①]给拿上拿下，砰砰作响，像变戏法似的，或者甚至茶叶和咖啡的混合香气闻在鼻子里是那么舒服，或者甚至葡萄干是那么丰富和珍贵，杏仁又是那么洁白异常，肉桂枝那么长而且直，其余的那些香料那么味美，蜜饯糖果做成圆饼，粘上了糖浆，使得最冷淡的旁观者看了都要觉得头晕嘴馋，而且事后大发胃气痛。也不仅仅是因为无花果都是湿润而柔软的；法兰西李子带着些微的酸涩，在它们那些装潢得很漂亮的盒子里，红着脸儿害臊；或是，一切的东西都是好吃的，并且都穿着它们的圣诞节盛装。实在是因为顾客们在这充满希望的大好日子里，大家都是那么匆忙和那么急切，以致在门口彼此碰撞，鲁莽地撞坏了他们的柳条篮，把他们买的东西遗忘在柜台上，再奔回来拿，此外，还怀着好得不能再好的心情，犯下了许多诸如此类的错误。而杂货铺老板和他的店员们，又都是那么真诚坦白和精神抖擞，使得他们用来把围裙扎在背后的那些闪闪发亮的心形东西[②]，就像是他们自己的心，露出在外面让大家来检查，并且让圣诞节的穴鸟[③]高兴来啄的时候就可以来啄。

但是不久，礼拜堂屋顶尖塔上的钟声召唤善良的人们都到礼拜堂和小教堂去，他们便都去了，穿着他们最好的衣服，带着最愉快的面容，成群结队从街上走过去。同时，从几十条小街、狭巷和无名的角落里，拥出了无数的人，把他们的膳食带

---

① 一种有盖的金属小罐，装茶叶、咖啡或香料。

② 指上面有心形图案的别针或搭扣等。

③ 一种小乌鸦，看见发亮的东西喜欢飞来衔去。

到面包房去[1]。幽灵看到这些寻欢作乐的贫苦人，似乎非常感兴趣，因为它站在一家面包房的门口（斯克掳奇就站在它身旁），等到他们经过时，把那些饭盒的盖子揭开，从它的火把里洒下一点香料到他们的膳食里。而这火把又是一个极不平凡的火把，因为有一两次，几个带膳食的人由于互相碰撞而发生口角的时候，它从火把里洒了几点水在他们身上，他们那愉快的心情就立刻恢复了。因为他们说，在圣诞节争吵是一件可耻的事情！这的确是一件可耻的事情！上帝保佑，的确是这样的！

后来钟声停止了，面包房关上了门；可是在每个面包房炉灶上面那一片融解了的潮湿斑迹上，亲切地隐约显示出所有这些膳食，和它们进行烧煮的过程，连灶面上铺着的石头也冒着烟，仿佛它们也在烧煮着。

“你从你火把上洒出来的东西可有一种特别味道吗？”斯克掳奇问。

“有啊。我自己的味道。”

“是不是今天随便哪种饭食上都洒上它呢？”斯克掳奇问。

“友好地洒给每一种饭食。大都是给一种穷苦的饭食。”

“为什么大都是给穷苦的饭食呢？”

“因为穷苦的饭食最需要它。”

“幽灵啊，”斯克掳奇想了想后说，“我觉得奇怪的是：在我们周围这大千世界的芸芸众生中，对这些人的清白无辜的享受机会横加阻碍的，偏偏是你。”

“我！”幽灵叫起来。

“他们每逢第七天[2]进正餐一次，而这一天往往就是它们能够称为进正餐的唯一日子，你却要把他们这点点机会都剥夺掉，”斯

---

① 19 世纪时，英国平民家中有炉灶的很少，通常都是架火烹饪，在去教堂或节日时，就把伙食送到面包房去烧煮。

② 犹太人把星期日作为一周的第一天，第七天即星期六，作为安息日。基督教新教的教友派则称星期六为第七天。

克捞奇说。“你不就是这样吗？”

“我！”幽灵叫道。

“你要在第七天把这些地方都关掉，”斯克掳奇说。“这事实上还不是一样。”

“我要这样！”幽灵惊叫道。

“如果我讲错了，那就请你宽恕我。这事情是利用你的名义来做的，或者至少是利用你家族的名义的，”斯克掳奇说。

“在你们这尘世上，”幽灵说，“是有这样的一批人，他们自称认识我们，他们利用了我们的名义，来干他们那些纵欲、骄傲、恶意、憎恨、嫉妒、顽固和自私的勾当。他们跟我们，以及我们所有的亲戚朋友们，都是素不相识的，就好像他们从来没有在这世上生活过一样。记住这一点，并且叫他们干下的勾当由他们自己来负责，不要由我们来负责吧。”

斯克掳奇答应一定记住；于是他们继续向前走，而人们看不见他们，就像先前那样，一直走到了城市的郊区。这幽灵有一种特别的长处（这是斯克掳奇在面包房里就看出来的），那就是：他的身材虽则庞大无比，但能轻松自如地适应任何场所；他站在一个低矮屋檐下的优雅气度，正如一位超自然的人物，就同他站在任何一座高大的厅堂里一样。

也许是由于这位善良的幽灵乐于施展自己的这种法力，或是出于他自己那仁慈、慷慨、热诚的性格，以及他对于所有穷苦人的同情，才使他一直走到斯克掳奇的雇员家里去；因为他正在往那里走，而且带了斯克掳奇一同去，斯克掳奇拉着他的袍子。到了大门的门槛前，幽灵笑了，就停下来拿火把洒一洒法水，祝福鲍勃·克拉吉的这所住宅。你想想看！鲍勃自己一个礼拜只挣十五个“鲍勃”[①]，他每逢礼拜六装进口袋的只有十五个和他大名相

① “鲍勃”，英国俚语，意为一先令。克拉吉的名字叫罗伯特，简称鲍勃，所以说“和他大名相同”。

同的东西；可是这“现在圣诞节之灵”却祝福了他这四间房的屋子！

那时只见克拉吉夫人，克拉吉的妻子，站起身来，她穿着一件翻制过两次的长大衣，样子很寒伧，但是结着色彩鲜艳的缎带，带子价钱便宜，花六个便士就打扮得蛮好看了；她在铺着桌布。她的第二个女儿，贝琳达·克拉吉也扎着很鲜艳的缎带，正在帮她的忙；同时彼得·克拉吉少爷正把一把叉插进一锅马铃薯，并且把他那其大无比的衬衫领头（这是鲍勃的私人财产，为了庆祝节日特地授给他的儿子和继承人的）的尖角弄到自己的嘴巴里去，他发现自己穿着得这么华丽，感到十分快活，便急于要到那些时髦的公园里去把这件亚麻布衬衫出出风头。这时，那两个年纪最小的克拉吉，一男一女，飞快地奔进来，一边尖声叫着，说他们在面包房外面闻到了鹅的香气，就知道这是为他们家烤的。这两个小克拉吉，把洋苏叶和球葱①想得其味无穷，就绕着桌子跳起舞来，并且把那位彼得·克拉吉少爷吹捧得上了天，而他（虽然领头几乎叫他透不过气来，却并不骄傲）却在吹着火，直到那些煮起来很慢的马铃薯都沸腾起来，响亮地撞着锅子的盖，要求把它们放出来剥皮。

“怎么，你们那宝贝的父亲碰上什么了，”克拉吉夫人说，“还有你们的哥哥小丁姆？还有玛莎，上次圣诞日她半个钟头都没有迟到呢！”

“玛莎来啦，妈妈！”一位姑娘边说边走进来。

“玛莎来啦，妈妈！”那两个小克拉吉叫道。“好哇！有这么大的一只鹅呢，玛莎。”

“哎，主保佑你，亲爱的，你来得多么晚啊！”克拉吉夫人说，吻了她一二十遍，格外殷勤地替她把围巾、帽子都拿下来。

“昨天夜里我们有许多事情要干完，”这姑娘回答说，“今天

---

① 这是英国人烧烤家禽时常用的佐料。

早晨又必须收拾干净，妈妈！”

“好吧！你已经来啦，咱们就不谈这些吧，”克拉吉夫人说。“亲爱的，你在火炉前面坐下来取取暖吧，主保佑你！”

“不，不！父亲就要来了，”这两个小克拉吉叫道，他们到处蹦跳着。“躲起来，玛莎，躲起来！”

玛莎就躲了起来，果然那矮小的父亲鲍勃走进来了，他胸前挂着一条围巾，至少有三英尺长，流苏还不算在内；他那旧得露出底板的衣服，已经打好补丁，刷个干净，以便像个过节的样子；肩头上还驮着一个小丁姆。可怜的小丁姆啊，他拿着一根小拐杖，他的四肢都用铁架子撑着！

“怎么，我们的玛莎在哪儿？”鲍勃·克拉吉看看周围，叫道。

“没有来，”克拉吉夫人说。

“没有来！”鲍勃说，他的一团高兴立刻低落下来；因为他从礼拜堂一路给丁姆当骏马，驮着他跳跳蹦蹦地奔回来。“圣诞节的时候不来！”

玛莎不愿意看见他失望，即使只是闹着玩；因此时机虽然还没到，她已经从壁橱门的背后走了出来，扑到他怀里；另外那两个小克拉吉却拥住了小丁姆，把他带到洗衣间去，让他可以听听布丁在铜锅①里唱歌的声音。

“还有，小丁姆乖么？”克拉吉夫人问，这时候她已经把鲍勃的上当取笑了一番，而鲍勃也已经把他女儿称心如意地搂抱了一番。

“乖得很呢，”鲍勃说，“简直十二万分地乖。不知怎的，他独个儿坐得太久了，就想起心思来，他想的才是你听都没有听见过的怪事儿呢。在我们回家来的时候，他告诉我说，因为他是一

① 以铜等金属制成的大锅或罐，供烧水或煮衣服用。“唱歌”是说蒸布丁的水在锅里烧滚了。

个跛子，他希望大家在礼拜堂里都看见他，这样就会使他们想起，在圣诞节这一天，是谁[1]使跷脚的乞丐能走路，瞎眼的盲人能看见的，从而感到愉快。”

当鲍勃把这话告诉大家的时候，他的声音激动得都发抖了，而当他说到小丁姆已经长得越来越壮健的时候，他的声音激动得更厉害了。

还没来得及再说一句话，已经听得见小丁姆那活跃的拐杖在地板上笃笃地响着回来了，他的哥哥姐姐都护卫着他，把他送到壁炉边的小凳上；同时鲍勃呢，翻起了袖口——这可怜的人，仿佛深怕袖口还会给弄得更破旧似的——在一只大口杯里，把杜松子烧酒和柠檬掺合成一种热的混合饮料，搅了又搅，然后放在炉旁的保温铁架上去慢慢地炖着；彼得少爷和那两位满天飞的小克拉吉出去取鹅，一会儿就声势浩大地列队回来了。

接下来的那一阵忙乱，使你也许会以为一只鹅是一切鸟类中最珍贵的，是一种长着羽毛的奇物，即使黑天鹅[2]跟它比起来，也不过是件很平常的东西罢了——而事实上，它在这家人家的确很像这样的一件珍品。克拉吉太太把肉汁（已经预先在一只小锅子里烧好）炖得滚烫，嘶嘶地在响着；彼得少爷把马铃薯捣碎，那股劲儿真大得令人难以相信；贝琳达小姐在苹果沙司里加上糖；玛莎把热的盘子都擦干净；鲍勃把小丁姆带在身边，坐在桌旁一个小角落里；还有那两个小克拉吉在给大家摆着座椅，也不忘记给他们自己摆好，然后坐在他们的岗位上守望着，一边把汤匙塞住嘴巴，深怕分菜还没有轮到他们的时候，就叫着要吃鹅。最后，盘子都摆好了，餐前的谢恩祷告也做过了。接着便是一阵屏气凝神的停顿，这时候克拉吉太太对那把切肉刀从头至尾慢慢地

① 这里指的是耶稣。耶稣使瘸子走路、瞎子复明的故事分别见《圣经 · 新约》中《约翰福音》第 5 章和《马可福音》第 8 章。

② 天鹅多为白色，黑天鹅则很少见，故被视为珍禽。这里是说克拉吉家因为贫穷，把普通的鹅看得比黑天鹅还珍贵。

端详了一会，准备把它插进鹅的胸部去；等她把刀子插进去，大家盼望已久的鹅肚子里塞的东西都涌出来时，桌子四周就一齐发出了喜悦的声音，甚至小丁姆，被这两个小克拉吉弄得激动起来，也用餐刀的柄在桌子上敲着，有气无力地喊着，“好哇！”

从来还不曾有过这样的一只鹅。鲍勃说他不相信有人烧出过这样好的鹅来。它又嫩又鲜，肥大而便宜，成为大家一致赞美的话题。加上苹果沙司和马铃薯泥，它足够让全家饱餐一顿；的确，正像克拉吉太太兴高采烈地说的（眼睛衡量着菜盆子里的一小粒骨头），他们到底没有把它全吃掉呢！可是每一个人都已经吃得很够了，尤其是那两个顶小的克拉吉，简直都沉浸在洋苏叶和球葱里，一直浸到眉毛边！可是这时贝琳达小姐已经换过盆子，克拉吉太太就独自一个人离开这房间——她实在太紧张了，不愿让旁人看到——去拿起布丁，送进房来。

万一它还没有煮透了呢！万一在翻出来时它裂开来呢！万一他们在前面吃鹅吃得很开心的时候，有什么人翻过后院的墙头把它偷走了呢——想到这里，那两个小克拉吉急得脸儿都发青了！总之，各式各样可怕的事情都担心到了。

嗬！那么多的热气！布丁已经从铜锅里拿出来了。一股像洗衣日[①]的气味！就是那块布嘛！就像吃食店的隔壁开了一家糕点铺，糕点铺隔壁开了一家洗衣作坊，才有这么一股味儿！这就是那个布丁！半分钟之后，克拉吉太太进来了，脸儿涨得通红，可是得意地笑着，手上捧着那只布丁，像一颗颜色斑驳的炮弹似的，又坚硬又结实，周围燃烧着四分之一品脱[②]的一半的一半的白兰地[③]，顶上装饰着一根圣诞节的冬青树枝。

啊，一只多了不起的布丁！鲍勃·克拉吉说（而且是平心静

---

① 指英国人每星期在家洗衣服的日子。布丁是用布包着煮的，而且又是放在煮衣服的锅里煮，所以有一股洗衣的味儿。

② 品脱为英国液量单位，等于 0.568 升。

③ 英国习俗，圣诞节吃布丁时，要在布丁周围浇上白兰地，并点火燃着。

气地说的）他认为这是他们结婚以来克拉吉太太所获得的最伟大的成功。克拉吉太太就说，既然她心里的一块石头现在总算放下了，她要承认，这次做布丁所用的面粉数量，她有点不放心。大家对这个问题都发表了一点意见，但是没有一个人说到或是想到，对一个大家庭来说，这只布丁未免太小了。如果这样说或这样想的话，那简直是离经叛道之谈了。克拉吉家里的任何一个人，哪怕露出一点点这种意思，也会羞得面红耳赤的。

最后，饭吃完了，台布收拾清爽了，壁炉打扫干净了，炉火也添旺了。壶里的五味酒已经尝过了，被认为尽善尽美，苹果和橘子都放到了桌子上，一满铲的栗子放到了炉火上。于是克拉吉全家的人都围着火炉坐下，成为鲍勃·克拉吉所说的团团一圈，意思其实是指的半个圈儿。在鲍勃·克拉吉的手肘边陈列着他那套家藏的玻璃器皿，两只大口酒杯和一只没有柄的牛奶蛋糕杯。

然而，这几只杯子里却盛着壶里的热酒，真不亚于黄金铸成的酒盅。鲍勃笑容满面地把酒一杯一杯斟出来，火上的栗子正在毕毕剥剥地响着，爆裂着。于是鲍勃举杯祝颂道：

“我的亲人们，祝我们大家圣诞快乐。上帝保佑我们！”

全家都重复说了这句话。

“上帝保佑我们每一个人！”小丁姆最后一个说。

他坐在他父亲身边的小凳上，靠得很近。鲍勃把他那只枯萎的小手握在自己手里，仿佛他疼爱这个孩子，只想把他留在自己身边，而唯恐被人从他那里夺走。

“幽灵啊，”斯克掳奇带着一种他以前从未有过的关怀说，“告诉我，小丁姆将来能不能活下去？”

“我看见一个空的座位，”幽灵回答说，“放在那可怜的烟囱角落里，还有一根没有了主儿的拐杖，郑重地被保存着。如果‘将来’不把这些阴暗的东西加以改变的话，这孩子是要死的。”

“不，不，”斯克掳奇说。“哦，仁慈的幽灵啊，不要这样！说他会得到幸免吧。”

“如果‘将来’不把这些阴暗的东西加以改变的话，我这一族里没有一个人会在那里找到他，”幽灵说道。“那又怎么样呢？如果他宁愿死的话，他还是死掉的好，而且也可以减少过剩的人口。”

斯克掳奇听见幽灵所引用的正是他自己从前讲过的话，不禁低下了头，不胜其愧悔和伤心。

“人啊，”幽灵说，“如果你心肠里有的是人性，而不是顽石，你就应该放弃你那种恶毒的高调，先弄弄清楚，所谓过剩的人口究竟是些什么人，在什么地方？什么样的人该活，什么样的人该死，是不是都要由你来决定呢？也许，在上帝的眼里看来，你比千百万个像这穷人的孩子那样的人更没有价值，更不配活下去呢。上帝啊！听听看：一只在树叶上饱餐的虫子竟然宣称，他那些在尘埃里挨饿的同胞们不如多死掉几个来得好哪！”

斯克掳奇挨到幽灵的责备，低下了头，一边发着抖，一边把眼睛望着地面。但是他听见有人在叫他的姓氏，就赶紧把眼睛往上看。

“斯克掳奇先生！”鲍勃说。“我向你们提出斯克掳奇先生，这宴会的创办人！”

“宴会的创办人，真是！”克拉吉太太叫道，脸儿都气红了。“我但愿他本人在这儿。那时我倒要教训教训他，让他好好听一顿，希望他有这种好胃口。”

“亲爱的，”鲍勃说。“孩子们在听着！今天是圣诞节啊。”

“只有在圣诞节这一天，我相信，”她说，“人家才会为一个像斯克掳奇先生那样叫人讨厌、小气刻薄、无情无义的人举杯祝他健康。你知道他就是这样的人，罗伯特！没有人比你知道得更清楚的了，可怜的人儿！”

“亲爱的！”鲍勃还是温和地回答说，“这是圣诞节啊。”

“我要为了你和这个节日的缘故来为他祝酒，”克拉吉太太说，“但不是为了他本人的缘故！祝他长寿！圣诞愉快，新年欢乐！他一定会很愉快很欢乐的，我相信！”

孩子们跟着她举杯祝酒。今晚这还是第一次，他们对所做的事情毫不起劲。小丁姆最后一个举杯，可是他才不高兴做这种事情哩。斯克掳奇是他们这一家子的厉鬼克星。只要一提到他的名字，就会使这个宴会蒙上一层阴影，足足有五分钟还消除不掉。

等这桩事过去后，他们比原来快活十倍了，仅仅是因为跟那不吉利的斯克掳奇已经打完交道，大家才都轻松起来。鲍勃·克拉吉告诉他们，说他怎样已经替彼得少爷物色了一个职位，这个职位如果能弄到的话，每个星期就会有足足五先令半的收入。那两个小克拉吉一听到彼得要做生意人了，就笑得不可开交；彼得自己呢，从他那领子中间沉思地看着炉火，仿佛正在深思熟虑，一旦收到那一笔令人张皇失措的进款时，他该向什么地方去投资。接着，玛莎——她是一家女帽铺的可怜的学徒——就告诉他们，她必须做什么样的工作，她一口气要工作多少钟点，以及她怎样打算明天早晨在床上睡个够，好好地休息休息，因为明天是她可以在家里度过的一个例假日。她还说她怎样在几天前看见一位伯爵夫人和一位爵爷，那位爵爷“跟彼得差不多高”；彼得一听见这话，便把领子拉拉高，高得你都看不见他的脑袋了，如果你在那儿的话。在这整段时间里，栗子和酒壶都不断地递来递去。一会儿，他们就听见小丁姆唱起歌来，这歌唱的是一个迷路的小孩怎样在雪地里跋涉；小丁姆的嗓音凄凉而轻微，确实唱得极好。

这儿并没有什么高水平的地方。他们不是一个小康之家；他们穿着得并不讲究；他们的皮鞋都远不是不漏水的；他们的衣服都很单薄；而且彼得可能知道——很可能知道——当铺的里边是什么样子的。但是他们全都快乐、感激，彼此很亲切，并且对目前的景况心满意足。当他们在那幽灵临别所洒的明亮的法水中逐渐消逝时，他们显得更快乐了；斯克掳奇眼睛一直看着他们，尤其是看着小丁姆，一直看到最后。

这时候天色已经暗起来了，雪下得很大；斯克掳奇和幽灵沿着街上走过去时，家家的厨房、客厅以及各种各样的房间里，都是炉火熊熊，亮得不得了。这儿，火光的闪耀中显出一家人家正在准备一顿舒适的晚餐，热的盘子在火炉前面烘了又烘；还有深红色的窗帷，随时可以拉拢，把寒冷和黑暗挡在外面。在那边，这户人家所有的孩子都跑到雪地里去迎接他们那些已经结婚的姐姐、哥哥、堂兄、叔伯和婶婶，抢着要做头一个迎接他们的人。在这儿，还有客人们欢聚的影子照在窗帘上；在那儿，有一群漂亮的姑娘，都包着头巾，穿着毛皮的靴子，大家喊喊喳喳地同时在讲话，轻盈地走到附近某一个邻人的家里去，而在那里，苦恼的是那个独身汉子，眼看她们容光焕发地走进去——这些机灵的女子，她们很明白自己的魅力！

但是，出去参加友好集会的人是那么多，你如果从人数上来判断，那你就会认为：等他们到了亲友们家里，不会有人来欢迎他们，不是每一户人家都期待着接待宾客，并且把壁炉里的火添得旺旺的，有烟囱的一半那么高。祝福这一切，那幽灵是多么地欣喜若狂啊！它裸露出它那宽阔的胸部，张开它那阔大的手掌，向前飘荡而去，用它慷慨的手把它那欢快而无害的喜悦，倾泻给它所接触到的一切东西！那个点路灯的人，跑在前面，把那些幽暗的街道点缀上星星点点的灯光，他身上已穿著好，准备到什么地方去消磨这个晚上。当幽灵经过他身边的时候，这点灯夫高声大笑起来，一点也不知道他自己除了圣诞节之外，一个伴侣也没有。

这时候，那幽灵事先毫不关照，他们俩已经站在一片阴暗荒凉的原野上了，在那儿，奇形怪状的粗石块到处乱丢着，仿佛这地方就是巨人们的葬身之处；水喜欢往哪儿流就往哪儿流去；或者本来想流过去，可是被冻住了，流不动了；那儿长着的全是苔藓和金雀花，以及庞杂丛生的草。在西方落山的太阳留下了一道火辣辣的红光，这红光对那片荒地耀眼地照了一会儿，就像一只阴沉的眼睛似的，皱紧了眉头，越沉越下，越沉越下，终于消失在黑夜的浓影中。

“这是什么地方？”斯克掳奇问。

“这是矿工们居住的地方，他们在地下深处劳动着，”幽灵回答说。“可是他们都认得我。瞧！”

一间茅屋的窗里射出一道亮光，他们就赶快向那里跑去。经过了一座泥土和石头所筑的墙，他们发现有一群兴高采烈的人围着一炉很旺的火坐着。一对很老很老的男女，同他们的儿女，以及儿女的儿女，和再下面的一代，都快乐地穿着他们的节日盛装。风在这贫瘠的荒原上怒号着，那老人家正在给他们大家唱一支圣诞节的歌，声音难得高过风声；这是一支他孩子时唱惯的很老的歌；他们时常大家加入合唱。一到他们提高了嗓门的时候，这老人家就唱得相当轻快而响亮；一到他们停下来时，他的精力便又衰退了。

幽灵并不在这儿耽搁，却吩咐斯克掳奇抓紧他的袍子，在荒原上空继续前进，赶到哪儿去呢？不是到海里去吧？正是到海里去。使斯克掳奇大为恐慌的是，他回头一望，只见那最后一部分陆地，一道可怕的山岭，已经被撇下在后面了；海浪汹涌怒号，他的耳朵都被雷鸣般的水声震聋了；海水在那些久被冲蚀的可怕洞窟里激荡个不住，凶猛地想把陆地冲坍。

在一个陷入水中的岩石形成的阴森森的暗礁上，离海岸大约三海里，屹立着一座孤零零的灯塔，海水一年到头擦洗冲击着它。一大堆一大堆的海藻盘结在暗礁的底部，那些风暴鸟[①]——人们可以猜想，它是在风中诞生的，正如海藻是在水中诞生的一样——在礁上飞起飞落，像它们飞掠过的海浪那样。

可是，即使在这样一个地方，两个看守这灯塔的人也生了一炉火，因此从那厚石墙的窗眼里，有一道明亮的光线射出来，照

① 即海燕。

在这可怕的海上。他们坐在一张粗糙的桌子边，伸出了他们长满老茧的手，彼此紧握着，举起罐头里的掺水烧酒，互相祝贺圣诞快乐；而且其中的一个——年纪大些的那一个，脸上布满了种种饱经风霜的创伤，正像一条旧船的船头雕像似的——唱起一支雄壮的歌曲，这歌声就像是刮起了一阵大风。

这幽灵又奔向前去，在那漆黑的、汹涌起伏的海面上空——奔啊，奔啊——直到它告诉斯克掳奇说，离随便哪个地方的海岸都很远了，他们才在一条船上停下来。他们站在操纵着舵轮的舵手旁边，站在船头守望者的旁边，站在值班的高级船员们旁边。黑黝黝的幽灵般的身影站在他们各自的岗位上；但是他们中间的每一个人都在哼着一支圣诞节的曲子，或者怀着一个圣诞节的思念，或者低声地对他的伙伴谈到某一个过去了的圣诞节，言谈之中带着重返家园的希望。船上的每一个人，不管是醒着还是睡着，是好人还是坏人，在这一天的互相交谈中，都比一年之中的任何一天更友好；在某种程度上，共同分享着这个节日的欢乐，同时记起了他所怀念的在远方的人们，并且知道他们是乐于记得他的。

斯克掳奇静听着风的呻吟声，想到要在那寂寞的黑暗中，越过一道陌生的深渊（它的深处藏着一些机密，正如死亡那么深不可测）向前行进，真是一件多么严峻的事情啊。使斯克掳奇大吃一惊的是，当他正在这样想着的时候，忽然听见一阵哈哈大笑的声音。使他格外吃惊的是，他听出这笑声竟是他自己的外甥的声音，并且发现他现在正在一间明亮、干燥、闪光的房间里，而那幽灵正微笑地站在他的身旁，带着一种表示赞许的亲切神情对这位外甥看着！

“哈哈！”斯克掳奇的外甥笑道，“哈哈哈！”

如果你碰巧——这种机会的可能性是很小的——知道有人笑得比斯克掳奇的外甥更愉快，那我只想说，我也很愿意认识认识他。把他介绍给我，我要想法跟他交个朋友。

世事的安排，真可以算是公正、不偏和高尚的了：疾病和忧愁固然是要传染人的，可是世界上再也没有比欢笑和快乐更能传染、更无法抗拒的了。当斯克掳奇的外甥笑成这个样子——捧着他的肚皮，转动着他的脑袋，扭曲着他的脸儿，做出许多最古怪的模样时——斯克掳奇的外甥媳妇也笑得跟他一样起劲。而他们那批聚在一起的朋友们，也都不甘落后，使劲地笑着。

“哈哈！哈哈，哈哈！”

“他说圣诞节是胡闹，真的！”斯克掳奇的外甥叫道。“而且他的确这样相信。”

“那他更应该害臊了，弗雷德！”斯克掳奇的外甥媳妇怒气冲冲地叫道。为这些娘儿们祝福吧！她们做起事来从来不会不彻底的。她们总是很认真的。

她长得非常漂亮，出奇地漂亮。一张有酒窝的、带着惊诧神情的绝妙的脸儿；一张圆熟的小嘴，似乎生来是给人亲吻的——它无疑正是如此；她下颔上有各种各样好看的小酒窝儿，当她笑的时候就互相融合起来；而那一双眼睛是你在任何小家伙的脸上都从未看见过的，是最最令人愉快的。总而言之，她是一个你会称之为逗引人的女性，你知道；但也是一个令人满意的女性。哦，十十足足地令人满意！

“他真是一个滑稽的老头子，”斯克掳奇的外甥说，“这是千真万确的；他本来是可以更友好些的嘛。不过，他已经是自作自受的了，所以我也不想说什么话来指责他。”

“我相信他是很有钱的，弗雷德，”斯克掳奇的外甥媳妇说。“至少，你常常对我这样说的。”

“那又有什么意思呢，亲爱的！”斯克掳奇的外甥说。“他的财富对他一无好处。他并不拿自己的钱财来做一点好事。他没有用它来使自己生活得更舒服些。他本来可以想到——哈哈哈！——他将来或许能用自己的钱财来使我们得到好处，但是他连这样想一下的乐趣都没有。”

"我容忍不了他，"斯克掳奇的外甥媳妇说。她的姐妹，以及所有其余的女士们，都表示同样的意见。

"嘿，我容忍得了他的！"斯克掳奇的外甥说。"我替他难过；我即使想对他生气，也生不起来。他这种恶劣的脾气究竟使谁吃亏呢？总还是他自己吧。现在他忽然想到不喜欢我们，不肯来跟我们一起吃饭了。后果是什么呢？他不吃这顿饭也不见得有多大损失。"

"其实，我想他是损失了一顿很好的饭，"斯克掳奇的外甥媳妇插嘴说。其他的人都这么说，我们必须承认他们是有资格的裁判员，因为他们刚刚吃过这顿饭。这时，饭后的点心放在桌子上，他们都在灯光下围炉而坐。

"喏！我听见这句话很高兴，"斯克掳奇的外甥说。"因为我对这些年轻的主妇们是不大有信心的。你怎么看，陶泊尔？"

陶泊尔显然正紧盯着斯克掳奇外甥媳妇的一个妹妹，因为他回答说，一个独身的男人是一个可怜的化外之民，无权对这种话题发表意见。于是斯克掳奇外甥媳妇的妹妹——围着花边领纱①的胖胖的那一个，不是戴玫瑰花的那一个——脸儿就红起来了。

"再说下去哟，弗雷德，"斯克掳奇的外甥媳妇拍拍手说。"他向来是把话开了头不说完的！他这人真太可笑！"

斯克掳奇的外甥又发出一阵哈哈大笑，而且因为没有法子可以止住这笑的影响（虽然那位胖妹妹竭力在闻着香醋②，想忍住笑），大家也就一起跟着大笑了。

"我只是想说，"斯克掳奇的外甥说道，"他不喜欢我们，不肯跟我们一起寻欢作乐，其结果是，照我看来，只有使他自己丧失了一些愉快的时刻，而这种时刻对他是不会有害处的。我相

① 这是英国 17、18 世纪时，妇女围在颈部及肩上的花边或麻纱。
② 这是一种含有醋酸和各种香精的香油，欧洲妇女用来防治晕眩和醒脑避秽。

信，他丧失了能使他更加愉快的同伴们，比他在自己的冥想中——不管他待在他那发霉的老写字间里，还是他那满是灰尘的房间里——所能找到的，都要愉快得多。我正是因为可怜他，才特意每年给他这样一个机会，不管他喜欢不喜欢。他可以辱骂圣诞节，一直骂到他死为止，但是，如果他发现我高高兴兴的，一年又一年地到他那儿去，对他说，‘斯克掳奇舅舅，您好哇？’——我敢向他挑战——他总有一天会禁不住觉得圣诞节还不错的。只要这一来能够使他心情愉快地留下五十镑给他那个穷伙计，那就很了不起了；我觉得我昨天是触动了他的。”

现在轮到他们笑了，想到他竟然能触动斯克掳奇。但因为他是一个脾气好透的人，而且不大在乎别人在取笑什么人，所以不管大家怎样在笑，他还是鼓励他们笑个畅，并且很快活地把酒瓶递过去。

喝过茶以后，他们听了些乐曲。因为他们是一个爱好音乐的家庭，而且我能向你保证，当他们唱一支无伴奏的三、四重唱或是一首轮唱曲[①]时，他们都是蛮内行的，特别是陶泊尔，他能够深沉地唱着低音，像一个好歌手似的，而且从来不会唱得额角上青筋暴起，或者为之脸儿涨得通红。斯克掳奇的外甥媳妇弹竖琴弹得很好，除了奏了其他各种曲调之外，还弹了一支简单的小曲子（一支算不了什么的曲子，你能在两分钟内就学会用口哨把它吹出来），而这曲子正是一个女孩子所熟悉的，她就是“过去圣诞节之灵”曾经使斯克掳奇回忆起来的那个把他从住读学校里接回去的女孩子。当这一节乐曲响起来时，那幽灵显示给他看过的所有事情，都一齐涌上了他的心头；他的心肠越变越软了；他想到：如果他在许多年以前就能够常常听到这样的曲子，那他也许已经用自己的手培养起有利于自己幸福的人生的仁爱，而不必去请教

---

① 这是一人唱完一节，由第二人赶紧接上唱的短歌，第一人唱到第二节时，第二人即唱第一节。可数人或是数组合唱。

那位教堂司事[1]埋葬过雅各·马利的铁锹了。[2]

但他们并不把整个夜晚都花在音乐上。过了一会儿，他们玩起罚物游戏来，因为有时候再做做小孩子是很有意思的，而且在圣诞节这样做是再好也没有了，因为在那一天，它的伟大的创始者本身就是一个小孩子。且慢！他们先玩起捉迷藏来了。自然是要玩这个的啰。可是我不相信陶泊尔真正是蒙着眼睛装瞎子，正如我不相信他脚上长着眼睛一样。我的看法是，这是他跟斯克掳奇的外甥预先串通的一出把戏；而且“现在圣诞节之灵”也晓得的。他追着披花边领纱的胖妹妹时的那副样子，简直是对人性易于轻信的莫大侮辱。他打落了火钳，绊倒了椅子，撞着了钢琴，给卷住在窗帘里，不管她走到哪儿，他就跟到哪儿！他始终知道胖妹妹正在哪儿。他硬是不捉旁人。如果你故意向他身上倒去（他们中有些人就这样试过），而且站着挡住，他就会假装竭力要来抓住你——这简直是对你的理解力的公然侮辱——然后立刻侧过身来，向胖妹妹那边走去。她常常嚷着说，这样太不公平了；这也确实是不公平。但是最后他终于捉住她了；她虽则浑身穿着绸，窸窣作响，拍着翅膀似的急忙飞过他身旁，他还是把她逼到一个走投无路的角落里，到了这时候，他的举动真是恶劣到极点了。因为他假装不知道就是她；假装必须摸一摸她的头饰，并且为了要证明确实是她，还要把一只什么戒指硬戴在她手指上，一根什么项链硬套在她头颈上；这种种行径真是下流可耻、荒唐透顶！难怪等到另外一个蒙眼人上场的时候，他们走到窗帘后面很隐秘地躲在一起之后，她就把她对这件事的意见向他提出。

斯克掳奇的外甥媳妇并没有参加这个捉迷藏游戏，却在一个温暖舒适的角落里，舒舒服服地坐在一张大椅子上，踏着一张脚

---

① 教堂司事，教堂中担任管理教堂房屋、挖掘坟穴、打钟等任务的人员。

② 这句话的意思是说，马利的尸体就不会被挖掘出来，而“圣诞节之灵”也不会来找他了。

凳，幽灵和斯克掳奇就近在她的背后。但是她参加了罚物游戏，而且爱她的爱人到了十足崇拜的程度，每个字母为首的字都用上了①。在玩“何故、何时、何地”的问答游戏时，她也是个了不起的好手，她的妹妹们虽然也都是些精明的姑娘（陶泊尔会这样告诉你），可是都被她彻底击败了，这使斯克掳奇的外甥心里暗暗高兴。那儿也许有二十个人吧，老的少的都有，但是他们都在玩，斯克掳奇也参加在内了；因为他对于眼前所发生的事情太感兴趣了，他竟然完全忘掉他的声音是他们的耳朵听不见的，有时候也把他自己的猜想相当响亮地喊出来，而且他常常猜中；这就是说，即使是最尖锐的缝衣针，针眼保证不坏的那种最好的“白教堂牌”针，也不会比斯克掳奇更锐利，可是他还以为自己是迟钝的呢。

那幽灵发现他兴致这样好，觉得很高兴，就对他表现出那么宠爱的态度，以致斯克掳奇居然像一个小孩子似的恳求它，准许他逗留到客人散去以后。但幽灵说，这是办不到的。

“这儿又有一种新的游戏，”斯克掳奇说。“再待半个钟头吧，幽灵，只要半个钟头！”

这是一种叫做“是与否”的游戏，斯克掳奇的外甥要在心里想好一样东西，让其余的人把它猜出来，而他对于他们提出的问题只是看情况回答一声是或否。他暴露在像迅猛的炮火般的盘问下，结果吐露出他所想到的东西是一种动物，一种活的动物，而且是一种讨厌的动物，野蛮的动物；这种动物有时候咆哮，有时候嘀咕，有时候讲话，就住在伦敦，在街道上走来走去，没有被人拿去展览，也没有被人牵着，而且不住在一个动物园里，也从来没有在市场上被屠宰；它既不是马，也不是驴，既不是母牛，也不是公牛，也不是老虎、狗、猪、猫、熊。当每一个新的问题向

---

① 这里指的是罚物游戏中的一种，名叫“我爱我爱人有个A字”，由参加的人轮流说出自己所爱的人是怎样的，要求在这句话的末尾用一个以A或B、C等字母开头的词。说不出者受罚。

他提出时，这位外甥总要重新哈哈大笑一番，他被逗得那么乐不可支，只好从沙发上跳起来，在地上跺着脚。最后那个胖妹妹，也笑成同一个样儿，叫起来道：

“我猜着啦！我知道它是什么，弗雷德！我知道它是什么！”

“是什么啊？”弗雷德问。

“就是你的舅舅斯克掳—掳—掳—掳—掳奇。”

的确就是他。大家都表示佩服，不过有人抗议说，弗雷德对“是不是狗熊呢？”这句问话，应当回答“是”；因为如果是个否定的回答，那末假如他们曾经想到这方面去的话，这个回答就足以使他们联想不到斯克掳奇先生身上去了。①

“说真的，他给了我们许多乐趣，”弗雷德说，“我们如果不喝酒祝他健康，那就未免太忘恩负义了。这儿有一杯烫热的酒②，就在我们手边；因此我说，‘为斯克掳奇舅舅干杯！’”

“好啊！为斯克掳奇舅舅干杯！”他们叫道。

“祝他老人家圣诞快乐，新年愉快，不管他是什么样的人！”斯克掳奇的外甥说。“他不肯接受我的祝颂，然而我还是希望他能够得到快乐。为斯克掳奇舅舅干杯！”

斯克掳奇舅舅心里已经不知不觉地变得那么高兴和轻松，因此如果那幽灵给他充分时间的话，他一定会对这一群毫未觉察他在旁的人举杯祝贺作答，而且用他们听不见的说话来感谢他们。但是他外甥那句话的最后一个字刚刚说出口，这幕景象就全部消逝了；他与那幽灵又开始他们的旅行了。

他们看见了许多，他们跑得很远，而且访问了许多人家；但结果都是快乐的。那幽灵在一张张病人的床边站一下，他们就都快活起来了；它一到他乡异地，人们就觉得家乡近在咫尺了；一靠近挣扎着的人，他们便怀有更大的希望而变得忍耐起来了；一

① 原文 bear 一词亦可指卑鄙粗野之人，故云。

② 指一种加糖和香料后烫热的葡萄酒或啤酒。

站在贫穷的旁边，富有就跟着来了。在济贫院、医院和监狱里，在贫困所寄身的每一个地方，只要那些自命不凡的人，在他渺小而短促的掌权期间，并没有把门儿关紧，并把这幽灵闩在门外面，那末它总是留下它的祝福，并且把它的一些箴言教导给斯克掳奇。

如果这只是一个夜晚的话，那么这该是很长的一夜；但是斯克掳奇对这是有他的怀疑的，因为似乎圣诞节假期中的那些日子，都压缩到他们一起度过的这段时间里了。而且，奇怪的是，斯克掳奇在外形上固然丝毫没有改变，那幽灵却变得老起来了，清清楚楚地老起来了。斯克掳奇已经看出这种改变，但对此却一句也不提，直到他们离开了一个儿童们参加的第十二夜①联欢会之后，两人一起站在一个空旷的地方，斯克掳奇对这幽灵看看，他才看出它的头发都变白了。

“幽灵们的生命难道这样短促么？”斯克掳奇问。

“我在这地球上的生命是很短暂的，”幽灵回答说。“今天夜里就要完结了。”

“今天夜里！”斯克掳奇叫道。

“今天夜里，在半夜的时候。听！辰光快到了。”

这时节，钟声正在敲着十一点三刻。

斯克掳奇全神贯注地看着幽灵的那件袍子，说道：“如果我要问的话是不应该问的，那末请你原谅我。这是因为我看见有一件奇怪的东西，不是属于你身上的东西，从你袍子的下摆里伸出到外面来。这是一只脚还是一个脚爪？”

“这也许是一个脚爪吧，因为它上面还有皮肉在那里，”幽灵哀伤地回答说。“你瞧！”

它从袍子的褶裥里拎出两个可怜、卑贱、丑恶、可厌、悲惨

① 第十二夜指主显节前夕，1 月 5 日的晚上。主显节为圣诞节假期的最后一天，所以“现在圣诞节之灵”的生命即将结束。

的小孩来。他们跪在它的脚下，紧紧地抓住它衣服的外面。

“喏，伙计！你瞧这儿！瞧瞧这下面！”幽灵叫道。

他们是一个男孩和一个女孩。面黄肌瘦，衣衫褴褛，怒容满面，形如恶狼，可又是卑躬屈膝，俯首帖耳。优美的青春本来应当使他们的形体丰满，而且给他们以最鲜艳的面色的，如今却好像有一只陈腐和干瘪的手，像老年人的手似的，在拧他们，扭他们，并且把他们撕成碎片。本来是天使们在宝座上受人膜拜的地方，如今却潜伏着魔鬼们，他们正用威胁的眼光在瞪人。自从神奇的开天辟地创造万物以来，不知有过多少不可思议的事情，然而人类不论变化、堕落或反常到什么程度，都从来不曾有过任何怪物有一半这样恐怖可怕。

斯克掳奇吓得直向后倒退。看见他们这样显露在他眼前，他嘴里想说他们都是蛮好的孩子，可是这句话宁愿卡住在他的喉咙里，也不愿做这样一个弥天大谎的参与者。

“幽灵！他们是你的儿女吗？”斯克掳奇再也没有别的话可说了。

“他们是人类的儿女，”这幽灵说，低下头看着他们。“可是他们缠住了我，从他们的父亲那儿前来申诉。这个男孩名叫‘愚昧’。这个女孩名叫‘贫困’。你要谨防他们俩，以及所有他们的同类，但顶要紧的是谨防这个男孩，因为他的额角上我看见写着‘毁灭’这个词儿，除非写下的字迹被擦掉了。拒绝承认这个！”幽灵叫道，把它的手伸出来指着城市的方向。“谁把它讲给你听，你就痛骂他！如果你为了党同伐异的目的而承认它，那就会使得事情更糟！你等着将来的后果吧！”

“他们难道没有避难的地方或者办法吗？”斯克掳奇叫道。

“难道没有监狱吗？”幽灵说，最后一次用斯克掳奇自己的话来回答他。“难道没有贫民习艺所吗？”

钟敲了十二下。

斯克掳奇向周围看看，要找那幽灵，可是它已经不见了。当

最后一下钟声停止颤动时，他想起了老雅各·马利的预告，于是举目一望，就看见一个庄重严肃的幻象，披着衣服，戴着头巾，像一阵雾似的沿着地面，向他过来。

第四节歌
最后的一个幽灵

那幻象缓慢、庄重而沉默地走近来。当它走近他身边的时候，斯克掳奇就双膝跪下了，因为这幽灵穿过空气而来，似乎一路在散布阴郁和神秘的气氛。

它全身都裹在一件深黑色的衣服里，把头、脸和身体都包住了，什么都看不见，露出的只有一只伸出来的手。要不是有这只伸在外面的手那就难以把它的形体跟黑夜分开，并且使它脱离那包围着它的黑暗了。

等它走到了他的身旁，他发觉它是高大而威严的，并且它那神秘的出现，使他充满了一种严肃的畏惧。除此之外，他便什么也不知道了，因为这幽灵既不讲话也不动弹。

“光临的是‘未来圣诞节之灵’吗？”斯克掳奇说。

幽灵并不回答，只把它的手向前指着。

“你是将要把那些还没有发生、但是在不久的将来就要当着我们的面发生的事情的影像指点给我看吧，”斯克掳奇接下去说。“是不是这样，幽灵？”

那衣服上部的皱褶收缩了一下，仿佛这幽灵把头低了一下。这便是斯克掳奇得到的唯一答复。

斯克掳奇虽则到这时跟鬼打交道已经习以为常了，可是对于这个沉默的形象却是害怕得不得了，他下边的两条腿发着抖，等到发现自己正准备跟它走时，人几乎站立不住了。那幽灵看见他这种情况，便停顿了片刻，给他时间来定一下神。

但是这样一来，斯克掳奇反而更糟糕了。他产生了一种不可名状的恐怖感，觉得在那阴森森的尸衣后面正有一对鬼眼全神贯注地盯着他，而他自己虽然把眼睛睁开到最大的限度，却是除了一只鬼手和一大堆漆黑的东西之外，什么都看不见。

“‘未来之灵’啊！”他叫道，“我见了你，比过去见过的随便什么鬼都更加害怕。但是因为现在我知道你来的目的是为了让我得到好处，同时因为我希望今后痛改前非，重新做人，我准备同你做伴，并怀着感激的心情这样做。你不愿跟我讲讲话么？”

它并不给他答复。那只手一直指向前面。

“引路吧！”斯克掳奇说。“引路吧！夜晚消逝得很快，时间对于我正是最宝贵的，我知道。引路吧，幽灵！”

这幻象像先前向他走过来时那样，向前行动了。斯克掳奇就跟随着它衣服的影子，他觉得这影子把他托起来，一路带往前去。

他们似乎并没有进城去，倒好像是这城市在他们四周涌现出来，主动地把他们包围在里面。总之，他们这时已到了城中心；到了交易所里，在商人们中间，那些商人都在匆忙地跑来跑去，把口袋里的钱弄得叮当作响，聚成一群群在谈着话，看看他们的表，或者若有所思地拨弄着他们的金质大图章①，以及诸如此类的事情，而这种情形正是斯克掳奇看惯了的。

这幽灵在一小撮生意人的旁边停了步。斯克掳奇看见它的手指点着他们，他便走上前去听他们在说些什么。

“不，”一个下颔硕大无比的大胖子说道，“这件事我也知道得不多。我只知道他已经死了。”

“他是什么时候死的？”另外一个问。

“昨天夜里吧，我相信。”

---

① 当时英国富商或贵族常用的一种图章，有金质或石质，上刻姓名缩写或纹章中的装饰图案。多嵌在戒指或挂在表链上，在信件或其他文件上封蜡时应用。

“哟，出了什么毛病啦？”第三个人问，从一只很大的鼻烟盒里拿出一大撮鼻烟。“我还以为他永远不会死的哩。”

“那只有天晓得，”头一个说，打了个哈欠。

“他把他的钱怎样安排来着？”一个红面孔的绅士问，他鼻尖上挂着一个瘤，摇动起来像是雄火鸡下颌边的垂肉。

“我还没听人说起过，”那个大下颌的人说，又打了一个呵欠。“把它留下给他的公司吧，也许。他并没有把它留下来给我。这就是我所知道的一切。”

这句逗人的话引起了大家的笑声。

“这次丧事大概会是便宜得很的，”同一个讲话的人说，“因为，我可以打赌，我不知道有谁会去送葬。我们大家来凑几个人，自告奋勇地去一下怎么样？”

“如果供给一顿午饭的话，我去一趟也无所谓，”鼻子上挂着瘤的那位先生说。“如果要我凑个数的话，那就得请我吃一顿。”

又是一阵笑声。

“话可得这么讲，在你们这些人里头，我是最没有利害关系的一个，”头一个讲话的人说，“因为我向来不戴黑手套，我也向来不吃午餐。但是如果别人愿意去的话，我也愿意去。说到这里我却想起来了：我恐怕不能说，我不是他唯一的朋友吧；因为我们每次碰见的时候，总要站住了攀谈一两句的。再见，再见！”

那些讲话的人和听的人都走开去，混到别的人堆里去了。斯克掳奇是认识这些人的，就对那幽灵看看，希望它作一个解释。

这幻象却溜到一条街上去。它的手指点着两个在碰头的人。斯克掳奇就又听着他们讲话，心想解释也许就在这里。

这两个人他也是十分熟悉的。他们都是生意人：很有钱，而且地位很重要。他一直有意去赢得他们的尊重，那就是说，从生意经出发，完全是从生意经出发。

“你好哇？”一个说。

“你好？”另一个应道。

"嗯，"头一个说，"'老刮皮'[①]到底也寿终正寝了，是不是？"

"我听人这样说过，"第二个回答。"冷吧，是不是？"

"正合圣诞节的时令。我看你不是个爱溜冰的人吧？"

"不是。不是。我还有别的事情要考虑呢。早安！"

再没有别的话了。他们的会面、他们的交谈和他们的分手就是这样。

斯克掳奇先是感到有些惊奇，怎么这幽灵居然会对这样显然很琐碎的交谈加以重视；但是觉得这里头一定隐藏着什么用意，他便开始思量这用意可能是什么。这些话不可能与他的老合伙人雅各·马利之死有关，因为那已经是过去的事情，而这个鬼的活动范围却是未来。他也想不出有哪一个跟他自己有直接关系的人，可以用得上这些话。但是他绝不怀疑，不管这些话是关于谁的，他相信对于自己的改过自新都包含着某种教训，因此他决计把他所听见的每一句话，所看见的每一件事情，都牢牢记在心里；特别是等到自己的阴魂出现的时候，要看个清楚。因为他有一种期望，他未来的自己的行为会把他现在所没有找到的线索提供给他，这样他要解答这些哑谜就容易得多了。

他就在那个地方找他自己的形象，但是在那个他惯常待的角落里，现在站着的却是另外一个人了；尽管钟上所指的时间已经是他通常到那里的时间，可是他在那许多从门廊里拥进来的人群中，却看不见一个像他自己的人。然而，这种情形也不大使他惊异；因为他在心里已经反复思考过，要重新做人了，他正料想并希望能够看见他这新诞生的决心在这里成为事实。

那幻象站在他身旁，静默而且阴暗，伸出了一只手。当他从深思的探索中惊醒过来的时候，他从那只手的转动，以及它站在自己身旁的位置，似乎感觉到那双看不见的眼睛正在锐利地望着

① 这是他们给斯克掳奇取的绰号。"老刮皮"（Old Scratch）的读音与"老斯克掳奇"（Old Scrooge）相近，也是"魔鬼"的绰号。

他。这情况使他发起抖来，而且觉得浑身发冷。

他们离开了那个熙熙攘攘的场所，来到这城市中一个偏僻的地段，那里是斯克掳奇以前从没到过的，不过他认识这个去处和它的坏名声。道路全是污秽而狭隘的，店铺和住宅都很破败；人们衣衫不全，嗜饮酗酒，邋里邋遢，面目可憎。一些小胡同和拱门，像不计其数的污水坑那样把恶臭、垃圾和生活中的种种气味，都倾吐到这些蔓延曲折的街道上；这整个地区散发着罪恶、污秽和穷困的臭味。

在这个藏垢纳污之所的巢穴深处，在一个屋檐斜伸出去的屋顶下面，有一家低矮的、门面凸出的铺子，那儿收购废铁、破布、瓶子、骨头和油腻的下脚。里面的地板上放着一堆堆的锈钥匙、钉子、链条、铰链、锉刀、磅秤、砝码以及各种各样的废铁。一座座像山一样的不成体统的破布、一团团发臭的油脂以及那些骨头叠成的坟墩头，不知孕育并藏匿着多少很少有人高兴去仔细探究的秘密。有一个头发花白的年纪近七十岁的坏角子，坐在他买卖的货色中间，靠近一个用旧砖头砌成的炭炉；他把许多杂七杂八的破布挂在一条绳子上，做成一个又臭又脏的门帘，来给自己挡住外面的冷空气，他在这安静的隐居地，其乐无穷地抽着板烟。

斯克掳奇同那幻象来到这人面前的时候，恰巧有个女人夹着一个沉重的包裹，偷偷地走进铺子。但是她人刚到，就有另外一个女人，同样地带着东西，也走了进来；而她后面紧跟着一个穿褪色黑衣服的男子，他看见她们时吃惊的程度，正和她们认出了她们彼此时一样。经过了一个短暂的目瞪口呆的时期（那吸板烟的老头子也和他们一样）之后，他们三人都禁不住大笑起来。

“让那打杂女工做头一个吧！”那第一个进来的女人叫嚷道。“让那洗衣婆做第二个吧；让那殡仪馆的伙计做第三个吧。你瞧这儿，老乔，这可真是碰得巧啊！咱们三个人，本来不打算在这儿碰头的，竟都来啦！”

“你们再也找不到比这儿更好的碰头地方了，”老乔说，把他的烟斗从嘴里拿出来。“到客厅里来吧。你在这儿早就是熟门熟路的了，你知道；至于另外那两个，也都不是陌生人。等一会儿，让我把铺子的门关上。哎哟，这门儿吱吱地叫得多响啊！这屋里没有比它自己的铰链锈得更厉害的铁器了，我相信；我还肯定这屋里的骨头没有比我这副骨头更老的了。哈哈！咱们都是顶配干咱们这一行的，咱们都是棋逢敌手。到客厅里来吧。到客厅里来吧。”

这所谓客厅，就是破布门帘后面的那块地方。老头子用一根旧的梯毯夹条[①]把炉里的火拨拨拢，用他的烟斗柄把冒烟的灯剔剔亮（因为这时候已经是夜里了），然后又把烟斗塞进嘴去。

在他忙着这些的时候，那个已经讲过话的女人把她那包东西丢在地板上，大模大样地在一张凳子上坐了下来，两臂交叉，胳膊肘搁在膝头上，用一种大胆的挑衅姿态，对另外那两个人瞧着。

“这又有什么关系呢？狄尔伯太太，这有什么关系呢？”那女人说。“每个人都有权利照料他自己。他向来就是这样的！”

“真的，这话挺对！”那洗衣妇说。“没有人比他更会照料自己的了。”

“那末，女人，别站在那儿呆瞪着，好像害怕似的！谁会知晓呢？我想咱们总不会彼此找岔子吧？”

“不，那才不会呢！”狄尔伯太太和那男子齐声说。“咱们希望不至于。”

“这就很好！”这女人叫道。“这样就够了。少了几件像这样的东西，谁会受损失呢？一个死人是不会的，我猜想？”

“当然不会，”狄尔伯太太说，大笑起来。

“如果他死了以后，还想保留这些东西，这个刻薄的老死刮皮，”那女人接下去说，“那末他在世的时候，为什么那样不近人情呢？如果他做人合情合理一些的话，那末在死神来打击他的时候，总会有人来照顾他，不会一个人孤零零地躺在床上，喘气直

① 一种细铜棒，用来夹住每级楼梯上铺的地毯。

喘到断气。”

“这句话真是说得再确切也没有了，”狄尔伯太太说。“这就是老天对他的报应。”

“我但愿这报应能够更重一点，”这女人回答说。“你可以完全相信，如果我的手能够搞到任何别的什么的话，那末这种报应一定会更重一点的。把那个包裹打开来，老乔，让我知道它能值多少钱。爽爽快快地讲。我不怕做头一个，也不怕给他们看见这件事情。我相信，在我们在这儿碰头之前，我们大家就已经很明白各人是在自己动手了。这不是什么犯罪。把包裹打开来，乔。”

但是她的朋友们都很讲义气，不肯让她先打开包裹；于是那个穿着褪色黑衣服的男子一马当先，拿出了他的掠获物。东西并不丰富。一两个图章、一只铅笔盒、一副袖钮以及一只不值什么钱的别针，就这些而已。老乔把它们一件件的仔细检验过，估一估价钱，然后把他对每件东西打算付的数目，用粉笔写在墙壁上，等到他发现已经没有东西再拿出来时，就加成一个总数。

“这是你的账，”乔说，“我不能再多给六个便士，哪怕你要把我活活煮死也办不到。第二个是谁？”

狄尔伯太太是第二名。几条被单和毛巾、几件破旧的衣服、两把老式的银茶匙、一副方糖夹子以及几只靴子。她的账也同样地写在墙壁上。

“我向来对女士们出手太松。这是我的一个弱点，也是我毁掉自己的原因，”老乔说。“那是你的账。如果你再向我多要一个便士，而且公开提出来，那我就要懊悔自己太慷慨，非削减你半个克朗不可。”

“现在把我的包裹打开来吧，乔，”头一个女人说。

乔为了打开包裹更方便起见，就跪在地上；他解开了许许多多的绳结，才拉出一大卷挺重的深颜色的东西。

“你把这东西叫做什么啊？”乔问。“床上的帐子么？”

“啊！”女人回答说，哈哈大笑，叉着两臂，身子朝前倾。

“帐子嘛！”

“难道说，他人还躺在床上，你就把这些东西，连同铜圈等等，一起都拿了下来？”乔问。

“不错，我正是这样，”女人回答说。“为什么不可以？”

“你真是生来要发财的，”乔说，“你将来一定会发财。”

“我向你保证，乔，对于像他这样的一个人，凡是我只要伸出手去就能够拿到的东西，我是决不会把手缩回来的，”女人冷冷地回答。“喏，你不要把油滴在那毯子上。”

“他的毯子吗？”乔问。

“你以为不是他的，倒是谁的？”女人回答说。“没有了这两条毯子，他总不至于伤风感冒吧，我敢说。”

“我希望他不是生了什么传染病死的吧？呃？”老乔停了一下他的工作，朝上面望望，这样说。

“你不用害怕这个，”那女人应道。“如果他有什么传染病的话，我决不会那么喜欢跟他做伴，为了这点东西在他身边多逗留的。啊！你尽管看那件衬衫，把你的眼睛都看痛了，你也不会在上面找到一个破洞，或是一摊磨烂的地方的。这是他衬衫中顶好的一件，也的确是件好衬衫。要不是有我在，人家早就把它糟蹋掉了。”

“你说糟蹋掉是什么意思？”老乔问。

“当然啦，这是说把它穿在他身上葬掉，”女人笑了一声，回答说。“有人就蠢得这么做了，可是我把它又脱了下来。如果白棉布①派这种用场不够好的话，那它还能派什么用场呢？盖在他的身上，还是一样很得体。他不会比穿上这一件显得更难看了。”

斯克掳奇惊心动魄地听着这一段话。当他们围着赃物，在老头子那盏灯的黯淡光线之下，坐在一起的时候，他用一种无以复

① 这里指的是斯克掳奇床上铺的白布被单。这是说她把斯克掳奇的尸身剥光了，只用一条白被单盖着。

加的厌恶和痛恨看着他们，即使他们是出卖死人尸体的下流恶魔，也不过如此了。

当老乔拿出一只装着钱的法兰绒袋子来，把给他们的那几笔钱数了出来摆在地上时，又是那个女人笑道，“哈哈！你们瞧，今儿这个就是他的下场！他活着的时候，把每个人都吓得从他身边跑开，他死掉之后，倒使我们得到了好处！哈哈哈！”

“幽灵呀，”斯克掳奇从头到脚发着抖说。“我明白了，我明白了。这个不幸的人的遭遇，可能就是我自己的遭遇。我的生活现在正向这个方向走去。慈悲的上帝呵，这是什么啊？”

他怀着恐惧直向后退，因为眼前的场景又变了，这时他的身子差不多碰到了一张床，一张光溜溜的、没有帐子的床，在这床上，一条破被单的下面，躺着一件被遮盖住的东西。这东西虽然不会开口，却用一种可怕的语言宣布它是什么了。

这个房间很黑暗，黑暗得无法看得真切；可是斯克掳奇因为私下里怀着一种冲动，就向房间里四处张望，急于想知道它究竟是怎样的一种房间。从外面的空中升起一道黯淡的光线，一直照到这张床上；而躺在这张床上的正是这个被人洗劫、被人遗弃、没人守灵、没人哭泣、没人照料的人的尸体。

斯克掳奇朝那幻象望望。它那坚定的手，正指着那人的头。那条遮体的布是那么随随便便地盖在上面，斯克掳奇只消动一动一个手指头，稍微把它掀起一点点，就可以使那张脸儿露出来。他想到这一层，觉得这件事真是容易做得很，因此巴不得这样做；只可惜他没有力量来把这蒙在脸上的布揭开，正如他没有力量使他身旁这幽灵走开一样。

无情又无情、严酷而可畏的死神啊，您在这儿筑起了您的神坛，并且调动了那么多的恐怖手段来把它装潢起来，因为这儿本来是您的领域啊！但是对于那被人尊敬、受人爱戴并博得荣誉的人的头，您却是既无法碰他一根毫发来达到您那可怕的目的，也无法使他五官中的哪一处变得可憎。这并不是因为他那只手现在是沉重的，一放松就会垂落下去；也不是因为他的心脏和脉搏已经停止了；恰恰是因为那只手从前是光明正大、慷慨而忠实的，那颗心是勇敢、热烈和温柔的，那脉搏是一个大丈夫的。打击吧，阴灵，打击吧！您就会看见他的那些善行从创口里涌出来，把不朽的生命散播到全世界！

并没有人在斯克掳奇耳边讲这些话，然而当他望着床上时，他听到了这些话。他想，如果这个人现在能够起死回生的话，他最先想到的将会是什么呢？难填的欲壑，苛刻的交易，还是贪婪的操心呢？说实话，它们不是已经使他落到一个富有成果的下场了吗？

他躺在那黑暗的空房子里，没有一个男人，女人或小孩会说：他曾经在这件事或那件事上待我很好，为了纪念他的一句好心话，我要好好地对待他。一只猫正在门上抓着，炉边石头下面有老鼠在啃咬的声音。它们在这个死人的房间里究竟想要得到什么，它们为什么那么不安静而蠢蠢欲动，斯克掳奇简直想都不敢想。

"幽灵啊！"他说，"这是一个可怕的地方。在离开这个房间的时候，我决不会把它的教训丢开的，请相信我。我们走吧！"

然而这幽灵还是用一个毫不移动的手指，指着那死人的头。

"我懂得你的意思，"斯克掳奇回答说，"假如我做得到的话，我一定会这样做的。但是我没有这个能力，幽灵。我没有这个能力。"

幽灵似乎又在望着他。

"幽灵呵，我求求你，"斯克掳奇说，感到很痛苦，"如果这城里有哪一个人，因为这个人的死而心情激动，请你把那个人指给我看看！"

幻象把他的黑袍子在他面前张开了一会儿，好像一只翅膀似的；等到收拢的时候，显出了一个阳光照耀下的房间，里面有一位母亲和她的孩子们。

她正在等着什么人来，而且是带着焦急迫切的心情；因为她在房间里走来走去，听见每一个声音就要惊跳起来；一忽儿从窗口向外张望，一忽儿又看看钟；她想做一点针线活，可是总做不成；甚至她孩子在玩耍时的声音她都简直受不了。

最后，响起了那期待已久的敲门声。她急忙跑到门口，迎着了她的丈夫；他虽然还年轻，可是他的脸儿已经是饱经忧患，愁苦不堪的了。这时他脸上带有一种特殊的表情，一种自己觉得不好意思而竭力想抑制的认真的喜悦。

他坐下来吃饭，那是早已给他留在炉边热着的；而当她（经过了一段长时间的沉默之后）胆怯地问他有什么消息时，他似乎窘得不知道该怎样回答才好。

“是好消息呢，还是坏消息？”她问，帮助他讲出来。

“坏消息，”他回答说。

“那末我们全毁了么？”

“不。还有点希望，卡洛琳。”

“如果他肯发发善心的话，”她惊异地说，“那就有希望了！如果这样的奇迹已经出现了的话，那就随便什么都还是有希望的。”

“他已经没法发善心了，”她丈夫说，“他已经死啦。”

如果她脸上的表情并不骗人的话，她是一个温和而富有耐心的人；但是她听见了这句话，心里实在觉得欣慰，就紧握着双手，说出了这个意思。她接着就祷告上帝请求恕罪，而且觉得难过；但是她那头一个举动是表现她内心的情绪的。

“我想去见他要他答应宽限一星期，那个昨天夜里我对你提起过的酒喝得半醉的女人跟我说了，我起先还以为只是避不见我的一种借口，但结果却的确是如此。那时候，他不仅是病得很厉害，而且是就要死了。”

“我们欠的债将来转交给谁呢？”

“我不知道。不过，不消等到那时候，我们的钱就可以准备好了；而且，即使我们还没有准备好，却碰到了他的继承人偏偏也是一个这样狠心的债主，那也就只好说是命该如此了。今天我们总可以心情轻松地睡一夜啦，卡洛琳。”

的确。他们虽然竭力想使心肠软一些，但他们的心情到底是轻松些了。孩子们都默不作声，围绕在他们父母身边，听着那些他们很难听懂的话，他们现在也都变得更容光焕发了。这个人一死，这间屋子就变得快乐得多了！这个鬼所能显现给他看的由此人之死所引起的唯一情感，是一种快乐的情感。

“让我看到一点对一个人死亡的恻隐之情吧，”斯克掳奇说，“不然的话，幽灵啊，我们方才离开的那个黑暗的房间，就会永远显现在我眼前了。”

那幽灵带领他穿过几条他的脚步所熟悉的街道；他们一路走去时，斯克掳奇东张西望，想找到他自己，但是随便在哪儿都看不到自己。他们走进可怜的鲍勃·克拉吉的家里；这个住处是他以前去过的；他们看到那做母亲的和她的儿女们都围炉而坐。

沉静。非常沉静。那些爱吵闹的小克拉吉，都在一个角落里沉静得像是雕像似的；他们坐在那里望着彼得，彼得面前放着一本书。母亲和她的女儿们正在做着针线。但是他们的确都静默得很！

“‘他便叫一个小孩子来，使他站在他们当中。’”①

斯克掳奇是在什么地方听见过这句话的呢？他并不是在梦里听见的。当他和幽灵跨进门槛的时候，彼得一定是在高声读着这句话。他为什么不读下去呢？

母亲把她所做的活放在桌子上，伸手掩住脸儿。

“这种颜色②伤我的眼睛，”她说。

---

① 引自《圣经·新约·马太福音》第18章第2节。当耶稣的门徒问他：“天国里谁是最大的？”他就叫孩子来，说凡是谦卑得像这孩子的，在天国里就是最大的。

② 指她正在做的丧服的黑色。

这种颜色？唉，可怜的小丁姆呀！

“眼睛现在好点了，”克拉吉的妻子说。“在蜡烛光底下把眼睛都弄模糊了；等你们父亲回来了，我随便怎样也不能让他看见我这双模糊的眼睛。现在一定是快要到他回家的时候了。”

“其实是已经过了时候啦，”彼得合拢书说。“但是我想，母亲，在最近这几个晚上，他总是走得比平时稍微慢一点吧。”

他们又变得非常沉静了。临了，她用一种稳定而愉快的声音说，只有一次顿了一下：

“我知道他曾把——我知道他曾把小丁姆背在背上走的，还走得很快哩。”

“我也知道是这样，”彼得叫道。“常常这样。”

“我也知道是这样，”另外一个叫道。大家都知道。

“但他背起来是很轻的，”她接下去说，用心做着活，“他的父亲又是那样爱他，所以更觉得不费事，不费事了。现在你们父亲到了门口啦！”

她赶快出去迎接他；于是鲍勃披着他的围巾——他实在需要这东西，可怜的人儿——走进来了。他的茶已经给他准备好了，搁在炉旁的保温架上，他们都想比比看谁对他侍候得最好。接着那两个小克拉吉爬到他的膝头上，每个孩子都把自己的一片小脸颊儿贴在他的脸上，仿佛在说，“父亲，不要把这事情挂在心上。不要伤心！”

鲍勃跟他们玩得很快活，并且高高兴兴地和全家的人讲话。他看看桌子上面的活计，就称赞克拉吉太太和姑娘们做事辛勤迅速。不消到礼拜天，这些活就能做好，他说。

“礼拜天！那你今天去过啦，罗伯特？”他妻子问道。

“是的，亲爱的，”鲍勃回答说。“我真希望你也能够去就好了。你如果能够看见那儿是个多么苍翠的地方，[①]对你一定有好处

---

① 这里是说小丁姆已经死了，鲍勃曾经去看过丁姆将被安葬的地方。

的。可是你今后会常常看见那地方的。我已经答应他，每逢到了礼拜天，我一定要上那儿去走走。我的小小孩儿啊！”鲍勃哭了起来。“我的小孩儿啊！”

他禁不住一下子痛哭起来。他实在忍不住了。他要是忍得住的话，他和他的孩子恐怕就会比过去离得更远了。

他离开了这个房间，跑上楼去，走进上面的那个房间，那里灯火照耀得很欢乐，挂着圣诞节的装饰。靠近那孩子的身旁，摆着一张椅子，还留着不久前曾有人在那儿坐过的痕迹。可怜的鲍勃就在这张椅子里坐下了，他想了一会儿，使自己镇静下来之后，吻吻那张小脸儿。他如今已接受了那已经发生的事实，便又相当高兴地走下楼来。

他们围炉坐着，谈着，姑娘们跟母亲都在干活。鲍勃讲给他们听，斯克掳奇先生的外甥真是特别厚道，他只不过跟他见过一次面，可是那天斯克掳奇的外甥在街上碰见他，看见他的神气有一点——“只不过有一点不开心，你知道，”鲍勃说——他便问发生了什么事情使他这样苦恼。“听见了这句话，”鲍勃说，“因为他是你所能碰到的讲话最亲切动听的人，我便告诉了他。他就说，‘克拉吉先生，我对此事感到十分难过；而且是替你的好太太十分难过。’顺便提一句，我真不懂，他怎么会知道这个的。”

“知道什么呀，亲爱的？”

“喏，知道你是一位好太太呗，”鲍勃说。

“哪个不知道呀！”彼得说。

“这话说得好，我的孩子！”鲍勃叫道。“我希望他们都知道。他说，‘我真替你的好太太十分难过。假如我有任何地方可以为您效劳的话，’他说，把他的名片递给我，‘这上面就是我的住址。请来找我吧。’啊，这件事情使人觉得很高兴，倒不是因为他可能对我们有什么帮助，而是因为他那种仁爱的态度。看起来真好像他老早就认识我们的小丁姆，而且很同情我们。”

“我深信他是一个好心肠的人！”克拉吉夫人说。

“亲爱的，”鲍勃回答说，“如果你看见过他，跟他讲过话，那你就会更相信他是这样的了。如果他能给彼得搞到一个更好的职位——你们注意我讲的话！——我一点不会觉得惊奇。”

“你听听这句话，彼得，”克拉吉夫人说。

“到了那时候，”姑娘们中间的一个叫道，“彼得就会跟什么人轧朋友①，并且自立门户了。”

“去你的！”彼得回答说，咧嘴笑着。

“这倒多半是可能的，”鲍勃说，“反正总有这么一天吧；好在往后的日子长得很，来得及，亲爱的。但是，不管我们大家将来怎样分手，在什么时候分手，我相信我们没有一个人会忘掉可怜的小丁姆的——我们总不会吧——也不会忘掉我们中间这头一次的分手吧？”

“决不会的，父亲！”他们大家都叫道。

“我们只要一回忆到他是多么有耐性、多么温和，虽然他还是一个小小的、小小的孩子，我就知道，”鲍勃说，“我就知道，我的亲人们，我们自己中间决不会轻易争吵起来，吵得忘掉了可怜的小丁姆的。”

“对，决不会的，父亲！”他们大家又都叫道。

“我高兴极了，”鲍勃说，“我高兴极了！”

克拉吉夫人吻他，他的女儿们吻他，那两个小克拉吉吻他，彼得和他握握手。小丁姆的英灵呵，你那童稚的善良本质就是来自上帝的！

“幽灵啊，”斯克掳奇说，“有什么东西在通知我，我们分手的时候就要到了。我知道这个，但是我不知道究竟要怎样分手。告诉我，我们看见的那个死去了躺在床上的人到底是什么人？”

那“未来圣诞节之灵”跟先前一样——然而斯克掳奇认为是在不同的时候；的确，在最后的那些幻景中，时间上的次序似乎

① “轧朋友”，英国贫民阶级的习惯用语，意思是同一个姑娘订婚。

是混乱的，只知道这些都是将来的事情——把他运送到一个生意人聚集的地方，但是始终没有把斯克掳奇自己显现给他看。实在是，这幽灵一点也没有停留，只顾一直往前去，仿佛正向刚才心目中想去的那个目的地奔去，直到斯克掳奇恳求它停留片刻才止。

“我们现在急急忙忙穿过的这个院子，”斯克掳奇说，“就是我办公的地方，而且干了很长一个时期。我看见那幢房子了。让我看看我在将来的日子里究竟是个什么样儿！”

那幽灵停下来，可是手却指着别处。

“屋子就在那边，”斯克掳奇叫道。“你为什么指着别处呢？”

那只无情的手指一点也不挪动。

斯克掳奇赶快跑到他办公室的窗子边，向里面望去。这儿还是一间办公室，但已经不是他的了。家具已经不是原来的了，坐在椅子里的人也不是他自己。那幻象还是跟先前一样地在指着。

他回到它的身边，一边纳闷自己为什么要这样和要到哪儿去，一边跟随着它，直至他们到达一座铁门边。他在进去之前，先停下来向四周看看。

一片教堂的坟场。这么说，这儿就是那个倒霉的人的葬身之地，这个人的姓名他眼看就要知道了。这是一个令人肃然起敬的地方。四周被房屋包围住；遍地的良草和杂草，而植物是正在不断枯死，却不是正在生长；埋葬了太多的人，塞得满满的；由于它的胃口得到满足，显出很发福的样子。好一个令人肃然起敬的地方！

幽灵站在那些坟墓中间，朝下指着其中的一座。斯克掳奇哆嗦着向那座坟走过去。那幻象还是完全跟先前一个样儿，可是他深怕从它那严肃的形体上看出新的含意来。

“在我更走近你指点着的那块石碑之前，”斯克掳奇说，“请你回答我一个问题。这些究竟是将要发生的事情的影像呢，还是只不过是或许会发生的事情的影像？”

那鬼依然手指向下，指着它身旁的那个坟。

“人们所走的道路会预示某种结局，这就是说，如果他们坚持走他们的道路，他们就一定会达到那种结局，”斯克掳奇说。“但是，假如他们离开了这种道路，那末结局也会改变的。你说，你显现给我看的那些事物就是这样的吧！”

那幽灵还是跟以前一样地丝毫不动。

斯克掳奇向这座坟走去，边走边发着抖；于是，随着那个指头，他在这荒坟的石碑上读到他自己的姓名：埃伯尼泽·斯克掳奇。

“难道我就是躺在床上的那个人么？”他叫道，双膝跪下。

那只手指从坟指向他，再从他指向坟。

“不，幽灵！啊，不，不！”

那只手指仍然伸出着。

“好幽灵啊！”他叫道，紧紧地抓住它的袍子。“听我讲！我现在已经不是从前那样的人了。要不是因为这次经历，我不会变成我应该变成的人。假如我已经是毫无希望的话，那又为什么把这个显现给我看呢？”

那只手似乎头一次颤动起来。

“好幽灵啊，”他接下去说，一边跪倒在它面前的地上，“你的天性在代我说情，并且可怜我。请你使我相信：如果我今后重新做人，我还能把你显现给我看的那些影像改变过来！”

那只仁慈的手抖动起来。

“我以后一定从心底里尊重圣诞节，并且要一年到头努力过着节。我以后要生活在‘过去’、‘现在’和‘将来’之中。这三位幽灵以后永远都要在我心里激励着我。我决不把它们启导我的教训置之脑后。啊，告诉我，我还有可能擦掉这块石头上的字迹！”

他在痛苦中抓住了那幽灵的手。它想把手挣脱出来，但是他

The Last of the Spirits.

苦苦祈求着，用力抓住这只手不放。然而那幽灵比他更强有力，终于摆脱了他。

他举起手来做一次最后的祷告，祈求他的命运转变过来，这时候他看见幽灵的帽兜和衣服都发生了变化。它缩拢来，塌下去，逐渐收缩成一根床柱子。

第五节歌

结　局

对啊！这床柱是他自己的。床是他自己的，房间是他自己的。而一切之中最最好和最最幸福的是：他将来的时间是属于他自己的，使他可以改过自新！

"我以后要生活在'过去'、'现在'和'将来'之中！"斯克掳奇从床上爬下来，又这样说了一句。"这三位幽灵以后都要在我心里激励着我。雅各·马利啊！为此，赞美上天和圣诞节吧！我现在跪着说这话，老马利啊，我正跪着！"

他心里充满了善良的心愿，变得那么激动和热诚，使他那哽咽的声音几乎难以表达他的呼唤。他刚才同幽灵争执的时候，曾经痛哭过，因此脸上还沾着泪痕。

斯克掳奇把帐子的一边折拢来抱在自己怀里，叫道，"它并没有被人扯下来，它并没有被人扯下来，连铜圈等等。它们现在都在这儿——我现在也在这儿——那些本来要实现的事情的影像，还有被驱散的可能。它们一定的。我知道一定会的！"

在这段时间里，他的一双手一直忙着摆弄自己的衣服：把衣夹里翻到外面，把它们颠倒了穿上身，或者把它们扯来扯去，把它们放错了位置，以及对它们加以各种各样的蹂躏。

"我不知道该怎样做才好！"斯克掳奇叫道，又是笑又是哭，而且把他的长统袜子缠在自己身上，弄得活像拉奥孔①似的。"我现在是轻松得像一根羽毛，快活得像一个天使，高兴得像一个小学生，头晕得像一个醉汉。祝大家圣诞快乐！祝全世界的人新年愉快！喂喂！呵呵！喂！"

他已经跳跳蹦蹦进入了起居室，这时正站在那儿，简直喘不过气来。

"那儿是盛着粥的锅子！"斯克掳奇叫道，又走动起来，在壁炉前跳来蹦去。"那儿是雅各·马利的鬼魂进来时所走的门！那儿是'现在圣诞节之灵'坐过的角落！那儿是我看见那些游魂的窗子！一切都是不错的，一切都是真实的，一切都是发生过的。哈哈哈！"

真的，对于一个许多年来在这方面荒疏已久的人，这真是一阵其妙无比的大笑，一阵精彩万分的大笑。这是长长一连串的出色笑声之父！

"我不知道今天是这个月的几号，"斯克掳奇说。"我不知道我在幽灵们中间度过了多久时光。我什么事情都不知道。我完全是个小娃娃。这没关系。我不管这些。我宁愿做个小娃娃！喂！呵呵！喂喂！"

他正手舞足蹈地欣喜若狂，被礼拜堂的钟声止住了：那样欢乐的钟声是他生平从来没有听见过的。镗，锒，钟锤敲着；叮，当，大钟响着。钟声，当，叮；钟锤，锒，镗！哦，真堂皇啊，真堂皇啊！

他跑到窗户边，打开了窗，把头伸出去。没有浓雾，没有烟霭；晴朗、明亮、欢欣、活跃、寒冷；寒冷，号召血液去跟着跳舞；金黄色的阳光；美妙无比的天空；新鲜清香的空气；欢乐的钟声。哦，真堂皇啊，真堂皇啊！

"今天是什么日子啊？"斯克掳奇叫道，他向楼下叫唤着一个穿着礼拜天衣服②的孩子，这孩子大概是溜进来看看情况的。

---

① 拉奥孔为希腊神话中特洛伊城的一个祭司，因在特洛伊之战中，劝市民不要把敌人留下的木马拉进城而招女神雅典娜之怒，使他们父子三人被海中的两条大蛇缠绕而死。

② 礼拜天衣服为英国老百姓在星期日才穿的最好的衣服，不同于平时劳动所穿的服装。

“什么？”那孩子问，惊奇得不得了。

“今天是什么日子，我的好人儿？”斯克掳奇说。

“今天！”孩子回答说。“喏，圣诞节呗！”

“果然是圣诞节！”斯克掳奇自言自语道。“我还没有错过这个节日。幽灵们把所有的事情在一夜里都做完了。他们能做他们喜欢做的任何事情。他们当然能够的。他们当然能够的。喂，我的好人儿！”

“喂！”那孩子回答说。

“你认得过去第二条街上的那家鸡鸭铺吗，在转角上的？”斯克掳奇问。

“我想我应该是认得的吧，”这小子回答说。

“真是个聪明的孩子！”斯克掳奇说。“真是个了不起的孩子！你知不知道他们有没有卖掉那只挂在那儿的特号火鸡，不是那只小的特号火鸡，是那只大的？”

“什么，那只像我这样大的吗？”孩子回答说。

“真是个讨人喜欢的孩子！”斯克掳奇说，“跟他讲话真有趣。是的，我的花花公子！”

“它现在还挂在那儿哩，”孩子说。

“是吗？”斯克掳奇说，“去把它买来。”

“滑克一尔[①]！”孩子惊叫道。

“不，不，”斯克掳奇说，“我这话是当真的。你去把它买下了，叫他们送到这儿来，让我好吩咐他们把这东西送到哪儿去。你跟铺子里的人一起回来，我给你一个先令。如果不到五分钟就跟他一起回来，我给你半个克朗！”

那孩子像一发子弹似的飞奔而去了。如果有人放枪能放得一半这么快，那他已经可以算是一位射击能手了。

---

① 据传说，约翰·滑克尔是伦敦的一个小职员，生着鹰爪鼻，专门喜欢把同事们的过失向上级报告，大家恨透了他，就竭力证明他所报不实。因此俗话说“鹰爪鼻滑克尔”，等于说“这是一个捏造的故事”。此处即“别胡扯”、“骗人”之意。

“我要把它送到鲍勃·克拉吉家去，”斯克掳奇小声说，搓搓双手，笑得捧着肚子。“不让他知道是谁送给他的。这只火鸡有两个小丁姆那么大。把它送给鲍勃真是开一个大玩笑，连乔·密勒[①]也要自愧不如呢。”

他写地址时，手都有点抖了；但是不管怎样，他到底把它写出来了，而且走到楼下去把临街的大门打开，等候那鸡鸭铺的人来。当他站在那儿等着的时候，他的眼睛忽然看到了那个门环。

“我活一天就要爱它一天，”斯克掳奇说，用手拍拍它。“我以前简直从来不看它一眼。它那脸儿上的表情是多么诚实啊！这真是个奇妙的门环！——火鸡来啦。喂！呵呵！你好哇！圣诞快乐！”

这才真是一只火鸡哪！它绝对不可能靠着自己的腿站立起来，这只火鸡。它会在一分钟里就把它的腿都折断，像两根封口的火漆棒似的。

“嗐，要把它拎到堪姆登镇去是办不到的，”斯克掳奇说。“你得雇一辆马车去才行。”

他说这句话时的格格笑声，和他付火鸡钱时的格格笑声，付马车费时的格格笑声，以及他酬谢那小孩时的格格笑声，都及不上他气喘咻咻地重新在他椅子里坐下时的那一阵格格笑声，而且直笑得淌出眼泪来。

修面不是一件容易的事情，这是因为他的手还继续抖得很厉害；而且修面是需要全神贯注的，即使你在做这件事时并不欢跳雀跃。但是如果他把鼻子尖剃掉了的话，他会贴一块橡皮胶布在上面，而仍旧感到心满意足的。

他穿上了一身“最好的衣服”，终于走到了街上。这时候人们

---

① 乔·密勒为英国民间传说中的笑话作者，有一本《乔·密勒笑话集》的古老的书，内容主要是16、17世纪时的笑话，据说收集的就是他讲过的笑话。乔·密勒实有其人（1684—1738），是当时的一位喜剧演员。而最大的笑话是，据说他虽然以演喜剧为职业，但他生平却从未讲过一个笑话。

都在拥出来了，这情景正同他跟着“现在圣诞节之灵”时看见的一样。于是，斯克掳奇反背着双手，面带快活的笑容，看看每一个人。总之，他的神气看起来是那么乐不可支，因此有三四个心情愉快的人对他说道，“早安，先生！祝你圣诞快乐！”后来斯克掳奇常常说，在他生平所听到的愉快的声音中，这几个字听在耳朵里要算是最愉快的了。

他还没有走多远，就看见那位胖胖的绅士迎面走来——就是昨天走进他的账房间，对他说“斯克掳奇与马利商行，是不是？”的那个人。他一想到这位老先生遇到他时会怎样看待他，心里就贯穿着一阵痛楚之感；但是他知道摆在他面前的康庄大道是哪一条，他就选择了这条路。

“亲爱的先生，”斯克掳奇说，一面加快步伐，抓住了这位老先生的一双手，“您好吗？我希望您昨天获得成功。您真是仁慈得很。祝您圣诞快乐，先生！”

“斯克掳奇先生么？”

“正是，”斯克掳奇说。“这就是在下的姓氏，我怕这名字您听起来不大愉快吧。请准许我恳求您的宽恕。而且还要请求您——”说到这儿，斯克掳奇便凑在他的耳边轻轻地讲了几句话。

“上帝保佑我！”这位绅士说，简直气都喘不过来了。“我亲爱的斯克掳奇先生，您这话当真吗？”

“别见笑，”斯克掳奇说，“一个铜子儿都不会少。老实说，这里头还包括了许多过期未付的在内。您肯帮我这个忙吗？”

“我亲爱的先生，”对方说，跟他握握手。“我简直不知道该怎么说才好，对于您这种慷——”

“请您甭提啦，”斯克掳奇回答说。“请光临敝舍。您肯光临敝舍吗？”

“我一定来！”那位老先生叫道。很明显，他是决心要去的。

“谢谢您啦，”斯克掳奇说。“我真感激您。我对您无限感谢。祝福您！”

他上礼拜堂去，然后在街上逛来逛去，看着人们匆匆来往奔波，拍拍孩子们的头，对乞丐们问问话，低下头去看看人家屋子里的厨房，抬起头来望望人家的窗户，觉得随便哪一件事情都使他得到乐趣。他从来做梦也没有想到任何散步——任何事情——能给他这么多的幸福。到了下午，他调转脚步，向他外甥的家走去。

他在门外走来走去，走了十几遍，才鼓起勇气来上前去敲门。最后他一个冲刺，终于敲起门来。

“你的主人在家吗，亲爱的？”斯克掳奇对那姑娘说。一位好姑娘！好得很。

“在家，先生。”

“他在哪儿啊，我的好人儿？”斯克掳奇问。

“先生，他在餐厅里，跟太太在一起。我领您上楼去，好不好？”

“谢谢你。他认得我的，”斯克掳奇说，他的手已经放在餐厅的门把手上了。“我这就进去啦，亲爱的。”

他轻轻地旋着把手，把他的脸儿从门边侧着伸进去。他们正在对桌子上望着（桌上这时已经摆满饭菜了）；因为这些年轻的主妇们在这种问题上老是很紧张，喜欢看见一切都安排得好好的。

“弗雷德！”斯克掳奇说。

天啊，他的外甥媳妇真是吓了一大跳！斯克掳奇这时忘掉了她是坐在角落里，脚搁在一只脚凳上，否则他随便怎样也不会这样叫的。

“啊呀，上帝保佑我！”弗雷德叫道，“这是哪一位呀？”

“是我。你的舅舅斯克掳奇。我是来吃饭的。你肯让我进来吗，弗雷德？”

让他进来，那还用说！他握手时没有把他的胳膊摇断已经算是走运了。五分钟之后，他就感到舒适自在了。没有比这更热诚的接待了。他的外甥媳妇看起来完全是同样的热诚。陶泊尔，他走过来的时候也是这样热诚。那位胖妹妹走过来的时候，她也是这样热诚。每个人走过来的时候，他们也都是这样热诚。好得不得了的宴会，好得不得了的游戏，好得不得了的亲密融洽，好——得——不——得——了的幸福快乐！

但是第二天早晨，他老早就到办公室了。哦，他是特地早去的！他只要能够先到那里，撞见鲍勃·克拉吉迟到就好了！这便是他一心想做到的事情。

果然给他做到了；是的，他做到了！钟敲了九点。鲍勃没来。九点一刻了。鲍勃没来。他足足迟到了十八分半钟。斯克掳奇坐在那儿，把他的房门开得大大的，以便能看见鲍勃走进那个“水槽”。

鲍勃在推开门之前，已经先把帽子脱掉，围巾也除下来了。他一眨眼就坐到了他的小凳上，拿起笔来飞快地写着，仿佛他想追上九点钟似的。

“喂！”斯克掳奇尽可能地装出他惯常的声音，咆哮道。“你今天到这个时候才来，究竟是什么意思？”

“我真抱歉得很，先生，”鲍勃说。“我是迟到了。”

“你是迟到了？”斯克掳奇重复说一遍。“是啊。我想你是迟到了。对不起，先生，请你到这儿来一下。”

“这不过是一年一度啊，先生，”鲍勃从“水槽”里钻出来，恳求道。“下次决不会再这样了。昨儿晚上，我玩得太快活了，先生。”

“喏，我来讲给你听，我的朋友，”斯克掳奇说，“我再也容忍不了这种事情啦。所以嘛，”他接下去说，从凳子上跳下来，对着鲍勃身上的背心，那么使劲地一戳，戳得他跌跌撞撞地一直退回到“水槽”里。——“所以嘛，我就要给你加薪水啦！”

鲍勃发起抖来，朝放着尺的地方走近了一点儿。有那么一刹那时间，他想用这根尺把斯克掳奇击倒，挟住了他的身子，叫院子里的人大家来帮忙，给他穿上一件紧身衣[1]！

“祝你圣诞快乐，鲍勃！”斯克掳奇说，轻轻地拍拍他的背脊，他那一副诚恳的样子，谁看了都不会误解的。“祝你过一个更加快乐的圣诞节，鲍勃，我的好人儿，比我许多年来给过你的圣诞节都要快乐得多！我要加你的薪水，并且要尽力帮助你那艰苦奋斗的家庭，让咱们就在今天下午，边喝着一碗圣诞节的热气腾腾的‘必歇浦’[2]，边谈你的事儿，鲍勃！快把炉里的火加加旺，赶快先去买一桶煤来再动笔写吧，鲍勃·克拉吉！”

斯克掳奇不但实现了自己的诺言，而且超过了诺言。他做了所有这些事情，而且还做了不知多少别的事情；至于小丁姆呢，他并没有死，斯克掳奇还做了他的干爹。他成为这个又好又老的城市所知道的，或者这个又好又老的世界上任何一个别的又老又好的都市、城镇和自治市镇所知道的再好也没有的朋友，再好也没有的东家和再好也没有的人。有些人看见他这种转变，觉得好笑，但是他让他们笑，一点不去理会他们；因为他已相当聪明，知道在这个地球上的任何一件事情，在开头的时候总是有人大笑而特笑的；而且知道，这种人无论如何都是盲目的，因此他觉得，与其让他们犯别种样子不大雅观的毛病，倒不如让他们笑得眯起了眼睛的好。他自己打心底里在笑，而这对他来说，已经是很足够的了。

从此以后，他跟精灵们[3]不再有往来，而是根据“滴酒不沾”的原则生活。后来人们常常谈到他，说如果现在世上有什么人懂

① 紧身衣，一种厚帆布制成的长袖衣服，给发疯的人穿上，束缚住手足，使他无法动弹。这里是说鲍勃以为斯克掳奇发疯了。

② 必歇浦为一种用葡萄酒、橘子或柠檬、香料和砂糖混合制成的饮料，加热后饮用。

③ “精灵们”的原文“spirits”另有一种涵义，烈酒，酒精。狄更斯在这里用了双关语，是说斯克掳奇改过自新，不仅戒酒，而且从此以后不再同鬼打交道了。

得怎样过好圣诞节的话，那就要算是他了。但愿人们说我们也正是这样，我们大家都是这样！因此，正如小丁姆说的：上帝保佑我们，每一个人！

古教堂的钟声

除旧迎新的古教堂大钟及其鬼魅的故事

金绍禹　译

第一章

不会有多少人——本人以为，说故事的与听故事的应该尽早取得相互理解，所以我要提请诸位注意，我这样说既不限于年轻的人，也不限于身份低微的人，而是涉及各种地位的人：小人物与大人物，年轻的与年长的；尚在成长的也好，业已衰老的也好，都在其列——我是说，不会有多少人肯到教堂里去睡上一觉的。我并非是指在温暖的天气里听讲道的时候（这种行为在那个时候倒的确也有过一两回），我是指在黑夜里，而且是孑然一身到教堂里去睡上一觉。我知道，在大白天，我这一见解会教许许多多的人目瞪口呆的。但是我这一见解只涉及黑夜。我们一定要说明白，非要是黑夜不可；可以随便确定一个狂风呼啸的冬夜，并在持异议的人中物色一人，我很愿意与他一起，到古教堂去走一趟，确保这件事情的顺利进行。就请他单独一人在古教堂门前的古墓地等我；他事先还须同意由我来将他锁在教堂里，倘若要叫他心悦诚服而有此必要，将让他一直待到东方大白。

专挑狂风呼啸的黑夜，是因为黑夜的风有造成凄冷阴郁气氛的怪癖：风在教堂四周徘徊，它一路徘徊，一路呻吟；它用无形的手去摇撼门和窗，寻找罅隙，潜入堂内。一旦进入堂内，就像寻找什么东西，而又什么也没有找到的人一样，它呻吟、呼号，又呼啸而去。它穿过中央过道，绕着一根根柱子不停地旋转，并直达教堂最里面的风琴，但仍不罢休，于是又腾空跃起，蹿向屋顶，要将椽子撕裂；然后它又绝望地坠到石板地上，呜呜地溜进地下室。没过多时，它又悄然回到地面，缘墙而走，似乎在低声念着纪念死者的碑文。它时而出声尖厉，犹如大笑；时而呜咽抽泣，犹如哀悼。它还发出幽灵般的声音，在圣坛内徘徊；它仿佛在那里歌唱，狂妄地赞美冤屈和谋杀，赞美对假神的顶礼膜拜，而置摩西十诫[①]于不顾。这些戒条看起来是那么公允、完美，而实际上却常遭损害、常遭违背。呜呼！愿上帝保佑我们，让我们暖融融地坐在炉火边！那午夜的风，一个令人毛骨悚然的声音，在教堂里唱着赞歌！

可是，在高高的教堂尖顶上，恶风在怒号，在呼啸！在高高的教堂尖顶上，风毫无阻挡地来去，穿过无数通风的拱窗和孔穴，绕着登之令人目眩的阶梯盘旋而起，转动呜呜作响的风信标，吹得整个塔楼都在摇晃、颤抖！在高高的教堂尖顶上，坐落着钟楼。铁栅斑驳陆离，布满了锈迹。由于气候的变幻，盖在屋

---

① 摩西十诫——摩西是犹太教、基督教《圣经》故事中犹太人的领袖。《圣经·旧约·出埃及记》载，摩西带领在埃及为奴的犹太人迁回迦南（巴勒斯坦和腓尼基地区的古称），并在西奈山上接受上帝写在两块石板上的十诫。十诫是耶和华所授，命摩西颁布施行。内容为：不许拜别神；不许制造和敬拜偶像；不许妄称耶和华名；须守安息日为圣日；须孝父母；不许杀人；不许奸淫；不许偷盗；不许作假见证；不许贪恋他人财物。基督教亦用十诫作为戒条，条文组织、次序各派不尽相同。

顶上的薄铅板和薄铜板都已经皱缩，在风的奇怪的脚步下噼啪作响，此起彼伏；在陈旧的栎木搁栅和桁梁的角落里，鸟儿筑着简陋的窝；到处都有尘土，日积月累，一片灰暗；满身斑点的蜘蛛，由于长期安居，变得倦怠而肥大。蜘蛛随着大钟的振荡而懒洋洋地来回摆动，趴在它们用蛛丝编成的空中栖身之所里，从不放松，有时突然间警觉地像水手一样往上爬去，有时则落到地下，使劲挪动着八条敏捷的腿去逃命！在古教堂的高高的尖顶上，远在城中灯火与人声之上，远在阴影笼罩全城的浮云之下，那便是夜间清冷凄凉的地方；在古教堂的高高的尖顶上，安置着我要说的钟。

请相信，这些钟都是古钟。几个世纪之前，这些大钟都由主教大人们施洗命名。因为已经过去几百年了，这些大钟的施洗命名典礼的记录早已散佚，谁也说不清它们的名字了。这些大钟都曾有过教父与教母（就我本人而言，我宁愿承担做这些大钟的教父的责任，而不愿承担做一个孩子的教父的责任），而且，毫无疑问，他们都曾为这些大钟铸过银杯。可是，时光把教父与教母一个个都扫除了，亨利八世①则把这些大钟的银杯一个个都熔化了；于是，今天，这些大钟挂在教堂的钟楼上，已经没有名字，也没有银杯了。

不过，这些钟却没有哑。绝对没有哑。这些钟声音清晰，洪亮，有力，余音袅袅；钟声随风飘荡，到处都可以听到。而且这些钟都非常结实，倒也不必依赖风的喜怒哀乐；因为，这些钟在逆风骤起的时候也能顽强地对付，把它们的欢快的乐声非常动听地倾注到留神静听的人耳中；在风雨交加的夜晚，为了要让守着病儿的心焦的妈妈听见钟声，为了要让丈夫出海去的孤寂的妻子

① 亨利八世——英国国王，1509—1549年在位。16世纪欧洲出现了一场基督教改革运动，在英国，宗教改革运动是由亨利八世发动的。罗马天主教的势力对于英王朝建立绝对的君主制是一个极大的障碍。亨利八世对罗马天主教会进行了全面镇压，没收教会的财产，并在此基础上建立了英国国教。

听到钟声，据说有时候这些钟会顶住一阵呼啸的西北风。哦，正如托贝·维克说的，“兵来将挡”；——因为，尽管人们喜欢管他叫“小步跑”维克，他的大名则是托贝，倘若议会不通过一项特别法令，那么谁也不能硬叫他改名的（除了叫做“托贝亚斯”①之外）。他当初也同这些钟一样合法地起过教名的，只是他的施洗命名典礼不怎么隆重，也没有引起公众的欢呼罢了。

就我本人而言，我与托贝·维克的信仰是相同的，因为我确信，他有充分的机会树立一个正确的信念。托贝·维克说什么，我也就说什么。我是站在托贝·维克一边的，不过他倒的的确确是整天站着的（那是真叫人困乏的事），整天站在教堂大门的外边。其实，他是一个有执照的脚夫，他站在那里揽活儿干。

冬天里要站在那个地方等活儿干可不是滋味，那真是一个四面通风、冻得人浑身起鸡皮疙瘩、鼻子发紫、两眼红肿、脚趾僵硬、牙齿打架的地方，这些味道托贝·维克是深有体会的。风从街路的拐角处猛扑过来——尤其是凛冽的东风——仿佛那风从天边径直猛扑过来，就是冲着托贝来的。那风往往似乎一下子就扑到他这里，连它自己也没料到会这样快，因为它呼的一下从街路的拐角处扑来，掠过托贝身边，就会蓦地掉过头来，仿佛大喊一声：“原来他在这里！”他身上的一小方白围裙再也围不住了，被掀将起来，罩住了他的头，就像顽童的外衣。只见那根不结实的小手杖在他手中无能为力地挣扎，他两条腿剧烈地晃动。托贝打着趔趄，一会儿转身脸朝这边，一会儿朝那边；而寒风朝着他劈头盖脑猛敲猛打，吹得他头发蓬乱，手足无措，身体歪斜，两条腿就要离开地面，那样子只差一点就要到创造出一大奇迹的地步了。总算还好，他没有像一群青蛙，一群蜗牛，或是别的很轻的小动物有时被卷上天去一样，也被狂风抛上天去，又扔下来，落到不曾见识过有执照的脚夫为何物的天边，叫当地的人们觉得好

① 托贝亚斯（Tobias）的昵称为托贝（Toby）。

生惊讶。

然而，狂风大作的天气尽管将他百般折磨，对托贝来说，毕竟也可算得上是一个节日了。确实是如此。在狂风大作的天气里站在那里，与别的时候不一样，这种时候要赚六个便士，似乎可以不必等那么久。而且，当他肚子空空、垂头丧气的时候，与呼啸的狂风搏斗，倒可以叫他分散注意，叫他提起精神来。霜冻和下雪，对他来说都是一件大事，对他似乎多少有一点儿好处——至于哪一方面的好处倒也难说，托贝！所以，风呀，霜呀，雪呀，或许一场大冰雹呀，那样的日子都是托贝·维克的好日子！

雨天却是最倒霉的；寒冷、阴湿、叫人左右不舒服的雨水，包围着托贝，就像给他裹上了一件湿漉漉的大衣——这是他仅有的一件大衣，一件脱了反倒叫他舒服一点的大衣。到了雨天，雨点不慌不忙、密密麻麻、持续不断地落下来。道路的咽喉，就像他的咽喉一样，充塞着一片水汽。一顶顶水汽腾腾的雨伞来来往往；在熙熙攘攘的人行道上，雨伞碰着了雨伞，就像许许多多的陀螺不停地转动着，飘洒出一圈圈叫人难受的水珠。街沟积水哗哗地流，水落管也积满了水，哗哗地喷个不停。雨水从教堂墙上突出的石块与壁架上滴滴答答往下滴着，滴在托贝的身上，他脚下的那一束干草，转眼之间也成了一摊泥浆了。那种日子是叫他心烦意乱的日子。那种时候，你的确可以看到托贝躲避在教堂突出的墙角下，两眼焦灼不安地向外张望—— 一个这么窄小的避雨的地方，夏日里投在阳光烤晒的人行道上的阴影，从来不会比一根粗大的拐杖大——他忧心忡忡，板着脸儿。不过，这样站了一会儿之后，他又出来动弹动弹，暖一暖身子，来回跑上十来次，即便是在那样的下雨天里，跑过几次之后他脸上也会露出喜色，回到他那避雨的角落时，心情便会变得开朗些。

人们根据他的脚步管他叫“小步跑”，那意思是说他脚步的快，即便他实际上跑得并不快。倘若迈开双脚走，他或许还要快一些，那是很可能的。可是，倘若不许他跑，只许迈着双脚走，那么托贝早就躺倒在床上，呜呼哀哉了。在这种滴滴答答的下雨天，跑起步来溅得他一身泥浆，使他很不受用，而他原是可以不紧不慢、轻轻松松地走，不必跑的。然而，那正是他坚持小步跑的一个原因。尽管托贝是一个体弱、矮小、干瘪的老头儿，这个人要是认认真真地办起事情来，却俨然是一个力大无比的人了。他爱付出劳苦挣钱。他高兴地认为——托贝很穷，若要他放弃一件能让他高兴的事情，那他是损失不起的——他不是白拿人钱的。手里拿着可以挣得一个先令，或者是十八个便士的信件，或者是一小包物件什么的，托贝那一直是很大的胆量此刻便愈发大了。他边跑边嚷，叫前面送快信的邮差让道，他一个心眼地相信，按照常规，他最终要赶上他们，把他们撞倒的。他完全相信，凡是人们提得起的东西他就拿得动——但很少去试验试验。

所以，即便是在下雨天从他躲雨的墙角出来暖一暖身子的时候，他也是跑着步的。他穿着破旧透水的鞋，在泥泞的地面上留下了一行歪歪斜斜的脚印。他举起两只冰冷的手呵着气，来回不停地搓着。一双绒线织的灰色手套，将四个指头套在一块儿，只有大拇指是单独分开的。手套丝丝缕缕的，同没有手套差不多，几乎无法抵御刺骨的寒风。托贝弯曲着两腿，腋下夹着一根手杖，仍然不住地跑着。教堂的钟声响了，他从墙角跑出来，抬头仰望着钟楼，一边仍不住地跑着。

他一天要几次从墙角跑出来听一听钟声，钟声与他做了伴儿，难舍难分；一听见钟声响，他就喜欢抬头凝视钟楼，心里老在想：那套钟是怎么打的？是用什么家伙打的？也许因为教堂里的大钟与他有某些相似之处，他因而愈发对教堂大钟有了兴趣。无论春夏秋冬，无论严寒酷暑，任凭风吹雨打，这些大钟总是挂在那里。它们看见的只是所有那些房屋的外表，从不曾走近那将窗户照亮、从烟囱顶上冒出来的通红的炉火。常常在临街的门口或地下室前面的栏杆旁递给胖乎乎的厨师的上等肴馔，它们也不能分享一点儿。一张张的脸儿在许多窗口时隐时现：有时是漂亮的脸，年轻的脸，愉快的脸；有时则不然。然而，这些人是从哪里来的？又到哪里去了？一年之中，他们张嘴说话的时候，有没有说过一句同情托贝的话？这一切，教堂里的钟是不知道的，而托贝，他也不知道（尽管他站在街边无事可做的时候常常想到这些琐细的事情）。

托贝不是一个诡辩家——至少在他自己看来是这样——而且我的意思并非是说，当他开始喜欢这些套钟的时候，当他开始将他对于这些套钟的初步大略的认识变为更加深入、更加细致的了解的时候，这些问题曾一个个在他脑子里闪现过，或者说他曾将这些问题一个个认真地审理、思考过。我的意思是，并确实是说，那托贝的身体器官的功能，如消化器官的功能，凭着它们本身所具有的灵巧，并通过托贝本人一无所知、即便知道了也会叫他目瞪口呆的一系列运行，最终达到了某一目的：同这一层道理一样，他的智力也在没有得到他的默契与同意的情况下，就使所有这些齿轮、弹簧以及其他无数个部件一齐运动起来，从而形成了他对这些套钟的好感。

虽然我说到了他的爱好，但是，尽管这个说法一点也没有表达出他的复杂的思想感情，我也绝不会收回这个说法。因为，托贝只不过是一个头脑简单的人，在他看来，这些大钟有一种奇妙而庄严的性质。教堂里的这些大钟是那么神秘莫测，常常听得见钟声，却从来看不见大钟；它们悬挂在高高的钟楼上，离开人们那样远，发出那么深沉感人的音调，使他不由对它们产生了一种敬畏之情。有时候，当他抬头望着塔楼黑洞洞的拱形窗口的时候，他总指望着有什么东西会向他召唤，不是一只大钟的召唤，而是他常常听见从钟声里传达出来的意思的召唤。尽管如此，当托贝听到一则不胫而走的谣言，说什么教堂的大钟中了邪，意即大钟可能与什么邪恶的东西有关的时候，他心中却很有些愤愤不平，以为不可信。总而言之，钟声常常在他耳际萦绕，钟声常常在他脑海里回荡，但始终为他所敬仰。他张大嘴巴，仰望着悬挂大钟的高高的教堂尖顶，常常望得脖子酸痛，事后不得不再跑上一两个来回，松一松脖子。

也是一个冷天，正当他在放松脖子的时候，钟已经敲过十二点了，最后一声令人昏昏欲睡的钟声还在教堂尖顶上嗡嗡地回荡，就像一只巨大的蜜蜂（但绝不是一只忙碌不停的蜜蜂）发出的悦耳的嗡嗡声！

“哦，吃午饭了！”托贝说道，一面继续在教堂的前面来回地跑着。“啊！”

托贝鼻子通红，眼皮通红，还不住地眨着两眼，肩膀差不多都要碰着耳朵了，两腿也僵硬了，显然，他已经冻了很久了。

“哦，吃午饭了！”托贝又说了一句；由于冷，他举起右手手套，仿佛那是一只小孩子的拳击手套，朝着胸口猛击。“啊——哈——哈！”

朝胸口捶了几下之后，他又默默地跑了一会儿。

“啥也比不上，”托贝又自言自语道——但话刚出口，他蓦地停下脚步，脸上流露出十分关切、几分惊恐的表情，伸手自下而上地去摸他的鼻子。那只不过是很短的距离（他那只鼻子并不大），一下子就摸到鼻根了。

“我还以为鼻子掉了，”托贝说道，重又跑起来。“可是鼻子还好好儿地长着。鼻子真要是掉了，我也一定不会埋怨它的。这么冷的天气，也真难为它了，冻得多，闻得少；因为我自己并没有使劲吸过。日子最好过的时候，这只可怜见儿的鼻子，它也在受苦受罪。因为它当真有一两回闻到香喷喷的东西的时候（那也不是老碰到的），通常也是人家刚从面包坊取来的面包的香味。”

说到这里，他倒记起了刚才没有想完的事儿来。

“啥也比不上，”托贝说，“吃午饭的时刻来得那样准时，啥也比不上午饭送得那样不准时了。两桩事情就这么大不一样。我琢磨了很久才发现。不知道老爷们是不是觉得这个发现值得花钱买来登在报上，或者送到议会上去！”

托贝这话不过是说着玩的，因为他郑重其事地摇摇头，自己将它否定了。

“啊！天哪！”托贝说道。“没有我这个发现，报上登的见解、发现也已经够多的了；议会上也一样。唔，这儿有一份上个星期的报纸，”他从衣袋里摸出一份很脏的报纸来，伸直手臂，将报纸拿得远远的；“报上登满了各种各样的见解！登的都是这些！人们喜欢看新闻，我也喜欢看。”托贝慢吞吞地说道，一面将报纸折小，重又塞进衣袋里去。“可是现在这个时候叫我看报，我倒一点儿也不想看。这个时候看了报会叫人胆战心惊。我不知道我们穷人会有什么样的结果。新年就要到了，上帝保佑，但愿我们会过得好一点儿！”

“哎呀，爸爸，爸爸！”一个很动听的声音在旁边叫道。

可是托贝一点也没听见，他还是来回地跑着，一边跑一边沉思，口中自言自语。

“看样子我们的事情不好办，要办也办不好，我们是好不了啦，”托贝说道。“我在年纪轻的时候没读过几年书，在这块地面上我们有没有做人的权利我也弄不明白。有时想想我们应该有的——有一点权利；有时我又觉得我们这些人一定是让人讨厌的，不该活着。有时候我会糊涂得连我们这些穷人究竟有没有用处，是不是生下来就是没有用的这样的问题也答不上来。我们好像是一些叫人骇怕的东西，好像给人家添了许许多多的麻烦，人们老是在说我们不好，老是在提防我们。我们这些人的事把报纸的版面都占满了，不是这种事情便是那种麻烦。还说什么新年！”托贝伤心地说道。“别人熬得住的，我也熬得住，不大会有熬不住的时候。我比许多人还强一些呢，因为我就像一头雄狮那么健壮，而别人并不是个个都那么健壮的。可是我们要是真的不配过新年——要是我们确实让人讨厌，不该活着——”

“哎呀，爸爸，爸爸！”那动听的声音又叫了。

这一下托贝听见了，他吓了一跳，停住了脚步，收回了他的

视线。原来他的两眼并没有注意眼前的事，他正在即将来临的新年所包含的真谛里寻求启迪。此刻他收拢了视线，只见面前站着他的女儿。他盯着女儿的双眼。

那是一双晶莹的眼睛。那是一双倘要透彻了解其中奥秘需要作千百次的审视的眼睛。那是一双乌亮的眼睛，能映照审视者的双眼，既非含情脉脉，也非随心所欲，而是闪烁着晶莹剔透、安详、诚挚、坚忍的光彩，与上帝创造的光一样。那是一双美丽、忠贞、闪烁着希望之光的眼睛。尽管她的双眼已经目睹了二十年的劳累和贫苦，那双眼睛里闪烁着的希望仍然是那样富有朝气，那样清新，那样欢快，那样富有活力，那样灿烂美好，因此，在托贝看来，那双闪烁着希望的眼睛已化作了一个声音，它说道："我觉得，我们在这世界上是有一点做人的权利的——有一点！"

"小步跑"维克吻了吻长着那双眼睛的脸蛋上的嘴唇，并用两手紧紧捧住那张美丽的脸。

"哦，宝贝，""小步跑"说道。"来做什么？没想到今天你会来，梅格。"

"我也没想到要来，爸爸，"姑娘大声说道，一边说一边点头微笑。"可我不是来了吗？而且我不是空着手来的，不是空着手来的！"

"真的吗？""小步跑"说道，很感兴趣地望着她手里提着的盖好的篮子，"你——"

"您闻一闻，亲爱的爸爸，"梅格说。"您先闻一闻这味儿！"

"小步跑"性急地想一下子把篮子上的盖布揭下来，可是她乐滋滋地伸过一只手来按住了。

"不行，不行，"梅格说，她像小孩子那样高兴。"慢一点儿揭开来。我先揭开一个角。就揭开小小的一角，"梅格一面说，一面轻轻地、轻轻地揭开一角，她说话的声音也是那样悄悄的，仿佛生怕让篮子里的什么东西偷听了去似的；"好了，闻一闻，是什么呀？”

托贝很快地在篮子边上闻了一下，高兴极了，大声说道：

“喔，热乎乎的！”

“滚热的！”梅格大声道。“哈，哈，哈！烫手的呢！”

“哈，哈，哈！”托贝大笑起来，高兴得有点发狂似的。“可烫手呢！”

“可是您知道那是什么呀，爸爸？”梅格问道。“您说呀。您还没有猜过呢。您一定要猜一猜。您猜不着我就不拿出来。别那么性急呀！再过一会儿！我现在再把盖布拉开一些。猜呀！”

梅格真是提心吊胆的，生怕他一下子就猜中了。她把篮子递过去，转过脸来，还蜷缩起两个可爱的肩膀，用手掩着耳朵，似乎这么一来托贝就猜不中了；她一直柔声地笑着。

这时候托贝弯下身子，两手搭在膝盖上，把鼻子凑过去在盖布上深深地吸了一口气。他那张布满了皱纹的脸上露出了笑容，笑得嘴巴越张越大，似乎他吸进了笑气①。

“啊！真香，”托贝说道。“我猜呀——不是腊肠吧？”

“不对，不对，不对！”梅格大声说，她高兴极了。“不是腊肠！”

“不是腊肠，”托贝又闻了一下，说道。“比腊肠还要香。真好闻，越闻越香。没错，是爪尖儿，你说是吗？”

梅格高兴极了。猜爪尖儿那是差得再远也没有了——猜腊肠也一样不对。

“猪肝？”托贝猜道，一面自言自语着。“不对。味儿不浓，猪肝可不是这个味儿。猪爪？也不是。猪爪的味儿还要淡一些。也不像鸡头尽是筋。我知道不是香肠。我告诉你这是什么吧，是猪小肠！”

“不对，猜错了！”梅格大声道，她一下子乐了。“不对，

---

① 笑气即氧化亚氮（N_2O），吸了令人情不自禁地笑。

不对！”

“哎呀，我在猜些什么呀！”托贝说道，突然直起腰，对他来说，这已经是挺得够直的了。“再这么下去我连自己的大名都要忘了。那是牛肚！”

正是牛肚。梅格非常兴奋，她非常认真地说，再过一会儿他就要说，这是焖得最可口的牛肚了。

“行了，”梅格说道，一边兴致勃勃地揭开篮子的盖布忙起来。“爸爸，我这就铺好桌布。牛肚是盛在盆子里的，盆子用一块手巾包好了。要是我想摆一摆阔气，把这块手巾铺好当作桌布，就管它叫桌布，不会有什么法律规定不许我这样做吧，有没有，爸爸？”

“就我所知，那是没有的，亲爱的孩子，”托贝说道。“不过他们老是会有这样那样的新法律制定出来。”

“照那天我读给您听的那份报纸上说，爸爸，您记得那法官说的，我们穷人应该什么法律都知道。哈哈！说到哪里去了！我的天哪！他们以为我们多么聪明！”

“是呀，我的亲爱的孩子，”“小步跑”说。“要是我们当中有哪个人什么法律都懂，那他们就会非常喜欢他。那个人就有活儿干，肚皮可以吃得大大的，他就会同他家附近的老爷们来来往往。一定会是这个样子！”

“不管哪个人，要是吃的菜都像这个盆子里的一样香，那他一定会吃得津津有味的，”梅格很快活地说道。“快来吧，还有一个热土豆呢，瓶子里还有半品脱刚买的啤酒。爸爸，放哪儿吃呢？放在邮筒上，还是放在台阶上？喔，喔，我们多阔气呀，吃饭还可以有两个地方挑挑呢！”

“今天就放在台阶上，我的宝贝，”“小步跑”道。“晴天放在台阶上，雨天放在邮筒上。随便什么天气，在台阶上吃饭要方便得多，因为可以坐着吃。可是下过雨后，坐在台阶上要得风湿病的。”

“那就放在这里，”梅格忙了一阵之后拍手叫道。“好了，都放好了！多好啊！来吃呀，爸爸，快来吃！”

知道了篮子里放的是什么之后，“小步跑”一直站在一旁看着她——嘴里还说个没完——心里却想得很远，那神情叫人觉得，尽管他心里和眼里只有她，连焖牛肚也忘了，但是他心里和眼里的女儿却不是眼前的那个模样。在他眼前浮现的是一幅想象中的图画，他看见了她未来生活的轮廓，也许是未来生活中的一个动人的场面。此时，女儿兴致勃勃的催促将他从沉思中唤醒，他这才驱散了刚在他心头萌生的郁闷不快的情绪，跑到她的身旁。正当他俯身要坐下来时，教堂的钟声响了。

“阿门！”托贝摘下帽子，仰望着钟楼说道。

“对教堂的钟也说阿门吗，爸爸？”梅格说。

“钟声就像饭前祷告，亲爱的孩子，”“小步跑”说道，然后坐下来。“我相信，钟要是会说话，它们会说出一篇虔诚的祷词的。它们同我说了多少知心话呀！”

“钟会说话吗，爸爸？”梅格笑道，一边将一盆焖肚片和刀叉放在他面前。“吃吧！”

“就像说话一样，我的宝贝，”“小步跑”一边说一边大口吃起来。“还不是一回事！只要我听得懂，钟说也好不说也好，又有什么要紧的？啊！亲爱的孩子，”托贝用叉指着塔楼说道，酒菜下肚他越发高兴了，“我多少回听见它们说，‘托贝·维克，托贝·维克，为人心要正，托贝！托贝·维克，托贝·维克，为人心要正，托贝！’千百回？真还不止呢！”

“噢，我可从来没有听说过！”梅格说。

她其实听到过这样的话——听到过许多回了。因为托贝老说这事。

“在困难的时候，”“小步跑”说，“我是说在非常困难的时候，差不多是最倒霉的时候，钟就说，‘托贝·维克，托贝·维克，活儿就会有的，托贝！托贝·维克，托贝·维克，活儿就会有的，托贝！’就这样。”

“活儿有了——终于有了，爸爸，”梅格动听的声音里有一丝凄苦的味儿。

“没错，”托贝没有听出女儿话音中的凄苦。“钟声从来没有说错过。”

他们说着话的时候，托贝仍然不停地吃着面前放的美餐，他切一块，吃一口，切一块，喝一口，一边切，一边嚼，一会儿吃一口热土豆，一会儿吃一口焖肚片，吃得津津有味，越吃越有味。然而，当他偶然抬头朝街的两边张望的时候——那是生怕有人在门口或窗口招呼要一个脚夫办一件事——他的目光从远处回到眼前，落到梅格身上。她抱着双臂坐在他的对面，目不转睛地看着他吃，脸上露出愉快的笑容。

“喔，上帝饶恕我！”托贝说道，放下手中的刀叉。“我的宝贝！梅格！你怎么不早说，我还像个爸爸吗？”

“爸爸，您怎么啦？”

“我坐在这里，”托贝非常懊悔地解释道，“大吃大喝，一个劲地往嘴里塞，可你坐在对面看着，竟一口也没尝过，你也没想要尝尝，可——”

“我已经吃过了呀，爸爸，”女儿笑着接话道，“吃得干干净净的。我已经吃过了。”

“瞎说，”“小步跑”说道。“一天两份午饭！怎么可能呢！这么说来你还会同我说，一年里面有两个新年，或者说，我这辈子长了个金子脑袋，而且从来没有变过。”

“可是，爸爸，我确实吃过了，”梅格走近他说。“您吃您的吧，我来告诉您这是怎么回事，我在哪里吃的，再说说您这一份是怎么来的，还有别的一些事情。”

托贝仍有些疑惑，但是她晶莹的眼睛望着他的脸，用手扶着他的肩，叫他趁菜热赶紧接着吃。于是“小步跑”又拿起刀叉吃起来。然而他较先前放慢了速度，一面摇着头，仿佛对自己很不满意。

“爸爸，我吃过了，”梅格犹豫了一会说道，“我是同——同理查德一起吃的。他吃午饭的时间早，他来看我时就是带着午饭来的，我们——我们俩就一起吃了，爸爸。”

“小步跑”喝了一小口啤酒，咂了一下嘴，然后说，“喔！”——因为她在等着他开口。

梅格接着说，“理查德说，爸爸——”话说到这里停住了。

“理查德说什么了，梅格？”托贝问道。

“理查德说，爸爸——”话说到这里又停住了。

“理查德说这话倒也真费时间，”托贝说。

“他说，爸爸，”梅格接着说道，她终于抬起眼睛，声音有些颤抖，但意思说得很明白；“又一年就要过去了，一年一年地等能解决什么问题？今后的日子也不会比现在好一些，等也无用。他说我们现在很穷，爸爸，将来也还是穷，可是我们现在年纪还轻。一年一年地等，我们不知不觉地就要老了。他说，我们这样境况的人家，要是等到看得清有路可走的时候，那条路便是一条狭路了——谁都要走的路——那就是进坟墓，爸爸。”

比“小步跑”维克更加自信的人，大抵早就凭借着他的自信，说这话不对了。“小步跑”则不做声。

“老了，要死了，那时候想想我们本来是可以互相鼓舞、互相帮助的，那叫人多么难受呀，爸爸！我们两人情投意合，可又不能结婚，只是各自伤心，眼看着各自整天累死累活的，变了，老了，长出了一头白发，那叫我们这一生多么难受呀！就算我逆来顺受，把他忘记（要我忘记他是万万办不到的），可是，本来倒还有一颗充满了希望与热情的心，就像我现在一样，而活下去反倒把这颗心一滴滴地耗竭了，女人一生中的幸福时刻也没有一个留在记忆里来安慰我，叫我鼓起勇气，啊，爸爸，您想想这有多么难受啊！”

“小步跑”坐在那里，一句话也没有说。梅格擦去了眼泪，这时候她有些高兴起来，说道——这就是说，她说话时有呜咽也有笑声，有时则是笑声与呜咽夹杂在一起的：

“理查德是这么说的，爸爸。他的工作昨天说定了，今后可以干上一些日子了。而且，我爱他，整整三年了——啊！还不止三年呢，可他不知道！——我们新年就结婚，行吗？他说，新年是一年之中最吉祥、最愉快的一天，那一天几乎肯定会给我们带来好运的。这件事有点儿突然，爸爸，是不是？可是，我既没有陪嫁的财产要安排，也不像高贵的小姐那样要做结婚礼服，爸爸，您说是不是？他说了很多话，他说话总是这样；那样坚决，那样诚挚，而又总是那样亲切，那样温和，所以我只好说我要来同您说一说，爸爸。今天早晨我干的活拿到钱了（您肯定没料到！），再说，整整一个星期了，您没有挣到什么；我还想，我总觉得，应该准备一点东西，庆贺一番，今天是我非常高兴的日子，也算是您过个节，爸爸，所以我准备了一点好吃的送来给您，让您喜出望外。”

“瞧他把吃的放在台阶上，都凉了，”另一个声音说道。

这就是刚才说到的那个理查德的声音，他碰巧在这里遇上了他们，他们却没有注意到他。理查德站在他们父女俩跟前，望着他们，脸上泛着红光，就像他每天抡起大锤锻打的那块铁一样红。他是个仪表堂堂、体魄强壮的小伙子。那两只眼睛就像从炉膛里落下来的通红火块一样闪烁发亮，炯炯有神。他头发乌黑鬈曲，散落在黝黑的额头上。他面带微笑——这微笑证明梅格对他的谈吐十分称赞是很有道理的。

“瞧他把吃的放在台阶上，都凉了，”理查德说。“梅格不知道他喜欢吃什么。她不知道！”

“小步跑”顿时活跃起来，热情地向理查德伸出手来；正当他急忙要向理查德招呼的时候，台阶上的门事先没有一点动静就开了。一名男仆险些儿踩着了那盆焖牛肚。

“喂，走开，走开！你怎么非要坐到我们的门口来不可！那旁边的门口怎么不去坐去！走开一点，好不好？”

严格说起来，这后一句话和他们并不相干，因为他们早走开了。

“什么事，什么事？”一位先生说道；门正是为他打开的。他迈着轻重交替的步子走出屋来——介乎正常走路与缓步慢行之间的特殊步子—— 一位正处在平坦的人生下坡路上的老爷，穿着吱嘎作响的靴子，胸前挂一条表链，内衣洁白，就会迈着这样的步子。迈着这样的步子不仅不会有失他的尊严，而且还能叫他显出将到要人和豪富那里去赴约的派头。“什么事，什么事？”

“求过你们多少回了，叫你们别到这里来，”那仆人粗声大气地对“小步跑”维克说，“老跪在那里不走。非要到我们这里来吗？就不能走远一点吗？”

“唔！行了，行了！”老爷说道。“喂！我说脚夫！”他抬头向“小步跑”维克示意。“你过来。那是什么？是你吃的吗？”

“是的，老爷，”“小步跑”回答道。他把吃的放在身后的角落里。

“别放在那里，”那老爷高声道。“拿过来，拿过来。噢！这便是你的午饭，对吗？”

“是的，老爷，”“小步跑”重复着刚才说过的话。那一小块牛肚原是要留到最后美美地吃一口的，可现在，那老爷用叉叉了这块牛肚，拿在手中不住地转着。“小步跑”眼盯着叉尖儿上的那块牛肚，嘴里全是口水。

同老爷一起走出来的还有两位先生。一个是无精打采的中年人，身体孱弱，一张忧心忡忡的脸。他两手老是插在他的瘦小的椒盐色裤子的袋里，由于这个习惯，裤袋撑得很大，袋口皱皱巴巴地折翻了边。裤子不曾好好地刷过，也不曾好好地洗过。另一个身材魁梧，头发富有光泽，体魄强壮，穿一件蓝色外套，纽扣闪亮，戴一条白色的领带。这位先生的脸非常红，仿佛体内的血液过多地涌到了他的头部。也许是由于这个缘故，人们见了觉得他的心是冰冷的。

叉了托贝的那块牛肚的老爷朝第一位先生叫了声“费勒”，两人便凑在一起了。费勒先生眼睛高度近视，非得要凑到托贝剩下的那块肚片跟前，他才看得清那是什么玩意儿，那样子真叫托贝的心都跳到了嘴里。不过费勒先生并没有将那块剩肚片一口吃了。

“这是一种肉食，参事先生，”费勒说道，并用铅笔盒去碰了几下，“英国的劳动大众都管它叫牛肚。”

参事先生哈哈大笑，不住地眨眼。这个丘特参事是个快乐的人。噢，还是个狡诈的人！无所不知，无所不为！怎么也骗不了他！他钻到人们的肚子里去了！对他们，他是一清二楚的，丘特的确是如此。我相信他是的！

“可是，谁在吃牛肚？”费勒先生问道，一面转身看看四周。“牛肚显然是最不经济的，是英国市场上出售的最浪费的一种食品。据调查，一磅牛肚，倘若将它煮沸，与其他任何一种等量的肉食相比，要多亏蚀五分之一中的八分之七。严格地说，牛肚比温室里的菠萝还要昂贵。光拿伦敦地区每年屠宰的牲畜来说，对屠宰得法的牲畜所提供的数字作一较低的估计，我发现，这些牛肚煮熟之后所造成的浪费，倘若按每月三十一天计算，可供一支五百人的军队吃上五个月零二十八天。浪费，真是浪费！”

“小步跑”吓愣了，两腿直哆嗦。他似乎亲手将一支五百人的军队饿死了。

“谁在吃牛肚？”费勒先生激动地问道。“谁在吃牛肚？”

“小步跑”可怜地鞠了一躬。

“你吗，唔？”费勒先生问道。“那好，我就说给你听听。你呀，朋友，你从孤儿寡妇的嘴巴里抢走了牛肚。”

“怎么会呢，先生，”“小步跑”低声道。“我宁可自己饿死的！”

“刚才说的那个数目的牛肚，参事先生，”费勒先生说，“如果按现在的孤儿寡妇人数分配，那就是一人分得二十分之一盎司。这位老兄便一丁点儿也得不到了。因此，他是一个强盗啊。”

“小步跑”听了这话简直吓呆了，眼看着参事先生自己一口吃了那一块牛肚，他也没有感到不安。没有了这一块牛肚，不管怎么样，总算是叫他了却了一桩心事。

“你说呢？”参事朝着那个穿蓝外套的红脸先生幽默地问道。“我的朋友费勒先生说的你都听见了。你看呢？”

“还能说什么呢？”这位先生答道。“有什么好说的？这样的人，”他指的是“小步跑”，“在当今这个堕落的时代，谁还会感兴趣？你看看他。真叫人触目惊心！过去那个景气的时代，繁荣的时代，伟大的时代！那个时代才是有胆量的农民的时代，是所有这样的人的时代。说真的，那个时代是人人日子都好过的时代。可现在有什么？什么也没有。唉！”红脸先生叹息道。“那繁荣的时代，繁荣的时代！”

那位先生没有说明他指的是哪个时代，也没有说明他反对当今这个时代是否因为他不偏不倚地认为，这个时代造就了他本人，也不是什么了不起的事。

“那繁荣的时代，繁荣的时代，”那位先生重复地说着。“那个时代多么繁荣昌盛！哪个时代比得上？别的时代有什么可说的，还侈谈当今这个时代的人们如何如何做什么！这个时代也配称作时代吗？你们称当今这个时代为时代吗？我看不配。翻一翻斯特拉特的《古代服饰》这本书，你们去看看，在随便哪个繁荣昌盛的英国王朝里脚夫是怎么个模样。”

“他日子最好过的时候，身上也没有穿过一件衬衣，脚上没穿过一双袜子。全国没有一种蔬菜是给他吃的。”费勒先生道。“我可以证明这一点，可以列出一张张表来。”

然而红脸先生还是一味地颂扬往昔景气的时代，繁荣的时代，伟大的时代。不管别人说些什么，他仍然是一而再、再而三地重复那几句话；就像一只可怜的松鼠在转动的笼子里转呀，转呀，不时地碰一下机关，而这里面的把戏它也许看得很分明，正如那位红脸先生将那业已消逝的太平盛世看得很分明一样。

很可能，可怜的“小步跑”对于那朦胧的昔日的信念，并没有完全破灭，因为当时他头脑里是模糊一片。然而，在他深感痛苦的时刻，有一件事对于他是显而易见的。那就是，尽管这些先生们在细节问题上可能有分歧，但是那天早晨他所感到的疑虑，以及以往许多个早晨所感到的疑虑，都是有根有据的。“不可能，不可能。我们的事情不好办，也办不好，”“小步跑”绝望地想着。“我们有什么用？生来就是没有用的！”

但是，“小步跑”有一颗慈父的心。尽管他给自己下了那样的断语，慈爱之情仍在胸中油然而生。他不忍心让梅格在短暂的欢乐刚开始的时候，就由这些诡诈的老爷们来宣判她的命运。“愿上帝保佑她，”可怜的“小步跑”心中想道。“她一会儿就要知道了。”

这么一想，他焦急地向年轻的铁匠示意，要他快带她离开。然而，年轻的铁匠在不远处只顾同梅格悄悄儿地说话，直到丘特参事发现托贝有这样的愿望时，他才领会托贝的意思。此时，参事先生还没有发表过高见，但是他也是一个哲学家——不过他很讲究实际！啊，非常讲究实际——他不愿让听他发表高见的人少了一个，所以这时候他喊道：“站住！”

“喂，先生们，”参事先生对他那两个朋友说道，脸上露出了他惯常有的洋洋自得的微笑，“鄙人是一个坦率的人，也是一个讲究实际的人。我做起事情来既爽快又讲究实际。我就是这个脾气。只要你了解这些人，并且能用他们的方式同他们谈话，那么要对付他们这些人，便毫无神秘之处，毫无棘手之处。喂，脚夫！我的朋友，你可不要向我或者随便哪个人诉苦，不要说你并非常常吃得饱、吃得好，因为我现在更加清楚了。你看见了，我尝过你的焖牛肚，你寻不了我的‘开心’①。你知道‘寻开心’是

---

① 原文是“chaff”，意即拿人开心。其实丘特的意思是说“欺骗”，为了显示他对下层人的所谓“了解”，他用了一个词不达意的字。

什么意思，唔？‘寻开心’这个说法用得恰到好处，对不对？哈，哈，哈！愿上帝保佑你，”参事先生道，又转身看着他的朋友，“倘若你们了解他们，要对付他们这些人，真是易如反掌。”

丘特参事真可谓是老百姓的大好人！从不与他们发脾气！平易近人，和蔼可亲，谈笑风生，无所不知！

“你知道吗，朋友？”参事先生接着又对“小步跑”说，“关于贫困，人们说了许多胡言乱语，贫困——你们说‘没有钱’，是不是这样说的？哈，哈，哈！——我要取缔贫困。关于饥饿，流行的骗人鬼话也不少，我也要取缔饥饿。就这么回事！愿上帝保佑你，”参事先生说道，接着又对他那两位朋友说，“在这些人中随便什么事你都可以取缔，只要你知道怎么个做法就行。”

“小步跑”拉过梅格的手挽着，不过他似乎并不知道自己在做什么。

“是你的女儿吗，唔？”参事问道，一面亲昵地摸了一下她的下巴。

丘特参事对工人阶级总是和蔼可亲的！他知道什么会让他们感到高兴！没有丝毫的傲慢！

“她妈妈呢？”这位可敬的老爷问道。

“死了，”托贝道。“她妈妈是给人烫洗衣服的，姑娘一生下来她妈妈就归天了。”

“我想，到了那里她用不着给人烫洗衣服了，”参事和颜悦色地说道。

托贝也许可以叫他的老伴在天国里不再干那老行当，也许办不到，那是说不准的。不过，请问：若是参事先生的太太归了天，他能想象她在那里也有什么高贵的身份和地位吗?

“你在向她求爱，是吗？”丘特问铁匠。

“对，”理查德很快答道，因为丘特这句话叫他十分恼火。“我俩新年就结婚。”

“你说什么！”费勒厉声道。“结婚！”

“正是，老爷，我们正是这么打算的，”理查德说。“我们这么仓促，你知道，是怕结婚头一个就被取缔了。”

“啊！”费勒带着一声呻吟说道。“倘若你真把这件事也取缔了，参事先生，你就做了一件了不起的好事了。结婚！结婚！！这些人连政治经济学的基本原理都不懂，一个个鼠目寸光，无德无行，天哪！这些已经够——呃，你们看看这一对儿！”

怎么样？这一对儿是值得看一看。婚姻大事似乎是他们需要认真考虑的一桩合情合理、名正言顺的事情。

“纵使一个人能像麦修色拉①一样长命千岁，”费勒先生道，“纵使他能够为了他们这些人的利益而劳累一辈子，纵使他能将以数字为基础的事实，一系列以数字为基础的事实堆积如山，他也休想叫他们相信，他们没有生存的权利、没有出生的权利，同样，也休想叫他们相信，他们没有结婚的权利。那个权利，我们知道他们是没有的。我们早已将这一点用数学方法论证过了！”

丘特参事听了这话可乐了，他把右手的食指放在鼻子的一侧，似乎是对他的两位朋友说：“你们看好了！眼睛看着我这讲究实际的人！”——他招呼梅格，叫她过来。

“姑娘，你过来！”他说。

刚才，梅格的血气方刚的情人怒火中烧，越听越气愤，他本来不愿让她走过去，但是他竭力压住心中的怒火，在梅格走过去时，他也向前迈了一步，站到她的身旁。“小步跑”仍挽着她的胳臂，然而他目光茫然无神，忽儿看看这个人，忽儿看看那个人，那神情就如同人在睡梦中一般。

“唔，姑娘，我要劝你几句，”参事先生道，他态度平易。“给人以忠告，你知道，那是我分内的事，因为我是个法官。你知道不知道我是一个法官？”

---

① 麦修色拉，一位老者，据传活了九百六十九岁，见《圣经 · 旧约 · 创世记》第5章第27节。

梅格怯生生地说，“知道。”然而，谁不知道丘特参事是一个法官啊！啊，天哪，他是那么活跃的一位法官！谁还能成为像丘特那样的熠熠有光的公众眼中之疵①！

“你说你要结婚，”参事先生说。“这事儿对你们姑娘家来说是非常不妥当，非常不慎重的！不过这且不说。你结婚之后就会同你丈夫吵吵闹闹的，结果成了一个愁眉苦脸的妻子。你会说这是不可能的，但是你肯定会的，因为我是这样说的。我预先给你一个应有的警告，我决定要取缔愁眉苦脸的妻子。所以，今后你有了事可别来找我。你还会有孩子——男孩子。当然，这些男孩子长大以后会变成坏孩子，他们在大街小巷到处乱窜，光着双脚，没有鞋袜。注意，我的年轻朋友！抓到他们我就立即判他们的罪，一个也不饶，因为我决定取缔光着双脚的男孩子。也许你会中年丧夫（这是很可能的），他丢下你和一个婴儿。那时候你会被迫离家，流落街头。呃，亲爱的，别流浪到我家附近来，因为流落街头的母亲我也决定要取缔。所有年轻的母亲，不管什么样儿的，我都要取缔。不要拿疾病做借口来求我，也不要拿婴儿做借口，因为所有的病人与婴孩（我希望你懂得做礼拜，不过恐怕你不懂），我也决定要取缔。倘若你不顾死活、忘恩负义、不敬不孝、弄虚作假，想要投河，或者上吊，那我是绝不会怜惜你的，因为我决定要取缔自杀！我最大的决心，”参事先生脸上露出了洋洋自得的微笑说，“莫过于要取缔自杀了。所以，你可不能来这么一下子。这话是这么说的，对吗？哈，哈！现在我们相互了解啦。”

梅格面色惨白，她松开了她情人的手，见此情景托贝不知该痛苦呢，还是该高兴。

“至于你么，你这个傻瓜，”参事先生道，他把脸转向年轻的

---

① “眼中之疵”，语出《圣经·新约·马太福音》第7章第3节，原作“弟兄眼中之疵”，意为薄于责己、严于责人，此处意指丘特为人人所知之劣迹昭著者。

铁匠，脸上流露出更加兴致勃勃、更加温文尔雅的神色。“你要想结婚做什么？傻小子，你要想结婚做什么？倘若我是一个像你这样相貌端正、年轻力壮、身材魁梧的男子汉，变成一个窝囊废，把自己系在女人围裙带上，我会感到羞耻的！唉！你还不到中年，她就要变成个老婆子了！那时，随便你走到哪里，后面都跟着一个邋遢女人和一群咿里哇啦乱叫的孩子，那样子多么可悲呀！”

啊！丘特参事！他很懂如何拿老百姓取笑儿！

“行了！你们走吧，”参事道，“去后悔吧。不要傻乎乎的，真的在新年里结婚。第二个新年还没有来到你早就改变想法了：像你这么一个仪表堂堂的小伙子，姑娘们一个个都想追求你呢。行了！走吧，走吧！”

他们转身离开了这个地方。他们走的时候既不是挽着臂，也不是拉着手，更不是高高兴兴地你看看我、我看看你；她眼泪盈眶，他垂头丧气。刚才叫托贝这个老头儿的心从昏沉中振奋起来的，就是这样一对情人吗？不是，不是。参事老爷（亏他想得出！）早将他们取缔了。

“正好你在这里，”参事对托贝说。“你就给我送一封信去。你跑得快吗？你是个老头儿了。”

这时，一直站在那里怔怔地望着梅格背影的托贝转过身来，低声说，他能跑得快，身体也结实。

“多大年纪了？”参事问道。

“六十多了，先生，”托贝答道。

“哦！你知道，这个人已经大大超过了人们的平均寿命了，”费勒先生插嘴道，仿佛他原是很有耐性的，原不想多嘴，可是这个年纪实在有点儿太过分了。

“我觉得我是一个讨人嫌的人，先生，”托贝说。“我——我今天上午还在犯愁呢。唉，天哪！”

参事先生打断了托贝的话，他从衣袋里取出一封信递给托贝。托贝原是可以得到一个先令的，可是费勒先生说得很明白：托贝拿到一先令，那就等于从某几个人手中各夺走了九个半便士，结果，托贝只得到六个便士，而托贝心里觉得，到手六便士他就很有钱了。

这时，参事先生让他的两个朋友一边一个挽着他的胳臂，大摇大摆地走了。但他走了几步，又独自一个人匆匆回来，似乎忘了什么东西。

“脚夫！”参事说。

“先生！”托贝答道。

“你那女儿好好看着点儿。她长得太美了。”

“恐怕连她的美貌也是从别人那里偷来的，”托贝心里想道，一面望着手里拿着的六个便士，还在想着那块焖牛肚。“如果她从五百个小姐那里各夺走了一份美貌，我觉得那也是不足为怪的了。真叫人胆战心惊呀！”

“她长得太美了，老头呀，”参事又重复了一句。“怕是没有什么好结果的，我看得清清楚楚。你听我说。好生看着她！”他说完又匆匆地走了。

“一切都不对头了。都不对头了！”“小步跑”说道，两手紧握着。“生来就倒霉。也没有做人的权利！”

他这么说时，教堂里的钟响了。钟声是那么有力、洪亮、余音回荡——然而没有给人以鼓舞。没有，一丝儿也没有。

“调儿变了，”老人听着钟声说道。“没有一句动听的话。为什么非要有不可？旧年我不配过，新的一年也不配。让我闭上眼睛死吧！”

然而，那钟声，传送着变换了的调儿，震动得空气也在旋转。取缔！取缔！那往昔繁荣的时代！繁荣的时代！事实和数字，事实和数字！取缔！取缔！倘若说钟声说了什么话，它说的便是这些，震动得托贝的脑袋也昏眩了！

他用两手捧住迷糊了的脑袋，似乎生怕它炸裂了。这一动作倒也来得正及时；举起手来他发现手中拿着的那封信。这使他想起了要办的事情。于是，他又机械地恢复了往常的脚步，跑着去了。

第二章

托贝从丘特参事手里接过来的那封信，是寄给本城一个大区的某个大人物的。说大区，其实是本城最大的一个区。因为居住在这个区里的人通常管它叫“世界”，所以这个区必定是本城最大的一个区了。

这封信拿在托贝手中无疑要比别的信重。这倒并非因为参事先生在封这封信的时候印上了一个很大的盾形纹章，涂了许多蜡，而是因为信封上写的是一个显赫的姓氏，这个姓氏叫人联想起累累金银。

“同我们多么不一样呀！”托贝望着信封上的姓名和地址，心中那样朴实、认真地想着。“如果把屠宰统计表上的海龟，按照买得起活生生的海龟的老爷们的人数来分，除了他自己的一份之外，他还会拿谁的！要说从别人嘴里抢走了牛肚——他才不屑于做那种事呢！”

对这么个显赫人物，托贝不觉肃然起敬，于是，他撩起围裙的一角，垫在手上，用手指拿着那封信。

“他的孩子，”“小步跑”说，眼前升起一层迷蒙的水雾；“他的女儿——有教养的人会爱她们，娶她们；她们也许是快活的妻子和母亲；她们也许长得很漂亮，就像我亲爱的梅——”

他说不下去了。他女儿名字的最后一个字在他的喉头膨胀了，就像全部英文字母合在一起那样大。

“不要紧，”“小步跑”想道。“反正我明白自己的意思。这就足够了。”他这样反复想了一番，心中有了慰藉，又跑起步来。

那天，寒霜侵人。空气清新、寒冷、纯净。冬日的阳光尽管无力，没有多少温暖，却将它未能融化的冰照得分外明亮，分外耀眼。倘若是在别的时候，“小步跑”也许会从冬日的阳光中得到点穷人的感受；然而，此刻他已经没有这种心思了。

那一天，一年将尽。逆来顺受的旧年经历了诽谤者的责备和虐待，忠心耿耿地完成了它的使命。春，夏，秋，冬。它吃力地捱过了预定的周期，现在垂下了疲惫的头即将死去。尽管对这一年本身来说，希望，高度的兴奋，无比的欢快，都被摒弃了，但它却是给未来岁月带来种种快乐的忙碌的使者，所以，在它衰亡之际，它要求别把它那辛苦劳累的日子和逆来顺受的时光忘却，让它平平静静地死去。“小步跑”原是可以从即将逝去的旧年中吸取一个穷人的教训的，然而他已经顾不上了。

仅仅他一个人吗？还是七十年[①]一齐向一个英国劳动者发出过同样的呼吁而毫无反响？！

街道上熙熙攘攘，商店里装饰得五彩缤纷，气氛欢快。人们等待着新年的到来，犹如期待着一位整个世界的幼小继承人，人们欢迎它，并准备了礼品和欢庆盛典。为新年准备的书籍、玩具，新年里佩用的玲珑饰物，新年的服装，新的一年里的发财计划，娱乐的新花样。新年的进程已经编成，印在历书和袖珍本上：月亮的阴晴圆缺，星移斗转，潮涨潮落，事先已经知道得清清楚楚，分秒不差；春夏秋冬，四季变更，都计算得毫无出入，昼夜分明，就同费勒先生计算男人、女人各是多少人数一样准确。

新年，新年，到处都在迎接新年的到来！人们已经将旧的一年看作是过去了的；旧的一年的货物已经不值钱了，就像一个淹死的水手留在船上的遗物。那方式也像去年一样，在旧的一年断气之前，就要将这些货物亏蚀贱卖光。它的财富，与尚未出世的继承者的财富相比，则不过是粪土而已！

在“小步跑”想来，无论新年旧年，他都没有份。

---

① 狄更斯本篇小说写于 1844 年，七十年前则是英国工业革命的年代。

"取缔，取缔！事实和数字，事实和数字！往昔繁荣的时代，繁荣的时代！取缔，取缔！"——他踏着这些字眼的节奏不停地跑着，他的脚步和其他任何东西都合不上拍。

然而，即便是按照这种听起来是那样阴郁、沉闷的节拍，他还是及时赶到了路程的终点，到了议员约瑟夫·鲍莱爵士的宅邸。

守门人开了门。瞧他的模样儿！不是托贝这种脚夫的模样。截然不同。尽管他也是听人使唤的，但他不是托贝那个模样。

那守门人呼哧呼哧喘息了一阵才说出话来；他刚才从椅子里站起来时太仓促了，还没来得及弄清是怎么回事，还没有镇定下来，所以嘴里直喘气。等到他发出声音来时——这费了不少时辰，因为他那声音远着呢，深藏在一大堆肥肉底下——只听得声音宽厚，他低声道：

"谁交给你的？"

托贝说了。

"你自己送进去，自己送进去，"守门人说，用手指指长廊尽头的那间连接着大厅的房间。"到年终这种时候，有事都直接进去办。你来得不迟不早，正是时候，马车还停在大门口呢，他们是特地进城来的，只呆一两个钟头就要走的。"

托贝非常仔细地把脚在地上擦了擦（两只脚已经相当干了），顺着指给他的路走去。他边走边看：房子富丽堂皇，但是静悄悄的，没有一点儿动静，好像这家人都搬到乡间去了。他在房门上敲了两下，里面答应说他可以进去。他推进门去一看，原来是一间宽敞的藏书室。一张桌子上堆放着文件、书报，桌子旁坐着两个人，一个是模样端庄的妇人，戴着帽子；另一个是一位不很端庄的先生，穿一身黑衣服。那妇人在念，这位先生在记录。还有一位先生，年纪老一些仪态端庄得多了，他的礼帽与手杖放在桌子上。他来回踱着步子，一手放在胸前，不时得意地端详着挂在壁炉上方的他自己的画像——一幅全身像，很大的全身像。

“送什么来了？”最后提到的那一位先生问道。“费希先生，是否请你处理一下。”

费希先生向那位太太道了歉，然后从托贝手中接过信，恭恭敬敬地递给那位爵爷。

“是丘特参事送来的，约瑟夫爵士。”

“就这事吗？没有别的了，脚夫？”约瑟夫爵士问道。

托贝回答说没有了。

“有什么人叫你带来账单或要向我取款的单据吗——我是鲍莱，约瑟夫 · 鲍莱爵士——随便什么形式的，有没有？没有？”约瑟夫 · 鲍莱爵士问道。“倘若带来了，就呈上来。费希先生案头有一本支票簿。任何事情我都不允许拖到新年。在我家里，不管是哪一类账目，都要在年终算清。这样，倘若死亡果真有一天将生存的纽带——”

“割断，”费希先生提议用这个词。

“切断，费希先生，”约瑟夫 · 鲍莱非常严厉地说，“那么，我希望，人们将发现我的事情早已安排就绪了。”

“我亲爱的爵爷！”爵士夫人说；她比爵爷年轻得多了。“真吓人！”

“亲爱的夫人，”约瑟夫爵士说，不时停顿一下，就像在密切地观察事物，“到了一年将尽的这种时节，我们应该考虑考虑——呃——考虑考虑我们自己。我们应该查一查——呃——查一查我们的账目。我们应该感觉到，每逢到了这一人类事务的百忙季节，我们便会遇到取款人与——呃——付款人之间的具有深刻意义的问题。”

约瑟夫爵士发表了这一通言论，仿佛他领会到了他所说的话里面的全部寓意。他还希望，连“小步跑”也应该有机会听听这样的谈话，开一开窍。也许，他现在一时还没有拆信，仍旧叫“小步跑”站在那里等，他心中正是怀着这个意图。

“夫人，你刚才是要费希先生说——”约瑟夫爵士说。

“我相信，费希先生已经说过了，”爵士夫人朝那封信瞥了一眼说。“可是，我的爵爷，请相信，我认为我不能就此罢休。这太昂贵了。”

“什么东西太昂贵？”约瑟夫爵士问道。

“那个慈善团体，亲爱的。捐款五英镑他们只给两票。真荒唐！”

“夫人，”约瑟夫爵士说，“你说这样的话真叫我吃惊！难道说倾注了多少感情要看票数的多寡吗？或者，对于一个头脑正常的人来说，难道要看申请者人数的多寡和他们争取选票时所处的头脑健康状况吗？五十人中有两票，这件事中就没有最最纯洁的激情吗？”

“我承认，于我并非如此，”夫人回答道。“真恼人！而且，我也无法强求熟人帮忙。可是，你是穷人的朋友，约瑟夫爵士，你的想法与众不同。”

“我确是穷人的朋友，”约瑟夫爵士瞥了一眼在场的那个穷人，说道，“为此我可能会遭到人们的奚落。我其实已经为此而遭人奚落。然而我并不要求有别的什么称号。”

“一个高贵的老爷，祝福他！”“小步跑”心中想道。

“比方说，在这个问题上我就不同意丘特的观点，”约瑟夫爵士扬了扬那封信说。“我不同意费勒那伙人的观点。哪一派人的观点我都不同意。我的穷人朋友与那些派别毫不相干，反之，那些派别与穷人也毫不相干。我的穷人朋友是在我的管区内，那就是我的事情。任何人，或者任何帮派，都无权插手我和我的朋友之间的事情。这就是我所取的立场。对我的朋友来说，我即是——一个父亲般的人。我要说，‘我的朋友，我要像慈父一般对待你。’”

托贝非常认真地听着，他开始觉得心里舒坦多了。

“我的好朋友，你唯一要关心的，”约瑟夫爵士心不在焉地望着托贝说道，“你生活中唯一要关心的就是要与我在一起。什么事情你都不必操心。我会替你操心的。我知道什么是对你有益的，我永远是你的慈父。此乃无所不知的上帝的安排！上帝创造了你们，目的并非让你们吃喝，并非要你们像动物一样将享受与食物联系在一起；”托贝想起了那盘牛肚，心中唯有悔恨；“而是要你们感觉到劳动的尊严。你应该在清晨空气令人心旷神怡的时候，就昂首挺胸走出家门，然后——然后就留在户外。要艰苦，不可放纵，待人恭敬，要自我克制，勤俭持家，按期付租金，切勿拖欠，办事绝不可拖误（我给你树立了很好的榜样；你可以看到，我的机要秘书费希先生案头随时都放着现金盒）；你完全可以相信，我将成为你的朋友和慈父。”

“这些子女真是好极了，约瑟夫爵士！”爵士夫人打了个寒战道。“风湿病、热病、软骨病、气喘病，哪一种可怕病症没有？！”

“夫人，”约瑟夫爵士非常严肃地接话道，“我不会因此而动摇我作穷人的朋友和慈父的意志。他们也不会因此而减少了从我这里所得到的鼓舞。每逢季度清账日[①]，他们都可以与费希先生联系，每逢新年佳节，我与朋友们都要为他们的健康干杯。我与朋友们，将怀着深厚的感情，一年一度向他们发表演说。在他们的一生中，甚至还可能在公众面前，在全体上流社会的绅士面前，接受一个朋友赠与的小礼物，当他们不再为这些鼓励所支撑，不再为劳动的尊严所支撑，那时，我的夫人，他们就可以在地下安息了，”——这时约瑟夫爵士擤了擤鼻子——“我将仍旧做——依照同样的条件——他们子女的朋友和慈父。”

托贝非常感动。

“哦！你的子女是感恩戴德的，约瑟夫爵士！”他的夫人说。

“夫人，”约瑟夫爵士非常威严地说，“众所周知，对那个阶

① 季度清账日在英国为报喜节（3月25日），施洗约翰节（6月24日），米迦勒节（9月29日），圣诞节（12月25日）。

级来说，忘恩负义便是罪恶。我不想得到别的回报。”

“啊！生来就是坏的！”托贝想道。“什么也改变不了我们。”

“人之所能，我必为之，”约瑟夫爵士接着说。“我要尽穷人的朋友和慈父的责任；无论何时，我都要向他们灌输那个阶级所必需的重要的道德训诫，用这种方式努力陶冶他们的心灵。换句话说，即完全依靠我本人。他们对于他们自己——呃——什么也不用操心。即便那些用心险恶、居心叵测的人向他们灌输荒谬的说教，而他们因此而焦躁，不满，变得不安分守己，天良泯灭，不知感恩——那是必然如此的——我仍旧是他们的朋友和慈父。这是天意如此，是不可避免的。”

他怀着这种高尚的情操，拆开参事的信看起来。

“可以肯定，非常客气，非常有礼貌！”约瑟夫爵士大声说道。“夫人，参事先生态度如此恳切，他提醒我说，他曾‘不胜荣幸’地——他是非常有教养的——在我们俩共同的朋友、银行家迪德兹的寓所与我会过面；他非常客气地征求我的意见，问我将威尔·费恩镇压下去我是否满意。”

“太好了！”鲍莱爵士夫人回答说。“他是他们当中最坏的人！他在到处抢劫，是吗？”

“哦，倒不是抢劫，”约瑟夫爵士看了看信说。“不完全是。近乎抢劫。但不完全是。似乎他到伦敦来是为了找工作的（多挣点钱——照他自己的说法），到了晚上，人们发现他倒在一间小棚子里睡着了，就拘留了他，第二天早晨把他带到市府参事那里。参事认为（那是非常恰如其分的）他要取缔这类现象；他说，倘若我同意将威尔·费恩镇压下去，他愿从费恩开刀。”

“一定要从他开刀，杀一儆百，”夫人说。“去年冬天，我在村子里向男人和小孩传授在服饰上镂孔和打眼子的技艺，吃过晚饭干点这种活儿挺好的。我还把下面这几行歌词谱了曲，让他们一边干活，一边唱：

啊，手中的活儿要喜欢，
上帝保佑老爷，还有亲眷，
吃吧，一日莫要多过三盘，
安分守己，切莫犯上作乱。

这时候，就是这个威尔·费恩——现在我想起来了——碰了一下他那顶帽子说，‘请问夫人，我是不是同一个大姑娘有点儿不一样？’当然我早就预料到了。那个阶级的人除了蛮横无礼和忘恩负义，谁还能指望从他们那儿得到什么好东西！不过，这话又说远了。我的爵爷！就拿他开刀，杀一儆百！”

“哼！”爵爷咳了一声。“费希先生，是否请你注意一下——”

费希先生立刻抓起笔来，记下约瑟夫爵士的话。

“机密。亲爱的先生，承蒙关注，不胜感激。然而关于威尔·费恩一案，本人深感遗憾，实无美言为其游说。我始终如一，自视为他的朋友和慈父，然而他忘恩负义，恩将仇报，常与我为敌，反对我的计划（很遗憾，此乃常见之事）。此人好骚动作乱，其品行经不起细查。原可安居乐业而勿为，多方规劝，付之流水。在此种情况下，窃以为，一俟他再次前往（据您所说，他答应明日前往，听候您的质询，此举似乎可信），如若将他短期拘禁，以无业游民论处，实于社会有益；在榜样实属必需的国度里，倘能照前所述行事，则树立有益榜样已告成功——为那个一般而论是愚昧的阶级本身，也为我辈作穷人朋友和慈父而不管舆论评价如何者。您的，”等等。

“我似乎觉得，”约瑟夫爵士签了字，把信交费希先生加蜡封的时候，他说，“这仿佛也是天意；的确是的。到了年终，就连威尔·费恩这件事也结清了！”

“小步跑”早就又变得垂头丧气，无精打采了；他带着一张沮丧的脸走上前去，接过信来。

"我向他致以问候和谢意，"约瑟夫爵士说。"慢！"

"慢！"费希先生应声道。

"你也许已经听到，"约瑟夫爵士玄妙地说，"我受责任心的驱使而说的话，关于我们面临的这个庄严时期，关于落在我们肩上的责任，即处理完我们的事务并将一切安排就绪。你已经注意到了，我并不躲藏在我的优越社会地位后面，倒是让费希先生——就是那位先生——手头有一本支票簿，而且实际上是放在这里，使我能翻开崭新的一页，跨入我们面前的时代，而账目一笔笔都已结清。哦，朋友，你能否扪心自问，并心安理得地说你也已安排就绪，准备迎接新年了？"

"我恐怕，先生，""小步跑"胆怯地看着爵爷，吞吞吐吐地说，"我恐怕——有点儿欠——欠了债呀。"

"欠了债！"约瑟夫·鲍莱爵士重复说道，一字一字地挤出声音来。

"我恐怕，老爷，""小步跑"支支吾吾道，"已经欠了奇肯斯托克太太十——十二个先令了。"

"奇肯斯托克太太！"约瑟夫爵士还是同刚才一样，一字一字地挤出声音来。

"她开一家店，老爷，"托贝大声说道，"杂货店。房钱也欠——欠了一些。很少，老爷。本来是不应该欠的，我明白，可是我实在是没有钱！"

约瑟夫爵士看看他的夫人，看看费希先生，又看看"小步跑"，一个一个地看过去，看完了又来一遍。接着，他同时举起两手，做了一个表示失望的姿势，好像他对这件事感到完全无能为力了。

"一个人，即使是这批只图眼前利益、不管将来、不讲实际的人当中的一个，可是作为一个老人，一个两鬓苍苍的人，自己的事情到了这步田地，怎么去迎接新年！他怎么能安安稳稳地日落而睡，日出而起，怎么能——去吧！"他转身背朝"小步跑"

说。“把信送去。把信送去！”

“我心里也真希望事情不是这样，老爷，”“小步跑”急于解释一番。“我们的日子实在太艰难了。”

约瑟夫爵士仍旧重复说着，“把信送去，把信送去！”而费希先生不但应声说着同样的话，而且用手指指门，叫送信的人走，以此加重打发人走这句话的力量。“小步跑”无可奈何，只得鞠了一个躬，离开了房间。到了街上，可怜的“小步跑”将他那顶又破又旧的帽子往下拉，要将他想过新年而与新年处处沾不到边时所感到的悲伤遮住。

从爵士家出来往回走，经过古教堂时，他甚至没有摘下帽子去仰望钟楼。他习惯地在那里停留了片刻；他知道天已经渐渐暗下来了，教堂的尖顶高高耸立在灰蒙蒙的空中，隐隐约约，一片朦胧。他也知道，钟声不一会儿就要响了；在他的想象中，这时候的钟声听起来就如同从云层里传来的声音一般。然而他反而加快了步伐，去送这封信给市府参事，他要在钟声敲响之前就离开教堂；因为他怕钟声在上次那些叠句之外，又重复“朋友与慈父，朋友与慈父”这样的声音。

就这样，托贝尽快办完了事情，跑着步回家去。可是，一方面由于他是跑着的，那步子在街上怎么说总也是别扭的；一方面也由于他那顶帽子遮着眼睛，使他无法看清，他一下子就撞在一个人身上，被撞得踉踉跄跄，一下冲到马路当中。

“啊，对不起！”“小步跑”说道，他张皇失措地抬了抬帽子，露出了帽子的破衬里，那样子好像头上套了一只蜂箱。“没伤着您吧？”

要说有没有伤着别人，托贝可不像参孙①有那么大的力气，这么撞了一下，他自己倒更有可能伤着，实际上他早就像一只毽球一样飞到马路当中去了。但是他总以为自己力气很大，一本正经

① 参孙，《圣经 · 旧约 · 士师记》中一犹太士师，英勇无双，力大无比。

地关心着对方，于是他又问道：

“没伤着您吧？”

他撞的那个人皮肤晒得黝黑，肌肉结实，像个乡下人，头发花白，下巴毛茸茸的。那人望着他疑惑了片刻，以为他是在开玩笑，但是见他一副诚实忠厚的样子，那人答道：

“没有伤着，朋友。您没有伤着我。”

“我想孩子也没有伤着吧？”“小步跑”问。

“也没有伤着，”那人道。“多谢您了。”

那人说完，看了一眼抱在怀里已经睡着的小女孩，拉起围在脖子上的那条旧毛巾的一端，遮住小孩的脸，慢慢地继续走他的路。

那人说“多谢您了”这句话时的语调打动了“小步跑”的心。那人精疲力竭，两脚酸痛；走了许多路，已经是蓬头垢面了；他环顾四周，心中只觉得孤单凄凉，无依无靠。在这个时候，他能向人家道个谢，尽管是为了一件区区小事，于他总也是个安慰。托贝站在那里，望着那人的背影；他拖着疲惫的脚步，小女孩的一只胳臂挽着他的脖子。

一个背影，脚下是一双破烂的鞋——那鞋已破旧不堪，看上去同没穿鞋一样——粗糙的皮护胫，身上穿一件很普通的工作服，头上戴一顶软宽边的帽子。“小步跑”站在那里，望着那个背影，街上的一切他都视而不见了。他望着紧紧地挽着那男人脖子的孩子的胳臂。

在那人即将消失在黑暗中的时候，他停住了脚步，回头一看，见“小步跑”还站在那里，他不知是回来好，还是继续往前走好，犹豫未定。那人回头走了几步，接着又往前走去，但最后还是回头走来。“小步跑”迎上前去。

“也许您可以告诉我，”那人微微一笑道，“我相信您知道的话一定会告诉我的，我宁愿问您，而不想去问别人——请问一声，市府参事丘特住在哪儿？”

“不远，就在附近，”托贝答道。“我愿意带您去。”

“我原来应该明天到另外一个地方去找他的，”那人跟着托贝走，说道，“可是，被人怀疑总叫我觉得坐立不安，我想说说清楚，然后自由自在去挣口面包吃——我也不知道到哪里去挣。所以我想今晚到他家去找他，他总不会见怪吧。”

“哪有这样的事，”托贝惊叫起来，“莫非您就是费恩！”

“嗯！”那人大声道，惊讶地朝托贝转过身去。

“费恩！威尔·费恩！”“小步跑”说。

“我就是费恩，”那人说。

“啊，”“小步跑”喊了一声，一把抓住那人的胳臂，很小心地朝四下里看了看，“看在上帝的面上，您千万别去找他！别去找他！他要将您镇压下去，那是明明白白的，没错。走，从这条小巷走，我把事情经过告诉您。别去找他。”

他新结识的朋友以为他疯了，但是仍旧跟着他走。到了别人看不到的巷内，“小步跑”把听到的都同那人说了，还把人家已经给他定了什么罪名，都说给那人听。

托贝叙述的这段历史的主角平心静气地听着，他那样若无其事倒叫托贝好生奇怪。他既不否认，也没有插话，一句话也没有。他只是不时地点点头——那样子好像是证实已经听腻了的说法，倒不是要驳斥。他有一两回将帽子往后脑一推，用满是斑点的手去摸额头，在这块额头上，他在土地上耕出的每一道犁沟仿佛都有它的缩影。除此之外，那人什么也没有表示。

“大体上都是确有其事的，”他说，“师傅，有些地方我看得出也是有真有假，不过就让它去吧，随便他们怎么说。那有什么要紧的？我反对他的计划，结果是我倒了霉。我不能不这样做；我明天还会这样做的。至于说名声是好是坏，他们这些老爷们会东打听西打听的，他们也会发现在我们身上找不到茬儿，那个时候他们才会让我们听到一句冷冰冰的好话！——哦！我希望他们这些老爷总不会像我们那样，好名声说没有就没有了，要不然他们的生活也真够严酷的，不值得去活。要说我自己嘛，师傅，我这只手，”——他伸出一只手来——“可从来没有拿过不属于我自己的东西，也从没有闲着过，不管活儿多苦，也不管工钱多少。谁要是说我这话不对，就叫他砍了我这只手！可是，要是干了活还是不能让我像人一样活着；要是我的生活竟糟得进出都得饿着肚子；要是我辛辛苦苦的一辈子以饿肚子开始，没有一天不饿肚子，最后又以饿肚子告终，而没有一点儿填饱肚子的机会，这种情形也没有一点儿变化；那我就要同这些老爷说：‘都给我滚开！别到我们小屋里来找麻烦。你们不找上门来，我们已经够苦的了。你们要在花园里庆祝生日，或是要发表漂亮的演说，还是别的什么好事儿，也别来找我去帮忙凑趣。你们去演你们的戏吧，去玩你们的吧，都别来找我，你们去闹吧，去乐吧。我们彼此不相干。最好还是别来找我的麻烦了！’”

他见怀里的孩子睁开了眼睛，惊奇地向四周张望，就克制了自己的激动的情绪，在她耳边说了几句可笑的孩子气的话，让她站在地上，靠在身边。当小女孩站在他满是尘土的腿旁时，他慢慢地用一个食指不停地绕着孩子的一束长发，卷在手指上就像一枚戒指。他同“小步跑”说：

“我相信我也不是一个天生固执难弄的人；倒是一个很容易满足的人。我对他们哪一个人都没有恶意。我只是想能真正地像上帝创造的人那样生活。可是我没法过上这样的生活——也从没有这样生活过——我和那些可以这样生活、并且确实是这样生活的老爷们之间有了一条鸿沟。像我这样的人多着呢。要说有多少人，你用不着一个一个地计算，你可以成千成万地计算，那样反倒好说一些。”

“小步跑”知道，这些话都是真的，他频频摇头，表示这些话一点也不假。

“我就这样得了一个坏名声，”费恩说，“恐怕也不会有一个好一点儿的名声的。觉得不痛快是非法的，我确实是觉得不痛快，但是上帝知道，假如我能够高兴的话，我怎么会不想呢！哼！我就不信，这个参事先生要叫我坐班房对我就会有很大的损害；不过，假如没有一个朋友替我辩护，这个参事老爷就会把我送进牢房。你瞧——！”他用手指了指站在地上的孩子。

“她的小脸蛋长得多好看，”“小步跑”说。

“唔，很好看！”他低声说道，一面轻轻地捧着她的脸儿面对着他自己，目不转睛地看着她。“多少回我都这么想。每当我家炉子冰冷，食橱里空空的时候我都这么想。那天夜晚，我们俩被当作贼抓起来时，我也这么想。可是他们——他们不该一个劲儿地折磨这张小脸儿，你说对吗，莉莲？这对一个男子汉也不能说是公平的！”

他说话的声音那样低，他凝视着她的脸儿，神情是那样严峻、古怪，托贝见此情景，想岔开他的思绪，便问他妻子是否在世。

“我没娶过老婆，”他摇摇头说。“这孩子是我兄弟的，她爹妈都死了。说来您也许不信，她九岁了；她现在是累坏了。本来教区救济院——离我们家二十八英里——要收养她，他们会把她关在屋子里（就像对待我年老的父亲那样。他干不动活了，就进了救济院，不过他给他们添麻烦并没有多长时间）；可是我把她领走了。从那以后她就一直跟着我。她妈妈以前在伦敦有一位朋友。我们想设法找到她，也想找工作做；可是伦敦这地方太大了。不过，没有关系。地方大了也就可以多走走了，是不是，莉莲？”

他微笑着望着孩子的双眼，这微笑比眼泪还要叫托贝感动。这时，他握住了托贝的手。

“我还不知道您的尊姓大名，”他说，“可是我已经向您倒出了心里话，我非常感激您，是应该感激的。我就听您的劝告，不去找这个——”

“法官，”托贝提示道。

“噢！”他说。“要是他们都这么叫——这个法官。明天我要到伦敦近郊去碰碰运气，不知会不会好一点。我走了，晚安。祝您新年快乐！”

“等一等！”那人松开手的时候，“小步跑”抓住那人的手大声道。“等一等！要是我们就这样分手，那我的新年决不会过得愉快的。看见您和这孩子就这么走了，到处流浪，您也不知道该到哪里去，又没有地方宿夜，那么我这个新年也过不好。跟我回家去！我是个穷人，住在一个穷地方。可是住上一夜还是有办法的，有的。跟我回家！走吧！我来抱她！”“小步跑”大声说，抱起了孩子。“多好看呀！她再重上二十倍我都抱得起来，像没事儿似的。要是我走得太快了你就说一声。我走路快得很。我老是这么快！”“小步跑”说，他那位精疲力竭的同伴刚跨出一步，他已经小跑了五六步了，因为抱着个孩子，他那瘦细的两腿又在打颤了。

“哦，孩子抱起来很轻的，”“小步跑”说，他双脚在跑着，而说起话来也快，就像他的脚步一般；因为他不想让人向他道谢，也怕片刻的停留。“像羽毛一样轻。比孔雀羽毛还要轻呢——轻多了。这边走，就到了！在第一个拐弯的地方朝右边转，威尔大叔，走过了抽水泵后就朝左边那条小道走，就在小酒店对面。这边走，就到了！我们穿过去，当心拐角的那家馅饼店！这边走，就到了！从这条小巷走，威尔大叔，那黑色的门就是了，门上有一块门板，上面写着‘脚夫托·维克’，这边走，就到了！我们不是到了吗？亲爱的梅格，没想到吧！”

“小步跑”喘着气，一边说着，一边把孩子放在地板中央，让她站在梅格面前。小客人只朝梅格看了一眼，觉得她脸上并没有什么叫人怀疑的地方，是信得过的，于是她投到梅格的怀里。

“我们到了，这边来！”“小步跑”大声道，一边在屋子里跑来跑去忙着，大声地喘气。“来吧，威尔大叔，这里有炉子！怎么不来烤火？啊，我们到了，这边来！梅格，亲爱的孩子，水壶在哪里？哦，在这里呢，一会儿水就开了！”

“小步跑”就这么不停地东跑西跑，不知从什么地方真的提来了水壶，放到炉子上。那梅格把小女孩抱到一个暖和的屋角，让她坐下，她自己则在她面前跪下来，脱了孩子的鞋，用一块布将她的两只湿脚擦干。哦，连梅格也在笑话“小步跑”了——笑得那样可爱，那样开心，托贝真可以在她跪着的地方就祝福她；因为他们进屋的时候，他看见她坐在炉边流眼泪。

“啊，爸爸！”梅格说。“我看今天晚上您是发疯了。真不知道教堂里的钟声对这件事会怎么说。可怜的小脚丫，冰冷的！”

“喔，两只脚现在暖和了！”小女孩大声说。“现在很暖和了！”

“不行，不行，还没有，”梅格说。“我还只擦了一会儿。还要擦。事情还多着呢。有许多事情要做！擦完了脚还要把头发弄干梳好；弄干了头发，我们再倒一点清水，把脸儿洗得红通通的，看上去就不会那样苍白了。洗完脸，我们就可以轻松、快活、高高兴兴的——！”

小女孩突然抽抽噎噎地哭泣起来，紧紧地搂着梅格的脖子，一只手抚摩着梅格漂亮的脸颊，说，“喔，梅格！亲爱的梅格！”

托贝的祝愿也不能比这更好了，没有人能做得更好！

“哦，爸爸！”停了一会儿梅格喊道。

“我在这里，就来了，亲爱的孩子！”“小步跑”说。

“哎呀！”梅格叫道。“他发疯了！他把这可爱的孩子的帽子盖到水壶上，倒把水壶的盖子挂到门上去了！”

“我不是故意这么放的，我的孩子，”“小步跑”说道，赶紧将两件东西换了位置。“梅格，亲爱的孩子！”

梅格抬头望望他，见他煞费苦心，站在那位男客人坐的椅子后面，手里拿着挣得的那六便士，神秘地不住比画着。

“我记得，孩子，”“小步跑”说，“我进来的时候，有半盎司的茶叶放在楼梯上哪个地方；还有一点儿咸肉，肯定还有，不过我不记得放在哪里了，我自己去找找看。”

托贝耍了这么一个故弄玄虚的小计谋，便走出门去，到奇肯斯托克太太的店里，用现钱买了他刚才说的食品。没过多久他就回来了，推说起初摸着黑，东西没有找到。

“还好，终于找到了，”“小步跑”说，一面放好茶具，“行了！我说有茶叶，还有咸肉。这不是吗？梅格，亲爱的孩子，你沏茶，让你这个笨手笨脚的爸爸来烤咸肉。我们一会儿就好了。也真是件奇事，”“小步跑”一边说，一边拿着烤叉，烤他的咸肉，“真是奇事，不过我的几位朋友都知道，我自己是不吃咸肉的，也从不喝茶。我倒爱看人家吃咸肉，看人家喝茶，”“小步跑”话说得很响，那是特地说给客人听的，“可是我呢，这些食物可不合我的胃口。”

可是，“小步跑”鼻子吸着烤得吱吱作响的咸肉的香味——啊——看那样子他是很爱吃的；他一面往茶壶里冲着开水，一面两眼贪婪地朝热乎乎的大水壶肚子里望着。他让散发出香味的热气在鼻边缭绕，一团团热气在脸上和头顶上盘绕。然而，他既没有吃，也没有喝，只是在刚端上来的时候吃过一口，表示表示意思罢了。那一口，他好像吃得津津有味，但他嘴上却说，一点儿也不配他的胃口。

不，“小步跑”要做的事情是看着威尔·费恩和莉莲吃，看着他们喝；梅格要做的也是看着他们吃。观看市府聚餐，或者观看宫廷宴会的人，在看别人进餐时——尽管出席宴会的人当中有君王，或者教皇——也从来没有像他们父女俩那天晚上那样兴致勃勃。梅格朝着“小步跑”笑，“小步跑”朝着梅格笑。梅格频频地摇着头，还做出拍手的样子，向“小步跑”表示赞同；“小步跑”打着难解的手势，向梅格无声地讲述他是如何发现这两位客人的，是什么时候，在什么地方发现的。他们感到非常高兴，非常非常地高兴。

“只可惜，”“小步跑”望着梅格的脸，心里难过地想道，“只可惜那桩婚事算是完了，我是知道的！”

"呃，你们听着，"他们吃完之后，"小步跑"说，"小妹妹就与梅格一起睡，好吗？"

"同好梅格睡！"女孩叫着，亲吻了梅格。"和梅格睡。"

"那就对了，""小步跑"说。"小妹妹还要亲亲梅格的爸爸，对吗？梅格的爸爸就是我呀。"

小姑娘羞怯地走过来，亲了他一下之后又偎依在梅格身上，"小步跑"高兴极了。

"这孩子真聪明，""小步跑"说。"这边走，我们——哦，我们不是——我不是说那个——我——我说什么来着，梅格，亲爱的孩子？"

梅格朝他们的那位客人望去，只见他靠在梅格的椅子上，脸没有朝她，抚弄着伏在梅格膝头的女孩的头。

"真是的，"托贝说。"真是的！我不知道今天晚上在瞎忙些什么。记了这件事，忘了那件事。威尔·费恩，你跟我来吧。你累坏了，眼皮也打架了，该躺下睡一觉。你跟我来吧。"

那人仍旧抚弄着女孩的鬈曲的头发，仍旧靠在梅格坐着的椅子上，脸仍旧没有看她。虽然他没有说话，只是用粗糙的手指抚弄着女孩的金发，一会儿卷，一会儿松，但是，他那动作所表示的意思是明明白白的。

"是的，是的，""小步跑"看到女儿脸上的神情，不知不觉地回答道。"你带她去吧，梅格。让她去睡。去吧！呃，威尔，我领你到你睡觉的地方去。也不能算是个睡觉的地方，原是个堆草料的阁楼。不过，我常说，住在马房里能有一间阁楼，是很方便的。现在这间马房还没有找到一个合适的租户，所以我住在这里倒也省几个钱。那边堆了不少软乎乎的草，是邻居家放的，一点儿也不脏，梅格收拾得干干净净的。别为难了，想开点。过新年了，人也要高高兴兴的！"

抚弄着女孩的头发的那只手挪开了，颤抖地握住了"小步跑"的手。于是"小步跑"领着他走出屋去，嘴里不住地说着话，那样亲热，那样无拘无束，好像他自己也成了个小孩子。

回到屋里，他站在隔壁梅格的那间小房间的门口，听了一会儿动静。女孩子在躺下来睡觉之前，低声地做了简单的祷告，她在祷告中提到了梅格的名字，接着又说到“亲爱的，亲爱的”——她这么说着——“小步跑”听见她停住了，问起他的名字来。

过了好大一阵子，这个憨厚的小老头才静下心来，把炉火拨旺，拉过一把椅子，坐在暖烘烘的炉子前。他坐下来，修剪了一下灯心，从衣袋里摸出报纸看起来。开始是漫不经心的，一会儿看看这一栏，一会儿看看那一栏；但很快就带着关切、悲苦的心情专心看起来。

因为，就是这份叫人骇怕的报纸，又将“小步跑”的思虑引向了整个白天遵循的那条路子，这条路子由于这一天发生的事情而逐渐变得清晰，成了现在这个样子。他对于这两个流浪者的关心，使他的思虑走上了另一条路子，一条暂时叫人高兴的思路。可是，现在当他一个人坐在那里，读着报上所载的关于人们犯罪与使用暴力的消息，先前的思绪又出现在他脑子里。

他带着这样的心情，在报上看到（那也不是第一次看到）一则新闻，说的是一名妇女在绝望中自杀了，这还不算，她还杀死了她那尚未成年的孩子。这一罪行实在骇人听闻，与他的心灵是那样的格格不入（因为他爱梅格，这一罪行就显得愈加可怕了），他吓得丢下报纸，仰靠在椅子上，吓呆了！

“冷酷，残忍！”托贝大声道。“冷酷，残忍！不是黑心的人，不是生来就坏的人，不是没有做人的权利的人，谁会干出这样的事情来。我今天听说的那些事，对极了，非常公正，而且有根有据。我们糟得很！”

正在这时，钟声突然响了，接着他的话说下去——一声声那样洪亮，那样清晰，余音回荡——那大钟好像就在他坐着的椅子上敲响。

钟声说的是什么意思？

“托贝·维克，托贝·维克，我在等你呀，托贝！托贝·维克，托贝·维克，我在等你呀，托贝！快来看看，快来看看，把他拖来，把他拖来，快去追他，快去追他。快喊醒他，快喊醒他！托贝·维克，托贝·维克，把门打开，把门打开，托贝，托贝·维克，托贝·维克，把门打开，托贝——”接着又猛然回复到先前的激越的旋律，余音就在四壁砖块与石灰上回荡。

托贝侧着耳朵听着。真怪！真怪！真后悔，下午没有停下来听听钟声就走开了！不，不。没有这回事。又来了，又来了，钟声十几遍地重复着。“快去追他，快去追他，把他拖到我们这里来，把他拖到我们这里来！”钟声响遍了全城，震耳欲聋！

“梅格！”“小步跑”敲敲梅格的房门，轻声喊道。“你听见什么没有？”

“我听到钟声了，爸爸。今晚的钟声很响。”

“她睡着了没有？”托贝说道，找个借口往房间里张望。

“她一动也不动，睡得可香了！可我脱不了手呀，爸爸。您看她把我的手抓得这么紧！”

“梅格，”“小步跑”悄声道。“你听这钟声！”

她竖起耳朵听着，她的脸一直朝着他，但脸上的表情却没有一点变化。她听不懂钟声是什么意思。

“小步跑”离开了她的房门，又坐到炉边的椅子上，一个人听着钟声，就这样在那里坐了一会儿。

他再也坐不住了；钟声的力量是那么巨大。

“要是钟楼的门真的开着，”托贝说道，匆匆把围裙往旁边一扔，可是一点儿也没有想到要戴上帽子，“要是门真开着，有什么东西能阻挡我登上顶楼去看个究竟？要是门关着，我也就不想看什么了。就这样。”

他蹑手蹑脚走到街上，心里很有把握地想，门一定关着，而且锁得紧紧的，因为他很清楚那扇门难得是开的，在他的记忆中，它开着的时候总共不超过三次。那是一个低矮的拱形门洞，在教堂外面，隐在一根柱子后面的黑暗角落里；门上铁铰链很大，再配上一把大得吓人的大锁，看上去似乎没有门，只有铰链和锁。

可是，当他光着头来到教堂，把手伸到那个漆黑的角落里去——心里怦怦直跳，生怕自己的手突然被人抓住，手哆嗦着真想又缩回来——的时候，他大吃一惊，原来那扇往外开的门，果真洞开着！

他开头吃了一惊，真想回头走；要不就去点个亮儿，或找个伴儿，但一下子又壮了胆，他决定一个人爬上楼去。

“我有什么好害怕的？”“小步跑”道。“这是一座教堂啊！而且恐怕打钟的人也在那里，忘了关门了。”

于是他走了进去，像瞎子一样摸索着往前走，因为里边漆黑一团。教堂里也没有一点儿声响，因为钟声早停了。

街上的尘土飞到了这阴暗的角落里，堆积起来，脚踩上去那么松软，就像踩在绒布上一般，这种感觉真叫人骇怕。而且，狭窄的楼梯离门又很近，他一进门就绊了一跤。他进去之后用脚将门一勾，想把门关上。门重重地弹回来，再也推不开了。

也由于这一层缘故，他非往上爬不可了。“小步跑”摸索着往上走去。爬呀，爬呀，爬呀，转了一个弯，又转了一个弯；爬呀，爬呀，爬呀，越来越高，越来越高，往上爬得越来越高了！

那楼梯要这么摸索着爬上去也真不好办。楼梯又低又窄，那只摸索的手老是会碰着什么。他总感到前面直挺挺地站着一个人或鬼影，那影儿在悄悄地不被发现地给他让路，他真想顺着光滑的墙壁，一点点往上摸索那影儿的脸，再一点点往下摸索它的脚。他浑身打着寒噤。有两三次他在光滑的墙壁上摸到了门和壁龛，再上去好像是一个大裂口，像整座教堂那么大。他感到自己仿佛站在一个万丈深渊的边上，就要头朝下滚下去似的，但总算又摸着了墙壁。

他还是往上爬呀，爬呀，爬呀，转了一个弯，又转了一个弯，爬呀，爬呀，爬呀，越爬越高，越爬越高，往上爬得越来越高了！

终于，那沉闷而令人窒息的气氛开始变得新鲜起来了；不一会儿，他感觉到了呼呼的风；不一会儿狂风大作，他两条腿差不多站不住了。可是，他终于走到钟楼齐胸高的一扇拱形窗口前，两手紧紧抓住窗架，低头俯看一个个屋顶，一个个烟囱，俯看零零落落、一片模糊的灯火（朝着家望去，梅格正在纳闷，不知他到哪里去了，也许正在大声呼唤他），那边一切都融合在一片蒙蒙的雾气和黑暗之中。

这里就是打钟人来的钟楼。他抓住一根穿过橡木屋顶的孔眼垂下来的磨损的绳子。起初他心头一惊，以为那是一束头发；接着一想到会把神秘的大钟惊醒，又不觉浑身颤栗。钟其实还在高处。“小步跑”已经着迷了，要不就是想打破这种魔力，他还是一步步摸索着往上面爬。现在，他踩着梯子往上爬，很费力气，因为梯子很陡，两只脚不大站得稳。

爬呀，爬呀，爬呀；他两只脚、两只手都用上了；爬呀，爬呀，爬呀；越来越高，越来越高，往上爬得越来越高了！

他一直在往上爬，直到爬过了一层楼板，头正好露出在地板的横梁的上面，才停了下来，大钟就在这个地方。在一片黑暗中，他好容易才辨认出影影绰绰的大钟，黑乎乎的，没有一点儿声响。

他一爬进这四边通风、石块和铁筑成的钟楼，心头顿时产生了一种沉闷的恐怖与寂寞感。他头不停地转着。他竖起耳朵听着，然后大喊了一声“喂！”

喂！一声声回音，悲戚万分，把他的喊声拖长了。

托贝头昏目眩，不知所措，上气不接下气，恐惧万状。他呆呆地朝四面看去，昏倒在地上。

第三章

思想的大海开始吐气呼吸，又从风平浪静中复活的时候，黑云压顶，浊浪排空。丑陋粗野的妖魔鬼怪，在这不成熟的、不完全的复活中出现了。不同事物的某些部分与形态偶然间结合在一起、混杂在一块儿；各个部分与各种形态是在什么时候，通过什么方式，又怎样奇妙地彼此逐渐区分开来；头脑的每一感官与对象又是在什么时候，通过什么方式，怎样奇妙地逐渐回复到通常的状态而重新活跃起来的，没有一个人——尽管每一个人身上每天都深藏着这一类奥秘——能说得清。

同样，伸手不见五指的教堂顶楼的黑暗，在什么时候，通过什么方式，变成了耀眼的光明；寂静的钟楼里在什么时候，通过什么方式，来了无数憧憧人影；“追上他”的叫喊声在他熟睡或昏厥的时候一直在低声而单调地回旋不止，这声音是在什么时候，通过什么方式，变成了在清醒过来的“小步跑”耳边大叫“将他从沉睡中唤醒”的声音；他在什么时候，又是通过什么方式，不再抱有倦怠而混乱的思想：在许多不曾有过的事情当中，却有过这样的一些事情；对这一切他说不清发生的时间，也说不清方式。然而，当他苏醒过来，从他刚才躺着的地板上站立起来的时候，却看见眼前舞动着一群鬼怪。

着了魔的脚步将他载到了这座钟楼，他看到，在这座钟楼内，前后左右，头顶脚下，挤满了一群高不盈尺的鬼怪、幽灵、精灵。这些都是大钟鬼。他见它们一个个跳跃、腾空、落地，源源不断地从大钟里面涌现出来。在地下，大钟鬼围着他；在空中，大钟鬼看着他。它们拉着绳子从他身边往下爬。它们站在箍着铁箍的巨大横梁上，往下瞅着他。它们从墙缝里向他偷看。它们在他周围拉成一圈，往后越拉越大，越拉越大，犹如一颗大石突然落入水中，水面顿时漾起了一圈圈波纹。他看见的这些大钟鬼，千姿百态，千奇百怪，有丑陋的，有美丽的；有跛足的，有灵巧的；有年轻的，有年老的；有温和的，有残忍的；有兴高采烈的，有愁眉苦脸的；有跳舞的，有唱歌的。他看见它们拉扯头发，听见它们嚎啕大哭。空中密密麻麻，都是大钟鬼。它们来来往往，一刻不停。它们一会儿往上蹿，一会儿又往下跑；一会儿走得远远的，一会儿又坐在他身边。一个个都坐立不定，一个个都非常好动。对他来说，砖头，石块，石板，瓦片都是透明的，就像那些鬼怪眼中看到的一样。他看见大钟鬼在人家的屋里，在床头忙个不停。它们给睡梦中的人们说着甜言蜜语；用打结的鞭子将他们一个个抽打；它们在人们耳边怪声大叫；它们在人们枕边奏起悦耳的音乐；它们带去鸟语花香，让一些人心花怒放；它们手中拿了魔镜，冲着另一些做噩梦的人做着可怕的鬼脸。

他不但在熟睡的人中看到大钟鬼，在醒着的人中也看到了它们。它们忙忙碌碌，各自做着彼此不相容的事，具有或表现出截然相反的性格。他看到一个鬼插上了无数翅膀，让自己飞得再快些；他又看到一个鬼在身上背了铁链和重物，要叫自己跑得再慢一些。有的鬼把时针朝前拨，有的鬼把时针往后拨，有的鬼干脆拉住时针不让它走。这些鬼在这里举行婚礼，又在那里举行葬礼；这间屋子里举行大选，那间屋子里举行舞会；每到一处，见到的都是坐立不定、不知疲倦的忙碌活动。

“小步跑”耳朵听到的是一直不曾停息的大钟的喧哗，眼睛见到的又是一群坐立不定、形容古怪的鬼影，他真觉得迷惑不解，不知是怎么一回事。他紧紧靠着木头柱子，惨白的脸一会儿转向这边，一会儿朝那边，骇怕得目瞪口呆。

正当他注视着这一切的时候，钟声停息了。眨眼之间一切都变了！一群鬼怪全都变得萎靡不振了！眼看着它们都瘫痪了，行动变得迟缓了；它们还想腾空跃起，反倒落到地上，死了，化而为气。它们化成气消失之后，并没有新鬼再来。有一个鬼掉了队，站在大钟钟面上，往下轻轻一跳，落到了他的脚上。可是这个鬼还没有来得及转过身来就死了，最后也化作气，消失了。刚才在钟楼内嬉戏的鬼中，有少数几个还在那里转呀转的；这些鬼每转一圈就变得更加萎靡不振，更加少，更加无力了，不一会儿同其他的鬼一样，也消失了。最后是一个驼背小鬼。它躲进一个回声不绝的角落，在那里不停地旋转，独自飘游了很久。它是那样的顽强，在最后化去之前，虽然仅剩一条腿，甚至只有一只脚，仍然拒不消失；但它最终还是化去了。这时，楼内一片寂静。

正是在那个时候，而不是在那以前，"小步跑"才发现，每一只大钟望去都有一个长胡须的鬼影，与大钟一般大小——真不可理解，一个鬼影和那大钟。那鬼影形体庞大，面目森森然，阴沉地注视着他，而他站在地上一动也不动。

神秘莫测、令人毛发倒竖的鬼影！它们什么地方也不倚靠，只是滞留在塔楼黑暗的夜空中，头上有物披盖，与昏暗的屋顶融混在一块，难辨难分。它们没有动作，轮廓模糊不清。尽管他借着它们本身的一点儿昏暗的光亮——那里别的什么也没有——看到了它们，但还是影影绰绰，黑乎乎的。它们一个个将包裹着的手放在鬼嘴上。

他真想拔腿往地板入口处钻出去，可是不能，因为他连抬手举足的力气都已经没有了。否则他宁愿钻出去——岂但从入口处钻出去，他宁愿从教堂尖顶一头栽下去，也不愿让这些鬼影双眼瞪着他，因为它们的双眼即便没有瞳孔也能整夜睁眼瞪着。

这僻静的地方和狂风呼啸、令人毛骨悚然的黑夜带来的恐怖和畏惧，弥漫了四壁，就像一只鬼手，一次又一次伸过来触摸他。此刻他想呼喊也无人听见；他与人们居住的地面中间隔着一条漫长、黑暗、曲折、沿途鬼影憧憧的路；他现在是在很高很高的地方，过去即便是看见鸟儿白天在这里飞过，他也要头昏目眩；他与一切善良的人们隔绝了，在这个时刻，他们正安安稳稳呆在家里，舒舒服服躺在床上。所有这一切叫他不寒而栗；这并非想想而已，而是他肌体的感觉。与此同时，他的目光，他的思想，他的恐惧心理，全部都贯注在这些对他睁大了眼睛的鬼物上。瞧这些鬼影的面目，它们的形体，它们在地板上空若即若离、徘徊不去的模样，瞧那笼罩众鬼的阴暗深沉的气氛，尽管叫人看了觉得它们绝非人间之物，然而它们明明是在那里，分明与那些支撑大钟的坚固栎木钟架、大大小小的木头、一根根柱子一样，是存在的。这些钟架、横档、栅栏与柱子，将大钟团团围住，俨然是一片木料之林。这纵横交错的栅栏，这一片木料之林，仿佛是一片被摧毁之后幽灵兴妖作怪的枯林的枝头，这些鬼物睁大了阴郁的眼睛，一动也不动地在那深处向外注视着。

一阵风——多么寒冷，多么尖厉！——呻吟着透进了钟楼。风停了，那只大钟，即大钟的幽灵，说话了。

“这是哪一位客人？”鬼说。那声音低沉，在“小步跑”听来，别的鬼影也发出了这样的声音。

“我好像听见钟声在唤我的名字！”“小步跑”说道，他举起双手，做了一个恳求的姿势。“我也不知道我为什么会到这里来，也不知道是怎么来的。这许多年里，我一直在听钟声，钟声常叫我打起精神来。”

“那么，你道过谢了？”大钟道。

“谢过千百回了！”“小步跑”答道。

“怎么谢的？”

“我是个穷人，”“小步跑”结结巴巴地说，“所以只能用言语表示我的谢意。”

“老是光用言语吗？”大钟鬼道。“有没有说过我们的坏话？”

“没有！”“小步跑”迫不及待地大声说。

“从来没有咒骂过我们，给我们加上莫须有的罪名，说一些恶毒的话吗？”大钟鬼追问道。

“小步跑”刚想说“从来没有”，但他没有说出口，他迷惑了，不知道怎么说才好。

“那时光的声音，”幽灵说道，“在对人类大喝：前进！时光要人类前进，要人类往高处走；要人类生活得更加有价值，生活得更加幸福，生活得更加美好；要人类朝时光与他们开始存在的时期就定下的目标，朝着时光所知、所见的那个目标前进，永远朝着那个目标。黑暗的年代，邪恶的年代，暴力的年代，都曾有过，又都消逝了——成千成万、数也数不尽的人们为了给人类指明面前要走的路，受尽了苦难，他们为此而活着，又为此而死亡。谁企图把人类拉回来，叫他们停滞不前，谁就是在阻挡一架巨大的机器，那机器会把挡道者辗死，而在暂时受阻之后，它反而会更加凶猛，更加狂暴！”

“就我所知，我可从来没有做过这种事情，先生，”“小步跑”说。“即使真做过，那也是非常偶然的。我肯定不会有意这么

做的。”

“谁要是让时光，或时光的仆人发出悲恸的呼喊，为经历过考验并遭受了失败的往昔而悲恸，为留下了深深的、连盲人也看得清的痕迹的往昔而悲恸——这呼喊只有利于当世，因为，鉴于任何人都会倾听对这样的往昔诉说的悔恨，那呼喊向人们表明，当世是多么需要人们的帮助——谁要是干了这种行径，谁就做错了。而你就对我们教堂大钟做了这样的错事。”大钟鬼这样说。

“小步跑”最初的无限恐惧驱散了。然而他对于教堂大钟怀有的感情，正如你们已经看到的，是爱与感恩；现在竟蒙受指责，成了严重冒犯大钟的人，他心头感慨万端，非常后悔，非常痛苦。

“你们要是知道，”“小步跑”说道，两手诚挚地紧握着——“也许你们当真是知道的——你们要是知道你们是怎样经常地在陪伴着我；我垂头丧气的时候你们又是怎样教我振作起来；在孩子她妈妈去世撇下我们父女俩相依为命时，我的小姑娘梅格最心爱的玩耍就是听听你们的声音（别的什么玩具她是一件也没有的）；你们要是知道了这些，就不会为一句考虑不周的话心怀怨恨了！”

“对于受尽痛苦折磨的许许多多的人们心头的希望、欢乐、痛苦、悲伤，或者漠不关心，或者眼光苛刻；谁要是在我们的声音中听出一点这样的意思，那么，他就是冤枉了我们；估量人的激情与爱慕，就像估量人吃了多少恶劣食物就会憔悴消瘦一样，谁要是从我们的声音中听出我们对这样的信条表示赞同，那么他就是对我们不公允。你就曾不公正地对待过我们！”大钟这样说道。

“那倒是的！”“小步跑”说。“啊，饶了我吧！”

“人世间蠢笨的害人精，对贫困潦倒、遭人践踏的人们高喊取缔，而这些人本来应该是在这些时代的蛆虫爬不上、连想也没有想到过的高度上的。谁要是听见我们随声附和这些害人精，”大钟继续说道，“谁要是听出这样的声音，他就是对我们犯了罪过。而你就犯了这样的罪过！”

“我可没有这个意思，”“小步跑”说。“我一点儿也不知道有这样的事。我没有这样的意思！”

“最后，也是最要紧的，”大钟说道。“谁要是对他跌进深渊、摔得血肉模糊的同类漠然置之，以他们为耻而将他们抛弃；见他们在道德上一落千丈而不以同情的眼光沿着他们坠落的地点，即没有遮拦的悬崖峭壁觅迹寻踪——他们落下去的时候，手中抓着几块草皮和泥土；直到摔得血肉模糊，在下面的深渊里气息奄奄，仍旧抓着草皮与泥土不放——谁要是干了这种行径，他也犯了罪，对上帝犯罪，对人类犯罪，对时光犯罪，对未来犯罪。而你就是犯了那样的罪！”

“饶了我吧，”“小步跑”跪在地上大声说道，“可怜可怜我吧！”

“听着！”鬼影儿说。

“听着！”别的鬼影儿说。

“听着！”一个清晰的、孩子般天真的声音说，“小步跑”觉得这声音似曾听见过。

底下的教堂里隐隐约约响起了风琴声。乐声渐渐增强了，传到屋顶，传到唱诗班席，传到了中殿。乐声扩散得越来越远了，它往上飘呀，飘呀，越飘越高，越飘越高；乐声唤醒了在坚实的橡木堆、中空的大钟、包铁的大门和牢固的石梯里面焦虑不安的心，直至塔楼的四壁再也容不下这乐声，它冲出顶楼，直上云霄。

毫无疑问，一个老人的胸膛是容纳不下这么洪亮、这么有力的声音的。这声音冲破了那一冲即垮的牢笼，老人泪如泉涌。“小步跑”用手遮住了自己的脸。

“听着！”鬼影儿说。

“听着！”别的鬼影儿说。

“听着！”那孩子的声音说。

庄重的混声合唱声飘上了钟楼。

那是一支低沉而悲哀的乐曲—— 一支挽歌——“小步跑”听着听着，他听出里面有他女儿的声音。

“她死了！”老人喊道。“梅格死了！她的魂在叫我。我听到了！”

“你女儿的魂在哀悼死者，和死者混合在一起——死去的青春的希望，死去的青春的幻想，死去的青春的想象，”大钟说，“不过她活着。你从她的一生去记取一个活生生的真理吧。从你最亲爱的人那里记取这一真理：坏的生来就是多么的坏。去看看一枝花骨朵与绿叶被一瓣瓣、一片片摘去了的最美丽的花，你会发现，那花梗儿会变得多么光秃秃、多么可悲。跟着她！不顾一切地跟着她！”

每一个鬼影儿伸出右臂，指向下面。

“大钟鬼就是你的伴，”那鬼影说。“去吧！它就站在你的背后！”

“小步跑”转过身来，他看见——那孩子！是威尔·费恩在街上走时抱着的那孩子，是由梅格照看着而现在已经睡着的孩子！

“就在今天晚上，我还抱过她，”“小步跑”说。“就是用这双手抱的！”

“让他看看他认识不认识自己，”黑乎乎的鬼影一个个都这么说。

钟楼在他脚下裂开了一个口。他朝下一看，见到了自己的人影儿，躺在底下，在钟楼的外边：粉身碎骨，一动也不动。

“不是个活人！”“小步跑”喊道。“死了！”

“死了！”所有的鬼影齐声道。

“天哪！可是这新年——”

“过了，”鬼影说。

“什么！”他一阵颤栗道。“我走错路了，摸黑走到了钟楼外面，跌下来—— 一年之前？”

“九年了！”鬼影回答道。

鬼影一面说，一面收回了伸出来的手；刚才鬼影站的地方，现在悬的是大钟。

钟声响了；打钟的时候又到了。数不清的鬼又一次涌现在眼前；同先前一样，它们又各顾各忙碌起来；钟声停息之后，它们又逐渐消失，变得无影无踪。

“都是些什么玩意儿？”他问他的向导。“我没有发疯吧，他们都是些什么玩意儿？”

“大钟鬼。飘荡在空中的钟声，”那孩子答道。“它们的形体和它们做的事情，就是凡人的希望与思想，凡人头脑中积累的记忆生出这些大钟鬼来。”

“那么你，”“小步跑”粗鲁地问道，“你是什么东西？”

“别做声！”那孩子说。“瞧！”

在一间简陋破败的屋子里，她正在忙着刺绣，他以前经常看见这种绣品：出现在他眼前的是他自己亲爱的女儿梅格。他没有上前去亲她的脸，也没有上前去抱过她来贴着自己慈爱的心；他知道，这样的亲热对他来说已经是不可能的了。然而他抽抽噎噎，屏住气，揩拭了蒙住眼睛的泪水，以便让自己看着她，只要看上一眼。

啊！变了，变了。晶莹的双眼神采暗淡，两颊上的红润消退了。尽管她仍旧同以前一样美丽，然而那希望、希望、希望，啊，往昔那仿佛呼之欲出的活生生的希望到哪里去了？！

她停下手中的活儿抬起头来，眼睛望着一位同伴。顺着她的目光望去，老人吃惊地倒退了几步。

那成年妇女，他一眼就认出来了。他在那柔软光滑的长发上发现了同样的发卷；在她的嘴角，他发现她儿时的表情还在流连。瞧！她两眼带着询问的目光转向梅格，此刻，她眼角闪现的神情，正是他抱她回家时，她仔细端详梅格面孔时的神情！

他身边的又是什么？！

他肃然敬畏地望着身旁那小娃娃的脸，发现那脸上似乎有一种神情：一种缥缈的神情，隐隐约约，难以辨认，仅仅是一种能叫他记起那孩子的神情——就像那边的人影儿会叫他记起那孩子一样——然而这的确就是那孩子，一点儿也不差，穿着那件衣服。

听，她们在说话！

“梅格，”莉莲说，有些踌躇。“你常常停下手中的活儿，抬起头来看着我！”

“是不是我的容貌变了很多，叫你害怕了？”梅格问道。

“不是的，亲爱的梅格！是这么回事：你自己一面干活，一面老在笑！你看着我的时候怎么不笑，梅格？”

“笑的，不是吗？”她回答说，对她微微一笑。

“现在你笑了，”莉莲说，“可是，并不是常常这样的。当你见我忙着，没有注意你时，你的神情就变得那么焦虑，叫人疑惑，我真不敢抬起眼睛来看你。在这艰苦劳累的生活中，真也没有什么可叫人开颜一笑的，可是你原是很乐观的一个人。”

“我现在不吗？”梅格大声说道，语调中有着奇怪的惊恐，她站起身来搂着莉莲。“是我使我们令人困乏的生活变得叫你感到更加困乏了吗，莉莲？”

“有了你，那生活才配叫作生活，”莉莲热烈地吻她，说道，“梅格，有时候只因有了你，我才觉得还想这样活着。这样的活儿，这样的活儿！这么多钟点，这么多时日，这么多长长的夜晚，毫无希望、毫无生气、没完没了的活儿——累死累活不是为了发财，不是为了过舒适快活的日子，不是为了吃饱穿暖，即便仅是粗茶淡饭；只是为了挣几片面包，勉勉强强地活下去，再辛辛苦苦地干活，干了活也还是缺吃少穿，活在那里也只是让我们继续感到悲苦的命运的存在！啊，梅格，梅格！”她提高了声音，说话时紧紧搂着梅格，就像一个沉浸在痛苦中的人一样。“这冷酷的人世怎么会一面继续存在，一面又容忍这样的生活！”

“莉莲！”梅格安慰她道，一面将她那盖在湿润的脸上的头发往后掠去。“你看你，莉莲！你那么美丽，那么年轻！”

“啊，梅格！”她插话道，伸直了两臂拉着梅格，带着哀求的目光望着她的脸。“那是最不幸的、最不幸的！让我变老吧，梅格！让我形容枯槁、面庞憔悴吧，让我从正当我妙龄之际逗引我的那些可怕思绪中解脱出来吧！”

“小步跑”转身望着他的向导。可是小孩子的魂飞走了。消逝了。

他自己也不是站在同一个地方了；因为他只见在鲍莱宅邸大厅里，穷人的朋友与慈父约瑟夫·鲍莱爵士举行盛大庆祝活动，为爵士夫人祝寿。因为鲍莱爵士夫人出生在元旦（当地报纸认为，这是上帝在创造人类时，特为将一年中的第一天指定给鲍莱爵士夫人作为她的生日），所以这喜庆活动当然也就在元旦举行。

鲍莱宅邸大厅里宾客盈堂。那红脸先生在座，费勒先生在座，大人物丘特参事也在座——丘特参事与大人物总是息息相通的，那封热情周到的信助了他一臂之力，他与鲍莱爵士的关系大大地进了一步；其实从那时起，他已经俨然是鲍莱一家的亲密朋友了——还有许多客人在座。“小步跑”的鬼魂也到了大厅里，可怜的鬼魂，它在那里郁郁地飘游，寻找它的向导。

大厅里要举行盛大的宴会。在宴会上，约瑟夫·鲍莱爵士要以著名的“穷人的朋友和慈父”的身份发表非凡的演说；还要先散一些葡萄干布丁给另一间厅堂里的他那些朋友和孩子们吃；等到发出一定的信号，他这些朋友和孩子们就成群结队地进入大厅，与他们的朋友和慈父们一起全家大团圆，那时候，堂堂男子汉也无不因为激动而两眼湿润。

但热闹场面还不止这一些，还有更加热闹的在后面。从男爵、下院议员约瑟夫·鲍莱爵士要玩九柱戏[①]——名副其实的九柱

① 九柱戏（Skittles），或称撞柱戏，是一种沿着球道用球撞倒几个瓶状木柱的游戏。

戏——同他的佃户比赛！

“这倒叫我想起了那老练、强壮、直率的哈尔王①在位的时期。啊，多好的品格！”市府参事丘特说道。

“的确好，”费勒先生冷冰冰地说。“娶了女人，又将她们杀了。而且，娶的妻子大大超过了平均数字。”

“你将来也会娶漂亮的小姐，但不会杀了她们的，对吧，唔？”丘特参事这样问十二岁的鲍莱继承人。“可爱的孩子！很快，”丘特参事说道，他两手扶着孩子的肩膀，竭力装出沉思的神态，“这位少爷就要进入议会了。我们将听到他在选举中获胜的消息，听到他在议院发表演说，听到他得到内阁提名，得知他在各方面都取得辉煌成就；啊！我们也将在市议会上为他发表微不足道的演说，那是可以肯定的；这一切就将发生在不久的将来！”

“啊！有鞋袜穿的人说话口气多么不一样！”“小步跑”心中想道。可是他一心思念着那个孩子，因为他可怜那些既没有鞋子也没有袜子的男孩子，他们命中注定（参事老爷断言）要变坏，这些孩子可能就是可怜的梅格的孩子。

“理查德，”“小步跑”低声呼唤，一边在人群中来回游荡；“理查德在哪儿？我怎么找不到理查德！他在哪儿？”

即便他还活着，也不大可能到那里去的！可是“小步跑”心中的悲伤与孤独感弄得他糊涂了；他还是在服装艳丽的人群中游荡，寻找他的向导，嘴上不停地呼唤，“理查德在哪儿？让我见见理查德！”

他来回寻找着理查德；正在这个时候，他碰上了那机要秘书费希先生，只见他神色紧张。

“我的老天爷！”费希先生道。“丘特参事在哪儿？有谁见过丘特参事没有？”

见过丘特参事没有？啊，天哪！谁还会看不见参事先生？他

① 哈尔王，即英王亨利八世，他曾娶妻六人，并将其中两人砍头。

那么体谅人，那么平易近人，他总是那样念念不忘人们想要见见他这一当然的愿望，所以要说他还有什么不足之处的话，那就是他总是让人看见。鉴于大人物与大人物总是息息相通的，所以哪里有大人物露面，那里必然有丘特在场。

有几个声音大声说：他在围着约瑟夫爵士的那一群人里头。费希先生走到那边；找到了他之后就悄悄地把他拉到附近的窗口。“小步跑”也跟了过去。倒不是他自己要跟到那边去，他只觉得脚步自然地朝那边走去。

“我亲爱的丘特参事，”费希先生说。“请再朝这边过来一些。发生了一桩骇人听闻的事情，我刚刚接到这个消息。我想这事还是等过了今天再让约瑟夫爵士知道为好。您了解约瑟夫爵士，会告诉我您的意见。最骇人、最可怕的事件！”

“费希！”参事先生道，“费希！我的老兄，怎么一回事？我希望不是什么革命的事件吧！地方法官没——没遇到什么有预谋的阻扰吧？”

“迪德兹，那个银行家，”机要秘书气喘吁吁地说道。“迪德兹兄弟公司的——今天本来应该到这里来的——在哥尔斯密公司里担任要职——”

“无力支付？”参事先生大声说道。“这绝不会的！”

“开枪自杀了。”

“上帝哪！”

“在他自己的会计室里，他将一支双管手枪对准了自己的嘴巴，”费希先生说，“脑袋开花了。没有什么动机。富埒王侯！”

“富埒王侯！”参事大声说道。“一个家有巨资的人，一个人人敬仰的人。这么一个人，自杀了，费希先生！用自己的手！”

“就在今天早晨，”费希先生说。

“啊，这颗脑袋，这颗脑袋！”虔诚的参事先生举起双手说道。“啊，一根根的神经，一根根的神经；被叫作人的这架机器里的奥秘！喔，就这么一下子，这架机器就不动了；我们人真是可怜虫！也许是为了一顿晚餐，费希先生。也许是他儿子的行为不够检点，我听说他儿子很放肆，常擅自开账单叫老子付钱！一个人人敬仰的人。我所结识的人中，他是最叫人敬仰的！这是一件叫人痛心的事，费希先生。是社会的不幸！我一定要戴最重的孝。一个最叫人敬仰的人！但是还有上帝，费希先生。我们一定要服从上帝的意旨，一定要服从！”

什么，参事先生！怎么不说取缔了？法官先生，记住你的关于道德的大话。喂，参事先生！你用天平来称一称，将我和那贫苦妇人放在空的一端，我饿着肚子，而那贫苦妇人的生命之泉，饥饿带来的痛苦已经使生命之泉即乳汁枯竭了，任凭得到人类之母夏娃许可的孩子如何哇哇啼哭也吮不出一滴乳汁。你这个但以理[①]，待到你要作出评判的时候，你就将这两件评一评吧！当着成千成万受苦受难的人们的面，即当着你那叫人厌恶的笑剧的观众（并非漫不经心的观众）的面，你就评判吧！或者假设你丧失理智——虽不会到这个地步，但也是可能的——用两手卡住你那喉头，以此来警告你的伙伴（如果你有伙伴的话）他们是怎样在那些头脑昏乱和心头痛苦的人面前暴露了他们欺骗人的劣根性的。那将会怎么样呢？

这些话涌上了“小步跑”的心头，仿佛这些话是他心头另外一个声音说的。丘特参事郑重其事地对费希先生说，这一天过去之后，他一定帮助他把这一令人悲痛的巨大不幸告诉约瑟夫爵士。接着，在分手的时候，他紧紧握着费希先生的手，无比悲痛地说：“最令人敬仰的人！”又说他不知道（连他也不知道）世间为何竟容忍这样的痛苦折磨存在。

“即便人们以前不曾更加清楚地了解，那么现在这件事几乎足以叫人觉得，”参事先生说，“有时候，事物内部确实有某种带

---

① 但以理为《圣经 · 旧约 · 但以理书》所载之希伯来先知。莎士比亚喜剧《威尼斯商人》中借但以理喻正直的法官与具有非凡智慧的人。

有倾覆性的因素在活动着。这一活动影响到社会结构的经济基础。迪德兹兄弟公司，唉！”

九柱戏比赛取得了巨大成功。约瑟夫爵士技艺娴熟，柱子一个个都撞倒了。鲍莱少爷也玩了一局，距离则稍近些。人人都说，一个从男爵与一个从男爵少爷玩九柱戏，这说明这个国家正在相当快地振兴。

筵席适时地摆好了。“小步跑”不由自主地随着人群进入了大厅，因为他觉得有一个比他自己的自由意志更加强烈的推动力引着他到了厅内。两眼望去，只见一片喜气洋洋；女士们个个十分艳丽；宾客喜笑颜开，兴高采烈，和颜悦色。当穷人们那边的门一开，人们穿着粗布衣服，蜂拥而入，这一番美景此时达到了顶点。可是“小步跑”却反而愈加念叨起来：“理查德在哪儿？他该来帮帮她，安慰安慰她！我怎么找不到理查德！”

宴会上有几个人发表了演讲；人们为鲍莱爵士夫人的健康干杯；约瑟夫·鲍莱爵士对大家表示感谢，并发表了重要的讲话，以各种证据表明他生来就是穷人的朋友和慈父，如此等等；他提议为他的朋友和孩子们，为劳动的尊严，干杯。正在这个时候，大厅尽头一个小小的骚动吸引了托贝的注意。在一阵乱哄哄的闹腾、对抗之后，有一人推开了人群，站了出来。

不是理查德。不是。而是一个他好多回想到过、好多回寻找过的人。倘若是在灯光暗淡的地方，他或许会不相信这个面容憔悴的人，那么衰老，头发那么白，背那么驼，竟然就是他；但辉煌的灯光照亮了他的一头鬈发，所以他一走出来，“小步跑”就认出他就是威尔·费恩。

“这是怎么回事？”约瑟夫爵士大声问道，站起身来。“谁让这个人进来的？他是个逃犯！我说费希先生，请你——”

“等一等！”威尔·费恩说。“等一等！爵士夫人，你是与新年一起，在这一天诞生的。请允许我说几句话。”

她示意让他说下去。约瑟夫爵士重又坐回到他的座位上，面带生来就有的威严。

这位衣衫褴褛的客人——因为他穿得破破烂烂——向四周的人们看了看，恭恭敬敬地鞠了一个躬，表示敬意。

“先生们！”他说。“你们刚才为劳动者碰过杯。看看我吧！”

“刚从监狱里出来，”费希先生说。

“刚从监狱里出来，”威尔说。“这不是第一次了，也不是第二次，不是第三次，也不止是第四次。”

这时只听见费勒先生很不耐烦地说，四次已经超过了通常平均的次数了；还说威尔他自己应感到羞耻。

“先生们！”威尔·费恩又说。“看看我吧！你会看到我是处在最糟糕的境地，再没有什么可以伤害我了，你们的帮助对我也没用了。你们善良的话语、善良的举动可以对我有些益处的日子已经过去了，”——他捶着胸，晃着头，“那个日子已经过了，早就和去年的干豆和苜蓿的香味一块消失了。我要替这些人说几句话，”他指着大厅里的劳动者说；“你们聚在一块儿，就听一听这赤裸裸的事实真相吧，就这么一次。”

“这里谁也没有要他来当代言人，”主人说道。

“很可能的，约瑟夫爵士。我相信的。但我的话并不见得会因此而减少它的真实性。也许反而证明了我的话是真实的。先生们，这个地方我住了许多年了。从那边下陷的围墙望过去就看得见那间小屋了。我有好多好多回看见小姐们画画儿，画那间小屋。我听人说，画到画上很好看。不过，画上是没有气候变化的。兴许那间小屋更适合让人画，而不是让人住的。唉！我就住在那里面。我不说住那里面日子多么苦，我不说那日子有多辛酸。一年当中随便哪一天，每一天，你们可以自己去判断那是什么日子。”

他说话时候的心情，与“小步跑”那天夜里在街上见到他的时候一个样，但这时他说话的声音更加低沉，更加沙哑，不时有些颤抖；但是他没有激动地提高嗓门，他只是用坚定严肃的语气一件一件列举着事实，很少越出这条界线而大声叫嚷。

“先生们，要在这么个地方正派规矩地长大成人，可比你们想象的难多了。我在这个世上长大成人，而没有成为一个畜生，这为我作出了证明——证明了我的过去。而现在，别人已不能为我说话，也不能再为我做什么了，那已经是过去的事了。”

“我很高兴，让这个人到大厅里来了，”约瑟夫爵士安详地朝四面看了看说道。“别打搅他，让他说下去。这似乎也是天意如此。他是个例子，活生生的例子。我希望，也相信，并满怀信心地期望我在座的朋友们能因此而有所得。”

“我好坏也活过来了，”停了一会儿费恩说道。“我自己不知道，别人谁也不知道，我是怎么活过来的。可是生活太沉重了，我一点儿也笑不起来，也装不出高兴的样子。而你们这些先生们——你们这些围着桌子开会的先生们——你们见了脸上露出不满的人，就说，‘这人可疑。威尔·费恩叫我有些怀疑。这家伙要看着点儿！’先生们，我不是说这事儿有点别扭，我是说，事实是这么一回事。打从那时起，不管威尔·费恩干了也好，没干也好——都是一个样，没啥两样——他总是倒霉的。”

丘特参事将两个大拇指伸在背心口袋里，仰靠在椅子上，朝着邻近的那个吊灯直眨眼，一边笑着。那神情像是在说，“那还用说！我早说过。陈词滥调！天哪，我们老是忙于应付这类事情——我本人以及有人性的人，老在这上面忙着。”

“啊，先生们，”威尔·费恩伸开两手说道，憔悴的脸顿时涨红了，“当我们落到这个地步，看看你们又是怎样制定法律来追捕我们的。我想到别处谋生去，于是就成了个流浪汉。把他关起来！我回到了这里。在你们的树林子里拾坚果吃，攀断了一两根细树枝——谁还会不攀断的？把他关起来！你们有一个看林子的，在大白天看见我拿着枪在我自家那块园地附近。把他关起来！我放出来以后，自然免不了骂那人一句。把他关起来！我砍了一根棍子。把他关起来！我吃了一个烂苹果，或是一个萝卜什么的。把他关起来！我跑了二十里地，回家路上我向人要了一口吃的。把他关起来！到了最后，警察呀，看门的呀——随便什么人——只要见了我，不管我在做什么事儿，他们就说，把他关起来！因为他是谁都知道的流浪汉、惯犯。监牢就是他唯一的家。”

参事很有眼光地点点头，似乎是说，“而且还是个非常舒适的家呢！”

“我说这些是为自己辩护吗？！”费恩大声说。“谁能还我自由？谁能为我恢复名誉？谁能还我无辜的侄女？这么大的英国，所有的老爷和太太都办不到。可是，先生们，先生们，对许多像我这样的人，可不能再错了。在我们还在摇篮里的时候，就行个善，让我们住得好一点。我们干活是要活下去，那就让我们吃得好一点。我们做错了事，那就手下留情，让人回头。不要动不动就对我们说‘关起来，关起来，关起来’。你们要是能屈尊，一个劳动者，怎么会不非常乐意、非常感激地接受呢？因为他有一颗逆来顺受、安分守己、甘心情愿的心。但是你们先要让那应该属于他的灵魂回到他身上；因为，不管是像我这样贫困潦倒、被败坏了名声的人也好，还是像站在这里的任何一个人也好，他的灵魂现在是与你们隔绝的。先生们，让灵魂回来，让它回来！及时让它回来，要不然到了那一天，在他扭曲的心目中，连《圣经》也改了意思了，里面的话他听起来就成了：‘你往那里去，我便不能去；你在那里住宿，我便不能住；你的国不是我的国；你的上帝也不是我的上帝。’①在我看来有时候那里面的话就变成了这样——我关在监牢里时就是这样。”

大厅里突然间闹哄哄地骚动起来。“小步跑”起初以为几个人站起来要把那人扭出去；所以大厅里的气氛变了，但是定睛一

---

① 《圣经·旧约·路得记》第1章第16节：“路得说，不要催我回去不跟随你，你往那里去，我也往那里去。你在那里住宿，我也在那里住宿。你的国就是我的国，你的上帝就是我的上帝。”

看，那大厅，那人群，都不见了，眼前又看见他的女儿，坐在那里忙着手中的活儿。不过这一回是在一个比原先更加破旧，更加简陋的阁楼里，身边也不见莉莲。

莉莲刺绣时用的绣架搁置起来了，包盖好放在搁板上。她坐的那把椅子靠在墙边。在这一件件器具上，在梅格愁苦的脸上，记录了一段往事。啊！谁还会看不出记录在上面的那段往事！

梅格睁大眼睛，做着手中活儿，一直到天暗得看不见手中的线；入夜，她点起蜡烛，在昏黄的灯光下，又接着干起活儿来。她还是没有看见老父亲就在身边，俯视着她，他疼爱女儿——将她看作是心肝宝贝似的！——慈爱地向她说着过去的日子，说着教堂里的大钟。尽管可怜的"小步跑"心里明白，她是听不见他在说话的。

夜已经很深了，她听见有人敲门。她开了门。门口站着一个男人。那人没精打采的，心情郁闷，满脸醉态，衣着邋遢，因酒色无度而面容消瘦；头发打了结，从不曾梳过，乱蓬蓬的一脸胡子，从不曾剃过。但从那眉宇之间，还可以隐约看出，他年轻的时候倒是个体格强壮、仪表堂堂的人。

等到她点头允许了他才进屋来；她从门口倒退了几步，默默地、伤心地在一旁看着。"小步跑"如愿以偿了，他见到了理查德。

"我可以进来吗，玛格丽特？"

"进来吧！进来，请进来！"

幸亏理查德还未张口说话"小步跑"就认出他来了；因为，倘若"小步跑"当时心中还有一丝儿疑问，听了那粗厉刺耳的声音，他会觉得那不是理查德，而是另外一个人。

屋子里只有两把椅子。她让出自己的椅子给他坐，自己站在一旁，等着听他要说什么话。

然而他坐在那里，只是怔怔地望着地板，嘴角挂着一丝毫无光彩、若痴若呆的微笑。出现在她眼前的是如此不能自拔的堕落，如此不可救药的绝望，如此悲惨的毁灭，她见了这番情景，将两手遮住了脸，别过头去，免得他发现她是多么伤心。

听见她衣裙的窸窣声，也许是别的什么细小的响动，他惊醒了，抬起头来，开始问起话来，仿佛他进来之后两人一直在说话，并没有相对无言。

“还在干活呀，玛格丽特？这么晚了，你还在干活。”

“我惯常都干得很晚。”

“还起早干？”

“起早干。”

“她也这么说的。她说你从不知道累；你从来不承认你累了。你们俩住在一块儿那么久，你从没说过累。甚至当你又累又饿昏倒的时候，你也从没说过累。不过上次我来的时候已经同你说过这话了。”

“是说过，”她说。“我还求过你，不要再同我说什么了。你还郑重地答应了，理查德，你答应再也不说了。”

“是郑重答应过，”他重复说，一边痴笑，一边怔怔地空瞪着两眼。“郑重答应过。那是没错的。郑重答应过！”过了一会儿，又仿佛是醒过来了，回到了先前那个神态；他蓦地一阵兴奋，说道：

“你说我该怎么办？怎么办？玛格丽特，她又来过了！”

“又来过了！”梅格大声道，紧握着两手。“哦，她老是想我！又来过了！”

“又来过几十回了，”理查德说。“玛格丽特，她老缠着我。在街上走的时候她躲在我身后边，把这件东西塞到我手里。我干活的时候（哈，哈！不是常常有活儿干的），听见她踩着炉灰的声音，我还没来得及转过头去，就听见她说，‘理查德，别回头看。看在上帝面上，把这东西给她！’她把东西送到我住的地方来；她从信里寄来；她敲敲窗，把这东西放在窗台上。我可怎么办？你看上一眼吧！”

他把手中的一个小钱包递过来，他晃了晃里面装了钱的钱包，只听得丁丁的声音。

“收起来，”梅格大声道。“收起来！理查德，她要是再来，告诉她，理查德，我打心眼里爱她。我躺在床上没有一夜不在为她祝福，为她祈祷。我一个人干活的时候，心里也总想着她。她白天黑夜都同我在一块儿。要是我明天就死，还有最后一口气我也记着她。可是，你同她说，这东西我是不能看的！”

他慢慢地将手又缩回来，紧紧捏住钱包。他带着一种迟缓的思索的神态说道：

“我同她是这样说的。我是这样说的，说得明明白白的。那以后有十来回我把这礼物拿回去，放在她的门口。可是她终于又来了，面对面地站在我跟前，我怎么办呢？”

“你看到她了！”梅格高声道。“你看到她了！啊，莉莲，我的好莉莲！啊，莉莲！莉莲！”

“我见到她了，”他接着说道，但这不是在回答她的话，而是迟缓地顺着自己原来的思路往下说。“她站在那里，浑身哆嗦！‘她现在是什么模样，理查德？她说到过我没有？她又瘦了吗？我靠桌子坐的那个老地方，那里现在放什么了？她教我刺绣时用的那绣架——她烧了吗，理查德？’她就是这样说的。我听见她说这些话的。”

梅格竭力不让自己哭出声音来，她站在他背后，躬身在听他说着，泪如泉涌，一字一句听得很仔细。

他坐在椅子上，两臂撑在膝盖上，俯着上身，仿佛他说的话都写在地上，而且字迹难以辨认，他要做的事就是一字字辨认出来，联字成句。他接着说道：

“‘理查德，我已经堕落下去了；你可以猜想得到，当我好不容易鼓起勇气亲手把这件东西交给你，却眼看着这件东西被退回来，我心里是多么难受啊！可是，就连我也记得，你是非常爱她的。在你们俩的爱情中来了别的人；恐惧，嫉妒，疑虑，虚荣，将你与她分开了，中间产生了隔膜。可是你确实是爱过她的，连我也记得！’我想我是爱过你的，”他打断了自己的叙述，插了几句话，“我是爱过你的！不过，这话离题了。‘喔，理查德，要是你确实爱过她，要是已经失去的往昔你还记得一点，那么你再去一次把这钱包拿给她。再送一次！你告诉她，我是怎样将头靠在你的肩上恳求你的，那也许是她的头曾靠过的地方，理查德，而且那样的恭顺。你同她说，你注视我的脸，发现她过去常夸的美貌已经消逝了；全都消逝了。这张脸上现在只有丑陋、苍白、凹陷的双颊，她见了会伤心痛哭的。什么都同她说吧，把这钱包拿回去，她不会再拒绝的。她不会那样狠心的！’”

于是，他坐在那里沉思起来，嘴里不住地重复那最后一句话，后来他又清醒过来，站起身来。

“你不肯收下，玛格丽特？”

她摇了摇头，示意请他离开她。

“晚安，玛格丽特。”

“晚安！”

他转过身来望着她：她的悲伤，也许还有她那颤抖的话声中流露出来的对他本人的同情，深深地触动了他。那是一刹那间的触动；他昔日的举止神态一时在他那身上闪现出来。转眼之间他又带着刚进来时的神态，走了。一团被扑灭了的火闪现出来的这么一点儿微光，似乎并未能照亮他的心头，叫他对自己品格的堕落稍稍有所觉察。

不管是怎样的心绪，不管怎样悲伤，不管她的身心遭到怎样的折磨，梅格的活儿还得干下去。她坐下来拿起活儿，拼命地干起来。夜，已经是午夜了。她仍旧在干着活儿。

炉火并不旺，尽管夜是那样的冷；她不时起身拨一拨火。她干呀干呀，教堂的大钟敲响十二点半钟了。钟声停后，她听见轻轻的敲门声。她还没来得及对这样一个时刻竟会有人来敲门感到惊诧，门已经开了。

啊，青春与美貌，尽管你像应有的那样幸福，但是来看一看这个人吧。啊，青春与美貌，你即是福，并在你力所能及的范围内赐福予人，你努力要达到你的仁慈的创造者的目标，但是你来看一看！

她看见了从门口进来的那个人影，尖叫一声，喊出了那人的名字："莉莲！"

那人影儿来得很快，跪在她的面前，紧紧拉着她的衣裙。

"起来，亲爱的！起来，莉莲！我最亲爱的莉莲！"

"别拉我起来了，梅格；别再拉我了！啊！啊！我紧紧靠着你，拉着你，我的脸上感觉到了你呼出来的热气！"

"亲爱的莉莲！我的宝贝莉莲！我心爱的孩子——没有一个母亲的爱比我的深——把你的头靠在我的胸脯上吧！"

"别拉我，梅格。不要再拉我了！我第一次看着你的脸的时候，是你跪在我面前。现在让我跪在你的面前死去吧。就死在你面前吧！"

"你已经回来了。我的心肝宝贝！我们要一块儿活下去，一块儿干活，一块儿盼着，一块儿死！"

"啊！亲一亲我的嘴唇吧，梅格；双手搂着我；把我紧紧地抱在你胸前；亲亲热热地看着我；可是别拉我起来。让我跪着吧。让我跪着最后看一眼你那可亲的脸吧！"

啊，青春与美貌，尽管你应该幸福，但是你来看一看！啊，青春与美貌，你努力要达到你的仁慈的创造者要达到的目标，你来看一看！

"饶恕我吧，梅格！亲爱的，亲爱的！饶恕我吧！我知道你已经饶恕我了，我看出你已经饶恕我了，可是你说一声饶恕我吧，梅格！"

她说了，她的双唇贴在莉莲的面颊上。她双臂搂着——她现在明白了—— 一颗破碎了的心。

"上帝赐福予你，亲爱的。再吻我一吻吧！他让她坐在他的脚边，用她的头发擦干他的脚。[1]啊，梅格，上帝是多么仁慈与怜悯！”

当她死去时，那孩子的幽灵回来了，天真无邪，满面红光，它用手碰了一下老人，示意他离去。

---

① 《圣经·新约·路加福音》第7章第37至50节中说，耶稣到法利赛人家里去坐席时，有一女罪人站在他背后，挨着他的脚哭，眼泪湿了耶稣的脚，就用自己的头发擦干，又用嘴亲吻他的脚，给他抹上香膏。于是耶稣赦免了她的罪，因为她的爱多。

第四章

他似乎又看到教堂大钟里的鬼影；又隐约听到那大钟的叮当声；他有一些想起来就头昏目眩的感觉，只知道他看见过一群群鬼怪蜂拥而来，一而再，再而三地出现，密密麻麻，多得记都记不清了；还有一种匆匆得来的印象，即时间已过去好多年了，而这印象是怎么得来的，他并不知道；就在这时，“小步跑”在小孩子的鬼魂陪同下，在一旁观看一对人间的伴侣。

他们是大腹便便的人，满面红光的人，无忧无虑的人。他们只有两个人，脸上的红润却抵得上十个人。他们坐在通红的火炉边上，两人中间放着一张低矮的小桌子。倘若不是热茶与小松糕的香气在这间屋子里比在随便哪间屋子都更加不容易散去，便是这张桌子刚刚还摆过茶点。然而，杯盘之类的餐具干干净净的，放在屋角的碗橱里，井井有条；烤面包用的铜叉挂在角落里的那个老地方，伸开四只懒洋洋的手指，仿佛是等着量尺寸做手套；自由自在的猫儿喵喵地叫着，不停地洗着胡子，猫儿的主人家不但满脸油光光，而且神态悠悠然，此外看不出有什么刚用过餐的样子。

烤火烤得暖烘烘的一对儿（一眼就看得出他们是一对夫妻）坐在炉火前，一人一边，均匀地分享炉火。他们坐在那里看着通红的小块火炭从炉膛里落下来；时而打个盹，时而因为一块比较大的炽热的火炭骨碌一声落下来，仿佛炉膛里的火全都跟着塌下来一般，他们又睁开眼睛。

不过那炉火倒没有顷刻之间就会熄灭的危险；因为炉火不只照红了小房间，照红了门上的窗格玻璃，照红了半遮的门帘，还透过门上的玻璃照亮了外边的店堂。这是一间小店铺，上上下下摆满了货物，拥挤不堪。这间小店铺胃口又非常大，就像一条鲨鱼，什么都吃得下，肚子总是填得满满的。奶酪，黄油，木柴，肥皂，泡菜，火柴，咸肉，啤酒，陀螺，糖果，风筝，鸟食，熟火腿，扫帚，磨石，盐，醋，黑鞋油，熏青鱼，文具，猪油，蘑菇番茄酱，女人腰带，面包，羽毛球，鸡蛋，石笔；这家贪婪的小店进货多多益善，来者不拒，真是进了网的都要，只要是鱼，什么东西都在这家店的“网”罗之内。店里还有多少种其他小商品倒也难说，不过，天花板上挂满了一团团包扎物品用的绳子、一串串洋葱头、一包包蜡烛、一个个装卷心菜用的网袋、一把把刷子，串在一起，就像珍奇的水果。而那些奇奇怪怪各色罐子散发出各种香味，说明店门上写的是名副其实的，这家小店铺的老板是有营业许可证的茶叶、咖啡、烟草、胡椒、鼻烟经销者。

炉火通红，而店堂里两盏冒烟的灯，光线暗得多了，灯光昏黄，只能照得见店堂，仿佛小店铺货物太多了，压得两只肺直吐气：那两盏灯在不停地冒烟。“小步跑”看了一眼火光与灯光照见的那些货物，又看了一眼火炉边的那两张脸，一下子就认出了那位矮矮胖胖的老太太，她就是奇肯斯托克太太。她老是在发胖，就是在过去，在他认识她的那些日子里，她也老是在发胖。她那时开着一家杂货店，她的账本上还记着他欠她的一小笔账。

根据她那老伴儿的五官特征，“小步跑”倒不大容易认出他是谁。那人下巴宽大，肥肉折叠在一起，里面足足可以藏得下一个手指头。两只惊诧的眼睛仿佛在警告自己，因为它们在那张柔软的面孔上越来越嵌进软绵绵的肥肉里去了。鼻子的功能失调——通常名之曰鼻塞，叫那个鼻子受尽了折磨。他喉咙短而粗，胸脯起伏，呼吸吃力。类似的妙处还可以说一些。凭着这些原是可以得到一个深刻的印象的，然而“小步跑”起初怎么也不能将这些特征与他认识的人联系起来。不过这些特征他也记得一些。终于，他认出来了，这个与奇肯斯托克太太合伙开店的人、与她结伴走在曲折而坎坷的人生道路上的人，就是以前给约瑟夫·鲍莱爵士看门的人。他是个得了中风的蠢货，几年以前，他在“小步跑”的脑子里与奇肯斯托克太太联系在一起，因为是他让“小步跑”进了那座大宅。就在那大宅里，“小步跑”说过他欠了那位奇肯斯托克太太一笔债，因此倒霉的“小步跑”还被痛骂了一顿。

在亲身经历了沧海桑田的变迁之后，对于这么一个变化“小步跑”并没有多大兴趣；然而联想有时候是非常强烈的。他不自觉地看了看店堂门后边，因为顾客欠的账通常都用粉笔写在那里。那上面没有他的名字。名字倒是有几个，但他看上去都感到陌生，而且写的名字也比先前少得多了。根据这件事情“小步跑”心里琢磨，那守门人一定是主张买卖须付现钱的，自他接手小店生意后，对那些拖欠奇肯斯托克账的人就毫不含糊了。

“小步跑”心头感到非常孤独凄凉，为他那可怜的孩子失却了青春与希望而感到悲伤，此刻见到奇肯斯托克太太的账单上都没有了他的地位，对他也成了一件伤心的事情。

“今晚天气怎么样，安？”约瑟夫·鲍莱爵士先前的守门人问道。他将两条腿伸到火炉边上，同时举起两条短臂，尽其所长伸到腿上，来回地在腿上搓着。他那神情似乎在说："家里再坏我也呆着，外边再好我也不出去。"

"外边刮着大风，下着雨，"他妻子回答道，"天看样子要下雪了。黑洞洞的，冷得很。"

"一想到我们吃过了松糕我就乐了，"这位曾给人看过门的人，用问心无愧的人的语调说道。"这样的夜，吃松糕最好。要不就是烤饼。滚烫的甜茶点也行。"

这位曾给人看过门的人，一件件说出好吃的东西，仿佛他在一面思索一面归纳他的善行。归纳完了之后他又同先前一样，用双手去搓他的肥腿，并曲起膝盖，去烤大腿上还没有烤到火的部分，还不住地笑，仿佛有人在呵他的痒。

"塔戈贝，我亲爱的，你兴致很高，"他妻子说。

这家店以前名叫奇肯斯托克，现在叫塔戈贝。

"倒不是兴致高，"塔戈贝说道。"不是的。倒不是兴致高，只是有一点儿开心。小松糕做得正配我的胃口！"

说完话他抿嘴笑起来，笑得面孔发紫；为了要叫面孔转变成其他颜色，他费了那么大的力气，弄得两条肥腿在空中那样奇怪地舞动起来。塔戈贝太太拼命捶他的脊背，又将他当作一只大瓶子一样使劲摇晃，又是捶又是摇，他才把两条舞动的腿放下来。

"哎哟，我的老天爷，快来行行好哟，救救我这位冤家！"塔戈贝太太吓得直嚷。"他这是怎么啦？"

塔戈贝先生擦着眼睛，嘴里有气无力地重复说，他觉得自己有点儿开心。

"哎哟，谢天谢地，我求求你别再来这么一下子了，"塔戈贝太太说道，"要是你不想再那样手舞足蹈地挣扎，把我吓得要死，求求你不要再来了！"

塔戈贝先生说他不会再来这么一下子了；然而他的整个生存即是挣扎；倘若可以根据他挣扎得气越来越短，脸色越来越可怕这件事作出判断，那就是他挣扎到末了总是败北的。

“哦，外边刮着大风，下着雨，天看样子要下雪了；黑洞洞的，冷得很，是这样吗，亲爱的？”塔戈贝先生望着炉火，这么说道，又回复到他一时开心的最得意心境。

“真是叫人难受的天气，”他妻子道，一边摇着头。

“是啊，是啊！要说难受，这岁月就像基督徒一样，”塔戈贝先生说。“有的人临死还要挣扎，不肯归天；有的人说死就死了。这一年没几天可活了，正在挣扎呢。我倒是更喜欢今年这个年头。有人来买东西了，亲爱的！”

塔戈贝太太留神着门上的响声，早已站起身来。

“来了！”塔戈贝太太说，走进小小的店堂。“买什么？哦！对不起，先生，真是的。我不知道是您。”

她向一位穿黑服的先生道了个歉。那人卷着袖口，帽子朝一旁歪戴着，两手插在衣袋里。他进了门就分开两腿骑在啤酒桶上，一面点头表示回礼。

“楼上的事不妙，塔戈贝太太，”那先生说道。“那人活不了啦。”

“不是后阁楼的那个吧！”塔戈贝走进店堂叫道。

“后阁楼那个，塔戈贝先生，”那先生道，“就要下楼了，很快就要入土啦。”

他看看塔戈贝，又看看塔戈贝的妻子，用指关节敲敲酒桶，听听里面的酒满到哪里；听出酒的深浅之后，他在酒桶空的那一部分上有节奏地敲着。

塔戈贝愣愣地站在那里，说不出话来；过了一会儿那人说道：“塔戈贝先生，后阁楼那个人就要死了。”

“那么，在他还没有死的时候，”塔戈贝转身望着他的妻子说，“就叫他走吧。”

“我看你们不能叫他换个地方，”那先生摇摇头说。“我可不能说这样的话，那个责任我本人不能承担。还是让他在那个地方待着的好。他活不了多久了。”

塔戈贝一拳砸在称黄油的秤盘上，秤“啪”的一声落在柜台上，他说，“我们吵过架的事就这么一件，我跟她。瞧，现在是个什么结果！他到底还是要死在这里了。就死在屋子里。死在我们的屋子里。”

“那他该到哪里去死呢，塔戈贝？”他妻子嚷道。

“救济院！”他说。“否则要救济院做什么？”

“办救济院不是为这个！”塔戈贝太太很有力地说。“不是为这个！我嫁给你也不是要叫他进救济院。塔戈贝，你想都别想。我绝不会同意。我绝不允许。我宁可和你离婚，再也不见你的面。自从我这个寡妇的名字写在店门上以来，这么多年了，都写着我的名字，这房子谁不知道是奇肯斯托克太太的杂货店，远近谁不知道这家店铺是光明正大，名声儿响当当的。当还是我这寡妇的名字写在店门上的时候，塔戈贝，我就认识他了，他是个仪表堂堂、稳重踏实、有气魄、有主见的小伙子；而她是我见过的最秀丽、最温顺的姑娘；她爸爸（可怜这老头儿，梦游到教堂顶楼，摔下来死了），她爸爸是世上最纯朴、最勤劳、最老实的人了。我要是把他们赶出我的房子，赶出我的家，那就让天使把我赶出天堂吧。赶出天堂！我活该这样！”

在经历这一番变迁之前，她脸儿丰满，长着笑窝，现在这张脸儿衰老了。她说着这一连串的话的时候，这张衰老的脸似乎又焕发出了光彩。她擦干了眼泪，朝着塔戈贝摇头，朝着他挥舞手绢，脸上露出坚决的表情。显而易见，她态度的坚决是无法轻易抗拒的。“小步跑”说道，“上帝保佑她！上帝保佑她！”

他听着，看还要发生什么事，心怦怦直跳。但他只知道他们在说梅格，什么事却还没弄明白。

如果说塔戈贝在客堂间还有一点儿开心，那么此刻在店堂里已经是垂头丧气，看不到一点儿开心的影子了：他站在那里，目不转睛地望着他的妻子，不敢出声儿；然而，他眼睛看着她的时候，暗地里却将钱盒里所有的钱都往自己衣袋里装——倘若不是跑了魂儿，那必定是未雨绸缪，有所打算了。骑在啤酒桶上的先生看样子是当局指定为穷人看病的医生，显而易见，对于夫妻间的小小争论他见得很多，此时他一句话也没有插嘴。他坐在那里轻声吹着口哨，打开啤酒桶的龙头开关，让啤酒一小滴一小滴地滴到地上，等到那夫妻俩完全平静下来了，他才抬起头来，对塔戈贝太太，即先前的奇肯斯托克太太说：

“这个女人的事情到现在还叫人觉得有些意思。她怎么会同他结婚的？”

“哦，先生，”塔戈贝太太坐到他旁边的一把椅子上说道，“那是她身世中叫人非常痛苦的一段往事。您知道，很多年前她就与理查德相爱。在这一对儿还年轻漂亮的时候，一切都说定了，要在那年元旦成亲。可是不知怎么的，理查德听了老爷们说的话之后，心里就觉得他自己或许会有大出息，结了婚很快就会后悔的，她也不大配得上他，觉得有志气的年轻人是不该结婚的。那些老爷们还吓唬她，弄得她愁眉苦脸的，生怕被他抛弃了，怕即便结了婚，生出来的孩子也是要杀头的，还怕想要夫妻一场是邪恶的念头；还有不少别的呢。一句话，他们就这么一天一天地拖呀拖的，弄得你不相信我，我不相信你，最后两人的婚事就这么吹了。不过这事儿是他的不是。先生，她本来是会高高兴兴地同他结婚的。后来多少次见他走过她身边昂头翘尾的，像是没事儿的一般，我看她心都要碎了。当他开始走上邪路时，她为他真正感到痛心，没有哪个女人为男人做错事而像她那样痛心的。”

“哦！他走上邪路了，是吗？”那先生说道，一边将啤酒桶上的通气孔塞子拔出来，眯起眼来在气孔上往桶里看。

“这事儿么，先生，我看他自己也说不清到底怎么了。我看，他们俩闹翻了之后，他心里头老为这事苦恼。他是生怕在那些老爷们面前抬不起头来，或许也因为没有把握，不知梅格肯不肯。不然的话，我看为了要梅格再答应同他结婚，他是什么苦都吃得起，什么考验也经得起的，我看他会的。他倒没有说过一个字，那就越发可怜了！他整天喝酒，闲逛，同不三不四的人来往；他什么都学会了，对他来说，这一切倒比本来会有的家还要有意思。相貌变了，名声坏了，身体垮了，力气没有了，朋友没有了，工作没有了：什么都没有了！”

“他并不是什么都没有了，塔戈贝太太，”那先生接话道，“因为他有了一位太太；我想知道他是怎么弄到她的。”

“我过一会儿就要说这事了，先生。他就这样过了好多好多年。他越来越堕落了；她真可怜见儿的，熬够了苦日子，结果光阴就这么消磨了。到最后，他萎靡不振，孤苦伶仃，弄得谁也不叫他干活，也没有人来理他了。他到哪里，哪里就对他关上大门。他从这个地方到那个地方，从这一家到那一家，到处找工作，又第一百回找到多次试用过他的那位先生（他干活可始终不马虎）。他知道他过去的事情。那位先生被他惹得又气又烦，就对他说，‘我看你是不可救药的了，世上只有一个人或许可以挽救你。如果她不能相信你，你就不要再来求我相信你了。’大概意思就是这么说的。”

“喔！”那先生道。“那么后来呢？”

“后来他去找她，跪下来求她，他说是这么回事，一直是这么回事，求她救救他。”

“她呢？——你别难过，塔戈贝太太。”

“她那天夜里找到我家，说是要住到这里来。‘他过去看到的我，’她说，‘跟我过去看到的他，都一块儿埋进坟墓了。可是这事儿我也琢磨过；我就试试看。为了救他，为了那个原来要在过新年时结婚的无忧无虑的姑娘（你记得她），也为她的理查德，我就试试看吧。’她还说他曾为莉莲给她送过东西，莉莲相信他，她怎么也忘不了这个。就这样他们结婚了；他们到了我家，我见着他们的时候，我就希望，过去他们年轻时叫他们分开的预言，不会像通常在这种事情上那样灵验，不然的话，就算给我一座大金矿，我也不会做这样的预言的。”

那先生从酒桶上下来，伸了伸懒腰，说：

“我看他们一结婚他就虐待她了，是不是？”

“我看那倒没有，”塔戈贝太太摇摇头道，一面擦着眼泪。“有过这么一阵子，他比以前变好了一点；可是他的习气养成这么长日子了，很顽固，改不了；不久，那旧习又犯了；到了病一重，他很快又回到老路上去了。我想，他一直是怜爱她的。我肯定他是的。我亲眼见过他发起病来大哭大闹、浑身哆嗦的时候，还一个劲要吻她的手，听见他叫她‘梅格’，还说是她的十九岁生日。他就躺在那里，到现在几个星期、几个月过去了。她忙着照料他和孩子，一直无法再干她过去干的活儿。况且她是停停干干的，就算还能干活，也没人给她活儿了。我真不知道他们怎么生活过来的！”

“我知道，”塔戈贝先生轻声说；他看看钱盒，看看店堂，又看看他的妻子；他晃动着脑袋，露出非常有才智的样子。“就像好斗的公鸡！”

他的话被楼上传来的一声叫喊打断了——这是一声很悲痛的叫喊。那先生匆忙走到门的旁边。

“我的朋友，”他回过头来说，“他要不要搬个地方你们就不必再商量了。我看你们已经给免了这番心思了。”

说完他就奔上楼去，后面跟着塔戈贝太太；而塔戈贝先生则在他们后面不慌不忙地喘着气，嘴里咕哝着。本来装着许多铜币的钱盒的重量现在压到了他身上，使他感到已经不只是通常那样的气急了。“小步跑”同那孩子一起，像一阵风似的，飘然上了楼。

“跟着她！跟着她！跟着她！”他上楼的时候听得大钟鬼的叫声在一遍一遍地重复着。“从你心中最亲爱的人那里去记取教训！”

完了，已经完了。那就是她，她是她爸爸的骄傲与欢乐！这个面容消瘦、一脸愁容的女人，在床边——倘若还能叫作床——哭泣，紧紧抱着一个婴孩，低头偎依着她。谁能说得出这婴孩是多么面黄肌瘦，多么可怜！谁又能说得出有多么亲！

“感谢上帝！”“小步跑”举起交叉着的两手，大声道。“啊，感谢上帝！她爱她的孩子！”那位先生此刻见了这情景也只是一样的冷漠，一样的无动于衷，这种场面他是天天见的。他心里也明白，在费勒先生的统计数字里，这么个把人是微不足道的——他计算的时候只不过多划几笔罢了。那先生把手放在那人胸口上。心已经停止跳动了。他又听听呼吸，然后说，“他已经没有痛苦了。这样倒更好！”塔戈贝太太用好意的话来安慰她，塔戈贝先生则向她说着大道理。

“别难过，别难过！”他说道，两手插在衣袋里。“你可不能自暴自弃，懂吗？那样可不行。你要振作起来。我在当守门人的时候，有一夜在门口惊了六匹马！如果我也自暴自弃，那我会有什么结果呢？但是我依靠意志的力量，连门都不去开！”

“小步跑”又听见有声音在说，“跟着她！”他转身去看他的向导，见它从他身旁腾空升起，向空中飞去。“跟着她！”它说，说完就不见了。

他在她身边徘徊；坐在她的脚边；抬头望着她的脸，想寻觅她先前模样的一丝儿痕迹；想听出她先前悦耳的嗓音。他在那孩子身边盘旋；那孩子面黄肌瘦，未成人就已经开始衰老，不哭的时候是那样的骇人，无力、悲痛、凄苦地嚎哭的时候又是那样的悲哀。他几乎将那孩子奉若神明。他依恋着这孩子，将孩子看作是她唯一的保护者，孩子是将她与忍耐连在一起的未断的最后一环。在这孱弱的孩子的身上，他寄托了他作为一个父亲所抱有的希望与信任。她将孩子抱在怀里时投在孩子身上的每一道目光，他都注视着。他无数次喊着，“她爱这个孩子！感谢上帝，她爱这个孩子！”

他看见塔戈贝太太夜间看护着她；当她那吝啬的男人入睡之后，万籁俱寂时，她又回到她的身旁，鼓励她，与她一起流泪，还拿食物放在她面前。他看见天亮了；他又看见天黑了；白天黑夜，时光在流逝；死亡笼罩的屋子摆脱了死亡；那屋子里只剩下她和那孩子。他听见孩子在呻吟，在哭叫。他看见孩子缠着她，吵得她精疲力竭；她累得睡过去之后，那孩子又吵醒了她，用那小手将她带回到痛苦中来。然而，对孩子她始终是那样温顺，那样耐心。耐心！她从心底里，从她灵魂的深处疼爱她的孩子，当孩子还在母腹中骚动之时，她就与孩子相依为命了。

她一直十分贫困：在悲苦难熬的贫困之中，她越来越憔悴了。她怀抱着婴孩，到处流浪找活儿干。她一边干活一边让那孩子消瘦的小脸紧贴在她的膝头，望着她自己的脸。她什么活都干，不管能挣几文钱，她都干。一天一夜的劳苦，只能挣得几文钱，数目也只不过是钟面上的那几个数字。倘若她为孩子而烦恼，倘若她心中没有这孩子，倘若她对这个孩子有一闪而过的憎恨，倘若她一时动了怒动手打了这孩子！然而，没有。他心中有了慰藉：她始终爱这个孩子。

她同谁都没有说起过她的窘况。白天她就离家到外面流浪，免得她那唯一的朋友来询问情况：因为她从她那里得到的任何一点帮助，都会引起那个善良的女人与她丈夫之间新的争吵。成为人家天天争吵与不睦的根由，而她对这一家又是感恩戴德的，这就是新的痛苦。

她仍旧爱这个孩子。她越来越爱这个孩子。然而她对于这个孩子的爱发生了一个变化。那是发生在一个夜晚。

她低声对入睡的孩子哼着歌，一边来回地走着哄她，正在这时，那门轻轻地推开了，进来了一个男人。

“最后一回了，”他说道。

“威尔·费恩！”

“最后一回了。”

他竖起耳朵听着，仿佛有人在追他：他悄声地说话。

“玛格丽特，我这一生的路差不多跑到头了。不来同你告别，不来道个谢，我是不能跑到尽头的。”

“你干了什么事了？”她问道，惊恐地望着他。

他望着她，但没有回答。

短时间的沉默之后，他做了个手势，仿佛是要将她的问题搁置起来，仿佛不想理睬她的问题。他说：

“那是很久以前的事了，玛格丽特。可是那天夜晚的事，我现在还记得很清楚，同当初一样。那时候我们想都没有想过，”他朝周围看了一看又说，“我们竟会这样见面。是你的孩子吗，玛格丽特？我来抱抱他。我来抱抱你的孩子。”

他把帽子放在地板上，抱过孩子。抱过孩子的时候他浑身哆嗦。

“是个姑娘吗？”

“是的。”

他用手遮住孩子的脸。

“玛格丽特，你看我是多么软弱！我需要鼓起勇气才能看看这孩子。她不要紧，让我抱一会儿。我不会碰痛她的。那是很久以前的事了，不过——孩子起了个什么名字？”

“叫玛格丽特，”她很快答道。

“我很高兴，”他说。“听了这个名字我很高兴！”

他的呼吸好像变得自然一些了；又沉默了一会儿，他将那只手移开，望着那婴孩的脸，但很快又用手遮住孩子的脸。

“玛格丽特！”他说，把孩子交还给她。“这孩子是莉莲的。”

“莉莲的！”

“莉莲的妈妈死后丢下她的时候，我抱在怀里的莉莲就是这样的一张脸。”

“莉莲的妈妈死后丢下她的时候！”她发疯似的重复道。

“啊，你说话的声音怎么这样尖厉！眼睛干吗这样盯着我？玛格丽特！”

她坐到一把椅子上，将孩子紧紧地贴着自己的胸脯，对着孩子流下了眼泪。一会儿她将抱着孩子的双手松开了，焦灼地望着孩子的脸，一会儿又紧紧抱在怀里。在她双眼紧盯着孩子的时候，在她对孩子的爱中夹杂着某种狂热与可怕的东西。这时候，她年迈的父亲骇怕了。

“跟着她！”那声音响遍了整座屋子。“从你最亲爱的人那里吸取教训！”

“玛格丽特，”费恩说道，一面俯下身子，吻了吻她的额头。“我最后一回感谢你。晚安。再见啦！我们拉一下手，答应我，你从现在开始就把我忘了，就当我的一生到这里结束了。”

“你做了什么事了？”她又问道。

“今晚有一场大火，”他说，从她身边走开。“在这严冬的季节里各地将有大火，把黑夜照亮，东、南、西、北，从各个方向照亮。你要是看见远处天空红了，那就是熊熊大火在燃烧。你看见远处天空红的时候，就别再想起我了；要是你还想起我，你就记着，我的心头也燃着熊熊烈火，你就知道，你看见的是我心头的熊熊烈火在云层中的反射。晚安。再见啦！”

她在后面喊他；可是他去了。她坐下来，呆若木鸡。后来她怀里的婴孩惊醒了她，她觉得饿了，觉得冷，眼前一片漆黑。在这漫长的夜晚，她抱着孩子在屋子里来回踱着，哄着孩子入睡。她不时说着，“她妈妈死后丢下她的时候，莉莲也是这个模样！”每当她重复说着这些话的时候，为何她的脚步就那么快，目光那么凶狠，她的爱那么狂热、那么可怕？

“可是这是爱，”“小步跑”说。“这是爱。她决不会不爱那孩子的。我可怜的梅格！”

第二天早晨，她给孩子穿衣服异常地小心——唉，这么破烂的衣服，还这么小心翼翼地替孩子穿，真是白费心了！——然后又一次出去找些糊口的活儿。那是旧年的最后一天。一直到夜晚，她什么也没有吃过，什么活儿也没找到。

她走到一群凄苦的人群里，他们一直在雪地里待着，后来某个被指定分发公共施舍（即依法行事的施舍；并非耶稣讲道中说的施舍）的官员一时高兴，叫他们进去，盘问了一番之后，对这个人说，“到某某地方去，”对那个说，“下周再来；”又把另一个可怜的人当作一只皮球，踢到东踢到西，叫他去找这个，去找那个，把他从这幢房子踢到那幢房子，直至那可怜的人被折磨得疲惫不堪，倒下来死去；或者是他站起来，去做强盗，成为一名高一等的罪犯，那时他要什么马上就得给什么。在这里，她也一无所获。

她爱她的孩子，总是希望这孩子偎在她的胸口上，只要能这样就满足了。

这是一个萧瑟的夜，黑暗的夜，寒风刺骨的夜。她紧紧地将孩子抱在怀里，让孩子暖和着，来到了她称之为自己的家的那所房子外边。她身体孱弱，头昏眼花，所以她一点也没有看见在门口站着一个人，直到她走近门口、就要进屋的时候，才认出那是这屋子的主人。他用那样的姿势站在门口——他那个身材要这样站毫无困难——正好将整个门口堵住了。

“哦！”他轻轻说。“你回来了？”

她看了看怀里的孩子，摇了摇头。

“你住在这里已经这么多日子了，可是一个房钱也没有付过，难道你不觉得太久了吗？你常到这家店铺买东西，可是从没给过一个钱，你难道也没有想过吗？”塔戈贝先生道。

她重复着同样的无声的乞求。

“我看你就想法子到别处去吧，”他说道。“你就另外找地方去住吧。听见没有！你办得到办不到呢？”

她声音很轻地说，天太晚了，就等明天吧。

“我明白你要什么了，”塔戈贝道；“我明白你的意思了。你知道在这间屋子里对你的事情有两派，让他们两派吵起架来你就高兴。我不想吵什么架；我这么悄悄地说是免得吵架。可是要是你不走，那我就嚷开了，你会叫人争得怒气冲冲的，那你听了就高兴。不过你不许进屋。我已经横下一条心了，没有什么可通融的。”

她用手将头发往后掠去，蓦地抬头望着天空，望着黑洞洞、越来越低的天空。

“现在是旧年的最后一个夜，在新的一年里，我可不愿仍像这样大发脾气、吵吵嚷嚷、闹乱子，让你或随便哪个人高兴。”塔戈贝说道，他俨然是一个拾人牙慧的“朋友和慈父”。“真奇怪，你把这些吵闹不和带进新的一年竟不为自己感到羞耻。倘若你活在世上什么事也不做，只会愁眉苦脸，老是挑起夫妻纠纷，那你干脆离开这个人世间吧。你给我滚开吧。”

“跟着她！紧紧地跟着她！”

老人又听见那声音了。他抬头一看，只见鬼影儿又在空中徘徊，指着她去的地方，她正沿黑洞洞的街路走去。

“她爱这个孩子！”他喊道，痛苦地为她恳求。“大钟啊！她仍旧爱这个孩子的！”

“跟着她！”影儿就像一片浮云，掠过她走的那条路的上空。

他也一起去追她，紧紧跟在她后面。他看着她的脸。他看见那种夹杂在她的爱中的狂热、可怕的感情在她眼睛里燃烧。他听见她在说，“像莉莲一样！她将变得像莉莲一样！”她的脚步越来越快了。

啊，快想办法叫她醒一醒！让她看一看，让她听一听，让她闻一闻，以便在那燃烧的心头唤起亲切的回忆！只要能让过去的美好形象浮现在她眼前就好了！

“我是她的父亲！我是她的父亲！”老人喊道，并向从上空掠过的黑影儿伸出双手。“可怜可怜她吧，也可怜可怜我吧！她要到哪里去？叫她回来吧！我是她的父亲！”

但是在她匆匆朝前走时，它们只是指向她；它们说，“紧紧地跟着她！从你心上最亲爱的人那里记取教训吧！”

无数个声音在重复这句话。空气被这些声音震动了。他仿佛每喘一口气都吸进了这些声音。到处都是这样的声音，避都避不开。而她还在匆匆地朝前赶路；眼睛里仍然迸射出狂热的光，嘴巴里仍然说着，“像莉莲一样！她将变得像莉莲一样！”

她蓦地停住了脚步。

“啊，叫她回来！”老人喊道，使劲拉扯着他的一头白发。“我的孩子！梅格！叫她回来！啊，上帝啊，快叫她回来！”

她用自己的一块很小的头巾，紧紧裹着婴孩以免冻着她。她用她那双火烫的手抚摩着婴孩的手和脚，抚摩着婴孩的脸，整理着婴孩身上破旧的衣衫。她那乏力的双臂紧紧搂着婴孩，仿佛她再也不会把双手松开了。她带着最后的痛苦，最后的长久的爱的痛苦，用干燥的嘴唇吻了一下那孩子。

她拿起孩子的一只小手，贴在她的脖子上，把孩子裹在自己的衣服里，紧贴着她那颗饱经忧患的心。她将进入睡乡的孩子的脸贴着自己，紧紧地，一动不动地贴着自己，快步朝大河走去。

她走向波涛翻滚、湍急、黝黑的大河；冬天的夜笼罩着河水，就像许多在她之前去那里寻找庇护所的人心头深藏的最后的念头。大河两岸星星点点的灯光，闪烁着昏暗、模糊、红色的光，那是燃着的火把，照着通向死亡的路。在那个地方，在那深沉、黝黑、忧郁的阴暗处，没有一座活人的住所投下它的影子。

朝着大河走去！她那绝望的脚步，以急流奔向大海的飞快速度，朝着永生的大门走去。她一步步朝黑暗的大河河面走下去，从他身边走过，他想去碰一碰她；可是那疯狂的人，带着狂热、可怕的爱，带着没有一个人能拦得住、抓得着的绝望，仿佛一阵风从他身边掠过。

他跟着她。在还没有令人骇怕地投进河去之前，她在河沿上停留了片刻。他跪下了，尖声地喊着在他头上盘旋的大钟鬼。

“我记取教训了！”老人大声道。“从我心上最亲爱的人那里记取教训了！啊，救救她吧，救救她！”

他可以用手指头去碰她的衣服了，他抓得住她的衣服了！他的话刚说完，就觉得他的触觉又恢复了，他知道已经把她拉住了。

头上的大钟鬼都在盯着他看。

“我已经记取教训了！”老人大声说道。“如果我在爱我的年轻、善良的女儿的时候，曾恶意诽谤了被逼得绝望的母亲的乳汁，那么事到如今就饶恕我吧！啊，原谅我的冒昧，我的罪恶，我的无知，你们就救救她吧！”

他感到自己的手松开了。它们仍旧没有说话。

“可怜可怜她吧！”他嚷道，“她那骇人的罪行是从被扭曲的母爱中产生的，是从我们这些堕落的人所经历的最强烈、最深厚的爱中产生的！当这样的种子结出这样的果实时，想一想她有多么痛苦！上帝是要她从善的。倘若也经历过她这样的生活，天底下哪一个慈母不会走到这一步啊。啊，可怜可怜我的孩子吧。她到了这个地步，还对她自己的孩子那么仁慈，情愿她自己去死，情愿危及自己不朽的灵魂，也要救自己的孩子！”

她倒在他的怀抱里。他现在抱住她了。他力气大得像巨人一般。

“在你们当中，我看见那个大钟鬼了！”老人喊道，他认出了那孩子，于是在幽灵们的注视带给他的启示下继续说道。“我知道，时光为我们准备了遗产，我知道，有一天时光的海洋将会涌起，那些虐待我们、压迫我们的人，在这片海洋面前将像树叶一样被冲走。我看见那海洋了，它在那里流动！我知道了，我们要有信心，要有希望，不要怀疑我们自己，也不要彼此猜疑。我已经从我心头最亲爱的人那里记取了这个教训。我又把她搂在我的怀抱里了。啊，神灵啊，多么仁慈，多么善良，我已经将她抱在怀里，也把你们的训诫印在心上了！啊，神灵啊，多么仁慈，多么善良，我感激不尽！”

他本来还有好多话要说，可是教堂里的钟，那些他早就熟悉的钟，他亲爱的、忠实的、坚贞的朋友，那些大钟，敲响了欢快的声音，迎来了新的一年：钟声是那样活泼，那样欢乐，那样愉快，那样轻松，他听了立即跳将起来，摆脱了符咒。

“不管怎么样，爸爸，”梅格说，“没问过医生焖牛肚您吃得吃不得，您下次千万别再吃了。天哪！您一直在说梦话。”

她坐在火炉边的小桌子旁，做着针线活，给她的朴素的结婚礼服缝上饰带。她快乐而安详，就像一朵开放的花，富有青春的活力，充满了对美好前程的憧憬，他见了大叫一声，仿佛一个天使到了他家里。他飞快地走过去，要将她搂在怀里。

可是他被落在炉边的那张报纸绊了一下，这时有一个人冲到了他们两人的中间。

“不行！”这个人叫道，声音粗壮而快乐！“您也不可以！您也不可以！在新年里第一个吻梅格的应该是我。是我！我在房子外边等了一个钟头了，就是为了听见钟声就来吻一吻梅格的。梅格，我亲爱的人儿，新年好！但愿年年如此！我亲爱的妻子！”

理查德吻得她喘不过气来。

你一辈子从未见过像这时候的“小步跑”的那种模样。你这辈子住在哪里，你见到过什么，这些我都不管；可你一辈子决不会见过和他那个样子相似的情景！他在他的椅子里坐下来，捶着膝头，大哭起来；他坐在椅子里，捶着膝头，大笑起来；他坐在椅子里，捶着膝头，又哭又笑。他离开椅子，去拥抱梅格；他离开椅子，去拥抱理查德；他从椅子上站起来，将梅格和理查德双双拥在怀里。他老是跑到梅格面前，用两手捧着她那鲜艳的脸亲她，又往后退去，眼睛却始终不从她身上离开，接着又朝她跑过来，仿佛同幻灯里的人一样。他随便做什么，总不时要在椅子上坐下来，但又总是一刻也坐不稳；因为——那是的的确确的——他欣喜若狂了。

“明天你就要举行婚礼了，我的宝贝！”“小步跑”大声道。

“这是你真正的、幸福的结婚的日子！”

“是今天，”理查德握着“小步跑”的手说。“是今天。钟声响，新年到。你们听！”

钟声真的在响！上帝保佑大钟刚强的心，钟真的在响！尽管这是些了不起的大钟，声音悦耳的大钟，声音洪亮的大钟，宏伟壮观的大钟，尽管这些钟不是普通的金属铸成的，也不是普通的工匠铸成的，可是以前什么时候听见过这样的钟声！

“可是今天，我的宝贝，”“小步跑”说。“你和理查德吵过嘴了。”

“因为他是这样坏的人，爸爸，”梅格说。“你坏不坏，理查德？那样任性，那么暴躁！我看他什么也不在乎，既胆敢对那个大人物参事先生直着性子说话，把他取缔到不知道什么地方去，也胆敢——”

“——吻一下梅格，”他提示道，并且真的吻了她！

“不。不要再吻我，”梅格说。“我不让他这么做，爸爸。可是我说了也没有用！”

“理查德，我的孩子！”“小步跑”说道。“你真是一个好汉，而且你到死也一定还是个好汉！可是你，我的梅格，我回家的时候，今天晚上，你坐在炉边在哭鼻子！你干吗要坐在炉边哭鼻子呢？”

“爸爸，我是在想我同您一起生活的这些年月。就在想这事。我想您会惦念我的，您一个人怪孤单的。”

“小步跑”又要退到那把经历不平常的椅子上去，这时恰巧，被说话声吵醒的孩子，衣服还没有穿好就跑进来了。

“哦，她来了！”“小步跑”说着迎上前去。“小莉莲来了！哈，哈，哈！这边走，就到了！喔，再从这边走，就到了！哦，威尔大叔也来了！”他停下脚步，衷心地欢迎他。“啊，威尔大叔，今晚我把你接到家里，倒叫我游了一回梦境！啊，威尔大叔，你到我们家来，倒叫我感恩不尽，我的朋友！”

还没等威尔·费恩开口，一支乐队拥进门来，后面跟着许多邻居。他们高声叫着，“恭贺新禧，梅格！”“恭喜！新娘子！”“年年如意！”这个喜那个喜说了一大堆。那个打鼓的（他是“小步跑”的知心朋友）走上前来，说：

“小步跑维克，好家伙，听说你的闺女明天要结婚了！认识你的人哪个不为你道喜，认识姑娘的哪个不为她道喜。认识你们父女俩的哪个不为你们祝愿，祝你们新年快乐。我们都来了，就是要在这里奏乐跳舞，欢迎新年到来。”

听了鼓手的话，大家都嚷开了。顺便说一句，那鼓手已经喝得有点醉醺醺的了；不过那又何妨。

“街坊邻居们看得起我们，”“小步跑”说，“哪有不高兴的！你们真客气，真是好邻居！这都是因为有我这个好闺女。她是应该得到大家夸奖的！”

他们正准备马上跳舞（梅格和理查德领头），鼓手也就要用尽力气敲起来，恰巧在这时候，门外传来一阵嘈杂的声音。一个五十开外，或者说五十左右，性情和气，模样标致的女人跑进门来。后面跟着一个男人，手里拿着一个很大的石罐，后面还有人拿着肉骨头，切肉刀，钟——不是教堂里的钟，而是一套装在一个钟架上的手提的小钟。

“小步跑”说，“这不是奇肯斯托克太太吗？”说完他又坐下来，拍打起他的膝头来了。

“要结婚了，也不告诉我一声，梅格！”那个善良的女人大声道。“那可不行！我不来道喜，在这个旧年的最后一个晚上在家里呆着我心不安呀。我可不能不来，梅格，就是躺倒在床上起不来，也不能不来，所以我就来了；今晚是除夕，也是你婚礼的前夜，所以我做了一点香料甜酒①，带来了。”

---

① 香料甜酒是一种热饮料，将香料（有时还加牛奶和鸡蛋）加入热甜啤酒（或苹果酒等）而制成。

奇肯斯托克太太想到做一点香料甜酒的想法给她的声誉增了光。那只石罐热气腾腾，就像一座火山，直喷烟雾。而那个捧这只大石罐的人被笼罩在雾气中。

“塔戈贝太太！”“小步跑”说道，他像着了迷似的，只是绕着她转。——“我应该称你奇肯斯托克——上帝保佑，上帝保佑！恭贺新禧，年年如意！塔戈贝太太，”“小步跑”向她致了敬意之后说道；——“我应该叫奇肯斯托克——这是威尔·费恩和莉莲。”

“小步跑”大吃一惊：这位可敬的太太先是脸发白，继而脸发红。

“不会是她妈妈死在多塞郡①的那个莉莲·费恩吧！”她说道。

她叔叔答道，“正是她！”于是他们赶紧上前相见，又匆匆地交谈了几句，只见奇肯斯托克太太握住了他的两手。她又自愿地在“小步跑”脸上吻了一下，表示敬意，抱过那孩子，搂到她宽敞的胸脯里。

“威尔·费恩！”“小步跑”说，一面将右手套上手套。“她就是你要寻的朋友吧？”

“正是！”威尔答道，他将双手放在“小步跑”的肩上。“我想说她真是个好朋友，几乎和我已经结识的那位朋友一样好。”

“喔！”“小步跑”说。“快奏起乐来。你们就快奏起来呀！”

乐声一起，那些钟呀，肉骨头呀，切肉刀呀，都随着叮叮当当地一齐敲起来了。门外教堂里的大钟还在响着欢快的声音。“小步跑”抢在梅格和理查德之前，拉着奇肯斯托克太太跳起舞来。他那步子从来没有听说过，后来也没有人那样跳过，那舞步是照着他那跑步的奇怪节奏来的。

“小步跑”是在做梦吗？还是他的悲与喜，以及在他的悲与

---

① 多塞郡，英国南部的一个郡，首府多彻斯特。

喜中出现的那些角色只是一场梦？他自己也是一场梦？说这个故事的人也在做梦，刚刚梦醒吗？倘若如此，哦，我说听故事的人，你在他梦游幻境的时候对他是非常亲切的，你要将产生这些幻影的严酷事实铭刻在心；在你的生活范围内——对于这样的一个目标，绝没有太宽的范围，也绝没有太窄的范围——努力纠正这些现实，改进这些现实，缓和这些现实。愿新的一年对你是快乐的一年，愿新年对那许多寄快乐于你身上的人是快乐的一年！愿一年比一年快乐，愿我们的兄弟姐妹们，即便是最卑贱的，在分享伟大的创世者上帝创造他们去享用的幸福时，也不被剥夺他们合法的一份。

炉边蟋蟀

家的童话

邹绿芷
邹晓建 译

第一章

是水壶先开始了歌唱！别告诉我皮瑞宾格尔太太说了些什么。我比她知道得更清楚。或许，皮瑞宾格尔太太会永远地在大事记上写上，她说不准它们两个究竟是谁开的头；但是我要说，千真万确，是水壶首先开始的。我应该知道，我想。角落里的那只钟面光滑的荷兰小钟可以作证，在那只蟋蟀哼出第一曲唧唧之声以前，水壶已经呼哧作响了整整五分钟了。

当那只蟋蟀也加入歌唱的时候，好像那只钟还没有敲完，钟顶部的那个僵手僵脚的小小割草人正站立在摩尔式宫殿的前面，手执镰刀，左挥右砍，似乎还没有割完半英亩假想中的牧草呢。

不消说，我不是生性专断的人。人人都知道这一点。不管在哪一方面，除非我确信无疑，我绝不会以我的意见来反对皮瑞宾格尔太太的意见。没有任何事情可以促使我那样做。然而，这却是一个有关事实的问题。这事实便是，在那蟋蟀微声低吟，以表示它的存在之前，至少在那之前五分钟，水壶便已开口歌唱了。谁要是反驳我，我还要说是十分钟之前呢。

让我精确地叙述一下事情是怎样发生的吧。本来，在我开口讲第一句话的时候，我就该这么做。只是因为这一简单的考虑——既然我要讲一个故事，我就必须从头说起——我才如此开场。因为，如果我不从水壶讲起，这“从头讲起”又怎么可能呢？

你必须理解，事情就好像在那水壶与蟋蟀之间正展开着一场竞赛，或者是一种技艺的较量。这便是事情发生的全部缘由。

皮瑞宾格尔太太出了屋子，走进阴冷的暮色之中。她穿着双木鞋，咔嗒咔嗒地踏过潮湿的石子地，在院子四处刻画出许多粗乱的、欧几里得几何学第一定理[①]的图形。在水桶旁，皮瑞宾格尔太太把水壶灌满，不一会儿，她回到屋子里边。脱掉木鞋之后，皮瑞宾格尔太太顿时显得矮了许多，因为木鞋又厚又大，而皮瑞宾格尔太太的身材却是娇小的。然后，她把水壶坐到火炉上。她这么忙活着，禁不住发了脾气，或者说一时失去了耐性。因为，那水冷得可真叫人受不了，那溜滑的夹着雪糁的水似乎渗透了每一件东西，包括那木鞋套环儿。皮瑞宾格尔太太的脚趾头冻僵了，那水甚至溅到她的腿上。平时我们对自己的腿总是夸赞不已（这是颇有道理的），对保持长统袜的整洁又特别精心，那么此刻的情景就更是叫人难以忍受了。

此外，那只水壶也在固执地耍着性子。它不愿人们将它安置在炉条上，拒绝与煤块和睦相处。它带着一副醉态向前倾斜着身子，嘴角上淌着口水，真像个火炉上的白痴。它吵吵嚷嚷，对着火苗，它气急败坏、唾沫飞溅地嘶叫着。更加糟糕的是，那壶盖儿也从皮瑞宾格尔太太的手指中间挣扎了出来，它先是彻底翻了个个儿，然后，它摆出一副本该用在好事情上的机敏而又不屈不挠的架势，从一旁纵身跃入水中，一直沉到水壶的底部。“皇家乔治号”[②]军舰在船体被捞出水时所作的奋勇抗争还不及这水壶盖所作的一半。它奋勇地与皮瑞宾格尔太太作着对，直到她把它捞出水来为止。

即使到这时候，水壶依然显示出一副怒气冲冲、桀骜不驯的神色。它轻蔑地将壶把儿插在腰上，放肆而又嘲讽地向皮瑞宾格尔太太撅起它的嘴，好似在说：“我不烧开！说什么我也不烧开！”

可是，此刻皮瑞宾格尔太太已经心平气和了。她搓着她那两只胖胖的小手，满面笑容地在水壶前坐下身来。与此同时，那愉

---

① 欧几里得，古希腊数学家。他的第一定理，即两点决定一条直线。

② “皇家乔治号”，英国军舰名。

快的火苗上下起伏着，火光一闪一亮地映照在那荷兰小钟顶部的小割草匠身上。人们可能会觉得，那割草匠是一动不动地站立在摩尔式宫殿的前面的，而且，除了火苗之外，一切都静止了。

然而，割草匠是在行动着。每一秒钟，他总要均匀而有规律地抽搐两下。可是，当那只钟快要鸣响的时候，他遭受的苦痛看来真是骇人。当一只布谷鸟从宫殿的一扇活门里向外张望，并啼叫六声的时候，它的每一次啼叫都像魔鬼的吼声令他颤栗不已，或是好像有一根铁丝在拉扯着他的大腿。

直到这一阵剧烈的骚动平息下来，割草匠身下的钟锤与钢条所发出的杂乱的噪声完全消失之后，那惊恐万状的割草匠才逐渐恢复常态。其实，他之所以受惊也并不是没有道理的。因为，这些格格作响、骨瘦如柴的轮条走动起来极其嘈杂难听；我非常奇怪，怎么竟会有人，主要是荷兰人怎么竟会热衷于发明这类钟表。人们都相信，荷兰人喜欢用宽大的箱子，裤子也穿得又肥又厚，那么，他们就应该明白，总不能把他们的钟造得这么干巴精瘦，这么弱不禁风呀。

这会儿，你留意，水壶开始消磨这一个夜晚了。这会儿，水壶的嗓音变得圆润而又富于乐感，它的喉咙口开始发出抑制不住的咯咯的欢笑声，而且，它在它那断断续续的带着鼻音的歌声中自我陶醉了。起初，它还想阻止自己唱出那歌声，仿佛它还没有决定，是否要充当一名有趣的伙伴。在两三次妄图压抑自己乐天的性情的徒劳努力之后，它终于抛开了一切忧郁、一切顾虑而唱出了一连串的歌曲。它的歌声那样悦耳，那样欢畅，就连那多愁善感的夜莺都未曾想到过这样唱。

那歌曲又是那样的明了。祝福你，你可以理解它，就像理解一本书一样——也许，这歌曲要比你我可以列举出的一些书要好得多。水壶喷吐出的热气，形成了一团轻柔的云朵；它愉快而优美地袅袅飘飞着，上升了几英尺后，便弥漫在壁炉角的周围，好像这里就是它自己的家园和天堂。水壶还是那么欢乐，那么有劲地唱着歌，以致它的铁身子在炉火上面发出嗡嗡的声响，同时还不住地颤动起来；而那只壶盖本身，就是刚才还在造反的那只壶盖——在光辉榜样的影响之下——开始表演起一种快步的舞蹈，它独自发出啪哒啪哒的响声，像是一只又聋又哑的小铙钹，还不知道自己孪生兄弟的用途。

毫无疑问，那水壶唱的是一支邀请的歌曲，它在欢迎一个出门在外的人，此刻，这人已踏上归途，就要回到这小小的舒适的家里，回到这炽烈的炉火旁。皮瑞宾格尔太太坐在炉火前沉思着，她完全听明白了。水壶是这样唱着的："这是一个漆黑的晚上，枯枝败叶铺在道旁。天空中是一片黑暗与朦胧，大地上布满尘土和泥浆。昏暗阴沉的夜幕中，只露出一道光亮；我不知道那是亮光，因为它只是那么一道深浓的、暴怒的紫光；这是太阳和风在乌云身上烙下的印记，因为是乌云带来了这样恶劣的天气。广袤的原野是黑沉沉的一片，路标上挂满了白霜，大路上是融雪，水冻成了冰，不能再自由地流淌。你无法说，一切本该是这副模样，可是，他来了，他来了，他来了！——"

就在此刻，请你注意，那只蟋蟀才跟着唱了起来。它用一种合唱的方式，那么洪亮地发出唧唧唧唧的歌声。与水壶相比，这蟋蟀的音量和它的身躯的比例（小身骨！你几乎看不见它！）简直不相称到了令人惊异的地步。如果就在此时此地，它像一支火药装得过量的长枪一样地爆炸，如果它就在这儿倒地毙命，并且唧唧地叫得使自己小小的躯体裂成五十个碎片，人们也会认为，那是自然的不可避免的结局，而这蟋蟀仿佛也正是为着这个结局而如此卖劲地歌唱的。

水壶的独唱表演已接近尾声，它兴犹未尽地坚持唱着；可蟋蟀已明显地担任了主角并保持着这种荣耀。天哪！它是怎样地拼命唱着啊！它那尖厉刺耳的声音在屋子里回响，这声音又像是一颗星星在屋外的黑暗中闪烁。当它的歌声唱到最高昂的时候，那音调里便会出现一种微弱的难以描述的震颤。这表明，它已经腾起双腿，在自己激昂的热情的支配下，即将再次一跃而起。然而，蟋蟀和水壶合唱得十分谐调。那歌曲的重复句是相同的，它俩越唱越响，越唱越响，互相竞争着引吭高歌。

那纤小秀美的少妇聆听着——她确实秀气，而且年轻；虽然她的身材属于矮胖型，但我本人对此决不介意。她点燃一支蜡烛，向钟顶部的割草匠瞥了一眼（他正动作均匀地收割着分分秒秒），然后向窗外望去。可是因为天色黑洞洞的，所以除了她自己映在玻璃上的影子之外，她什么也没有看见。可我的看法是（诸位的意见一定和我的一样），她可能看到了很远的地方，却没有看见什么令人喜悦的景物。她从窗前走回来，坐到先前的那张椅子上。这时，蟋蟀与水壶仍在继续唱着，仍然处在一种极度狂热的竞争之中。水壶的弱点显然在于，它不知道自己是在什么时候被击败的。

这真是一场扣人心弦的赛跑。唧唧，唧唧，唧唧！蟋蟀领先了一英里。呼噜，呼噜，呼噜，呼——！水壶在后边穷追不舍，像个大陀螺。唧唧，唧唧，唧唧！——蟋蟀跑过了拐角。呼噜，呼噜，呼噜，呼——！水壶坚持着，紧跟着，毫不示弱。唧唧，唧唧，唧唧！——蟋蟀比先前更加有力。呼噜，呼噜，呼噜，呼——！水壶表现得稳健而又沉着。唧唧，唧唧，唧唧！——蟋蟀就要结果了对手。呼噜，呼噜，呼噜，呼——！水壶不甘心就此败退。最终，它俩在这场手忙脚乱，慌乱不堪的比赛中搅和在一起。究竟是水壶唧唧还是蟋蟀呼噜，究竟是蟋蟀唧唧还是水壶呼噜，或则，是它俩都曾发出唧唧与呼噜的声响，这有待于一个比你我都更加头脑清醒的人来做出正确的决断。但有一点是确凿无疑的，即在这同一时刻里，水壶和蟋蟀同心协力，施展出它们最得心应手的本领，把各自抚慰人心的炉边歌声送进那束烛光里。那烛光透过窗户，一直映照到小巷的深处。此刻，那缕烛光跳到了一个穿过黑暗正步步走近它的某个人身上，于是，实际上它在瞬间便把一切都告诉了他，它喊道："欢迎你回家，老朋友！欢迎你回家，我的伙伴！”

达到这一目的以后，水壶便彻底败北了。这时水已滚开，皮瑞宾格尔太太便把它从火炉上拿了下来。然后，她疾步跑到门前。随着一阵车轮的辚辚声，马蹄的嗒嗒声，随着一个男人的说话声和一只兴高采烈的狗跑进跑出的吠叫声，随着一个婴儿的奇异而神秘的出现，不一会儿，一位某某先生便走进来了。

那婴儿是从哪儿来的，皮瑞宾格尔太太又是怎样在那一瞬间里抱起了他，我都不清楚。但是，她怀里抱着的确实是一个活生生的婴儿，而且看得出来，这个孩子使她非常自豪。这时，一个结实的男子汉把她轻轻拉到火炉旁，这人比她高出许多，年纪也比她大得多。他在亲吻她的时候，不得不俯下身来。但是，为了她，这样做是值得的。一个身高六英尺六的男子汉，哪怕害着腰疼病，大概也会这么做的。

“哎，约翰，天哪！”皮瑞宾格尔太太说。“天气把你弄成什么样儿了啊！”

不可否认，他是狼狈不堪的。浓密的雾气凝结成团挂在他的眼睫毛上，就像融化的糖块一般；他站在雾气和火炉之间，颊须上的水沫便呈现出彩虹一般的色彩来。

“唔，你知道，多特——‘小不点儿’①——”约翰慢慢地答道。他从脖子上摘下一条围巾，并且烤着双手。“现在——已经不是夏天了，所以，这不足为怪。”

“我希望你别再管我叫小不点儿了，我不喜欢。”皮瑞宾格尔太太说，她噘着嘴，样子很清楚地表明，其实她心里非常喜欢这个雅号呢。

“如果你不是小不点儿，那又是什么呢？”约翰回答。他微笑着低头望着她，并且伸出粗壮的手臂，用那大手尽可能轻柔地搂了一下她的腰。“一个小不点儿——”他说着又瞥了那婴儿一眼。

① Dot，意为“小圆点”、“一点点大的东西”，“多特”为“Dot”的音译。

“一个小不点儿抱着[①]——我不想说下去了，因为我怕我讲得没味儿，让你扫兴，可是我差不多就讲出那么一个笑话了，我不知道我是不是还讲过什么比这更加巧妙的笑话。”

凭他自己说，他差不多总是很聪明的：这个形象笨拙，动作迟缓却又憨厚忠实的约翰啊。他身材粗大，可性情却是那么轻快；他的外貌是那么粗野，可内心却是那么温柔；他看上去是那么呆板，可实际上异常机敏；他是那么的迟钝，却又是无比的善良。啊，自然之母啊，请把埋藏在这个卑微的运货工——顺便交待一下，他只不过是个送货工人——胸怀中的这颗纯真心灵的诗章赐予你的孩子们吧。这样，纵然他们说着平庸的语言，过着单调的生活，我们也可以容忍；而且，我们将为有他们为伴而把你颂扬！

看着多特真是令人愉快。她那样娇小，怀里抱着那玩具娃娃般的婴儿；她眼里带着娇媚的神色，若有所思地望着火苗，并把她娇小的脑袋歪向一边，以一种奇特的、半是自然半是有意亲昵的姿态，以一种非常舒适而又可心的姿态，把脑袋恰好靠到那运货工巨大粗壮的身躯上。看着这运货工同样是令人愉快的。他温柔地、有点笨手笨脚地用自己壮实的躯干扶持着她那轻巧的身子，并努力使自己强健的中年人的身体成为能配得上那如花似玉的妙龄少妇的、能使她放心依靠的一根支柱。注意一下蒂里·斯洛博伊的神情也是令人愉快的。她站在后边，等着接过孩子；虽然她只有十几岁，可她特别留意地观察了这全家团聚的场景。她站着，眼睛和嘴张得大大的，头向前伸着，就像吸气似的想把这一切吸入肺腑。再看看运货工和他的婴儿在一起的情形吧，其令人愉快的程度毫不逊色。当多特说到那个孩子，约翰伸手就要抚摸他时，他突然把手缩了回来，好像他担心他会把孩子捏碎似的；他弓着腰，与婴儿保持一段距离，端详着他，心中充满一种

---

① 这里原文为“a dot and carry”，是算术加法用语。此处系约翰开玩笑的话。

略带困惑的自豪感—— 一只温顺的大狗，如果有一天突然发现自己竟是小金丝雀的父亲，它也一定会表现出同样的神情来。

“他不是很漂亮吗，约翰？他睡熟的样子不是很可爱吗？”

“很可爱。”约翰说。“真是可爱极了。他一般总是睡着的，是吗？”

“瞧你说的，约翰！不是的！”

“噢，”约翰沉思着说。“我以为他的眼睛老是闭着的呢。喂，你好啊！”

“天啊，约翰，你讲的话有多吓人哟！”

“他那样把眼睛向上翻着可不大对劲儿！”运货工惊慌失措地说。“是吗？你瞧，他是那样同时眨巴着两只眼睛；再瞧他的嘴！他喘得像金银鱼似的呢！”

“你真不配做爸爸，你真不配哟。”多特说，表现出一个经验丰富的主妇的全部尊严。“你怎么会知道孩子们害的那些大灾小病哟，约翰？恐怕你甚至连那些名词儿都不知道吧，你这傻瓜。”于是，她把孩子换到左臂，轻轻拍着他的后背使他安静下来；她一边笑着，一边拧她丈夫的耳朵。

“我是不知道。”约翰边说边脱下外衣。“那是事实，多特。我对这些懂得不多。我只知道今晚我和大风斗得可真够苦的，回家时刮了一路东北风，一直刮进车子里。”

“是这样吗，可怜的老头儿。”皮瑞宾格尔太太叫道，接着立刻忙碌起来。“来，蒂里，把乖宝宝抱去，我要干的事情可多呢。哎哟，我简直能把小宝宝亲得憋不过气来，我真能哩！走开，波瑟，我的好狗儿！走开！我这就煮茶，约翰；然后我再来帮你整理包裹，我会勤快忙碌得像只蜜蜂！‘那小家伙怎样……’后面是什么来着，你知道吗，约翰。你上学念书时，学过这首‘那小家伙怎样……’的歌子吗，约翰？”

“我不太会唱这首歌。”约翰回答。“有一回我差不多学会了。可是我敢说，我恐怕只会把它唱得一塌糊涂呢。”

“哈哈。”多特大笑起来。她的笑声是你听到过的最欢快的笑声了。“真是的，你可真是个可爱的糊涂佬儿啊，约翰！”

约翰对这个见解一点也不加反驳，他到屋外叮嘱马夫把马照料妥当；那马夫提着一盏灯，灯光像鬼火似的在门和窗前微微摇曳着。那匹马身高体大，假如我把它的身量告诉你，你不会十分相信的；而它也老了，它的生日早已被人们淡忘了。波瑟感到，它的关心和善意是给全家每一个成员的，对谁都必须不偏不倚，于是，它令人吃惊地不停地跑出跑进。时而，它跑到马圈前，绕着那匹正在被马夫洗刷的老马跑上一圈，汪汪大叫；时而，它佯装撒野，向着女主人猛扑过去，可一下子又滑稽地收住脚步；时而，它猝然将自己湿漉漉的鼻子贴到坐在火炉边育婴矮椅上的蒂里·斯洛博伊的脸上，使得她尖声大叫；一会儿，它对那婴儿表现出一种冒失的关切；一会儿，它绕着火炉走了几遭，然后趴下身来，仿佛它已决定就在这儿过夜；一会儿，它却又站了起来，摇晃着它那节短小的尾巴走到外面去，似乎它刚刚想起了一个约会，于是便小跑着赶去践约。

“喂！茶壶在炉架上搁好了！”多特说。她辛勤地忙碌着，就像一个在玩着“办家家”游戏的孩子。“来，这是冷火腿肉，这是黄油，还有硬皮面包，全在这儿了！这个洗衣篮是用来装小包裹的，约翰，如果你有小包裹的话——约翰，你在哪儿呀？蒂里，不管你在干什么事，可千万别让小宝宝掉到炉格底下去啊！”

值得注意的是，尽管斯洛博伊小姐轻松愉快地回绝了这一告诫，可她具备的那种能把这孩子弄出岔子来的才干却是惊人而又罕见的：她曾数次以她特有的那种悄然无声的方式险些结果了这幼小的生命。这个少女身材瘦削，体态直板板的，她的衣裳松散地挂在肩头突出的两块尖骨头上，随时都有掉落下来的危险。她的装束别具一格：一件剪裁奇特的法兰绒罩衣在一切可能的地方做了局部的革新，在背后，也总要露出一点她那暗绿色的胸衣或紧身褡来供人们观赏。斯洛博伊小姐几乎对任何事物都要瞪大了眼睛赞叹不已，此外，她还总是无休止地冥想着她的女主人和那婴儿的尽善尽美之处。她判断事物时是很少失误的，可以说，这给她的脑袋和心灵都增添了光彩；虽然这并没有给那婴儿的脑袋带来多少光彩，它不时地被撞在杉木门、大衣橱、楼梯扶手、床柱子以及其他毫不相干的东西上。但尽管如此，这一切只是蒂里·斯洛博伊惊讶感慨的真实结果，因为她看到，她得到了如此仁慈的待遇，并且被安置在这样一个舒适的家庭中。没有人知道斯洛博伊的父母是何许人，蒂里是在一个公共慈善机构被养育成人的。“弃儿”与“宠儿”虽然只是一字之差，可意义上却有着天壤之别，它们表达的完全是两码事。

娇小的皮瑞宾格尔太太同她丈夫一起走回屋来，她使出全身的气力提着衣篮，其实却什么忙也没帮上，因为那篮子是她丈夫拎着的。看到这种情景，你一定会像约翰一样感到好笑。据我想，这一定也使那蟋蟀感到妙趣无穷，听，千真万确，现在它又开始充满激情地唧唧唱开了。

“好家伙！”约翰慢条斯理地说。“我觉得今晚它比往常更加快活了。”

“而且它一定会给我们带来好运气，约翰！它总是这样的。在火炉边上能有一只蟋蟀，这简直是世界上最幸运的事情了！”

约翰注视着她，仿佛脑海里在想着，她就是他最可宝贵的“蟋蟀”，而且，他十分同意她的话语。可是，这也许是他的一个稍纵即逝的念头，因为他什么也没说。

“我第一次听到它那愉快的细微的声音，约翰，是在你把我带到家来的那个晚上——就是你把我带到我的新家、我当上了这儿的小主妇的那个晚上。差不多是一年以前吧。你记得吗，约翰？”

啊，是的，约翰记得的，我想他一定记得。

“对于我，它那唧唧的声音是多么盛情的欢迎啊！这歌声好像充满了希望与鼓舞。它仿佛在说，你将给我爱抚，给我温存，而不会企求——约翰，那时我可真有点害怕——在你笨拙的小妻子的肩头上去寻找一副成熟的脑筋。”

约翰若有所思地拍了拍妻子的肩头，然后又抚摸着她的头，好像在说：不会，不会，他从来就没有这么期望过；她的肩头和脑袋就是现在这个样子，他也已经心满意足了。而且，他实在是很有理由的，因为她那肩头和脑袋确实很惹人爱。

“它似乎在这么述说的时候，句句都是真话，约翰。我确信，你一直就是我最善良、最体贴、最温存的丈夫。这里是我的幸福的家，约翰；为此，我爱那只蟋蟀！”

“是啊，我也爱它。”运货工说。“我也爱它呢，多特。”

“我爱这只蟋蟀，因为我听过它许许多多次的歌唱，因为它那友善的音乐总是使我思绪万千。有时，在黄昏，当我感到有一点寂寞和忧郁的时候——约翰，那时宝宝还没有出世来陪伴我，家里也不像现在这么热闹——当我想到假如我死去你会是多么的孤独，而假如我还能够知道你失去了我的痛苦，亲爱的，我又会是多么孤独的时候，它唧唧、唧唧、唧唧地在炉边唱了起来，仿佛把另外一个细小的声音送到我的耳畔，它那么悦耳，那么亲切，听到这歌声，我的烦恼便像梦幻一般地消失了。我曾经忧心忡忡，我确实害怕过，约翰，那时我太年轻了，你知道——我害怕我们的婚姻或许会成为一场不相匹配的结合，因为我还是个孩子，你更像是我的监护人而不像我的丈夫；当我害怕，不管你怎么努力，或许你永远不会像你希望并祈祷的那样来爱我的时候，它唧唧，唧唧，唧唧的歌声使我又振作了起来，并给了我新的信心。亲爱的，今晚当我坐着盼你回来的时候，我就在想着这一切；为此，我爱这只蟋蟀！”

“我也爱它。”约翰重复说。“可是，多特！我希望并祈祷我能学着爱你？你这是说到哪儿去了！这一点，在我把你带到这儿来之前，在你当上这蟋蟀的小女主人之前，我早就学会了，多特！”

她把手在约翰的胳膊上搁了一会儿，神情激动地注视着他，好像想对他说些什么。但紧接着她便在洗衣篮前面跪下来，一边兴致勃勃地说着话，一边忙着整理包裹。

“今天晚上东西倒没多少，约翰，可是刚才我看见车子后面还有些货物呢。虽然它们给我麻烦，可是运费或许不会少呢，因此我们没有理由再发牢骚了，你说对吗？另外，我敢说，这一路上你已经送出不少货了吧？”

“唔，是的。”约翰说。“真不少呢。”

“咦，这个圆盒子是啥东西呀？我的天！约翰，这是结婚蛋糕啊！”

“只有女人才能猜到它。”约翰赞叹地说道。“一个男人是永远不会想到它的！所以我相信，不管你把结婚蛋糕装进茶叶箱里，藏到可折叠的床架子中，还是放到盛咸鲑鱼的小桶里或其他任何叫人难以相信的东西里，一个女人总可以立刻猜中它。不错，是我到糕饼店取来的。”

“我说不上它有多重，恐怕足有一英担呢！”多特一边叫道，一边使着劲，像是想把它提起来。“这是谁的，约翰？你要把它送到哪儿去呀？”

“看看另一面上的字吧。”约翰说。

“哎呀，约翰！天哪，约翰！”

“是啊，谁能料到呢！”约翰回答说。

“难道说——”多特追问道，她坐到地板上，对着约翰不住地摇头。“这是玩具商格拉夫·泰克尔顿的吗？”

约翰点了点头。

皮瑞宾格尔太太也跟着点起头来，至少点了有五十下。她点头并不是表示同意，而是表示一种目瞪口呆的哀怜和惊愕。此刻她用力紧闭着双唇（它们可不是生来便这样抿得紧紧的，这点我清楚），神色恍惚地细细端量着那善良的运货工。斯洛博伊小姐为了逗孩子，总是喜欢把人们谈话中的只言片语机械地重复出来——不但把它们的意思弄得支离破碎，而且把所有的名词都变换成复数形式。这时，她便这样大声地向那婴儿问话：那么说，就是玩具商人们——格拉夫·泰克尔顿们啰？娃娃可要到糕饼店订些蛋糕来吗？娃娃的爸爸们把盒子带回家时，娃娃的妈妈们知道它们是什么东西吗？等等，等等。

“这么说，这事真的要发生啰？”多特说。“唔，上学时，我和她还是同学呢，约翰。”

他也许是在思忖着，或差不多在想象着她在学校时的音容笑貌吧。他沉思着，愉快地望着她，但是没有答话。

“他那么大岁数了，根本不配她！约翰，格拉夫·泰克尔顿比你大几岁啊？”

“我倒想知道，今天晚上我一气喝掉的茶要比格拉夫·泰克尔顿在四个晚上喝的多出几杯？”约翰满心欢喜地回答，说着，他把一张椅子挪到圆桌旁边，坐下来吃火腿冷盘了。“说到吃嘛，我只吃那么一丁点儿；可对这一丁点儿，我总是吃得津津有味的，多特。”

这是他在进餐时经常发表的感想。现在即便是这一席话，即便是他的这种天真的错觉（因为他的食欲几乎总是难以满足的，这便断然驳斥了他的话语），也没有在他娇小的妻子的脸上唤起一丝微笑；她站在包裹中间，用脚慢慢地把蛋糕盒从她身边推开，虽然她的眼睛向下看着，却没有对那双纤巧的，她平常十分留意的鞋子看上一眼。她站在那里，凝神沉思着，对约翰和茶点都没有注意（虽然约翰叫了她，并用餐刀嗒嗒地敲着桌子来惊动她），直到他站起身，轻轻碰碰她的手臂时，她才醒悟过来。她抬头看了约翰一会儿，然后便匆匆走到茶盘后面她的座位上，并因为自己的失魂落魄而笑了起来。可是，她的笑不像从前了，她笑的神态和音调都大大改变了。

那只蟋蟀也停止了歌唱。不知什么原因，那屋子里的气氛不像先前那么欢快了，完全不像了。

“这么说，这些就是所有的包裹了，是吗，约翰？”她说道，打破了一阵长久的沉寂。在这段时间里，那忠厚老实的运货工一直在用行动来证实他常爱发表的那种感想中的部分观点——他确实在享受着这顿美餐，只是我们无法承认他只是吃了一丁点儿。“那么，这些就是所有的包裹了，是吗，约翰？”

“就是这些了。”约翰说。“啊呀——不好！我——”他放下手中的刀叉，深深吸了一口气。“我说，我竟把那位老先生给忘得一干二净了！”

“老先生？”

“在车子里。”约翰说。“我刚才看他的时候，他在草堆里睡熟了。进屋来之后，我差不多有两次想起了他，可转眼他又从我脑袋里溜走了。哎嗨！快起来吧！我的老伙计！”

约翰手里拿着蜡烛急匆匆地走出门去，最后两句话已经是在门外说的了。

斯洛博伊小姐听到约翰提起那神秘的“老先生”。在她神奇的想象中，她把这个字眼同一些宗教性质的联想搞到了一起。顿时她惊恐万状，倏地从炉边的矮椅上立起身来，走到她女主人的身边寻求保护。在她经过门口的时候，她恰巧同一个年迈的陌生人打了个照面，于是她本能地用她能够抓到的唯一武器向那人杀去，而那武器正好又是那个婴儿。于是一场巨大的骚乱和惊慌接踵而至，波瑟的敏锐则更加剧了这场大乱的程度。因为这只忠实的狗甚至比它的主人考虑得还要周全，它似乎一直在监视那睡着了的老先生，唯恐他会把绑在车后的几棵小杨树苗偷走，这会儿，它仍在死死纠缠着他，事实上，它不但撕咬着他的绑腿套，而且还凶狠地咬住了那些纽扣儿。

“你可真是个了不起的瞌睡佬儿啊，先生。”等到屋子里恢复了平静，约翰说，老先生光着脑袋，一动不动地站在屋子中间。

“我打算问一问你，另外那六个瞌睡佬儿在哪儿啊？[①]这不过是个玩笑，我知道我说得并不高明，可也差不了多少吧？”送货工喃喃地说，同时咯咯地笑出声来。“差不多！”

陌生人长着一头很长的银发，他五官端正，对于一个老人来说，他的面庞轮廓分明，十分清秀，此外，他还有着一双乌黑闪亮的深邃的眼睛。他微笑着四下环顾，然后庄重地俯首向运货工的妻子行礼。

他的装束极其古怪——已经过时很久很久了，穿着一身褐色的衣裤。他的手里还握着一根粗大的褐色的棍棒，或者说是手杖，他把它往地上一敲，它便分散开变成一把椅子，他坐在上面，样子十分泰然自若。

“瞧！”运货工转身对妻子说。“我遇见他的时候，他就是这副模样。他呆呆地坐在路旁，直挺挺地就像一块石头的里程碑，而且像里程碑一样的聋。”

“坐在露天，约翰！”

“是在露天里。”送货工回答。“那正是天快黑的时分。‘给你车钱，’他说，然后给了我十八便士。接着他就上了车，一直坐到这里。”

“我想，他是要走了，约翰！”

“决不会的，他只是想说话了。”

“如果可以的话，我想留在这儿，直到有人来叫我。”陌生人温和地说。“你们不必管我。”

说完，他从一只很大的口袋里摸出一副眼镜，从另一只口袋掏出一本书，然后便开始悠然自得地看起书来。对波瑟他毫不理会，就好像它只是这家人家养的一只小羊！

运货工和他的妻子带着困惑不解的目光相互对视着。陌生人抬起头来，对着他俩打量了一番，说：

---

① 据传说，古时有七个基督教徒为避迫害，逃至山中，长眠约二百年之久。

“是你的女儿吗，我的好朋友？”

“是妻子。”约翰回答。

“侄女？”陌生人说。

“妻子！”约翰吼了起来。

“是吗？”陌生人评论道。“确实，很年轻吧？”

他安静地翻过一页书，又继续阅读了。但是，他看了还不到两行字，便又放下书本说道：

“这孩子，你们的？”

约翰极其用力地冲他点了点头，相当于通过喇叭筒而发出的一个肯定的回答。

“女孩吗？”

“男孩！”约翰高声叫道。

“也很小吧，嗯？”

皮瑞宾格尔太太立刻插进来，说：“两个月零三天了！六个星期前种的牛痘！反应很好！医生认为他是个非常漂亮的娃娃！和普通的五个月的娃娃一般大！了不起地懂事呢！说出来你会觉得不可能，可是他已经会站啦！”

这气喘吁吁的年轻母亲对着老人的耳朵，尖声叫喊出这一连串的短小句子来，直到她美丽的脸涨得通红为止；说着，她把孩子抱到老人面前，借以证明她说的一切都是无可辩驳的、足以洋洋得意的事实。与此同时，蒂里·斯洛博伊发出一阵音调悦耳的“凯切，凯切”的喊声，听来像是什么不明不白的字眼，又像是在打喷嚏，而且，她还围绕着那一无所知的婴儿，像一只小牛似的来回蹦跳着。

“听！有人来找他了，肯定是。”约翰说。“门口有人，快去开门，蒂里！”

可是，还没等她走到门前，那门已经被人从外面打开了，因为这是一扇非常简陋的门，上面装着一个任何人都可以开启的门闩，只要那人想这么干的话。我要说，真有不少人这样干过，因为所有的邻居们都喜欢和运货工快活地聊上几句，尽管他并不是个谈锋雄健的人。门开了，一个身材瘦小，心事重重，面色黝黑的人走了进来。那人穿着的大衣好像是用罩旧箱子的麻袋布缝制成的，因为当他转身关门，不让寒气进到屋里的时候，大衣的背部便露出“G&T”的黑色大写字母，另外还有两个粗粗的黑体字“玻璃”。

“晚上好，约翰！”瘦小的男人说。“晚上好，太太。晚上好，蒂里。晚上好，陌生的客人。娃娃好吗，太太？我想波瑟也过得不坏吧？”

“一切都好，凯里卜。”多特回答说。“我相信，你只需看一眼这小宝贝，就可知道一切都有多么好了。”

“我相信，我只需再看看你。”凯里卜说。

然而，他并没有看她：因为他的目光总是那么迷惘而又若有所思，不管他在说些什么，那目光似乎总是停滞在别的什么时间和地点；同样，我们也可以用这些话来形容他的谈吐。

“或许，再看看约翰。”凯里卜说。“就此而言，或看看蒂里。当然啰，还得看看波瑟。”

“这阵很忙吗，凯里卜？”运货工问。

“唔，正经很忙呢，约翰。”他回答说，他显得心神烦乱，至少像一个正在寻觅点金石的人。“真是不可开交。眼下挪亚方舟[①]那玩意儿销路正广，我很想把船上那一家子人造得更精巧些，可我不知道照目前这个卖价，我该怎么去改进。要使人们更清楚地认出哪个是谢姆，哪个是汉姆，哪个又是他们的女人，这才能叫人满意。还有，你知道，和大象比起来，苍蝇的大小比例也不对劲儿。噢，对了！有我的包裹吗，约翰？”

运货工把手伸进刚脱下的外衣的口袋里，取出一个用纸头和

---

① 据《圣经·旧约·创世记》记载，上帝见世人行恶，降洪水灭世，命义人挪亚造方舟，全家避入，使他们得救。后文中“谢姆”及“汉姆”均为挪亚之子。

青苔精心包裹着的小花盆。

“你看！”他一边说，一边小心翼翼地把花扶正。“连一片叶子也没有碰坏，满是花骨朵呢！”

凯里卜那呆滞的眼睛闪着光芒，他伸手接过花盆，嘴里连声道谢。

“很贵的，凯里卜。”送货工说。“在这时节，花儿可贵了。”

“管它呢，不管它是个什么价，我总觉得挺便宜的。”瘦小的人回答。“还有什么东西吗，约翰？”

“还有个小盒子。”送货工答道。“在这儿，给！”

“‘凯里卜·普鲁默收’。”瘦小的人一字一句地读着收件人的地址姓名。“‘小心现金’。现金么，约翰？我想这不是寄给我的。”

“是‘小心轻放’。”送货工比他高出一头多，从他肩后看看盒子，回答说，“你怎么看成现金这个字了呀？”

“啊，千真万确！”凯里卜说。“对了，是‘小心轻放’！不错，不错，是我的。的确，如果我那个在黄金遍地的南美洲的亲爱的儿子还活着的话，包裹里也许会有现金的，约翰。你曾经像爱自己的儿子一样爱他，是吗？你不必回答，我心里都知道。‘凯里卜·普鲁默收。小心轻放。’对，对，一点也不错。这是一盒布娃娃的眼睛，我女儿做活计时要用的。我真希望，这盒子里装的是她自己的眼睛呢，约翰。”

“要真是这样，该有多好啊！”送货工叫道。

“谢谢你。”瘦小的人说。“你说的话真叫人感动。想想吧，她永远看不到那些布娃娃，而布娃娃却整天那么大胆地盯着她！这真是叫人伤心啊。运费多少，约翰？”

“你要问运费的话，我可就要对你不客气了。”约翰说。“多特！是这样吗？”

“哎！你总是这么说。”瘦小的男人说。“你总是这么善良慷慨。让我再想想，我想我没有别的什么事情要办了。”

“我可不这么想。”送货工说。“再想想看。”

“有什么东西要给我们老板捎去，嗯？”凯里卜思忖片刻后说道。“说真的，我正是为了这个才来的，可我的脑袋总是在想着那些方舟啊什么的！他没上这儿来过吗？”

“他可不会来，”送货工回答。“他太忙了，忙着谈情说爱呢。”

“可是他会来这儿的。”凯里卜说。“因为他让我回家时沿着路的左侧走，这样十有八九他能把我带上车。我最好还是上路吧，顺便问一句——你能允许我捏一下波瑟的尾巴吗，太太？”

“怎么啦，凯里卜！这话怎么讲啊？”

“噢，别介意，太太。”瘦小的人说。“它也许不会喜欢。最近有一小批的订货，要的是会叫唤的小狗。哪怕它只能卖六个便士，我也希望把那玩具做得尽可能的逼真。就是这原因。别介意，太太。”

事也凑巧，波瑟还未等凯里卜上前来捏它，便已经开始声嘶力竭地叫了起来。因为这种情形意味着一个新的客人的来临，凯里卜只得将他的研究推迟到以后的某一更方便的时间，于是他扛起圆蛋糕盒，便匆忙告辞了。也许他本可以使自己免去这些麻烦，因为就在门槛那儿他碰见了这位客人。

“啊，是你，你在这儿？等一会儿。我带你回家。约翰·皮瑞宾格尔，我愿为你效劳；我更愿为你美丽的妻子效劳。祝她一天比一天更漂亮！如果可能，祝她好上加好！还祝她更加年轻，”那人若有所思地低声说。“那可就真神了。”

“若不是你即将大喜临门，你这样夸奖我，真会叫我惊讶万分呢，泰克尔顿先生。”多特说，脸上没有一点和悦的气色。

“这么说，你全知道了？”

“我力图使自己相信了。”多特说。

“我想，一定让你费尽思索吧？”

“不错。”

玩具商泰克尔顿，通常被大伙儿称作格拉夫·泰克尔顿。因为“格拉夫和泰克尔顿”是这家公司的字号，尽管格拉夫的产权早就被别人买下；现在，只有他的名字还被沿用着，另外，正如一些人所说，根据字典中对“格拉夫”①这个词的解释，他的天性至今仍然保留在这个行业中。玩具商泰克尔顿是这样一个人：他的禀性完全被他的父母和保护人所误解；如果他们将他造就成一个放债人，一个精明厉害的律师，一个郡长的官员或是一名中间商，那么，他或许会在青年时代播下他那贪得无厌的种子，然后在胡作非为，经历种种罪恶交易之后，或许仅仅是出于新鲜好奇，也会最终变得和蔼仁慈一些。但是，在四平八稳的玩具制造业中，他感到压抑，他焦躁不安，于是，他便成了一个囚困在家牢中的恶鬼。他一生都靠吮吸儿童们的血过活，是他们不共戴天的敌人。他厌恶所有的玩具，无论如何不会买下一件。出于恶意，他喜欢把一些狰狞的表情刻画在那些黄皮纸做的赶着肥猪去赶集的农夫们的脸上，描绘在宣告败诉律师的悔悟的打钟人、可以活动的缝补长袜或切糕饼的老太婆以及他经销的诸如此类的各种玩具的脸上。他制造出许许多多令人毛骨悚然的面具：木匣子中那些面目可憎、披着长毛的红眼睛玩偶；蝙蝠风筝；身子老是向前冲着的、瞪着眼睛能把孩子们吓得魂不附体的凶神恶煞般的不倒翁。在这些玩具身上，他的灵魂得到极大的满足；它们是他唯一的安慰，是他借以发泄自己卑劣情感的渠道。在这一类发明上，他是出类拔萃的。对一切可以叫人联想起一场小小噩梦的东西，他都感到兴味无穷。他甚至不惜亏本，为幻灯机绘制了不少画着牛鬼蛇神的幻灯片（他本人对这玩具非常钟爱），那些幻灯片上，黑暗之神被描绘成一种长着人头的、稀奇古怪的贝壳。为了把那些魔鬼巨人制作得更加生动逼真，他曾投下一笔可观的资

① 格拉夫的原文为“Gruff”，作“粗暴”、“乖戾”解。

本；尽管他本人不是画家，他却可以手拿粉笔，向他的工匠们发号施令，并使那些怪物的脸上都具有一种鬼鬼祟祟的眼神儿。这种眼神足可以把任何一个六岁到十一岁的小先生搅扰得心神不定，使他在整个圣诞节或暑假期间惶惶不安。

他在玩具上的好恶，也同样（像大多数人一样）表现在其他事物上。因此，你或许会很容易地猜想，在那件直拖到他小腿部的肥大的绿色斗篷中，那个把纽扣紧紧地扣到下巴的人是个非常有趣的汉子；并且，你还会猜想，这脚蹬着一双红木色鞋面、牛头形长靴的人，是个很高雅的人物和十分可亲的伙伴呢。

不管怎么说，玩具商泰克尔顿就要结婚了。不管他为人如何，他就要结婚了，而且他要娶的是一个年轻的妻子，一个妩媚而又年轻的妻子。

此刻，他站在运货工的厨房里。他干瘪的面孔扭曲着，身子呈螺旋形，帽子压在他鼻梁上方，他把双手直插到衣袋底部。他那全部的辛辣邪恶的心地，从一只小眼的眼角上透露出来，就像集中了几只乌鸦的罪恶的精髓。他这副神情一点儿也不像新郎，可是他偏偏就要当上新郎了。

“三天以后，也就是星期四，今年头一个月的最后一天，那就是我举行婚礼的日子。”泰克尔顿说。

他一只眼睛总是瞪得大大的，另一只眼却差不多总是紧闭着，而那只几乎总是闭着的眼睛却又总是富于表情的。我曾经说过这些话吗？我想我没有这样交代过。

“那就是我举行婚礼的日子。”泰克尔顿说着，一边把他的钱币弄得叮当作响。

“啊，那也是我们的结婚周年纪念日呢！”运货工惊叫起来。

“哈哈！”泰克尔顿放声大笑。“怪啦！你们正好也是那样的一对儿。正正好好！”

听到这放肆的话语，多特的愤怒简直难以形容。接下去他还要说些什么？或许，他正想入非非，憧憬着自己也可能有那么一个宝宝的前景呢。这人真是疯了。

“来，有两句话要对你说。”泰克尔顿喃喃地说。他用肘部轻轻推了推运货工，把他带到离别人稍远一点的地方。“你来参加我们的婚礼吧？你知道，你我的处境可是彼此彼此的呀。”

“怎么叫彼此彼此呢？”运货工问。

“我俩的婚姻都有一点不相匹配的地方，你知道。”泰克尔顿说，又轻轻推了送货工一下。“那么，事先来和我们消磨一个晚上吧。”

“为什么？”约翰问，对方这种咄咄逼人的殷勤使他十分诧异。

“为什么？”泰克尔顿回答说。“这可是接受邀请的一种新方式啊！为什么，为了痛快，为了交际，你知道，就是为了这些！”

“我以为你从来就是不爱交际的。”约翰说道，表现出他那直率朴实的天性。

“咳！我明白了，和你吞吞吐吐可不中用。”泰克尔顿说。“唔，那么事情的真相是，你们俩具有一种喝茶人所说的宜人的外表，你和你的妻子。我们很明白，你晓得，但是——”

“不，我们一点也不明白，”约翰插嘴说。“你这到底是在说些什么呀？”

“好吧，那么就算我们不很明白，”泰克尔顿说。“我们同意，我们并不明白，随你的便，那又有什么关系？可我刚才要说的是，正因为你们具备那种宜人的外表，你们的光临将会在未来的泰克尔顿夫人身上产生一种良好的影响。尽管我知道你的太太对我并不怎么友好，可是在这件事情上，她仍不免最终同意我的看法，因为，她那种娇小可亲、安逸娴雅的风采，即便是对一件她漠不关心的事情，也总会产生一些效果。你答应我，你们来吧。”

“我们早已商定好，要在家里度过每一个结婚纪念日。”约翰说。“六个月来，我们一直对自己许下这样的诺言。我们觉得，你看，家是——”

“呸！家是什么？”泰克尔顿喊道。“还不是四堵墙壁再加一层天花板？（你为什么不把那只蟋蟀弄死？要是我，早就弄死它们了。我总是这样做的，我讨厌它们的叫声。）我家同样有四面墙壁和一层天花板。上我那儿去吧。”

“你弄死你的蟋蟀，嗯！”约翰说。

“我踩死它们。”泰克尔顿回答，说着还使劲地把脚往地板上一跺。“你答应一定来吧？要知道，如果女人家能互相劝勉，说她们对现状心满意足，生活简直再好不过了，那么，这对于你我是同样有好处的。我懂得她们的心思。不管一个女人说了些什么，另一个总会随声附和。她们之中存在着一种竞争精神。先生，如果你的夫人对我的夫人说：‘我是世界上最幸福的女人了，我的他啊，就是世界上顶呱呱的丈夫。我是多么多么爱他呀！’那么，我的太太也会对你太太说上这么一番话，也许说得还要多一些，然后她自己差不多也就相信这些话了。”

“你是说，她实际上并不……？”运货工问。

“并不！”泰克尔顿叫道，同时发出一声短促的尖笑。“并不什么呀？”

运货工隐隐约约想说“爱你”。可是，当约翰的目光恰巧和那只半闭的眼睛碰在一起的时候——那眼睛从斗篷的翻起的领子上向他眨巴着，差不多要被那衣领挤了出来——约翰立刻感到这决不是什么值得一爱的东西的主要部分。于是，他改口说：“她并不相信吗？”

“啊，你这狗，你在开玩笑。”泰克尔顿说。

可是运货工却无法迅速理解对方这席话的全部含义，他非常严肃地凝视着泰克尔顿，使得他不得不再做一些解释。

“我有兴致，”泰克尔顿说；他举起左手的指头，轻轻敲着食指，好像在表示：“这便是本人——泰克尔顿。”“我有兴致，先生，娶一个年轻的妻子，一个美貌的妻子。”说到这儿，他又敲了敲小指，表示那就是新娘；他做这个动作时，没有一点怜爱的意味，相反，他神态严厉，带着一种凌人的气势。“我完全能够，而且已经满足了我的兴致。这便是我的怪念头。可是——你看！”

他用手指着多特坐着的地方：她若有所思地坐在炉火前，一手托着她那带笑涡的面颊，眼睛凝望着明亮的火苗儿。运货工看看多特，又看看泰克尔顿，然后再次看了看她，又看了看他。

“你知道，她既恭敬又柔顺，这毫无疑义。”泰克尔顿说。“这一点，对于我这个感情并不十分丰富的人来说，已经是足够了。可是，你是否认为在这件事上还有更多的一点什么吗？”

“我认为，”运货工说。“如果有什么人说是没有了的话，我准会把他扔到窗户外头去。”

“正是那样！”泰克尔顿极其欣喜地表示赞同。“千真万确！无疑你会把他抛出去的。当然，我非常相信这点。一夜平安。祝你做一场美梦！”

善良的运货工感到困惑不解，他感到很不自在，手足无措。他不由自主地把这副窘态暴露在自己的举止中。

“一夜平安，我亲爱的朋友！”泰克尔顿满怀怜悯地说。“我走了。实际上我俩的情况完全相同，我明白。你明晚不能来吗？算了，我知道后天你们要外出访友。我到那儿去会你们吧，我还要带上我未来的妻子。那对她大有裨益。你同意了？谢谢！啊，那是怎么回事？”

那是运货工的妻子发出一声高叫。这叫声又高又尖，来得那么猝不及防，使屋子像一件玻璃器皿似的轰鸣着。她已经从她的坐椅上立起身来，像一个由于恐怖和惊骇而呆滞麻木的人，她木然站立着。那个陌生人已走到炉火跟前烤起火来。他在离多特的椅子仅一步之远的地方站着，可样子十分沉静。

“多特！”运货工叫着。“玛丽！亲爱的！你怎么了？”

一时，他们都围拢来。一直在蛋糕盒旁打着瞌睡的凯里卜突然惊醒，睡意曚昽之中，他慌乱地一把抓住斯洛博伊的头发，可紧接着又连声道歉。

“玛丽！”运货工惊叫着，把多特抱在怀中。“你病了吗？这是怎么回事？告诉我，亲爱的！”

她只是拍着两手，接着又发出一阵狂笑。然后，她从他的怀抱中挣脱出来，坐到地上，她用围裙捂着脸，痛苦地哭泣起来。再后来，她又笑了，笑了一阵又哭了起来。接着，她说天气实在太冷，并要约翰把她扶到火炉前。到那里，她便又像先前一样地坐下了。那老人和刚才一样，仍然一动不动地站在那儿。

“我好些了，约翰。”她说。“现在我已经很好了——我——”

“约翰！”可是约翰是站在她的另一边。为什么她朝着那位陌生的老人转过头去，就好像在对他说话一般！她精神错乱了吗？

“只是一种幻觉，约翰，亲爱的—— 一种震惊—— 一件什么东西突如其来地出现在我眼前——我不知道它是什么。现在没有了，完全没有了。”

“我真高兴它不再搅扰你了。”泰克尔顿喃喃地说，那只富于表情的眼睛扫视着屋子的每一个角落。“我奇怪它究竟上哪儿去了，它到底又是什么玩意儿？嘿，凯里卜，上这儿来！那个白头发的人是谁呀？”

“我不知道，先生。”凯里卜轻声答道。“我以前从没见过他。他那漂亮的身材倒真像一把胡桃钳子，而且还是一种新的样式呢。再往他的背心上插上一把螺丝钳，他就更妙了。”

“不够丑。”泰克尔顿说。

“或者说，他还很像一只火柴盒呢！”凯里卜苦思冥想着说。“一个多好的模型啊！把他的脑袋像拧螺丝钉似的拧下来，把火柴装进去，再把他的脚跟翻上来擦火，就像他站着的姿势，那才真是一个可以放到哪位老爷家壁炉台上的绝妙的火柴盒呢！”

“那还远远不够丑的，”泰克尔顿说。“他简直一无是处。来吧，扛起那盒子！你全好了吧，我希望？”

“唔，完全好了！完全好了！”那娇小的妇人说，挥着手让他快走。“一夜平安！”

“一夜平安！”泰克尔顿说。“再见，约翰·皮瑞宾格尔！你提着盒子的时候可要当心，凯里卜。要是它掉下来，我可要你的命！啊呀，一片漆黑，天气更坏了，是不是？再见！”

于是，泰克尔顿那锐利的目光又在屋子里扫了一遍，接着他便走出门去。凯里卜头顶那盒结婚蛋糕，跟在他身后。

多特刚才的发作令运货工惊愕不已，他一直忙于安慰照料他娇小的妻子，几乎忘却了那陌生人的存在。直到这会儿，他才意识到，那人仍然站在那儿，已经成为他们唯一的客人了。

“你瞧，他不是来找他们的。”约翰说。“我得暗示一下好叫他走。”

“请你原谅，朋友。”老先生走上前对约翰说。“更要请你原谅的是，我恐怕你的夫人还没有完全恢复健康；可是，我的仆人还没有到，”他摸着耳朵直摇头。“我年迈体衰，实在离不开仆人，我担心一定是出了什么差错了。在这样一个寒冷的夜晚，有你的货车给我挡风避寒本来已算很好了（老天保佑，我不要再遇上更破的车了！），可我总觉得受不了。你能行行好，允许我搭铺在这儿住上一宿吗？”

“可以，可以。”多特说。“可以，当然可以！”

“噢！”运货工说道，多特如此迅速地满口答应使他感到奇怪。“这个，我并不反对；不过，我仍然有点不放心，他——”

“别做声！”她插嘴说。“亲爱的约翰！”

“没事儿，他完全聋了。”约翰连忙说。

“我知道他耳聋，可是——是的，先生！完全可以。是的！当然可以！我这就去给他搭床，约翰。”

说罢，她便匆匆忙忙地去准备床铺了。她那惶恐不安的神情和焦躁慌张的举止是那么异常，运货工站着呆呆地注视着她，全然不知所措了。

“那么娃娃的妈妈们要去搭一张床们了吗？”斯洛博伊小姐对

着婴孩嚷道。“帽儿们摘掉后，他的头发长成金黄色了吗，变得卷曲了吗；可吓了他一大跳哇，这个小宝贝儿们，坐在炉火旁呀！”

当一个人陷入疑虑和惶惑之中时，他的注意力时常会令人费解地被一些琐碎的小事所吸引，运货工正是如此。他缓缓地在屋子里踱来踱去，发现自己竟正在心中一遍又一遍地默念着斯洛博伊的那些荒唐可笑的话语。

他重复默念了许多遍，因此已把这些话记得滚瓜烂熟，可是他仍然翻来覆去地念着，就好像他是在背诵一篇课文。这时，蒂里不断地用手使劲地摩擦着宝宝那小小的光脑袋，直到她认为（根据护士们的习惯做法）已收到了健儿效益后才罢休。然后，她又给宝宝戴上了帽子。

“可吓了他一大跳呀，一个小宝贝们，坐在炉火旁呀。可是究竟是什么吓了多特一大跳呢，我真不知道！”运货工一边来回走着，一边苦苦地思索。

他在内心揣摩着那玩具商人的言外之意，可是那些话带给他的只是一种模糊的、难以名状的不安。因为泰克尔顿是机灵而又狡诈的，而他却痛苦地感到自己是个理解力愚钝的人，任何一点支离破碎的暗示总要叫他忧心忡忡。当然，他绝对无意将泰克尔顿所说的话与他妻子异乎寻常的行为联系起来；但是，这两股思绪一起钻进他的头脑，他实在无法将它们分开。

不多会儿，多特就把床安置妥当了。陌生的客人谢绝了宵夜的点心，只喝了一杯茶后便去睡了。于是，多特说道：“一切都好了，一切都好了。”她为丈夫把那张大椅子安放在壁炉边上，把烟斗装满烟叶后递给他，然后，她像往常一样，在火炉旁紧挨着他的那张小凳上坐了下来。

她几乎总爱坐在这张小凳上；我想，她一定认为那是一张用甜言蜜语向她逢迎的小凳。

我应当说一下，说她是世界上最了不起的装烟斗的人，她真是当之无愧的。你看吧：她先把那丰腴的小手伸进烟斗里，然后对着烟管使劲吹着，以保证烟管的清洁畅通。她这样吹过之后，总还要设想那烟管里还有些什么渣子，于是便又吹了十一二次。然后，她把她那漂亮的小脸蛋极其动人地歪着，再把烟斗拿到眼睛前，像看望远镜似的对着它细看着……当你看到这一切时，你一定会认为这是一件非常出色的事情。对于烟叶，她也是一名精通的行家里手；而她点烟的手法更是高明——运货工把烟斗衔在嘴上，她拿着个点燃着的纸捻儿那么贴近他的鼻子，可是总也不会烧到它，这是一门艺术啊，先生，一门绝妙的艺术。

真的，那蟋蟀与水壶此刻又活跃了起来，它们承认那是艺术！那光亮的火苗儿又炽烈地燃烧了起来，它承认那是艺术！座钟上那个割草匠默默无声地干着活，他承认那是艺术！当然，最乐于承认这点的，还是那额头舒展平和、面容和蔼可亲的运货工啰。

当他安详从容、若有所思地吸着烟斗的时候，当那只荷兰钟滴滴答答发出声响、那通红的火苗儿闪闪发光的时候，当那只蟋蟀又唧唧吟唱的时候，他那火炉和家宅的守护神（那蟋蟀便是这样一个守护神）以天仙的姿态在屋子里出现了，并且在他周围唤出各式各样的“家”来。不同年龄、不同体态的多特顿时充满了整个屋子。孩提时代的欢快的多特出现在他面前，她飞跑着，摘采着鲜花；当他求爱时，站在他粗壮的身躯前的多特，她半推半就，腼腆娇羞；新婚的多特，在房前跨下马车，惊讶地拿起那一串家门的钥匙；做了母亲的娇小的多特，在假想的斯洛博伊陪伴下，抱着孩子去受洗礼；当了主妇但依然年轻，依然花容月貌的多特，望着女儿们在乡村舞会上婀娜起舞；身子发胖了的多特，被玫瑰花般的孙儿们团团围住的多特；枯萎了的、拄着拐杖蹒跚而行的多特……那时，年迈的运货工也出现了，瞎了眼睛的老波瑟躺在他的脚边；接着，是年轻的车夫赶出簇新的货车，车篷上写着“皮瑞宾格尔兄弟公司”的字样；还有就是风烛残年、病魔缠身的运货工，他受到最温柔的人们的护理；最终出现的，是墓地中那故去的、被人遗忘的老运货工的坟墓，上边覆盖着萋萋的青草。尽管他的目光一直盯在火苗儿上，可当那蟋蟀把这一切展现在他眼前时，他非常真切地看到了它们。运货工的心情变得轻松愉快了，他用整个的身心感谢他的家神，而且和你一样，再不去理会那个格拉夫·泰克尔顿了。

可是，那个身材像青年男子一般的人究竟是谁呢？同样是这只蟋蟀仙子把他安置在离多特的小凳极近的地方。他停在那里，显得那么孤独。为什么他拖延着不肯离去，靠她那么近，而且把胳膊搭在壁炉台上，还不断地唠叨“结婚了！可不是和我！”呢？

啊，多特！令人失望的多特啊！在你丈夫的整个心灵中，是没有一点留给它的位置的；可为什么它的阴影偏偏笼罩着他的家呢？

第二章

凯里卜·普鲁默和他的盲女相依为命地活着，就像许多故事书所说的那样——让你我一起为故事书祝福吧，因为在这个乏味的世界上，它们总可以给我们说点什么。凯里卜·普鲁默和他的盲女孤苦伶丁地生活着。他们住在一座矮小的、像破裂的胡桃壳一般的木屋子里，如果把格拉夫·泰克尔顿的那幢赫赫显眼的红砖楼房比作一只鼻子，那他们的木屋实际上还不及那上面的一只小脓包。格拉夫·泰克尔顿的宅邸是那条街上最了不起的特征；可是，对凯里卜·普鲁默的住房你只需敲它一两锤，它便会坍塌，然后，一辆大车便可以把那些破破烂烂一齐拉走了。

如果有谁真把那木屋砸垮，如果在这一场浩劫之后有谁还会怀念起那座小木屋，那么毫无疑问，人们只会赞许说，把它拆除是一项极大的改进。木屋紧挨着格拉夫和泰克尔顿的宅邸，就像大船龙骨下的一只藤壶[①]，门上的一只蜗牛，或是树干上的一簇毒蕈。但是，那木屋确实曾经是一株幼芽，有了它，格拉夫和泰克尔顿的家业才得以生长成参天大树。就在木屋东倒西歪的屋顶下，前一代的格拉夫曾小规模地为当时的少男少女制作过不少玩具；那些孩子们玩着玩具，后来发现它们陈旧过时了，然后弄坏了它们，最终，他们自己也长眠于地下了。

我说过，凯里卜和他可怜的盲女住在这儿；可我本该说，是凯里卜住在这儿，而他可怜的盲女却住在别的什么地方，住在凯里卜创造出的一个令人陶醉的家园里；那里，没有贫穷与不公，也没有苦恼与忧愁。凯里卜不是巫师，但他从事着依然留存在我们中间的唯一的神奇的艺术：忠诚的、不灭的爱的魔术。造物女神是他学习的导师，在她的教诲之下，一切美好的奇迹便出现了。

这双目失明的姑娘从不知道，他们的天花板已褪了颜色，墙上满是污渍，灰泥四处剥落，巨大的裂缝不经修补，正在一天天地扩张，那房梁正在腐朽，随时都有坍塌下来的危险。这双目失明的姑娘从不知道，他们的铁家具正在锈蚀，木器正在坏朽，墙纸也都凌乱不堪地挂着：整座住房已是风雨飘摇，濒于崩溃了。这双目失明的姑娘从不知道，在他们家的板格上放着的是一些丑陋不堪的土罐陶盆，他们的屋子里弥漫着一种哀伤衰败的气息；在她失去视力的眼前，凯里卜那稀疏的头发一天比一天更加灰白。这双目失明的姑娘从不知道，他们有着一个冷酷、苛刻、毫无同情心的主人，她从不知道泰克尔顿的本来面目，相反，她却笃信，泰克尔顿是个时常喜欢和他们说俏皮话的性情幽默的人，他充当着护卫他们生活的天使，却不屑听他们说一句感恩戴德的话语。

这一切都是凯里卜——她忠厚朴实的父亲——变出的戏法！可是，凯里卜的火炉边也有那么一只蟋蟀。在这失去母亲的盲女还十分年幼的时候，在他不胜悲哀地听着蟋蟀的吟唱的时候，那小小的精灵给他以鼓舞，使他想到，即便是她那极大的缺憾也可能转变成一种福分，而且他可以用这些小小的办法，使姑娘的心情愉快起来。因为，蟋蟀家族的全体成员都是极有声威的精灵，虽然经常的情况是，那些与它们交往的人们并不明白这一点。在这幽冥的世界中，还有什么声音能比这炉旁的神灵向人类倾诉衷肠的声音更加温柔，更加真挚呢，还有什么声音能和这声音一样完全可以信赖，一样确凿地给人以最亲切的忠告呢！

凯里卜父女俩在他们平常的工作室里一起忙碌着，这屋子同

---

① 藤壶，一种海洋中的甲壳动物，生活于海滨岩石、船底以及其他大型甲壳动物上。

时也充当他们平日的起居室。这是一个奇怪的地方，这里，放满了为各种不同身份地位的玩具娃娃们制作的房屋，有的已经完成，有的还没有做好。这里，有中产之家娃娃的郊外住宅；有下层阶级娃娃的厨房和单间住房；还有贵族社会娃娃的在城里的豪华公馆。这些房子中，有一些好像是设计者考虑到收入有限的娃娃们的方便，根据居住者的经济能力而安排了内部陈设；另一些则具备最奢侈的排场，一俟吩咐，便可用满架的桌椅、沙发、卧床和其他装饰物把房间装点起来。这些贵族豪绅以及平民百姓（这些住房便是为他们设计制作的）躺在置于屋内四处的篮子里，眼睛睁得大大的，盯着天花板。但是，为了表明这些玩具娃娃在社会上的等级，为了使它们的外形与它们各自的身份相符合，不走样（经验告诉我们，在现实生活中，这是困难得令人可悲的），这些玩具娃娃的制造者们费尽了匠心，他们的技艺显得要比那通常是刚愎而又执拗的大自然高明得多。他们并不依赖那些作为不同身份标志的绸缎、印花棉布及小碎布头等东西，却同样给玩具人增添了不少无懈可击的、极其鲜明的而且又是因人而异的记号。于是，声名显赫的贵妇人有着蜡制的、比例完全对称的四肢，可是，只有她以及与她地位相同的人才得以享受这样的特权；比她稍次一等的人物是用皮革制成的，再次的便是用粗麻布一类的原料做的了。至于那些平民嘛，他们的胳膊和两腿就只配用火绒盒里的火柴棍来做了，而且，一旦它们被安置在那种阶层里，它们便再也不可能从中挣扎出来。

除了玩具人，凯里卜·普鲁默的屋子里还陈设着显示他手艺的其他产品。这里，有挪亚方舟，船上的鸟兽异乎寻常地紧密排列着；我告诉你，不过你想方设法总可以把它们从船顶那儿塞进船舱，并把它们摇晃着，挤进一个最小的空间。就像写诗时大胆的破格一样，凯里卜在这些挪亚方舟的许多门上安装了叩门环，也许这种不合逻辑的画蛇添足是为了叫人联想起晨间的来访者和邮递员，然而对于这建筑的外表说来，它们却是令人满意的装饰。这里，还有一大批好似郁郁寡欢的小货车，当轮子转动的时候，它们便奏出一曲曲最令人伤感的音乐来。此外，还有许多小四弦琴，小鼓和形形色色的刑具；还有不可胜数的大炮、盾牌、宝剑、长矛和火枪等等。身穿红色马裤的小杂技演员不停地翻着跟斗，他们一跃而起，跳过红棉布带做的高高的障碍物，脑袋冲下，落到地上；无数外貌可敬的（且不说德高望重吧）老绅士们发疯似的跳过有意设置在他们街门前的一排平卧着的木钉；房间里还有各种走兽，各种各样的马儿尤其多，从用四只小钉做马腿，一片破布做鬃毛，躯体上斑斑点点的马儿，到奋勇奔驰的良种摇动木马，真是应有尽有。

只要那控制着机关的把手一转，这无数奇形怪状的小玩意儿便立刻会做出各式各样的可笑的动作来。要计算这些玩具的数目是极其困难的，因此同样，要叙述人类的愚行、罪孽或弱点也不是一件易事，在凯里卜·普鲁默的陋室中，你是无法找到与它们相似或相差甚远的模式的。此外，对于人类的愚行、罪孽和弱点，我们也不能夸大其词，因为任何一个小小的把手都会促使一些男女像那些玩具一样，做出种种奇异的表演来。

在所有这些物品中，凯里卜和他的女儿坐着工作着。那盲女充当着一个忙碌的、玩具娃娃的服装师，凯里卜则正在给一座理想的家庭宅第那装有四对窗门的正面刷着油漆，镶上玻璃。

凯里卜的脸上布满皱纹，透露出忧虑，他聚精会神，完全沉浸在他的工作之中。他的这种神情姿态如果表现在某个炼金术士或深奥的学究身上，那便是极为合适的了；可现在，你一眼就可看出，它与凯里卜的职业以及他身边那委琐平凡的环境形成了古怪的对照。可是，不管事情是多么细小琐碎，如果为了面包你必须去发明创造，必须去从事这工作，那么这事情也就变得非常严肃重要了。除了这种考虑之外，我本人丝毫无意声称，如果凯里卜是一位宫廷大臣，或是一名议员，一个律师，或者甚至只是一个大投机商，他所制作的玩具便会稍逊一筹；尽管我对于它们是否能像现在这样于人无害这点，抱有极大的怀疑。

“这么说，父亲，昨晚您就是那么冒着雨，穿着那件漂亮的新大衣出去的吗？”凯里卜的女儿问。

“是的，是穿着那件漂亮的新大衣。”凯里卜回答，同时，他向屋子里的一条晾衣服绳子瞅了一眼：先前我们交待过的那件破麻袋布衣服很仔细地挂在上面晾着。

“父亲，您买了它，我真高兴啊！”

“而且，它又是那样了不起的一个裁缝做的。”凯里卜说。“一个很时髦的裁缝呢。对于我，这衣服是太好了。”

盲女停下手中的活儿，快乐地笑着。

“太好了吗，父亲？有什么太好的东西您不该享用呢？”

“可是，穿起它我还真有点儿难为情呢。”凯里卜说。他端详着女儿那笑逐颜开的脸庞，留意着他的话语所产生的效果。“真的！当我听见我身后的那些孩子和人们议论说：‘哎呀！瞧这先生穿得有多帅！’我简直不知道眼睛往哪儿看才好。还有，昨晚有个叫花子总缠着我，当我告诉他我只是个普普通通的人时，你猜他怎么说？他说：‘不，您老爷！您老爷可别这么说！’这可真叫我无地自容。我实在觉得仿佛我没有权利穿它了。”

幸福的盲女哟！她沉浸在狂喜之中，是多么的兴高采烈啊！

“我看见您了，父亲！”她拍着手说。“我看得真真切切，就像自己有眼睛一样！只要有您在我身旁，我好像就不需要那双眼睛了。您穿的是一件蓝色的大衣！”

“鲜蓝色的。”凯里卜说。

“是啊，是啊，鲜蓝色的！”女孩抬起她那神采飞扬的脸蛋儿，惊叫着。“这种颜色，我恰巧想到了，就是那神圣的天空的颜色！以前你告诉过我天空是瓦蓝瓦蓝的！啊，一件鲜蓝色的大衣！——”

“而且做得十分宽松，”凯里卜又提了一句。

“啊，是啊，做得十分宽松！”盲女一边高叫，一边纵情欢笑着。“于是，您穿着它，亲爱的父亲，您的眼神那样欢快，您的脸上带着笑容，您的脚步又是那样从容，您的头发乌黑浓密：您是多么年轻，多么英俊啊！”

“哎哟！哎哟！”凯里卜说。“我马上就要沾沾自喜了！”

“我想您已经沾沾自喜了！”盲女极其欢乐地用手指点着他，高声说。“我了解您，父亲！哈，哈，哈！您瞧，我已经猜到了！”

可是，她脑海中的这幅图画与坐在那儿凝视着她的凯里卜是多么迥然不同啊！她曾经说到过他那从容的步履，在这一点上，她是对的。多少多少年以来，他从来没有用他自己的那种缓缓的步态跨进过这个门槛儿，他总是为她的耳朵假造出一种脚步声来；即便是在他心情最为沉重的时刻，他也从不曾忘记，他要用这种轻快的足音给女儿的心以欢乐与勇气！

天知道！可是我想，凯里卜的这种令人费解、令人惶惑的所作所为多半是出于他对瞎眼的女儿的厚爱，是他因此而把自己以及自己周围的一切事物弄颠倒，连他本人也糊里糊涂了的结果。经过这么多年不辞辛劳地破坏他自己的个性以及一切与之有关的所有事物的个性，这个瘦弱的老人又怎么可能不感到困惑呢？

“唔，好了。”凯里卜说，他向后退了一两步，以便更好地鉴赏一下自己的作品。“和真房子几乎一模一样，真是半斤八两呢！可惜这房子的正面一下子统统打开了！如果能在里头加一段楼梯，如果能给每间房间都安上一扇固定的门，那该有多妙！可是，这正是干我这一行的最大的毛病，我总是想入非非，总是哄骗自己。”

“您说话的声音十分微弱，您一定疲倦了吧，父亲？”

“疲倦？”凯里卜突然很有生气地应答道，“有什么能叫我疲倦呢，贝莎？我从没有疲倦过，我不懂疲倦是什么。”

为了把他的话说得更加有力，他使劲克制着自己，才没有不由自主地像壁炉台上那两个半身的、仿佛永远处于疲惫之中的小人那样伸起懒腰，打起哈欠来，而且他还哼起了哪一首歌中的片断。这是一首酒神节的歌，唱的是一只金光灿灿的酒碗。他唱着，发出一种怡然自得的声音，因此，他的脸庞显得比平常消瘦了一千倍，也更加心事重重了。

“怎么！你唱起来了？”泰克尔顿站在门口，探着脑袋问。“唱下去呀！我可不会。”

任何人都不会想到他会唱歌。无论如何，他不具备一般所说的唱歌的面孔。

“我可没工夫唱歌。”泰克尔顿说。“不过你能这样唱我倒是挺高兴。我希望，你也能有工夫干活。我想，既要唱歌，又要干活儿，时间恐怕就不够用了吧？”

“你要是能看见他就好了，贝莎，他正使劲对我眨巴着眼睛呢！”凯里卜轻声地说。“他真是个幽默大师！要是你不了解他，你会以为他是一本正经的呢，你说呢？”

盲女微笑着点了点头。

“人们都说，能够唱歌却不愿意唱的鸟儿，必须让它唱；”泰克尔顿嘟哝着说。“可是，不能唱、不该唱，却偏要唱的猫头鹰，我们又该拿它怎么办呢？”

“啊，我的天！”凯里卜窃窃地对女儿说。“这会儿，他的眼睛眨巴得更加厉害了。”

“他对我们总是乐乐呵呵，轻松愉快的！”满面笑容的贝莎叫出声来。

“噢！是你在那儿，是吗？”泰克尔顿回答说。“可怜的白痴！”

他确实相信，她是个白痴。而且他把他的这种信念建立在——我无法说出他是有意还是无意——她喜欢他这个理由上。“唔，是你么，你好吗？”泰克尔顿十分勉强地说。

“啊，我很好，我很好。我非常快乐，正像你祝福我的那样；我快乐得像你使全世界的人们都快乐一样，如果你能做到的话。”

“可怜的白痴！”泰克尔顿嘟囔着。“她毫无理性，毫无理性！”

盲女捧起他的手亲吻着；她用双手将它握住，接着温柔地用脸颊贴着这只手，良久之后才松开。在这一系列举动中，有一种无可名状的爱戴，一种炽热强烈的感激，这甚至使泰克尔顿本人也动了感情，于是他用比他平常的吼叫要温和一些的声音说：

“你怎么啦？”

“昨天晚上临睡时，我把它安放在我的枕头边上，在梦里我还牵挂着它。天亮时，那光灿灿、红艳艳的太阳——是红太阳吗，父亲？”

“在清晨和黄昏，它是红艳艳的，贝莎。”可怜的凯里卜说，眼睛悲哀地望着他的雇主。

“太阳升起来的时候，那耀眼的，使我简直不敢迎着它走过去的光芒照射进屋子里，我把小树苗放到了向阳的地方，我感谢上帝，因为他造出如此珍奇可爱的花木，我也感谢了您，因为是您把它送来使我快乐的！”

“莫非是疯人院打开了！”泰克尔顿压低声音说。“我们马上得弄点约束衣和消声器来，我们得准备起来了！”

凯里卜将两手松松地勾在一起，在他女儿说话的时候，他茫然正视着前方，好像他确实不能断定（我相信他正是如此），泰克尔顿究竟有没有做过什么事情，从而值得她这般感恩戴德。此刻，如果凯里卜是个完全自主的人，如果要求他要么就不顾死活把那玩具商踢上一顿，要么就根据他的功德而下跪在他脚边，那么我相信，凯里卜将无法在两者中必择其一，因为它们的可能性将是平分秋色，不相上下的。然而，凯里卜明白，为了女儿，是他，亲手将那棵小玫瑰那么小心翼翼地带回家来；又是他，亲口编造了这样一个无罪的欺蒙，这样女儿才不至于怀疑，每天他是怎样地，怎样地在否定着自己的念头，即他这么做，女儿也许会更快乐一些。

“贝莎！”泰克尔顿说，一时装出一副亲切的表情。“上这儿来。”

“噢，我可以立刻走到您身边！您不必给我引路。”她回答说。

“要我告诉你一个秘密吗，贝莎？”

“只要您愿意！”她急切地回答。

那阴郁的面庞此刻是多么欢欣啊！那屏息谛听的脸蛋儿是多么神采奕奕啊！

“今天，就是那个小——叫什么来着，那宠坏了的孩子，皮瑞宾格尔的妻子照例要来看望你们并举行她那古怪的野餐的日子，是吗？”泰克尔顿说，口吻中表现出对这桩事的极大反感。

“是啊，”贝莎回答。“是在今天。”

“我猜对了！”泰克尔顿说。“我也很想来参加你们的聚会呢。”

“父亲，您听见了吗？”盲女狂喜地喊道。

“是啊，是啊，我听到了。”凯里卜讷讷地说。他神情呆滞，很像个梦游症患者。“可我不相信这话。不用说，这又是我扯的一个谎。”

“你知道，我——我要使皮瑞宾格尔一家子同梅·费尔丁更近乎一些，我就要和梅结婚啦。”

“结婚！”盲女叫出声来，吃惊地从他身边向后退了几步。

“她可真是个该死的白痴！”泰克尔顿轻声骂道。“恐怕她永远也不会弄懂我在说些什么。啊，贝莎！结婚！——教堂，牧师，文书，牧师助理，玻璃马车，铜钟，早餐，喜庆蛋糕，礼品，猪膝，切蛋糕的傧相，还有其他形形色色的蠢玩意儿。知道么，就是举行婚礼，一场婚礼。你知道婚礼是怎么回事儿吗？”

“我知道。”盲女语调低沉地回答。“我懂的！”

“真的吗？”泰克尔顿嘟哝着说。“这可出乎我的意料。就算你懂吧。就为了那个原因，我要你也参加这个聚会，还要把梅和她母亲也带来。我会在上午送点什么吃的来，比方说一块冷羊腿肉，或是那种吃起来怪美的小甜饼什么的。你们可得等着我，啊？”

“好的。”她回答说。

她垂下头，身子转向一边，两手交叉着站在那里，沉思起来。

“我想你们不会等我的，”泰克尔顿望着她，抱怨道。“因为你们好像已经把这事儿给忘得一干二净了，凯里卜。”

“我敢说，我是在这儿，”凯里卜想着，“先生！”

“留意别让她把我刚才对她说的话忘了呀。”

“她从来不忘事的。”凯里卜回答。“这是她仅有的几件不聪明的事情之一。”

“每个人都把自己的草鹅当作天鹅。”玩具商耸耸肩膀评说道。“可怜虫！”

老格拉夫·泰克尔顿极其鄙夷地说完这句话，便转身离开了。

贝莎一动不动地坐在那里，依然在思索着什么。欢快的神情从她低垂的脸上消失了，这会儿这张脸上满是忧愁。有三四回，她摇着头，似乎是在为某种记忆或某些损失而悲叹；但是，她那愁惨的心绪是难以用语言来表达的。

凯里卜一直在忙着，他熟练迅速地将挽具钉到几匹马身上的重要部位，把这几匹马套到一辆运货车前。这时，贝莎走近他的工作椅，挨着他坐下，说：

“父亲，在这一片漆黑之中，我是多么孤独！我需要我的眼睛：那耐心的、随时愿给我帮助的眼睛！”

“它们在这儿呢。”凯里卜说。“它们总是乐意为你服务的。贝莎，一天二十四小时，不论在什么时候，它们是我的眼睛，但更是你的眼睛。亲爱的，你要你的眼睛为你做些什么呢？”

“环顾一下这间屋子吧，父亲。”

“好嘞，”凯里卜说。“说话之间，我已经看过了，贝莎。”

“告诉我，它是什么样子。”

“它还是老样子。”凯里卜说。“十分朴素，但非常舒适。墙壁上那明快的色彩，碟子盆子上那鲜艳的图案，房梁、镶板那光闪闪的木料，整个房间给人以愉快整洁的感觉，这一切使它显得很漂亮呢。”

是啊，凡是贝莎的双手能够辛勤劳作到的地方，那确实是令人愉快而又整洁的。但是，在这古旧破败的小屋里，在这凯里卜用想象使之变化了的小屋里的其他地方，又怎么可能是令人愉快而又整洁的呢。

“这会儿您穿着工作服，一定不像您穿着那漂亮大衣时那样仪表堂堂了吧？”贝莎抚摸着他说。

“是不那么帅了。”凯里卜回答。“不过很轻便呢。”

“父亲，”盲女说着，走到他身边，轻柔地伸出一只胳膊搂住凯里卜的脖子。“告诉我一点有关梅的事儿吧。她很秀美吗？”

“她确实很美。”凯里卜说。梅确实妩媚，对凯里卜说来，不用编造着说话，倒真是一件稀奇事了。

“她的头发乌黑，”贝莎沉思着说道。“比我的头发更黑。她的嗓音甜润又悦耳，我知道，我经常喜欢听她的声音。她的体态——”

“这屋子里所有的玩具娃娃中没有一个可以与之媲美！”凯里卜说。“还有，她的眼睛！——”

他不再往下说了，因为贝莎将他的脖子搂得更紧了；而且，那只拥抱着他的手臂带着一种警告的分量，对此，凯里卜是充分理解的。

他咳嗽了一会儿，接着拿起锄头敲打了一阵，随后便又唱起那支有关“金光灿灿的酒碗”的歌曲来，每当他陷入困境时，采用这样的策略总是万无一失的。

“父亲，再说说我们的朋友，我们的恩人吧。您知道，听您说起他来，我是从不厌烦的。您说是吗，我可曾厌烦过吗？”她急促地说。

“你当然不曾厌烦过。”凯里卜回答。“这是很有理由的呀。”

“啊，该有多么充分的理由啊！”盲女高声叫道。虽然凯里卜的动机是那么纯正，但当他望见贝莎那溢于言表的热情时，他实在不忍心正视她的面庞；他垂下了双眼，仿佛贝莎可以从他的眼神中识破他那善意的欺骗。

“那么，亲爱的父亲，再跟我谈谈他吧。”贝莎说。“反反复复地多说几遍吧！他的面容仁慈，和蔼，亲切，我肯定这张脸既忠实又真诚。他时而表现得粗鲁而又冷漠，可这正是他良苦的用心，他想以此来掩盖住他给予人们的种种恩惠；他有着一颗真正男子汉的心，从他的每一种表情、每一瞥眼神里，您都可以感觉到这颗心的跳动。”

“它是高尚的。”凯里卜在沉默的绝望中插了一句。

“对，它是高尚的！”盲女喊道。“他要比梅大几岁，是吗，父亲？”

“是——的。”凯里卜颇为勉强地说。“他是比梅大一点儿，可那无关紧要。”

“哦，父亲，当然啰！在他年迈体衰时，做他耐心的伴侣；在他患病时，做他体贴的护士；在他遭遇痛苦时，做他坚贞的朋友；为了他，不知疲倦地工作；看护他，照料他；坐在他的床沿儿上，他醒来时与他聊天；他熟睡时为他祈祷……这一切，该是多么巨大的荣幸啊！这一切，又是足以证明她忠实于他并完全献身于他的多么好的机会啊！亲爱的父亲，她会去做这一切吗？”

“毫无疑义。”凯里卜说。

“我爱她，父亲，我打心底里爱她。”盲女呼喊起来。说着，她便把她那可怜的、瞎眼的脸蛋儿放到凯里卜的肩头上，然后不停地哭泣起来；凯里卜几乎后悔不该给她带来这种弄得她泪流不止的欢乐了。

在这段时间里，皮瑞宾格尔家里可乱了套了。因为若不带上小宝贝，娇小的皮瑞宾格尔太太自然是不愿出门的，可是要把孩子收拾停当，却要花费许多时间。说到那孩子本身的体重或身高，那真是微不足道——但是，要给他做的事情却多得难以计数，而做这些事情又只能是一桩一件地慢慢来。例如，当你费了九牛二虎之力终于给孩子穿上了衣服，而且可能满有理由地认为再忙它一两下子便可把他打扮成一个世界上顶呱呱的孩子的时候，他却出人意料地戴着法兰绒帽子昏昏欲睡了；于是，你得赶紧把他送上床，让他在两条毯子中间“煨”（姑且这么说吧）上差不多一个钟头。在这一会儿安静之后，他又在酣睡之中被唤醒（免不了要大哭大闹一场），因为要请他去——怎么说呢！如果你们允许我按照一般的说法来讲的话，我就宁可说——用一点儿便餐。在此之后，他又睡了过去。于是，皮瑞宾格尔太太便利用这一小段间歇，恰到好处地修饰了一下自己的边幅，她的娇美，绝不会亚于你一生中所能遇见的任何人。同样在这一段时间里，斯洛博伊小姐则慢慢套上了一件羊毛短外衣，这件衣服的样式是那样奇异怪诞而又别具匠心，它似乎与斯洛博伊本人或这宇宙间的万物都格格不入：它是一件缩皱了的、折了衣角的、桀骜不驯的衣服，它可以全然不顾任何人的评说而独树一帜，独行其是。到这时，孩子又变得生气勃勃了，皮瑞宾格尔太太便和斯洛博伊小姐一道，给他罩上一件乳黄色的斗篷，头上又戴上一顶本色布的凸起的小帽；最后，他们三人才下楼走出门来。那匹老马早就等得不耐烦了，它用蹄子使劲地刨着地皮，把路面弄得破烂不堪，它这般造成的损失用它一天中交纳的通行税也难以补偿。在远远的前方，可以隐约看见波瑟的身影，它站在那里回首张望着，似乎在怂恿那老马不等命令就奋蹄疾跑呢。

要是说到需用一把椅子或其他什么东西来帮助皮瑞宾格尔太太爬上马车的话，那你们对约翰的了解真是微乎其微的，我蛮可以给你们介绍一番，如果你们觉得有必要的话。还不等你看清楚约翰是怎样把多特一把抱起来，多特已经在车厢里她的座位上坐得好好的了，她的脸羞得通红，说道："瞧你！约翰！你怎么能这样呢！想想蒂里也在这儿呢！"

如果允许我随便谈谈哪位年轻女郎的腿部的话，我便要讲到斯洛博伊小姐的腿：她那双腿好像命中注定是特别容易磕伤擦破的；因此，当她做一些即便是最轻微的攀上爬下的动作时，她每次总也要在自己的腿上留下一道道瘢痕，这情景就像鲁宾逊·克鲁梭把日子一天天地刻到木头日历上面一样。但是，因为我这样讲可能会被认为不文雅，所以我想我还是暂且不说了吧。

"约翰，那只篮子你带上了吧，就是那装着小牛肉、火腿馅饼，还有啤酒什么的篮子？"多特问。"如果你没把它给带上，你必须马上掉头回去一趟呢。"

"你可真是个可爱的小家伙。"运货工回答。"说得倒轻巧，再回去一趟，可你已经叫我晚了一刻钟啦。"

"真对不起，约翰。"多特急匆匆地说。"可是，要是不带上小牛肉、火腿馅饼，还有啤酒什么的，我是不愿到贝莎家去的，真的，约翰，说什么我也不会去的。吁！——"

这个单音节的字是向那马儿发出的，可那老马对此全然不加理睬。

"噢，快叫'吁'吧——约翰！"皮瑞宾格尔太太说。"求求你！"

"下次再掉头回家吧，以后会有机会的——等到我也开始丢三落四的时候。你瞧，这篮子不是在这儿好好的吗？"约翰回答。

"你可真是个狠心肠的恶鬼啊，约翰！你为什么不早早告诉我，让我费了这么多口舌！我说了，如果不带上小牛肉、火腿馅饼和啤酒什么的，给我多少钱我也不会上贝莎家去的。想想，约翰，自从我们结婚以来，我们每两星期总要定期在那儿举行一次小小的聚餐会，如果它有什么地方出了岔子，我几乎就会觉得，我们永远不会再交上好运了。"

“打一开头儿这就是个好主意。”运货工说。“为此，我敬重你，小女人家。”

“我亲爱的约翰，”多特双颊涨得绯红，说道。“别说什么敬重不敬重我了，天哪！”

“哎，我说——”运货工说。“那位老先生——”

即刻，多特显然又是困窘不堪了。

“他真是个怪人，”运货工说，眼睛正视着前方的道路。“我吃不准他。可我觉得，他不会伤害我们的。”

“绝对不会的。我，我敢肯定，他不会伤害任何人的。”

“是吗？”运货工说，眼睛凝视着多特那神情非常认真的面庞。“我很高兴，你能这样确信，因为这也就证实我的想法是不错的。他竟会想到要我们允许他在我们家继续住下去，这可有点儿离奇了，是吗？事情发生得这么奇怪。”

“真是很奇怪。”她小声回答，声音低得几乎难以听见。

“然而，他可是个性情温良的老先生。”约翰说。“而且付钱也像个有身份的绅士似的。我想，他的话也像上流人的话一样，靠得住。今早我同他谈了好久，他说，他现在已经比较熟悉我说话的腔调了，因此，我说的话他能听得比较清楚啦。他告诉我好多有关他自己的事，我也告诉了他许多我的事情，他问了好些问题呢。我告诉他，我有着两条常来常往的线路，你知道，就是我送货的线路；我告诉他，我一天从我们家向右走，然后返回来；另一天则从我们家向左走，同样再回来（因为他是外乡人，他是不知道这儿的地名的）；他听了显得挺快活的。‘啊，那今晚我就和你同路回家了。’他说。‘我还以为你恰恰是朝相反方向去呢。那真太棒了！可能我还要麻烦你再给捎个脚，但我担保，我不会再那么呼呼死睡了。’上回他睡得可真死，真是的！——多特！你在想什么？”

“想什么，约翰？我，我在听着你说话呢。”

“哦，那还好！”憨厚诚实的运货工说。“从你的脸色看，恐怕我又胡扯得太远了，你一定是听得不耐烦了，想起旁的什么事情了吧。我敢说，我差不多已经扯得太远了。”

多特没有回答，有一段时间里，他俩沉默着坐在车上向前颠簸着。但是，在约翰·皮瑞宾格尔的车上要保持长久的沉默是不容易的，因为路上的每一个人都有些话要对约翰说。虽然这些话可能只是“你好吗”之类的寒暄，而且确实，在此之后经常没有什么其他的话题，但是，要以同样热情友好的态度来作答复，仅仅点头致意或微微一笑显然是不够的，需要的是像议会发言般的鸿篇大论，是有助于肺部健康的滔滔不绝的演讲。有时候，步行的或骑马的赶路人为了与约翰聊聊天，会特意凑上前来，靠在车边一齐前行；于是，双方的话匣子便一下子全打开了。

那时，波瑟也招引出许多人来和运货工亲热地互致问候；在这方面波瑟的高明是五六个基督信徒也难以企及的。一路上谁都认识它，尤其是那些鸡啊，鸭啊，还有小猪什么的，只要它们一看见波瑟——它身子歪斜着，像是想刺探些什么似的竖起耳朵，尾巴翘在空中使劲地摇摆着——走近时，它们立刻退避三舍，躲进远处自己的家里，它们是不愿意领受与波瑟进一步结交这份荣光的。不管走到哪里，波瑟总也闲不住：跑进每一个岔道里看一看；跳上每一座井台探探头；窜进每一间村舍，然后又跑出来；闯进所有的小学校，吓得鸽子满天飞，惹得猫儿尾巴都变粗了；此外，它还会信步走进一家小酒馆，俨然是个经常光顾的老客。不管波瑟走到哪里，总能听到什么人大声叫喊起来：“哎呀，这不是波瑟吗！”然后，那个人便走出门来，至少会有两三个其他人会跟着他一起跑出来，向约翰·皮瑞宾格尔和他的美丽的妻子问一声安好。

这辆运货车上的大小包裹多得不可胜数；一路上接收一些，同时再送出一些，需要停靠许多站。但是，这样的停车决不是他们旅程中的什么糟糕的事情。有些人对他们的包裹满怀热望，有些人收到包裹时惊喜万分，还有一些人对他们的包裹则有着唠叨不完的关照……约翰对所有的包裹都怀有非常浓厚的兴趣，他甚至觉得这活计就像演戏一样的好玩。同样，有许多货物要运走，这也是需要考虑与讨论的；应该怎样将它们调整好并置放妥当，就此，运货工和货主们还得举行会议商量一番。在这时候，波瑟通常要上前助一臂之力，它时而凑过来聚精会神地观望，更长时间里，它则围绕着这聚在一起的有识之士们转着圈圈，并一直声嘶力竭地吠叫着。但这一切小事件发生着的时候，多特只是坐在车里她的位置上，饶有兴味地、眼睛瞪得圆圆地观望着，她的那副神态，构成一幅以车篷为镜框的、小巧可爱并令人赞叹不已的肖像画。我敢肯定地告诉你，这时路旁的年轻小伙儿们少不了要用胳膊彼此碰撞一下，会意地丢个眼色，并且窃窃地议论着，表露出艳羡的神情。这使得运货工心花怒放，他为自己的小妻子得到人们的赞美而骄傲，他知道对此她是不会介意的——相反，也许她还十分喜欢呢！

旅途中有一点儿雾，在一月份的天气里，这不足为怪，此外还有点阴冷。但是，有谁会在乎这些区区小事呢？多特是决不会的！蒂里·斯洛博伊也不会，因为她把坐车旅行看作人间无与伦比的欢乐，世界上至高无上的希望。那孩子更不会在乎的，我敢赌咒；因为这一路上他被捂得暖暖的，因此睡得熟熟的；虽说婴孩很需要穿暖睡足，但在这两方面，没有哪个孩子能比幸福的小皮瑞宾格尔得到更加周全的照顾了。

当然，在蒙蒙雾气中，你无法看得很远；但你仍然可以看到许许多多的景物！即使大雾再浓些，只要你费心去细看，你一定会惊讶地发现，你还是可以看到许多景致的。是啊，哪怕只是坐在车上观赏原野上的仙人环，以及残留在篱笆和树木旁边的荫蔽处的块块白霜，就已是一件叫人心旷神怡的事情；更不用说看那在雾气中时而出现时而消失的树林了。那些矮树丛互相缠绕着，光秃秃的，在风中摇动着许多枯萎了的花朵；但是，这种景色中却没有凄凉的韵味。此时此地，遐想一番是极其悦意的；因为它会使你觉得你家中的火炉边分外温暖，你期待中的夏天更多了几分浓绿。河水看上去是寒冷的，可它仍在流淌，非常欢畅地流淌——这点是很重要的。渠道里的水却流得十分迂缓，像停滞了一般——这一点是必须承认的，但这毫无关系。当霜冻更加厉害时，它会很快结起冰来，于是，便会有人来溜冰滑雪；那些笨重的旧驳船也被封冻在码头附近的什么地方，动弹不得，每天，它们只得从它们那生了锈的铁烟囱里向外喷吐着烟气，无所事事地消磨着时光。

在一个什么地方，有一大堆野草或是树枝什么的正在燃烧着；在白天，火焰呈白色，透过雾气发出耀眼的光芒，火堆中只有一两处不时闪现出一点红色的火苗儿。他们观望着，直到斯洛博伊小姐大声咳嗽，呛得透不过气来为止，她同时把那孩子也吵醒了，这下孩子就不愿再睡去；她解释说，咳嗽是因为浓烟“冲上鼻子”所致——只要有那么一点最微小不过的刺激，她总会做出这样一番举动来。这时，波瑟已走到四分之一英里开外的地方了，它已走过小镇的边缘，来到凯里卜及其女儿居住的那条街的拐角；在约翰一行到达凯里卜家门口时，它已经和盲女一起在人行道上站了多时，等着迎接他们呢。

顺便我还要说一下，在波瑟同贝莎交往时，它具备某种微妙的鉴别力；这使我完全相信，波瑟知道贝莎是个盲女。它从来没有像它时常对其他人那样地凝神注视过她，以引起她的注意，它总是直接去接触她的身体。我不知道，它同盲人或是瞎了眼的狗是否打过什么交道。但我很清楚，它从来也不曾有过一个瞎了眼的主人，而且老波瑟先生、老波瑟太太以及它们尊贵的家族中的任何一名成员都不曾罹患过盲症。也许，这是它自己的一项发现，而且，不知什么原因，它对此显得十分有把握；因此，此时它便紧紧咬住贝莎的裙子不放，直到皮瑞宾格尔太太和孩子、斯洛博伊小姐以及那只篮子都妥妥当当地进了房门，它才罢休。

梅·费尔丁已经来了；陪伴她的是她的母亲——一个面带愠

色、爱发牢骚、枯燥乏味的老太婆。因为她使自己的腰肢保持了像床柱一般的细，所以据认为她有着最出类拔萃的体形；而且，由于她曾经十分富有，或者说，由于她总是煞费苦心地故作姿态，以使人们得出她可能曾经发迹过的印象，（如果有什么从来不曾发生而且似乎是根本不可能发生的事情真的发生了的话。但这没有关系。）所以，她确实具有一种大家闺秀的雍容华贵的风度。格拉夫·泰克尔顿也在场，他竭力做出一副令人愉快的样子来；很显然，他毫不拘束而又洋洋得意，好像一条精力充沛的小鲑鱼一下子跳上了大金字塔的塔顶。

“梅！我亲爱的老朋友！”多特一边叫着，一边向梅跑去。“见到你，是多么叫人高兴啊！”

她的老朋友完全和她一样兴高采烈；而且，相信我的话，看到她俩拥抱在一起，更是一件赏心悦目的美事。毫无疑问，泰克尔顿是个颇具审美力的男子。梅确实很美。

你知道，有时你已熟悉了某一张漂亮的脸蛋儿，可一旦它与另一张美丽的面庞相遇，而且你又将这两张脸做一番比较的话，它会顿时黯然失色甚至变得丑陋不堪，它再不配获得往日你对它作出的高度评价了。可现在，当多特和梅站在一起的时候，情况却完全不是这样，因为这两张脸是如此自然、如此相得益彰地互相衬托出它们各自的妍丽；当约翰·皮瑞宾格尔跨进屋子时，他差一点失声叫了出来：她俩真应该是一对同胞姐妹！——我想，这也是你见到多特和梅时所能感觉到的唯一的一点美中不足了。

泰克尔顿把他的羊腿肉带来了，此外，说来更妙的是，他还带来了一只大果馅饼——当我们的新娘在场时，我们当然不会在乎一点小小的铺张；我们不是每天都结婚的——除了这些精致美味的食品外，还有小牛肉，火腿馅饼和那些被皮瑞宾格尔太太称为“小东西”的吃食，主要是一些干果、橘子、糕点，以及诸如此类的小吃。所有这些东西都在桌面上摆好，桌子的一侧放着凯里卜贡献的一大木盆热气腾腾的土豆（有正式的契约明文规定，他不得拿出任何其他的菜肴）；这时，泰克尔顿便领着他未来的岳母到上席就坐。为了给这举行盛会的场所更增添几分光辉，为了使那些愚笨的庶民们对她表示敬畏，这威严的老太太还戴了一顶帽子作为装饰，此外，她还戴着手套。可是，让我们还是学着做个上流人吧，否则还不如去死！

凯里卜坐在他女儿身边；多特和她的老同学并排坐在一起；善良的运货工坐在餐桌的末端；斯洛博伊小姐坐在椅子上，暂时与所有其他家具都离得远远的，为的是她不会再把孩子的脑袋碰撞到什么东西上去。

蒂里向四下望去，看着那些娃娃和玩具，它们也同样睁大了眼睛正视着她和那些客人们。站在沿街的家门口的那些年高德劭的先生们（他们个个手脚不停地动弹着）对这些聚餐的人们表现出特殊的兴趣；在他们蹦跳出去之前，总要驻足静立一会儿，仿佛是在谛听人们的谈话；然后，他们才左一次、右一次发疯似的翻起跟斗来，甚至都不停下来喘一口气——眼前举行的这次聚会似乎使他们欣喜若狂。

的确，如果这些老先生们看到泰克尔顿那副局促不安的神情举止，如果他们想因此而得到一种幸灾乐祸的喜悦，他们是很可以得到这种满足的。泰克尔顿跟谁也谈不投机；他未来的新娘越是和多特谈得亲热快活，他越是不高兴，尽管他正是为了这个目的才促成她俩的这次会面的。因为他是“牛槽中的狗”—— 一个自己郁郁寡欢又不希望别人快活的人，因为他就是他泰克尔顿，所以她俩欢笑时，他却笑不出来，而且他会立即想到，她们一定是在笑话他。

“啊，梅！”多特说。“亲爱的，亲爱的，变化多大啊！谈起那欢快的学校生活，我仿佛又变得年轻了。”

“怎么，你从来也没有老过啊，不对吗？”泰克尔顿说。

“看看我那老实巴交、劳劳碌碌的丈夫吧，”多特答道。“他至少给我添了二十岁。你说是吗，约翰？”

“四十岁呢！”约翰回答。

“你会叫梅年老多少岁，我实在说不上来。”多特笑着说。“可是到她下一次过生日时，她也就差不多有一百岁了。”

“哈哈！”泰克尔顿笑着。但他的笑声是那样干涩，听起来像是一只破鼓；而且，他的那副神情像是他很想轻而易举地把多特的脖子一下子拧折。

“亲爱的，亲爱的，”多特说。“还记得吗，那时在学校里，我们是怎样滔滔不绝地议论着我们将要选择的丈夫啊。我不知道我挑选的丈夫会是这么的不年轻，不英俊，不快乐，不活泼！说到梅的呢——天哪！想到当年我们竟是那么两个傻丫头，我真不知道该哭还是该笑呢。”

梅似乎知道应该怎么做，因为此时她的脸色变得绯红，而且已是泪水盈眶了。

“有时我们确实有过意中人——那些真正生龙活虎的年轻人，”多特说。“可我们很少考虑事情的结局将会怎样。我从来没有看上过约翰，我肯定，我甚至连想都没有想到过他。而如果那时我告诉你，你最终要嫁给泰克尔顿先生，哼，恐怕你会狠狠打我几巴掌的，是吗，梅？”

虽然梅没有说“是”，但她确实也没有说“不是”，而且她没有做出任何否认的表示。

泰克尔顿哈哈大笑起来，他笑得那么响，简直像是在叫唤着什么。约翰·皮瑞宾格尔以他惯有的那种敦厚善良、心满意足的态度笑着；可他的笑同泰克尔顿的笑比起来，只能算是窃窃的耳语了。

“这一切可都由不得你们啰。你们瞧，你们是无法抗拒我们的。”泰克尔顿说。“你们成了我们的人，我们的人！而你们那些快活的年轻的郎君在哪儿啊？”

“他们有一些已经死了，有一些被我们忘记了。”多特说。“还有一些，如果他们这会儿站在我们面前，他们不会相信我们还是从前的我们，不会相信他们的所见所闻都是真的，不会相信我们会那样轻易地将他们忘掉！不！他们连一个字也不会相信！”

“咳，多特，”运货工想制止她。“你这小女人家！”

她说这番话时神情郑重庄严而又充满了激情，无疑，她需要静静地站立一会儿，才能恢复常态。她丈夫的劝阻是很有分寸的，他只是怕多特过于伤害老泰克尔顿而出来干涉了一下；但这劝阻十分见效，因为多特立即闭住嘴，不再多说什么了。即使在沉默时，多特的神情里也带有一种不寻常的焦虑；狡黠的泰克尔顿似乎看出了什么，他那半闭的眼睛死死盯着多特，审视着她，而且，他颇有用意地把这事记在心上——过一会你会明白的。

梅缄口不言，既没有说好话，也没有说坏话，她只是静坐着，眼睛向下望去，对眼前发生的一切她似乎毫无兴趣。这时，那位尊贵的太太——她的母亲，却开口说了起来；首先，她说女孩子终究是女孩子，过去的事毕竟是过去的事，既然青年人总是缺乏经验而又不能深谋远虑，那么他们做出的事也免不了是幼稚可笑而又失之周到的；此外，她还列举出两三个其他的同样是那样正确而又无可辩驳的论点。接着，她又极其虔诚地说，她感谢上帝，因为她一向就觉得梅是个孝敬、温顺的女儿；对此她本人并不居功自傲，尽管她有充分的理由相信，这完全是她教女有方的结果。至于泰克尔顿先生，她说，从道德的观点来看，他是个无可指摘的人物；从选婿的角度讲，他又是个称心如意的女婿，在这点上，任何有理性的人都是不能怀疑的（说到这儿，她特别加强了语气）。关于那个在他几番恳请之后很快就要允许他与之结亲的家庭，她说，她相信泰克尔顿先生一定理解，虽然它显得略为贫寒，但它具有名门的气派；若不是发生了一些意外的情况——她甚至说到，那意外情况是与一笔什么靛青贸易相关的，但她并不打算就此事特别加以赘述——她们家或许完全可能积攒起一笔财富。接着她又说，她不愿意回首往事，更不愿意提起她女儿曾几次三番地拒绝了泰克尔顿先生的求婚；她不愿意讲到许许多多其他的事情，而这些事其实她都已唠唠叨叨地讲过了。最后，她宣称：根据她的观察和经验而得出的总的结论是，那些最少含有被人们浪漫而又愚蠢地称作“爱情”的婚姻，总是最幸福的；并且，她已从那件即将到来的婚事中预见到了那种最巨大的幸福——那不是什么狂热一时的幸福，而是一种可靠的、稳固的幸福。她在结束讲话时还告诉大伙儿，“明天”是个特殊的日子，正是为了它，她才活了下来；明天过去之后，除了希望将来寿终正寝，能安葬在一块好坟地上，她不会再有任何其他的企求了。

这些话是叫人难以回答的——一切叫人摸不着头脑的话都具有这种巧妙性——于是，他们改变了话题，并把注意力都转移到小牛肉、火腿馅饼、冷羊肉、土豆以及大果馅饼上面去了。为了使那瓶装啤酒不致受到冷遇，约翰·皮瑞宾格尔提议为“明天”——举行婚礼的日子——干上一杯；在他出去继续送包裹之前，他要求大伙儿和他一起喝个痛快。

你得知道，约翰在这里只不过是歇歇脚，并给那匹老马喂点草料，他还得继续往前赶四五英里的路程；晚上回家时，他上这儿来接多特，顺便再休息一下。这是每一个聚餐日的程序，并已成为他们的一种例行的制度了。

除了新娘和那被选中的新郎之外，在座的还有两人对这次祝酒反应冷淡。一个是多特，她激动烦躁，坐立不安，无法适应眼前发生的任何小事情；另一个是贝莎，她赶在其余人前头，匆匆忙忙地站起身来，离开了餐桌。

“再见了！”强壮的约翰·皮瑞宾格尔一边打着招呼，一边穿上他的厚呢大衣。“我还在老时间回来。再见了，诸位！”

“再见，约翰。”凯里卜回答说。

他仿佛是十分机械地说着这话，而且，他带着一副同样魂不守舍的神色挥着手儿；因为他站在那儿正焦虑、惊奇地凝望着贝莎，他面部的表情一刻都不曾改变过。

“再见，小家伙！”快活的运货工说着，一边弯下身去吻了吻那孩子；这会儿正专心致志地使用着刀叉的蒂里·斯洛博伊已把那孩子放在贝莎的一张小床上，哄他睡熟了（说来也怪，这次她一点儿也没有伤着他）。“再见！我想会有那么一天的，小伙计，到那时，你会顶着风寒到外边去干活，让你的老父亲坐在壁炉角那儿抽上一口烟，养一养他的风湿病，是吗，嗯？多特在哪儿呀？”

“我在这儿呢，约翰！”她大吃一惊似的说。

“过来，过来！”运货工啪啪地拍着手掌说。“烟斗在哪儿呢？”

“我真把烟斗给忘了呢，约翰。”

“把烟斗给忘了！这可是件闻所未闻的怪事儿呀！她！竟会忘了烟斗！”

“我，马上，我马上就会把它装好的，立刻就能装好的。”

然而，多特并没有立刻把烟斗装好。烟斗还在平常放的那地方——运货工粗呢大衣的口袋里，边上还有一只多特亲手缝制的小烟叶袋；通常，多特总是能那样得心应手地从小口袋里取出烟草，并把它填进烟斗里；可是，此刻她的手如此剧烈地颤动着，她甚至把手伸进小口袋里而拔不出来了（然而，我敢肯定，她的手十分纤小，完全可以轻而易举地伸出口袋的）。而且她装烟叶时动作显得非常笨拙。装烟叶，点烟斗——如果你还记得的话，我曾夸赞过多特在履行这两项小小的职责时所表现出的干净利落——自始至终她都做得十分糟糕。在这段时间里，泰克尔顿一直站在一旁，用那只半闭的眼睛充满恶意地审视着她；当他的这只眼睛与多特的目光相遇时——或者说，是捕捉到多特的目光时，因为我们是很难说这只眼睛与别的眼睛对视“相遇”的，它倒更像是一种捕捉别人目光的机器——多特便越发惊慌失措了。

“怎么了，多特，今天下午你怎么变得这样笨手笨脚了呢？”约翰说。“我真相信，我自个儿来都能干得比你强些。”

他乐呵呵地说完这些话，便迈着大步走了出去。不一会儿，大道上便传来约翰的吆喝声，波瑟的吠叫声，老马的蹄声以及车轮的辚辚声——这真是一曲十分欢快的音乐呢。那时，凯里卜仍然神思恍惚地站立着，眼睛凝视着他的盲女，脸上还是先前的那副神情。

“贝莎！”凯里卜轻声说。“发生了什么事情呀？打今天早上开始，不过才几个小时，亲爱的，你变得多么厉害啊！你整天就这么不言不语地发呆！是怎么回事？告诉我！”

“啊，父亲，父亲！”盲女喊叫着，眼里的泪水夺眶而出。“唉，我的命运真凄苦，真凄苦啊！”

凯里卜在回答女儿的话之前，先抬起手擦拭了一下自己的眼睛。

“可是，贝莎，想一想你一直都是多么愉快、多么幸福啊！你是那么善良，人们又是那么地爱着你！”

“那正是令我伤心的呀，亲爱的父亲！总是对我体贴入微！总是对我万般慈爱！”

凯里卜感到十分困惑，他不能理解贝莎的话。

“失去了——嗯，眼睛，贝莎，我可怜的孩子，”他吞吞吐吐地说。“当然是一种巨大的痛苦；但是——”

“不，我从来没有感到过这是一种痛苦！”盲女高声说。“我从来没有感受过这种痛苦的全部！从来没有！有时候，我真希望，我能睁开眼看看您，或再看看他，只要看一次，只要短短的一分钟，我就会心满意足，亲爱的父亲——这样，我才可能知道我所珍爱的人们的模样，并且——”说到这儿，她把手放到自己胸口上。“把他们珍藏在我的心上！这样，我才可能相信我心中的形象是正确的！有时候（可那时我还只是个孩子），在我做晚间祷告时，我也曾哭泣过，因为我想到有朝一日您的形象会从我心里上升到天上去，那时它可能竟会不是您本人的真正的容貌。但是，这些情感从来没有在我心里停留很长时间，它们不久就消逝了，于是我便又感到安谧而满足。”

“可它们还会回来的……”凯里卜说。

“不，父亲！我善良温柔的父亲啊，如果我有什么过错，请您宽恕我吧！”盲女说。“可真正折磨着我的心的，并不是这一种哀伤！”

她是那样的真挚，那样的哀婉动人，她的父亲控制不住自己的感情，热泪从他湿润的眼睛里流淌下来。可是，他仍然没有理解贝莎这番话的含义。

“请她到我这儿来。”贝莎说。“我再也不能把话儿憋在心里头了。带她到我身边来，父亲！”

她知道凯里卜正迟疑着，因此她又说：“梅！请梅过来！”

梅听见贝莎在叫着自己的名字，便轻轻走到贝莎跟前，挽住她的胳膊。盲女立刻转过身来，紧紧握住梅的双手。

“看看我的脸吧，亲爱的，亲爱的！”贝莎说。“用你那美丽的眼睛细细地看一下我的脸，然后告诉我，那上边是不是写着真诚？”

“是的，亲爱的贝莎！”

盲女仍然仰起她那热泪纵横的、丧失视力的脸，对她说着这些话：

“在我的灵魂里，我全部的希望、全部的思绪都是在为你祝福的呀，聪明伶俐的梅！在我俩都还是小孩子的时候，或者，在我由于失去了眼睛而总好像是个小孩子的时候，你——目光炯炯，美丽端庄，完全有理由因此而自豪的你——多少次、多少次地对我关怀备至啊；这种记忆深深地印刻在我的脑海里，与它比较起来，我的灵魂里再没有哪一种更强烈的充满感激的回忆了！愿你万事如意！愿你幸福的前程充满光明！同样，我亲爱的梅，”贝莎更贴近了她，把她的手握得更紧了。“同样的，我的小鸟，因为今天，你即将成为他的妻子的消息使我激动得心碎！父亲，梅，梅！为了他为减轻我在黑暗中生活的厌倦而做出的一切，为了当我叫你时你对我的信任，请原谅我的这种感情吧！上天可以作证，我不会希望他娶一个比梅更配得上他的妻子了！”

说着说着，她松开了梅·费尔丁的双手，用一种既是恳求又满怀爱慕的姿态抓住梅的衣裳。当她继续着她这番令人惊奇的自白时，她的身体不断向下沉着，最终她跪倒在她朋友的脚边，把她那双目失明的脸庞埋进梅的裙子的褶边里。

“老天爷！”她的父亲惊叫道。听了贝莎的这番心里话，凯里卜就像是受了猛烈的一击。“从她在摇篮里起我就欺骗着她，到头来却只是让她心痛欲碎！”

有多特在场，对每一个人来说都是值得庆幸的。那个欢快活泼、乐于助人、忙忙碌碌的多特——不管她可能有什么过错，不管你怎样地想去忌恨她，她确实是我所形容的这种人——我说，有多特在场对他们每一个人说来，都是一件再好不过的事情，否则，事情真不知会弄到哪一步田地。这时，多特已恢复了她那从容冷静的态度，她不等梅答话，不等凯里卜再说出什么话来，便插嘴说了起来。

“来，来，亲爱的贝莎！跟我到那边去！把她搀起来，梅！对！你瞧，她已经十分镇定了；她这样听话，真是太好了。”这活泼的小妇人一边说着，一边还亲吻着贝莎的额头。“到别处去吧，亲爱的贝莎！来，喏，她的好爸爸在这儿，你会陪她去的，是吗，凯里卜？当——然——啰！”

不错，不错，在这类事情上，她可真是个了不起的小多特，如果有谁能够违抗她的这种苦口婆心，他必定是个铁石心肠的人了。她把可怜的凯里卜和他的贝莎带到别处，这样他们父女俩便可以在一起互相安慰一番，她知道他们会这样做的；不一会儿，她便连蹦带跳地回来了——她神采飞扬，正如人们常说的，像是一朵鲜艳的雏菊；可我要说，她比雏菊更加艳丽动人——她得赶忙上前去和那位戴着帽子和手套的、趾高气扬的大人物周旋，免得这可敬可亲的老太太从眼前发生的事情中发现一点什么蹊跷。

“蒂里，快把那小宝贝给我抱来！”她说着，拉了一把椅子坐到火炉旁边。“让我把他放在腿上，费尔丁太太在这儿，蒂里，她会告诉我应该怎样带孩子的，而且，她至少可以纠正二十处我做得大错特错的地方呢，你答应我吧，费尔丁太太？”

即使是那传说中的威尔士巨怪①，在他与死敌角逐时，在他的死敌于早餐时要弄的、并终于得逞的花招面前，他也是——根据大家的说法——“迟疑”了很久之后才在自己身上施行那致命的外科手术的；即使是他，也是在三思之后才坠入为他设置的陷阱的，可谁知，那老太太竟会这样乖乖地上了这个狡黠的圈套。泰克尔顿已经走到外边去了，另外两三个人正聚在屋子的那一头交谈着，有那么两分钟，人们把她撇在了一边，这就足可以使她摆出一副尊贵的架子来，脸上并显露出为那场有关靛青贸易的玄而又玄的灾祸而不胜悲哀的表情——她可以在二十四小时内都保持这种模样。但是，那个年轻的母亲对她的经验所表现出来的诚笃的钦佩终于使她欣喜得难以自禁了，于是，在故作谦卑地推辞了一阵之后，她便以一种最优雅的风度开始对多特循循诱导起来。她在恶作剧的多特面前正襟危坐，在半个钟头之内，便说出了许多极其可靠的育儿秘诀和治家箴言来；可是我相信，如果真的依照她的话行事，是准会把小皮瑞宾格尔整得遍体鳞伤、一命呜呼的，尽管他一直健壮得像个小参孙。

为了改换一下话题，多特做了一点针线活儿——她的衣兜里竟揣着一只针线包，我不知道她是怎么想出这个高招的——然后她给孩子喂了奶，接着又做了一阵针线活；当那老太太昏昏沉沉地打盹儿时，她便悄声与梅说了一会儿话。就这样，她像平时一样匆匆忙忙地干着这些琐碎的小事情，一个下午便很快打发过去了。那时，天色暗了下来；因为，由多特代替贝莎来操持所有的家务已成为他们聚餐日规章制度中的一个重要部分，所以，她把炉火整旺，把炉子周围打扫干净，端出茶盘，拉上窗帘，并燃起

① 威尔士巨怪，英国古代儿童故事中的人物。

了蜡烛。然后，她又用那架凯里卜为贝莎制作的简陋的竖琴弹奏出一两首曲子，她弹得十分动听：因为上帝给了她两只精巧的娇嫩的耳朵，它们不仅对音乐具有很高雅的鉴赏力，而且，它们若带上一些珠宝玉器也是极其相宜的，如果多特有的话。这时，按照惯例已到了用茶点的时间，因此，泰克尔顿又走进屋来，准备和大家一块儿进餐，一块儿度过这个夜晚。

凯里卜和贝莎在早些时候便已经回屋来了，而且凯里卜还坐下身来干起他下午的活计。但是，这可怜的人无法安下心来工作，他一直在为他女儿的事而焦虑着，悔恨着。他无所事事地坐在工作凳上，那样忧心忡忡地注视着贝莎，他的脸总好像在说："从她在摇篮里起我就骗着她，到头来却只是叫她心碎！"看到这情形，真是叫人伤感万分。

转眼天已经黑了，大家用完了茶，多特也已经把杯盘刷洗干净，再没有什么其他事情要做了。这时候，简单地说——我总要说到这里的，再拖延下去也无济于事——当大家都在凝神谛听运货工的车轮声并等待着他归来的时候，多特的举止突然又变了；她的脸一阵白，一阵红，显得心烦意乱。那决不是像贤惠的妻子们在盼望丈夫回家时所表现出的那种急切不安。不，不，不。她表现出的是一种与那不同的心神不定。

车轮响了。听得见马蹄声了。一只狗吠叫着。所有这些声音渐渐地近了。接着便是波瑟用爪子扑抓房门的声音。

"那是谁的脚步声？"贝莎惊奇地叫道。

"谁的脚步声？"运货工答道。他站在门口，棕色的脸庞经凛冽的夜风吹过，显得更加红润了，就像一颗冬天的草莓。"那还用说，当然是我的。"

"还有另一个人的脚步声，"贝莎说。"走在你身后的那人是谁？"

"什么也瞒不过她呢！"运货工哈哈大笑着说。"进来吧，老先生。大家都会欢迎你的，别害怕。"

他粗声大气地嚷道；他正这么说着话，那耳聋的老先生便走进门来。

“他已经不是什么陌生人了，凯里卜，你不是见过他一面吗？”运货工说。“你能给他一个歇歇脚的地方吗，直到我们走？”

“哦，没问题，约翰，这是我的荣光呢！”

“要找个能说说悄悄话的人，他算得上是世上最健谈的伙伴了。”约翰说。“我跟你们说，我的嗓门儿实在够大的了，可他简直要叫我甘拜下风。坐下吧，老先生。这里都是好朋友，见到你都会很开心的。”

他用一种足以证明他的“大嗓门儿”的声音作出这一担保，然后他又用本来的声音说：“给他在壁炉角上放一把椅子，让他安静地坐着，欢欢喜喜地看看热闹，这就足够了。他人很随和。”

贝莎一直细心地听着。当凯里卜把椅子放妥当之后，她把他叫到身边，低声地要他讲一讲他们的客人的模样。凯里卜讲完之后（这一次凯里卜没有说谎；而且讲得一丝不苟地精确），她才挪动了一下身子——是客人进屋后的第一次——然后长叹一声，似乎对他再没有什么兴趣了。

运货工现在正是兴高采烈的时候，他确实是个热情豪爽而又易于亲近的人；此刻，他好像比以往任何时候都更加喜欢自己的小妻子。

“这个多特，今天下午真是笨手笨脚！”他说。这时，多特离其他人远远地站着，约翰伸出他粗壮的胳膊去搂抱她。“可不知怎么的，我倒真喜欢她。看那边，多特。”

他用手指着那老人。她眼睛向下望去，我想她在发抖。

“他，哈，哈，哈！他一个劲地说你好！”运货工说。“一路到这儿，他没有说过别的话。喏，他才是个心直口快的老头儿呢。就为这个，我喜欢他。”

“我倒希望他能有个别的什么更好的话题，约翰。”她说着，不安的目光向屋里四下环顾着，还特别留神地望了望泰克尔顿。

“更好的话题？”快活的约翰喊道。“没那回事儿。来，让我把这大衣脱掉，把这厚披巾连同这沉甸甸的外套都脱掉！我得在火炉边舒舒坦坦地玩它半个小时！太太，愿为您效劳。甩一把纸牌游戏吧，你和我？那真带劲儿。多特，把纸牌和记分板拿来，如果还有啤酒剩下的话，也给我倒上一杯送来，好吗，小妇人？”

他的挑战是向着那位老太太发出的，她非常乐意地答应了。于是，他俩便玩开了。开始，运货工还能不时微笑着向四下望上一眼，或者，不时把多特唤到身边，让她趴在自己肩头看他手中的纸牌，并且在他感到棘手时让她帮自己拿点主意。但是，他的对手是个恪守牌规的老手，而且总爱犯一种偷偷给自己多记上几分的小毛病，所以他不得不警觉起来，他的眼睛和耳朵也就再也无暇顾及其他事情了。这样，他的全部注意力逐渐集中到纸牌上，旁的事他什么也不加考虑了，直到有一只手按到他的肩上，他才意识到泰克尔顿就站在身边。

“打扰你了，真对不起——可我有一两句话要对你说，马上就完。”

“我这就要发牌了。”运货工回答。“现在正是危急关头呢。”

“是危急关头，”泰克尔顿说。“跟我来，伙计！”

他苍白的脸上有一种异样的神情，这使得运货工立即站起身来，匆忙地询问到底发生了什么事情。

“别做声！约翰·皮瑞宾格尔。”泰克尔顿说。“对这件事，我深表遗憾，真是很遗憾。我一直担心会发生这类事，从一开始我便产生了怀疑。”

“到底是什么事？”运货工十分惊恐地问。

“别做声！我带你去看，跟我来。”

运货工没有再说什么，便跟他走了。他们走过满天繁星下的庭院，然后从一扇小小的侧门走进泰克尔顿本人的账房，这里有一扇玻璃窗正对着仓库；因为是夜里，窗子紧闭着，账房里没有灯火，而那狭长的仓库里却点着灯，所以那窗户是亮堂堂的。

“等一会儿好吗？”泰克尔顿说。“向那窗户里看去，你想你能受得了吗？”

“为什么受不了？”运货工回答。

“再等一会儿！”泰克尔顿说。“千万别动武，那是毫无用处的，而且非常危险。你是个身强力壮的汉子，你会稀里糊涂地弄出人命来的。”

运货工正视着他的脸，像是挨了一击似的后退了一步。然后，他向前迈了一大步走到窗子边，他看到——

啊，那笼罩着火炉的阴影！啊，那忠实的蟋蟀！啊，那不贞的妻子！

他看见，她和那老头儿在一起，可是此刻，那人不再是老态龙钟了，他身材魁伟，相貌堂堂，他手上拿着的正是那使得他能够走进他们凄凉而又不幸的家的那团花白色假发。约翰看见，当他低下头向多特耳语时，她留神地听着；当他们缓缓地沿着那昏暗的木门廊向他们进屋来的门走去时，多特任凭他用手搂住她的腰。他看见他们停住了脚步，看见她转过身来，于是，那张脸——那张他爱得如此深切的脸——便映入他的眼帘！他看见，她亲手为那人整理好他头上的那一团骗人的玩意儿，而且，她一面这么做着，一面还呵呵笑着，似乎是在嘲笑着他那从不怀疑他人的天性！

起初，约翰把自己强有力的右手紧紧攥了起来，仿佛他可以一拳打倒一头猛狮。但是，他很快就把手松开了，当着泰克尔顿的面，他把拳头松展开来，因为，即使在那时候，他对多特也还是满怀着温情。这样，他俩便退了出来，约翰在桌子旁坐下，像个瘫软的婴儿。

当多特回到屋子里，准备回家的时候，约翰已经把大衣和围巾都穿戴好了，他匆忙地驾起马，整理着包裹。

“咱们走吧，约翰，亲爱的！晚安，梅！晚安，贝莎！”

她还能像往常一样跟大伙儿亲吻辞别吗？离开时，她还能表现得那么轻松愉快吗？她还能毫不羞愧地面对大伙儿吗？是的。泰克尔顿目不转睛地注意着她，这一切她都做到了。

蒂里正哄着孩子，她左一次右一次地在泰克尔顿身边走来走去，口中懒洋洋地不住念叨着：

“知道了它要做它们的太太们喽，噢，噢，它的心快碎了吗？它的爸爸们从它在摇篮里时就骗着它啰，噢，噢，到头来只是叫它心碎了喔！”

“来，蒂里，把孩子给我。晚安，泰克尔顿先生。天哪，约翰上哪儿去了？”

“他打算一路走着回去，牵着马，不上车了。”泰克尔顿说着，扶她上车坐到座位上。

“我亲爱的约翰！走路？今晚上？”

她丈夫的身子捂得严严实实，他仓促地点了点头；于是，待那乔装改扮的陌生人和那小保姆在座位上坐稳后，那匹老马便起步了。波瑟，这不晓人事的波瑟仍然一会儿跑到前面，一会儿又跑回来，一会儿又围着车子打转转，而且，它仍像往日一样神气活现而又欢天喜地地汪汪叫着。

泰克尔顿陪伴着梅和她母亲也回家去了。这时，可怜的凯里卜便在火炉旁他女儿的身边坐了下来，内心充满了焦虑和悔恨。他心事重重地望着贝莎，脑子里不住地回响着这句话：“从她在摇篮里时我就骗着她，到头来却只是叫她心碎！”

刚才为了逗孩子开心而上了发条转动起来的玩具，此时已停止了运动，他们个个显得筋疲力尽了。在昏暗的灯光下，在一片寂静之中，那从容镇静的玩具娃娃；那睁大眼睛、扩张着鼻孔的不安的摇动木马；那膝腿无力、佝偻着身躯、站在沿街房门口的老先生们；那面庞扭曲着的星鸟；那像寄宿学校学生整队出发一般、两个两个排成一队地走向挪亚方舟的野兽……在这错综复杂的情况面前，似乎都因为多特的不贞和泰克尔顿的受宠而惊讶万分，呆若木鸡了。

第三章

墙角上的那只荷兰钟敲响了十下，约翰在炉边坐了下来。他心乱如麻，极其哀伤；他的这副模样似乎使钟上的那只布谷鸟都大惊失色，它尽可能急促地结束了那非常悦耳的十声鸣响，然后马上又跳进了那摩尔宫里；而且，它"啪"的一声关上了那扇小门，好像这异乎寻常的景象是它的情感所不堪承受的。

即使那小割草匠手中拿着的是一把最锐利的刈刀，即使他每一次的挥动都是砍在运货工的心上，他也决不可能像多特那样深深地划破和伤害了约翰的心。

这是一颗充满了对她的爱的心；多特每天每日表现出来的可亲可爱的品德，纺出了无数美好温馨的记忆的线条，这颗心就是与此紧紧相连，密不可分的；在这颗心上，多特用无限的柔情和亲密已占据了神圣的一席位置；这颗忠贞的心是那样专一，那样诚挚，它那样富于正义感，又是那样的毫无邪念；所以，开始时，这颗心既没有激愤的怒气，也没有报复的欲念，它只是把它的偶像的业已破碎了的形象包容着。

可是，渐渐地，渐渐地——当运货工坐在炉边那么苦苦思索的时候，此时炉火已奄奄一息，不能给人什么温暖了——另一些暴怒的念头开始在他心里涌起，就像夜里刮起一阵狂风。那个陌生人就住在他这遭受了侵害的家里。只消三步，他就可以走到那人的卧室门前；只要一拳，他便可以把门砸开。"你会稀里糊涂地弄出人命来的。"泰克尔顿说过。可是，如果他给那个恶棍充分的时间来和他交手较量，那怎么能说是"谋杀"呢！毕竟，他是个比他年轻的人。

这是一种不合时宜的想法，它只能更加剧他那阴郁的心绪；这是一种愤怒的想法，它怂恿着他去采取一种报复行动；他的这种行动将会把这一个愉快的家庭变成一处阴森的鬼域：夜间，孤独的旅人将会害怕从这儿路过；朦胧的月色下，胆怯的人们将会看见残缺不全的玻璃上映出的妖魔自相残杀的幢幢鬼影；风雨交加的天气里，人们将会听见鬼哭狼嚎般的声音。

他是个比他年轻的人！是的，是的；一定是个早已赢得了她的芳心——那颗他自己从来不曾触摸到的心——的情人；一定是个她早年选定的意中人。对他，她魂萦梦绕地眷念；对他，她望眼欲穿地期待；可是在那些日子里，他却总在想着多特生活在自己身边是多么幸福。唉，想到这一切是多么痛苦的折磨啊！

她一直在楼上哄着孩子，使他入睡。当约翰坐在炉前继续左思右想的时候，她悄悄走到他的身旁，并且把她的一只小凳放到他的脚边，可是约翰一点也没有察觉——巨大的不幸使他陷入极度的痛楚，他已经什么声音都听不见了。直到多特把手放到他的手上，他才如梦初醒，抬起头来，他看见了多特那正视着自己的面庞。

是带着惊奇的神色？不。那只是他最初的印象，因此他不得不再看了她一眼，以得出正确的结论。不，不是带着惊奇的神色。她脸上带着一种热切的、探询的表情，然而那并不是惊奇。开始，她的表情是惶恐而又严肃的；接着，她脸上显露出一种奇怪的、疯狂般的、令人害怕的微笑，似乎她已看透了他的心事；然后，她把两只握紧的手扪到额头上，低下头，让头发垂落着，约翰看不到她的面容了。

此刻，虽然约翰可以施用万能之神的一切威力来惩罚多特，可他连轻如鸿毛的一丝威力都没有动用来反对她，因为他的肺腑中充溢着善良慈悲的天性。然而，看着她那样蜷缩着坐在那张小凳上，约翰感到无法忍受；因为她过去坐在那儿时总显得那么天真纯洁，那样愉快，而他也总是那样满怀爱怜、满怀自豪地凝望着她。因此，当她站起身，一边走一边小声抽泣着离开他的时候，他感到，让他身边他许久以来一直珍爱着的她的身影成为一片空白，倒可以稍稍减轻一点他的愁苦。这情景本身却比其他任何东西都更加尖厉地刺痛了他的心：因为它使他想到自己将会是多么孤寂，使他想到他生活中那条重要的纽带如今已被无情地剪断了。

他越是这么想着，越是清楚地知道，现在他宁可看到她怀抱孩子在他面前倒下，早早结束她的一生；他越是这么想着，他心头对仇敌的愤怒也就越加高涨，越加强烈。他向前后左右望去，想找一件武器。

墙上挂着一支枪。他把它取了下来，向着那不义的陌生人的卧室门口迈了两步。他知道这枪膛里装满了弹药。开枪，像对一头野兽一样地开枪打死他—— 一个幽深隐约的念头支配着他，而且在他脑海中不断膨胀着；终于这想法变成了一个完全占有了他的一个凶残无比的恶魔，它将他心中所有的温和宽容的思想驱赶一净，在那里建立起它的完整无缺的帝国。

那句话说错了。不是将他温和宽容的思想驱赶一净，而是狡诈地将它们改变了。把它们改变成刺激他、逼迫他去复仇的鞭笞；把水改变成血；把爱转变为恨；把温柔转变成盲目的狂暴。但是，她那哀婉卑微的形象却依然以不可抗拒的力量唤起他的柔情与怜悯，一刻也不曾离开他的脑海；然而，正因为它滞留不去，它促使他向门走去，把枪举到肩头，瞄准，并促使他鼓起勇气用手指扣住了扳机；然后，它叫道：“开枪打死他！把他打死在床上！”

他把枪掉转过来，准备用枪托把那扇门砸开；他已经把枪举到半空中，突然，一种出自本能的意念出现在他的思绪中：为了上帝的缘故，还是向他大喝一声吧，好让他跳窗口逃跑——

这时，那仍在奋力挣扎着的火苗儿突然间闪射出一束光焰，它把整个壁炉映得通红；那只蟋蟀也开始随之唱了起来！

他听到的任何一种声音——人们的声音，甚至她的声音——都不可能像这炉边蟋蟀的歌声这样地使他动情，使他温柔。她曾告诉过他，她爱这只蟋蟀；此时，她倾吐的那些朴实无华的话语，又回响在他的耳畔；她身子微微颤抖的、诚恳真挚的姿态，又重新浮现在他眼前；她那悦耳的声音——啊！在一个忠厚老实的人的家里，这在炉边奏响的乐曲是多么美妙动听啊！——一遍又一遍地震撼着他善良的天性，这声音要将他的天良唤醒，并给它以新生和活力。

他从门口那儿退了回来，样子很像是个梦游症患者从噩梦中突然醒来。他把枪放到一旁，两手托腮，然后又在火炉旁边坐了下来。他任凭泪水从眼眶里流淌下来，借以减轻他的痛楚。

这时，那只炉边蟋蟀在屋子里出现了，它像个小仙子似的若隐若现地站在他面前。

"'我爱这只蟋蟀，'"那小仙子说道，重复着那些他记忆犹新的话语。"'因为我听过它许许多多次的歌唱，因为它那友善的音乐总是使我思绪万千。'"

"她这么说过。"运货工叫道。"真的这么说过。"

"'这里是我的幸福的家，约翰；为此，我爱那只蟋蟀！'"

"这个家一直是幸福的，上帝知道。"运货工回答。"她总是使这个家幸福——到现在为止。"

"她是那么温柔敦厚，那么安分贤淑，那么愉快，那么辛劳而又随遇而安！"那声音说。

"否则，我决不会像过去那样地爱她。"运货工回答。

那声音像是要纠正他的话，说："像现在这样爱她。"

运货工重复了一句"像过去那样"，可是他的语气已不很坚决了。他那支吾着的舌头开始不听使唤，它很想自发地将它想说的话一吐为快，为了它自己，同时也为了他。

小仙子像是祈祷似的举起手来，说：

"看在你自己的火炉的分上——"

“不过她已经让这炉子死灭了。”运货工插嘴说。

“可是，她是怎样经常不断地使它燃放出幸福的光辉呀！”蟋蟀说。“这火炉，若不是因为她的缘故，只是几块砖石再加上几根锈迹斑斑的铁条；可是，因为有了她，它变成了你们家的圣坛。在这圣坛上，你度过了许多个夜晚，你摒除了某些卑微的情感、自私的欲念或是心事与烦恼，从而，你奉献出一颗宁静的心灵，一种诚朴的性情和豪放的胸襟。因此，从这个贫寒之家的烟囱里袅袅上升的烟，比点燃在世界上所有金碧辉煌的庙宇中最富丽的神龛前的最华贵的香火，都更加芬芳！在自己的火炉旁，在这安谧的圣地上，在火炉那感化人心、发人遐想的温馨的氛围中，听一听她的心声吧！听一听我的话语吧！听一听所有说着和你的火炉、你的家庭一样的语言的人和物的呼吁吧！”

“还得听一听他们为她所做的辩护吗？”运货工问。

“所有说着和你的火炉、你的家庭一样的语言的人和物都肯定会为她辩护。”蟋蟀回答。“因为他们诉说的是真理。”

在运货工双手托着下巴，继续坐在椅子上沉思默想的时候，那个精灵已站到他的身旁；它凭借着它的神通，使约翰回想起历历往事，并使它们像映在镜子里或是画在图片上一样，清晰地呈现在约翰眼前。这不是一个孤独无伴的精灵。你瞧，从那炉砖和烟囱里，从那只小钟、烟斗、水壶和摇篮里，从地板、墙壁、屋顶和楼梯里，从屋外的货车、屋里的橱柜和一切家具里，从那些她曾朝夕不离的、那些可以使她那苦闷的丈夫的脑海中总萦绕着对于她的记忆的每一处地方和每一样东西里，许许多多的小仙子蜂拥出现了。它们不像那只蟋蟀那样站在他身边，它们个个孜孜矻矻地忙碌着。它们竭尽全力向她的影像表示敬意。当那影像出现时，它们拉扯着他的衣角，用手指着它让他看。然后它们便围绕在她的左右，簇拥着她，在她将要踏过的路面上撒下花瓣儿。它们用它们的小手尝试着给她秀美的头颅戴上花冠，它们用这一切行动表明，它们喜欢她，它们爱戴她；而且，除了它们这些嬉戏欢舞、值得称颂的小仙子之外，其他任何一种丑陋的、邪恶的或是妄加责难的生灵都无权结识她。

他的思绪一直萦绕着她的幻影。她的形象也总在那儿徘徊不去。

她坐在炉前飞针走线，而且自个儿还小声地唱着。好一个欢欢乐乐、生气勃勃、从容不迫的小多特啊！突然之间，所有的小仙子不约而同地向他转过脸来，目不转睛地盯着他，仿佛在说："难道这就是你正在为之悲痛的轻佻的妻子吗？"

这时他听到外面响起一阵喧闹的管弦乐声和人群的欢声笑语。一队寻欢作乐的年轻人拥进门来，其中有梅·费尔丁和二十来个美貌的少女。多特在她们中姿色最美，也像她们一样的年轻。他们上这儿来，邀请她去参加他们的舞会。如果有哪一双小脚生来就是为了跳舞的话，多特的脚真是当之无愧的。可是，她笑笑，摇了摇头，指了指炉子上她正在烹制的饭菜，以及她已经铺好的餐桌；她极其快乐地谢绝了邀请，她的神情显得比以往更加迷人。于是，她和颜悦色地把客人送走；当那些渴望着充当她的舞伴的小伙儿们走过她身边时，她带着一种滑稽的冷漠的态度向他们一一点头——她的这种神情足可以叫那些小伙儿们立即离开，甚至去投河自尽，如果他们是她的崇拜者的话；而他们肯定或多或少地曾经对她倾慕钟情，那是他们难以自制的。然而，冷漠绝不是她的天性。不，绝不！因为，即刻便有一个运货工出现在门前，她给予他多么热烈的欢迎啊！

突然之间，那些圆睁着眼睛的仙子们又一次一齐向他转过脸来，仿佛在说："难道这就是把你抛弃了的妻子吗？"

一个黑影落到那面镜子或那张图画上——随你怎么叫它都可以。那陌生人的巨大的阴影，像他最初走进他们家时那样伫立着，遮没了镜子或图画，把所有其他的形象都抹去了。但是，那些灵敏的小仙子们像蜜蜂一般辛勤地劳作着，它们把那阴影又擦掉了。于是，多特重新在那里出现，她依然是那样神采奕奕，美丽端庄。

多特缓缓地摇动着睡在摇篮中的孩子，柔声地对他唱着，并把她的头倚在那身旁站着蟋蟀仙子的、沉思的人的肩头上。

夜渐渐地深了——我说的是真正的夜，不是什么虚幻的钟所显示的夜。当运货工考虑到这会儿时，一轮明月已冲出云层，在天空放射出皎洁的光芒。此时，他的脑海里或许也升起了一束令人安谧平静的光焰，因此他已经可以更加理智地来思忖那业已发生的事情了。

虽然那陌生人的阴影还会时时投射到那面镜子上——它总是那么清晰、那么巨大、那么轮廓分明——但是，它已不再像开头那样幽深阴暗了。只要这阴影一出现，那些小仙子们便会异口同声地发出一阵惶恐的呼叫，然后便非常卖劲地活动起它们的小胳膊小腿，以一种敏捷得令人难以置信的动作把它擦掉。每当它们又一次把多特迎了回来，并且又一次把欢快而又美丽的多特送到他面前的时候，它们总要极其振奋人心地欢呼起来。

它们每每推现出来的多特的形象，总是那样美丽而又欢快的；因为它们是家宅的神灵，对它们，虚假是不能容许的。正因为如此，多特对于它们，除了是一个活泼的、容光焕发的、可亲可爱的小人儿，除了是运货工家里的光明和太阳，又能是什么呢?

当怀抱婴孩的多特出现的时候，小仙子们异常兴奋起来。多特同一帮上了年纪的贤明的主妇们坐在一起聊天，竭力装出一副年事已高、庄重安详的样子；她沉稳娴静地靠在丈夫的臂膀上，企图告诉人们——咳！她这个涉世未深的小女人家！——她已经摒弃了一切世俗的虚荣心，而且，怎样做母亲对于她来说再不是什么新鲜事了。然而，与此同时，她又在笑话着运货工那笨拙的举止，她为他拉扯好衬衣的衣领，让他显得更漂亮些，然后她便在这间屋子里快活地迈开娇小的舞步，拉起运货工的手教他跳起舞来!

当多特同那盲女一起出现的时候，小仙子们转过身，瞪大了眼睛望着他；因为，尽管她总是把欢乐和蓬勃的生气带到她所走到的每一个地方，但是，由于她的来临，凯里卜·普鲁默的家里更是充满、洋溢着这种气氛。盲女对她满怀着爱戴，满怀着信任，满怀着感激；她忙不迭地婉却贝莎的谢意；她机智巧妙地利用做客时的每一分钟，为这个家做一些有益的事情，她干得确实十分辛苦，而她却装得像是在度过一个愉快的假日；每次她都要带来丰盛的、美味的食品——小牛肉，火腿馅饼，啤酒，等等；她到来时走到门口那一刻以及告辞时，她的小脸蛋总是那样喜气洋洋；她用她那出自整个身心——从整洁的脚部到头顶——的奇异的表情说明，她完全成了这个家庭中的一分子，这个家需要她，这个家不能没有她……在所有这一切中，小仙子们狂欢着；也正由于这一切，它们热爱她。于是，它们再一次哀求似的注视着他，它们中有一些栖伏在她的衣裙上爱抚着她，仿佛在说："难道这就是背叛了你的信任的妻子吗？"在这个漫长的、令运货工思绪万千的夜晚，它们一而再、再而三地使多特坐到她最喜欢坐的小凳上，她低着脑袋，手捂着额头，头发下垂着，约翰最后一次看到她时她就是这样。当它们发现她那样地坐在那儿时，它们便不再向他转过身来，不再向他瞥上一眼；它们紧紧地聚拢到她的身旁，安慰她，亲吻她，个个争先恐后地向她表示同情和关切；它们全然将他忘却了。

就这样，夜消逝了。月亮落了下去；星光变得黯淡了；寒冷的黎明来了；太阳冉冉升了起来。运货工依然坐在壁炉角上沉思着。他用手托着头，通宵达旦这么坐着。整整一夜，那只蟋蟀一直在炉边唧唧、唧唧、唧唧地叫着。整整一夜，他一直在倾听它的歌声。整整一夜，那些家宅的小仙子们一直在他四周活跃着。整整一夜，多特在那面镜子中的形象都是可亲可爱，无可指摘的，只有那个阴影出现的时候除外。

他站起身来时，天色已经大亮了。他洗漱完毕，并穿好了衣裳。他无法像平常那样愉快地开始自己的工作，他打不起精神来，但这并不要紧，因为这一天是泰克尔顿举行婚礼的日子，他已安排人代替他工作了。他曾想过要和多特一起欢欢喜喜地上教堂去。可如今，这样的计划只能破产了。此外，这一天也是他们自己的结婚纪念日。啊！他怎么也没有想到，这一年竟会有这样一个结局！

运货工寻思着，泰克尔顿会早早地过来看望他。果然他没有想错。他在自己房门前来回踱着，不出数分钟，他便看见那玩具商人乘坐的马车从大路上奔来。马车走到近处，他看到泰克尔顿为结婚而打扮得漂漂亮亮的，而且，他还在那匹马的头上装饰了许多鲜花和彩带。

和泰克尔顿比较起来，那匹马倒更像个新郎；泰克尔顿那只半闭半睁的眼睛带着一种比以往任何时候都更加令人讨厌的神色。但是运货工并没有注意到这点。他正想着其他事情。

“约翰·皮瑞宾格尔！”泰克尔顿吊丧似的，说。“我的好人，今天早晨你感觉好吗？”

“我这一夜难过极了，泰克尔顿老爷。”运货工摇着头说。“因为我心里就像塞着一团乱麻。可现在一切都过去了！你能抽出半个来钟头，跟我私下谈谈吗？”

“我正是为了这个才来的呢。”泰克尔顿下了车，答道。“不用管这匹马了。只要把缰绳拴到这根柱子上，再请你给它上点草料，它会乖乖地站在这儿的。”

运货工从他的马厩里拿来草料放到马前，于是他俩便转身进屋去了。

“我说，你的婚礼不是在上午举行吧？”他说。

“不是。”泰克尔顿回答。“时间多着呢。时间多着呢。”

他俩走进厨房时，蒂里·斯洛博伊正在敲着那陌生人卧室的房门，这间屋子离厨房只有几步远。她的眼睛非常红肿（蒂里哭了整整一夜，因为她的女主人哭了），这会儿正把一只眼睛紧贴在钥匙孔上；她把门敲得很响，似乎有些恐惧。

“请你开开门，我这样敲，你总该听到了吧！”蒂里向四周围看着说道。“我希望，可别是有人跑了，可别是有人断了气儿，请你开开门吧！”

斯洛博伊小姐为了强调她这个大慈大悲的祝愿，便更加卖劲地对着门拳砸脚踢起来；但是，屋子里仍没有一点反应。

“要我去看看吗？”泰克尔顿说。“事情真是奇怪呢。”

运货工对着房门的脸转了过来，他向泰克尔顿做了一个手势，意思是说，如果他愿意去，就请便吧。

于是，泰克尔顿赶忙走上前去为蒂里·斯洛博伊救急。同样，他向着那扇门又是踢又是打，同样，他得不到一点回答。可是，他灵机一动，试着转动了一下门上的把手，于是那门便轻而易举地打开了。他探进头去窥视了一番，然后便走了进去，可不一会儿他又跑了出来。

“约翰·皮瑞宾格尔！”泰克尔顿咬着他的耳朵说。“我希望，夜里你们没干出什么鲁莽的事情吧。”

运货工猛地转过身。

“因为他已经无影无踪了！”泰克尔顿说。“窗子大开着。我看不到有什么痕迹，的确，那窗子差不多就同花园的地皮一般高低。不过我早就害怕你们俩会发生一场恶斗。嗯？”

他的那只表情丰富的眼睛差不多全都闭上了，而且他死命地盯着运货工。他极其剧烈地扭动了一下他的眼睛，他的脸庞和他的整个身子，好像他执意要把事情的真相从运货工身子里压榨出来一样。

“你放心吧，”运货工说。“他昨天晚上进了那房间，我既没有骂他，也没有动武；自那时起，再没有什么人进屋去过。他是自愿离去的。如果我能够改变过去发生的事情，能够使过去变得像他从没有上这儿来过一样，那么即使让我一辈子离开家，出去挨门挨户地乞讨，我也心甘情愿。但是，他毕竟来过了，然后又走了。我和他的交往也就到此结束了！”

“噢！——罢了，我觉得他可走得太轻松啰。”泰克尔顿说着，拉过一把椅子坐下。

运货工丝毫没有理会这句嘲讽的话，他也坐了下来。他用手捂着脸，过了片刻时光，才继续说起来。

“昨天晚上，你让我看到了——”他终于说。“我的妻子，我心爱的妻子秘密地——”

“而且是那般温柔地……”泰克尔顿暗中讥讽道。

“假装对那人的乔装改扮一无所知，并且给了他和她幽会的机会。我想，再没有什么能比这更叫我不忍目睹的景象了。我想，这世上我所不愿意遇到的人们中，再没有谁能胜过那个使我看见那景象的人了。”

“我得说，我一向对此有些怀疑。”泰克尔顿说。“我也知道，这便是我之所以在这儿不讨人欢喜的原因。”

“可是，既然你把事情指给我看了，”运货工没有理会他，继续说了下去。“你既然看见她，我的妻子，我心爱的妻子——”当他重复着这些话语的时候，他的声音，他的目光和他的手势表现得越来越沉着，越来越坚决：显然他在追随着一个坚定不移的目标。“既然你看见她处于这种不利的境况中，那么，对于这件事，你就应该以我的眼光来看，应该洞察我的心胸，了解我的想法，这样才合乎情理，这样才是公正的。因为我已经决定了，”运货工专注地凝视着他说。“而且，现在无论什么也不能使我动摇了。”

泰克尔顿小声嘟囔着表示赞同，并说什么有必要将事情辩个分明；可是对方的这种态度使他慑服了。运货工的举止神情朴实无华，其间却带着庄严与崇高的气度，这种气度只有蕴藏在人类中的那种具有宽宏大量的情操的灵魂才能表现出来。

“我是个平平常常的老粗，”运货工继续说。“很少有什么值得称道的地方。你知道得很清楚，我不是个精明人，也不是个年轻小伙儿。我爱我的多特，因为我是看着她在她父亲身边从一个孩子慢慢长大成人的；因为我知道她有多么可爱；因为多少年来她一直就是我的生命。有许多人，我无法和他们相比；但我想，他们决不会像我那样地去爱我的小多特。”

他停住口，用脚轻轻拍踏着地板，过了一会儿，又继续说了下去。“我经常想，尽管我配不上她，可我一定要做个仁慈的丈夫；而且我也许会比别人更加珍惜她的好处。于是，我便有些心安理得了，并且开始想到我们的结合并不是不可能的。结果，希望实现了，我们真的结婚了。”

“哈！”泰克尔顿叫道，意味深长地摇着头。

“我考虑过自己，我有过亲身的经历；我知道我多么爱她，我明白我将会是多么幸福。”运货工继续说。“可是我没有——我现在才感到——没有充分地考虑她。”

“的确。”泰克尔顿说。“轻浮，放荡，负心薄情，喜欢奉承。没有考虑到！对这一切你简直熟视无睹！哼！”

“在你没有弄明白我的意思之前，你最好别打断我。”运货工说，口气中带着几分严厉。“你远远没有理解我的心思。如果说，昨天有谁敢说她一句坏话，我会一拳将他打倒在地，那么今天我就要在他脸上踹上一脚，哪怕这人是我的亲兄弟！”

玩具商惊讶地望着他。他用一种较为柔和一些的语调继续说了下去：

“在她那么年轻、那么美丽的时候，我娶了她，使她离开了她那些年轻的伙伴们，离开了那许多她所熟悉的地方，在那些场合，她光彩照人，就像一颗最明亮的小星星；于是，我把她关进我那毫无生气的家里，过了一天又一天，让她疲惫不堪地陪伴着我……对这一切，我可曾想到过吗？我可曾考虑过我对于她那活泼欢快的性情是多么不适宜，我这个迟钝呆板的人又一定会使她这个急性子感到厌倦烦恼吗？我可曾考虑到，每一个认识她的人都会对她产生爱慕之情，而我无才无貌，并没有权利爱上她吗？从来没有过。我只是利用了她那喜欢幻想的天性和开朗的脾气罢了，于是我娶了她。我后悔不该那么做！为她着想，而不是为我！”

玩具商眼睛一眨不眨地盯着他，连他那只半闭的眼睛也睁开了。

“愿上帝赐福给她吧！”运货工说。“她总是显得那么喜气洋洋，为的是不使我发觉这些！愿上帝也帮助我吧，我这该死的木头脑袋，我从前竟没有察觉这一切。可怜的孩子！可怜的多特！人们谈到我们的婚姻的时候，我曾经看见她的眼睛里充满了泪水，可是我没有发觉这一切！我曾经看见她的嘴唇暗自颤抖过许多回，可是直到昨天晚上，我始终没有怀疑过这些！可怜的女孩！我竟然希望她会爱我！我竟然相信她是在爱我！”

“她是故意装出爱你的样子。”泰克尔顿说。“正是因为她姿态过高，实话对你说吧，才使我对这一切产生了疑虑。”

说到这里，他便提起梅·费尔丁比别人出色的地方，她当然从不装出喜欢他的样子。

“她努力过，”可怜的运货工比以往任何时候都更加激动地说。“直到现在我才开始明白，她曾经是那么艰难地努力着来给我做一个贤惠而热情的妻子。她一向是那么善良；她做的事情是那么繁多；她有着一颗多么勇敢、多么刚强的心灵啊！让我在这小屋里经历过的所有幸福做见证吧！当我孤单单在这里时，它会给我帮助，给我安慰的。”

“孤单单在这里？”泰克尔顿说。“噢！那么你真的打算认真处理这件事情了？”

“我打算，”运货工回答。“尽我的力量，最真诚地帮助她，并使她得到最好的补偿。我可以将她从一场不相匹配的婚姻所带给她的每天每日的痛苦之中、将她从艰难地掩饰这种痛苦的困境之中解救出来。我将尽我的力量使她得到自由。”

“让她得到补偿！”泰克尔顿惊叫起来，两手使劲拧着他的大耳朵。“这儿一定是出了什么岔子了。当然，你没有把事情说出来。”

运货工猛地抓住玩具商的衣领，然后像摇一根芦秆似的晃动着他的身子。

“听我说！”他说。“留神别把我的话听错了！听我说，我是不是讲得很清楚了？”

“的确很清楚。”泰克尔顿回答。

“和我的本意一模一样？”

“的的确确和你的本意一样。”

“昨晚，我在火炉边坐了整整一宿。”运货工高声说。“就在那个她时常坐在我身边，用她那美丽的脸庞对着我望的地方。我回想起她一天一天的全部生活，我感觉到她的每一个可亲可爱的举动都在我眼前经过。天地良心，她是无辜的，假如真有什么神灵来判断有罪无罪的话。”

啊，坚贞的炉边蟋蟀！忠诚的家宅之神！

“我已经不再恼怒，不再疑虑了！”运货工说。“只有悲哀，只有悲哀仍印刻在我的心上。在这不幸的时刻，她的一个旧日的情人——一个比我更适合她的情趣和年龄的、而且也许正是因为我才被她违心地回绝的情人——回来了；在这不幸的时刻，她大吃一惊，甚至来不及想一想应该怎么办，于是她便遮掩了事情的真相，成了他炮制那场骗局的同伙。昨夜，正如我们亲眼所见，她去看了他。那是不对的，但是，除此之外，她是无辜的，如果这世界上还有真理可言！”

“如果，你的想法是这样——”泰克尔顿开口说道。

“所以，让她去吧！”运货工接着说。“去吧，带着我的祝福，因为她曾给了我许多快乐的时光；去吧，也带上我的宽恕，不管她曾经给了我怎样的痛苦。让她去吧，我愿她心绪安宁！她将永远不会恨我。当我不再拖累着她的时候，当我缠绕在她身上的锁链变得较为轻松一些的时候，她将会更加喜欢我。今天，正是我没有对她的幸福多加考虑就从她家里把她娶过来的日子；今天，她就将回家去；我不会再给她添什么麻烦了。她的父母亲今天就要到这儿来，我们计划好的要聚一聚，他们便可以将她领回去。在那儿，或是在别的什么地方，我都相信她。她毫无过错地离开了我，今后她也将毫无过错地生活下去，我肯定。万一我死了——大概，在她还十分年轻的时候我便会死去；在这几小时里我已经失去了一些活下去的勇气了——她将会发现，我一直在思念着她，一直在爱着她，直到生命的最后一刻！这就是昨天夜里你指给我看的那件事的收场。现在，一切都结束了。"

"噢，不，约翰，并没有结束。可别说一切都已结束了吧！还没有呢，我已经听到了你那番高尚的话语。你那深沉的感情令我感动，我不能装着对此不可理解而悄悄地离去。在钟没有再敲响之前，别说事情已经结束了吧！"

在泰克尔顿进屋后不久，多特便也走了进来，而且一直站在那里。她始终没有对泰克尔顿看上一眼，而是目不转睛地望着她的丈夫。她没有走近他，而且尽量与他拉开一段距离；尽管她说话时的神情仍是那么热情真挚，可是即便是在那时，她也没有走近他。这与往日的她是多么迥然不同啊！

"没有人能够再造出一只钟来，为我重新敲响那逝去的时光了。"运货工苦笑着说。"但是，随它去吧，如果你愿意那样说的话。亲爱的，马上要到钟点了。我们谈了些什么倒无关紧要。哪怕遇上更加倒霉的事儿，我也会设法让你高兴的。"

"那好吧！"泰克尔顿喃喃地说。"我得走了，因为当钟再敲响时，我必须动身去教堂了。再见，约翰·皮瑞宾格尔。你不能光临，我真遗憾。对于你的损失和这个不幸的时刻，我深表遗憾！"

"我的话说得很明白了吗？"运货工送客人到门口，说道。

"噢，明白极了！"

"你会记住我所说的这番话吗？"

"嗯，如果你一定要我发表意见的话，"泰克尔顿小心翼翼地坐进马车，然后说。“我只能说这一切简直太出人意料，因此我是根本不会把它忘掉的。”

“那将会对我们两人都大有好处。”运货工回答，“再见，我祝你快乐！”

“可惜我不能这么祝福你了。”泰克尔顿说。“谢谢你！跟你说句贴心话吧（嗯，从前我对你说过的吧？），我想在我婚后的生活中，我不会不快活的，因为梅从没有对我管头管脚，也没有表现得那样过分亲昵。再见了！你多保重！”

运货工站在那儿目送他离去，直到远处他的身影变成比马儿在近处时它头上的花朵和彩球还小的一个模糊的黑点。然后，他深深叹了一口气，像个心神不宁、失魂落魄的人那样在附近的榆树林中踽踽独行；他不想回屋里去，直到那钟快要敲响的时候。

他那娇小的妻子孤零零地被留在屋子里，她可怜地呜咽着。可不时她又擦干眼泪，抑制住自己的感情，说他有多么善良，多么忠厚！有一两次，她还笑了起来，她笑得那么欢畅，那么忘形，却又是那么断断续续（一边始终在哭泣着），这可把蒂里给吓坏了。

“噢，求求你，别这样！”蒂里说。“这可要吓死宝宝的呀，为此，请你别……”

“蒂里，你能时常带孩子来看看他的父亲吗？”女主人一边擦拭着眼睛，一边问道。“在我不能住在这里，回到我老家的时候？”

“噢，求求你，千万别这么说！”蒂里叫道。她的头向后仰着，开始哭号起来；此刻，她的模样非常像波瑟。“噢，请你别这样！噢，这是谁造下的孽哟，这样地跟人家过不去呀！噢！呜—呜—呜！”

软心肠的斯洛博伊在这时把声音拖成这样一种凄惨的哭嚎：每当她长久地抑制住自己之后，那号啕便一阵比一阵更加尖厉；因此，若不是在这时候她看见凯里卜·普鲁默领着女儿走进门来，她的的确确会把孩子吵醒，甚至把他吓成重病，比方说抽风什么的。客人的光临使她恢复了一种顾全礼节的感觉，于是，她先是张大了嘴巴一声不吭地站了一会儿，然后赶忙跑到孩子熟睡着的那张床前，在地板上跳出一种怪诞的圣维特斯①似的舞步，同时她又把脸和头埋进床单里，显然从这一系列不同寻常的举动中得到了许多安慰。

“玛丽！”贝莎说。“没有去参加婚礼！”

“我告诉她你不会上那儿去的，太太。”凯里卜小声说。“昨天夜里我都听到了。但是愿上帝保佑你！”这瘦小的人亲切地握住她的双手说。“鬼才留心他们讲了些什么。我不相信他们。我个人是微不足道的，但是如果我相信了他们说你的坏话中的哪怕是一句话，就让我这贫贱的身躯被扯个粉碎吧！”

他伸出双臂，搂住她的脖子，拥抱着她，就像一个孩子抱着他的布娃娃。

“贝莎今天早上在家里呆不住了。”凯里卜说。“我知道，她害怕听见教堂的钟声，他们结婚时，她如果在他们身边，她会承受不住的。于是，我们便早早动身来到这里。我一直在考虑着我一向所做的那些事。”他停顿片刻，然后继续说起来。“为了我给她造成的精神上的痛苦，我在不断地责备着自己，我真不知道该怎么办才好。现在我终于决定了，如果你能陪我一会儿的话，太太，我最好还是把事情真相告诉她吧。你能陪我呆一会儿吗？”他问道，浑身上下不住地颤抖着。“我不知道这在她身上会产生怎样的影响；我不知道她将会怎样地看待我；我不知道从今以后她是否还会爱她的可怜的父亲。但是，最好别让她继续受蒙骗了，我必须承担我应得的那些恶果！”

“玛丽！”贝莎说。“你的手在哪儿呀？噢，在这儿，在这

① 圣维特斯，早期罗马天主教圣徒。欧洲某些地方，曾有在他像前跳舞，以求平安的风俗。

儿。”她微笑着把那手贴到自己嘴唇上，然后又拉着它挽住自己的手臂。“昨天夜里，我听见他们暗自低声地议论着你的什么过错。他们错了。”

运货工的妻子沉默着。凯里卜代替她回答了一句。

“他们错了。”他说。

“那我知道。”贝莎骄傲地说。“我就是这么对他们说的。那种话，我一句也不屑听！哼！责备她的不是！”她把玛丽的手紧紧握在自己手中，并把自己柔软的脸颊贴到玛丽的脸上。“不！我的眼睛还没有瞎到那种程度！”

这时，她父亲走到她的身边，多特则握着她的手，坐在另一边。

“我了解你们大伙儿，”贝莎说。“比你们想象的更加了解。但是，我了解她，胜过了解你们所有的人，甚至包括您，父亲。在我的周围，没有谁能像她那么真挚，那么诚恳了。假如在这一刻我能够恢复视力，不用任何人说上一句话，我一眼就能从人群中把她认出来。她简直就是我的亲姐姐！”

“贝莎，我亲爱的！”凯里卜说。“我有些心里话要对你说，这会儿就我们三个在这里，让我把它们说出来吧。请听我说！我要向你忏悔，亲爱的！”

“忏悔，父亲？”

“我背离了真诚，迷失了道路，我的孩子。”凯里卜说，他惘然若失的脸上带着一种令人哀怜的表情。“我背离了真诚，我的本意是要对你表示出仁爱；可结果我是太残酷了。”

“残酷！”她朝着他转过她那张大惊失色的脸儿，重复说。

“他把自己责备得太过火儿了，贝莎。”多特说。“马上你就会这么说了，你会是对他说这话的第一个人。”

“他对我残酷！”贝莎高声叫道，微笑着表示难以置信。

“孩子，我并不是存心那样。”凯里卜说。“可是我确实一直是残酷的，尽管我从前从没有想到过这点，直到昨天晚上。我亲爱的瞎了眼睛的女儿啊，听我说，同时也饶恕我吧！你所生活的那个世界，我的心肝，那个我描绘出来的世界，是根本不存在的。你一向信赖的那双眼睛欺骗了你！”

她惊愕不已的脸庞依然对着他，身子却向后退去，紧紧地靠在她的朋友的身上。

“你的生活道路是坎坷艰难的，我可怜的孩子。”凯里卜说。“因此，我曾有意将它铺平。为了使你更快乐些，我改变了许多东西的面目，改变了人们的性情，无中生有地编造出各种各样的事物来！我把真相向你隐瞒着，我一直在欺骗你，上帝饶恕我吧！是我使你生活在这个虚幻的世界中。”

“可是，活生生的人怎么是虚幻的东西呢？”她气喘吁吁地说，脸色变得惨白，身子更加朝后退缩。“你是无法改变他们的呀。”

“我确实把他们也改变了，贝莎。”凯里卜恳切地说。“有一个人，你是知道的，孩子——”

“噢，父亲！你怎么能说我知道呢？”她以一种尖厉的责备的语调答道。“我能知道什么，我又能知道谁呢？我，没有人为我指点！我，这么可悲地瞎了眼睛！”

她痛苦万状地伸出双手，仿佛在摸索她的道路。然后，她悲痛欲绝，万念俱灰地用手捂住自己的脸。

“今天要举行婚礼的，”凯里卜说。“是个严酷无情，尖酸刻薄的人。多少年来，他一直是你我的一个苛刻的主人，亲爱的。他的外貌，他的性情都丑陋无比，他总是像铁石一般的冷酷。他的一切与我向你描述的都迥然不同，我的孩子，一切的一切。”

“啊！”盲女哀叹道，这痛苦的折磨似乎已使她不可忍受了。“可你，你为什么要这么做呢！你为什么要在我的心上充塞进这么多美好的事物，然后却又像死神来临一样，把我心爱的一切全都剥夺掉呢！啊，天哪，我的眼睛真是瞎啊！我是多么无依无靠，多么孤苦伶丁啊！”

她那痛苦的父亲垂着头，一言不发，深深沉浸在悔恨和哀伤之中。

同样，她也陷于悲戚之中，但片刻之后，那只炉边蟋蟀又开始唧唧地叫了起来；除了她，谁也没有听见这声音。它不是那么欢畅了，而是用一种低沉的，轻微的，哀愁的声音唱着。这声音是那么凄凉，她止不住泪水簌簌流淌；而当那一整夜都在运货工身边的精灵在她背后出现，并且指点着她的父亲的时候，她的眼泪便更像是雨水一样地洒落下来了。

不久，她就更加真切地听到那蟋蟀的声音了；而且，尽管她双目失明，她还清楚地知道，此刻那精灵正徘徊在她父亲的身边。

“玛丽，”盲女说。“请你告诉我，我的家是个什么样子，我要知道它真实的模样。”

“它是一个很穷的家，贝莎；真的，贫穷得一无所有。来年冬天，那房子怕是很难挡风蔽雨了。”多特继续说着，她的声音低沉但很清晰。“它千疮百孔，难抵风寒，正如你可怜的父亲身上穿的那件口袋布大衣一样。”

盲女非常激动地站起身来，拉着运货工那娇小的妻子走到一旁。

“那些我无比珍惜的礼物，那些几乎总是随着我的心愿出现的，而且又是那么叫我欢喜的礼物，”她颤抖着说。“是从哪儿来的？是你送来的吗？”

“不是。”

“那么是谁送来的呢？”

多特看得出她已经明白了，因此便沉默着。盲女再一次用双手捂住自己的脸，可是这时她的神态已大不相同了。

“亲爱的玛丽，陪着我再呆一会儿！再呆一会儿！就这样，轻轻跟我说些话。我知道你是诚实的。现在你不会欺骗我了，是吗？”

“不会了，贝莎，的确不会了！”

“是的，我深信你不会。你是那样地怜悯我。玛丽，请看一看屋子的那边，我们刚才在那儿的地方，看一看我的父亲——对我满怀同情和慈爱的父亲——现在站着的地方，请你告诉我，你看见了些什么。”

“我看见，”多特很理解她的心情，说：“一个老人坐在椅子里，忧伤地靠在椅背上，一手撑着脸，就好像他的孩子应该来安慰他，贝莎。”

“是的，是的，她要来安慰他的。说下去吧。”

“他已经很老了，忧虑和劳作弄得他心力交瘁。他是个瘦骨嶙峋的老人，神色悒悒不乐，像是有满腹心事，他的头发已经全部灰白了。这会儿，我看见他垂头丧气地弓着腰，显得心灰意懒。但是，贝莎，过去我曾多少次地看到他，为着一个伟大的神圣的目标而作出种种不屈不挠的努力。为此，我敬重他那满头银发，并且为他祝福！”

突然，盲女从她身边跑开，跪倒在他的面前，她捧起他灰白色的头，让它紧贴着自己的胸口。

“我的眼睛复明了，这就是我的眼睛！”她叫道。“我一向是个瞎子，可是现在，我的眼睛睁开了。过去我根本不了解他！想想吧，我有可能会就这样死去，却没有真正了解始终那么爱我的父亲，那该是多么令人伤心啊！”

没有任何语言能够表述凯里卜那起伏的心潮。

“在这个世界上，”盲女拥抱着他，大声说道。“再没有哪个高贵的人能与他相比，能让我那样深情、那样全心全意地去珍爱了！父亲，您的头发越是花白，您越是苍老憔悴，您对于我也就越是亲切！别让人再说我是瞎子了。在我向上帝祈祷感恩的时候，我不会忘记他脸上的每一条皱纹，不会忘记他头上的每一丝银发！”

凯里卜好不容易才说了一句：“我的贝莎！”

“在茫茫黑暗之中，”女孩一边流着由衷怜爱的热泪，一边抚摸着他说。“我竟相信了他不是这样可怜的！他一天天地在我身边，无微不至地疼爱着我，而我就是做梦也没有想到这一切啊！”

“那个身穿蓝色外衣的仪表堂堂的父亲，贝莎，”可怜的凯里卜说。“已经一去不复返了。”

“没有任何东西一去不复返。”她回答。“最亲爱的父亲，没有！一切都在这儿——在您的身上。我深深爱戴着的父亲，我从没有充分深切地爱过、也未曾真正了解的父亲；因为他对我万般体贴同情，我生来就敬重爱戴这一位恩人……一切都在这儿，在您身上。对于我，没有什么是逝去了的。对我最亲切的那一切东西的灵魂就在这儿，在您饱经风霜的脸上，在您斑白的头上。我的眼睛不再是看不见的了，父亲！”

当她讲着这番话的时候，多特一直全神贯注地望着这父女俩；但是，此时，当她瞧见摩尔宫前的草场上的那个割草匠并意识到那钟在几分钟之内便要敲响的时候，她立即陷入了一种焦躁不安的兴奋状态之中。

“父亲，”贝莎迟迟疑疑地说，“玛丽。”

“啊，亲爱的，”凯里卜答道。“她在这儿呢。”

“在她身上，我想一定不会有什么变化吧。您告诉我的有关她的事情中，不会有什么不真实的情况吧？”

“如果我能够把她改变得更美好些的话，”凯里卜回答。“亲爱的，恐怕我会那么去做的。可是，如果说我的话改变了她的形象，那一定是把她给说糟了。贝莎，她是十全十美的呀！”

盲女在发问时本来就充满自信，她得到的答复更使她欢欣鼓舞和自豪，她情不自禁地又紧紧拥抱住多特，这番情景看了真是叫人喜欢。

“可是，更多的你意料不到的变化真的可能发生呢，亲爱的。”多特说。“我是说，向更好的方面变化，这变化会使我们中间的某些人得到极大的快乐。如果那样的事情一旦发生并震动了你，你一定不要过于惊讶。那是路上的车轮声吗？贝莎，你的耳朵一向很灵，是车轮声吗？”

“不错，走得挺急呢。”

“我、我、我知道你的耳朵很灵敏，”多特说。她将手捂住胸口，尽量快地一口气说下去，显然是要掩饰她那颗心的剧烈的跳动。“因为我经常注意到这点，因为昨晚你是那么迅速地察觉到那个陌生人的脚步声。尽管我不知道你为什么会说，贝莎，我清清楚楚地记得你是说了‘这是谁的脚步声’，我不知道你为什么会对那人的脚步声特别留意，胜过你对其他任何脚步声的关心；可是，正如我刚才说过的，这世界上随时可能发生重大的变化，重大的变化；我们所能做的一切，只是做好准备，不致因为任何一点小事而大惊小怪罢了。”

凯里卜吃不透她说这话是什么意思，只是觉得她的话既是对他女儿，也是对他自己而说的。他吃惊地看到，她是那么坐立不安，那么受着折磨，她几乎喘不过气来；她扶住一把椅子，才使自己不致倒下地去。

“真是车轮声！”她上气不接下气地说，“走近了，更近了！到啦！现在你们听，车在花园门口停了下来！现在你们再听，门外有脚步声了——和昨天晚上一样的脚步声，贝莎，是不是！——现在，好！”

她欣喜若狂地发出一声尖叫，跑到凯里卜身后，用手蒙住他的眼睛；这时，一个小伙子冲进屋子，随手把帽子抛到空中，一阵风似的跑到众人跟前。

“事情成功了？”多特问。

“是的。”

“圆满成功了？”

“是的！”

“你还记得这声音吗？亲爱的凯里卜，你从前可曾听到过这声音吗？”多特高声问道。

“如果，我那个在黄金遍地的南美洲的孩子还活着的话——”凯里卜周身颤抖着说。

“他确实还活着！”多特尖声喊道。她挪开捂着凯里卜眼睛的双手，然后兴高采烈地使劲拍着手。“看看他吧！瞧，他就站在你眼前，又健康，又结实！这就是你的亲儿子！贝莎，这就是你活生生的、爱你的哥哥呀！”

因为她的那种狂喜，让我们向这娇小的妇人表示我们全部的敬意吧！当那一家三口抱成一团时，她止不住喜泪纵横而又笑逐颜开，让我们因此向她表示敬意吧！同时，让我们也为她那奔放开朗的感情向她致敬吧——她听凭那皮肤晒得黝黑的、长着一头飘逸的乌发的水手尽情亲吻她，一刻也不曾将她那玫瑰色的小嘴移开，而且任他将自己紧贴到他那起伏的胸膛上！

让我们也向那只布谷鸟致意吧！——为什么不呢？——它从摩尔宫的那扇小门里像个窃贼似的跳出来，然后向着这围聚在一起的人们发出十二声打嗝似的怪叫，好像它自己也因为高兴而变得醉醺醺的了。

运货工刚一进门便吃惊地向后退去，看到这宾朋满座、欢聚一堂的情景，他是很有理由大为惊讶的。

“嘿，约翰！”凯里卜喜气洋洋地说。“往这儿瞧！我的亲儿子，从黄金遍地的南美洲回来了！我的亲生儿子啊！不就是你，亲手为他打点行装，而且送他上路的吗？从前，你不一直是他的一个好朋友吗？”

运货工上前握住他的手；可是，当那人的容貌使他回想起车上的那个聋老头儿的时候，他向后退了退说：“爱德华！那人就是你？”

“现在，把一切都告诉他吧。”多特叫了起来。“把一切都告诉他，爱德华，也不必绕过我，因为在他看来，再没有什么事情能叫我饶恕我自己了。”

“我就是那个人。”爱德华说。

“那么说，你竟然化了装，偷偷混进你老朋友的家啰？”运货工说，“从前的那个堂堂正正的小伙儿——那是多少年之前的事了，凯里卜，我们听说他死了，我们想事情已经被证实了，对吗？——是绝不会干出这种勾当的。”

“从前，我曾有过一个宽宏大量的朋友，不，他对于我与其说是朋友，不如说是父亲，”爱德华说。“他是绝不会不容别人分说而对我、对任何人妄下结论的。你就是那个人。因此我肯定，现在你会愿意听我慢慢说的。”

运货工那困惑的目光移到依然站得远远的多特身上，回答说：“也罢，这话倒在理，我听你说。”

“你一定知道，当我还是个孩子，离开这儿的时候，”爱德华说。“我就爱上了一个人，这人也同样爱上了我。那时她还是个年轻的小姑娘，也许（你可能对我这么说）还缺乏主见。但是，我知道我的心思；我狂热地爱恋着她。”

“你爱恋着她！”运货工惊叫起来。“你！”

“确实如此！”那人回答。“而且她同样对我情意绵绵。打那以后我一直相信她对我的爱情；现在我对这点更是毫无疑义了。”

“上帝保佑我！”运货工说。“这真是糟糕透顶的事了。”

“我对她的感情始终不渝，”爱德华说，“因此我满怀热望，历尽千辛万苦，回来履行我们昔日的海誓山盟；可是在二十里路外，我听说她背弃了我，忘记了我，并且已把她自己许配给了一个比我更加富有的男人了。我无意责备她，但是我渴望看上她一眼，并且去证实这一切都是千真万确的事实。我希望她是被迫才改变初衷，违心地接受这样的婚姻的。我想，这对于我诚然毫无帮助，但多少也总是一个小小的安慰。于是我来了。为了掌握真实情况，千真万确的真实情况，我想无拘无束地亲自观察，然后亲自作出判断，一方面不受到任何人的妨碍，另一方面也不致将我的影响（如果我还有一些影响的话）强加于她，所以，我便将自己打扮得面目全非——你知道我是怎么打扮的——然后在大路口等候——你知道在什么地方。你一点也没有怀疑我，她也一样——”他指了指多特。“直到在火炉边我对她窃窃私语时，她才知道是我，而她险些就要泄露了我的天机。”

“但是，当她知道爱德华还活着而且已经回到家乡的时候，”多特抽泣着说。现在她开始为自己说话了，在爱德华说那一席话的时候，她一直迫不及待地想开腔。“当她知道了他的目的的时候，她告诫他无论如何要严守秘密；因为他的老朋友约翰·皮瑞宾格尔的性情是过于直爽了。他遇事总缺个心眼儿，而且他本身又是那么个大大咧咧的人，”多特半是哭半是笑地说，“是很难替爱德华守住这个秘密的。于是她——就是我，约翰——”小妇人仍在抽泣着，“便把事情告诉了他，对他说他的情人是怎样地相信了他是死了，她是怎样地经不住她母亲的软磨硬泡，最终答应了那桩被那愚蠢而可笑的老太婆称为有利可图的婚事；接着她——还是我，约翰——又告诉他，他俩还未成婚（虽然时间已经迫近）；如果事情真成了，那只是一种牺牲，因为在梅这方面，是毫无爱情可言的；他听到这儿，快活得几乎要疯了；于是她——又是我，约翰——说她愿意为他们牵线，就像她过去经常做的那样，约翰，而且要试探试探他的情人，好确实知道她——还是我，约翰——所说的和所想的到底对不对。果真不错，约翰！于是，他俩团圆了，约翰！而且，他俩结婚了，约翰，就在一小时之前！瞧，这就是新娘吗！格拉夫·泰克尔顿可能到死也只能是个光棍了！我真痛快极了，梅，上帝保佑你！”

多特本来就是个叫人无法不喜欢的小妇人，如果这么说得体的话；现在她那乐不可支的神采可就比以往任何时候都更加动人了；她向自己，也向新娘表示的那些祝贺也比以往任何时候都更加妙趣无穷而又惹人喜爱。

诚实的运货工此时心潮难平，他站在那儿，简直呆了。过了一会儿，他才缓过劲来，飞奔着向多特扑去，可是多特却伸出手拦住了他，使他退回到原来的地方。

“不，约翰，别这样！听我讲完。先别来爱抚我，约翰，直到你听我把话讲完。把一件秘密事向你隐瞒着，是不对的，约翰。我非常对不起你。昨晚，在我走到你身边，在那小凳上挨着你坐下之前，我一直没有想到这样做有什么不好；但是，当我看到你那脸色，知道你已看见我和爱德华曾经在厅道里会面并知道了你在想些什么的时候，我才感到那是多么轻率，多么不应该啊！可是，噢，亲爱的，约翰，你，你怎么会那么去想哟！”

小妇人哭得更凄惨了！约翰·皮瑞宾格尔想上前将她搂在怀里，可是不成，她不让他那么做。

“先别来爱抚我，请你别，约翰！还要等好久呢！我为那件拟定好的婚事而担忧，是因为我记得梅和爱德华是那么年轻的一对儿，而且我知道梅的心是远离泰克尔顿的。现在你相信这些了吧，是吗，约翰？”

约翰心头一热，又要冲上前去，可她再一次制止了他。

“不，请站在那儿，约翰！有时，我爱笑话你，说你粗笨，管你叫可爱的老鹅，还给你起了一些诸如此类的诨号，那只是因为我是那样深深地爱着你；你的为人，你的举止，你的一切都是那样叫我喜欢，我不愿意看到你有一丝一毫的变化，哪怕由此你明天就能当上国王。”

“哈哈！”凯里卜叫道，他精神抖擞，与平日判若两人。“这话正合我的意思！”

“另外，当我谈论起那些沉稳的中年人，约翰，并且假装着说我们只是那么单调的索然无味的一对老夫少妻的时候，那只是因为，我是这样一个愚蠢的小东西，约翰，有时我喜欢耍点孩子气的小把戏，并且装得像那么一回事儿似的。”

她见他又要冲了过来，于是便又挡住了他。可是她差一点就来不及拦住他了。

“别，别来亲我，请你再等上那么一两分钟吧，约翰！我最想对你说的话，我把它们留到最后才说。我亲爱的、善良的、宽宏大量的约翰啊，那天晚上在我们俩谈起那只蟋蟀时，我话到嘴边却没能讲出来：真的，起初我并不像我现在这样热切地爱你，而且，当我第一次来到这个家的时候，我忐忑不安，担心我无法做到像我希望、我祈祷的那样来爱你——那时，我可真还是个孩子，约翰！可是，亲爱的约翰，以后我一天比一天更加深切地爱你了。如果说，我爱你还可以比现在爱得更深切、更热烈的话，今天早晨我听到的你说的那些高尚的话语，便能够使我做到这点。可惜我不能了。因为我早已把我所有的爱（这爱是非常深厚的，约翰），全部奉献给了你。对这爱你是受之无愧的，我对你的爱是毫无保留的！来吧，我亲爱的丈夫，现在再把我抱进你的怀里去吧！这里就是我的家，约翰；并且永远，永远也不要瞎想把我送到别的什么地方去了！”

如果你看到多特扑入运货工怀抱里的情景，你一定会得到许多的欢愉——而假若这个容光焕发的娇小的妇人是被抱在另一个什么人的臂膀里，你永远也不会得到这样的感受。他俩表现出的，是你一生中所能见到的最完美、最纯洁、最炽烈的真挚情感。

你可以确信，运货工此时是喜悦到了极点了；你可以确信，多特也是如此；你还可以确信，他们所有的人都是如此，当然也包括斯洛博伊小姐——她欢喜得哭叫个不停；为了使她照看的那孩子也加入这相互致贺的人们中，她让大伙儿挨个把这孩子传来递去，就好像他是一杯什么可口的饮料。

可是这时门外又响起了车轮声；接着便有人叫了一声“格拉夫·泰克尔顿来啦”。于是，那位可尊敬的老爷疾步走进门来，他情绪激动，惊慌失措。

“哎，真是见了鬼了，约翰·皮瑞宾格尔！”泰克尔顿说。“一定出了什么差错了。我与泰克尔顿太太约好在教堂会面，可我敢发誓，我一定是在半道上和她走岔了，她往这儿来了。哟，她果真在此。请您原谅，先生；可惜，我还没能认识您；但请您一定帮助我，把这位年轻的女郎放开吧；今天上午她有个非同寻常的约会呢！”

“可我不能放她走，”爱德华回答，“甚至连想都不能想。”

“你这是什么意思，你这无赖！”

“我的意思是，”爱德华面带笑容，回答说。“我可以原谅你的恼火；既然昨晚我可以对任何人的话都充耳不闻，装聋作哑，那么，今天早晨我也可以做到对辱骂不加理会。”

泰克尔顿瞠目结舌，死死盯着爱德华看。

“很对不起，先生。”爱德华托起梅的左手，特别显露出那无名指，说。“这位年轻的小姐不能陪您到教堂去了；但今天早晨她已到那儿去了一次，也许，您会原谅她的。”

泰克尔顿狠狠盯着那无名指看了一眼，然后从他背心口袋中掏出一个银白色的小纸包儿，显然那里面是一枚戒指。

“斯洛博伊小姐，”泰克尔顿说。“你行行好，帮我把这扔到火里去好吗？多谢了。”

“这是从前就订下的一门婚事——很早以前的事了——因此我告诉你，我妻子无法履行与你订下的那个约会了。”

“泰克尔顿先生应该说句公道话，应该承认我曾诚实地把这件事告诉了他，而且我曾不止一次地告诉他，我是永远不会忘记这事的。”梅羞红着脸说道。

“唔，确有其事。”泰克尔顿说。“唔，没错，的确，很正确。爱德华·普鲁默太太，我叫得不错吧？”

“正是这个名字。”新郎回答说。

“啊！我真不该认识你，先生。”泰克尔顿说，他仔细察看着他的脸，然后深深地鞠了一躬。“我祝你快乐，先生！”

“谢谢你！”

“皮瑞宾格尔太太！”泰克尔顿突然转过身来，面对着多特和她的丈夫，说：“真对不起！你并没有帮我什么大忙，但是，说句实在话，我对不起你，你比我想的要好得多；约翰·皮瑞宾格尔，我也对不起你。你明白我的话，这就够了。事情倒是应该如此的，各位女士们，先生们，这样的结局可真是皆大欢喜呢。再见啦！”

说完这番话后，他像是满不在乎地走了出去，在门口停了一会儿，从马头上把那些彩球和鲜花解了下来，然后在那畜生的肋骨上猛踢一脚，好像要告诉它，他的事情出毛病了。

当然，为了纪念这一系列事情并且使它们永远地记录在皮瑞宾格尔的日历上，举行一次盛宴、像过节一样地快活一下是理所应当的。于是，多特忙开了，她准备的这个庆典将给这户人家以及所有与之有关的人们带来不可磨灭的光辉。不多会儿，她把双手以至她那带着小窝的肘部都伸进面粉里，每当运货工走近她时，她总要拦住他亲吻他一下，这下子那运货工的外套也就被弄得白花花的了。这善良的汉子洗青菜，削萝卜，一会儿打碎个盘子盆子，一会儿把火炉上盛满凉水的铁壶弄翻，不管什么事他都想搭上一把手；而那两个从附近什么地方火速请来的帮工忙乱得不可开交，就好像是处在什么生死攸关的时刻，在门道里、在拐弯处他俩总要碰撞在一起；另外，所有的人在所有的地方都会绊着蒂里·斯洛博伊和那孩子，免不了被弄得趺趺撞撞的。蒂里表现出一种前所未有的活力，她的无处不在自然是众人赞叹的话题：两点二十五分，她做了过道里的障碍物；正好两点半时，她成了厨房里的捕人机；差二十五分到三点时，她又是阁楼上的一个陷阱。那孩子的脑袋好像是一切物质——动物、植物、矿物——的检验剂和试金石，凡是那天人们用上的东西全都先后与它亲近、磕碰过。

随后，他们派出一支伟大的徒步探险队，去寻找费尔丁太太，而且他们要阴沉着脸向这位出色的淑女表示悔过；此外，如果必要，还得用武力把她弄来，让她快活起来并且宽恕他们。当这支探险队最初发现她的时候，她一句话也不听，只是左一次右一次地说她万万没有想到竟会活着看到这一天；此后她就不再说别的什么话，只是一直嘟囔着“把我抬到坟墓里去好了”；这句话听来有些滑稽，因为她没有死，也没有一点要死的样子。片刻之后，她陷入一种可怕的镇静状态中，并且说，当接二连三的倒霉事在靛青交易中发生的时候，她便早已经预料到，在她这一生中，她是注定要遭遇各式各样的污辱与谩骂了；她还说，她很快活，因为她的预料果真没错；之后，她便恳求人们别再管她了——因为她算得了什么呢？噢，亲爱的，不过是个毫不足道的老婆子罢了——她还要人们忘记这世界上还活着这样一个人，要他们过他们的好日子去吧，就当没有她。接着，她停止了这种尖酸的挖苦转而进入一种激忿的情绪中，她大光其火，并说出了“即使是一条小虫子被踩上一脚，它也会拼死命翻个个儿”这样的至理名言；再以后，她渐渐心平气和了，并表示后悔，她说，他们要是早能够信任她就好了，难道她不会尽她的力量出点什么主意吗？于是，探险队抓住她情绪中的这个转机一拥而上，将她团团围住，而她也很快戴上手套，打扮得无可指摘地出发去约翰·皮瑞宾格尔家了；她的腋下还夹了个纸包儿，里面装着一顶华丽的便帽，它差不多像主教冠一般高、一般硬呢。

接着，大家便等待着多特的父母亲乘坐另一辆小马车到来；他们迟迟未到，大伙儿便不免有些担心。于是，不时有人到大路上张望，看他们来了没有。费尔丁太太总是往那错误的、他们不可能出现的方向看，人们便告诉她，说她错了，可她却说她希望能有爱往哪儿看便往哪儿看的自由。终于，他们到了：是一对胖胖的、矮小的夫妻，摇摇摆摆、舒舒泰泰地一路走来，样子完全是多特家的气派。看着多特和她母亲肩并肩站在一起，真是舒心悦目，她俩真是太相像了。

接着，多特的母亲免不了要和梅的母亲寒暄一番；梅的母亲凡事随时都爱讲个礼节，多特的母亲却是个实实在在、随和平易的人。再说那老多特——也就是多特的父亲，我忘了这是不是他真正的名字，但这无关紧要——倒是毫不拘束，他见到谁就和谁握手，而且似乎一点没有把那顶女帽看在眼里，认为那只不过是棉纱布用糨糊粘起来了而已；另外对那桩龊青交易他更是不屑一听，只是一个劲地说现在已经无可救药了；费尔丁太太的结论是，他是个心地善良、性情温和的汉子——可是，却有些粗鲁，我亲爱的。

我是不会撇下多特不谈的。此时，她正穿着那件结婚礼袍忙着款待客人，让我为她那美丽的脸祝福吧！不，我也不会漏掉那善良的运货工，他快活得满脸泛着红光，坐在餐桌的尽头。当然，我也不会忘记那皮肤黑黑、神采奕奕的水手以及他那妩媚的妻子，我不会漏掉他们中的任何人。错过这次晚宴，无异于错过一次一个人需要享用的最令人愉快、最丰盛的美餐；而若是错过了那他们为庆贺这一对新人的大喜日子而高高举起的、斟满了酒的杯子，那就更是最最重大的损失了。

晚餐以后，凯里卜唱起了那首“金光灿灿的酒碗”的歌子：因为我活着，多想过下去，一年再两年……他把这首歌从头到尾唱了一遍。

可是，顺便我要告诉你，就在他刚唱完最后一句的时候，一件最出人意料的事情发生了。

有人在轻轻敲门。接着，那人没有说上一句“请原谅”、“借光”之类的话，便趔趔趄趄地闯了进来，头上还顶着一件挺沉的东西。他把那东西不偏不倚地放在桌上那胡桃和苹果的正当间儿，然后说：

“泰克尔顿先生向各位道喜！这盒蛋糕现在对他本人已毫无用处，或许，你们愿意把它吃了吧。”

说完这些，他转身走了出去。

可以想象，人们对此都感到有些奇怪。费尔丁太太是个非常谨慎的人，她提醒大家这蛋糕一定是下过毒药的，接着便又讲述了一个她所知道的毒蛋糕的故事。据她说来，那只蛋糕曾把某个女子学校的年轻姑娘毒得周身发青。但是，她的意见被众人的一片欢呼声所否决，于是梅郑重其事而又欢天喜地地把蛋糕切开了。

我想，还没有谁来得及尝上一口，又有什么人在敲门了；那个人再一次走进屋来，他的胳膊下夹着一只棕色的大纸包。

“泰克尔顿先生向诸位道喜：他给孩子送来些小玩艺儿，它们怪好看的呢。”

说完这几句话，他又走了。

如果要他们大家寻找一些语句来表达他们的惊讶，那一定是极其困难的，即使他们有足够的时间来挑选字眼。但是，他们几乎没有一点时间，因为那信使刚刚走出去把门关上，那敲门声便又响了起来，接着，泰克尔顿本人走进来了。

“皮瑞宾格尔太太！”玩具商手里拿着帽子，说。“我很抱歉！比今天早晨更加抱歉！我用这段时间好好想了想，约翰·皮瑞宾格尔！我的性情乖戾，但是一旦面对像你这样的人，我总能多少变得温和一些。凯里卜！这个小保姆昨晚有意无意地给了我一些支离破碎的暗示，现在我已经理出一点头绪来了。想到我竟那么轻松地使你们父女俩受着我的束缚，我真是羞愧不已；我是个多么可悲的白痴啊，可我却认为她是个白痴！各位朋友们，今晚我的家里太冷清了，我的火炉边甚至没有一只蟋蟀，因为我已经把它们都给吓跑了，可怜可怜我吧，让我也参加你们这个快乐的晚会吧！”

五分钟之后，他就已经自由自在，像在家里一样了。过去，你从来没有看到过他竟是这样一个人。过去，他是怎样地虚度了那么多年哟，他从不知道他也可以得到如此巨大的欢乐！或许，是那些小仙子们在他身上施展了魔法，因此他才变得判若两人！

“约翰，今晚你不会送我回娘家去了吧，是吗？”多特细声细气地问道。

可是，他不是差一点儿就要干出这样的蠢事了吗！

现在，如果再加上那只活蹦乱跳的小生灵，晚会的出席者便算是到齐了。可是，一眨眼的工夫，它便来了。刚才它猛跑了一阵，弄得口干舌燥，徒劳地想把头伸进那窄小的水罐里。它曾跟着那马车跑到旅程的终点，因为主人不在跟前，它心烦意乱；更叫人吃惊的是，它对那代理车夫根本不买账。它在马厩附近滞留了一会儿，企图煽动那匹老马叛逃，自个儿跑回去；策反失败后，它便走进那家小酒馆，在火炉前躺下身来。突然，它确信那代理车夫是个骗子，必须坚决离弃他，于是它站起身，摇晃着尾巴回家来了。

晚上，他们跳起舞来。在我概括地提到这种娱乐之后，我本该不再多说些什么，可是，我很有理由认为，这是一场新颖独到的、极不寻常的舞会。它的组成方式是奇特的，是这样的：

水手爱德华——他是个善良、洒脱而又富于闯劲的人—— 一直滔滔不绝地对众人讲述着有关鹦鹉、矿藏、墨西哥人以及金粉的形形色色的奇闻异事，突然，他想起了什么，猛地从椅子上跳起来，建议大家来跳一场舞，因为贝莎的竖琴就在那儿，而且她弹奏出的乐曲之美妙，你是很少能欣赏到的。多特（她可真鬼，真能装腔作势，如果她有意那样做的话）说她跳舞的日子已经过去了，而我想真正的原因是，此时运货工正在吸着烟斗，她最愿意做的事莫过于坐在他的身旁。这样，费尔丁太太当然也就不得不说，她跳舞的日子也过去了；接着，大伙儿都异口同声地这样说，只有梅除外；梅已经跃跃欲试了。

于是，梅和爱德华站起身来，在众人的掌声中翩然起舞，贝莎则奏起最欢快的乐曲。喝！信不信由你，他俩跳了还不到五分钟，运货工便一下子把烟斗抛开，搂着多特的细腰，冲到屋子中间，相当绝妙地跳开了；泰克尔顿见状，急不可待地跑到费尔丁太太面前，抱住她的腰也照样跳了起来；老多特一看见这种情形，便也站了起来，生气勃勃地拽着多特太太来到舞场的中心，他俩成了最前面的一对舞伴。凯里卜见了，赶忙握住斯洛博伊小姐的双手，一下跳开了而欲罢不能；斯洛博伊小姐坚信，跳舞的唯一原则便是风风火火地在一对对舞伴中间钻来钻去，并且还要与他们冲撞许许多多次。

听吧！那只蟋蟀唧唧唧唧的歌声加入了这曲音乐，而那只水壶嘟嘟嘟嘟地唱得又是多么欢畅啊！

可是，这是怎么回事呢？正当我欢欣地倾听着这乐曲，并向多特转过脸去，想最后看一看这愉快的小妇人的时候，她和其他的一切都已消失在空中，只孤零零地剩下我一个人。一只蟋蟀在炉边唱着歌，一件破旧的儿童玩具躺在地上；此外，便一无所有了。

人生的战斗

一个爱情故事

戴侃 译

第一部

从前，什么时候无关紧要，具体在什么地点也无关紧要，反正是在强大的英国，打了一场恶仗。这一仗是在草绿风和时一个漫长的夏日进行的。一朵朵出自造化天工的野花，本是用来盛放露水的喷香的酒杯，这一天却感到它那光泽的花瓣里装满了鲜血，于是萎缩下垂了。一只又一只从那无害的草叶染上了淡淡颜色的昆虫，这天被那些垂死者重新濡染了一遍，并且担惊受怕地留下了一路奇怪的足迹。着了色的蝴蝶把翅尖上的鲜血带上天空。河水都变红了。践踏过的土地成了一片泥泞，那儿，在人迹马蹄所形成的积水坑中，到处可见的血红色还愁眉苦脸地在阳光下闪闪烁烁。

但愿上帝不要让我们知道月亮所看到的那片土地上的情景，那时她正越过远处土丘所形成的一道黑线，被那里的树林弄得有点模糊，然后，她升入天空，俯视平原。平原上到处是一张张仰面朝天的脸，那是些曾经在母亲怀里凝视过慈母的眼睛或者幸福地熟睡过的脸。但愿上帝也不要让我们知道那被污染了的风刮遍白天交战、夜晚充满死亡和苦难的场所之后所悄悄诉说的秘密吧！孤独的月亮一次又一次照亮战场，无数的星星也守望着它深表哀悼，来自大地各个角落的风一阵阵从它上空吹过，直到战争的痕迹完全消失。

这些痕迹隐匿和逗留了很长的时候，最后只残留在一些细小之物中。因为大自然远远超越于人类的邪恶感情之上，很快就恢复了她的宁静，又像过去这片土地还清白无辜时那样，朝着这片犯罪的战场微笑了。云雀在上空高声歌唱，燕子时高时低、迅疾地来回飞掠着，匆匆飞渡的云影相互追逐着越过草坪、庄稼、萝卜地和森林，掠过树丛中半隐半现的小镇房屋和教堂尖顶，最后消失在天地交界处的落日霞光里。庄稼种上了，成熟了，收割了。那条曾经染得通红的小河里现在正转动着一辆水车。男人们吹着口哨在耕地，拉麦穗和翻晒干草的人分成一组组的，正安静地干着活儿；牛羊在吃草，儿童在地里叫着嚷着把鸟儿轰走；村里烟囱飘出的炊烟袅袅上升；安息日的钟声轻轻敲响；老年人活着又死去；地里那些胆小的生物自生自灭，灌木林和花园里那些天真烂漫的花儿开了又落，各有定期。所有这一切都在那片曾经有成千上万的人被杀害的血腥战场上进行着。

但是起先地里长出来的庄稼中有一片片绿得发黑的地方，叫人初次看了感到害怕。这种现象年复一年地出现，人们便知道了，那片庄稼长得特别好，是因为底下埋着一堆堆人和马的尸体，给土地一律加了肥的缘故。在那里犁地的农民经常被那又大又多的蚯蚓吓得畏缩不前。他们接连好多年把从那里收割的谷捆称之为战地谷捆，另放一处；谁也不知道到收获期结束时，这种战地谷捆是否混进最后一批装运回去了。在很长一段时间内，每一条犁沟里都还显示出那次战争的某些痕迹。在很长一段时间内，那片曾进行过殊死搏斗的土地上依旧残留着一些被毁坏的树木和零碎的断篱残垣，以及被践踏得寸草不生的地面。很长一段时间，农村姑娘谁也不愿从那片死亡的土地上摘取哪怕最美的一朵鲜花戴到自己头上或佩在胸前。过了不知多少年，人们还相信，谁要是采了长在那里的浆果，他们手上就会留下一道深深的斑痕。

然而，岁月虽说像夏日云彩那样轻快地过着，但久而久之，它把往日战争所留下的这些残迹也渐渐磨灭了，同时抹掉了附近居民脑子里留下的这类传奇式的印象，它们最后成为冬天炉边闲话中的模糊而荒诞的故事，而且一年比一年淡漠了。在那长年没人采摘野花和浆果的地方，如今出现了花园，盖起了房屋，孩子们在草地上打架游戏；那些伤残的树木也早已被当作圣诞节用的柴禾噼噼啪啪地烧掉了。那一片片暗绿色的庄稼，如今和躺在地底下的那些死人一样，在人们的记忆中已经暗淡了。人们犁地时还会陆续翻出一些生锈的金属碎片来，但谁也说不清它们过去派过什么用场，因而引起纷纷猜测和争论。有件已凹陷了的胸甲和一个头盔一直挂在教堂里，这使那位同样衰弱的半瞎老人像个婴儿似的朝那粉刷过的拱门上望了它们半天，却怎么也认不出究竟是什么东西。要是在这块土地上遭到杀害的那一大队人马能够暂时复活，按自己倒下去时的样子一个个在成为他们坟墓的地点站立起来，那就会有许许多多严重伤残的像鬼一样的兵士密密麻麻地站在各家各户的门口和窗前朝里张望，他们会在那些宁静家庭的炉灶上出现，会成为谷仓里的贮藏品，会突然在那些婴儿和他们的保姆之间跳出来。他们还会随着河流漂浮，在碾磨机上旋转，挤满果园，踏遍草地，让干草场上高高堆满垂死的人。那个在大战中有成千上万人被杀害的战场现在已经完全变了样子。

也许，那个紧连着一所门口长满忍冬草的古老石头房子的小小果园比任何别的地方都起了更大的变化。一百多年前，在一个明朗的秋天早晨，那里到处充满着音乐和欢笑声，两个姑娘愉快地在草地上跳舞，五六个站在梯子上摘苹果的农妇停下来往下瞧着，同她们分享欢乐。这是一片既欢乐生动而又自然的景象：美好的天气，幽静的环境，两个自由自在、无忧无虑的姑娘在尽情愉快地跳着舞。

要是世界上不存在炫耀之类的事情——这是我个人意见，我希望你也会同意——我们或许会比现在生活得更加美好，我们之间或许会相处得比现在融洽得多。看着这两个姑娘跳舞真是迷人呢，除了梯子上那几个摘苹果的妇女，她们没有别的观众。她们很乐于让这些人高兴，可她们这会儿跳舞仅仅是为了自己快乐（你至少可以这样设想）；就像她们禁不住要跳舞那样，你也会禁不住要夸奖她们，她们跳得多好呀！

她们不像歌剧舞蹈家，根本不像。又不像是某某夫人的高材生，一点也不像。她们既不是跳四对舞，也不是跳小步舞，就连乡村舞蹈也不是。这种舞蹈既非老式，也非新式；既不是法国式的，更不是英国式的。不过，也许是某种巧合，有那么点儿像西班牙舞，据说西班牙的舞蹈自由而欢快，能从小响板唧唧喳喳的伴奏声中产生一种即席灵感式的欣悦情调。这一对姑娘在果树林里跳着，一直跳到光秃秃的小树丛尽头，然后又转回来，轻盈地绕着一圈又一圈，她们活泼快乐的舞步在阳光普照下产生的影响仿佛在不断扩大，就像水中那一圈圈扩大的波纹。她们那飘拂的头发和摆动的衣裙，脚下那片富有弹性的青草地，晨风中飒飒作响的树枝，闪亮的树叶和洒在柔软的青草地上斑斑点点的影子，掠过这整片风景地区并将远处的风车愉快地转动的和风——总之，那两个姑娘周围的所有这一切，连同正在地头耕耘的那个男人和他的一队牲口——此刻衬映在蓝天之下，仿佛是世上唯一的存在物——似乎也都翩翩起舞了。

最后，这对跳舞的姐妹中那个妹妹喘着粗气，高兴地笑着扑到一张板凳上去休息了。另一个则靠在附近一棵树上。这时，那迷乱的竖琴和小提琴的演奏也以华丽的乐段结束，好像要显示它的清新似的，尽管实际情况是它以极快的节奏拼命紧跟舞蹈的步伐，已达到了最快的顶点，以致它再也奏不下去，即使半分钟也不行了。梯子上摘苹果的女人轻轻哼着曲子，发出一阵阵的喝彩声，然后随着这个声音又像蜜蜂似的忙着干活了。

或许她们比蜜蜂干得更加起劲呢，这是因为有位老先生匆匆忙忙跑出来看究竟发生了什么事，看谁发了疯，竟在早饭前就到他的领地上奏起音乐来。你要知道，这位老先生不是别人，正是杰德勒医生，这显然是杰德勒医生的住宅和果园，而这两个姑娘就是杰德勒医生的女儿。杰德勒医生是位伟大的哲学家，他对音乐不怎么喜爱。

“怎么今天又是音乐又是跳舞！”医生突然停下来自言自语

道。“我还以为她们会害怕今天呢。不过世界本来就是充满矛盾的。嗨，格雷丝，嗨，玛丽安！”他大声加了一句，“难道这世界今天早晨比往常更疯狂吗？”

“要是这样，就请宽容一下吧，爸爸，”小女儿玛丽安注视着他走过来说，“因为今天有个人过生日。”

“有个人过生日，淘气鬼！”医生回答说。“你难道不知道天天都有人过生日的？难道你从没听说过每一分钟有多少新的表演者投身到这个——哈，哈，哈，简直无法正经地谈论——到这个称之为人生的荒谬可笑的行业中来？”

“不知道，爸爸！”

“不知道，你当然不知道，不过你也快是成年女子了，”医生说。“那么，”他朝那张仍然凑近他的漂亮脸蛋盯了一眼说，“我想今天是你的生日吧！”

“不，难道您真的这样想，爸爸？”他的爱女喊道，噘起红红的嘴唇让他亲。

“好啦，接受我的爱吧，”医生在她嘴上吻了一下，“祝你生日快乐！——这是个好主意！用这样的闹剧来祝贺生日，”医生自言自语道，“这想法真不错！哈！哈！哈！”

我说过，杰德勒医生是位伟大的哲学家，而他的哲学的核心和奥秘在于他把世界看成个实实在在的大玩笑，是某种过于荒唐而不值得任何有理性的人去严肃思考的东西。他的信念体系从一开始就是他生活所在的这片战场的一部分。这一点你不久就会明白的。

“好吧！不过你们是怎么请到乐队的？”医生问道。“当然是偷来的啰！这些乐师又是打哪里来的呢？”

“是艾尔弗雷德请来的乐队，”他的女儿格雷丝说，一边整理妹妹头发上那几朵朴素的花，这几朵花是半小时前她为了欣赏那位小美人儿亲手给她戴上的，但是由于跳舞，花儿被弄乱了。

“噢，艾尔弗雷德请来的乐队，是吗？”医生问道。

“是的，他清早进城，刚好遇见乐队从城里出来，这班人是靠走路旅行的，昨天在城里过的夜。因为今天是玛丽安的生日，他想让她高兴，便打发他们来了，还给我写了个便条，说要是我也这样想的话，就让他们来给玛丽安奏个小夜曲。”

“是呀，是呀，”医生漫不经心地说，“他总是听你的。”

“可我也赞成，”格雷丝高兴地说，然后停了停，回过头去欣赏她亲手装饰的那个美丽的脑袋，接着又说，“于是玛丽安兴致勃勃地跳起舞来，我也就跟着跳了。我们便这样跟着艾尔弗雷德请来的乐队一直跳到气都喘不过来。一想到这是艾尔弗雷德请来的，我们就觉得音乐更欢快了。是吗，亲爱的玛丽安？”

“哦，我不知道，格雷丝，你为什么用艾尔弗雷德来取笑我？”

“提你情人的名字就是取笑你？”姐姐说。

“确实我并不怎么在乎提起他。”任性的美人儿说着，将手里的鲜花一瓣瓣掰开，撒在地上，“我几乎一听到提起他就要腻烦，至于说他是我的情人……”

“嘘！别轻蔑地谈论一颗真诚的心，这颗心可完全是属于你的呀，玛丽安，”姐姐喊道，“即使开玩笑也不行，世界上没有谁的心比艾尔弗雷德的更真诚了。”

“没有，没有，”玛丽安以一种满不在乎的愉快神情扬起眉毛说，“也许是没有，不过我不知道这里面有多大的价值，我并不需要他如此真诚。我从没要求过他。要是他期待我会……但是，亲爱的格雷丝，我们有什么必要谈论他呢，偏偏在这时候？”

这一对正值青春妙龄、体态优美的姐妹，紧紧偎依着在树林中漫步，她们这样谈论着，一个诚恳，一个轻率，形成鲜明的对照，然而她们彼此相亲相爱，这看起来多么令人愉快呀！不过让人觉得奇怪的是妹妹的眼里竟满含泪水，似乎某种强烈而深切的感情正在冲破她刚才说话时的那股任性劲儿，同它苦苦地斗争着。

她们在年龄上相差顶多不过四岁，但正如失去了母爱（医生的妻子已病故）的手足之间常有的情况那样，格雷丝对妹妹是那么体贴入微和忠诚不渝，以致她显得比实际年龄老成多了。同时，她自然而然地在无论哪个方面都不与妹妹竞争，除非出于同情和挚爱，也不参与妹妹的任性空想，这些以她们的年龄而论，同样是不容易做到的。伟大的母性，即便出自这样隐约委婉的方式，总在净化着心灵，将高尚的天性升华到更加接近天使的境界了。

医生看着她们，听到她们谈话的大意，起初他只是愉快地想，一切爱情和爱好有多么愚蠢，年轻人不过在自寻烦恼而已。照他看来，年轻人一时会煞有介事地看待这类空想，但总是会觉悟过来的……总会的！

医生看到，具有安闲持家风度的格雷丝同他的更加漂亮的小女儿对比之下，她那一心为家、克己为人的品德，她的可爱的性情，那么温柔谦让而又坚贞刚毅，就显得非常突出了。因此，医生不禁为格雷丝感到惋惜，为她俩感到惋惜，人生竟是这样一桩荒谬的事呀！

医生从没想到要问问清楚究竟他的孩子们，或者其中的一个，是否对于这个计划变得如此严肃起了任何的作用，因为他是个哲学家呀。

他生来为人厚道，慷慨，却偶然被一块普通的点金石绊倒了（这比炼金术士研究的对象更容易发现），这点金石有时就会使厚道慷慨的人摔跤，并且具有把金子变成废料，把宝物变得一钱不值这样一种破坏性。

“不列颠，”医生喊道，“不列颠！过来！”

一个长着一张特别令人讨嫌的脸、面带不满之情的小矮个儿从屋里走出来，他用没有礼貌的“嗯，干什么”来回答主人。

“餐桌放在哪里了？”医生问。

“在屋里，”不列颠回答道。

“你是否准备按我昨晚的吩咐把它搬到外面来呢？”医生说，“你难道不知道有客人要来吗？不知道今天早晨在马车到达之前还有事情要做吗？不知道今天是个很特殊的日子吗？”

“我什么也干不成，杰德勒医生。在那些女人把苹果摘完之前，我能干些什么呢？”不列颠蛮有道理地提高嗓门说，最后简直是在嚷嚷了。

“那么，她们现在摘完了没有呢？”医生问道，一边看看表，一边拍起手来。“来呀！快一点，克莱门希在哪里？”

“我在这里，先生，”梯子上传来了声音，随即两只笨重的脚快步从梯子上走了下来。“好，全摘完了。姑娘们，快收拾干净。老爷，一会儿工夫就会全安排好的。”

说着她又起劲地忙乎起来，她干活的那个模样真够古怪，值得在这里说上几句。

她大概三十岁左右，胖乎乎的面孔。尽管扭歪着露出一副紧张的神情，显得很滑稽，但是挺快活。她那特别自在的步态和举止配得上世间任何一副面貌。要说她的两条腿都是左腿，臂膀全是别人的，而四肢似乎都脱了节，一动起来就全都错了方位，这可一点也没夸大。要说她完全安于这样的安排，把这当做与己无关的事，听任自己的胳臂和腿随意活动，这也只不过对她那泰然自若的神态说得略微公允些罢了。她穿着一双肥大而又固执得根本不听脚指挥的鞋子，一双蓝色的袜子，套一件五颜六色的印花布长袍，那是用钱能买来的最怕人的花布，外加一条白围裙。她总是穿短袖衣服，又总是不小心擦破手肘，而对擦破的地方又那么关心，时不时地把手肘扭过来看看，可又总是看不着。在一般情况下，她头上总是戴顶小帽子，尽管很少戴在别人通常戴的那个部位。不过她从头到脚非常干净，保持着一种不大相称的整洁。的确，她那值得赞美的力求在自己心目中和公众眼里显得整齐简洁的愿望，使她想出了一个最惊人的发明，那就是有时用一个木制的把手（她衣服的一部分，通称勒腰带）扣住身子，让它同衣服扭斗，直到衣服被弄匀称为止。

克莱门希·纽科姆的外表和衣着就是这样。据说她现在这个名字是无意中误用了她的教名克莱门蒂娜（但是谁也不清楚究竟是否如此，因为她的母亲，那个她从小奉养着可是因年纪大而耳聋了的老人，现在已经去世了，她又没有别的亲戚）。她此刻正忙着铺餐桌，但有时她那露在外面的红臂肘交叉着，两手交替抚摸并安闲地瞧着那磨破的地方，直到突然记起还需要什么东西，才慢吞吞地走开去取它。

“老爷，两位律师来啦！”克莱门希带着一种不十分友好的腔调说道。

“啊哈！”医生喊着走到大门口去迎接他们。“早上好，早上好！格雷丝，我亲爱的！玛丽安！斯尼奇先生和克雷格斯先生来啦！艾尔弗雷德在哪里呀？”

“他马上就会回来的，没问题，”格雷丝说。“为了准备启程，今天早晨还有那么多事情要办，所以天一亮他就起来出去了。早上好，先生们。”

“小姐们！”斯尼奇先生说。“我代表自己和克雷格斯先生，”克雷格斯鞠了一躬，“向你们问早上好，小姐，”他面朝玛丽安，“让我亲亲你的手，”说着在她手上亲了一下。“并且祝愿你再过一百次这样吉利的生日！”他可能有，也可能没有这样的愿望，因为乍一看来他并不像个乐意为别人热诚祝愿的人。

“哈！哈！哈！”医生两手插在口袋里若有所思地笑了起来，“那真成了一场百幕闹剧！”

“我敢肯定你无论如何不会为这位女演员缩短这个闹剧的，杰德勒医生，”斯尼奇先生一边说一边把一只蓝色公文包靠桌腿放着。

“不会的，”医生答道。“绝对不会的。祝她能好好活着笑这闹剧，只要她还能笑，然后用法国人的俏皮话说，‘闹剧已经结束，闭幕！’”

“这句法国人的俏皮话，”斯尼奇先生机警地朝那个蓝色公文包瞅了一眼说，“是不对的，杰德勒医生，而且你的哲学也完全错了，毫无疑问，就像我早已告诉过你的。生活中没有什么严肃的事！那你管法律叫什么呢？”

“开玩笑，”医生答道。

“难道你就从来不曾和法律打过交道吗？”斯尼奇先生问道，这时他的视线从蓝色公文包上移过来了。

“从来没有，”医生答道。

“要是你同法律打过交道，”斯尼奇说，“或许你会改变看法。”

克雷格斯似乎在让斯尼奇代表着他，好像很少意识到自己的存在或独立的个性，但在这个场合却发表起自己的见解来了。这是他唯一不能心甘情愿地与斯尼奇对半平分的见解，但在世界上的聪明人中，同意他这观点的倒也不少。

“它使许多事情变得太容易了，”克雷格斯先生说。

“你指法律？”医生问道。

“是的，”克雷格斯先生说，“任何事情都是这样，依我看，目前什么事情都太容易了，这才是时代的罪过。如果世界真是个玩笑（我倒并不准备说它不是），那么它应该是个非常难开的玩笑。它应该是一场尽可能艰难一些的斗争，先生，这才是目的。不过，它却给弄得实在太容易了。我们是在给人生的大门上油。它们该是生了锈的。我们要让它们很快以一种轻快的声音转动起来，它们是应当在铰链上嘎嘎转动的，先生。”

克雷格斯先生发表这番高见时，似乎真的在他自己的铰链上嘎嘎作响了；他的话产生了很大的影响，他就是那么干巴巴地冷酷乏味，穿一身灰白相间的衣服活像个打火石，两只小眼睛眨巴眨巴地像给什么东西打出火花来似的。确实，在这几位争论者中间，三个自然王国①各有其滑稽的代表人物，斯尼奇像只喜鹊或乌鸦（只是没有它们光洁），而医生那带有皱纹的面孔活像个冬天的苹果，上面星星点点的一些小窝像是给鸟雀啄的，背后那条小小的发辫则可看作苹果的梗子。

一个活泼的漂亮小伙子以轻快的步伐走进果园，他身穿旅行装，后面跟着个脚夫，拿着些包裹和篮筐；他那满脸高兴和期待的神情同那天早晨的气氛很是协调。他一进来，这三位便一齐拥上前去同他打招呼，模样活像是命运三女神的兄弟，或像化装得最成功的希腊三女神，要不就像荒地上三个怪诞的先知。

“祝你长寿，阿尔夫！”医生泰然自若地说。

“在这吉利的一天，祝你长寿，希思菲尔德先生！”斯尼奇深深地鞠躬。

“长寿！”克雷格斯独自以低沉的声调喃喃着。

“唷！好一组排炮！”艾尔弗雷德叫了起来，停了停，然后又说，“一，二，三，对于我眼前这茫茫一片的未来，这可真不是好兆头呀。幸喜今天早晨不是一出门就遇见你们，否则我会把它看成坏兆头了。还好，我第一个遇见的是格雷丝，可爱的快活的格雷丝，所以我对你们全都不在乎了。”

“先生，对不起，我才是您第一个遇见的呀，”克莱门希·纽科姆说。“您记得日出之前她出外散步去了，是我在屋里。”

“这倒是真的！我第一个遇见的是克莱门希，”艾尔弗雷德说，“所以，有了克莱门希，我就根本不在乎你们了。”

“哈！哈！哈！我代表自己和克雷格斯，”斯尼奇说，“好一个根本不在乎！”

“或许还不至于像外表看来那么糟吧，”艾尔弗雷德说着，恳切地同医生握手，又同斯尼奇和克雷格斯握了握手，然后四处察看，“在哪里呀……天哪！”

---

① 指动物界、植物界和矿物界。

他猛地一惊，这一惊使得斯尼奇与克雷格斯之间的合作暂时超过了双方协议的现有条款所要达到的程度，他急忙走到姐妹俩站在一起的地方。不过，我用不着详细说明他如何先向玛丽安致意，然后同格雷丝打招呼，只需提到克雷格斯先生可能又把事情看得“太容易”就行了。

或许为了改变话题，杰德勒医生匆匆走向餐桌，于是他们全都坐下。格雷丝当了主持人，不过她那样用心地选择自己的座位，使得妹妹与艾尔弗雷德同其他人分开来了。斯尼奇和克雷格斯面对面坐在两个角上，为了安全起见那个蓝色公文包放在他俩中间；医生坐在格雷丝的对面，这是他的老位子。克莱门希作为女招待在桌旁来回走动，而阴郁的不列颠则在另一张小桌旁边负责切牛肉和火腿。

“要肉吗？”不列颠手里拿着刀叉走近斯尼奇先生，像发射飞弹似的抛出这个问题。

“当然，”律师答道。

“您要一点儿吗？”他又问克雷格斯。

“要点煮烂的瘦肉，”那位先生回答。

不列颠执行完这些命令之后，又给医生添了些食品（他似乎知道没有人再要什么吃的了），接着便尽可能在靠近两位律师身边的地方不失礼仪地徘徊，以严肃的眼光看他们如何处置这些菜肴。只有一次他放松了脸上的严肃表情，这是因为克雷格斯先生兴奋地喊叫，“我以为他走了呢！”克雷格斯先生的牙不怎么好，喊叫时声音有点噎住了。

“现在，艾尔弗雷德，”医生说，“谈几句正经话吧，反正我们还在吃早餐。”

“反正我们还在吃早餐，”斯尼奇和克雷格斯说，看来他们现在并不想离开。

虽然艾尔弗雷德并没有在吃早餐，手头还有相当多的事要办，但他还是毕恭毕敬地回答道：

“请说吧，先生。”

医生开腔了，“要是说有什么称得上严肃的话，在这样一场……”

“在这样一场闹剧中，先生，”艾尔弗雷德提示说。

“在这样一场闹剧中，”医生说，“那也许就是分手前夕你俩共同生日的再次来到，它引起使我们四个人高兴的许多联想，使我们回忆起长期以来我们之间的亲切交往。这话也许不得要领。”

“嗳，不，不，杰德勒医生，”年轻人说。“这话很中肯，完全说到点子上了，以我今天早晨的心情便证实了这一点，而且我知道，您的心情也证实了这一点，要是您把它说出来的话。今天我就要离开你们家了，从今天起，我不再是受您监护的人了。我们将分手了，我们之间的亲切关系留在长远的过去，那是再也无法照样恢复的了，同时我们前面正要开始和其他一些人的关系，”他低下头去看了一下身边的玛丽安，“不过其中的种种考虑，我此刻还不敢擅自谈论罢了。来，来，”他精神振奋，并让医生也立即振作起来，接着说，“在这一大堆荒谬的尘土里总还有严肃的颗粒吧，医生。今天让我们承认，确实是有那么一粒的。”

“今天！”医生喊了起来，“听他说的！哈！哈！哈！在这荒谬的一年里，哪一天也不提，偏偏提今天。过去就在这个日子，这片土地上打了一场大仗。就在此刻我们坐着的地方，就在今天早晨我看到两个姑娘跳舞的地方，也就是刚才摘下给我们吃水果的那些果树所在的地方，那些果树不是扎根在泥土里而是扎根在人身上。那么多的人丧了命，以致在我记忆中，好几代人过去之后，从我们脚下的这块土地里还挖出过一块墓地，里面全是死人骨头和骨屑，还有劈开的头盖骨碎片。但是在这场战争中，竟然不到一百个人知道他们到底为什么而战，在欢庆胜利的那些粗心人中间，竟然不到一百个人知道他们为什么欢乐。由于战争的胜负而改善了生活的人不到半百。至今还赞成这场战争或者颂扬其功勋的人不到半打。总之，除了为惨遭杀害者哀悼的人外，谁也弄不清楚这场战争究竟是怎么回事。这也算是严肃的！”医生笑道。“这样的观点！”

“不过，在我看来，这一切似乎都是非常严肃的。”艾尔弗雷德说。

“严肃！”医生喊道。“如果你认为这类事情是严肃的，你准得发疯，或者死去，或者上山去当隐士。”

“再说，事情是发生在很久以前呀，”艾尔弗雷德说。

“很久以前！”医生答道。“你知道打那以后世界又干了些什么？你知道世界至今还干了些什么别的事吗？我可不知道！”

“世上总算有点法律了吧，”斯尼奇先生一边搅拌着茶一边说。

“尽管总是把出路安排得太容易了些，”他的合伙人说。

“医生，请原谅我这样说，”斯尼奇先生继续道，“我已在讨论过程中上千次表明了我的意见：即从世界上已经有了法律、有了法律制度这一点，我确实看到了严肃的一面——如今世上确实有了某种实在的具有目的和意图的东西——”

克莱门希·纽科姆笨拙地撞了一下桌子，弄得茶杯和盘子叮当作响。

“嗨，出了什么事呀？”

“都是这个可恶的蓝包，”克莱门希说，“总是绊人脚。”

“我是说，世上总有一种目的和意图，”斯尼奇继续说，“它要求得到人们的尊重。人生就是一场闹剧吗，医生？有了法律还是这样？”

医生笑了，看着艾尔弗雷德。

“好吧，就算战争是愚蠢的，”斯尼奇说。“这一点我们同意。举个例子，这里是个美好的国家，”他用叉子向空中一指，“一度被兵士占领——他们个个都是入侵者——在炮火残杀中沦为一片废墟。嘿！嘿！难道会有人自愿蒙受这战火之灾吗？愚蠢，胡闹，实在荒唐，你看，当你想到这些时你会嘲笑你的同胞。但是请看看眼前这个美好的国家，想想那些关于不动产的法律，关于不动产的遗赠和遗嘱、不动产的抵押和赎回的法律，以及关于地产的租赁权、保有权和登录保有权等等的法律；想一想，”斯尼奇说着激动得咂起嘴来，“还有那些有关地契和地契证明的复杂的法律以及所有自相矛盾的判例和无数与之有关的议会法令；想一想那些无穷无尽的、没完没了的、巧妙的法庭诉讼案，而它们都是这个令人愉快的远景可能引起的。杰德勒医生，你得承认我们的这个制度还是有不成熟的地方的！我想，”斯尼奇先生瞧着他的合伙人，“我是代表自己和克雷格斯先生说这番话吧？”

克雷格斯先生表示同意，斯尼奇先生有点被自己刚才那流利的口才搞得兴奋起来，表示还想吃点牛肉和喝一杯茶。

“一般说，我并不袒护人生，”他擦擦手格格笑着加了一句，“人生充满了蠢事，充满了某种更糟糕的东西。表白责任呀，信心呀，无私呀，所有这一切，呸！呸呸！我们倒要看看它们究竟值多少钱。不过，你绝不能嘲笑人生，你还得玩一场赌博，真是一场非常严肃的赌博。人人都在同你对赌，你明白，你也在同他们对赌。喝！这可真够有趣的了。这里面的诀窍可多着呢。要是你赢了，杰德勒医生，你只准笑，但可别笑得太欢。嘿，嘿，嘿，千万别笑得太欢，”斯尼奇重复了一遍，摇晃着脑袋又眨眨眼，仿佛他本来还要加上这么一句：“要不你这样也行！”

“那么，艾尔弗雷德！”医生叫道，“现在你怎么说呀？”

“我说，先生，”艾尔弗雷德答道，“我倒是觉得，您所能赐予我同时也是给予您自己的最大恩惠是，在天天阳光普照的那个更加广阔的人生战场上，有时能设法忘掉这个战场和其他类似的处所。”

“说真的，我恐怕这并不能动摇他的看法，艾尔弗雷德先生，”斯尼奇说。“在这同一场人生的战斗中，战士们也是非常急切和痛苦的。也有大量的砍杀，以及从背后开枪打后脑勺的，还有可怕的镇压和蹂躏。这可是相当糟糕的事。”

“我认为，斯尼奇先生，”艾尔弗雷德说，“在人生的战斗中，也还有静悄悄的胜利和斗争，巨大的自我牺牲，崇高的英雄行为，即使其中有许多是出以表面轻松和矛盾的形式，但要完成这些也绝非易事，因为它们在世上没有任何记载或观众，是每天在各个角落，在小小的家庭里，在男人和女人的内心中进行着的，任何这样一种行动可以使最苛刻的人同这样一个世界和解，并且使他对世界充满信心和希望，尽管这世界上有四分之二的人在打仗，另一个四分之一遵守着法律；不过，这可是一句大胆的话呀！”

姐妹俩专心地听着。

“得了，得了，”医生说，“我太老了，已无法改变了，不管是这里我的朋友斯尼奇，还是我那未婚的好妹妹玛莎·杰德勒，都改变不了我。我的妹妹好多年前经受过她所谓的家庭考验，打那以后，她便同各种各样的人过着一种和谐的生活，她同你的看法很相像（只不过她是女人就不太理智，而且比你还固执些），我们俩很难统一看法，因此很少见面。我是生在这个战场上的，我从小就开始思考着这个战场的真实历史，一晃六十年过去了，在这个基督世界里，尽管天知道究竟有多少慈爱的母亲和像我的女儿这样善良的姑娘，可是除了看到人们疯狂地热衷于战场之外我什么也看不见。任何事物中都存在着种种同样的矛盾。人们面对这种惊人的自相矛盾，不是笑便是哭，而我则宁愿笑。”

一直非常阴郁而全神贯注地倾听着他们每个人说话的不列颠，他似乎突然决定赞成笑这一种选择，如果说他这时禁不住发出的那种低沉的声音可以看做表示了笑的话。不过他的面孔在发出这声音的前后竟丝毫没受影响，以致那些正在吃早餐的人中虽然有那么一两个被一种不可思议的声音吓了一跳，并四处观望，但谁也没有把它同这个肇事者联系起来。

只有克莱门希·纽科姆这个同他一起伺候用餐的伙伴除外，她用自己所喜爱的手肘关节戳了他一下，并以轻轻责备的口吻问他在笑什么。

“不是笑你！”不列颠说。

“那是笑谁呀？”

“笑人类，”不列颠说。“那才是开玩笑！”

“居然敢在主人和律师们之间插嘴，他可真是一天比一天糊涂了！”克莱门希说着，用另一只臂肘朝他戳去，算是一种精神振奋剂。“你知道自己的地位吗？你是想要被解雇吗？”

“我什么也不知道，”不列颠说，眼光呆滞，面孔毫无表情。“我什么也不在乎，我什么也不明白。我什么也不相信，而且什么也不想要。”

虽然本杰明·不列颠对自己的一般情况所作的这种绝望的概括，也许有点过分夸大了泄气的一面，然而他（有时我们称他小不列颠，把他同大不列颠区别开来，就像我们说年轻的英格兰，把它同老英格兰断然区别开来那样）对自己实际情况的描述比人们所设想的要准确得多。因为他像迈尔斯①伺候修道士培根那样伺候着医生，天天听着医生在各式各样的人面前高谈阔论（那无非是说他本人的存在充其量只是一场误会或无稽之谈），这个倒霉的仆人便逐渐堕入了由内心与外界的种种刺激所形成的混乱与矛盾的深渊之中，以致同不列颠的迷惑程度比起来，本来隐蔽的真理反而显得昭明彰著了。他唯一清楚的是，斯尼奇和克雷格斯通常在这些讨论中带来的新因素从来不曾使问题弄明白，倒似乎总是让医生的意见占了上风和得到肯定。因此他把这两位律师看成是造成他目前这种思想状态的最直接的原因，于是便对他们深恶痛绝。

“不过，这不是我们今天要谈论的事情，艾尔弗雷德，”医生说。“如你所说，今天我不再是你的保护人了，你将满载着从这里

---

① 迈尔斯是英国剧作家罗伯特·格林所著《修道士培根和修道士本盖》一书中培根的男仆。

中学学到的知识离开我们，然后你在伦敦的学习将给你增添新的知识，而像我这么一个呆板的乡村老医生的实际知识倒是可以把两者衔接起来。现在你要离开这里进入社会了。你那可怜的父亲给你指定的第一期见习已经完成，现在你走了，将自己做主去完成他的第二个愿望。在外国医科学校要学习三个学年，在学年结束之前，你会把我们忘了。天哪，不到半年你就会轻易地把我们忘了！”

“要是我会这样——不过你知道得更清楚，我干吗非要对你讲呢！”艾尔弗雷德笑着说。

“我不知道这类事，”医生答道，“玛丽安，你怎么说呢？”

玛丽安玩弄着茶杯，她似乎要说（不过没说出来），如果他能忘了的话，那倒是很好的。格雷丝将自己的脸贴近妹妹青春焕发的面孔，微笑着。

“在履行我的职责方面，我但愿自己还不是一个不太公正的保护人，”医生继续说道，“不过，无论如何，今天早晨将正式免除我的义务，把我解放，如此等等；这里有我的好朋友斯尼奇和克雷格斯，他们带着一口袋的证件、账单和文件，准备把信托金结算清楚并移交给你（我倒希望这是一桩更难于处理的事，艾尔弗雷德，不过，你一定得成为一个了不起的人物，并那样去做），还有其他类似的玩意儿。都得签名，加封，移交给你。”

“而且根据法律，需要有适当的证人，”斯尼奇说着，将盘子推开，取出那些证件，并让他的合伙人把证件摊放在桌上；“就这笔资金而言，我和克雷格斯一直同你，医生，是共同的委托人，我们想请你的两位用人来为这些签名作证。你识字吗，纽科姆太太？”

“我还没结婚呢，先生，”克莱门希说。

“噢，请原谅。我不该这样称呼你，”斯尼奇格格笑着朝她那与众不同的身材瞟了一眼，“你能认字吗？”

“认一点儿，”克莱门希答道。

“看得懂结婚祈祷文，早祷文和晚祷文吗？”律师幽默地说。

“看不懂，”克莱门希说。“太难了。我只会认顶针。”

“认顶针！”斯尼奇复述了一遍，“你倒是在说些什么呀，年轻的女人？”

克莱门希点点头。“还会认豆蔻擦板。”

“哎唷，真是个疯子！应该提交给大法官审理！”斯尼奇这样说，瞪大眼睛瞧着她。

“要是还有点财产的话，”克雷格斯补充道。

不过格雷丝插话了，她解释说克莱门希所提到的那两件东西上面都刻有一句格言，这就成了克莱门希·纽科姆的袖珍图书馆，实际上她并没有读过什么书。

“哦，是这么回事儿，是这样，格雷丝小姐！”斯尼奇说。

“是的，是的。哈！哈！哈！我还以为我们的朋友是个白痴呢。她可真像个白痴，”他傲慢地瞟了她一眼。“纽科姆太太，顶针上说些什么呀？”

“我还没结婚呢，先生，”克莱门希说。

“好吧，纽科姆。这样叫行吧？”律师说。“顶针上说些什么呀，纽科姆？”

克莱门希在回答这个问题之前，先把一个衣兜打开，低下头去往裂着大口子的兜底搜索那个顶针，但顶针并不在那里，然后她又打开另一个衣兜，好像寻找价值万贯的珍珠宝贝似的在兜底搜索，把兜里的障碍物，诸如一块手绢，一个蜡烛头，一只红苹果，一个橘子，一枚吉利便士，一个骨制夹子，一把挂锁，一把带套的剪刀（可以更生动地形容为前途无量的新剪刀），还有一小把散珠子，几团棉线，一个针线盒，一叠精致的卷发纸，以及一块饼干——所有这些统统拿了出来，一样样交给不列颠拿着，但还是没有找到顶针。

于是她决定把衣兜口抓住，不许它摆动（因为它总想摇摆，绕着最靠近的衣角扭转不已）。她作出一种显然同人体和地球引力法则不一致的姿势，而且平静地保持着这种姿势。总之她最后还是胜利地从手指头上摘下了顶针，并且把那块豆蔻擦板摇得格格响。这两样小玩意上面的文字显然由于摩擦过度而模糊不清了。

“就是这个顶针，是吗，年轻的女人？”斯尼奇以取笑逗乐的口气说，“顶针怎么说呀？”

“它说，”克莱门希的眼光慢慢地绕着顶针辨认着，好像那顶针是座宝塔似的，“‘勿念旧恶！’”

斯尼奇和克雷格斯不由得大笑起来。“真新鲜！”斯尼奇说。“多容易！”克雷格斯说，“其中有多少关于人性的学问呀！”斯尼奇说。“对人情世道又多么适用呀！”克雷格斯说。

“那么，豆蔻擦板上又怎么说呀？”律师事务所的头头询问道。

“豆蔻擦板说，”克莱门希回答，“‘你要别人如何待你，你就那样待别人。’”

“你的意思是先下手为强，要不就会倒霉，是吗？”斯尼奇先生说。

“那我可不懂，”克莱门希毫无表情地摇摇头反驳道。“我又不是律师。”

“我恐怕要是她真成为律师的话，医生，”斯尼奇先生说着突然转向医生，好像料到如果他不回答，这句反驳会产生什么效果似的，“她会发现这格言就是她的半数诉讼委托人的金科玉律。他们对此是够严肃的（尽管你的世界那么反复无常），事后却归罪于我们。我们干这一行，只不过是一面镜子而已。艾尔弗雷德先生，不过通常来找我们商量问题的总是些爱发怒吵架的人，脸色总不好看，因此如果我们把那些令人厌恶的容貌给照出来，他们也就很难跟我们吵了。我想，”斯尼奇先生说，“我是代表自己和克雷格斯先生说话的，是吗？”

“当然，”克雷格斯说。

“因此，如果不列颠先生能给我们拿点墨水来，”斯尼奇先生说着便转向那些文件，“我们就可以尽快地签名、加封和移交，要不然，我们会糊里糊涂让马车开走了。”

要是从不列颠的样子来判断，他完全有可能在糊里糊涂中让马车开走了；因为他站在那里发呆，心里正琢磨着，拿医生来跟两位律师比较，然后又拿两个律师来跟医生比较，然后又拿他们的委托人来同医生和律师比较，并竭尽贫乏的心智要使顶针和豆蔻擦板上的格言同所有人的哲学体系一致起来（这对他说来是个新主意）；一句话，他同他那伟大的同名者①一样被各种学说和学派搞得晕头转向了。但克莱门希是他的守护神（尽管他对她的理解能力持极其蔑视的态度，理由是她很少在抽象的冥想中自寻烦恼，而总是在适当的时候做应该做的事情），她一眨眼工夫就把墨水拿来了，又进一步为他服务，用臂肘碰他一下，叫他醒悟过来；这么轻轻几下果然唤起了他的记忆（在此选用这一措词具有比通常更确切的意义），他很快就变得清醒和活跃起来了。

他心中十分苦恼，不敢在一份不是由他亲手书写的文件上签自己的大名，这可能会使自己糊里糊涂地和一件事牵扯到一块，或者会签掉大笔不明不白的金钱；当然，这种苦恼的心情对于像他那种身份的人毫不稀奇，因为对他来说，动用笔墨就是一件大事。他极不乐意同这些契约打交道，尽管医生逼他快签，他还是坚持在签名之前要看一遍文件（且不提文件上的那些术语，就是那难以辨认的字迹对他来说也像看中国字似的），而且把文件翻了又翻，看看里面是否有什么欺诈。签完名后，他还沮丧得像个失去了财产和权利的人似的——所有这一切，我可没有时间去描绘了。还有那藏着他的签名的蓝色公文包，后来又引起了他不可思议的兴趣，使他简直离不开它。还有克莱门希·纽科姆，一想到自己的重要性和尊严，便欣喜若狂地大笑起来，两只臂肘像雄鹰展翅般趴在桌子上，脑袋搁在左臂上，仿佛只有这样才能写出那

① 指大不列颠。

需要用许多墨水写成的玄妙的文字；同时她还伸出舌头在一个想象中的副本上签字。而且她一旦尝到了墨水的滋味，就像驯服了的老虎在尝到另一种液体之后总想再喝似的，渴望在每样东西上签名，在所有的地方签上她的名字。总之，医生总算就此解除了别人对他的委托和与之有关的种种责任，艾尔弗雷德自己把它承担起来，顺利地开始踏上人生的旅途。

“不列颠！”医生说。“快跑到大门口去等马车，时间过得真快呀，艾尔弗雷德。”

“是的，先生，是的，”年轻人急忙回答。

“亲爱的格雷丝！等一会儿！请记住，玛丽安这么年轻漂亮，这么迷人可爱，对我来说生活中没有比她更宝贵的了，我把玛丽安托付给你啦！”

“好好照看她，这始终是我的神圣职责，艾尔弗雷德。现在就更加是这样了。我一定不辜负这一委托，请相信我。”

“我当然相信，格雷丝，我很清楚。只要看看你的脸，听听你的声音，谁能不清楚呀！哦，格雷丝！要是我有你那种克制得很好的情绪和冷静的头脑，今天我会多么勇敢地离开这个地方啊！”

“是吗？”她安静地微笑着。

“不过，格雷丝——姐姐，这样称呼好像也自然的吧。”

“就这样称呼吧！”她立即说。“我很高兴听你这样称呼，不要叫我别的了。”

“那么，姐姐，”艾尔弗雷德说，“不过，玛丽安和我最好还是将你那真诚而坚定的品性留在这里给我们帮助，使我俩过得更美好幸福。我决不把它们带走用来支撑我自己，要是我办得到的话！”

“马车到山顶了！”不列颠喊道。

“时间过得真快呀，艾尔弗雷德，”医生说。

玛丽安独自站在一边，两眼盯着地板，但是一听到这个通报，她那年轻的情人便温柔地领她到姐姐站着的地方，把她放到姐姐的怀抱里。

“亲爱的玛丽安，我刚才正在跟格雷丝谈呢，”他说，“我把你托付给她了；这是我临别的珍贵嘱托。我最亲爱的，等到我回来要求收回我们面前展现一片婚后生活的幸福远景时，我们主要的欢乐之一就是愉快地商量如何使格雷丝幸福，如何揣测她的愿望，如何表示我们对她的感激和爱，如何报答她那样慷慨地给予我们的无穷恩惠。”

妹妹一只手让情人握着，另一只手搂住姐姐的脖子。她注视着姐姐的眼睛，这双眼睛是那样宁静，清澈，欢快，她自己的凝视中混合着亲切、钦佩、忧伤、惊叹乃至崇敬。她瞧着姐姐的脸，似乎那是某个快乐天使的脸，沉着、宁静而欢乐，那张脸转过来看着她，又看看她的情人。

“等时机来到，它总有一天会来到的，”艾尔弗雷德说，“我觉得奇怪的是它至今还没有来，不过格雷丝最清楚，因为格雷丝总是对的，什么时候她将需要一个听她倾诉衷情的朋友，一个对待她就像她对待我们这样的人。那个时候，玛丽安，就会证明我们是多么诚心诚意、多么高兴地知道，我们亲爱的好姐姐在跟一个人彼此相爱了，正如我们所希望的那样！”

妹妹仍然目不转睛地瞧着姐姐那双眼睛，甚至没有转身瞧一眼他。那双诚实的眼睛也仍然在瞧着她和她的情人，那样宁静、清澈而欢乐。

“当这一切都已过去，我们都老了，可还住在一起（我们一定住在一起！），紧密地住在一起的时候，谈论起昔日往事来，”艾尔弗雷德说，“这些日子将是最愉快的，尤其是今天；我们将彼此倾诉临别时的想法和感受，希望和忧虑，以及我们怎样依依惜别。”

“马车穿过树林了！”不列颠喊道。

“好！我已经准备好了——我们还会谈起我们怎样终于幸福

地重逢；我们将把今天定为一年中最幸福的一天，使它成为三个人的生日。我们会这样吗，亲爱的？”

“会的！”姐姐满脸笑容，急切地插话。“会的！艾尔弗雷德，不要再耽搁了，没有时间了。跟玛丽安告别吧！上帝保佑你！”

他将妹妹紧紧贴在胸前，妹妹从他怀里出来后又抱住了姐姐；她以原先那种混合着各种感情的注视，又一次搜索着那双如此宁静、清澈而欢乐的眼睛。

“再见，我的孩子！”医生说。“谈论什么严肃的通信呀，或者什么严肃的感情呀，订婚呀，诸如此类，在这样一个——哈！哈！哈！——你明白我的意思——啊，当然，纯属无稽之谈。我能说的是，假如你和玛丽安依旧要这样傻下去，我不反对你不久成为我的女婿。”

“过桥了！”不列颠喊道。

“让它来吧！”艾尔弗雷德紧紧握住医生的手说。“有时想想我吧，我的老朋友和保护人，尽量严肃点！再见，斯尼奇先生！再见，克雷格斯先生！”

“顺大路下来啦！”不列颠喊道。

“克莱门希·纽科姆，作为老相识，让我亲亲你！握握手，不列颠！玛丽安，我的心肝，再见！格雷丝，姐姐，记住呀！”

这位温和的管家式人物转过身来向他还礼，她的面容在宁静中显得如此美丽。但玛丽安的表情和神态没有什么变化。

马车停在大门口，引起了一阵搬运行李的喧闹声。马车走了。玛丽安一动也没动。

“亲爱的，他在向你挥帽子呢，”格雷丝说，“那是你选定了的丈夫，我的宝贝。快看呀！”

妹妹抬起头来，但一会儿又转过去了。接着又转过来，第一次同那双沉着的眼睛相遇，便扑在她脖子上抽噎起来了。

“哦，格雷丝。上帝祝福你！不过，我实在受不了呀，格雷丝！我的心都碎了。”

第二部

斯尼奇和克雷格斯在这昔日的战场上有个小巧而舒适的事务所，他们在那里经营着一桩安逸的小规模的生意，为许许多多争斗的人打了许许多多琐碎的激战。虽然这些战斗很难称得上是打仗（因为实际上它们通常是在慢吞吞地进行），使事务所在其中所起的作用还是离不开这一总的名称，即根据种种不同情况和随时面临的敌人，他们有时候向原告开一枪，有时候又朝被告砍一刀，有时候在法庭上对一笔财产提出严厉起诉，有时候又在一群各式各样的小债务人中间进行某种小规模的战斗。登载有关各种法律事务声明的报纸在他们的某些战场中犹如在更出名的战场上那样起着重要和有利可图的作用，而且在大部分由他们出色指挥的战役中，作战双方要到事后才觉察到由于被大量的烟雾包围，他们很难彼此分辨，或者清楚地了解他们究竟在干些什么。

斯尼奇和克雷格斯先生的事务所坐落在交通方便之处，比市场路面低两级平滑的台阶，它的大门敞开，因此任何一个怒气冲冲和莽撞惹事的农民都可能一头栽进去。他们的特别议事室兼会议室在楼上一间旧的后屋内，天花板又低又暗，似乎在皱着眉头思考各种错综复杂的法律论点。屋里安放着几把高背皮椅，上面装饰着一些像突眼珠似的大铜钉，其中有几个已经脱落，也许是被一些心烦意乱的当事人心不在焉地用拇指或食指拔掉了的。屋里还有一幅配上了镜框的大法官肖像，那可怕的假发上的每一绺发卷都叫人毛骨悚然。落满了灰尘的壁橱、书架和桌子上堆放着一包包的文件；沿着护壁板有好几排上了锁的防火箱子，外面用油漆写着一个个人名。烦躁不安的来访者一看到这些人名，就会像着了魔一般颠来倒去地拼读，打着字谜，他们坐在那里似乎倾听着斯尼奇和克雷格斯说话，但一个字也没听懂。

斯尼奇和克雷格斯在私生活中也像在职业方面那样各有自己的一个伙伴。斯尼奇和克雷格斯是世上最要好的朋友，双方真诚地相互信任。但是正如生活中常有的那种现象，斯尼奇太太对克雷格斯先生抱着一种原则上怀疑的态度，而克雷格斯太太原则上也对斯尼奇先生抱怀疑态度。“你那些斯尼奇们，也真是，”有时候克雷格斯太太这样对克雷格斯先生说；她用这种想象的复数，似乎是蔑视一条讨厌的马裤[①]或别的没有单数的东西。“至于我，真看不出你有什么必要找你的那些斯尼奇们。我认为，你实在过于信任你那些斯尼奇们了。但愿我这话你永远也不会发现是说中了就好。”同时，斯尼奇太太也会跟斯尼奇这样谈起克雷格斯，要是有一天斯尼奇被人引上歧途，那肯定就是这个人干的好事了。要说她曾从凡人的眼里看到一种表里不一的意图，那就是从克雷格斯的眼里看到的。不过总的说来，他们还是很要好的朋友，斯尼奇太太和克雷格斯太太保持着一种反对“事务所”的密切联盟，两人都把事务所看成密室，是她们的共同敌人，充满着危险的阴谋诡计，因为她们对它一无所知。

然而，斯尼奇和克雷格斯就在这个事务所里为他们的几个蜂房酿蜜。有时在这里，在美好的黄昏时刻，他们徘徊于会议室窗前，俯视着昔日的战场，感叹（这通常是在裁判期间，许多事情使他们动了感情）人类的愚蠢，感叹人类为什么总不能和平共处，总要通过法律来解决问题，在这里，时间一天又一天、一星期又一星期、一个月又一个月、一年又一年地过去了，日历一页页消失，皮椅子上的铜钉逐渐减少，而桌子上的文件却愈来愈多

① 马裤在英文里是没有单数的名词。

了。自从在果园里吃早饭以来，将近三年的时间已匆匆过去，它使他们中的一个瘦了，另一个胖了。这天晚上他们正坐在这里商量事情呢。

不只他们俩，还有一个约莫三十来岁的人同他们在一起。这个人不修边幅，面容有点憔悴，但身材很匀称，衣服质地讲究，长相也很漂亮。他坐在那张有气派的安乐椅里，一只手放在胸前，另一只手抚摸着蓬乱的头发，正郁郁寡欢地若有所思。斯尼奇先生和克雷格斯先生面对面地坐在邻近的一张书桌旁边。有一个防火箱子打开了放在书桌上，从箱里拿出的一部分文件已摊放在那里，其余的正由斯尼奇先生一件件拿出来，在烛光下逐一观看，看完后摇摇头递给克雷格斯先生，他也同样看一遍，然后摇摇头放下。有时，他们停下来，一齐摇摇头，又看看那位茫然出神的当事人。箱子上的姓名是“迈克尔·沃顿先生”，我们可以断定这就是他的名字，箱子也是他的，而迈克尔·沃顿先生的事情相当不妙。

“全在这里了，”斯尼奇先生翻着最后一份文件说，“确实没有任何别的办法了，没有别的办法了。”

“全都输掉了，花光了，浪费掉了，抵押了，借走了，卖了，是吗？”当事人抬起头来说。

“全都没有了，”斯尼奇先生答道。

“你说什么办法也没了吗？”

“一点办法也没啦！”

当事人咬着指甲，又陷入了沉思。

“那么我在英国连人身安全也没有了吗？你是这样认为，对吗？”

“在大不列颠和爱尔兰联合王国的任何地方都不行啦。”斯尼奇先生说。

“难道就成了个浪子，既不能回去投靠父亲，又没猪好养，不能同猪分享糟糠[1]了吗？”当事人将一条腿抬起搁在另一条腿上，两眼盯着地板继续问道。

斯尼奇先生咳嗽了一声，似乎表示他不愿被人认为自己也赞同用任何比喻来说明一种法律上的处境。克雷格斯先生好像要表明这是他们的共同观点，也咳嗽了一声。

“三十岁就毁了！”当事人说。“嗐！”

“不是毁了，沃顿先生，”斯尼奇先生回答。“还不至于那么糟糕。你是差一点要毁了，但还没有到毁的地步。要稍稍调整一番。”

“还要有点小小的魔道，”当事人说。

“克雷格斯先生，”斯尼奇说，“你能不能给我一撮鼻烟？谢谢你，先生。”

由于这位镇静的律师显得十分有滋味地往鼻子里吸烟，好像他的全部注意力都集中在这一动作上，当事人也逐渐露出笑容，抬起头来说道：

“你说调整。要调整多长时间呀？”

“调整多长时间？”斯尼奇重复一遍，拭了拭指头上的鼻烟粉，心里慢慢盘算着。“是指你受到牵连的那笔产业吗，先生？由能人来调整？比如说由斯尼奇和克雷格斯事务所？总得六七年吧！”

“要饿六七年！”当事人烦躁地大笑一声说，不耐烦地改变了一下姿势。

“沃顿先生，饿上六七年，”斯尼奇说。“确实非同小可。这期间你如果在这儿的话，有可能得到另一笔产业，不过，我们不认为你办得到——我是代表自己和克雷格斯先生说的——所以也不想劝你这样做。”

---

① 《圣经》中的一个故事，说的是一个浪子离开父亲后饿得去吃猪食，沃顿借此故事比喻自己的窘境。

“那么你们准备劝我怎么做呢？”

“我说，还是调整，”斯尼奇重复说。“我和克雷格斯给你调整个几年就可以好起来的。不过要使我们能够达成协议，执行协议，而你能够遵守协议，你就必须离开这里，必须到国外去居住。至于说挨饿，我们可以保证给你每年几百英镑过日子，甚至一开始就有几百英镑，我敢说，沃顿先生。”

“几百，”当事人说。“我可花惯了几千呀！”

“这个，”斯尼奇先生回嘴道，一边把文件慢慢放回到铁箱里，“自然是没有什么疑问的，没什么疑问的，”他又自言自语了一遍，同时若有所思地继续干手头的事。

律师很可能非常了解他的这位当事人，总之，他那淡漠、刻薄而古怪的态度对于当事人闷闷不乐的心情是起了良好的影响，使他感到比较自在和坦率了。或许是当事人很了解他的律师，从律师那里引出了这样一种鼓励，使自己说出了原来要以一种在外表上更带防御性的方式来透露的意图。他慢慢抬起头来，坐在那里瞧着那位无动于衷的顾问，微微一笑，接着大笑起来。

“毕竟，”他说，“我的铁石心肠的朋友——”

斯尼奇先生指指他的合伙人，“对不起，我是代表自己和克雷格斯先生的。”

“请克雷格斯先生原谅，”当事人说。“毕竟，我的铁石心肠的朋友们，”他在椅子里将上半身往前凑了凑，压低嗓音说，“你们对我的潦倒知道得还不到一半呢。”

斯尼奇先生停了下来目不转睛地盯着他看。克雷格斯先生也同样盯着他。

“我不只是欠了一身债，”当事人说，“而且还深深陷入了——”

“不是陷入了情网吧！”斯尼奇喊道。

“正是呀！”当事人将身子往椅背上一靠，两手插在裤兜里，打量着两位律师。“深深陷入了情网之中。”

“不是跟一位继承遗产的小姐吧，先生？”斯尼奇说。

“不是跟一位继承遗产的小姐。”

“也不是跟一位富家女子吧？”

“不是我所了解的那种富家女子——除了美貌和贤惠是富有的。”

“我想是个单身女人吧？”斯尼奇很富有表情地问道。

“那当然。”

“不会是杰德勒医生的一个女儿吧？”斯尼奇说着，将两只臂肘往膝头一搁，脸向前凑近了至少三英尺。

“正是，”当事人答道。

“不会是他的小女儿吧？”斯尼奇说。

“正是！”当事人回答。

“克雷格斯先生，”斯尼奇大大松了口气说，“你能否再给我一撮鼻烟？谢谢！沃顿先生，我很高兴地告诉你，这没啥意思，她已经订婚了，先生，她已经许配人家了。我的合伙人可以证明我说的是实话。我们了解实情。”

“我们了解实情，”克雷格斯重复一遍。

“那又怎么样，或许我也了解呢，”当事人沉着地回答说，“那有啥关系！你们都是通世故的人，难道就没听说过女人变心的事吗？”

“当然有一些毁约的诉讼案，”斯尼奇先生说，“控告老处女和寡妇的都有，但是大部分的案件——”

“案件！”当事人不耐烦地插嘴道，“不要跟我谈什么案件了，一般的先例比你们任何一本法律书上的先例要多得多啦！再说，难道你们以为我在医生家白白住了六个星期吗？”

“我想，先生，”斯尼奇先生严肃地向他的合伙人说，“要说沃顿先生的那些马曾经时不时使他陷入困境——这种情况已相当多了，代价也相当大，谁也不如他本人以及你和我了解得这样清楚——那么照他刚才说的，最糟糕的一次恐怕还是有匹马把他抛在医生花园的围墙边，摔断了他的三根肋骨和一根锁骨，还有天知道留下了多少青紫块。当时我们没有怎么注意，只知道他在医生家受到很好的照料，逐渐恢复了健康。现在看来可糟了，先生。不是吗？糟得很呢！杰德勒医生也是——我们的当事人呀，克雷格斯先生。"

"艾尔弗雷德·希思菲尔德同样属于当事人，斯尼奇先生。"克雷格斯说。

"可迈克尔·沃顿先生也是当事人，"那位不大在乎的客人说道，"而且也不是很坏的当事人。已经当了十年或十二年的傻瓜了。只不过，迈克尔·沃顿先生年轻时放荡惯了，现在自食其果了，材料全在这个箱子里；可他想要改过自新变成聪明人。为了证明这一点，迈克尔·沃顿先生打算，如果可能的话，要娶医生的爱女为妻，并带她一起走。"

"真的，克雷格斯先生，"斯尼奇开始说。

"真的，斯尼奇和克雷格斯先生，你们二位合伙人，"当事人打断斯尼奇的话，"你们了解你们对当事人所负的责任。我敢肯定，你们很清楚，这只不过是一桩不得已向你们吐露的恋爱事件，干涉这种事并不是你们的职责。我并不想未经这位年轻的小姐本人的许可就带她走。这里没有什么不合法的。我和希思菲尔德先生从来也不是知心朋友。我并没有破坏他对我的信任。我不过是爱他所爱。我的意思是，可能的话，要赢得他能赢得的东西。"

"他办不到，克雷格斯先生，"斯尼奇先生说，显得为难而焦急。"他决不能这样做，先生。她可在热恋着艾尔弗雷德先生呢。"

"是这样吗？"当事人问道。

"克雷格斯先生，她是在热恋着他，先生，"斯尼奇坚持说。

"几个月前我在医生家住了六个星期，可不是白住的呀，不过很快我就对这一点产生了怀疑。"当事人说，"要是她姐姐能从中促成，她或许会热恋上他；不过我对她俩进行了观察。玛丽安总不愿提他的名字，避免谈这个话题；只要稍一触及这个话题，便痛苦地回避。”

“克雷格斯先生，你知道她为什么会这样？她为什么要这样，先生？”斯尼奇问道。

“我不知道她为什么要这样，虽然看来可能有不少原因，”当事人看到斯尼奇先生发亮的眼睛里现出的关心和迷惑的神情，以及他那小心进行这番谈话，设法打听有关情况的态度，不禁哑然失笑。“不过我了解她确是这样。她是在很年轻的时候订的婚（究竟能否称作订婚，我也不敢肯定），或许她现在后悔了。或许（这样说似乎有点轻浮，但我发誓决不是那个意思）她也爱上了我，犹如我爱上了她那样。”

“嘻，嘻，艾尔弗雷德是她青梅竹马的伙伴呢，克雷格斯先生，你记得吧，”斯尼奇说着不安地笑了起来，“她几乎还是个娃娃，他就认识她了！”

“这就更有可能使她对他的想法感到厌倦。”当事人沉着地继续说，“愿意用另一位情人较新奇的见解替代他的见解，而后者是在一种罗曼蒂克的场合出现的（或者说是他的马把他带来的）；他寻欢作乐，生活不很检点，但在一个乡村姑娘看来，这算不上什么坏名声，何况他并没有对谁做出什么伤天害理的事。而且这个男人又年轻，又漂亮，还有诸如此类的优点（这也许又显得有点轻浮，不过我发誓我决不是这个意思），也许当他和艾尔弗雷德在一起出现时，就显得更富诱惑力了。”

当然，最后一句话是无法反驳的。斯尼奇先生瞟了他一眼，也觉得是这样。他那满不在乎的风度中有着某种自然的优雅和令人愉快的东西。这仿佛表明，只要他愿意，他那张漂亮的面孔和匀称的身材还会显得更美；仿佛表明，他只要一激动和认真起来（不过他还从未认真过）就会感情炽烈，雄心勃勃。“真是个危险的浪荡子，”那位精明的律师心想，“好像要从一位年轻小姐的眼中摄取他所需要的火花似的。”

“现在，听着，斯尼奇，”他接着说，站起来抓住对方的纽扣，“还有克雷格斯，”顺手也抓住了他的扣子，这样使那两位合伙人分立两旁，谁也无法回避他了。“我不想听你们的什么劝告。对于这样一桩事，你们对双方都敬而远之才是正确的，因为这不是像你们这样严肃庄重的人所能站在任何一方加以干预的。我想用三言两语复述一下我的处境和意图，然后让你们在钱的问题上替我尽力而为，而那是你们能做到的。你们看，要是我跟医生的美貌女儿出走（我想这样做，并在她的光辉影响下成为另一个人），那么，花费暂时会比我单独走要多一些。不过等到我的生活有了改变，这一切很快都能弥补。”

“我想最好还是不要听这些话，克雷格斯先生？”斯尼奇的目光避开当事人，瞧着克雷格斯说。

“我也觉得不该听，”克雷格斯说，可是两人都全神贯注地听着。

“得了，你们可以不听，”当事人答道。“不过，我还是得讲。我并不打算征求医生的同意，因为他是不会同意的。不过我不会做对不起或伤害医生的事，因为（而且正如他所说，这类小事情根本没有什么好认真的）我希望挽救他的女儿，我的玛丽安，把她从我所看到的——我所知道的——处境中解救出来，她十分苦恼，担心那位旧恋人回来。如果说世上还有什么事是真实的，那么她是千真万确地怕他回来。到目前为止，还没有人受到伤害。此刻我在这里是如此苦恼和忧愁，好似过着飞鱼的生活。我在黑暗中到处躲藏，我被关在自己的家门外，被警告必须远离自己的土地。但是，正如你们所了解和认为的，那座房子，那些土地，以及其他许多英亩的土地，总有一天会归还我的；而十年之后，玛丽安作为我的妻子，比当艾尔弗雷德太太或许会更富裕些——但她从来不怀这种希望，如你们所说——她是那么害怕他要回来呢（请记住这一点）。至于说到我的感情，那也是艾尔弗雷德·希思菲尔德或其他人所比不上的。到底谁会受到伤害呢？这完全是一桩光明正大的事情。我的权利同他的权利一样有效，如果她作出有利于我的决定的话；这将由她独自决定，我是否具有这种权利。其余的事你们不会感兴趣，我也不打算再告诉你们什么了。现在你们知道了我的意图和要求。我什么时候得离开这里啊？”

“一周之内，”斯尼奇说。“克雷格斯先生，你说呢？”

“要我说，还得早一点，”克雷格斯说。

“一个月之内吧，”当事人仔细观察了那两张面孔之后说，“下个月的今天。今天是星期四，无论成败，下个月的今天我一定走。”

“这可耽搁得太久了，”斯尼奇说，“实在太久了，不过就这样吧。我还以为他会要求三个月呢，”他自言自语地说。“你要走了吗？晚安，先生！”

“晚安！”当事人答道，同两位律师握握手，“你们将活着亲眼看到我还会很好地享用那些财富。从此以后我的命运之星就是玛丽安了。”

“走楼梯可得当心，先生，”斯尼奇回答，“因为玛丽安可没在那里照耀啊。晚安！”

“晚安！”

他俩就这样拿着事务所里的一对蜡烛站在楼梯口送他下楼。等他走了，两人还站在那里相互注视着。

“你对这一切如何看，克雷格斯先生？”斯尼奇说。

克雷格斯先生摇摇头。

“我记得那天办完移交之后，我们就议论过，那一对情人在分手时有点儿怪，”斯尼奇说。

“是这样，”克雷格斯先生说。

“或许他纯粹是在自己骗自己，”斯尼奇一边继续说道，一边锁上那只防火箱并把它搬走，“如果不是这样，那么有点儿反复无常和不忠贞也不奇怪，克雷格斯先生。不过，我当时觉得那张美丽的面孔还是非常真诚的。我觉得，”斯尼奇先生说着，穿上了他那宽大的外衣（因为天气很冷），戴上手套，又吹灭了一支蜡烛继续说，“最近我看她的性格也变得更坚强果断了。更像她姐姐的性格了。”

“克雷格斯太太也这样认为，”克雷格斯答道。

“要是我相信沃顿先生打算一意孤行的话，”斯尼奇这个宽厚人说，“那么今晚我就算白白浪费了时间。尽管他这个人天真、任性而不稳重，不过他对人情世态还是有所了解的（他理应如此，因为他确实付出了相当昂贵的代价才买到他所了解的东西）；因此，我并不完全相信他会那样做的。我们还是不介入为妙。我们无能为力，先生，只有保持沉默。”

“无能为力，”克雷格斯答道。

“我们那位医生朋友小看了这种事情，”斯尼奇摇摇头说。“但愿他不再用他的哲学。我们的朋友艾尔弗雷德总是在谈论人生的战斗，”他又摇摇头说，“但愿他不至于一开始生活就遭到挫折。你拿了帽子没有，克雷格斯先生？我要吹灭这一支蜡烛了。”

克雷格斯先生作了肯定的回答之后，斯尼奇先生便吹灭蜡烛，他俩摸黑走出议事厅，那里现在就像他们所谈论的话题以及一般的诉讼那样漆黑一团。

我的故事现在转入一间安静的小书房。就在同一天夜里，两姐妹和那位健壮的老医生坐在令人愉快的炉火边。格雷丝在做针线活。玛丽安在大声朗读摆在她面前的一本书。穿着睡衣和拖鞋的医生，两脚伸出放在暖和的地毯上，背靠着安乐椅听玛丽安读书，一边瞧着他的两个女儿。

她们看上去可真是美。即使有两张更漂亮的脸蛋出现在炉边，也不能使壁炉显得如此辉煌而神圣。她们之间原来存在的某些差异经过三年的时间已逐渐减少，从妹妹那清秀的眉宇间，从她那眼神和那激动的嗓音中，流露出许久以前姐姐由于失去母亲而成熟起来的那种真挚性格。不过在两人中间她还是很快就显出了她是两姐妹中较可爱和较脆弱的一个。她似乎老是要把头靠在姐姐胸前，信赖她，从她的眼神里寻求忠告和倚靠。那双可爱的眼睛还是像过去一样宁静、清澈而欢快。

“‘如今在她自己的家中，’”玛丽安朗读着，“‘这些回忆使家变得十分亲切了，她便开始意识到情感上的一次巨大考验必将迅速来临，再也不能推迟了。家啊，当别人离开我们的时候，你仍然是我们的慰藉和朋友，要在从摇篮到坟墓之间的任何时候离开你——’”

“玛丽安，亲爱的！”格雷丝说。

“怎么啦，小家伙！”父亲叫了起来，“出了什么事呀？”妹妹把手放在姐姐朝她伸过来的手上，继续朗读，尽管刚才中断后，她尽力控制自己，但她的声音却结结巴巴颤抖着。

“‘要在从摇篮到坟墓之间的任何时候离开你，总是令人悲痛的。家啊，你对我们如此真诚，但得到的回报往往是冷漠；请宽恕那些离开你的人吧！也不要过分责备和念念不忘他们所走过的歧路！不要让你那幻影般的脸上显出仁慈和令人难忘的笑容，别让你那白发苍苍的头上放出慈爱、欢迎、温柔、容忍和真挚的光辉。在审判你的背弃者时，别再用你从前那种慈祥的言语和口气。但是，如果你装不出严厉而苛刻的神色，也请你一定这样办吧，为了那些悔罪者！’”

“亲爱的玛丽安，今晚别再念啦，”格雷丝说，因为她已在哭了。

“我念不下去了，”她回答说，一边把书合上。“这些话似乎都着了火。”

医生觉得这话很有趣，拍拍她的头笑了起来。

“怎么啦！让一本小说给压垮了！”杰德勒医生说。“不过是白纸黑字罢了！得啦，得啦，全是一个样儿。把白纸黑字同别的事情一样看得很认真，这也是有道理的嘛。不过，亲爱的，还是擦干眼泪，擦干眼泪。我敢肯定女主人公早就回到了家里，而且一切都很圆满；要是真没回去，一个真正的家也只不过是四堵墙罢了；至于一个虚构的家更是些不足道的破纸片和油墨而已。又出了什么事啦？”

“是我，老爷，”克莱门希从门口伸进头来说道。

“你又怎么啦？”医生说。

“嗨，老天保佑，我可没出什么事，”克莱门希答道。事实上也是如此，她那用肥皂洗得很干净的脸上跟往常一样兴致勃勃，因此，尽管她长得难看，却也显得相当动人。当然，胳膊上那些擦伤的地方通常是称不上美妙的美人斑之类的；不过，走在人生的路途上，在狭路上擦伤了胳膊总比伤了气质要好些，而克莱门希的气质同世间任何一位美人的气质一样完美。

“我没出什么事，”克莱门希走进来说，“不过，老爷，您过来，靠近一点。”

医生有点吃惊，但还是按她的要求做了。

“您知道，您说过别在她们面前给您这个呀！”克莱门希说。

家里如果有生人的话，也许会从她说话时做的那不寻常的媚眼和奇特的狂喜劲儿中（这使得她挥舞胳膊就好像在拥抱自己似的），把她说的“这个”按最好的理解猜想为一种高雅的致敬。确实，医生本人也吃了一惊，但很快就恢复常态，因为克莱门希已在向她那两个口袋求助，先是摸到那个要摸的口袋，接着又摸错了，后来才摸回到原先那一个，拿出一封从邮局送来的信。

“不列颠骑马去办事，”她把信递给医生，格格地笑着说，“正好看见邮件到了，便在那里等信。信封角上有 A · H 两个字母。我敢打赌，艾尔弗雷德先生已在回家的途中了。家里要办喜事了。怪不得今天早晨我碟子里有两把匙子呢。唉，真倒霉！他拆得多慢呀！”

她用独白的方式说了这一些话之后，由于急不可耐地想听到消息，便逐渐把脚尖踮得愈来愈高，把围裙卷得像个螺旋锥，嘴噘得像个瓶子。最后，她的焦急心情达到顶点，眼看医生还在读信，她没趣地放下脚后跟，拿围裙当作面纱盖在头上，陷于默无声息的绝望之中，因为她实在无法再忍耐下去了。

“嗨，姑娘们，”医生喊了起来。“我可忍不住啦！我一辈子从来也保不了一次密。确实也没有多少秘密值得保守的，在这样一个——好，别管它了，我亲爱的，艾尔弗雷德马上就要到家啦。”

“马上！”玛丽安叫了起来。

“怎么样，这一来那本小说马上就忘了吧？”医生捏了捏她的脸蛋说。“我想这个消息会擦掉你的那些眼泪的。对了，他在这里说，‘来一个出其不意’。不过我可不能让它成为一次突然袭击，他一定得受到一番欢迎。”

“马上！”玛丽安重复了一遍。

“嗨，也许不是你那急不可耐的心情所理解的‘马上’，”医生答道，“不过也很快了。让我们算算，今天是星期四，是吧？那么他答应一个月后的今天回到这里。”

“一个月后的今天！”玛丽安轻轻重复一遍。

“对我们来说，该是一个多么快乐的节日呀！”她姐姐以愉快的声音说道，一边亲吻妹妹表示祝贺。“亲爱的，盼望已久的那一天终于来到了！”

妹妹以微笑作答。这是一种含着悲哀的微笑，但充满着姐妹之情。她注视着姐姐的脸，听着她那平静而悦耳的声音，想象着这次重逢的幸福，她自己的脸也因为期待和欢喜而容光焕发了。

可是在她的表情中还有一种别的东西，一种与其他的表情相比愈来愈亮的东西，它究竟是什么，我也说不上来。它不是喜悦，得意和骄傲。这些感情不可能这样平静地表现出来。它不单单是爱和感激，尽管爱和感激确是其中的一部分；它不是出于卑鄙的想法，因为卑鄙的想法不会使人眉宇生辉，不会在唇边流露，也不会像闪闪发亮的光震撼心灵，直到具有同感的人也为之颤抖。

尽管杰德勒医生有自己那套哲学，但在实践中他又总是不断否定自己的哲学，不过再有名气的哲学家也往往如此。对于昔日的学生、被保护人的归来，他不由自主地感到极大兴趣，并把它当做一桩严肃的事情来对待。于是他又重新坐回安乐椅里，把那双穿着拖鞋的脚伸出摊放在地毯上，反复地读了不知多少遍信，并且一个劲儿谈论这件事。

“哎，令人难忘的是，格雷丝，”医生瞧着炉火说，“从前他在家度假时，你和他总是手拉手地走来走去，就像一对会跑路的洋娃娃似的。你还记得吗？”

“我记得，”她愉快地笑着回答，一边忙着干她的针线活。

“真的，下个月的今天！”医生沉思着说。“回想起来好像是还不到一年以前的事似的。那时候我的小玛丽安又在何处呢？”

“从来没有远离过她的姐姐，”玛丽安愉快地说，“不管那时候有多小。格雷丝对于我就是一切的一切，即使那时她自己也还是个小孩子。”

“真的，小家伙，真是这样，”医生答道。“她是个沉着的小妇人，格雷丝就是这样，而且也是个聪明的管家，一个忙忙碌碌、安安静静而又高高兴兴的人；早在那时候，她就总是顺着我们的性子，琢磨着我们的要求，而随时准备放弃她自己的一切。即使那时候，我也从没见过你在什么问题上执拗或坚持己见，亲爱的格雷丝，只有一次例外。”

“我想从那以后我已经大大地变坏了，”格雷丝笑着说，仍然忙着干活。“爸爸，您说的是哪桩事情呀？”

“当然是艾尔弗雷德，”医生说。“那时只有称呼你为艾尔弗雷德太太你才满意，所以我们就叫你艾尔弗雷德太太。我觉得（尽管现在看来很奇怪）这比称呼你为公爵夫人更使你高兴，要是那时我们真能让你成为一位公爵夫人的话。”

“真是这样吗？”格雷丝平静地说。

“嗨，难道你不记得啦？”医生问道。

“我想我还记得一点，”她答道，“但是不太多了。这是好久以前的事呀！”这时她坐着一边干活，一边哼着医生喜欢听的一首古老歌曲的重唱部。

“艾尔弗雷德很快就要找到一个真正的妻子了，”她中止了低唱，说道。“这对我们大家来说实在是个高兴的日子呀！交付给我的三年委托期即将结束，玛丽安。这一委托很轻松地就完成了。当我把你交还他时，我要告诉艾尔弗雷德，你一直真诚地爱着他，他根本不需要我为他效劳。我可以这样告诉他吗，亲爱的？”

“告诉他，亲爱的格雷丝，”玛丽安答道，“说从来也没有人像你这样慷慨、崇高、坚定地履行了一桩托付。告诉他我一直爱着你，一天比一天深。啊！我现在多么爱你呀！”

“不，”高兴的姐姐一面回答她的拥抱，一面说道，“我很难告诉他这些。把我的功劳留给艾尔弗雷德自己去想象吧！那将是十分慷慨的，亲爱的玛丽安，就像你自己那样。”

接着她捡起刚才为了听妹妹的热诚表白而放下的活儿，又继续低唱医生喜欢听的那首歌曲。医生还是坐在安乐椅上养神，伸出那双穿着拖鞋的脚摊放在面前的地毯上，他听着歌，用艾尔弗雷德的信在膝盖上打拍子，同时又看着他那两个女儿，心里想，在这不足取的人世间的许许多多不足道的事情中，这些小事倒是够惬意的了。

在这段时间里，克莱门希·纽科姆虽说已经完成了自己的任务，可还是留在屋子里，直到自己也成为那个新闻的当事人之一才退出走回厨房。她的助手不列颠先生已吃完晚饭正在那儿自得地喝酒呢。不列颠的周围是许许多多厨房用具：擦得锃亮的锅盖，洗得干干净净的小平锅，发亮的一套套餐具，闪光的水壶，还有挂在墙上、搁在架子上的种种足以说明克莱门希勤快习惯的物件，这一切使他好像坐在一个四面都是镜子的大厅中央，但是大部分“镜子”都没有映出胜过他本人的相貌来，而且映出的形象也完全不一致，因为是用了各种不同的方式。有的将他的脸拉得很长，有的使他成了圆脸；有的还算好看，另一些则丑陋极了，这就犹如各式各样的人对于同一件事情的反应那样，总是五花八门的。不过，它们全都承认，在它们中间坐着的是一个十分自在的人，嘴里叼着烟斗，臂肘旁边放着瓶啤酒，当克莱门希在同一张桌子边坐下来时，他恩赐似的向她点了点头。

“怎么样，克莱米，”不列颠说，“这会儿你怎么样，有什么消息呀？”

克莱门希把消息告诉了他，他十分潇洒地听着。本杰明从头到脚变得优美起来了。他似乎变得更魁梧了，更红润，更高兴和更有趣了。仿佛他的脸原先是打了结的，而现在这个结被解开抚平了。

“我看，斯尼奇和克雷格斯又有一桩事情可干啦，”他一口口慢吞吞地喷着烟说。“也许，克莱米，你我又要当证人了！”

“哎呀！”他的女伴回答，同时用她喜爱的方式扭了一下她喜爱的关节。“我但愿那是我，不列颠！”

“但愿你怎么啦？”

“出嫁呀，”克莱门希说。

本杰明从嘴里拿出烟斗由衷地笑了起来。“是的，你可真像个该出嫁的人了！”他说，“可怜的克莱米！”克莱门希也像他那样由衷地笑了起来，似乎对这个想法也觉得挺有趣。“是的，”她同意地说，“我可真像是要出嫁了，不是吗？”

“你知道，你永远也不会出嫁的，”不列颠又抽起烟来。

“难道你不认为我总会出嫁的吗？”克莱门希诚心诚意地说。

不列颠先生摇摇头。“一点机会也没有！”

“想一想！”克莱门希说。“得啦！我想你的意思是有一天你倒是会的，不是吗？”

如此突如其来的问题，又是如此重大的问题，这可需要考虑考虑。不列颠先生喷出一大团烟雾，把头一会儿转向这边，一会儿转向那边，凝视着烟雾，似乎这团烟就是问题似的，而他自己正从各个方面对它加以观察。末了，不列颠先生回答说，他对此根本不清楚，不过，嗯，他认为也许他最终是会结婚的。

“且不管她是谁，我祝愿她快活！”克莱门希喊道。

“哦，她会快活的，”本杰明说，“保险会快活的。”

“不过，要不是因为（并非我要那样做，因为那是一种巧合，我相信），要不是因为我的话，”克莱门希将半截身子趴在桌子上，回想似的凝望着烛火说，“她将不会有那么快活的生活，也不会有那么一个和蔼可亲的丈夫。你说，不列颠，她会吗？”

“当然不会，”不列颠先生答道，这时他正在津津有味地欣赏自己的烟斗，要说话只能把嘴稍稍张开一点，他非常舒服地坐在椅子上一动不动，只将眼睛转过去朝他的同伴看一下，显得十分顺从和严肃，“哦，我非常感激你，这你是知道的，克莱米。”

“天哪，这可叫人一想起就高兴呀！”克莱门希说。

就在这个时候，她的思想和视线一起转到了蜡烛油上，立即记起它作为一种香油，具有治疗性能，便往自己的左臂肘上涂了大量的烛油。

“你知道我一生中曾对这种那种的事情做过许多调查，”不列颠先生以一种博学者高深莫测的口气说，“我总是在探索和动脑子，还读过许多关于一般事物的是是非非的书籍，因为我一开始生活便投身到文学行业中去了。”

“真的吗？”克莱门希十分钦佩地喊了起来。

“正是，”不列颠先生说。“有两年工夫，我绝大部分的时间都是躲在一个书摊后面，准备随时跳出来抓偷书贼。以后我给一个制造妇女胸衣和外套的商人当名轻松的搬运工，搬运盖着油布的篮子，里面可尽是些骗人的玩意——这使我意志消沉，失掉了对人类天性的信任。后来我在这个家里又听到许许多多的议论，这使我更加沮丧了。我最终的想法是，作为一种能使人感到既安全又舒适的精神安慰剂，作为可供一辈子享用的生活指南，没有什么比一块豆蔻擦板更好的了。”

克莱门希像是要提什么建议，不过他预先制止了她。

“再——加上，”他严肃地加了一句，“一个顶针。”

“你愿意别人怎样，你知道，and cetrer①，哎唷！”克莱门希对自己的说法十分得意，舒适地交叉着双臂拍拍臂肘，“这么好的一条捷径，不是吗？”

“我不敢肯定这可以算作一种好的哲学，”不列颠先生说，“我自己对此还有所怀疑；不过它还是管用的，能减少许多纠纷，而真正的条文却不是总能做到这一点的。”

“你一向又是怎样行事的，这你自己明白！”克莱门希说。

“哎呀！”不列颠先生说。“不过，克莱米，最不寻常的是我这辈子居然会被你说服了。事情怪就怪在这里，被你！嗨，我还以为你脑子里连半点主意都没有呢。”

克莱门希一点也没生气，摇摇头大笑起来，而且沾沾自喜地说，“是的，我并不认为我有主意。”

“我可是很相信这一点，”不列颠先生说。

“哦，我敢说你是对的，”克莱门希说。“我从不对任何人装假，我不装一点儿假。”

本杰明把烟斗从嘴边挪开大笑起来，直到眼泪都笑出来才止住，“你可真是个傻子呀，克莱米！”他边说边摇脑袋，擦擦眼睛，对这一笑话感到回味无穷。克莱门希一点也不想进行反驳，同他一样由衷地大笑着。

“我不禁要喜欢你了！”不列颠先生说；“就凭你那样儿，你可真是个好人！所以握握手吧，克莱米。无论发生什么事情，我总是要管你的，总是你的朋友。”

“你会吗？”克莱门希回答说，“哎呀，你可太好了。”

“会的，会的，”不列颠先生说着，把烟斗递过去让她把烟灰

① 克莱门希将拉丁文 et cetera（诸如此类）念成了 and cetrer。

倒掉。“我会帮助你的。听！什么怪声音！”

“声音！”克莱门希重复了一遍。

“外面有脚步声。有人跳墙进来了，听起来就是这样，”不列颠说。“他们全上楼睡了吗？”

“是的，这个时候全都睡了，”她答道。

“你没听到什么动静吗？”

“没有。”

他俩仔细听着，但没听到什么声音。

“我告诉你怎么办，”本杰明说着取下一个灯笼。“为了保险，我睡觉前得去巡视一下。我点上灯笼，你把门打开，克莱米。”

克莱门希立即照办。但一面办一面又说他出去巡视是白操心，全是他想象出来的，等等。不列颠先生说，“也很可能，”不过他还是带上一根拨火棍当武器冲了出去，用灯笼远远近近四处照看。

“这地方安静得就像教堂的墓地，”克莱门希目送着他说道，“而且几乎同墓地一样阴森森的！”

她回头朝厨房瞟了一眼，猛见一个轻盈的人影闪在眼前，便惊叫起来，“是谁呀？”

“别做声！”玛丽安激动地低声说道。“你一直是疼爱我的，是吗？”

“疼爱你，小宝贝！你可以相信我就是这样。”

“我相信。而且我还可以信任你，是吗？眼下没有别人我可以信任的了。”

“是的，”克莱门希由衷地说。

“外面有一个人，”她指着门口，“今晚我必须同他见面谈一次话。迈克尔·沃顿，看在上帝的分上，请你快走开！现在还不到时候！”

克莱门希吓了一跳，又惊又恼，随着说话人的眼光望去，看见门口站着一个黑影。

“再过一会儿你就可能被人发现了，”玛丽安说。“现在不行！能否请你躲一下，我马上就来。”

他朝她挥挥手，走了。

“不要去睡觉，在这里等着我！”玛丽安匆匆地说。“我一个小时之前就到处找你，有话跟你说。哦，你可一定得对我忠实呀！”

她恳切地抓住克莱门希那只不知所措的手，用双手把它紧紧压在自己胸前，这个表示恳求的动作比最动听的言语更能说明问题。这时不列颠的灯笼光已照进屋子，玛丽安只得退出了。

“一切平安无事，什么人也没有。我看全是想象。”不列颠先生说着把门锁上，加了闩。“是丰富的想象力产生的效果。喂，怎么啦，出了什么事？”

克莱门希无法掩饰惊恐和忧虑对她的影响，坐在椅子上脸色苍白，浑身颤抖。

“什么事！”她重复一遍，神经质地擦擦手和胳膊，到处张望，但就是不看他。“你干的好事，不列颠，你干的呀！自己走了，让什么声音呀灯笼呀把人家吓得要命，可我不明白都是怎么回事。什么事！哎唷，真是！”

“要是你真的给一个灯笼吓坏了，克莱米，”不列颠先生泰然自若地把灯笼吹灭，重新把它挂好，接着又说，“那是很快就能摆脱的。不过你平常是像黄铜[①]那样大胆的呀，”他停下来望望她，接着又说，“在声音呀灯笼呀这些事情发生之后你还是很勇敢的，你脑子里到底起了什么念头呀？什么也没有，呃？”

但是克莱门希仍然照她往常的方式向他道了晚安，然后开始忙手忙脚地装作马上要去睡觉的样子。小不列颠说了一句“女人

① 原文 as bold as brass，意为“厚颜无耻”，不列颠本想说她胆子非常大，显然是用错了词。

的幻想真无法理解”这样独创性的评语之后，也向她道了晚安，拿起蜡烛，昏昏欲睡地拖着步子走出厨房睡觉去了。

一切都安静下来时，玛丽安回来了。

“开开门，”她说，“我要在外面跟他说几句话，请你紧挨我站着。”

虽然她显得胆怯，但她的态度仍然说明她有着多么坚定而明确的目的，因此克莱门希无法拒绝她的要求。克莱门希轻轻卸下门闩，但在开锁之前又回头朝这位姑娘望了一眼，后者正等着她开了门好出去呢。

那张脸既不回避也不沮丧，而是以其蓬勃焕发的青春美貌正视着她。这时，克莱门希脑中闪过一种单纯的意识，她觉得，这个幸福家庭、这美丽姑娘的高贵爱情和那可能会使这家庭陷入凄凉，使它最宝贵的人儿遭到毁灭的灾难之间只有一道脆弱的屏障，这仿佛给她的柔软心肠以猛烈的一击，她顿时满怀忧伤和怜悯，不禁哭了起来，伸出双臂搂住玛丽安的脖子。

“我懂得很少，亲爱的，”克莱门希哭泣着说。“很少，不过我明白这样做是使不得的。仔细想想你这行为吧！”

“我已经想过无数次了，”玛丽安轻声说。

“再想一次吧，”克莱门希恳求道。“等到明天再说吧。”

玛丽安摇摇头。

“为了艾尔弗雷德先生，”克莱门希以朴素的诚恳态度说，“他是你曾经那么热恋着的人呀！”

这时玛丽安用手捂着脸重复一遍“曾经”，似乎这个词把她的心都撕裂了。

“让我出去，”克莱门希安慰她说，“我会告诉他你要说的话。你今夜不要跨出门槛，我敢肯定这不会有好结果的。唉，把沃顿先生带到这里来的那一天，可真是个倒霉日子呀！想想你那好父亲，亲爱的，还有你姐姐。”

“我想过，”玛丽安匆匆抬起头说道。“你不明白我在干什么。我一定得跟他说话。你对我所说的一切表明，你是我在世界上最好最真诚的朋友，不过我必须走这一步。克莱门希，你能跟我一起去吗？”她吻着那张友好的面孔，“还是让我一个人去？”

克莱门希又伤心又困惑不解地开了锁，把门打开。玛丽安拉着她的手，急匆匆地跨过门槛，投入那黑暗和吉凶莫测的夜雾之中。

他在黑暗中走过来与她相会，两人恳切地谈了很久。她那只由克莱门希牢牢握着的手时而颤抖，时而变得冰冷，时而又使劲抓紧克莱门希的手，这都是在带着激动感情的谈话中不知不觉地表现出来的。她们回来时，他跟到大门口停了会儿，把玛丽安的另一只手拉过去吻了一下，然后悄悄走了。

门又闩上锁好，她又在父亲家里了。虽然她那么年轻，但她并没有被自己带来的那个秘密所压服，透过泪水，脸上还是带着我以前无法名状的同一表情。

她一再感谢她那位谦卑的朋友，并像她所说的，毫无保留地信任她。她平安地回到卧室之后，跪了下来，尽管心头压着那沉重的秘密，她却还能祈祷！

祈祷完毕，她居然还能如此平静沉着地站起来，俯下身子望着已入睡的心爱的姐姐，望着她的面孔微微一笑，尽管微笑中带着忧伤，她亲吻了姐姐的额头，同时喃喃自语道，格雷丝对她来说始终是个母亲，她就像孩子似的爱着她！

躺下睡觉时，她居然还能把姐姐那只顺从的手臂拉过来搂住自己的脖子，那只手臂仿佛也出于自愿似的紧贴在那里，即使是梦中也温柔地守护着她，她还对着那微微张开的嘴轻轻说：愿上帝保佑她！

她自己居然也能平静地入睡，不过做了一个梦，梦中她以那天真动人的声音叫喊起来，说她非常孤单，他们全把她忘了。

一个月的时间，即使以最缓慢的步伐，也会很快走过去的。

从那天夜晚到艾尔弗雷德归期的这当中一个月却是快步走过的，它像一片烟雾似的一下就消逝了。

这一天终于来到。那是严冬的一天，这种天气有时会使古老的房屋摇晃，就像在一阵阵狂风中发抖。这样的一天会使家庭加倍可亲，会给炉边增添新的欢乐，会把围着炉火的那些脸照得更加红，把炉边的人群团结成一个更亲密的联盟来对付外面咆哮的风雪。这样一个严酷的寒冬日子，准备了最好的条件让人们闭门在家，把屋里的窗帘拉好，高高兴兴地用音乐、笑声、舞蹈、灯火和欢快的宴会来消磨它。

所有这些，医生为了欢迎艾尔弗雷德归来全都准备好了。他们知道他要天黑以后才能到。医生说，在他抵达时要让整个夜空都为之欢声雷动，所有的老朋友都将聚集在艾尔弗雷德的身旁，所有他认识的和喜欢的面孔一张也不能漏掉，不能！他们个个都该在那里！

就这样，向客人们发出了邀请，雇好了乐师，摆好了桌子，地板也收拾了，可以承受那些活蹦乱跳的脚了，还用种种热情好客的方式准备了丰富的佳肴。此时正值圣诞时节，艾尔弗雷德的眼睛还完全不习惯英国冬青和它的深绿颜色，舞厅便用花环装饰，再挂了些冬青；那红色的浆果在叶丛中隐约可见，向他闪耀着一种英国式的欢迎。

对他们全家所有的人来说，这是最忙碌的一天。不过谁也比不过格雷丝。她不声不响地指挥着周围的一切，成了整个准备工作的欢乐的主宰。这一天（以及在此之前那飞逝的一个月内），克莱门希曾多次焦急而且几乎是恐惧地注视着玛丽安，她看出了玛丽安比往常显得更加苍白（也许如此），不过她脸上却呈现一种动人的安详表情，使她的面容比以往更可爱了。

晚上她装束打扮了一番，头上戴着格雷丝得意地为她编织的花环（花环上的假花是艾尔弗雷德最喜欢的，因为格雷丝在挑选时想到了这一点）。她原来那副表情，沉思，近乎忧伤，却又那样神圣、高尚和激动人心，这时再一次出现在她的眉宇间，而且增强了一百倍。

“下一次我在这美人头上编的花环将是结婚花环了，”格雷丝说，“否则我就不能算真正的先知啦，亲爱的。”

妹妹微微一笑，把她搂在怀里。

“等一等，格雷丝。你还不能离开我。你能肯定我不再需要别的了吗？”

其实她关心的不是这个，她想到的是姐姐的面孔，于是柔情地注视着它。

“我的手艺，”格雷丝说，“没法再高明了，亲爱的姑娘，就像你的美丽也到顶了。我还从没看到过你像现在这样美丽呢。”

“我从来没有像现在这样感到幸福，”她答道。

“哦，还有更大的幸福在等待着你呢。在另一个这样的家庭里，将像这个家庭现在一样愉快、明亮，”格雷丝说，“艾尔弗雷德和他的年轻妻子很快就会在一起生活了。”

她又微微一笑。“在你的想象中，格雷丝，那是一个幸福的家庭。我可以从你的眼神中看到这一点。我知道那将是个幸福的家庭，亲爱的。我多么高兴知道这一点呀！”

“好啦！”医生喊着，急匆匆跑了进来。“我们全在这里准备好迎接艾尔弗雷德了，呃？他要很晚才能到，午夜前一个小时左右，因此在他到达之前还有许多时间可以作乐。别叫他感到这里是一片死气沉沉才好啊。不列颠，把这里的炉火烧旺些！让它把冬青照得同火光一齐发亮。这个世界真是胡闹，姑娘们，什么忠诚的情人，还有其他一切，全是胡闹。不过这一次我们也要和其他人一起胡闹，用疯狂的劲儿来欢迎我们那位忠诚的情人。说话算数！”老医生得意地看着两个女儿，继续说道，“今晚我头脑不太清楚，还有好些荒唐的事情，不过，我是两个漂亮姑娘的父亲，这一点是清楚的。”

“可是对于其中一个所做的一切，或者可能做的一切——可能会做的呀，最亲爱的父亲——会给你带来痛苦或悲伤的事情，请您原谅她，”玛丽安说，“请现在就原谅她吧，她是完全诚心诚意的。请说您原谅了她，您会原谅她。说她将永远分享您的爱和——”她没有说下去，因为她的脸已紧紧贴在老人的肩头上。

“啧，啧，啧！”医生温柔地说。“原谅！要我原谅什么呀？嗨，要是我们忠诚的情人们回来会这样扰乱我们，那我们可得跟他们保持一定的距离，我们要马上打发人去路上截住他们，带他们一天只走一两英里地，直到我们完全准备好了去对付他们。吻我吧，小姑娘，原谅！哎，真是个傻孩子。即使你一天惹我生五十次气，而不是根本没有惹我，我也会完全原谅你的，只是不要提出这样的恳求。再吻我一次，小姑娘，得啦！展望未来和回忆过去，我们之间的那本账一清二楚。把火烧旺一些！难道你们真想在这寒冬腊月的夜晚把人冻死不行！让我们轻轻快快、暖暖和和、高高兴兴，否则我可饶不了你们中间的某些人！”

老医生就是这么个高兴劲儿！火烧得旺旺的，灯火通明，客人来了，愉快热烈的交谈开始了，整个屋里洋溢着一种令人快乐兴奋的气氛。

愈来愈多的客人拥了进来。大家都以喜悦的眼光瞧着玛丽安，微笑着为他的归来向她道喜；明智的母亲们情绪激动，希望她不会由于太年轻易变而不能沉静地料理好家务；爱冲动的父亲们由于过分颂扬她的美貌而有失自己的体面；他们的女儿们妒忌她，儿子们则妒忌艾尔弗雷德；无数对情人在利用这个场合；所有的人都兴致勃勃，快活地期待着。

克雷格斯先生和太太挽着胳膊进来了，但斯尼奇太太却是一个人来的。“怎么啦，他怎么啦？”医生问道。

斯尼奇太太的无边帽上那根极乐鸟羽毛抖动着，就像鸟又活过来了似的，她说克雷格斯先生对此肯定清楚，而她则一无所知。

“那讨厌的事务所，”克雷格斯太太说。

"我真希望一把火烧了它，"斯尼奇太太说。

"他是——他是——那里还有点公务未了，使我的合伙人不得脱身，"克雷格斯先生一边说，一边不安地朝四周望了望。

"噢——！公务。别跟我说这些，"斯尼奇太太说。

"我们知道公务指的是什么。"克雷格斯太太说。

不过，或许正由于她们并不知道这究竟指的是什么事情，这才使得斯尼奇太太的极乐鸟羽毛抖动得如此不吉利，而克雷格斯太太耳环上挂着的那些小东西像小铃铛似的一个劲儿摇晃。

"我奇怪你倒是跑得出来，克雷格斯先生。"他妻子说。

"我敢肯定克雷格斯先生运气好！"斯尼奇太太说。

"那个事务所居然使他们如此聚精会神，"克雷格斯太太说。

"搞事务所的人根本就不该结婚，"斯尼奇太太说。

接着斯尼奇太太暗自思忖，她对克雷格斯的那一瞥已刺透他的灵魂，这一点他是知道的；而克雷格斯太太则向克雷格斯示意，他的那些斯尼奇们一直在背后欺骗他，等他发现就太晚了。

但是克雷格斯先生并不十分介意这些，他依旧不安地朝四周观望，直到目光落到格雷丝身上，才径直朝她那里走去。

"晚安，小姐，"克雷格斯说，"你真漂亮呀，小姐，你的——你的妹妹，玛丽安小姐，她——"

"噢，她很好，克雷格斯先生。"

"是的——我——她在这里吗？"克雷格斯问道。

"在这里，您没见她就在那边？没见她正要跳舞了吗？"格雷丝说。

克雷格斯先生戴上眼镜，想看清楚一点，透过镜片他看了她一会儿，然后咳了一声，带着满意的神情把眼镜放回眼镜盒，搁到兜里。

这时响起了音乐，人们开始跳舞。明亮的炉火噼噼啪啪迸着火花，火苗时起时落，似乎在十分友好地参加跳舞。有时它发出咆哮声，仿佛也要奏乐似的。有时它一闪一闪地发光，好像成了这间古老房子的眼睛，而且还像一位会心的家长在向那些躲在角落里悄悄低语的青年人眨眼呢。有时它和冬青树闹着玩，忽闪忽闪地将叶子照亮，使它们好像又置身于严寒的冬夜，在冷风中簌簌发抖。有时它那温和的脾气变得非常任性和毫无约束，忽然一声爆裂，向屋里那些迅速移动着的舞步中间投入一簇不伤人的小火花，随即像疯了似的狂喜地跳到那庞大的旧烟囱顶上去了。

又一次舞蹈快结束了，这时斯尼奇先生碰了碰他那正在一旁观看的合伙人的胳臂。

克雷格斯先生吓了一跳，仿佛他的这位老熟人是个鬼怪似的。

“他走了吗？”克雷格斯问。

“嘘，别做声。他一直和我在一起，”斯尼奇说，“待了三个多小时。他仔细检查了一切，详细盘问了我们为他所安排的一切，而且确实非常仔细。他呀——哼！”

舞蹈结束了。他说话时玛丽安正好在他跟前走过。她并没有注意到他和他的合伙人，只是一边回过头去望着远处的姐姐，一边慢慢走进人群，在他们眼前消失了。

“你看！一切平安无事。”克雷格斯先生说。“我想他没再提那件事吧？”

“一句也没提。”

“那么他真走了吗？确实离开了吗？”

“他说话算数，乘上他那只像小艇的玩意儿，顺着潮势在这漆黑一片的夜晚出海了！他可真是个蛮勇之徒，居然顺风行驶。哪里也找不到这么僻静的路了。这是一件事。他还说午夜前一小时要涨潮，大概就是现在这个时候。我很高兴这已经过去了。”斯尼奇先生擦擦额头，那额头好像又焦急又忧虑。

“你是怎么想的，”克雷格斯先生说，“关于——”

“嘘，别做声，”那谨慎的合伙人注视着他回答说。“我明白你的意思。不要提名字，别让人觉得我们在议论什么秘密。我不知道该怎么想。老实告诉你，现在我已经不在乎了。真是松了一大口气。我想是他的自负欺骗了他。或许那位年轻的小姐略微卖弄了点风情。看来就是这样。艾尔弗雷德还没到吗？”

“还没有，”克雷格斯先生说。“随时都可能到。”

“这就好。”斯尼奇先生又擦了擦额头。“可真是松了一大口气。我俩合作以来我还从来没有这样紧张过。现在我得好好消磨这个夜晚了，克雷格斯先生。”

正当他宣布这一意图时，克雷格斯太太和斯尼奇太太走上前来。极乐鸟颤动得十分厉害，那些小铃铛也丁零当啷响得很欢。

“这可是大家议论的主题呀，斯尼奇先生，”斯尼奇太太说。“但愿事务所感到满意。”

“满意什么呀，我亲爱的？”斯尼奇先生问道。

“让一个没有自卫能力的妇女遭到奚落和批评，”他太太道。“这正是事务所所要干的事，正是这样。”

“确实，”克雷格斯太太说，“我自己长期以来总是习惯把事务所同一切反对家庭生活的事情联系在一起，以致我干脆把它看成是破坏我平静生活的公开敌人。无论如何，这句话是有几分道理的。”

“我亲爱的，”克雷格斯先生恳求道，“你的高见是无价之宝，不过，我可从来还没承认过事务所是你平静生活的敌人啊。”

“没有，”克雷格斯太太说着，小铃铛全又震响起来。“确实你没有，要是你真有那么坦率，敢于承认的话，你就不配在事务所了。”

“我亲爱的，至于今夜我没有早同你在一起，”斯尼奇先生伸出胳膊让太太挽着，“那肯定是我的损失。不过，正如克雷格斯先生所知道的——”

斯尼奇太太打断了丈夫的话，把他拉到远处，并请他看看那个人。让他答应她的请求看看那个人吧！

“哪个人，我亲爱的？”斯尼奇先生问。

“你所选定的同伴，我可不是你的同伴，斯尼奇先生。”

“是的，是的，你是的呀，我亲爱的。”他插嘴道。

“不是，不是，我可不是，”斯尼奇太太盛气凌人地微笑着说，“我了解我的地位。你不想看看你那选定的同伴，斯尼奇先生，瞧瞧你那位公断人，那位为你保守秘密的人，那位你所信任的人，简而言之，你的那位化身？”

由于习惯把自己同克雷格斯联系在一起，斯尼奇先生便朝那个方向看去。

“如果今夜你能正视一下那个男人，”斯尼奇太太说，“而不知道自己受了骗，被人利用，成了他耍手腕的牺牲品，并且由于受到某种无法解释、不可思议的蛊惑，心甘情愿服从他的意志，如果你丝毫不考虑我的警告，那么，我要说的只有一句话——我可怜你！”

就在这个时候，克雷格斯太太也在玄妙深奥地谈论这个令人不愉快的话题。她说克雷格斯居然如此盲目顺从他那些斯尼奇们，以致连自己真正的处境都感觉不到了，这可能吗？难道他想说他看到他的斯尼奇们走进屋来，却没有看清这个人内心的冷漠，狡猾和奸诈？难道他要告诉她，斯尼奇擦擦额头又如此鬼鬼祟祟地到处观望，这样的举动并不说明在他的那些宝贝斯尼奇们的良心（要是他还有良心的话）上压着某种见不得人的东西吗？除了他的斯尼奇们之外，还有谁像撬门小偷似的来参加宴会呢？——不过顺便说一句，这并不能说明什么问题，因为当时他是稳稳当当从大门口进来的。而且，难道到正午时分（这时已近午夜）他还会在她面前坚持，在任何情况下，不顾一切事实、理智和经验，他的斯尼奇们总是正确的？

无论是斯尼奇还是克雷格斯，都没打算公开挡住这股向他们袭来的潮流，他们情愿听任它卷着他们缓缓漂流下去，直到它的力量减弱为止。恰好就在这个时候，大家建议跳一个乡村舞蹈，斯尼奇先生便请克雷格斯太太做他的舞伴，而克雷格斯先生也彬彬有礼地请斯尼奇太太同舞。经过一番小小的推辞，如“你为什么不请别人呢”，或“我要是拒绝，我知道你是会高兴的”，以及“我奇怪你居然能在事务所外面跳舞”（不过这次是开玩笑）等等，两位太太都很有礼貌地接受对方的邀请各就各位了。

在他们之间这样做，包括在午宴或晚宴上以类似的方式配对，确实已是老规矩了；因为他们毕竟是好朋友，有着亲密无间的关系。或许对于这两位妻子来说，虚伪的克雷格斯和邪恶的斯尼奇只是一种公认的虚构，这就像雌兔和牝鹿那样总是跟着各自的丈夫在他们的活动范围内来去奔波，或者说这两位太太不甘愿置身事外，认为自己在公务中也有份儿，并且主动承担了起来。不过，有一点是肯定的，每位妻子对待自己的业务，就同她的丈夫一样，既严肃又稳当，并且认为要是没有她的值得赞扬的努力，事务所是不可能成功和受人尊敬地维持下去的。

现在可以看到极乐鸟在人群中展翅低飞，那些小铃铛也随着拉手环舞开始丁零当啷地蹦跳。医生转了一圈又一圈，通红的脸蛋活像个上了油漆、很有特色的木陀螺；跳得喘不过气来的克雷格斯先生已在开始怀疑，乡间舞蹈是否同生活中其他事情一样搞得“太容易”了；而斯尼奇先生则代表自己和克雷格斯轻盈地跳着，还接连跳了六场。

现在炉火乘着舞蹈所掀起的轻风又旺起来，火焰跳得又高又亮。它成为这房间的守护神，无所不在，它照得人们的眼睛闪闪发光，照得姑娘们雪白脖颈上的珠宝光彩夺目，还在她们耳边忽隐忽现，仿佛在向她们说悄悄话。它围绕着她们的腰闪烁不已，同时配合她们的脚步忽明忽灭地把地板照得一片玫瑰红。它照亮天花板，使它的光彩同她们容光焕发的面貌相衬映。它把克雷格斯太太的小钟楼也全都照亮了。

当音乐节拍加快、舞兴益浓的时候，那助火的轻风也变得不斯文了。一阵微风掀起，吹得墙上的树叶和浆果也像往常在树上那样跳起舞来；它还在屋里沙沙作响，似乎有一群看不见的仙女踏着有形的狂欢者的足迹，跟着他们在转圈子。医生不停地转着圈，他的五官都无法辨清了；现在仿佛有十二只极乐鸟在时起时伏地飞翔，有一千个小铃铛在丁当作响，当音乐停止，舞蹈结束时，人们扬起的衣裙被这阵风暴都刮皱了。

医生热得喘不过气来，这能使他愈来愈不耐烦地等待艾尔弗雷德的到来。

“看到什么没有，不列颠？听到什么没有？”

“太黑了，看不到远处，老爷。屋里太闹，什么也听不见。”

“这才好呢！这样对他才是更快活的迎接啊。什么时候啦？”

“刚好十二点，老爷，不用等多久了。”

“把炉火拨旺，再扔进一根木柴，”医生说，“让他一来就看到这个夜晚为欢迎他在大放光芒。是个好小伙子呀！”

他是看到了，真的！当马车挨着那古老的教堂拐弯时，他从马车里看到了亮光。他认出了那亮光照着的房子。他看到挡在亮光和他之间的那些老树冬天的枝桠。他知道，其中有一棵树每到夏天，总在玛丽安卧室的窗口发出音乐般的沙沙声。

他眼中满含泪水，心脏猛烈地跳动，他几乎承受不住眼前的幸福了。他曾多少次盼望着这一时刻，想象着各种情景，还担心过这一时刻或许永远不会到来，急切地、遥遥地盼望着它！

又是那亮光！清清楚楚，通红通红，他知道，那是为了欢迎他，在催促他快点回家。他挥手招呼，挥舞着帽子大声呼喊，好像这亮光就是他们，只要他兴冲冲地踏着泥泞朝他们冲过去，他们便可以看到他和听到他的声音了。

且慢！他了解医生，明白他做了些什么。医生不会让他的来到成为出人意料的事情。不过，他倒可以做一件叫他们吃惊的事，可以徒步走回去。要是果园的门还敞开着，他就可以进去。要是没开，那道墙也很容易翻过，他原来就知道；这样他便可以立即在他们中间出现了。

他下了马车，吩咐车夫（由于太激动连这一点也不易做到）

在后面停留片刻，然后再慢慢跟上来。他自己则飞快地往前跑，试推一下大门，然后爬上墙头，跳进里面，喘着气站在古老的果园里。

树木都蒙上了一层白霜，在云遮雾掩的月亮微光下，这些白霜像黯淡的花环挂在小树枝上。他轻手轻脚地朝屋子走去，干枯的树叶在脚下劈啪作响。冬夜的一片凄凉笼罩着大地和天空。不过，从窗口射出来的那道红光仍欢快地朝他涌来；人影在那里来回走动，人们交头接耳、叽叽喳喳的说话声亲切地传到了他的耳边。

他一边往前慢慢走，一边仔细听着，想从那些说话声中辨别出她的声音，他几乎相信已经听到了。快到大门口时，门突然被打开了，一个人影出来正好碰上了他。那人影立即退缩，同时发出一声没有完全憋住的叫喊。

“克莱门希，”他说，“你不认识我了吗？”

“别进去！”她一边回答，一边向后推他。“走开，别问我为什么，只是不要进来。”

“出了什么事呀？”他叫了起来。

“我不知道。我——我不敢想。回去吧。听！”

屋子里突然一阵骚动。她用手蒙住耳朵，但还是传来了一阵挡不住的尖叫声；这时格雷丝从门里冲了出来，神色十分慌乱。

“格雷丝！”他把她抱住。“出了什么事！难道她死了？”

她挣脱了出来，好像要辨认他的面孔，然后倒在他的脚下。

一大群人从屋里出来，围着他们。人群中有她的父亲，手里拿着一张纸。

“出了什么事！”艾尔弗雷德大声叫道，用手抓住自己的头发，痛苦地瞧着那一张张面孔，弯身跪在已经不省人事的姑娘身边。“难道谁也不认识我了？你们中间难道就没有一个人肯告诉我发生了什么事情吗？”

人群中发出一阵交头接耳的低语声。“她走了。”

"走了！"他重复了一遍。

"跑了，我亲爱的艾尔弗雷德！"医生用手捂住脸泣不成声地说，"离开家和我们走了，就在今天夜里！她在信里写道，她为自己做出了这个清白无辜和无可非议的抉择，恳求我们原谅她，恳求我们不要把她忘却，然后便走了。"

"跟谁？往哪里去？"

他猛地站起来，像是要去追赶，不过当人们开始后退给他让路时，他那显得狂乱的眼光在人们身上环视一圈，随后摇摇晃晃地走了回来，以原先的姿势蹲下身子，紧紧握住格雷丝的一只冰凉的手。

人们慌慌张张地跑来跑去，到处是一片混乱，嘈杂，骚动和不知所措。有的人开始向几条小路走去，有的去牵马，有的去拿灯，有的还在交谈，断定没有什么线索好追踪的了。有的亲切地走到他身边想给他一点安慰，有的提醒他该把格雷丝送到屋里去，而他现在这样使人无法动手。他一动也不动，根本没听见他们在说什么。

雪下得很大很厚了。他抬头望了望天空，心想，这些撒在他的希望和痛苦上的白灰倒是和它们很相称呢。他环顾那一片白茫茫的土地，心里又想道，玛丽安的足迹只要一出现就会被覆盖掉，甚至连对她的记忆也会被抹去的。可是他始终没有感到气候的寒冷，始终一动不动。

第三部

自从艾尔弗雷德回来那天晚上到现在，世界已经经过了六个年头。这是一个秋天的下午，天气暖和，刚下过一场倾盆大雨。太阳突然从云影中出现，昔日的战场一见到它便报以欢迎，在一片绿葱葱的地面上闪耀出喜悦的光辉，这光辉沿着田野不断扩展，就像一堆欢乐的烽火点燃了之后，成千个营地都起来响应似的。

这片在阳光中闪烁的景色，以及那迅速蔓延犹如天仙下凡将万物照亮的神奇变化，显得多么美丽啊！原来一片昏暗的树林，此刻呈现出种种不同的色彩：黄的、绿的、棕色的、红的；各种不同形状的树木枝叶上雨滴晶莹，掉下来时一闪一闪的。那片碧绿如洗的草地显得光彩焕发，仿佛一分钟之前它还是个瞎子，现在才有了视力来仰望晴朗的天空。稻田，灌木树篱，栅栏，住宅，以及彼此紧挨着的屋顶，教堂的尖顶，河流，水车，所有这一切全都从阴沉沉的黑暗中微笑着跳了出来。鸟雀在悦耳地歌唱，花朵抬起了低垂的脑袋，一股清香从充满活力的土地上袅袅升起。蔚蓝的天幕在延伸、扩展，斜阳的光辉狠狠地刺穿了那在逃逸中还流连不走的阴郁的云块边缘；同时，一道彩虹，这装饰着天地所有色泽的精灵，已经披着祝捷的光辉横跨于整个苍穹中了。

就在这时候，有一家路边小客店安然隐蔽在一棵大榆树后面，绕着粗壮的树干放着供闲逛者憩息的难得的座位，这样的旅馆从外表上就使游人看了觉得愉快，招待场所理该如此，它应当用种种无声而意味深长的保证来吸引旅客，让他得到舒适的接待。一块红色招牌高高挂在树上，招牌上的金字在阳光下闪闪发亮，像一张快活的面孔透过簇簇绿叶向路人频送秋波：包君满意。马槽里盛满了清水，下面的地上撒着香喷喷的干草，使过路的马儿一见便把耳朵竖起来了。楼下房间里挂着的深红色窗帘，楼上精致的卧室内那雪白的帷幔，随着阵阵微风在向人们召唤：“请您进来！”翠绿的窗板上有宣传啤酒、淡啤酒和纯葡萄酒以及舒适床铺的金字广告，还有一幅诱人的图画，上面一只棕色酒壶的壶口正冒着泡沫呢。窗台上几个鲜红的盆里种着花草，与小店那洁白的门面相衬托，构成一幅色彩明快的图景。门廊里幽暗之处有几道亮光，那是从酒瓶和酒杯表面上反射过来的。

一位俨然店主派头的人物在门前台阶上出现了，他虽然是矮个子，但身架宽阔，体形圆滚滚的，双手插在裤兜里，两条腿叉开站着，叉开的距离正好说明他对地窖里的储藏很放心，对客店的一般资源也蛮有把握，这种信心显得那样沉着有力，以至很难说是虚张声势了。阵雨过后到处在滴落的水珠使他显得更为突出。他周围没有一样东西是干的。几朵头重脚轻的大丽花在他安排得井井有条的花园围栏上探头张望。它们已经喝足——或许过头了点——还有点喝醉了。倒是那些蔷薇花、玫瑰花、墙上的黄色草花和窗口的花草，以及老树上的叶子，它们全处在适中的状态，正闪闪发亮，因为它们只适量地吸收了有益于健康和发展其最好素质的水分。它们向周围地上洒着滴滴甘露，好像毫不吝惜自己天真活泼的欢乐，让它到处散布恩泽，使那些承受不到雨点的角落变得湿润起来，同时对任何东西都不加损害。

这个乡村客店在开张时就用了一个很不寻常的招牌，叫做“豆蔻擦板”。高挂在树头的一块鲜红木板上，用同样的金字在那家喻户晓的用语底下刻着：“由本杰明·不列颠开设”。

要是再看一眼，更仔细地观察一下他的面孔，你会发现站在门口的不是别人，正是本杰明·不列颠本人。随着时光的流逝，理所当然会有所变化，但他倒是变得更像样了，变成一位非常惬意的店主了。

“不列颠太太到这时候还不回来，”不列颠先生朝路边望去，说道，“已经到喝茶的时候了。”

由于眼前没有什么不列颠太太过来，他便安闲地溜到大路上去，抬起头来望着这所房子，非常得意。“要是这家客店不是我办的，而我要找个歇脚的地方，这地方倒真合我意。”

然后他又漫步朝花园围栏走去，看看那里的大丽花。大丽花也在朝他看着，懒洋洋地，无能为力地低垂着脑袋，那上面沉重的水珠往下滴落时，它才又抬起头来。

“得照看你们一下了，”本杰明说。“得记在备忘录里，别忘了告诉她这件事。她早就该回来了！”

不列颠先生的那位贤妻可真像是比他好得多的那一半①，如果没有她，他本人这一半就完全无所适从了。

“我想她没有多少事情要办呀，”本杰明说。“采购之后，就有一点点小事情要办，事情不多呀。噢，她总算来啦！”

一个小伙子赶着一辆四轮运货马车从大路那头嘚嘚地驶过来了，车里一把椅子上坐着位身材肥胖，主妇模样的女人，身后撑着一把湿淋淋正待吹干的大雨伞。她那光着的两臂交叉抱住膝盖上的一个篮子，另外还有几个包袱筐子挤在她的身边。随着马车的移动，她的身子来回摇晃，脸上流露出某种欢乐宽厚的品性，而她心满意足的举止却有点笨拙。这一切，即使从远处看，也仍然与往昔依稀相似，等到再近一些，她那风度也是不减当年。马车在“豆蔻擦板”门前停下时，一双穿着鞋的脚从车上下来，灵活地溜过不列颠先生张开的臂膀，连同一个笨重的躯体落到小路上。这双脚要不是克莱门希·纽科姆的，还能是谁的呢。

这双脚确实就是她的，属于她。她是个让人看着愉快的人儿，脸色红润，光滑的脸上和过去一样擦了很多肥皂，只是现在

① 英语中谑称妻子为“较好的一半”。

胳膊不再弄破了，由于境况的改善，它们长得圆乎乎的，还出现了胖胖的小窝儿。

“你回来这么晚，克莱米！”不列颠先生说。

“怎么啦，本，你瞧我有多少事情要做呀！”她一边回答，一边忙乎着把那些包袱、筐子全部安稳地搬进屋里：“八件、九件、十件。第十一件哪里去了呢？噢！我的篮子是第十一件！这就对了。哈里，把马牵回马厩去，要是它再咳嗽，今夜就给它吃点热糠吧。八件，九件，十件。怎么，第十一件又上哪儿去啦？嗨，我又忘了，一点没错。本，孩子们都好吗？”

“很好，克莱米，好着呢。”

“祝福他们可爱的脸蛋儿！”不列颠太太说着脱下帽子，露出她自己那圆圆的脸蛋（因为这时她和丈夫已在酒吧间了），张开双手抚摸着头发说：“亲亲我吧，老头儿！”

不列颠先生立即照办。

“我想，”不列颠太太说着掏起衣兜来，拉出一大堆薄薄的本子和揉皱了的纸张。这里成了个满是狗耳朵[①]的狗窝了。“我可把什么事情都办好啦。账全结了，萝卜卖了，酒账查了，也结清了，烟斗也订好了——十七镑四先令——交给银行了——希思菲尔德医生给小克莱姆看病的酬金——你猜多少钱？——希思菲尔德医生连一个子儿也不要，本。”

“我就想到他不会要的，”本杰明回答道。

“他就是不肯要，本，他说无论你有多少孩子，他决不要你花费半个便士。即使你生二十个，他也不要。”

不列颠先生脸上显出一副严肃的表情，面对墙壁目不转睛地看着。

“他不是待我们很好吗？”克莱门希说。

“非常好，”不列颠先生说，“我无论如何料想不到他这

---

① 英语中“狗耳朵”意为折卷了的书角。

么好。”

“料想不到，”克莱门希回嘴道，“当然料想不到。还有那匹小马，卖了八镑二先令，也不坏，是吗？”

“真不错，”本说。

“你满意我就高兴了！”他妻子喊道。“我想你会满意的；我想这就够了，目前从你的克莱门希·不列颠那里再也得不到别的什么了。哈哈，好了，把所有这些单据都拿去锁起来吧。嗨，等一等。这里有一张印着字的广告可以贴在墙上，还是刚印出来的呢。多好闻的味道！”

“是什么东西？”本杰明说着便仔细看了看这张广告。

“我不知道，”妻子回答说。“我还没有看过一个字呢！”

“‘全部大拍卖’，”“豆蔻擦板”客店老板念道，“原先私人契约已处理的除外。”

“总是这一套，”克莱门希说。

“是的，不过这一次可不是老一套啦，”他答道。“你看这里，‘公馆’等等，‘事务所’等等，‘灌木林’等等，‘围墙’等等，‘斯尼奇与克雷格斯事务所’等等，迈克尔·沃顿先生为了要继续居住国外，欲将其不受任何牵连、终身享有的财产中的装饰部分拍卖！”

“要继续居住在国外！”克莱门希重复了一遍。

“这里写着呢，”不列颠说。“你看吧！”

“就是今天，我在老家听他们悄悄说起不久将有希望得到关于她的较确实的好消息！”克莱门希一边说一边伤心地摇摇头，拍拍胳膊，似乎对往事的回忆，使她的老习惯不自觉地又来了。“哎呀！这一下他们的心情可要沉重啦，本。”

不列颠先生叹息了一声，摇摇头说他也搞不清楚，他早就放弃想要弄清楚的念头了。说着他顺手便把那张广告放进酒吧间的橱窗里面。克莱门希默默沉思了一会之后，便振作起来，放松了紧锁的眉头，忙着照顾孩子们去了。

虽然“豆蔻擦板”客店老板对他的贤妻十分关心，但这种关心仍属于过去屈尊俯就的那一类，不过她也确实使他非常高兴。要是有个第三者让他明确了解正是她在操持整个家务，正是靠她的朴素老实的节俭，她的好脾气和诚实勤劳，才使他成为一个富有的人，他会感到非常震惊的。正如世人常常看到的那样，在生活的各个阶层中，人们总是过于轻易地把那些从不居功的乐天派按他们自己的谦逊评价去看待，同时对于那些外表奇特、脾气怪僻的人抱一种轻率的好感，可是这些人的内在价值，只要我们与前一种人相比，就会使我们脸红的。

不列颠先生一想到自己屈尊娶了克莱门希，就感到很惬意。对他来说，她是他心地善良、性情和蔼的永久凭证。他觉得她是一个好妻子无非说明了“好心得好报”这一古老格言的正确。

他用胶纸将广告贴好，又把她当天办事的单据锁进了碗柜（他一直抿嘴笑着，为她的办事能力得意洋洋），这时她回来了，坐下喝茶，茶已端端正正放在小桌上等着她呢。她告诉他，两个不列颠少爷刚刚在马车房里玩耍，由一个叫贝特西的照料着，小克莱姆现在睡得“像一幅画”。这是一个非常整洁的小酒吧间，照常摆着各种瓶子和杯子，还有一座准得一分不差（此刻正好五点半）的安静的钟；这一切都井井有条，一切都磨擦得精光锃亮。

“我说，这可是今天我第一次安安稳稳坐下来啊，”不列颠太太说着长长地吸了一口气，好像她真想坐个通宵似的。但她马上又站起来给丈夫递茶，切面包涂黄油，一边说，“这张广告倒真叫我又想起往事来了！”

“哎！”不列颠先生拿起盘子，像是抓起一个牡蛎，接着又以同样的方法，吃完了盘里的东西。

“就是这个迈克尔·沃顿先生，”克莱门希朝那张拍卖广告摇摇头说，“让我丢了饭碗。”

“还让你得了个丈夫，”不列颠先生说。

“唷，这倒真是他干的，”克莱门希答道，“而且还真得感谢他啰。”

“人是由习惯支配的动物，”不列颠先生从盘子上抬起头来，端详着她，“不知怎么那时我已经习惯你的那一套了，克莱姆；而且发现没有你就无法生活了。因此我俩便走了，结成了夫妻。哈！哈！我们俩！谁想得到呀！”

“真的，谁想得到呀，”克莱门希喊道。“你真好，本。”

“不，不，不，”不列颠先生带着一副自我克制的神态答道，“这不值一提！”

“哦，真是这样，本，”他妻子以非常纯真的感情说道，“我的确是这样想的，而且非常感激你。唉！”她又看了看那张广告，继续说，“当他们发现她走了，而且已经追不上了，我为了她，那个好姑娘，同样也为了他们，不得不把我所了解的一切都说了出来——难道我能不讲吗？”

“反正你是讲出来啦，”她的丈夫说。

“于是杰德勒医生，”克莱门希放下茶杯，又若有所思地盯着那张广告，接着说，“由于悲伤和一时的冲动，把我赶出了那幢房子和那个家！我有生以来从没对自己如此满意过，因为即使在那个时候，我也没有向他说一句气话，没有抱怨过他。对此，他后来真诚地反悔了。他总是坐在这间屋里，一次又一次地向我表示歉意！最后一次，也就是昨天，你正好出门了。他总是坐在这间房子里跟我谈呀谈呀，接连几个小时，谈一桩又一桩的事情，想叫我相信他对这些都很感兴趣！其实只为了回忆过去那些日子，因为他知道她一直是很喜欢我的，本！”

“嗨，你怎么会发觉这一点的，克莱门希？”丈夫问道，十分惊讶她居然对事实有如此敏锐的感觉，而这个事实在他那好奇的头脑里却只是隐约地掠过而已。

“我真的不明白，”克莱门希一边说着一边用嘴把茶吹凉。“天哪，即使你答应赏我一百镑，我也无法奉告的。”

这时，要不是她瞥见他身后一个有形的东西，他也许还会把这个玄奥的话题继续谈论下去。他身后出现了一位穿孝服的绅士，身披斗篷，足登长统靴，一副骑手的打扮，站在酒吧间门口，似乎正专心致志地听他们说话，根本不想打断。

克莱门希一看见他便连忙站起来，不列颠先生也起来招呼客人。“请上楼吧，先生。楼上有极好的房间，先生。”

“谢谢，”陌生人边说边恳切地望着不列颠太太，“能不能让我进这里来？”

“要是您愿意，当然可以，先生，”克莱门希回答着让他进来。“您想要点什么，先生？”

这时他看到了那张广告，随即念了起来。

“那是相当大的一笔财产呀，先生，”不列颠先生说。

他没有回答，不过念完广告之后又转过身来，以刚才那种同样的好奇眼光仔细打量着克莱门希。“你是在问我吗？”他说，继续注视着她。

“您要些什么，先生？”克莱门希偷偷回望了他一眼说。

“要是你能给我一杯啤酒，”他说着朝窗边的桌子走去，“而且让我就在这里喝，也不打扰你们吃饭，我就非常感激了。”

他边说边坐下来，接着不再出声了，只是望着窗外的景色。他是个正当壮年的男子，身体结实，态度大方；一张久经日晒的褐色脸膛，顶着满头黑发，还留有一撮胡子。啤酒放到了他面前，他倒了一杯，愉快地为他们的房子干杯，放下酒杯时又问了一声：

“这是所新房子吧，是吗？”

“不算特别新的了，先生，”不列颠先生答道。

“有五六个年头了吧，”克莱门希十分清晰地说。

“我进来时好像听到你们提起杰德勒医生的名字，”陌生人问道。“这张广告让我记起了他，因为凑巧我对这件事有所了解，是听人说的，通过我的一些熟人。老人还活着吗？”

“是的，还活着，先生，”克莱门希说。

“变化很大吧？”

“您是说从什么时候开始，先生？”克莱门希加重了语气，神情也不同往常地反问道。

“自从他女儿出走以后。”

“是的，打那以后，他变了很多，”克莱门希说。“头发白了，人也苍老了，完全不是原先那个样子，不过我认为他现在又高兴起来了，从那时起，他和他妹妹和解了，还常常去看望她。这对他很有好处，立见成效。起先，他伤心透了，成天走来走去，咒骂人世，叫人看了真不好受。但过了一两年，他的情绪明显有了好转。他开始喜欢谈论他那失去的女儿，夸奖她，唉，甚至还连带赞扬这个人世呢！他总是饱含泪水不厌其烦地唠叨着她有多么美丽和善良。他从此宽恕了她，大约也就是那时候，格雷丝小姐结婚了。不列颠，你记得吗？”

不列颠先生记得很清楚。

“那么说，那姐姐是结婚了，”陌生人说道。他停了一会儿又问，“同谁结婚的呀？”

克莱门希因这个问题激动得差点儿把茶盘都打翻了。

“难道您没听说过？”她反问。

“我倒真想听听，”他一边回答，一边又把酒斟满放到嘴边。

“哎，要一本正经地谈起来，可真是个长故事呀，”克莱门希说，她用左手托着下巴，右手支住那只臂肘摇了摇头，回顾那些年所有的往事，仿佛是在凝视着一团火似的。“真是说来话长呀！”

“不过请你简单点说吧，”陌生人建议道。

“简单点说，”克莱门希重复了一遍，还是用同一种若有所思的声调，好像她并不是在对他说话，或者意识到有人在听她说话。“有什么可说的呢？他俩一起伤心，一起回忆她，仿佛她已经死了。他俩对她如此体贴，从不责怪她，一块回忆着她过去的种种情景，并为她寻找借口。谁都知道这些。反正我就知道。没有人比我更清楚的了，”克莱门希用手擦擦眼睛，最后补充了一句。

“就这样，”陌生人提示道。

“就这样，”克莱门希机械地跟着说，态度和姿势一点没变，“他俩在她生日那天结了婚（明天又该是她的生日啦），婚礼办得非常朴素，非常节俭，但是很愉快。有一天晚上他俩在果园里散步，艾尔弗雷德先生说，‘格雷丝，咱们在玛丽安生日那天结婚好吗？’就这样定了下来。”

“那么他们生活在一起很幸福吧？”陌生人说。

“哎呀，”克莱门希说。“没有哪一对比他俩更幸福的了。除了那件事他们再没有什么好伤心的了。”

她好像突然意识到自己是在什么环境中回顾这些往事，立即抬起头来朝陌生人瞧着。她看见他已转过脸去，似乎在专心观赏窗外的景色，便急切地向丈夫打暗号，指着那张广告，动动嘴巴，仿佛在费很大的力气向他再三重复一个字或一句话。由于她没有发出声音，而那哑剧动作又像她的大部分姿势一样属于非常奇特的一种，因此这个难以理解的举动使得不列颠先生完全陷入绝望。他盯着桌子瞧，盯着陌生人，盯着匙子，又盯着妻子瞧，以极其惊讶和困惑不解的神色望着她，用同样的语言询问她：究竟是他们的财产，还是他本人，或者她自己，遇到了什么危险？他用自己表示苦恼和困惑的动作来回答她的示意，学着她嘴唇的动作，凭着猜测半出声地念道“牛奶和水”，“按月警告”，“老鼠和胡桃”，但怎么也弄不清她的意思。

最后克莱门希还是放弃了这种徒劳的尝试，十分缓慢地将椅子朝陌生人那边挪近了一些，然后坐下来，表面上两眼俯视，但不时机灵地瞟他一眼，等待他再提出一些别的问题。果然没等多久，他又开腔了：

“那么，这位小姐出走以后的情况又怎样呢？他们知道吧，我想？”

克莱门希摇摇头。“我听人说过，”她说，“杰德勒医生所了解的情况可能比他说出来的要多些。格雷丝小姐收到过她妹妹的一些信，说她生活得很好，也很愉快；由于姐姐嫁给了艾尔弗雷德，她就更加愉快了。格雷丝小姐也回了信。不过，关于她的生活和命运却是个谜，至今全都没有弄清楚。而这件事——”

说到这里她的声音发颤，停住了。

“而这件事——”陌生人重复一遍。

“这件事只有另外一个人，我相信，可以出来解释，”克莱门希急促地抽了口气说。

“这人可能是谁呢？”陌生人问道。

“迈克尔·沃顿先生！”克莱门希几乎尖叫着回答道。这使她丈夫立刻明白她原先想让他明白的事情，同时也让迈克尔·沃顿知道自己被人认出来了。

“您记得我吧，先生？”克莱门希激动得浑身发抖。“我刚刚看出来啦！您还记得我，那天晚上在花园里，是我陪伴她的！”

“是的，你是在，”他说。

“是的，先生，”克莱门希回答道。“是的，肯定。请允许我介绍一下，这是我的丈夫。本，我亲爱的本，赶快上格雷丝小姐那里去，快跑去找艾尔弗雷德先生，随便跑到哪里去，本，去带人来呀，快！”

“且慢！”迈克尔·沃顿沉着地用身子在门口挡住不列颠。“你打算干什么？”

“让他们知道您在这里，先生，”克莱门希非常激动地拍着手回答道。“让他们知道他们可以从您自己的嘴里听到她的消息；让他们知道他们并没有完全失去她，她还会回家来祝福她父亲和她亲爱的姐姐，甚至她的老用人，甚至我，”她双手捶着胸口继续说，“可以看到她那可爱的面孔啦。快跑，本，快跑呀！”她推他朝门口走去，而沃顿先生还是站在门前，不是生气而是十分忧伤地把两手摊开。

“要不，”克莱门希说着赶到丈夫前面，激动地抓住沃顿先生的斗篷，“也许她现在就在这里，或许就在附近。我从您的神态看出她是在这里。请您让我见见她吧，先生。我从她很小的时候起就伺候她，看她长大，成为这个地方的骄傲。她是艾尔弗雷德先生的未婚妻时我便了解她。而您引诱她出走的时候我竭力警告过她。以前，当她像是这个家的灵魂时，我知道这个家庭是什么样子的，而她一走，一失踪之后，它又起了什么样的变化，我也知道。请让我跟她谈谈吧！”

他同情地凝视着她，也不无惊奇之感，不过没有作出同意的表示。

“我想她不会知道，”克莱门希继续说，“他们是怎样真心地原谅了她，他们有多爱她。对他们来说，再见她一面该有多么高兴。她可能有点胆怯不敢回家，也许她一见到我，就会获得新的勇气的。您得老实告诉我，沃顿先生，她是同您在一起么？”

“她没有和我在一起，”他摇摇头回答说。

这个回答和他的神态，他那身黑衣服，他的悄悄归来，以及他宣布要继续住在国外，这一切已说明问题了，玛丽安死了。

他没有向她否认，是的，她一定死了！克莱门希坐下，趴在桌上哭了起来。

就在那时，一位白发苍苍的老人跑进屋来，上气不接下气，喘得连口音都叫人听不出是斯尼奇先生的了。

“天哪，沃顿先生！”律师叫嚷着把他拉到一边，“什么风把你——”他气喘得如此厉害，不得不停了一会儿再微弱地加上“吹到这里来啦？”

“我怕是一股邪风，”他答道。“你要是能听到人家刚才说过的那番话就好了——人家那样苦苦求我去做我根本办不到的事情——我带来了多大的混乱和苦恼呀！”

“这我全能猜到。不过你又为什么非要来这里呢，我的好先生？”斯尼奇回嘴道。

“来这里！我怎么知道这客店是谁开的？我打发仆人到你那

里去了，便信步走到这里，因为这个地方对我来说是新的。在这个老地方，我对于任何事物不论新旧都自然地感到好奇，何况这客店又在城外。我想先同你谈谈再在那里出现。我需要了解人们会对我讲些什么。我从你的神态看出你是能告诉我的。要是没有你们那该死的警告，我早就得到了一切啦！”

“我们的警告！”律师回答道，“我代表自己和已故的克雷格斯说话，”斯尼奇先生瞟了一眼他那帽檐上的丝带，摇摇头说，“你这样责怪我们有道理吗，沃顿先生？我们之间早已取得谅解再也不提这件事了，而且这不是我们这样严肃庄重的人（当时我记下了你的这句原话）所能干预的事情。我们的警告也是如此。当克雷格斯先生走进他那尊敬的坟墓时，先生，他是完全相信——”

“我曾郑重答应过我将保持沉默直到我回来为止，”沃顿先生打断他的话说，“我是遵守这个诺言的。”

“得了，先生，我还得重复一遍，”斯尼奇先生回答道，“我们也不得不保持沉默，对我们自己负责，也对包括你在内的各式各样的当事人负责，他们可都是守口如瓶啊。对于这样一个微妙的问题，我们是无权向你询问的。我自己也有所怀疑，先生；不过直到半年之前我才了解到事实真相，并且确信你已经失去了她。”

“谁告诉你的？”他的当事人问道。

“杰德勒医生亲口告诉我的，先生，他终于自动向我透露了那个秘密。这些年来，他，只有他才了解全部的事实真相。”

“那么你也知道了？”当事人问道。

“我确实知道了，先生！”斯尼奇回答说，“而且我也有理由知道，明天晚上将让她姐姐了解事实真相。他们答应过她的。另外，既然你自己家没料到你要回去，那么我荣幸地邀请你到我家小住。不过，为了别遇到你刚才遇到的这类麻烦，万一再被人认出来——虽然你变了不少，我想我自己也很可能认不出你来了呢，沃顿先生——我们不如在这里吃饭，晚上再走。这里可真是吃饭的好地方呀，沃顿先生，再说也是你自己的产业。我和克雷格斯先生（已故的）有时来这里吃排骨，吃得可惬意呢。你看，克雷格斯先生，”斯尼奇将眼睛紧闭了一会又张开说，“过早地就在生命簿上给除名了。”

“老天原谅我未向你表示慰问，”迈克尔·沃顿用手擦了擦额头回答说。“不过，我此刻就像在梦中，似乎需要恢复清醒的头脑。克雷格斯先生——是的——我真难过，我们失去了克雷格斯先生。”但他说话时却看着克莱门希，似乎还同情那位正在安慰她的本杰明。

“说来很遗憾，先生，”斯尼奇说，“克雷格斯先生的生命并不像他的理论所阐述的那样容易获得和维持，否则他现在还会同我们在一起呢。这对我是个巨大的损失。他是我的右胳膊，右腿，右耳朵，右眼睛，克雷格斯先生就是这样呀！没有他我便瘫痪了。他把他那份股份遗赠给克雷格斯太太，他的遗嘱执行人、遗产管理人和让受人。他的名字至今仍留在事务所中。我有时总孩子气地相信他还活着。你看得出来我说话时总还是代表自己和已故的克雷格斯先生，已故的呀！”这位软心肠的律师边说边挥动手帕。

迈克尔·沃顿始终注意着克莱门希；等到斯尼奇先生把话说完后，他才转身在他耳边低声说了些什么。

“唉，可怜的人儿！”斯尼奇摇着头说。“是的，她一贯对玛丽安忠心耿耿。她一直非常喜欢她。美丽的玛丽安！可怜的玛丽安！好啦，女主人，别难过了，你知道，克莱门希，你已经结婚了呀。”

克莱门希只叹了口气，摇摇头。

“好了，好了，等到明天就好了，”律师和气地说。

“明天可也不能叫人起死回生呀，先生，”克莱门希呜咽着说。

“不，当然不能，要不然也就能让已故的克雷格斯先生活过来了，”律师说。“不过明天兴许能带来一些令人欣慰的情况，会带来一些愉快。等到明天吧！”

这样，克莱门希握住他那只伸过来的手，说她一定这样做；不列颠先前看着妻子那沮丧的神情（就像生意清冷似的）也极为失望，这时便说那样做是对的。于是斯尼奇先生和迈克尔·沃顿都上楼去，很快便在那里小心翼翼地密谈起来，他们谈话的声音非常低，这会儿只听见碗碟相碰的丁当声，煎锅发出的嘶嘶声，汤锅煮沸的扑扑声，烤肉铁叉单调而低沉的旋转声（不时还可怕地咔嗒一响，仿佛在一阵晕眩中头部遇到了某种致命的意外），以及厨房里他们准备午餐时发出的其他声音，而他们的低语声一点也听不见了。

第二天是个晴朗而恬静的日子，这时任何一个地方的秋色美景都比不过医生住宅里那片安静的果园。自从她出走之后，多少个冬夜的积雪在这片土地上融化，多少个夏日的枯叶在这儿沙沙作响。长着忍冬草的门廊又绿了，树木在草地上投下一大片不断变化的阴影，景色仍同过去一样安宁恬静，可是她在何处呀！

不在这里。不在这里。如今她要是在她的老家出现，反而会显得陌生，甚至比这个家最初失掉她时更使人感到陌生。不过有位夫人坐在那熟悉的地方，在这位夫人的心中她从未消失过；在这位夫人真诚的回忆中她始终活着，丝毫未变，年轻，焕发着青春和希望的光辉。在这位夫人的爱（现在已是一种母爱了，她身边有个钟爱的女儿在玩耍）之中，她没有竞争者，也没有后继人；夫人温柔的嘴唇正在颤动，在叫唤着她的名字。

从这双眼睛里流露出那位失踪姑娘的神气。这是她姐姐格雷丝的眼睛，她正同丈夫坐在果园里，今天是他俩的结婚纪念日，也就是他和玛丽安的生日。

他并没有成为大人物，也没有发财；他没有忘记他青年时代的情景和友人，同时也没有实现医生当初所作的任何一个预言。

不过他默默地访问穷人的家庭，耐心地帮助他们，精心护理着病人；他每天都感受到，温柔和善良像鲜花般点缀着这世间的偏僻小道，它们没有被贫困的沉重脚步践踏掉，却从它们的足迹中柔韧地跳跃起来，把这条路铺得更加美丽。这样，一年又一年，他对自己过去所信仰的真理认识得愈来愈深，也得到越来越有力的证实。他的生活虽然朴实而平淡，但却向他表明了，人们如何像往昔那样经常在无意中款待着天使，那些外表最不像样的人（有些人甚至看上去卑贱丑陋，衣着褴褛）如何在种种忧伤、贫穷和痛苦中受到启迪，变成了头戴荣誉光圈的救助之神。

或许对他来说，在这片变了样的战场上生活，比让他在那更有雄心的斗技场上同他人作无休止的竞争要有意义得多。而他同亲爱的妻子格雷丝在一起是很幸福的。

至于玛丽安，难道他把她忘了？

“亲爱的格雷丝，从那以来，日子过得真快，”他说，他们一直在谈论那个夜晚，“不过又好像是很久以前的事情了。我们是用我们中间发生的变化和经历来计算的，而不是用岁月来计算的。”

“不过我们也可以用岁月来计算玛丽安同我们分别以来有多少年头了，”格雷丝回答说。“亲爱的丈夫，把今晚也算在内，已经有六年了，每逢她的生日，咱俩坐在这里一起谈她回家时的欢乐，真是望眼欲穿，可还是没有盼来啊。唉，到底那一天什么时候能来到呀？什么时候能来到呀？”

她的丈夫关切地看着她，她正泪如泉涌；他凑近些说：

“但是玛丽安在那封留在你桌上的告别信中说过，得过好多年之后她才能回来。亲爱的，这封信你经常在读，她不是这样说的吗？”

她从怀里拿出一封信来亲了一下，说道：“她是这样说的。”

“信中说这些年来不管她有多么幸福，她总是盼着同你重逢的那一天，到那个时候，一切都会得到澄清；并且她祈求你也要同样真诚而又满怀希望地盼望着这一时刻的到来。信上是这样写的，不是吗，亲爱的？”

“是的，艾尔弗雷德。”

“从那以后，每次的来信都是这样写的吧？”

“除了几个月前收到的最后一封信，这封信中她提到了你，以及你当时已知道的事情，还有今夜要让我知道的事情。”

他望着快要下山的太阳，说约定的时间是日落时分。

“艾尔弗雷德！”格雷丝恳切地将手放在他肩上说，“信里还有些话——我是指你说我常念的那封旧信——我从未告诉过你。不过，今天晚上，亲爱的丈夫，眼看就要日落了，我们的生活似乎随着岁月的流逝也变得缓和平静下来，现在我不能继续保守秘密了。”

“你指什么事情呀，亲爱的？”

“玛丽安出走的时候，她在这封信里对我说，你曾经把她神圣地托付给我，而现在她把你，艾尔弗雷德，同样地托付给我，她恳切地请求我千万不要拒绝你的爱情，她说她相信当你的新的创伤治愈之后，你会把爱情转移给我（她说她是知道这一点的），又说既然我爱她，也爱你，就得鼓励和报答你的爱。”

“而且使我再次成为一个值得自豪的幸福的男人，格雷丝，她是这样说的吧？”

“她要我在你的爱中得到幸福和荣誉，”他的妻子回答道；艾尔弗雷德伸出双臂拥抱住了她。

“听我说，亲爱的！”他说。“不，就这样听着！”他轻轻将她抬起的头又按在自己肩上。“我明白了为什么直到现在才听到信中的这段话。我明白了为什么当时从你的任何言语或神情中都看不到一丝痕迹。我也明白了为什么格雷丝虽是我如此真诚的朋友，却那么难以争取她成为我的妻子。亲爱的，我明白了一切！我明白了我怀中这个无价之宝的心灵，并且感激上帝赐予我这丰富的财产！”

他把她紧紧搂在怀里，这时她哭了起来，但并非由于悲伤。

过了一会儿，他低下头去看看孩子，孩子正坐在他俩的脚边玩着一小篮鲜花，他叫她看看那金光闪闪的红太阳。

“艾尔弗雷德，”格雷丝听了这些话立即抬起头来。“太阳快下山了。你没有忘记日落之后要让我知道的那件事吧。”

“要让你知道玛丽安往事的真相，我亲爱的，”他答道。

“全部真相，”她恳切地说。“什么事也别再瞒着我了。这是你答应了的，是吗？”

“是的，”他答道。

“在玛丽安生日那天日落之前，你看见了，艾尔弗雷德？太阳很快下山啦。”

他伸出胳膊搂住她的腰，沉着地凝视着她，说道，“保留了这么久的事实真相，可不是为了让我来告诉你，亲爱的格雷丝，而是要由别人来说。”

“由别人来说！”她以微弱的声音重复了一遍。

“是的，我了解你那颗忠贞不变的心，我了解你有多么勇敢，我知道对于你只要说一声做好准备就够了。你说过，的确，时间已经到了。是到了。告诉我，你能随时以坚强不屈的精神来承受一次考验—— 一种意外—— 一次震惊。那么，信使已在门口等着呢。”

“什么信使？”她说。“他带来了什么消息呀？”

“我保证过不再说什么了，”他回答她，保持着沉着的神情。“你以为你了解我吗？”

“我不敢这样想，”她说。

尽管他的眼光显得很沉着，他脸上那激动的表情还是把她吓住了。她又一次把脸伏在他的肩上，颤抖着求他等一会儿再说。

“勇敢些，我的妻子！只要你有勇气接待信使，那个信使就在门口等着你呢！玛丽安生日这一天的太阳正在下落。鼓起勇气来吧，勇敢一点，格雷丝！”

她抬起头来凝视着他，告诉他她已经准备好了。她站在那里，看着他走开，这时候她的面容同玛丽安离家出走前的面容如此相像，叫人看了真觉得奇怪。他带着孩子往外走，但她将孩子叫了回来（这孩子取的是那个失踪姑娘的名字），把她搂在怀里，可是一松手，小家伙又追赶父亲去了，剩下格雷丝一个人留在那里。

她不知道自己在害怕什么，或者期待什么；她只是在那里呆着，一动不动，望着那个门廊，看着他们从那儿消失。

哦！那是什么，那个出现在门廊阴暗处，站在门槛上的！那个人影身上白色的外衣在晚风中沙沙地飘响着，它的头俯靠在父亲胸前，紧紧地贴着他那慈爱的心！啊，上帝！这难道是幻象吗？它突然从老人的怀抱里蹦出，尖叫一声，挥舞着双手，带着无限的爱疯狂地向她猛扑过来，倒在她的怀里。

"啊，玛丽安，玛丽安！啊，我的妹妹！啊，我心中最亲的人！啊，难以言喻的欢乐和幸福，就这样重逢了！"

这不是梦，不是由希望和恐惧构成的幻象，而是玛丽安，可爱的玛丽安呀！这样美丽，这样快活，这样饱经忧患而纯洁如故，这样娇媚动人而高雅，当夕阳的光辉照耀在她那仰着的脸上时，她仿佛成了一个为救世而下凡的仙女了。

她紧偎着姐姐，从泪光中向她微笑，然后跪下，用双臂搂着姐姐，目不转睛地凝视着她的脸，而瘫坐在椅子上的姐姐也俯身注视着妹妹。这时夕阳的光辉正照在玛丽安的额头上，她们周围是一片黄昏时的宁静气氛。玛丽安终于打破了沉默；她的声音如此平静，低沉，清晰而愉快，同此时此景显得十分协调。

"过去这里曾是我可爱的家，格雷丝，现在它又将是我的家啦！还有——"

"且慢，我亲爱的！等一等！玛丽安，让我再听你说一遍！"

开始时她简直无法忍受她爱得如此深的这个声音。

"过去这里曾是我可爱的家，格雷丝，现在它又将是我的家啦！还有——那时候我全心全意地爱着他。我爱他爱到极点了。

尽管我那样年轻，我也宁愿为他牺牲一切！我内心深处一刻也没有轻视过他的感情。对我来说，它是无价之宝。虽然这已经是很久以前的事情了，过去了，完了，一切全都变了。但是一想到你，那么深情的你，会以为我从来没有真心爱过他，我就无法忍受。格雷丝，在那年的今天，当他离开这个地方的时候，我是最爱他了。亲爱的，当我离开这个地方的那天夜里，我也是最爱他的。”

姐姐俯下身去，这样能更好地注视妹妹的脸，同时紧紧地抱住了她。

“但他不知不觉地赢得了另一颗心，”玛丽安温柔地笑了笑说，“那是在我知道自己已爱上他之前。那颗心——它是你的，我的姐姐！——把一切温情倾注在我身上，那颗心是如此忠诚，如此高尚，为此竟放弃了自己的爱情；它将它的秘密瞒过了所有的人，但没有瞒过我的眼睛——啊，还有什么别的眼睛曾经因这种亲切和感激之情而变得这么明亮呢！——那颗心情愿为我牺牲它自己，可是我对它的深处也是有所了解的。我了解它所进行的斗争，我了解它对他具有不可估量的崇高价值，也了解他对这颗心的赏识，它让他那样地爱着我。我了解自己从它那里受到的恩惠。它每天都在我面前起着伟大的示范作用。我知道，你为我所做的一切，如果我愿意的话，格雷丝，我也能为你去做。我每天上床睡觉之前总要含泪祈求上帝赐给我力量。每天上床睡觉之前，我总要想起艾尔弗雷德出门那天所说的一番话，他的话多么有道理（我这样想，因为我了解你），他说在斗争着的心中，每天都会赢得胜利，对于这样的心来说，这些战场简直算不了什么。我愈来愈深入地思考着他所提到的那场伟大斗争中的伟大忍耐力，每日每时，斗争者靠着它心情坦然地坚持着，而这一切从不为人所知或受到注意，相形之下，我的考验就变得轻松而容易了。而且上帝——他此刻了解我们的心，亲爱的，他了解我的心中没有丝毫痛苦或忧伤，而只有纯粹的幸福——他那时曾使得我下定决心永远不做艾尔弗雷德的妻子。我想，要是我所采取的步骤能达到愉快的目的，他就将是我的哥哥，你的丈夫，而我则永远也不会成为他的妻子。但是，格雷丝，那时我可真是爱他，真是爱他呀！”

“玛丽安啊！玛丽安啊！”

“我努力装出一副对他冷淡的样子，”她将姐姐的脸紧紧贴着自己的脸，说道，“但这很难，而你又总是那么真诚地支持他。我曾想把我的决定告诉你，但你决不会听我的，你一定不会理解我。当他回来的日子愈来愈迫近时，我感到自己必须赶在我们重新开始日常交往之前采取行动。我知道，在那个时候经受一番沉重的悲痛，可以解除我们大家长时期的痛苦。我知道，只要我那个时候出走，这个目的就一定能够达到，而且果然达到了，它使我们俩都这么幸福，格雷丝！我当时给好玛莎姑姑写了封信，要求到她家去避一下，但并没有把全部情况都告诉她，只是谈了一些我的实情，她便慷慨地答应了。正当我为了采取那个步骤而同自己、同我对你和对家庭的爱进行思想斗争的时候，沃顿先生碰巧来到了这里，有一段时间成为我们的朋友。”

“近几年来我有时就是担心事情也许会这样，”她姐姐惊叫道，脸色变得苍白。“你从来不爱他，但为了我却牺牲自己，嫁给了他！”

“当时——，”玛丽安说着，把姐姐拉过来更靠近自己些，“他正准备秘密地长期离开这里。他打我家走了之后给我写过信，告诉我他的真实处境和前途，并向我求婚。他说他看得出我对艾尔弗雷德的归来并不感到愉快。我相信他以为那个婚约并非出于我的心愿；也许以为我可能曾经爱过他，但那时已经不爱了；也许以为当我竭力装出漠不关心时，正是想掩盖那种冷淡——究竟怎样我也说不清楚。不过我当时希望你觉得艾尔弗雷德已经完全失去了我，对他来说我是毫无希望的，如同死了一般。你了解我吗，亲爱的？”

姐姐殷切地注视着她的脸。她似乎还有点疑惑。

“就在他和我一起离开的前一天晚上，我见到了沃顿先生。我相信了他的人格，向他透露了我的秘密。他保守了这个秘密。你明白了吗，亲爱的？”

格雷丝困惑不解地看着她，好像什么也没听到似的。

“我亲爱的姐姐！”玛丽安说，“你清醒清醒吧，听我说。不要这样奇怪地望着我。世界上有许多地方，亲爱的，那里有些人发誓要断绝他们寄托错了的情感，或者要同他们内心某种珍爱的感情搏斗，并征服它，于是便隐居起来，与世隔离，永远与世俗的爱情和希望隔绝。妇女们这样做的时候，她们用的是你我所珍贵的那个称呼，彼此互称姐妹①。不过，格雷丝，可能还有这样的姐妹，她们在户外广阔的人世间，在自由的天空下，在人群拥挤的地方，在忙忙碌碌的生活中，努力帮助和鼓舞这个世界，为它做些好事，从中受到同样的教益。这些人的心依然洋溢着青春的活力，并且向一切幸福和幸福之道敞开着，她们可以说战斗早已结束，胜利已经取得了，而我就是这样的一个人呀！你现在明白我的意思了吧？”

她依然凝视着她，没有回答。

“哦，格雷丝，亲爱的格雷丝，”玛丽安说着，更加温存亲切地贴近那个她远离了许久的胸脯，“如果你不是一个幸福的妻子和母亲，如果这里没有一个以我的名字命名的小家伙，如果艾尔弗雷德，我的好哥哥，不是你心爱的丈夫，我今晚又怎能这么高兴呢？而我呢，还像我离开时那样回到了这里。我的心从来没爱过别人，我也从未接受过别人的爱。我还是你那未婚的妹妹，既没结婚，也没订婚；还是你钟爱的那个玛丽安，她爱的是你一个人，再没有别的人了，格雷丝！”

现在她理解她了，脸上的表情便松弛下来，因为啜泣能使她

① 指修道院里的修女。

好受些。她就伏在玛丽安的后颈上哭了又哭，同时抚爱着她，仿佛她又成了个孩子似的。

她们比较平静下来时，发现医生和他的妹妹好玛莎姑姑正跟艾尔弗雷德一起站在近旁。

“今天对我来说可是个恼人的日子呀！”好玛莎姑姑拥抱着两个侄女，含着泪微笑地说。“因为要让你们大家高兴，我就失去了我亲爱的伴侣。我给了你们玛丽安，可你们拿什么来报答我呀？”

“一个转变了的哥哥，”医生说。

“这倒是真的，”玛莎姑姑回嘴道，“在这样一场闹剧里——”

“别说了，求你别再说了，”医生带着悔悟的神情说。

“好，我就不说了，”玛莎姑姑答道。“不过我觉得自己吃了亏。我还不知道没有了我的玛丽安，我会变得怎么样呢。我们在一起已经六个年头了。”

“我认为你该搬到这里来住，”医生答道。“我们现在不会再争吵了，玛莎。”

“要不您就得结婚，姑姑，”艾尔弗雷德说。

“真的，”那老妇人回答说，“我想要是我去讨迈克尔·沃顿的欢心，也许是笔好的投机生意呢。据说由于他的出走，这次回来各方面都好得多了。不过，我在他小时候就认识他了，而且那时我已经不是很年轻的女人了；因此他可能不会搭理我。我要下决心等玛丽安结婚之后去同她一起过；在那以前（我敢说也不会太久）我还是一个人生活好，你说怎么样，哥哥？”

“我真想说这个世界全是荒唐可笑的，没有什么一本正经的事情，”可怜的老医生说。

“如果你愿意的话，可以宣誓二十次，安东尼，”他妹妹说，“不过看你那双眼睛，谁也不会相信你的话。”

“这个世界是充满着爱的呀，”医生说着把小女儿紧紧抱住，同时从她肩上俯过身去把格雷丝也抱在一起，因为他无法将这对姐妹拆开。“这个世界也是严肃的，尽管它容纳了那么多蠢事——甚至也包括我的，它足以把整个地球淹没；而且这是一个太阳永远不在它上面升起的世界，但太阳却在观看着无数不流血的战役，它们是‘战场’上那种种苦难和邪恶的一个衬托。这还是一个我们必须小心谨慎，不能随意诽谤的世界，因为，上帝原谅我们，它是一个充满神圣秘密的世界，只有造物主才知道他创造的那最渺小的形象下面隐藏着什么东西！”

要是用我拙劣的笔向你们详细描写这个长久分离后重新团聚的家庭的全部情景，你们或许也不会感到更称心的。因此，我不打算跟着那位可怜的医生去谦卑地回忆他当初失去玛丽安时的忧伤，也不想告诉你他如何发现了这个世界毕竟是严肃的，在这个世界上有着某种属于全人类的根深蒂固的爱。我也不想去叙述一件小事，它像偌大一笔荒诞账目中短缺的一个小小基数那样，居然将他击倒在地。我也不打算讲他妹妹如何出于对他痛苦的同情，很早以前便向他逐步透露了真情，让他了解那位自愿退让的女儿的心思，从而使他开始赞成她了。

我也不想谈就在医生了解实情的同一年里，艾尔弗雷德·希思菲尔德也得知了实情；玛丽安和他见了面，把他当作哥哥，向他保证，在她生日的那天黄昏，格雷丝将最终从她自己嘴里了解一切。

“对不起，医生，”斯尼奇先生向果园探头张望着说，“我可以进来吗？”

还没得到允许，他便径直朝玛丽安走去，十分高兴地亲了一下她的手。

“要是克雷格斯先生还活着的话，亲爱的玛丽安小姐，”斯尼奇先生说，“他对于这个时刻定会非常感兴趣的。艾尔弗雷德先生，这可能会对他有所启发，觉得生活也许并不是太容易的；总而言之，我们所能给予它的哪怕一丁点儿抚慰，它都能够接受。

不过，克雷格斯先生还算是个能耐心听取意见的人，他总是愿意服理的。如果说他愿意服理，那么，我——这可是我的一个弱点了。斯尼奇太太，我亲爱的，”听到这声叫唤，那位太太便从门后走了出来，“你又在老朋友中间了。”

斯尼奇太太向大家表示了祝贺，然后站在丈夫身旁。

“等一等，斯尼奇先生，”那位太太说，“把死者的骨灰耙出来，这可不合我的天性呀。”

“对，我亲爱的，”丈夫回答说。

“克雷格斯先生是——”

“是的，亲爱的，他是去世了，”斯尼奇说。

“不过，我要问问你，”妻子继续说道，“还记不记得那天晚上的舞会？我就是要问你这件事。要是你还记得，要是你的记忆力还没有完全丧失，斯尼奇先生，要是你还没有完全成为老糊涂的话，那么，我要你把现在这个时刻同那个时刻联系起来，回忆一下我当时怎样苦苦求你，跪在你面前——”

“你跪下了，我亲爱的？”斯尼奇先生说。

“是的，”斯尼奇太太自信地说，“你知道的呀，我要你提防那个人——观察他的眼睛，现在你告诉我，我说得对不对，那个时候他是不是已经知道那些秘密，只是不愿讲出来罢了。”

“斯尼奇太太，”丈夫凑到她耳边说道，“夫人，你可从我的眼睛里看出过什么来吗？”

“没有，”斯尼奇太太厉声回答，“别自我吹嘘了。”

“因为，夫人，那天夜里，”他拉了拉她的衣袖，“碰巧我们俩都知道那些秘密，可都不愿讲出来，我们俩同样是从业务上了解到的。所以，对这类事情你还是少说为妙，斯尼奇太太；你也得把这件事当作一个告诫，下次看问题聪明一点，厚道一点。玛丽安小姐，我还给你带来了一个你们的朋友。来呀，老板娘！”

可怜的克莱门希用围裙捂着眼睛，由丈夫护送着慢慢走了进来。她丈夫正在伤心，因为他预感到只要妻子一旦陷于悲伤，他那“豆蔻擦板”客店就完蛋了。

“噢，老板娘，”律师看见玛丽安朝克莱门希奔去，便把她挡住，站在她们当中说，“你怎么啦！”

“怎么啦！”可怜的克莱门希哭喊着，她带着惊异，带着愤怒的抗议心情，以及由于不列颠先生一声大叫而引起的激动，猛地抬起头望去，看见了面前那张她记得如此清晰的可爱脸蛋。她睁大眼睛注视着，哭着，笑着，叫喊着。拥抱她，紧紧地抱住她，然后放开她，扑向斯尼奇先生，拥抱他（这惹得斯尼奇太太很恼火），又扑向医生，拥抱他，又扑向不列颠先生，拥抱他，最后干脆抱住自己，用围裙蒙住头，歇斯底里发作起来。

斯尼奇先生来的时候，一位陌生人跟在他后面也进了果园，但他留在门旁，没有被在场的任何人发现，因为他们已经没有闲工夫来注意他了，即使有，也完全被克莱门希的狂热吸引住了。他好像并不希望被人看到，只一个人默默地站在那里。他好像有点情绪低落（虽然他是位漂亮的绅士），这在一片欢乐的气氛中显得更加突出了。

谁也没看见，但是玛莎姑姑眼快，终于发现了，她几乎一瞧见他便同他谈了起来。不久她又走到玛丽安、格雷丝和跟玛丽安同名的小家伙那里，悄悄在玛丽安耳边说了些什么。玛丽安听了一惊，显得大为惊诧，但很快便从慌乱中恢复过来，羞怯地跟随姑姑走到陌生人那里，同他攀谈起来。

就在这个时候，律师把手伸进口袋掏出一张像是与法律有关的文件，说道，“不列颠先生，我祝贺你，那幢完全保有地产的房屋，也就是目前你占有并开设的那家有执照的小客店或小酒店，即通常称之为‘豆蔻擦板’客店的地方，如今全归你一个人所有了。你太太由于我的当事人迈克尔·沃顿的缘故失去了一所房子，现在却得到了另一所。我倒很乐意在哪一个晴朗的早晨为你到全郡去游说一下选票呢。”

“要是客店招牌有所变动，会影响选票吗，先生？”不列颠问。

“毫无影响，”律师答道。

“那么，”不列颠先生说着把那张财产转让单还给律师，“请加上‘和顶针’这几个字。我要在客厅里漆上这两句格言，代替我妻子的画像。”

“请让我，”他们后面有一个人插话，这正是那位陌生人迈克尔·沃顿的声音，“请让我重申这两句格言的教益吧。希思菲尔德先生和杰德勒医生，我本来可能会做出非常对你们不起的事情，但是我没有做，那并不是由于我自己的品德好。我并不想说这六年我变得更聪明或更好些了。不过，我总算懂得了自我谴责这个词儿。我没有任何理由硬要你们善待我。我滥用了这个家庭对我的热情款待，并带着一种永记不忘的羞耻感从自己的过失中吸取了教训，不过我也非常希望也从一个人身上得到教益，”他朝玛丽安看了一眼，“这个人，当我了解到她的美德，并意识到自己的可耻后，我曾恭顺地恳求她宽恕。几天之后，我便要永远离开这个地方了。我恳求你们原谅。‘你要别人如何待你，你就那样待别人！’‘勿念旧恶！’”

这个故事的后半部我是从时间老人那里听来的，我有幸与这位老人有过大约三十五年的交情。时间老人悠闲地倚靠在他那把长柄大镰刀上告诉我，迈克尔·沃顿后来从没有再离开过那个地方，也从没有卖掉他的房子，而是重新把它打开，维持一种适宜的中庸之道，并且娶了妻子，她是那个乡村里的骄傲和荣誉，名叫玛丽安。不过据我观察，时间老人间或也会把事情搞混，因此他的话是否靠得住，我也不敢说了。

着魔的人

圣诞幻想曲

高殿森　译

The Haunted Man

and The Ghost's Bargain

LONDON:

BRADBURY & EVANS, 11, BOUVERIE STREET.

1848.

第一章
受　法

人人都这样说。

我可决不认为每个人都这样说了，就一定是真的。事实上，他们往往可能是对的，也往往可能是错的。就一般经验来说，人们错的时候太多了，在许多事例中，我们为了要估计他们错误的程度而花的时间也太长了，因而证明所谓权威也并不是不可能犯错误的。当然，有些时候，人们也许是对的，但正如歌谣里盖尔斯·史可洛金的鬼魂所说："那并不是一个通则。"

鬼——这个可怕的字眼，把我拉回到话题上来。

人人都说他像是着了魔的人。现在我对于大家这个说法的意见只能是：到目前为止，他们的说法总还算是不错的；因为看样子，他的确像是着了魔的人。

他的双颊是瘦削的，他的眼窝是凹陷的，眼珠却射出异光；他那穿着黑色衣服的躯干虽则是结实的、匀称的，可是却有一股说不出来的严酷气氛；他那灰白的头发活像乱蓬蓬的海藻一样，披散在他的脸上——仿佛他的一生一直是人海的惊涛骇浪所冲击的一个孤标。有谁看到他这一副样儿，不会说他像是着了魔的人呢?

天性的拘谨，给他的神态笼罩上了一层暗影：他总是沉默寡言、郁郁不乐、忧思忡忡的；从来不曾喜气洋洋过，老是那么躲躲闪闪、退退避避的。迷惘的神情永远像是在捉摸着往昔的某个地方和时间，或是谛听着自己头脑里的什么往昔的回声。有谁看了他这样的神情，不会说他像是着了魔的人呢?

他说话很慢，语调是深沉而阴郁的。他的声音本来很圆润、很和谐，可是他好像拼命反对这份天赋，而故意憋住这种嘹亮悦耳的嗓音不让它发挥出来。有谁听到这样的声调，不会说他像是着了魔的人呢？

谁看到他在半是图书室半是实验室的内室里——远近皆知，他原是一位渊博的化学家，许多渴望求知的学生终日聆听着他的教诲，注视着他的实验——谁看到他在那儿，在一个冬天的夜晚，孤零零的一个人，四周堆着许多药品、仪器和书籍；灯罩的影子映在墙上活像个不大动的大甲虫，周围那些稀奇古怪的什物，被摇曳的炉火映到墙上，构成许多鬼里鬼气的形状，其中有些怪形（盛着化学药水的玻璃器皿的反映）的中心还不住地抖抖颤颤，仿佛知道他有分解它们、把它们的成分还原为火和气的本领似的；——谁看到他工作完毕之后，坐到椅子里，对着生锈的炉架和熊熊的炉火，独自出神思索，薄薄的嘴唇像说话似的上下颤动着，可是一点声音都没有，静得像个死人；是的，谁看到这些，不会说他像是着了魔的人，他的房间不是像有鬼在作祟呢？

只要我们的想象力稍微活动一下，谁不会认为他周围的一切东西，都沾染了着魔的色调，而他是住在一个有鬼作祟的地方呢？

他的住宅十分冷僻，非常像个地牢——它占的是一所古老基金学院的一个角落。当初这所学校原是盖在空旷地皮上的堂皇建筑，可是时过境迁，现在已成了被遗忘的建筑师们的巧思奇构的遗迹：经过多年的烟熏、日晒和风吹雨打，已经陈旧昏黑了，而逐渐兴建起来的城市房屋，又紧紧挤到它的四周，逼得它像一口古井似的，被四邻的砖瓦石头压得喘不过气来了。它的小方院落正躺在街道和房屋所形成的凹坑之中，多少年来这些逐渐修起的街道和建筑，已经环立四周，高出于它的屋顶烟囱之上；四邻的烟气总戏弄着庭院里的古树，而每逢烟气初起，天气又很阴湿的时候，缕缕青烟便低掠树梢而过；庭院里的杂草在霉臭的土地上，拼命挣扎着长成草儿，或者多少长成草儿的模样；除非偶然有人从上面的世界（即四周的高房上）探出头来往下一望，心里纳闷这是一个什么偏僻的角落，庭院里的冷清小径是从来不惯于被人足践踏，被人眼观望的；在庭院里一个砖砌的小角落中置放着一具古老的日晷，可是一百年来不曾被太阳光顾过一次；为了补偿阳光的忽视，当别处的积雪都已融化了的时候，这儿的积雪故意多逗留几个礼拜；当别处都已风静的时候，鬼鬼祟祟的东风却像响陀螺似的在这儿打着旋转儿，闹个不停。

住房的内部——室内和炉边——非常昏暗，非常古老，非常陈旧，可是却又那么坚固：天花板上是虫蛀的粗大木梁，结实的地板斜倾向橡木的壁炉架边。住房的外边呢，四周的房屋，虽然把它夹得紧紧的，可是论式样，论年代，论传统，它却和它们格格不入。这所房子安静极了，然而当远处有了声响，或者关门时发出了声响，却又像打雷似的在房里隆隆应着回声——这回声不仅回旋在许多矮矮的甬道里、空空的屋子里，而且隆隆地一直传到那个已被遗忘的地下圣堂，才被那儿的沉重空气闷压得无声无息。地下圣堂的诺曼式拱廊，早已倒塌，半埋在土里了。

隆冬季节，薄暮时分，你可以看到他在他的住房里。

这时，外面的刺骨冷风正在呼啸，昏暗的太阳正在西坠。这时，暮色朦胧之中，万物的影子显得很庞大很模糊——可是还没有完全消逝。这时，坐在炉边的人们开始在熊熊的炉火中看到了山峦、深渊、伏兵、军队以及种种奇怪的面孔和形状。这时，街道上的行人纷纷弯着腰低着头，顺着风向走。那些不得不顶风而行的人，被阻在狂风肆虐的街头拐角处，雪片像蝎螯一样落到他们的睫毛上——雪片儿落得既少，狂风刮得又猛，那雪片来不及在冰冻的地上留下什么痕迹，便又被吹得无踪无影了。这时，私人住宅的窗子都关得紧紧的，十分温暖。这时，热闹的和僻静的街道上的煤气灯开始嗞嗞地燃了起来，不然，夜幕很快就要把整个城市黑洞洞地蒙起来了。这时，流浪街头的人们浑身战抖，沿着僻静的街道行走，眼巴巴地望着地下室的厨房炉火，一路嗅着千家万户的饭香，辘辘饥肠不由得愈加难熬了。

这时，陆上的旅客冻得畏畏缩缩的，疲乏地望着阴郁昏暗的景色，在疾风之中打着寒战急急赶路。这时，海上的水手，露宿在冰冷的帆桁之上，被呼啸的海洋震荡着、颠簸着。这时，岩石上和岬角上的灯塔孤零零地警戒着，发着惨淡的光芒；晚归的海鸟的胸脯，一下扑到灯塔的大灯上，啪啦一声坠下摔死了。这时坐在炉边借着火光读故事的孩子们，正战战栗栗地想着凯西姆·巴巴①怎样被剁成四块，挂在强盗们的山洞里；他们的小心窝里也许正在害怕那个常从商人阿布达②寝室的箱子里钻出来，手拿一根拐杖的凶狠的小老妪，会在一天晚上，突然出现在通向卧房去的长长的、阴冷的、黑黑的甬道楼梯上。

这时，在乡下，白昼的最后薄光已经从林荫道的尽头消逝了；道路两旁弯作拱形的树木，显得阴惨惨、黑沉沉的。这时，花园中和树林里长得高高的湿润的羊齿和潮乎乎的苔藓，残树墩和成堆的落叶，都变成一团团黑影，无法辨认本来的面目了。这时，迷蒙的薄雾从堤岸上、沼泽上、水面上逐渐升起。这时，古老大厅和农舍窗子里的灯火，会是令人愉快的景色。这时，磨坊歇工了，车匠、铁匠的铺子关门了，通行关卡的栅栏关闭了；犁、耙被冷清清地撂在田里，农人和牲口走回家来；教堂的钟敲得比中午沉浊了，教堂庭院的便门，今晚也不再有人去推动了。

这时，薄暮的微光到处释放被囚禁了一整天的影子；它们好像一群群集合起来的鬼，从四面八方围拢上来：它们哭丧着脸儿

---

① 凯西姆·巴巴是《一千零一夜》中的人物，阿里巴巴的哥哥。有一天阿里巴巴上山打柴的时候，瞧见四十个强盗喊了一声："芝麻开门！"一个山洞的门便开了，他们走了进去。后来，阿里巴巴也喊了这个口诀，果然也进到洞里，扛了几袋金子回家。凯西姆·巴巴得知后，也照样进去了，可是进洞后忘记了这个口诀，遂为强盗所获，将他剁成四块，悬于洞中。

② 商人阿布达是瑞得里所著《妖怪故事》中的一个角色。他是巴格达的富商，每夜被从箱子里钻出来的女妖纠缠。

站在屋子的角落里，皱着眉头从半掩的门里向外探望。它们整个控制了没人住的房间；在有人住的房里，当炉火不旺的时候，它们在墙壁上、地板上和天花板上跳舞；在炉火已旺、烈焰熊熊的当儿，它们又像退潮的海水一样，躲了回去，没了踪影。它们嘲弄地模仿着室内人和物的形状，把奶妈变成了吃人的女妖，把木马变成了怪兽，把又害怕又开心、满怀惊异的小孩，变成了连自己都不认得的生人，把炉床上的火钳变成了双手叉腰、两腿叉开的巨人——显然在嗅着英国人的血，盘算着如何碾碎人们的骨头当点心吃。

这时，这些影子会给老年人带来别样的心绪，会给他们映出许多不同的形象：它们带着从过去、从坟墓、从深渊来的死人的面孔和身材，悄悄从隐蔽的处所溜出来。在这深渊之中，或许存在、或许乌有的幽魂长年徘徊游荡。

这时，正如前面说过的，他正坐在炉前，凝视着炉火。随着火焰的起起落落，屋里的影子也来来去去。他目不转睛地注视着炉火，可是影子的来来去去，他的肉眼根本没去留意。这时你应该看看他。

这时，和影子一块儿升起来的、被薄暮从隐蔽处所召唤出来的种种声音，似乎在他的周围制造了更深沉的寂静。这时，风正在烟囱里呼呼地吹，一忽儿在屋里咿唔低吟，一忽儿在屋里尖嚎狂叫。院子里的老树被刮得东倒西歪。树上有只白嘴鸦，无法入睡，牢骚满腹，不时在头顶上发出无力的、睡意蒙眬的“聒聒”声作为抗议。隔了一阵，房子的窗户就给刮得抖抖颤颤，塔楼顶上生锈的风标被刮得吱吱直叫。按照风标下面那座大钟的报告，又是一刻钟过去了。这时炉火微弱了，煤烬呼啦一声落到炉底。

——简单说吧，正当他这样坐着出神的时候，敲门的声音惊醒了他。

“谁呀？”他说。“进来！”

当然，并没有什么人形靠在他的椅子后背，也没有什么人脸

C. STANFIELD R.A. del.
THOS. WILLIAMS. Sc.

从椅子后面向前张望。是的，在他抬起头来询问谁在敲门的时候，并没有什么脚步溜过屋里的地板，屋里也并没有镜子，可以把他自己的形象映在上面一忽儿；可是怎么？怎么有一个东西黑糊糊地一晃，立刻就又不见了呢？

“我很害怕，先生，”一个满面红光、勤快利落的人说。他一只脚顶住打开的房门，两手端着一只木托盘走了进来。然后生怕门关得太响，又用脚小心地缓缓一蹬，让门轻轻地关上了。“先生，我很害怕今天的晚饭预备得迟了一点；不过这也是因为维廉太太两腿常常出毛病的原故——”

“是风闹的吗？啊，是的！我听到风已刮起来了。”

“是风闹的，先生——她居然还能回到家来，真得算是老天的慈悲呢。啊唷！是的，是风闹的，莱得洛先生。是风闹的。”

这时他已放下晚餐托盘，忙着去点灯、铺桌布；然后又匆匆去拨火添煤；然后又回来摸摸灯、弄弄桌布，忙得不亦乐乎。他点着的灯，他拨旺了的炉火，立刻改变了屋子的面貌，仿佛只要那红润的脸蛋和活泼勤快的身影一进入这个房间，就立即能产生这份愉快的改变似的。

“自然，不论什么时候，维廉太太总是会叫天地间的四行①给弄得心神不定的，先生。本来嘛，老天造她时就没有使她超于四行影响之外。”

“对！”莱得洛先生的回答虽然很简短，可是很和悦。

“对，先生。譬如说吧，维廉太太会叫‘土’给弄得心神不定：譬如上个星期天，地上又泥泞又肮脏，可是她偏偏和她的新嫂嫂一同出门去喝茶，自己还很得意这种做法。明明走在泥泞不堪的道路上，自己却希望浑身一尘不染！维廉太太会叫‘风’给弄得心神不定：譬如有一次一个朋友硬劝她在派克海姆集上打秋千。你猜怎么着？她上了秋千一试，啊，立刻就像上了轮船一样

① 四行，指希腊人所说的四大元素：水、火、风、土。

摇晃得晕头晕脑了！维廉太太会叫‘火’给弄得心神不定：譬如有一次她在娘家遇上一场虚报的火警。你猜怎么着？她吓得连睡帽都来不及摘掉，便一口气跑了两英里路！维廉太太会叫‘水’给弄得心神不定：譬如有一次，她在巴特西，她的十二岁的侄子小查利·斯威哲给她划船，一下子连人带船划进桥脚里头去了，你想，那个孩子连船是个什么样的玩意儿都不晓得，哪能不出差错呢？不过，您要知道，先生，这只是说天地间的四行罢了，如果我们把维廉太太从这四种玩意儿中拉出来，她的性格可就得以发挥，她的本事也就真大了！”

他停住嘴等待一声答复，而所得到的答复仍然是语调和刚才一样的一声“对”。

“对，先生。啊，啊唷，对！”斯威哲先生边说边布置晚餐，一边还嘟嘟囔囔地查对着预备的东西。“可不是吗，先生。我一直就这么说呢，先生。哟，告诉您吧，我们姓斯威哲的人可真够多的——胡椒。譬如拿本学院已退休领养老金的看门人兼管理人——也就是我的老爸爸来说吧，他今年八十七岁了，他就是一个姓斯威哲的人！——羹匙。”

“是的，维廉，”当他又停下来的时候，莱得洛先生很耐心地可又心不在焉地说。

“是的，先生，”维廉·斯威哲说。“我老是这么说呢，先生。你简直可以管我爸爸叫大树干！——面包。再说他的继承人吧——也就是没出息的我，还有我的老婆维廉太太——盐——我们两个也是姓斯威哲的人！——刀子，叉子。再说我的兄弟们和他们的家庭吧，都是，都是姓斯威哲的人。啊，男的、女的、孩子、大人！还有我们的堂兄弟、叔叔、伯伯、姑姑、婶婶和他们的亲戚，这些人再加上其他远亲、近亲、姻亲、临盆的……这些姓斯威哲的——酒杯——如果他们手拉手围起来，真可以把英格兰围上一遭呢！”

维廉一口气说到这里，也没有得到若有所思的莱得洛的一句答话。他便挨近莱得洛一点，故意装作不小心把玻璃酒瓶当啷一声碰在桌子上，好把他从沉思中惊醒过来。莱得洛果然惊醒了，维廉一看到他的办法成功了，就继续噜苏下去，仿佛已经得到了对方的默许。

“是的，先生！我正是这么说呢，先生。维廉太太和我两个人常常这样说：‘即使我俩对斯威哲家族没有作出什么积极的贡献——也就是我们没给斯威哲家族添孩子，斯威哲家族也不在乎，因为有的是姓斯威哲的人！’——牛油。其实，先生，我父亲一个人就等于一大家子要照顾的人，——料瓶——所以我们夫妇没有孩子也没有什么，只是维廉太太不免觉得冷清一点儿罢了。您准备好要吃鸡肉和山芋泥了吗？就得，就得！我离开门房的时候，维廉太太说十分钟内她就端上菜来。”

“我早就等着吃了。”莱得洛好像从梦中醒来似的说，在屋里慢慢地踱来踱去。

“你瞧，维廉太太这些时候又忙着哪，先生！”维廉正站在炉边烤盘子，很得意地用盘子挡着脸这样说。莱得洛先生停住不走了，脸上浮起了好奇的表情。

“我一直这么说呢，先生！她就是喜欢那么做！她的胸膛里有一种一定得发泄、也一定会发泄的母爱！”

“她忙些什么事呢？”

“哟，告诉您吧，先生，在咱们这所古老的学院里，从全国各地前来听您讲课的青年学生们，哪个不拿她当个母亲似的看待呀！可是，您猜怎么着？她觉得这还不过瘾——怎么在这样大冷的天气里，这个石砌的烟囱还能吸热呢？您看奇怪不奇怪！”他翻了翻盘子，吹了吹烫得怪热的手指头。

“说呀，怎么了呢？”莱得洛说。

“我正是这么说呢，先生，”维廉转过脸来说，好像他已准备好要对莱得洛愉快地表示同意。“说的是呢，先生！这儿的学生没有一个不这样看待维廉太太的。他们每天功课完毕之后，便一个跟一个把脑瓜伸进门房里来：不是告诉她点什么，就是问她点什么。听说他们背地里都管她叫‘斯威吉’；但我要说，先生，如果是出于好意而不幸把一个人的名字念走了音，总比根本不理会一个人而只尊敬他的名字好得多。一个人的名字是做什么用的呢？不就是借它认识那个人吗？所以如果人们能认识比维廉太太的名字更好的东西——我讲的是她的品德和性情——那么她的名字叫啥就没关系了，虽然应该是‘斯威哲’而不是‘斯威吉’！让他们管她叫‘斯威吉’，‘威吉’或‘布瑞吉’去吧——老天爷，假如他们再高兴的话，就是喊她伦敦桥、黑袍僧桥、契尔西桥、巴特尼桥、滑铁卢桥，甚至锤匠吊桥①，也没有什么不可！”

这番得意的演讲完毕了，维廉拿着盘子走到餐桌旁来。盘子已经烤得热透热透，他深深感受到了热气，于是半放半扔地把它搁到桌子上。这个时候，他所夸奖的对象正好走进屋来，一手端着一个托盘，一手提着一个灯笼。跟在她后面走进来的是一位白发长长的可敬的老翁。

维廉太太和维廉先生一样，是一个性情纯朴、相貌天真的人。她那丰润的脸蛋上有着和丈夫那身红号衣一样的漂亮颜色。但是他们两个究竟是不同的：譬如维廉先生满头的淡色头发，根根竖立着，使人觉得他非常忙碌，准备啥事都干，甚至连他的一双眼睛都给吊了起来。维廉太太的头发却不然了：深棕色的柔丝细心地向下平梳着，在漂亮洁净的小帽下，又安详又舒展地像波纹似的披散开来。维廉先生那铁灰色的裤脚，紧紧扎在脚脖子周遭，好像不向四周张望一下便不放心似的。维廉太太的裙子呢：上面的精致的印花有红有白——和她的漂亮的脸蛋一样红里有白，白里有红——整个裙子显得又镇静又整洁，仿佛户外的狂风都不能吹动它的一个褶儿。维廉先生的上衣，在脖领的地方仿佛

① 伦敦桥、锤匠吊桥等——都是泰晤士河上的桥名。这里维廉是在玩弄字音，“斯威吉”的英文是 Swidge，字尾的三个字母 dge 与“桥”的英文 bridge 的字尾相同，由此引出后面的一串桥名。

要飞开去，在胸膛的地方好像是半脱掉似的。可是维廉太太的紧身上衣呢，却那么平静那么干净，足以保护她不受最粗鲁的人的侵扰，如果她有这需要的话。是的，有什么人忍心叫这样平静的一颗心房胀满了忧伤，悸动着恐惧，或浮动着什么耻辱的感觉呢？什么人的撩乱心绪会不受这颗恬静与和平的心房的影响，而像孩子的甜蜜睡梦一般安静下来呢？

“准时来到啦，米丽！”她丈夫维廉说着，顺手接过托盘。“当然喽，不然就不像是你了。先生，维廉太太来啦！——你瞧，今天晚上他显得格外孤独，”维廉接托盘时凑到太太的耳朵上低声说。“也显得格外鬼里鬼气的！”

米丽不慌不忙地、静悄悄地，甚至连她本人的存在也叫人觉察不出地把送来的菜盘子一一放到桌上。啊，她是那么文静，那么安详！——维廉呢，咭咭呱呱乱忙了一阵，弄到后来手里却只端着一盘肉汁，站在那儿等候端上。

“老人家手里抱的是什么东西呀？”莱得洛坐下来独自吃饭时问。

“冬青树枝，先生。”米丽安详地答道。

“我正是这么说呢，先生。”维廉插了一句话，趁势端过肉汁来。“在一年的这个季节，浆果真是太应时了！——浓肉汁！”

“啊，是的，又一个圣诞节来了，又一个年头过去了！”化学家凄惨地长叹一声说。“随着岁月的流逝，我们很苦恼地要去回忆的年月，也越来越多了。唉，现在这之上又平添了更多的数字！直到死神满不在乎地把这些数字弄个乱七八糟，一笔勾销了才算完事！喂，可是，腓力波！”他打断了自己的话头，提高了嗓门，向着站在一旁、怀抱亮闪闪的冬青的老翁说。这时安详的维廉太太正从冬青枝上取下一些小枝，静悄悄地用剪子修剪一下，然后用它们装饰起屋子来。她年老的公公站在一旁，兴致勃勃地看着这个圣诞节的仪式。

“按说，先生，”老人回答说，“我应当先向您请安；可是因为知道您的脾气，莱得洛先生——我很荣幸地说——所以才等您先问我。祝您圣诞快乐，先生！祝您新年愉快，年年愉快！我自己就度过了许许多多的快乐圣诞节和新年——哈，哈！——所以才敢冒昧地向您祝贺。您晓得，今年我已是八十七岁了！”

“你果真度过那么多的快乐圣诞和新年吗？”莱得洛问道。

“啊，是的，先生！许多许多。”老人回答。

“他的年纪这么大了，记忆力也衰退了吧？这也是意料之中的，”莱得洛转过脸去，放低了声音问他的儿子维廉。

“一点也没有，先生，”维廉说，“我正是这么说呢，先生。从来没有见过记忆力像我父亲这么好的人。真是世界上顶呱呱的，他根本不晓得什么叫作‘忘记’！请相信我，我老是对维廉太太这样念叨呢。”

维廉讲究礼貌，愿意对一切事情都表示同意，所以他说这番话时，似乎是在全力附和主人，而且，似乎他的话也和主人的话毫无矛盾冲突。

化学家把菜盘子一推，站起身来，立刻走到屋子那边正在注视手中一条冬青小枝的老人身旁。

“那么这小树枝儿使你想起许多新年旧岁来了，”他说，一边目不转睛地盯着老人，一边伸手碰碰他的肩膀。“是不是？”

“噢，是的，许多许多！”腓力波仿佛从出神的状态中半醒过来似的说。“您瞧，我今年八十七了！”

“很欢乐，很快活，是吗？”化学家低声问道。“很欢乐，很快活，是吗，老人？”

“我最初记得这些冬青树枝的时候，哼，也就是这么高吧，我想也就是这么高，”他一只手比画着比膝盖稍高一点的地方，缅怀往事似的望着化学家说，“记得那是一个天气很冷、可是晴朗的日子，我正出去溜达着玩，一个人告诉我说：这些树枝上的浆果就是鸟儿的食物，——我说的这个人就是我的母亲，是的，就是她老人家，就像您现在站在这儿一样肯定，虽然我已记不起她那有

福气的脸盘是什么模样了！因为说来难过，正是那个圣诞节她得了场病，过世了！——当时那个好玩的小家伙就想——我说的就是我自己，您明白——怪不得鸟儿的眼睛那么亮，大概就因为它们冬天当食物的浆果是那么明亮的吧。是的，我还记得这些，虽然今年我已是八十七岁了！”

“啊，欢乐，快活！”化学家沉思道。忧郁的眼睛呆望着弯着腰的老人，脸上浮起一丝怜悯的苦笑。“欢乐，快活！而且还记得清清楚楚！”

“啊，啊，啊！”老人捉住最后一句话顺口答道，“我做学生时度过的那一年年的圣诞节，我还记得很清楚。和那些欢乐的节日一同来到的许多嬉戏，我也记得很清楚。那时我是一个很棒的小伙子呢，莱得洛先生。请相信我：那个时候，论踢足球，在周围十来英里内，没有一个人是我的对手！我的儿维廉呢？听着，维廉：周围十来英里内，没有一个人是我的对手！”

“我老是那么说呢，爸爸！”儿子立刻毕恭毕敬地回答道，“您真称得起是一个好样的斯威哲！”

“啊唷！”老人又望了望冬青摇着头说，“他的母亲和我——您知道维廉是我最小的孩子——有许多年的工夫，就坐在这群孩子们的中间：男孩子、女孩子、小乖乖和小宝宝们。那时像这样的浆果，哪里比得上他们的小脸蛋明亮。可是这些孩子中的好几个都已经死了；她也去世了，而我那个长子（也是妈妈最宝贝的一个），乔治，现在混得不像人了，堕落得很厉害；但是当我望着这冬青时，我可以看见他们，看见他们都活着，都很结实，就和他们生前一模一样。感谢上帝，我也可以看见我的乔治，还是当年那种天真无邪的样子。这在一个八十七岁的人，该是多大的一份福气哟！”

莱得洛听到这里，那双热切地盯视着他的眼睛不由得慢慢扫向了地上。

“当我后来受了人家的欺骗，境况不如以前顺利，而第一次跑到这里当看管人的时候，”老人说，“啊，说来已是五十多年前的事了——我的儿子维廉呢？听着，维廉：已是半个多世纪以前的事了！”

“我正是这么说呢，爸爸！”儿子和以前一样立刻毕恭毕敬地说，“可不是吗，二乘零等于零，两个‘五乘十’就等于一百了。”

“我刚才说当我第一次来到这里当看管人的时候——那时我很高兴知道咱们这个学院的一个创办人，或者说得更确切一点，”老人对于这个话题和掌故的知识感到非常自豪和自负，“或者说得更确切一点，就是伊丽莎白女王时代给咱们学院捐助基金的一位有学问的先生（您知道，咱们学院是在女王登位以前创办的）。啊，他呀，他在遗嘱里说明捐给我们好多东西，其中一项就是捐了一笔钱叫我们购买冬青，好在圣诞节用来装饰门窗户壁。不错，冬青树枝会带来一种家常的、甜蜜的气氛。因为那会儿，我们初来乍到，又正赶上圣诞节，所以我们大家都很喜欢那位捐款人的遗像：就是挂在那十位作古的董事改捐年度现金以前，咱们一直当作餐厅的那间屋子里的遗像。——啊唷，那位老先生多么庄严哟！下巴上留着尖尖的胡子，脖子上是伊丽莎白时代流行的绉领，画像底下是一行古体的花字：‘上帝，佑我记忆永新！’他的一切您全知道，不是吗，莱得洛先生？”

“我知道那张遗像挂在那儿，腓力波。”莱得洛说。

“当然，当然！就是挂在墙嵌板上面，打右边数起第二张。刚才我正要说——是他帮助我保持了记忆力，使我的记忆力永远这么新鲜，我谢谢他老人家！因为正和现在一样，每逢圣诞节来到的时候，我总要像今天这样在这所房子里溜达一遭，用这些冬青树枝和浆果把空寥的屋子打扮一新，顺势我这个空空的老脑袋也就跟着清新起来了：今年勾起去年，去年勾起前年，这样一年勾一年地勾起无数的往年。勾到最后，仿佛吾主基督的诞辰，就是我所亲爱的、所伤悼的和所喜欢的一切人的生日——而这些人的数目可真不少，因为今年我已八十七了！”

“欢乐，快活！”莱得洛自己嘟哝说。

房间开始奇怪地黑起来了。

“所以您可以明白，先生，”老腓力波继续说。他那苍老结实的脸盘现在已经暖和起来，变得红光焕发。说话的当儿，那对蓝眼睛，也炯炯闪着亮光。“啊，说来话长，当我记起这个节日的时候，我要记起的事情可多着哪！喂，我的安静的小耗子（指米丽）在哪儿？噜噜苏苏，原是我这么大年纪的人的罪过，更甭说如果冷气不把我们冻死、风不把我们卷走、黑暗不把我们吞掉，我们还有一半的屋子要收拾呢！”

老腓力波还没说完，安详的“小耗子”已经凑过脸来，一声不响地搀起了他的胳膊。

“好，亲爱的，我们就走吧。不然，等到饭菜冰凉得和冬天一样的时候，莱得洛先生怕还没工夫去吃呢！对不起，先生，请原谅我絮叨个没完！晚安，再会！让我再次祝您度过一个快乐的——”

“不要走，再等一会儿！”莱得洛又坐到桌边说。从他的表情看，与其说是为了吃饭才回到桌边，不如说是为了安定老翁的心情，才这样摆了个姿态。“且别走，请你再呆一忽儿，腓力波。——喂，维廉！刚才你不是还没说完吗？你不是想要告诉我关于你这位贤德的太太的什么光彩的事吗？继续说吧，维廉！她听你夸奖她，总不会不舒服吧！说吧，维廉，那是什么事呢？”

“是的，是的，先生；难就难在这里，先生！”维廉显得十分忸怩地望着他的太太说，“你瞧，她已经在瞪我呢！”

“我想你不会怕维廉太太的眼睛吧。”

“当然，当然，我不怕，先生！”维廉说。“我正是这么说呢。她的眼睛生来不是叫人怕的，不然，就不会长得那样温柔了。可是——可是，我不愿意说，——米丽，他！他——你晓得，住在那边楼里的那个——那个人。”

维廉站在桌子后面，张皇地东摸摸西抓抓桌上的东西，一忽儿挤眉弄眼把劝说的眼神丢向维廉太太，一忽儿偷偷冲着莱得洛使劲地点着头，弹动着大拇指，暗示叫她给莱得洛说话。

“我说的——他，你晓得，我的爱，”维廉说，“就是住在那边楼里的那个人。快说吧，亲爱的！你比我能说得多，和我比起来，你简直是莎士比亚！住在那边楼里的那个人，你晓得，我的爱，——那个学生！”

“学生？”莱得洛跟着说，抬起了头。

“我正是这么说呢，先生！”维廉非常高兴地大声赞成说。“是啊，如果不是那个大楼里的穷学生，您怎么能希望听到维廉太太亲自开口呢？维廉太太，我的爱——那座大楼。”

“我真不晓得维廉已经告诉您这回事了。我要晓得，就不会到这儿来啦。”米丽说，样子又安详又直爽，不带一点儿慌张和急躁。“原来我是不叫他告诉您的。没什么，先生，是一个生病的青年人——恐怕也很穷——病得很重，所以这个节日回不得家。他住在那边耶路撒冷大楼的一间屋里，那间屋子很配不上他的身份。没有一个人知道他在那儿。就是如此，先生，别的没有什么。”

“为什么我一直没听说过他呢？”化学家连忙站起身来说，“为什么他的情形不叫我知道呢？生病！——给我拿过帽子和斗篷来。穷！——哪幢大楼？什么门牌？”

“啊！您不能去，先生！”米丽说着，离开了她的公公，很平静地走过来挡住了他的去路。她的小脸蛋安详极了，两只手合着掌。

“不能去？”

“不能，先生！”米丽摇着头说，好像这是一桩极明显的不可能的事情。“这简直不能想象！”

“我不明白你的意思，为什么不能去？”

“喂，喂！您瞧，先生，”维廉信任而动听地说，“我正是这么说呢。请相信我，那位青年学生永远不会把他的处境对一个男人说。维廉太太已经取得了他的信任，而这是十分不同的啊，因为您知道他们个个都拿维廉太太当自己人；他们个个都信任她。一个男人，先生，是永不会掏出他一句话来的；可是，一个女人，先生，而且是维廉太太这样一个女人，那么，那么——”

“你讲得很委婉很有道理，维廉，”莱得洛说，瞅着凑在他肩膀旁边的那个温存恬静的小脸蛋。然后把手指往唇上一按，悄悄把钱袋塞进她的手里。

“啊唷，不行，先生！”米丽大声说，又把钱袋递了回去。“这样更糟，简直不能想象！”

她是一个非常安稳的、实事求是的家庭主妇，这一刹那的急促的拒绝，一点也没有扰乱了她的宁静；紧接着她又把刚才修剪冬青枝时从剪子口和围裙中滑落到地上的冬青碎叶，仔仔细细地捡起来了。

当她捡完碎叶直起腰来，发觉莱得洛先生还在又怀疑又诧异地望着她。她一边四下望望有没有漏掉没捡的碎叶，一边非常安稳地对莱得洛先生说：

“啊唷，不行，先生！因为他对我说过无论如何不能叫您知道他，也不能从您这儿接受任何帮助——虽然他是您班上的一个学生。当然，我并没有和您订过什么守秘的契约，可是我完全信赖您的人格和荣誉。”

“他为什么这么说呢？”

“我实在不知道，先生，”米丽想了一下说，“因为您晓得，我一点也不聪明；我只想给他做点事，帮他把房间收拾得干干净净、舒舒服服的，事实上，我也就这么做了。但是我确实知道他很穷很孤单，我还觉得仿佛没人管他——哦，说着说着，屋子已经这么黑啦！”

屋子真的越来越黑了。一种非常浑浊的阴暗和浓影，凝聚在化学家的椅子后面。

“还有什么关于他的情况呢？”他问道。

“他已经订了婚，等到经济条件许可时就打算结婚，”米丽说，“他现在念书，我想，就是为了将来好有本事混碗饭吃。很久以来，我就看出他在拼命用功，自奉又非常俭朴——啊，天已经很黑了，先生。”

“不但黑多了，而且也冷多了，”老人搓着双手说，“屋子里怪冷清凄惨的。我的儿子维廉呢？维廉，我的好孩子，快捻捻灯，拨拨火吧！”

米丽的话语又响起来了：亲切柔润，宛如轻奏慢弹的雅乐：

“昨天下午他似睡非睡地嘟囔了一些梦话，那是在和我谈过之后——”米丽自言自语地说，“他谈起一个什么死了的人，还有一件什么永远不能忘记的大冤屈；但是，是他自己身受的冤枉呢，还是别的什么人受的冤枉呢，我不知道，但我可以肯定，不是他冤枉了别人。”

“哼，简单说吧，维廉太太，您瞧，莱得洛先生——哼，就让她在这儿待到明年新年，她自己也不肯讲——”维廉说着走到他跟前，凑到他耳朵边说，“简单说吧，维廉太太帮了他天大的忙！天呀，帮了他天大的忙！可是您猜怎么着？我们的家一点没受影响——我的父亲照样被侍候得很愉悦很舒服——我敢说，就算您肯掏出五十个金镑来打赌，管保在我们家里找不出一丁点的脏乱东西——维廉太太老像没离开过家似的，到处收拾得一干二净；可是事实上呢，她老那么来来去去，去去来来，上上下下，下下上上，像个母亲那样看顾他。”

现在，屋子更黑也更冷了，莱得洛先生椅子后面的黑暗和影子也更加阴森了。

“先生，您猜怎么着？这样她还不过瘾。今天晚上她在返家的路上（也不过是两个钟头以前的事），又在一家门口的台阶上发现了一个浑身颤抖冻得要命的小东西。这个小东西呀，真像个小野兽，简直不像个孩子。维廉太太看见他怎样呢？自然是把他带回家来了：把他弄干、给他吃喝、叫他住下，直到圣诞节早晨把我们那份旧存的布施食物和布施法兰绒全施舍出去才完事大吉！如果他以前尝过烤火的滋味的话，哼，这回可真算烤了个够，因为他正紧贴着我们门房的老烟囱坐着，恶狠狠地望着我们，仿佛那对要吃人的眼睛，永远不会再闭上似的。至少，他是坐在那儿，”维廉细想了一下改正自己说：“除非他像个野兽一样跑走了！”

“愿上帝保佑她快乐！”化学家高声说，“愿你也快乐，腓力波！还有你，维廉！我得好好想想怎么办，我也许很愿意去看看那个学生。不再耽搁你们三位了。好，晚安。再会！”

“我谢谢您，先生，谢谢您！”老人说，“替我的儿子维廉，替我的‘小耗子’，也替我自己着实谢谢您的祝福！我的儿子维廉呢？维廉，你打着灯笼领头走，像往年一样领头穿过那些长长的、黑黑的走廊。哈，哈！我记得——虽然我已经八十七了！——‘上帝，佑我记忆永新！’这个祷词果真不错呢，莱得洛先生。这是那位有学问的、下巴上长着尖尖的胡子、脖子上套着绉领、挂在咱们一向当作餐厅的嵌板墙上（那还是咱们那十位董事改捐年度现金以前的事）、打右数第二张遗像的那位老先生的祷词！‘上帝，佑我记忆永新！’这是很好又很敬神的祷词，对不对，先生？阿门，阿门！”

他们出去了，顺手把那扇重重的房门一带，但它却懒洋洋地不耐烦动弹，只是呀呀吱吱地响了一阵之后，才慢慢关了起来。这时，屋子更黑了。

莱得洛正坐在椅子里独自沉思的时候，本来很新鲜的冬青忽然在墙上枯萎了，啪嗒一声落到地上—— 一看是死冬青枝！

原来凝聚在他身后的阴暗和黑影，现在益发浓重了。也不晓得是人类感官不能觉察、一点一点慢慢形成的呢，还是经过一种空幻的、缥缈的变化过程而自生出来的呢，反正在他身后黑影的地方，出现了一个酷似他本人的、可怕的幽灵！

这个幽灵阴森森、冷冰冰的，铁青的面庞和两手一点血色也没有；可是它的容貌，它的灼灼双目，它的灰白头发，它的阴暗衣服，却完全和他的一模一样。它就带着这副可怕的样子显了形，一动不动，一声不响。当他胳膊靠在椅子扶手上，坐在炉前遐思冥想的当儿，它倚在椅背背后，紧临在他的头上，板着一副和他一模一样的脸，瞅着他所瞅的方向，摆着完全和他一样的表情。

那么，这就是刚才一晃就不见的那个什么东西哟！这就是这个着了魔的人的可怕的伴侣哟！

有一忽儿的工夫，它似乎没有理会他，他也没有理会它。这时，圣诞晚上的游唱队正在远处的什么地方演奏着。他沉思冥冥地似乎倾听着那儿的音乐，它似乎也在倾听着。

过了一会，他终于开口了，可是身子没有动，头也没有抬：

“又来啦！”他说。

“又来啦！”幽灵回答道。

“我在火炉里看到你，”着魔的人说，“在音乐里，在风声里，在夜的沉寂里，我听到你。”

幽灵的头动了动，表示同意。

“你为什么来苦苦纠缠我呢？”

“你叫我来，所以我就来了。”鬼说。

“没有！我没有叫你来！”化学家大嚷道。

“没叫就没叫，”幽灵说，“那有什么关系？反正我是来了！”

炉里的火光，原来一直都是照着两个脸盘——如果椅子后面那个可怕的轮廓，也可以叫作脸的话，——两个脸盘也像一开始那样直冲着炉子说话，谁也不瞅谁一眼。可是现在，着魔的人蓦地一转身子，直瞪瞪地盯着那个鬼魂，那个鬼魂也突然走到椅子前面，直瞪瞪地盯着他了。

这个活人和他那个死亡的自我的灵魂，就这样面面相觑地你瞅着我，我瞅着你。啊，这是多么可怕的注视哟！在一堆空落落

的古老建筑的一个凄凉冷僻的角落里，在一个隆冬的夜晚：外面的狂风正呼啸着奔跑在它的神秘征途上——自从开天辟地以来，就没有人知道它是打哪儿来的或往哪儿去——天上的万千繁星正从永恒的空间，穿过狂吹的大风，向着人间眨着眼睛。在这永恒的空间里，地球之大不过是一颗小粒，世界之老也无非是襁褓中的婴儿。

“看着我！”幽灵说，“我就是他：年轻的时候没人理睬，日子过得一贫如洗。奋斗，受苦；再又是奋斗，受苦。后来他从埋藏着知识的矿山里，排除万难，取得了学问，筑成了粗糙的台阶，好歇歇疲惫的双脚，好有个立锥之地。”

“我就是你说的这个人！”化学家说。

“没有母亲的忘我之爱帮助我，”幽灵继续说，“也没有父亲的规劝帮助我。当我还只是一个小不点儿的孩子时，一个生人就取代了父亲的位子（我的继父），因而很自然地我变成母亲心坎上很生疏的人了。世界上有的父母很早就不照管他们的孩子了，很早就放弃对孩子的责任了，很早就像鸟儿一样抛开他们的孩子不管了。如果他们的孩子混得好，他们就恬然居功；如果他们的孩子混得坏，他们就摇摇头长叹一声。唉，充其量，我的父母就是这类人！”

幽灵说到这里停了一下，仿佛要用它的面目表情、它的说话姿态和它的笑容来勾引他、挑逗他似的。

“我就是他！”幽灵又开腔了，“在我向上挣扎的期间，我找到了一个朋友。是我主动结交他，争取他，把他和我紧紧拴在一起的。我们两个肩并肩、手拉手地一同工作，一同努力。我把幼年时代无处发泄、无从表达的一切爱、一切心事，都一古脑儿倾泻到他的身上了！”

“不对，不是一切爱和一切心事！”莱得洛的声音嘶哑了。

“是的，不是一切爱和一切心事，”鬼魂说，“我还有一个妹妹！”

着魔的人两手托着腮帮子说："是的，我有一个妹妹！"幽灵摆出一副凶邪的笑容更靠近了他的椅子，把下巴放到交叉的手上，把交叉的双手放到椅背上，瞪着像是映满了火光的眼睛，探究似的向下直盯着他说：

"我们家里根本没有什么光亮可言，我所知道的一丁点光亮，都是从她那儿发出的。她是多么年轻、多么漂亮、多么善良啊！我第一次有了间破屋子的时候，就把她带了来，又想方设法把这个家弄得渐渐富裕起来。她来到我的黑暗生活里，把黑暗变成了光明——她现在就在我的眼前！"

"是的，刚才我就在炉火里看见了她；在音乐里，在风声里，在夜的寂静里我总听见她！"着魔的人回答。

"他爱她吗？"幽灵响应着他那追怀往事的语调说，"我想他一度是爱她的，我敢说是的。可是她呢？如果她对他的感情稍浅一点、淡一点，对他的爱情不那么专一，也不那么神秘和痴心，那就好多了！"

"唉，别提了，让我忘掉这些吧！"化学家生气地把手一挥说，"让我从记忆里把这些撵出去吧！"

幽灵一动也不动，冷酷的眼睛一眨也不眨地望着他说：

"啊！一个和她的梦一样的噩梦，偷偷袭进了我的生活之中。"

"是的，正是这样！"莱得洛说。

"一种和她的爱一样的爱，"幽灵接着说，"一种为我这份劣性子所能怀育的爱，在我的心中滋生起来了。可惜那时候我太穷苦了，不能用任何'许诺'和'恳求'的绳子，把我所爱的目标勉强拴在我那四壁萧然的穷家里。我太爱她了，不能那么做；但是我更加艰苦地奋斗了，更加努力地往上爬！哪怕只爬上了一寸，我就更接近了顶峰一寸。我不辞辛苦、不畏艰难地拼命往上爬，往上爬！那个时候，在我爬得筋疲力尽、深夜停下来歇一歇时，我的妹妹——我亲爱的伴侣，还在和我一同分享渐渐熄灭的炭火、渐渐冷却的壁炉——可是当夜尽晓来、东方发白的时候，我所看见的未来图画，唉，是些什么呢！”

“是的，这些情景，刚才我都在火里看到了。”他喃喃地说，“在音乐里，在风声里，在夜的寂静里，在周而复始的岁月里，这些苦痛的回忆不停地涌入我的脑海。”

“那是我和她住在一起的家庭生活的画面（她就是我那艰苦奋斗的鼓舞者）；她以平等条件嫁给我那位好友的画面——因为他有些继承的祖产而我们没有，然后是我们那恬静的晚年和圆满快乐的画面；还有那些伸展得远远的、将把我们和我们的子子孙孙以花环连结起来的金链子……等等的画面，都……”幽灵说。

“是的，是的！那些骗人的幻想和妄念！”着魔的人说，“唉！为什么老记得那么清楚，老也忘不掉这些呢？真要命啊！”

“骗人的幻想和妄念！”幽灵响应他说，声调一点没有变，直盯着他的眼睛也没变，“因为我那位朋友——那位推心置腹、肝胆相照的朋友，突然在我和我的一切希望与一切努力的中心之间，横插进去，把她赢到手，粉碎了我的脆弱的宇宙！在我家里加倍亲爱、加倍忠诚、加倍活泼快乐的妹妹，亲眼看到我成了名，看到我的夙愿已偿。可是怎样呢？我的夙愿像根发条，突然啪嗒一声断了！然后——”

“然后，死了！”他插嘴道，“像以往一样快乐、善良，除去她的哥哥之外，她一无牵挂。啊，愿她安息！”

幽灵默不作声地望着他。

“这些我都记得！”着魔的人停了一下说，“是的，我记得清楚极了。所以直到如今，虽然许多年月已经过去了，虽然我现在觉得那种小孩子的爱是再空幻再无谓没有了；可是每逢想起往事，还是感到一阵难过——仿佛这是出自小弟弟或儿子的爱一样。有时我不免纳闷：她的心倒是什么时候第一次倾向于他的呢？在那之前她对于我的爱又有多深呢？——她曾经有一度对我爱得很深，我想——，但这算不了什么，最使我痛心、直到如今还念念不能忘记的：乃是早年的不幸，从我所爱慕所信赖的人的手里受到的创伤和一个无法弥补的损失！”

“因此我的心坎里老有着一股忧伤、一股冤屈，”幽灵说，“所以，我老折磨着自己，所以，我的记忆就是我的灾殃，所以，如果我能忘掉我的忧伤和冤屈，我是再高兴没有了！”

“呸，好个嘲弄人的鬼东西！”化学家说着，一下子跳了起来，举起一只愤怒的手直扑向他的第二个自我的喉咙，“为什么我该老是听着这些嘲弄？”

“住手！”幽灵扯着嗓子怕人地大喝道，“只要你敢碰我一下，你就得死！”

化学家半路住了手，幽灵的话仿佛使他瘫痪了。他站在那里呆望着它。它已经从他的面前溜开一步，高高举着一只胳膊警告他。它那黑黝黝的躯干已经得意洋洋地站了起来，一抹微笑掠过了铁青的鬼脸。

“如果我能忘掉我的忧伤和冤屈，我是再愿意没有了！”鬼魂重复着，“如果我能忘掉我的忧伤和冤屈，我是再愿意没有了！”

“啊，我自己的恶灵魂！”着魔的人低声颤抖着说，“这个无止休的低语，把我的整个生命弄得灰暗无色了！”

“这是一个回声！”幽灵说。

“如果这是我的思想的一个回声——现在我晓得了，的确是个回声——，那么我为什么要烦恼呢？”着魔的人接着说。“这并不是一种自私的思想呀！我允许这个思想扩散到我自身以外去。是的，一切男男女女都有他们自己的忧伤——大多数人都有他们自己的冤屈，忘恩负义，卑鄙的嫉妒，自私的利益——这些东西纠缠着社会上各阶层的人们。谁不愿意忘掉自己的忧伤和冤屈呢？”

“是啊，谁不愿意忘掉呢？谁不愿意忘掉之后，日子过得轻松快乐些呢？”幽灵说。

“唉，这些流转不尽、我们所庆祝所纪念的岁月呀！”莱得洛继续说，“它们究竟给我们带来了什么回忆呢？有谁的心里头不是因为记起了过去的年月而涌起了忧伤或烦恼呢？刚才在这里的那个老头子的记忆尽是些什么呢？还不是一连串的忧伤和苦恼吗？”

“但是普通的人们，”幽灵说，阴暗的脸上浮着邪恶的笑容，“愚昧的头脑和平庸的灵魂们，都不像那有着高度文化和深刻思想的人们似的，总在感觉着、琢磨着这些，总是翻来覆去地推究着这些！”

“诱人的魔鬼！”莱得洛说，“我真怕你这副凹陷的脸盘，这个空落落的声音。我怕得要命，简直无法形容。我在这儿说话的时候，你那种吓人的黯淡预兆正在向我侵袭。啊，又来了！我又听到自己的头脑的回声了。”

“哼，你就把这当作我有本领的一个明证吧，”鬼魂说，“听着，我有一个提议：把你所经受的一切忧伤、冤屈和苦恼都忘掉吧！”

“把这一切都忘掉！”莱得洛重复着说。

“我有解除这些记忆的本领——只留下一点极淡薄极模糊的痕迹，而这点痕迹也将随着时光的流逝，很快就消灭得无踪无影了。”幽灵回答道，“说呀，咱们就这样成交了吧，怎么样？”

“且慢！”着魔的人叫道，浑身哆嗦成一团，抓住了幽灵扬起来的手，“我战战兢兢地怀疑你，不相信你；你投到我身上的黯淡恐惧，现在已经深化成我所不能忍受的无名惊骇了——我不愿意把一些温存的回忆，或对自己对别人都有好处的仁慈心肠，一古脑儿抛掉。比方说我同意了你的提议，我要丢掉些什么呢？还有什么别的东西会从我的记忆里溜走呢？”

“你的知识不会丢掉，你研究的心得不会丢掉；所要丢掉的只是那些乱麻一般搅缠在一起的情绪和联想。这些全都依靠着那些被放逐的回忆，为那些回忆供养着。是的，要溜掉的就是这些东西。”

“这些东西很多吗？”着魔的人很害怕地想了想问道。

“它们总出现在火里、音乐里、风声里、夜的寂静里和周而复始的岁月里。”幽灵讥嘲地回答。

“在别的东西里不出现吗？”

幽灵一声不语。

它默默地在他面前站了一会，就向炉火那儿挪动，然后停了下来。

“赶快决定！”它说，“不然，错过机会后悔就来不及了！”

“再等一下！”激动的化学家说，“我请求老天替我作证：我从来不曾恨过人类——从来不曾对周围的任何生物犯过脾气、漠不关心或者苛刻残酷过。假使说由于我孤零零的一个人住在这里，而对一切以往的事和本来可能出现的结局，过分捉摸，而对眼前的一切事情过分漠视的话，那么应得的灾殃已经落到我的身上，并没有落到别人的身上。但是如果我的身体里面有了毒素，而我又有解毒的药，也知道怎样用法，那么我不应该用它去解毒吗？如果我的脑子里有了病毒，而通过这个可怕的鬼影可以把它清除，我不把它清除出去吗？”

“喂！”幽灵催促着，“就这样成交吧？”

“再等一忽儿！”他急忙回答说，“是的，如果真能够的话，我愿意忘掉！天地间只有我一个人这样想吗？还是成千上万的、世世代代的人们都有这种想法呢？一切人的记忆无非充满了忧伤与苦恼，我的记忆也并没有什么两样呀！所不同的只是他们都没有选择‘忘掉’的机会罢了。好，咱们这笔生意就成交了吧。是啊，我愿意忘掉我的忧伤，我的冤屈，我的苦恼！”

“喂！”幽灵说，“那么成交了？”

“就这样吧！”

“就这样成交了！记住：从此刻起，我就宣布弃绝你了！今后不管你走到哪儿，一定得把我送你的这份礼物（遗忘）转送给别人！你所放弃了的记忆能力，既然不能再行恢复，那么从此以后，在你所接触的人中，你也非得把他们的相同记忆一齐毁掉不可。你的智慧既然发现忧伤、冤屈与苦恼的记忆乃是人类的共同命运，也发现一旦人类解除了这样的记忆，就会在其他的记忆中混得快乐得多，幸福得多，那么，去吧！快去做人类的恩人！从此刻起，你就摆脱了这种苦痛的记忆，从此刻起，你就不自觉地随身携带着这份‘自由’的福气！向人传播这份福气是你摆脱不掉的责任。去吧，为你赢得的这份福气而快乐，为传播这份福气而欢欣吧！”

幽灵方才说话时把一只毫无血色的苍白大手，高高举到化学家的头上，仿佛是在嘟囔着什么咒语、召唤恶魔，也仿佛是在宣读什么教门的咒逐令；然后渐渐把眼睛移近了莱得洛的眼睛；他可以看到这对鬼眼并不曾参与组成它脸上那副可怕的笑容，而是固定的、不变的、带着一种令人毛骨悚然的恐怖！现在，一转眼的工夫，幽灵从他的面前消失了，不见了。

正当他呆站在那儿，又害怕又吃惊，只觉得老听到声调凄惨、愈变愈弱的“在你所接触的人中，一定把他们的记忆一齐毁掉”的语声时，一阵尖叫的声音突然传进了他的耳鼓：声音不是来自门外的走廊，而是来自这所古老建筑的另一部分。听来仿佛是一个人在黑暗里迷失了方向的呼声。

化学家慌乱地看了看自己的手臂和下肢，好像要弄清楚到底还是不是自己，然后扯起嗓子怪叫着应了声：因为他很害怕很吃惊，觉得自己仿佛也迷失了路途。

尖叫声答应了，来近了。莱得洛连忙抓起灯来，掀起墙上一个重重的门帘：他一向是从这个挂门帘的小门出入隔壁的教室的。当那些青年学生乱哄哄、活泼泼地挤在那个梯形教室里，而化学家一走进屋子立刻就像魔术家一样，把那一张张脸儿变得生气勃勃的时候，这间教室原也是十分热闹的；可是一旦课业完毕、学生纷纷离去之后，它就显得冷清凄凉、像死神的一个象征一样，直瞪瞪地望着他了。

“喂！”莱得洛喊道，“喂，这边来！到灯光里来！”

当他一手撩开帘子，一手举着灯火，想让灯光照亮黑洞洞的教室时，一个像野猫一般的小东西，打他身边直窜进他的屋子，蹲到一个墙角里了。

“这是什么东西？”化学家慌张地问道。

在这种情形之下，即使他已看清那是什么，他还是会问这句话的：“这是什么东西？”事实上，现在他站在那儿，已望见那个蜷缩在墙角的东西了。

墙角里有一团乱七八糟、扯成布条的衣服，被一只小手紧紧地抓到一堆。论大小形状，那几乎是一只婴儿的小手，可是从那贪婪的、死命的抓相来看，却又很像一只邪恶的老人的手。圆圆的脸蛋、平滑的皮肤，不过是六七岁的模样，可是生活的苦难却又拧又捏弄得它又瘦又瘪。两只小眼睛是明亮的，但又无半点活泼之气。两只赤裸的小脚，纤细稚嫩，可是上面的血迹和龌龊又弄得它丑陋不堪。这简直是一个婴儿野人，一个小怪兽，一个从来不曾是孩子的孩子。从表面看去他有着人的形象，可是从内在的灵魂说来，却活着也罢，死去也罢，他只是一个畜生！

这个孩子似乎已经习惯于被人当作野兽猎逐了，所以他现在蹲在那儿，被化学家瞅着，也还过眼来瞅着化学家；唯恐化学家就要打他，所以扬着一只胳膊作为抵挡。

“你要打我，”他说，“我就咬你！”

在以前，在几分钟以前，这样一副悲惨的景象，一定会使化学家柔肠寸断、感慨无限的，可是现在他冷冷地瞪着这个小动物，丝毫无动于衷了。他费了老大的力气想记起一点什么事——他也不知道是什么，——然后他问那个孩子是从哪儿来的，在那儿蹲着干什么。

“那个女人在哪儿？”孩子说，“我要找那个女人！”

“你说的是谁呀？”

“那个把我带到这儿，把我安放在炉边的女人。她出去老半天了，我出来找她迷了路。我不要你！我要那个女人！”

他突然一跳，两只赤脚飞也似的跳到了门帘附近。莱得洛赶上前去，一把抓住了他的破烂衣服。

“喂，松开我呀！”小孩咬着牙，挣扎着说，“我并没惹你呀，让我去找那个女人好不好？”

“不要走那条路。这里有一条近路。”莱得洛说，紧抓着他不放手。他又拼命想记起一点和这个野孩子有关的联想，但是怎么也记不起来了。

“你叫什么名字？”

“我没有名字！”

“你住在哪儿？”

“住！我不懂。”

小孩使劲摇了摇头，把披散到眼睛上的乱发摇开去，然后看了莱得洛一眼，在他的腿边扭来扭去，拼命挣扎着，同时嘴里不断重复着：“让我去好不好？我要找那个女人呀！”

化学家把他领到门口。“从这儿去，”他说，仍然像在梦中似的呆望着他，但脸上已带着一种出于冷漠的厌恶表情和避之若浼的神气。“我把你带到她那儿去。”

小孩的尖锐的眼睛扫射了全屋一遭，然后落到摆着剩饭残菜的餐桌上。

“给我点东西吃吧！”他贪婪地说。

“她没有给你东西吃吗？”

“可是明天我又要饿了，是不是？我不是天天挨饿吗？”

小孩发觉化学家已经松开他之后，就像一只捕食的野兽一样，一下子蹦到餐桌旁边，把残余的肉、菜、面包一古脑儿扒到怀里，和他那破烂的衣服裹在一起，紧紧搂在怀抱里不放。

“好，现在领我找那个女人去吧！”他说。

化学家看到这副丑态，不由得对他起了一种新的憎恶之感，实在不愿意再摸他一下了，所以只是板起面孔叫他跟在后面。可是刚要走出房门，化学家就浑身打起哆嗦，停住不动了。

“不管你走到哪儿，一定要把我送你的这份礼物转送给

别人！”

幽灵的话在风里飘荡着，这股冷气直钻到他的心里。

“喂，今天晚上我不去她那儿了！”他含含糊糊地嘟囔说。

“今晚我哪儿都不去了。孩子！你自己顺着这条长长的拱形走廊走下去，再穿过那个高大的黑门走到院子里——然后就可以看到一个有灯火的窗子……”

“是那个女人的灯火吗？”小孩问。

化学家点了点头。两只赤脚板子立刻飞也似的逃走了。化学家端着油灯走回屋来，匆匆锁起了房门，然后坐到椅子里，两手掩起脸面，仿佛自己害怕自己一样。

因为现在他可真是孤零零的一个人了。孤零零的，孤零零的一个人！

第二章
传　法

一个小个子坐在一间小小的家庭起坐间里，一面用碎报纸裱糊的小屏风，把这个小起坐间和一个小店铺隔开着。陪伴着这位小个子的，是一群数目随你说是多少的小孩子——至少看起来是如此：因为在那个有限的活动范围以内，这一群孩子给人的印象是数目实在太多了。

这群小把戏之中，已经有两个人被强烈的生理作用强迫着爬上了墙角的一张床里。他俩本来可以在那儿舒服地天真地睡去了，可是另一种不爱睡觉的天性又逼着他们在床里床外打闹不休。另外两个幼小的孩子正在一个屋角里搭盖蚌壳墙，这就立刻惹起床上的两个前来作抢掠的冲击了（正像大多数年轻的不列颠人谈到英国的古代史诗，总碰到可恶的皮克特人①和苏格兰人不断南下骚扰英格兰的记载一样）。他们两个对这座蚌壳堡垒频作骚扰袭击之后，又鸣金收兵，撤退到自己的领土上来。

侵略者的入寇，被侵略者追击敌人的叫骂和对于侵略者藏身的被窝的刺戳，本来已经吵成一片，乱作一团了；可是另外一个小孩子又在另外一张小床上把他的靴子扔到水面上②，对这场家庭纷扰，也出了一臂之力；换句话说，他拿起小靴子和别的小物件当作飞箭，向那些扰他不得安宁的捣乱鬼们扔去——这些小物件本身虽然并不刺人钩人，可是质地都坚硬得很，打在身上够疼的——那些被掷中的小鬼当然不甘罢休，也马上回敬了他，因而乱上加乱，吵成一团了！

除此之外，还有一个怀里抱着大娃娃、被压得侧侧歪歪在屋里蹒跚过来、蹒跚过去的孩子——在这儿年纪算他最大、可其实还是小得很。——怀里的娃娃重极了，压得他的两只膝盖酸疼难忍。在一般乐观自信的家庭里，往往流行着一个错误的想法：认为只要哄哄一个娃娃就可以使他（或她）睡着的。现在这个抱娃娃的大孩子就正在哄她睡觉。但是，但是哟！娃娃的一对小眼正从哥哥已麻木的肩膀上，定睛仔细观察着这个值得深思详察的大战场，哪里肯闭起眼睛去睡觉呢？

这个怀抱中的娃娃，真可以说是一个小莫洛克神[3]；她这位小哥哥的整个生命，日复一日地在她那贪得无厌的祭坛上作出牺牲。她的整个人格的特点可以说是：第一，她永远不会在一个地方安静五分钟；第二，当你需要她睡觉的时候，她从来不会睡觉。在附近一带，这个“台特北的娃娃”正和邮差与饭馆侍者一样，是个无人不知无人不晓的人物。从星期一早晨到星期六晚上，她在哥哥小约翰·台特北的怀抱里，从这家门口台阶逛到那家门口台阶。在一群跟着走绳卖艺的或耍猴戏的跑的孩子们后面充当殿军的老是约翰和她；她老在小约翰的怀抱里侧着身子歪着脑瓜，东看这个玩艺，西瞧那个把戏，可是永远迟到一步而看不到什么。只要街上有一群孩子凑到一块儿玩耍，总会有抱着她累得上气不接下气的约翰。每当约翰愿意停下来待一会的时候，小莫洛克神总是吵闹着要走开；每逢约翰想出门的时候，她总睡个不醒，需要看守；每逢约翰愿意待在家里的时候，她又总是醒着，一定要抱出门去。这该是多么缠人的一个小神灵啊！然而她家的大人老告诉约翰说，她是一个十全十美的娃娃，任凭你走遍

---

① 皮克特人，史前居住苏格兰全境、爱尔兰北部的民族，在罗马帝国占领时期即不断南下骚扰，罗马军队撤退后，骚扰更甚，一度且曾逼近伦敦附近。

② 把靴子扔到水面上，这是一句玩笑的比喻，戏仿《圣经·旧约·传道书》第11章第1节：“当将你的粮食撒在水面，因为日久必能得着……”的说法。言撒粮食于水面是施惠于人，日久必得善报；这里掷于水面是为害于人，当然要得恶报了，无怪被掷的小孩们立刻回敬了掷靴人。

③ 莫洛克神，古腓尼基的火神，专以儿童为祭品。

英国，也找不出这样一个宝贝儿来！小约翰没有法子，只好从她的小裙子后面，或从她那柔软的、随风扑哧作响的小帽上面，马马虎虎地瞧上一眼事物的大概；也只好抱着她压得侧侧歪歪地走到这儿，溜到那儿，好像一个小小的脚夫，扛着一件不是交给任何人、也不会交到任何地点的大大的包裹一样。

在这样一团混乱的情形下，坐在小起坐间里的那位小个子，无论怎样也不能安静地看报了。他就是这个家庭的父亲，也就是这个门前挂着“A · 台特北报贩公司”招牌的小商店的老板。老实说，担当招牌上的名称的只有他一个人，因为“公司”二字不过是一个理想的抽象名词，既无事实根据，又不代表人称。

台特北商店是耶路撒冷大楼一个拐角上的铺子。它的陈列窗里摆着一些书报：主要是过期的画报和什么海盗啦、拦路贼啦一类的连载小说。手杖和小孩玩的石弹也是货品的一部分。这个铺子一度做过零售糖果蜜饯的生意，但是这些奢侈品似乎不为耶路撒冷大楼里的人们所需要，因为陈列窗里差不多已经没有这类货品了，只剩下一个算是小玻璃灯笼的东西，里边盛着一堆没精打采的、在夏天融化、到冬天凝结的牛眼糖球。随着一年的寒来暑往，凝结了又融化，糖就死死粘到玻璃上来，因此除非你连玻璃灯笼一齐吃掉，否则休想把这糖儿取出来吃进嘴里去。台特北商店曾经试干过几种生意，譬如一度尝试过儿童玩具的经营，因为在另外一个玻璃灯笼里还有一堆蜡制的小洋囡囡，可是都已乱七八糟头冲下脚朝天地粘到一起了：这一个囡囡的脚粘到那一个的头上，那一个的头粘到这一个的脚上，而灯笼底上更是一大堆断臂残腿。它也曾经营过女帽的生意，这有扔放在窗子角上的几个干巴巴的铁丝帽圈儿作为见证。曾经幻想烟草的经营也许可以赚碗饭吃，于是就在玻璃窗上贴起了一张漫画：上面画着大英帝国三大主要部分的三个土著正在消耗着这种香草。漫画底下附着一个诗意的说明，大意是讲这三个人团结在一个共同的事业之下，坐在一块，谈笑风生：一个嚼着烟草，一个闻着鼻烟，另一个吸着烟斗；但是这份生意似乎没有得到如意的结果——只是漫画的浆糊招惹了不少的苍蝇！很久以前，它也打过售卖假玉假珠宝的主意，因为在一块玻璃窗上还贴着一张出售便宜图章和一张出售铅笔盒子的广告，还有一张神秘莫测的、标价九个便士的黑色护符；但是直到如今，住在耶路撒冷大楼的人们一件也没买过。简单说来，台特北商店曾经费尽了心力，想尽了办法，打算从耶路撒冷大楼赚碗饭吃，可是行行生意干得都不如意，因此这个商店里处境最好的显然是“公司”二字：因为“公司”既然是一个无血无肉的、虚构的创造，当然就不会感到什么饥呀饿呀的无聊不便，既不必纳济贫捐，也无须缴估价税，更没有一家子小孩要养活了。

台特北本人却不同了。像刚才说过的，他正坐在小起坐间里想读报纸，但是这群孩子的叫嚣吵闹弄得他无法不去理会，也无法静读报纸。他一生气，丢下报纸，发疯似的在屋里打了几个旋转，活像一只不知飞向哪儿的通信鸽子。接着向着一两个穿着睡衣，从他面前掠过的小东西猛扑过去，可是一个也没抓着。然后蓦地一个箭步奔到全家最老实最无罪的孩子跟前，啪啦打了小莫洛克神的看护人一个耳光。

“你这个混小子！”台特北先生说，“在这样大冷的天气里，爸爸早晨五点钟起来一直累了一天，愁了一天，难道你就一点不心疼他，而非用你的鬼把戏打扰他的休息，妨碍他看报不成吗？我的小爷爷，难道这还不够吗？你的大哥道尔法斯现在正在冷风潮雾里跑东跑西，而你却呆在家里享福，舒舒服服地怀抱着一个—— 一个大胖娃娃，更甭提你要什么有什么了！”台特北把这句话堆了上去，算是小约翰的至高无上的福气。“喂，我问你，难道这还不够，你非把家里弄成一片荒凉，把爹娘气成疯子不成吗？我问你，小约翰？嗯？”台特北每说一句话，就举起手来要打他一个耳光，可是每次想一想，又觉得还是免了吧。

“噢，爸爸！”约翰啜泣说，“可是我并没有干什么错事呀，我不是好好看着赛丽，哄她睡觉吗？噢，噢！爸爸！”

“我希望我的小女人快快回家来！”台特北说着，心软下来、难过起来了。“我真盼望我的小女人快快回家来！我实在对付不了他们，他们闹得我头昏脑涨，不知怎么是好。啊，我的小约翰！你的好妈妈给你添了这么一个好妹妹还不够吗？”指着小莫洛克神说，“难道你不晓得你们前边七个孩子都是男的，连一点女孩子的希望都没有，可是你的好妈妈特地忍受了她所经受的苦痛，为你们大家生了个小妹妹吗？难道这还不行，你们非闹得我的脑袋晕乎乎不成吗？”

当他本人和被打的孩子都渐渐生了柔情，而他自己又越来越心软时，他马上拥抱了约翰一下，算是收场；然后冲到别的地方去捕捉真正的罪犯。一个相当良好的开端出现了：他短短地但是麻利地跑了几步，在床上和床下表演了一点越野赛跑的本领，在杂乱错综的椅子中间钻进钻出了一阵之后，就捉住了一个小鬼。他适当地惩罚了他，随即把他撵上床去。这个例子对于投靴子的那个小孩产生了有力的、看来像是催眠的影响：因为虽然一分钟之前，他还是大睁着眼睛神气十足的，可是现在马上呼呼入睡了。这个影响也到达了那两个小建筑师的身上，他们立刻一溜烟偷偷地跑进隔壁的一间小屋，爬上床去了。中途被拦击的那个小鬼的同伴，看到情势不妙，也同样悄悄地缩进了自己的小被窝里。当台特北先生停下来喘口气时，出乎意外地发现战事全停、和平已经莅临了。

“就算我的小女人亲自出马，恐怕也难得落个更好的局面吧！”台特北拭了拭涨红的脸说，“我希望她亲自出来试试，我真希望！”

台特北把视线移到屏风上的破报纸上，去寻找一段可以借机教训孩子的文章。他找着了，大声念道：

“‘毫无疑问，一切非常的人物都有他们出色的母亲，到了晚年他们都很尊敬自己的母亲，把她当作最好的朋友。’想想你们自己的出色的母亲吧，孩子们！”台特北说，“趁她还活在你们中间的时候，好好想想她的价值！”

他又坐到炉火旁的椅子里，定了一下神，跷起二郎腿看起报来。

“谁要再滚出床来，我不管是谁，”台特北颁布这份告示时，心肠已经软了下来，于是柔声柔气地说，“听清楚：谁要再滚出床来，那么，‘那个可敬的同时代的人儿，就要吃一惊了’。”——台特北先生从屏风的破报纸上摘出了这句话。然后转脸对约翰说：“约翰，我的孩子，好生照料你唯一的妹妹小赛丽吧，因为她是你额前最灿烂的珠宝！”

约翰坐到一个小凳子上，毫无怨言地被压在小莫洛克神的重量之下了。

“啊，对你来说，这个小娃娃该是一件多么好的礼物哟！是不是，约翰？”他父亲说，“而你应该怎样感激哟！‘一般人都不知道，’约翰，”他又在念屏风上的破报纸了。“‘但是根据精确的统计，我们得出了下面的事实：不到两岁就夭亡的婴孩占着很大的百分比，也就是说，’——”

“爸爸，请你别再往下念了！”约翰哭着说，“我一想到赛丽，就不忍再听下去了！”

台特北不念了；约翰对委托给自己的这份任务更加深了责任心。他揩了揩泪汪汪的眼睛，连忙去哄他的小妹妹。

“你的哥哥道尔法斯今晚来迟了，约翰。”父亲一面说，一面拨着炉火，“回到家来的时候，恐怕要冻成冰人儿了！可是你那宝贝妈妈怎么这么晚也不回来呢？”

“听！妈妈来了，道尔法斯也来啦，爸爸！”约翰叫道。

“不错，不错！”父亲回答，同时也在听着，“是的，是我那个小女人的脚步声！”

台特北先生到底经过了怎样一番归纳过程，才得出他太太是个小女人的结论，只有他自己晓得。其实，论身材，她一个人的个子足可顶他两个人那么大。当作个别的人看，她是相当结实相当肥大的；若是参照着她的丈夫看，她的个子便显得魁梧硕大了；若再参照着她那七个小不点儿的孩子看，她可就显得庞大无比、有些吓人了。但是只有到了赛丽的身上，台特北太太才算真正显示了她自己。最清楚这份苦头的莫过于牺牲品小约翰了，因为只有他一天到晚称着这个累得人要命的小偶像的重量，量着她的大小和高矮！

上街买菜、挎着篮子归来的台特北太太，一进门就把头上的帽子和脖上的围巾往后一甩，筋疲力尽地坐了下来。她命令约翰立刻把怀抱着的小宝宝送上前来受吻；约翰不敢怠慢，马上照着吩咐做了，然后走回他的小凳，继续承受着娃娃的重量。小少爷道尔法斯这时已经解开了他那红色的、看来长得没有尽头的大围脖，露出了他的身躯。他也提出同样的要求，让约翰把娃娃抱上前来受吻；约翰应从了要求之后，又走回自己的小凳，被压在娃娃的重量之下了。台特北先生看到这种情况，不由得心血来潮，也以作父亲的情感和权利提出了同样的要求。约翰不敢怠慢，又满足了这第三个愿望，可是疲于奔命之余，已经累得几乎没有力气走回自己的小凳了。他被压在娃娃的重量之下，冲着亲人们喘息不停。

"不管你干什么，约翰，"台特北夫人摇着头说，"一定要好生照管你的妹妹！不然，就别想再见你的妈妈！"

"也别想再见你的哥哥了！"小道尔法斯帮腔说。

"也别想再见你的爸爸了，约翰！"台特北先生也凑上去说。

约翰听到这种附有条件的弃绝之后，心里十分难过，低下头去看了看小莫洛克神的眼睛，觉得就眼前来说，这对眼睛还算很好，于是很熟练地拍着她那后背的最上方，用脚摇起她来了。

"你湿了吧，道尔法斯，我的孩子？"父亲说，"来，坐到我的椅子里烤烤吧！"

"不，爸爸，谢谢您，"小道尔法斯说，用手抹平了自己的衣服，“我觉得并不很湿。我的脸亮得很吗，爸爸？”

“是的，蜡光光的样子，我的孩子。”台特北说。

“都是天气闹的，爸爸。”小道尔法斯说着，用短上衣的破袖头揩了揩他的双颊。“因为雨啦、霰子啦、风啦、雪啦、雾啦什么的，我的脸有时就弄得像发疹似的肿肿的，而且还发亮，明晃晃的——啊，不是吗？”

小少爷道尔法斯吃的也是报行饭；一家比他父亲的公司兴隆的报贩行雇他在火车站零售报纸。在那一带地方，小道尔法斯的胖墩墩的小个子，好像穿着破烂衣服化装出行的爱神丘比特的神气，以及他那到处吆喝着卖报的小尖嗓子（他刚刚过了十岁），正和那些出站进站、呼呼喘气的火车头一样，是无人不知无人不晓的。若不是他很幸运地发明了一种慰藉自己的巧妙办法，那么这样小小的年纪就干这行单调无聊的生意，他的童年精力一定不容易得到一个无害于人的发泄的。这个发明是这样：他把长长的一天分成几个有趣的阶段，同时又不妨碍他的买卖。正和许多伟大的发明一样，他的巧妙发明也是非常简单的。说穿了就是在一天的不同阶段里，他按着英文五个元音字母 a e i o u 的次序，把报纸（paper）这个字的第一个元音轮流更换成其余的元音字母。因此当他身披油布斗篷、头戴油布小帽、颈缠大长围巾，在冬季的黎明时分，东跑西颠，扯着划破阴沉空气的小尖嗓门大声吆喝着兜售报纸时，他就喊：“培坡！培坡！”（paper）；到了上午十一点左右，“培坡”就变成“拍坡！拍坡”（pep-per）了；到了下午两点的光景，于是他就嚷成卖“皮坡！皮坡”（pip-per）；再过两个来钟点，他就叫着卖“跑坡！跑坡”（pop-per）；然后随着太阳的下山，这位小小先生觉得一天工作完毕，很轻松很愉快地叫卖着“普坡！普坡”（pup-per）了！

像前面说过的：把帽子和围巾往后一甩，坐在那里好像有心思似的转弄着手上结婚戒指的台特北太太，现在站了起来，脱掉出门的外装，开始铺起晚餐的桌布了。

“啊哟，啊哟！我的天爷，我的天爷！”她说，“世道敢情就是这个样儿哟！”

“世道是哪个样儿呢，亲爱的？”台特北先生四下望了望，茫然地问。

“噢，没什么！”台特北太太说。

台特北先生抬了抬眉头，重新折起报纸，眼睛从报纸的上端扫到下端，从左边扫到右边，然而心不在焉、视而不见，读而不知所云！

台特北太太此时正在铺台布，可是与其说她在预备晚餐，不如说她在没好气地惩罚桌子。她不必要那么重地把刀、叉往桌上啪啦一摔，把盘、碟叮叮当当地放上桌；盐瓶扑通一声被顿在桌上，差点儿把桌面敲出一个瘢痕来，面包也被重重地扔在桌上。

“啊哟！我的天爷，我的天爷！”她又说，“世道敢情就是这个样儿哟！”

“我的爱，”她丈夫又四顾茫然问道，“刚才你说过这句话了，世道是哪个样儿呢？”

“噢，没什么！”她说。

“索菲亚！”她丈夫埋怨道，“这话你刚才也说过了哇！”

“好，如果你愿意听，我还要说呢，”她说，“噢，没什么！好，如果你还愿意听——噢，没什么！喂，如果你还愿意听，噢，没什么！没什么！没——什——么！——喂，喂，怎么样？”

台特北先生的眼睛直盯着他的伴侣，相当诧异地对她说：

“到底是什么事情惹得你发脾气，我的小女人？”

“我哪里知道？”她反诘道，“不要问我，谁说我在发脾气来着？我从来没发过脾气。”

台特北先生放弃了读报的倒霉工作，背起手耸着肩，慢步走到屋子的那边——他的步态和他无可奈何的表情完全和谐一致，——对着他的两位年纪最大的后代说：

“你们的晚饭一会儿就得了，道尔法斯。在这样潮湿的天气

J. Leech.

里，你妈妈出去从小餐馆里买回来的。你们的妈妈太好了。你一会儿也可以吃晚饭了，约翰！你妈妈很喜欢你，因为你照管你的宝贝妹妹很周到很细心。”

台特北太太没有说什么话，可是对于桌子的仇恨显然已经减轻了。这时，她已经收拾好了桌子，从她的大篮子里取出一大块用纸包着的、热腾腾的豆粉布丁和一个用茶碟盖着的盆子。她一拿开茶碟，盆子里立刻冒出一股香喷喷的气味，惹得两张床上的三对小眼睛都睁得滚圆地瞅着这份儿筵席。台特北先生并不理睬这个落座吃饭的默然邀请，依然在那儿重复着说：“是的，是的。你的晚饭这就得了，道尔法斯，——在这样潮湿的天气里，你妈妈从外边小餐馆里买回来的。你妈妈真太好了！”——说着说着，站在他身后、早已作出许多悔恨表示的台特北太太，突然搂住他的脖子哭了起来：

“啊，道尔法斯哟！”她说，“我怎么会这样呢？唉！”

这个“讲和”深深感动了小道尔法斯和小约翰，他俩不约而同地发出一声凄惨的叫喊。他们的叫喊吓得床上的三对小眼睛马上又闭了起来，而刚才从隔壁小屋悄悄溜出来，看看有什么吃喝的两个小鬼，也拔腿仓皇遁走了。

“我的爱，道尔法斯！”台特北太太哭得一抽一噎地说，“真的，回到家来的时候，我真和娘肚里的胎娃一样，丝毫没有想到我会这样耍性子——”

台特北先生似乎不很喜欢她这个比喻，因而表示意见道：“别那么说，我的爱！说：和一个小婴孩一样——”

“好，真和一个小婴孩一样，丝毫没有想到——”她说，“喂，约翰！不要只望着我，要好好看着你的妹妹，当心别让她从你的怀里掉下来摔死！假如那样，你也就活该痛伤了心去见阎王了！——是的，真和这个小宝贝一样，丝毫没想回到家来我会这样耍性子。但是，不知怎的，道尔法斯——”台特北太太忽然住了口，又转弄起手指上的结婚戒指来。

“我明白了！”台特北先生说，“我知道了！我的小女人是要性子了。本来嘛，艰苦的年代、艰苦的天气、艰苦的工作是常常弄得人们发烦的。我明白了，啊唷！难怪你使性子，难怪！——喂，道尔法斯，我的孩子，”台特北先生用叉子拨着盆里的菜说，“你瞧你妈妈从外边餐馆里买回来的，不光是豆粉布丁，还有这一整个香喷喷的烧猪肘子，你瞧上边的脆肉还真不少，肉汁、芥末等调味的佐料也够多的。拿过你的盘子来，孩子！快趁它滚烫的劲儿吃吧！”

小少爷道尔法斯用不着第二声召唤，立刻接过他的一份恩赐，馋得两眼潮润润的，立刻退到自己凳子上，恶狠狠地扑向他的猪肉了。约翰也没被忘掉，可是他领的那一份肉是敷在面包上的，怕的是一旦肉汁泛滥，就会滴到娃娃的身上；并且为了同样的理由，父母叫他在吃布丁之前，先把布丁搁在口袋里。

这个猪肘子上的肉本应比现在的还多一点——不过小餐馆的切肉师傅当然不会忘记给比台特北太太先到的顾客先切下一些去，因此上边的肉虽是不多了，可是加上去的调味佐料却一点也不吝啬，结果这样的辅助品也就使人隐约想起猪肉，而轻轻把人们的味觉哄骗过去了。豆粉布丁、肉汁、芥末等物，也和东方诗人所说的玫瑰与夜莺的关系一样①，虽然不是绝对的、真实的猪肉，然而却和猪肉比邻而居，满沾着猪肉的味儿；所以，大体说来，这顿好餐倒有着一只不大不小的猪的香味。床上的小鬼们觉得这股香味太难抗拒了，因而虽然个个假装呼呼地安静地睡觉，可是瞅着爹娘没有看见的空子，纷纷爬下床来，悄悄央求两位老兄慷慨一点，表示一点仁让的手足之爱。那两个做哥哥的本来不是硬心肠的人，果然也就回敬了他们一些残肉剩汁，惹得他们身穿睡衣，飞来奔去，你抢我夺地混战了一整顿晚餐的工夫。台特

① 近东诗人往往在诗中将玫瑰与夜莺相提并论，因二者均为美的象征，近东诗人惯作此种联想，如11世纪波斯人奥马尔·哈亚姆在其名著《柔巴依集》中即曾如此。

北先生被搅扰得实在无法，有一两回竟不得不诉诸武力，穷追猛打了一阵之后，小游击队员们无法招架，只得狼狈逃窜而去了。

台特北太太并没有享受她的晚饭。她的脑子里老像在想着什么，莫名其妙地一忽儿大笑，一忽儿大哭，最后又莫名其妙地连哭带笑起来。她丈夫看到这个样子不由得瞠目结舌，不知怎么是好。

“我的小女人，”他说，“如果世道是这个样子，看来可就有点不对，而你这么又哭又笑的一闹，只怕也要噎住了！”

“给我一点水，”台特北太太挣扎着说，“暂时不要跟我说话，也不要理我，不要，不要！”

台特北先生递给她一点水后，忽然转向满怀同情的、可是倒霉的约翰身上，责问他为什么又馋又懒地怔在那儿，不赶快抱过小妹妹叫妈妈开开心顺顺气。约翰闻言哪敢怠慢，立刻被压得一倒一歪地把小莫洛克神抱上前来；但是台特北太太连忙摇着手儿表示，目下受不了这份苦痛的感情刺激，不许约翰往前再走一寸，倘敢故违，就要遭受所有亲人们的永久仇恨；约翰无奈，只好遵命退回他的座位，和以前一样被压得扑通一声坐倒了下来。

停了一会儿，台特北太太说她觉得稍好一些了，于是又开始大笑起来。

“我的小女人，”她丈夫半信半疑地说，“你当真觉得好些了吗？还是又要冲着一个新的方向发作呢，索菲亚？”

“不，道尔法斯，不，我现在好了，”她一面说，一面用手整理了一下头发，然后又两手遮住眼睛大笑起来。

“哎哟，我是多么愚蠢的一个傻瓜啊，竟会有一会儿这样想呢！”她说，“靠近点，道尔法斯，让我告诉你这是怎么回事，好松松我的心，我要原原本本都告诉你。”

台特北先生果然把椅子搬近过来。台特北太太又笑起来，上去搂了他一下，然后揩着泪汪汪的眼睛说：

“你晓得，道尔法斯，我的爱。当我还是一个少女的时候，本来可以有几条路子把自己打发出去的：譬如曾经有一个时期，四个人同时追着我求爱，其中两个还是马斯①的儿子呢！”

“怎么，我们不都是妈妈的儿子吗，亲爱的？谁不是妈妈和爸爸两个人的儿女呢？”台特北纳闷地问。

“你没听清楚，”他太太说，“不是那个意思，我是说其中两个还是军人呢——两位排长！”

“噢——噢！”台特北这样答了一声。

“当然，道尔法斯，我可以告诉你：现在我真不想那些事，也不后悔什么。我觉得我嫁了一个很好的丈夫，我也要好好地对待他，来证明我爱我的丈夫，正好像——”

“正好像世界上任何一个小女人似的，对不对？”台特北说，“很好，很好！”

即使台特北先生是一个十英尺高的大汉子，对于台特北太太的仙女一般的身材，恐怕也不会表示出比这更温柔的体贴；即使台特北太太是一个两英尺矮的小女人，对他的这份温柔体贴也不会感到更应该更合适了。

“但是你要知道，道尔法斯，”台特北太太说，“这正是圣诞节呀。一切过得起节的人们都要过节，一切腰包里有钱的人都要花点钱。刚才我正在街上的时候，不知怎的觉得腻烦透了。卖东西的那么多——香喷喷好吃的东西，漂亮好看的东西，还有许多可爱的该买的东西；可是在我掏出一个六便士的银币想买个极寻常的东西时，我得算了又算，斟酌了又斟酌。我的篮子那么大，里边需要的东西那么多，而我腰包里的钱又那么少，能买的东西又那么有限！唉，——你恨我了，道尔法斯，是不是？”

“现在还不怎么恨，”台特北先生说。

“也好，索性一古脑儿兜出来，全告诉你得了！”台特北太太

① 马斯的儿子，马斯是罗马神话中的战神，他的儿子当然就是军人。台特北一时没听清楚，把“马斯”听成“妈”，因而发生疑问。

忏悔似的说，“那么你就会恨我了。刚才我在冷风里拖着沉重的两脚走着，同时又看到许多别的大篮子、别的打算盘的面孔和我一样拖着沉重的脚，我真个烦透了。我想我不会过得比较宽裕些，比较快活些吗？假如——假如——我——不曾——”台特北太太说到这儿，不住地摇着搭拉着的脑袋，转弄着手上的结婚戒指。

“我明白了，”台特北先生不慌不忙地说，“你是说，假如，假如你不曾结婚，或者假如不曾嫁我而嫁了别人……对不对？”

“是的！”台特北太太啜泣着说，“是的，我正是这么想来着。现在可该恨我了吧，道尔法斯？”

“啊，不，”台特北先生说，“现在还不觉得恨。”

台特北太太给了他一个感激的吻，继续说：

“虽然我想我还没有把最坏的事告诉你，可是我已经开始希望你不至于恨我了，道尔法斯。我简直想不出我是受了什么影响，也不知道我是不是病了或是疯了，或是怎么样了；但是啊，但是——我记不起是什么东西硬把我俩拴在一起成为夫妇的，也记不起什么东西使我这样老老实实地安于其命。我们两个所经过的一切快乐和享受——它们似乎可怜得很，一点意思都没有，说句实话，我简直恨它们！我真想把它们踩到脚底下踹个稀烂。我什么都想不出，所能想的只是我们的穷困和家里这些要吃饭的嘴。”

“是的，是的，我的爱，”台特北先生摇着她的手鼓励她说，“你说的倒是真情，我们是穷，我们家里是有许多张等着吃饭的嘴！”

“但是——但是，我的道尔夫，道尔夫！”她两手搂起他的脖子哭着说，“我的可爱的、和善的、耐心的好老伴哟，我来到家里也不过只是一会儿的工夫，可是一切却多么不同了哇！喂，道尔夫，我的爱，一切都多么不同了哇！我觉得回忆像潮水似的突然涌进了我的心坎，把我那僵硬的心变软了，把我的整个心房都填得满满的，仿佛就要爆裂了。我们谋求生存的一切挣扎，我们结婚以后的一切忧愁与贫困，我们所经历的、或子女所经历的一切卧病的日子，一切守候看护的钟点，好像都在向我说话，好像都在向我说：是这样一些东西把我们牢牢拴在一起，犹如一个人。我不会、也不能、也不愿意去做另外一个人。我只能是、只愿意做你的太太和孩子们的妈妈。刚才我想要踩到脚下踹个稀烂的那些可怜的享乐，现在对我宝贵极了——啊，宝贵极了！可爱极了！——我实在不忍去想刚才怎样对它们不起，而说出那样的话来。所以我说过了，现在还要说十遍百遍：刚才我怎么会发那样的脾气，怎么忍心去发那样的脾气呢？道尔法斯，我的爱！”

这位好女人正在悔恨万分、伤心欲狂、哭哭啼啼、闹得不亦乐乎的时候，忽然狂叫一声，吓得跑到丈夫的身后藏了起来。她叫喊得惨极了，已经睡着了的孩子们都从梦中惊醒，爬下床来，偎在她的周遭。她的视线并没有对不起她的喊声，因为手所指处，屋里已经进来一个身披黑色斗篷、面目苍白可怕的人！

“你们看那个人！看呀！他来干什么？”

“亲爱的，”她丈夫答道，“你松开我，我好去问问他。怎么啦，亲爱的？你怎么浑身哆嗦得这么厉害？”

“刚才我出门的时候，在街上看见他了，他盯着我，站在我的身旁。我很怕他！”

“怕他，为什么？”

“我也说不上来为什么。我——喂，不要动！丈夫！”因为他正走向那个生人。

她一只手贴在前额上，一只手压在胸膛上，浑身上下奇怪地抖个不停，两个眼珠也慌乱地转个不停，仿佛丢了什么东西似的。

“莫非你病了不成，亲爱的？”

“喂，什么东西又从我的脑子里溜走了呢？”她低声自语道，“到底是什么东西又溜掉了呢？”

她嘟嘟囔囔说了这几句话后，突然答复她丈夫道：“病？没有哇！没有，我好得很呀！”她站在那儿视而不见地呆望着地板。

刚才她的惊惧本来已经传染给了她的丈夫，弄得他惶惶不安，而现在她的奇怪表情，更使他茫然没有主意了。他对着那个披黑色斗篷、木立不动、两眼看地的不速之客开腔道：

“先生，不晓得您来这里有什么贵干？”

“恐怕刚才我进来的时候，你们没有看见，所以吓了一跳。”不速之客说，“不过也是因为你们正在谈话而没有听到我进来。”

“我的小女人说——也许您已经听见她说了，今天晚上您已经不是第一次惊吓她了！”

“对不起！我记得刚才在街上看见她，可是只看了她一两眼，决没有要吓唬她的意思。”

当来客仰起脸来说话的时候，她也抬起了眼睛。看表情，她怕他是怕得要命，而他也似乎很怕看到这种情形——可是他看她时又是多么专注，多么仔细啊。

“我的名字叫莱得洛，”他说，“我是从不远的那个古老学院前来这儿的。学院的一位青年学生住在你的房子里，是不是？”

“您说的是邓海穆先生吗？”台特北问。

“是的。”

小个子台特北再开口说话之前，手在额前抹了一下，眼睛匆忙地扫了全屋一遭，仿佛感到空气里有了什么变化。这个自然的动作非常轻微，没人会留意。化学家莱得洛立刻把刚才瞅他太太的可怕的眼神移到他的身上，然后倒退一步，面色变得益发苍白可怕了。

“那位学生的房间就在楼上，先生，”台特北说，“要去那儿，外边本来有一个更方便的独用的进口；可是既然您已进到屋里来了，又赶上这样大冷的天气，也就无须再走出去啦。就从这个小楼梯上去得了，”他指着一个紧连着小起坐间的楼梯说。“如果您愿意去看他，就打这儿上去吧！”

“是的，我要去看他，”化学家说，“可以借给我个灯亮吗？”

他那憔悴的脸上的眼睛使劲地盯着台特北，一种说不出来的对台特北的不信任，使得他的面目益加阴沉可怕了。台特北不知所措了，停了一下，也使劲盯着莱得洛，活像一个惊呆了的人，或中了邪的人，木木地在那里呆立了一两分钟。

最后他终于说：“好吧，先生，我给您照着灯亮，跟我走吧。”

“不，”化学家说，“我不要人陪我去，也不要人向他通报我。他并没想到我会去看他，所以还是我自己去的好。如果可以，还是请你借给我个灯亮，我自己会找着路的。”

在他匆匆忙忙表示借灯的愿望，并且从台特北手里接过蜡烛的时候，他碰到了台特北的胸膛。他赶紧缩回手来，好像偶然伤害了他一样（因为他不知道他新获得的魔力究竟在身体的哪一部分，也不知道这份魔力是怎样传给人的，也不知道不同的人们如何以不同的方式接受这种魔力），然后转身登上楼梯。

他走到楼梯尽头的时候，停下来回头望了望下边：但见台特北太太依然站在原来的地方，不停地转弄着手上的结婚戒指；台特北先生低着头绷着脸，闷闷不乐地沉思着；仍然偎在妈妈周围的孩子们怯生生地望着来客的背影，可是看到他从梯顶往下望时，又像一窝小鸟似的紧紧靠在母亲的身边。

“喂！”父亲粗暴地说，“够啦，够啦！还不快快给我滚上床去！”

“就算你们不在这儿，这儿也已经很狭窄很不方便了，”母亲凑上一句说，“快快给我滚上床去！”

这群又害怕又晦气的小鸟马上纷纷飞开，约翰抱着妹妹跟在最后。母亲用眼睛轻蔑地扫了这个肮脏屋子一圈，把身上的晚饭碎屑抖掉，正要去收拾桌子的时候却又半路停下来，懒洋洋地坐下，愁眉不展地想着什么。父亲走到烟囱旁边，不耐烦地把炭火耙到一块儿，蹲在旁边仿佛要独占那堆火。他们两个都一句话

不说。

脸色显得益发苍白可怕的化学家，像贼似的悄悄溜上楼去；但是看到楼下的变化，他既害怕继续往前走，又害怕退回去。

“我刚才做了什么事哟？”他心乱如麻地自语道，“现在我又要去干什么事呢？唉！”

“去做人类的恩人！”他仿佛听见一个声音在回答。

他四下望了望，什么也没有；一个拐弯的小过道已经遮断了他对楼下起坐间的视线。他直瞅着所走的路，朝前走去。

“仅从昨天晚上开始，我才孤独地一个人闷在屋子里的呀，”他悻悻地自言自语着，“然而现在我觉得一切都变得奇怪了，连自己也变得奇怪了。我来到这里简直像是在梦里。我对这个地方有什么兴趣呢？对于一切能够想得起来的地方又有什么兴趣呢？我的脑子已经糊里糊涂，漆黑一团了。”

一扇房门出现在他的眼前。他走上去敲了敲。里边一个声音请他进去，因此他就应声进去了。

“是我那位好心眼的看护吧？”那个声音说。“不必问，一定是她。除了她还会有谁到这儿来呢？”

声音的调子虽是乏力的，却是高兴愉快的。莱得洛的目光随着这声音看去，只见一个青年人躺在拉到炉前的睡椅里，背朝着门。一个小火炉，又小又破，用砖砌在壁炉中心，活像病人的消瘦的脸，盛着那一小团火，连壁炉的炉地都烤不暖。青年人的脸就正对着这一小团可怜的火取暖。由于这火十分靠近呼呼吹风的屋顶，所以燃得很快，红炭的灰烬不住扑嗒扑嗒地落下来。

“炭灰落下来的时候总这么扑嗒扑嗒地响，”学生微笑着说，“所以按照闲谈的说法，它们不是棺材而是钱袋。这样看，如果走运的话，将来总有一天我会强壮起来、富裕起来，也许我会活得很长久，我会有一个名叫米丽的女儿，我要好好爱她，好来纪念世界上一个最仁慈的人，世界上一颗最温存的心！”

他伸出一只手来，像是期待那个好心眼的看护会拉过去亲切地握握；可是因为病中乏力，所以把脸压在另外那只手上，仍然躺在椅子里没有转身。

化学家细细打量了一下这间屋子：——望了望一个屋角桌子上堆得高高的书籍和本子；在那儿这些东西和一盏熄灭的油灯，已经由于学生生病而被推到一旁，禁止使用了。可是这些东西足以说明学生生病以前的刻苦攻读，也许它们就是累他生病的原因；——望了望懒懒地悬在墙上的、作为他以前的健康与自由象征的户外行装；——望了望一些纪念其他时光（不像此时此地如此凄凉）的纪念品，如壁炉架上的小画像与家乡的风景画等；——望了望他那发奋好强、也许只是孤芳自赏的标记：一幅带镜框的本人的版画像，那也是他寒窗苦读的见证人。从前，也可以说只是昨天以前，莱得洛看到这些和眼前这个活人有着遥远的联系的有趣物件，一定会觉得样样好玩、件件有趣的；可是现在呢，在他看来，一切都无非是索然无味的什物而已；即使当他站在那儿茫然四顾的当儿，有一丁点这种联想在他的心里闪过，也只有使他感到困惑彷徨，而不会照亮他那漆黑一团的脑袋。

学生伸出那只瘦手后，半晌无人抚摸，觉得其中必有缘故，于是勉强从睡椅上欠起身子，扭头向后望去。

“啊，原来是莱得洛先生哟！”他大吃一惊，连忙站了起来。

莱得洛往外一伸胳膊阻挡他说：

“不要走近我，我要坐在这儿。你呆在原来的地方好了，不要动！”

莱得洛坐到靠门的一把椅子里。看到青年学生一手扶着睡椅站在那儿，他低下头来，两眼望着地板说道：

“由于一种偶然的机会，我听说我班上的一个学生病了，而且非常寂寞。至于什么偶然的机会，我们暂且不去管它。从别人的口里我只晓得这个学生住在这条街上，别的情形并不知道。可是凑巧得很，我来到这条街上的第一所房子一打听，立刻就找到了他！”

“不错，我得了病，先生，”学生答道，他不仅语气迟疑，吞吞吐吐，而且对莱得洛先生还怀着一种又敬又怕的心情。“不过——不过我现在已经好多了。一种热病——我想是脑炎——把我折磨得很弱了，可是现在已经好多了。我不能说病中寂寞，要那么说就等于忘记了那位经常服侍我、看护我的好人儿了。”

“你说的是学院看门人的太太吗？”莱得洛问。

“是的，正是她！”学生说着低下头来，仿佛向她默致敬礼。

化学家的心里一片冷酷、一片淡漠。本来昨天吃晚饭时他一听到这个学生的处境，立刻就跳了起来，恨不得马上想法救济他；可是现在那个“他”仿佛已经死了，他的冷酷无情已经弄得他不像个在呼吸喘气的活人，倒像是死亡了的“他”的坟墓上的一尊大理石像。他望了望手扶睡椅站在那儿的学生，然后低头望望地板，又抬头望望空中，好像要为他的混沌脑子寻求一线光明。

“刚才楼下有人提到你的名字时，我想起来了，”他说，“我也想起了你的面孔。我们彼此之间很少有过个人的接触，不是吗？”

“很少，很少。”

“我想你比别的学生们躲我躲得更远，是不是？”

学生表示同意他的说法。

“可是你为什么这样躲避我呢？”化学家没有丝毫关心的表情，只是出于郁郁不乐的、由着性子的好奇心说。“呃，我问你为什么？你为什么在这大冷的冬天里，当别的学生都四散回家的时候，专门瞒着我躲在这儿，还不让我知道你在生病呢？呃，我要知道为什么！”

那学生越听越激动不安，抬起头来看了看化学家的脸，然后交叉起十个手指，突然嘴唇抖颤颤地哭起来了：

“啊，莱得洛先生！你已经发现了我，知道我的秘密了！”

“秘密？”化学家粗暴地说，“怎么！我知道了你的秘密？”

"是的！那么多人曾得到你的关切和同情，他们都因此非常亲近你；可是现在你对我的态度却完全不同，你对我说话的声音也完全变了，"学生说，"在你的表情里，在你的每句话里我都看到了你的克制，这一切都告诉我，你是认出我了！然而就是事到此刻，你还是那样审慎地隐藏起真正的情绪。这只是你那忠厚的仁慈的天性的一个证明（上帝知道我并不需要任何证明也相信这一点），也只是我们彼此之间存有芥蒂的一个证明而已！"

一个空洞的、轻蔑傲慢的笑声就是化学家的回答。

"但是，莱得洛先生，"学生说，"你既是一位公正的、慈祥的人，请你想想除去在姓名和出身两方面之外，我本是无罪的呀！他们加到你的身上的冤屈，给你造成的痛苦和忧伤，并不干我的事儿，我也并没有参加进去去犯那份儿罪孽呀！"

"什么苦痛、忧伤和冤屈！这些对我算得了什么呢？"莱得洛狂笑着说。

"请您看在上帝的面上，"学生吓得畏缩起来，"千万不要因为和我交谈了这么几句话，就变得这样可怕吧，先生！你从此只当没有我这个人好了，让我在你那群学生之中，再待在无闻于人、离你远远的那个老地方吧！请你还是只知道我的假名字，而不要知道我的真名字郎佛德吧！——"

"什么？郎佛德？"化学家大叫道。

他两只手抱住脑袋，把面孔转过去对着青年学生，他本来那睿智的、沉思的面容出现了一会儿；但是正如云缝里透出来的阳光一闪即逝一样，他脸上的光辉也只是闪了一下，立刻又消失了，脸上依旧是乌云密布。

"就是我母亲结婚后用的那个姓——郎佛德，先生，"学生吞吞吐吐地说。"其实她原可以有一个比这更令人尊敬的姓的。莱得洛先生，"他迟疑了一下说，"我想我是知道那段历史的：凡是我不知道的地方，我的猜想就给补上了，而且不会离事实太远。我是一个不美满、不般配的婚姻的产儿。从童年时代起，我就老听到母亲怀着极大的尊敬提到您——她对您的尊敬几乎到了虔敬的程度。我听她谈论您的忠诚、您的勇敢、您的体贴、您在使人灰心丧气的艰苦环境中的奋斗、不屈不挠。自从听了母亲的话后，在我的脑海中您的名字一直是光辉灿烂的。那么，像我这样一个穷学生不从您这儿学习，又能从哪儿去学习呢？”

漠然无动于衷、态度一点不变的莱得洛只是皱着眉头呆望着他，既不开口答话，也无任何表示。

“在我们学生当中（特别是在最贫寒的学生当中），每逢提到莱得洛先生的大名，我们就自然而然地产生一种感激爱戴之情。从您赢得我们这种感情的力量中，我发现了您以往的仁慈和忠厚的痕迹。这个发现给我留下了怎样深刻的印象，使我感动到何种程度啊！我简直无法形容，也形容不出来。”学生接着说，“我们的年岁和地位都跟您相差太远了，先生；再说我对于您也太习惯于敬而远之了，所以不管什么时候接触到您这个题目（哪怕只是轻轻地提您一下），我就老感到自己太冒昧太不自量。但是您要知道，先生，在我这落魄的幽居之中，我无时无刻不对您怀着莫大的、难以形容的敬爱。这对于您——对于曾经一度非常关怀我母亲的您——应该是值得一听的吧，特别是现在一切都已事过境迁了。我明明知道您说一句鼓励我的话，我就可以富裕起来，但是我始终离您远远的，不敢前来领受您的鼓励，这其间的勉强和苦痛真是难以说出的啊；但是我认为我应当继续我的做法，就是但求知您，不求您知。我觉得这样比较妥当一些！”学生很疲弱无力地说，“莱得洛先生，我所要说的话都说了，可是都没有说好，因为我还没有恢复健康，我的体力还很弱。如果您觉得我这番胡言乱语里有什么不足取的地方，千万请您原谅。至于别的一切，我还是恳求您把我忘掉吧！”

莱得洛依然皱着眉头呆望他，一点别的表情也没有，直到学生说完这句话，向他走来似乎想握他的手时，他才连忙往后一抽身子向他大喝道：

“不要再往前走一步！”

学生看到他这样急于躲避的样子，这样严酷阻挡他往前走的表情，不由得吓了一跳，立刻停下来了，若有所思地用手抹了抹前额。

“过去的事是过去了，过去已经像野兽似的死亡了。”化学家说，“谁在讲过去生活留给我的痕迹？他不是在说梦话，就是在撒谎！你的胡思乱想跟我有什么相干？如果你需要钱，这儿就是。我是来给你送钱的，完全不是为什么别的事，也不会有什么别的事可以叫我到你这儿来！”他嘟哝着，两手又紧紧抱起脑袋。“根本不可能有别的事，然而——”

他把钱袋扔到桌子上。当他陷入一种朦朦胧胧的沉思时，学生已经抓起钱袋，伸手交还给他了。

“请您拿回去吧，先生。”他虽然不是生气地可是很骄傲地说。“我希望在您拿回钱袋的同时，也使我忘记您对我说过的话和给我送钱的事。”

“你当真不要吗？”化学家的眼睛里冒着怒火诘问道，“当真吗？”

“当真不要！”

化学家第一次走近学生，拿起钱袋，扯着他的胳膊，使他转过身来，两眼直盯着他的脸说：

“病中是有忧伤和烦恼的，对不对？”他狂笑着问。

莫名其妙的学生回答说：“对！”

“生病时你会感到不安、焦躁、悬念和一系列肉体的精神的苦痛，在这一切中都有忧伤和烦恼，是不是？”化学家疯狂地吓人地说，“最好是忘掉它们，对不对？”

学生没有回答，只迷迷糊糊地又用手把前额一抹。莱得洛仍然抓着他的袖子，可是外面忽然传来了米丽的说话声。

“好了，我现在可以看得很清楚了。谢谢你，道尔法斯！”她说，“亲爱的，不要哭啦！爸爸和妈妈明天就会好起来的，整个家也会跟着好起来的。一个先生在他的房间里，是不是？”

莱得洛倾听着外边的声音，把学生的袖子放松了。

“打一开头起，我就怕见她。”他自言自语地低声说，“她有一种极其坚定的善良的品质，我不敢去影响她，怕的是我会扼杀了她胸中最善良最仁爱的那种东西！”

她在敲门了。

“我该把这个当作一种无聊的预感置之不理呢？还是仍然要躲开她呢？”他自言自语说，慌张不安地朝四下望望。

她又在敲门了。

“在可能到这儿来的一切客人之中，”他转脸向着学生说，声音嘶哑，神情很惊慌，“我最怕见的就是这个人。快快把我藏起来！快！”

学生打开了墙上的一个不牢的小门，里面屋顶向地板斜垂，门内有一间小小的内室。莱得洛仓皇地走了进去，随手将门关了起来。

学生又躺到原来的睡椅上，叫她进来。

“亲爱的艾德芒先生！”米丽进了屋子四下一望说，“他们告诉我这里来了一位先生，是吧？”

“除去我以外，这儿没有别人！”

“怎么，刚才这儿不是有人吗？”

“是的，是的！刚才这儿是有人！”

她先把小篮子放到桌子上，然后走到睡椅的后面，去握她料想必然伸出来的那只手——但是手并不在那儿。虽然还是和往常一样娴静，她不免有点吃惊了。她弯下腰来瞧瞧他的脸，轻柔地摸了摸他的额头。

“今天晚上你还好吗？你的额头可不如下午那么凉呀！”

“嗤！”学生耍性子说，“没有什么不舒服！”

她的脸色显得更吃惊了，但是并无半点责备的表示，她退到桌子的那边，从小篮里取出一小包针线活儿。她想了一下，又把针线包放下了，轻轻走到屋子的各处把样样东西安放停当，收拾得整整齐齐。当他躺着呆望炉火的时候，她连睡椅上的靠垫都替他摆平了。她的动作那么轻盈，他甚至没有觉察出来。她做完这些事并且把壁炉也打扫干净之后，就戴着她那顶小帽坐下，开始安详地做起针线活来。

“这是窗上用的新细布窗帘，艾德芒先生。”米丽边缝边说着，“价钱虽然便宜，可是样子蛮漂亮、蛮干净，还可以保护你的眼睛不受阳光的刺激。我的维廉说你正在恢复健康，屋子不应太亮，免得使你头晕。”

他什么也没说，但是从他翻转身子变换位置的样子里，可以看出他是相当焦躁不安的。她停下了做针线的那双忙碌的手，很忧虑地望着他。

“这对枕头不很舒服，”她放下手上缝的窗帘，站起来说，“我马上就把它弄好。”

“不，枕头很舒服，”他说，“别管它们好不好？何必这么折腾呢？”

他欠起身子说这些话，毫无感激地望着她，然后又躺了下去。米丽怯生生地站在那儿，愣住了，不过不一会儿，她又坐下去缝窗帘，连一瞥诉怨的眼光都不曾抛向他，马上像刚才一样不声不响地忙起针线活儿来了。

“艾德芒先生，近来我坐在你身旁的时候，你常常说，你认为‘逆境是人生的良师’这句话再对没有了。这场病后你一定会觉得健康格外可贵。许多年后，当一年的这个季节又来到人间，而你又记起一个人怎样孤零零地卧病此地的时候，你的回忆不会叫你最亲近的人们感觉难受，相反，它会使得家庭加倍亲热、加倍恩爱！请你想想这不是很好也很真实的事吗？”

她缝窗帘缝得太专心了，话说得太真诚了，她的态度也太安详稳静了，所以根本没去注意学生所投给她的是什么眼光，他那忘恩负义的视线之箭，也白白射到她的身上，没有伤着她半点。

“啊，”米丽歪着漂亮的脑袋，两眼直瞅着一针一线缝个不停的手指说，“就拿我来说，自从你卧病以来这样的见解也很使我感动，艾德芒先生，尽管我没法跟你比，第一我没有学问，第二我不知道怎样琢磨事情。在我看到楼下的穷人对你的照顾、对你多么友善，而你也深深地受到感动时，我就觉得你甚至会把这样的经验看作是损失健康的一种补偿，同时从你的面部表情，我也可以清楚地看出：如果人间没有什么烦恼和忧伤，我们恐怕也就很不容易看出存在于我们心中的善良了，恐怕连一半都看不出。”

他从睡椅上起来了。这样才打断了她的话头，否则她还会说下去的。

“我们不应该夸大人的好处，维廉太太，”他带着轻蔑的语调说。“不管楼下的人们帮了我什么额外的小忙，他们将来一定会得到我的金钱报酬的，也许他们指望的正是这个吧。对于你，我当然同样地感谢，负着同样的义务，这还用说吗？”

米丽听到这话，不由得停下活儿看着他。

“哼，你的一味夸大并不能使我更感激。”他继续说。“我知道你对我很有兴趣，可是我已向你说过我很感激你，别的你还要求什么？”

她手里的针线活儿啪啦落到膝盖上。她见他带着一副骄横无礼的神情，一忽儿停一忽儿走，在屋里踱来踱去。

“让我再说一遍，我很感激你；可是你为什么偏要提些过分的要求，来减低我对你应负的义务的责任感呢？什么烦恼、忧伤、苦痛、逆境！也许人们会认为我已经在这儿死了不知多少次呢，哼！”

“艾德芒先生，”她站起来走近他说，“难道你会以为我提楼下的穷人是影射着我自己来说的吗？是暗中影射着我？”她手按着心口，脸上挂着惊讶的纯朴天真的笑容。

“啊，我倒没有这样想，我的好人儿！”他悻悻地答道，“是的，我是得了一场小病，多亏你的牵挂——听清楚，我说的是牵挂——弄得这么大惊小怪的，其实这点小毛病值得你这样吗？现在病好了，我们总不该老记着它不忘吧！”

他冷淡地拿起一本书，坐到桌子旁边。

她注视了他一会，她脸上的笑容渐渐消失了；然后走回针线篮子旁边柔声柔气地说：

“艾德芒先生，恐怕你愿意自个儿休息一下吧？”

“我倒没有什么理由把你勉强留在这儿，”这是他的回答。

“除去——”米丽迟疑了一下，拿起针线活儿给他看。

“噢，你说的是窗帘吗？”他傲慢地哈哈大笑说，“为了这个不值得留在这里吧！”

她把小针线包收拾起来，放到篮子里，然后带着一种极端忍耐的恳求神情（这使得他不能不看着她），站在他的面前说道：

“好吧，你什么时候再需要我，我再回来。以往凡是你需要的时候，我不都是很愿意来的吗？这其中并没有什么功劳可言；现在你的病渐渐好起来了，我想也许你会害怕以后我会纠缠你；但是请你放心好了，不会的，真的不会！只要你的身体慢慢结实起来，不再一个人儿躺在床上发闷了，我自然也就不再来了。你一点也不欠我的情；只是你应当把我当作一个妇人看待——甚至当作你所爱的一位妇人看待；如果你怀疑我在你的病房里做了那么一点点的事，就卑鄙地大吹大擂自居什么功劳，那么，你对不起的不是我而是你自己，我难过的也正是这个，这才是我非常难过的原因。”

如果她的态度不那么安详而是急躁不堪，如果她的态度不那么心平气和而是愤然不平，如果她的面容不那么温柔而是怒气冲冲，如果她不是那么轻言细语而是大喊大叫，那么她离去之后就不会使那个学生觉得茫茫然若有所失了。可是她不是如此，所以她一走出房门，寂寞的学生便难过起来了。

他正凄楚地呆望着她刚才站立的地方，莱得洛忽然从隐身的小室里走了出来，来到了门边。

“当疾病之神再来侵袭你的时候，”他恶狠狠地扭过头来冲着学生说，——“啊，但愿病魔就来！——那么你就死在此地，烂在这里吧！”

“你干了点什么事呢？”学生一把抓住他的斗篷说，“你在我的心里掀起的是什么变化呢？你加到我身上的是什么鬼祟呢？哎呀，请你把‘真我’还给我吧！”

“把‘真我’还给我吧！”莱得洛发疯似的大叫道，“我是受了传染的，我又会把它传染给别人！我负有给自己的脑子和一切人类的脑子装满毒素的使命。凡是从前我感受到关切、怜悯和同情的地方，现在我都把它们变作石头。我那摧残一切的脚步过处，自私自利和忘恩负义便要生长出来。我把人们变成比我还要次一等的卑鄙下流的坏蛋，这样，他们一开始蜕变，我就可以憎恨他们。”

他说话的时候，那个青年还在抓着他的斗篷，莱得洛给了他一拳，一下子把他甩开了。莱得洛随即像疯子一般跑到外面的黑夜里去了。外面，风在刮着，雪在下着，朵朵黑云掠过天空，月亮正朦胧地洒着微光；在那儿，飘在风里的、和雪花一块落下的、和黑云一起游动的、闪在月光之中的、在黑暗中幽然浮现的，无一不是那个魔鬼的话语：“不管你走到哪儿，一定要把我送给你的礼物转送给别人！”

往哪儿去呢？他不知道，也不在乎，只要避开人群就行。他感觉出来的内心变化，已经把繁华的街道，也把他自己变成了荒芜的原野，把周围有着各种遭遇和各种生活方式的芸芸众生，变成了一大片被风吹得东一堆西一丘的荒凉沙漠。当初幽灵告诉他“不久就会消失得无影无踪的”记忆痕迹，现在还不曾完全死亡，所以他还能知道自己是什么人，把别人变成了什么人，也还知道要孤独，要尽量避开人群。

这就使他想起来了——当他正沿街行走的时候，他想起了冲进他屋里去的那个野孩子。他也记起来了：自从幽灵消失之后，在他所接触的人中，只有那个孩子不曾显出一点被改变的迹象。

尽管他觉得那个小野东西非常可憎，可是他决心找到他，看看他是不是真那样可恶，同时为了另外一种刚刚涌入脑海的意图，也一定要把他寻找出来。

由于这个原故，在费了老大力气弄明白自己是走在哪儿之后，他直奔那古老学院而去——奔向那个总门廊，奔向那条给学生们的脚步磨损的砌道。

构成学院主要四方庭院的一部分的门房，就坐落在铁门里面。门房外面是一条小小的走廊，他知道从这个隐蔽的地方可以往他们那间简陋的屋子的窗子里望，是可以看见里边有什么人的。学院的铁门是关着的，但是他的手熟悉门闩在什么地方，所以他把手腕伸进铁栏杆用力往回一拉，铁门便开了；他随即轻轻溜了进去，顺手把门关上，踏着地上薄薄的雪花，悄悄走到窗子跟前。

昨天晚上他指点给小孩看的火光从窗子里照射出来，把窗下的土地照亮了一大块。他本能地躲开这块亮地，绕着弯走了过去，扒着窗子向里看。乍一看去，他觉得里边并没有人，炉火的火焰只照红了天花板上的旧梁和幽暗的四壁；但是仔细一瞅，就看见他要寻找的目标正蜷卧在炉前的地板上酣睡着。他连忙走过去打开房门，走了进去。

那个小孩躺在炉前烤得浑身发热，所以当化学家弯腰叫醒他时，直觉得自己的脑袋也被炉火烤得热辣辣的，仿佛要烤焦似的。他一摸他，孩子便似睡似醒地以时刻准备逃跑的本能，抓紧了那身破烂衣服，连滚带爬地跑到最远的一个屋角，蜷缩起来，伸出一只脚踢蹬着保护自己。

“起来！”化学家说，“你还记得我吧？”

“不要管我！”小孩回答，“这是那个女人的家——并不是你的呀！”

可是化学家直瞪瞪的眼睛使得他（也许是吓得他）站起身

来，化学家因而有了一个仔细端详他的机会。

“谁给你洗过了？并在溃烂出血的地方给你缠上了纱布？”化学家指着那孩子身上改变了状态的部位说。

“那个女人！”

“也是她把你的脏脸弄干净了些吗？”

“是的，那个女人。”

莱得洛故意提出这些问题来吸引小孩的眼睛去看他；也是为了这个目的，他用手抬起小孩的下巴，把披散在他脸上的乱发捋到脑后，虽然他是极端厌恶去挨他一下的。小孩子不知道下一步应该怎样行动，只好目不转睛地死盯着他，仿佛这是自卫的一个必要的办法。莱得洛看得清清楚楚，小孩半点也没有受他的魔力的影响，半点变化也不曾来到他的身上。

“他们哪儿去了？”莱得洛问。

“那个女人出去了。”

“我晓得她出去了，我问的是那个白头发的老头和他的儿子。”

“你说的是那个女人的丈夫吗？”孩子问。

“是啊！那两个人到哪儿去了！”

“都出去了。我也不知道什么地方出了点什么事，反正是有人慌慌忙忙把他们叫走了。他们临走时，叫我呆在这儿。”

“跟我来！”化学家说，“我给你钱。”

“跟你上哪儿？给我多少钱？”

“给你从来没有见过的那么多的先令，一会儿就把你送回来。你知道你是从哪儿来的吗？还记得那条路吗？”

“放开我！”小孩突然挣脱开了他的手，“我不愿意领你到那儿去。不要动我，要不，我就拿火来烧你！”

说时迟那时快，小孩往前一蹦就蹲到火炉前边，野蛮的小手也准备去抓熊熊燃着的红炭了。

化学家所接触的人们，没有一个不受他的魔力影响而改变了

C. STANFIELD R.A. del.
T. WILLIAMS Sc.

性格的。看到这样的结果，他的心里自然也不免惶惶不安，可是现在，他的心里却不只是惶惶不安，而是恐惧万分了，因为一个奇怪的现象已经摆到他的眼前：这个野兽一般的孩子竟然一味蛮强，无视于他的魔力。他亲眼看到这个坚定不移、神秘莫测、貌似小孩的怪物，向他仰着一副狡黠恶毒的小脸，伸着一只靠近炉栅准备抓火投人的小手，真是不寒而栗了！

“听着，孩子！”他说，“你领我到生活非常悲惨、或者性情非常邪恶的人们的地方去吧，随便哪儿都行，不拘什么地点。我要去给他们做好事，不是去害他们。像刚才说过的，这样我就给你钱，还要把你送回来。起来！快跟我走！”他飞快地迈到门口，生怕碰上米丽回来。

“你答应让我自己走，不拉我不扯我？”小孩说，慢慢抽回那只恐吓着要抓红炭的手，开始站了起来。

“好，我答应！”

“还让我随便走在前头或者后头，或者高兴怎么走就怎么走吗？”

“好，我答应！”

“那么就先给我些钱吧，给了钱我就走！”

化学家把一些先令一个一个地放进他伸出来的小手里。小孩的知识还数不清这些先令是多少，但是化学家每给他一个，他就说“一”，每给他一个他就贪婪地先瞅一下钱，后瞅一下他的施主。这些钱币除了盛在他的手掌里以外，没有个放处，他就把它们塞进了嘴里。

莱得洛从袖珍笔记本上扯下一张纸片，用铅笔写上几个字，说明小孩是他带走了；然后把便条放到桌子上，挥手叫小孩跟他走。小孩又像往常一样，提溜起破烂衣服，光着头赤着脚，跟他走出房门，走进了冬天的黑夜之中。

化学家不愿意从刚才进来的铁门走出去，生怕碰到他最急于躲避的米丽，所以便领头穿过几条走廊（昨晚小孩就是在这里迷失方向的），从这幢建筑里他的住处附近走到一个他有钥匙可以开的小门那里。他们已经来到大街上了。莱得洛问他的小向导知道不知道他们现在是在哪儿，小孩立即本能地躲开了他。

小野人东瞅瞅，西望望，然后点点头，指给化学家看他所要走的方向。莱得洛马上向着那个方向走去，小孩紧紧跟在后边，不像方才那么疑心了。小东西一面走着一面把先令从嘴里吐到手里，又从手里塞进嘴里，忙个不停，同时又偷偷用破烂衣服的布条子把每个先令擦得亮光光的。

在行进的路途上他们有三次走得肩并了肩，三次肩并肩地停下来。化学家三次都低下头来细瞅了瞅他的小野面孔，发现他的木然面孔正是自己那木然面孔的反照，不由得感到战栗不已。

第一次是发生在他们穿过一个老教堂墓地的时候：那时莱得洛茫然停在一片坟墓中间，完全不知道怎样把死者和任何亲切的、温柔的或爱抚的回忆联系起来，他的回忆全是一片空白。

第二次是发生在明月初升，诱得他不能不仰望苍穹的时候：那时他看到皓月一轮，光耀中天，闪烁的群星点缀四周。人类科学所给予这些星辰的名称他仍然知道，人类科学所考据出来的星的历史，他也没有忘记；但是在这银光皎洁的月夜，他举首仰望的当儿，他看不见从前所熟悉的景象，也感不到从前的情怀了！

第三次是发生在他停下来倾听一曲如泣如诉的悲哀的音乐时：那时他所听到的只是乐器和耳朵的机械作用所发出来的枯燥音调，根本唤不起他内心里一点点的神秘之感，音调之中也没有什么能够勾起以往或者未来的信息。这份干巴巴的调子，完全和去年的水流潺潺或风声萧萧一样，对于他没有丝毫力量，也没有丝毫意义！

在这三次之中的每一次，他都很害怕地看到：尽管他和小孩之间有着长长的知识距离，在身体的各方面彼此也无半点相同之处，可是小孩脸上的木然表情，却正是他自己的面部表情。

他们往前走了一阵——有时是穿过人群非常拥挤的地方，以致他不断回头看看，以为丢掉了他的向导，可是总看到小孩在跟着他身旁的影子走；有时走的是那么偏僻冷静的小路，以致他能够数着跟在后面的又短又快的光脚板走路的声音。当他们最后来到一片破房烂屋跟前时，小孩拍了他一下停住了。

“就在那儿！”小孩指着一所窗子里有稀落灯光、门廊下挂着暗淡灯笼、门口上油漆着“旅客公寓”的房子说。

莱得洛停住脚步，四下望着：从那堆破破烂烂、摇摇欲坠的房子，望到那片房子建于其上的荒地，没有围墙、没有排水沟、没有路灯，以一道污水缓流的臭沟为界；从这里又望到一串由高而低的、环绕着这片荒地的拱洞，也就是附近一个旱桥或水桥的拱形桥孔。这些由大而小、由高而低的桥孔一直延伸到房子附近，倒数第二个洞已经小到像个狗窝，最后一个简直是破烂一堆，连个桥孔的模样都没有了。他从这里又望到身边那个冻得直打哆嗦、用一只小脚一跛一拐地走着、把另一只小脚盘到腿上取暖的小孩。小孩虽然冷得这个样子，可是依然张大着眼睛呆望着周围的一切；那张小脸上的木然表情和他自己的面目表情太相像了，化学家吓得不由跳了一步离开这个孩子。

“就在那儿！”小孩又指着那所房子说，“去吧，我会等你的。”

“他们让我进去吗？”莱得洛问道。

“说你是个医生，”小孩点了点头说，“那儿有的是病人呢！”

莱得洛在走向门口的路上回头一望，看见小孩一跛一拐地在泥地上拖着自己的身子，活像一只耗子似的爬进了那个顶小的桥孔。他并不可怜这个小东西，可是却很怕他。当小孩钻进桥孔向外望他的时候，他赶快走向那所房子，犹如逃向一个避难所。

“忧伤、苦恼、冤屈至少会暗中纠缠着这个地方吧！”化学家竭力想勾起一种比较清楚的记忆说，“一个把忘掉这些东西的本领带到此地来的人，总不会危害他们的吧！”

他嘟囔着这些话伸手去推门，门一推就开，他走了进去。

一个女人正坐在台阶上，沉重的脑袋搭拉到手和膝盖上，看样子不是在打瞌睡就是被孤零零地遗弃在这儿。要不踩着她的身子走过去是很困难的，而她偏又完全不理会已走到近前的他，莱得洛只好停住脚步拍了拍她的肩膀。她抬起头来，面庞虽然是年轻的，可是全无半点青春的娇嫩和希望，仿佛残酷的冬天无情地摧残了明媚的春天一样。

她不很理睬或者一点也不理睬莱得洛，把身子稍稍向墙边移过去一些，勉强给他让出了一条通路来。

“你是什么人？”莱得洛一手扶着台阶的破旧栏杆，停住脚步问道。

“你以为我是什么人？”女人又仰起脸来说。

莱得洛仔细端详了一下这座刚刚盖起不久便已破烂不堪的圣灵之庙[①]；一种并不是怜悯，可是心头软软的莫名情绪浮上了他的心坎，所以他第二次开口说话的时候，语调表情都稍微缓和了一点——因为真正同情人间疾苦的恻隐源泉，已经在他的胸中干涸了；但是就当时来说，他这份情绪却很接近恻隐之心，也可以说，在近来拼命挤入他那日渐昏暗、但还不曾变得漆黑一团的脑子里的许多情绪之中，这是最接近怜悯的一种。

“我到这儿来是救济人的，如果我有力做到的话，”他说，“你是不是在想什么受到不公正对待的事呢？”

她皱起眉头看了看他，然后大笑起来；她的笑声又拖长而变为颤抖的叹息。她低下头去，手指乱挠着头发。

“你是不是在回想曾被不公正地对待过呢？”他又问了一句。

“我在想我的生活！”她瞥了他一眼说。

他有一个感觉，他觉得她是许多受苦难的人们之中的一个；

---

① 圣灵之庙，指基督徒的身体，因为基督徒的体内有上帝的灵魂存在，所以身体就好比是他的庙宇。此处指的是那个女人，说她年纪虽轻却已凋零不堪，犹如圣庙刚刚盖成便已破败不堪了。

又觉得当他看见她畏缩在他的脚旁时，他看见了千百人的典型。

“你的父母是什么人？”他追问道。

“从前我曾有过一个很好的家庭，我的父亲曾经是一个园丁，在远远的乡下。”

“莫非他去世了吗？”

“是的，对我来讲，他是死了。一切这样的东西，对我来讲，都是死了！难道你这样一个先生，连这个都不知道吗？”她又仰起脸来，大笑了。

“姑娘！”莱得洛厉声喝道，“在这个死亡之前，也就是在这样的东西死亡之前，你没有遭到过什么错待吗？不管你怎样挣扎，被亏待的记忆是不是仍然老纠缠着你呢？你是不是日复一日、月复一月地老觉得这种记忆是个莫大的苦痛呢？”

现在，她的面貌难看得几乎连一点女人的模样都没有了，所以当她哇的一声哭起来的当儿，莱得洛站在那儿吃了一惊，但是更使他惊讶不止，而且惶惑不安的，乃是他看到了这个现象：当他唤醒了她对委屈的记忆时，潜伏在她心头的忍让和久已封冻了的温情，现在又已萌芽了。

他向旁边略闪了闪身子，立刻看见她的胳膊是青肿的，脸盘上有被砍的伤痕，胸膛上也有淤血的痕迹。

“是哪个凶徒把你打成这个样儿呢？”他问。

“我自己的手，我自己打的！”她很快地答道。

“不可能，不可能！”

“我发誓是自己搞的，他没有动我一指头。我是在发一阵脾气的时候自己打的！是我自己扑倒在这儿的！他并没有靠近我，从来没动过我一下。”

女人向他说假话的脸是苍白的、坚决的。从这副表情之中，他充分看到她正在最后一次地滥用着和歪扭着残存在那颗悲伤的心灵之中的“善”。莱得洛看见这种情形非常懊悔，懊悔事先根本不该走近她。

“忧伤、冤屈、苦恼！”他赶快把害怕的眼光从她身上移开，嘟囔着说，“她之所以沦落到这个地步，其祸根还不就是这些东西吗？唉，我的天爷，让我离开她吧！”

他不敢再去看她，不敢再去动她，也不敢去想要是他把她紧抓着上帝慈悲的最后一根线儿都割断了，那又该怎样。他只是裹紧了身上的斗篷，飞步走上台阶。

走到台阶尽头，迎面是一扇半开着的房门。当他往上走的当儿，一个手擎蜡烛的人正从房里出来预备关门，可是一看见他，立刻很激动地抽回身子，仿佛是出于一时的冲动，大声喊出了他的名字。

他纳闷极了：怎么这儿居然有人认得他呢？他停了下来，竭力搜索记忆，想想这个神情慌张的人到底是谁；可是他还没来得及仔细捉摸，老腓力波已经走出房门，握住了他的手。这就更使他大吃一惊了。

“莱得洛先生！”腓力波说，“这真是您的本色，这真是您的本色啊，先生！您听说这回事就跟在我们后头，前来想法帮忙了，是不是？可惜已经晚了，已经太晚了！”

莫名其妙的莱得洛只好听任他把自己领进屋去。屋里有一个人躺在一张带脚轮的卧床里，维廉·斯威哲站在床边。

“可惜太晚了！”腓力波直盯着化学家的脸说，两行老泪不觉流下双颊。

“我正是那么说呢，爸爸，”儿子小声插嘴道，“说的是呢，在他小睡的时候，我们只有安安静静的，没有别的办法。你是对的，爸爸！”

莱得洛停在床边，低头望着直挺挺躺在床垫上的人。论年纪，这个人应当还是年壮力强的汉子，可是看样子，阳光恐怕永不再照耀他了。四五十年放荡生活的诸般罪恶，已经在他的脸上打下了重重的烙印，正如“时间”的重手也在看守他的老人的脸上留下了痕迹；可是两者相比较，老人脸上的痕迹，却比他脸上的烙印显得好看得多，慈祥得多。

“这个人是谁呀？”化学家茫然四顾了一下问道。

“这就是我那个儿子乔治，莱得洛先生。”老人难过得使劲攥着两个拳头说，“这就是我的长子乔治！也就是当年他妈妈最宝贝的那个儿子！”

莱得洛的眼睛从老人的白头（老人这时正把头伏在床上）转向刚才认识他的那个人的身上。可是那个人已经躲到最远的屋角里不敢接近他。看年龄，那个人和他不相上下，而且莱得洛虽然从来不曾见过像这样潦倒不堪的人，可是从他刚才背向着他站立的样子和现在悄悄溜出房门的步态之中，他觉得这个人有点面熟，因此不由得用手横抹眉头一下，不安地思索起来。

“维廉！”莱得洛戚戚于心地低声问道，“刚才走出屋去的那个人是谁呀？”

“唉，是的，先生！”维廉答道，“我正是那么说呢。一个人为什么成天去赌博，弄得自己步步堕落，直到无可振拔的地步呢？”

“他当真是这个样儿吗？”莱得洛目送着那个人走出房门，和方才同样不安地说。

“一点也不错，先生！”维廉说，“我是听人告诉我的，人家说他好像还懂一点医学呢，先生。他本来是和我这位躺在床上的倒霉的哥哥，一块徒步到伦敦去的，”维廉用袖子揩了揩眼泪接着说，“在行进的路上就一同宿在这里的楼上过夜了——你瞧，先生，奇怪的伴侣们有时是一块儿来到这里的——，可是我的哥哥病倒了，他就进来照料他，并且答应了哥哥的请求，跑到我们那儿把我们叫了来。你瞧，这是多么叫人伤心的景象哟！要不说呢，这可真要叫我的老爸爸心碎而死啦！”

莱得洛听到这里，抬头一望，才想起他现在是在什么地方并且是和什么人在一起，又想起了他随身携带的、给方才的惊讶暂时减弱了的、迷惑人的魔力。他不由得倒退了一步，自己和自己辩论起来：应该立刻躲开这里免得传染上他们呢，还是继续留在这里来得好？

最后他向一种冥顽的执拗低了头（这执拗仿佛是他得以斗争下去的条件之一），继续留了下来。

“就在昨天，我不是还看到这个老头子的记忆只是一连串的忧伤与苦恼吗？”他自言自语说，“难道今天晚上我就怕去动摇它？难道我所能驱除的记忆，对于这个奄奄一息的病人是那么宝贵，以致我有必要怕他吗？不，不！我一定要留下来。”

尽管他拿这些话语来自慰壮胆，可是勉强留下来的时候，心头到底有些恐惧，身子也不住地颤抖。他畏缩在黑斗篷里，脸朝别处、眼睛不去看众人，站在离开床边稍远的地方，听着他们的谈话，觉得自己在这个地方仿佛是个妖精。

“爸爸！”病人从昏迷中略略醒过来时喃喃叫道。

“我的孩子！我的乔治儿！”老腓力波说。

“刚才您不是说很久以前我是妈妈最心爱的人吗？唉，现在回想以往的事真是可怕啊！”

“不，不，不！”老人说，“尽管想吧，不要说可怕。我一点也不觉得可怕，我的孩子！”

“爸爸！我知道这种回忆一定伤透了你的心！”他说，因为老人的泪水正滴到他的身上。

“好，好，”腓力波说，“就算是这样吧！可是你不晓得，孩子，这对于我很有好处呢。回想那个时候，实在使人非常难过，可是对我很有好处，乔治！你也回想回想吧，那么你的心就会越来越软！我的儿子维廉呢？维廉，我的儿子！你妈妈爱他爱到最后，直到快咽气的时候还对我说：‘告诉他吧！我原谅他，祝福他，替他向天求情！’她对我说的这些话，我从来没有忘记过，可是我今年已是八十七岁的人了。”

“爸爸！”床上的病人说，“我知道，我就要咽气了。浑身一点力气也没有了，连说句话都困难了，就连心里最常想到的问题也没有力气说了。在这张病榻以外，在我死后，我还有什么希望吗？”

“当然有！凡是心性变软知道忏悔的人都有希望，孩子！”老人说，“这样的人都有希望，是的，都有！”他两手合掌仰望屋顶大声道，“那只是昨天的事情呀，昨天我还在感谢上帝，因为我能记起这个不幸的儿子当初年幼天真的时候是个什么样子。而现在，当我想到连上帝自己也记起了他当年的模样的时候，我觉得高兴极了，这真是一个很大的安慰。”

莱得洛听到这话，不禁双手掩面，往后退缩，像是犯了杀人的大罪。

“啊！”床上的病人上气不接下气地呻吟道，“从童年以后我糟蹋的那些时光呀！从那个美好时代以后我对于生命的糟践呀！”

“但是你曾经是个好孩子！”老人说，“白天你和别的孩子一块儿玩；夜晚，天真无邪地熟睡以前，你老是站在妈妈的膝前做晚祷。我曾多少次亲眼看见你晚祷，也曾多少次亲眼看见妈妈把你的头搂在胸前，吻你的小脸。后来你走错了路，我们为你安排的计划和希望也全都落了空；那个时候，妈妈自然很伤心，我自然也很难过。可是每逢想到你的童年时代，你又抓住了我们的心，别的什么东西也不能像这样抓住我们的心。上帝啊！比人间一切父亲都好得多的上帝啊！为您的儿女的错误，比人间一切父亲都痛心的上帝啊，请您把这个流浪的孩子领回去吧！不但看在他现在的份上，而且也看在他过去的份上，让他向您痛哭一场，就像他常常向我们哭的那样！”

当老人举起颤抖的双手，仰首祈求神恩的时候，病榻上的儿子把软弱无力的脑袋靠到爸爸的身上寻求扶持和安慰，好像真是他所说的那个天真无邪的孩童似的。

在跟着而来的沉寂中，莱得洛颤抖得不成样子。什么时候人们曾经像这样颤抖过呢！他晓得他的魔力一定会传到他们的身上，晓得这几个善良的可怜的人们马上就要着魔了！

“我能活在人世上的时间很短了，我的呼吸更是非常短促了，”病人用一条胳膊支撑着身子，另一只手在空中摸索着说，“可是我记得我要问刚才站在这儿的那个人一点什么事。爸爸！维廉！——等一等！——那边当真有个穿黑衣服的什么东西吗？”

“是的，是的，当真有。”老父亲说。

“是个人吗？”

“我说呢，乔治！”维廉很和蔼地弯下腰来向他说。“那是莱得洛先生。”

“我还以为是在梦中见到他的呢，请把他叫过来。”

脸色比这个垂死病人更苍白可怕的莱得洛走过来了。病人向他挥了挥手，他就听话地坐到床边。

“今天晚上看到我的可怜的父亲，想到我是一切苦恼的根源，再想到一切忧伤和冤屈都是我一个人的罪孽，我的心呀，可真就碎了！”病人一只手放在心口说，眼睛里有着说不出的对自己景况的乞求和苦痛。“所以，所以——”

是苦痛到了极端，不能再说下去呢？还是另外一种变化的肇端，使得他蓦地停了下来呢？

“——所以尽管我的脑子想得这么多、转得这么快，凡是我能做的好事，我一定去做。刚才这里不是还有一个人吗？你看见他了吧？”

莱得洛简直答不上一句话来。因为当他看见病人举手把前额一抹（他所熟知的中魔的特征）的时候，他的声音涌到唇边便消失了。但是他勉强点了点头，表示他看见了那个人。

“他手里没有一个钱，饥寒交迫。他完全垮了，什么办法都没有了。请你照料照料他吧！越快越好，我晓得他有自杀的念头！”

魔力开始发作了，在他的脸上显了出来：脸在变色，变得冷酷而阴沉；忧伤的表情完全没有了。

“你不记得了吗？你不认识他吗？”他继续说。

他又横抹了一下前额，把脸面一掩，然后鲁莽而凶暴地低下头，满脸冷酷地对莱得洛说：

“怎么，你不——你不——”他怒目朝四下里一望说，“你刚才把我怎样了？告诉你，我莽撞地活了一辈子，我也要莽撞地结束我的一生！快滚你的蛋吧！”

他躺到床上，伸出两手抱住脑袋和耳朵，表示从此刻起不再接触外界，要淡漠地辞别人世。

就算莱得洛中了闪电，也不会像他现在这样浑身一震，蓦地跳开了床边。刚才乔治和他说话时离开病榻的老父亲现在回来了，可是也同样深恶痛绝地赶快躲开病人。

“我的儿子维廉呢？”老人匆忙地说，“维廉，咱们走吧，回家去吧！”

“回家，爸爸！”维廉说，“难道你要丢下自己的亲儿子不管了吗？”

“我的亲儿子在哪儿？”老人问。

“怎么？不就在这儿嘛？”

“那不是我的儿子！”腓力波气得浑身战抖地说，“这样的坏蛋也配作我的儿子？我的儿子个个都看着顺眼，个个都侍候我，个个给我预备酒呀肉呀的，个个对我有用。本来嘛，我是父亲，我有权利要求这些！何况我已八十七岁了！”

“你已经活得够长了！”维廉两手插在口袋里，阴沉沉地望着他说，“就连我自己也不知道你活着有什么用。没有你，我们恐怕要快活得多呢！”

“您瞧，莱得洛先生，这就是我的好儿子！”老人说，“这也是我的儿子！呸，他还有脸向我提起是我的儿子！我真不知道他给了我什么快乐？”

“我也不知道你曾做过什么让我快乐！”维廉悻悻地说。

“让我想想看，”老人说，“让我想想有多少个圣诞节来到的时候，我是坐在暖和的地方，不必像今晚似的冒着寒冷出门，不受像躺在那边的倒霉的坏蛋儿子的搅扰，而得以高高兴兴地欢度这个佳节呢？到底有多少次？有二十次吗，维廉？”

“好像有四十来次吧！”维廉嘟囔着说，“唉，当我看着我的爸爸，心里仔细琢磨的时候，先生，”他带着一种前所未有的暴躁和愤懑，冲着莱得洛说，“我只觉得他是一个只知吃喝玩乐的老日历，别的一点好处也想不出来，想不出来！”

“我——我——八十七了！”老头像孩子似的微弱无力地噜苏说，“我从来不曾发过脾气，现在也不会因为他自称为我的儿子而耍性子，他根本不是我的儿子！喂，我自己却着实有过一些热闹的日子呢：我记得有一次——不，我记不得了——不，打断了，反正是一局板球游戏和一个朋友什么的吧。喂，怎么回事？我的记忆断了！我想不起来那个朋友是谁？——我想我总很喜欢他吧？喂，后来他怎样了呢？——我想是死了吧？但是我哪里知道？这又关我啥事？这又与我何干？”

他困倦地格格笑着，并且不住地摇晃着脑袋，然后把手插到马甲的口袋里。他从一个口袋里摸出了一小枝冬青（大概是昨晚遗忘在里面的），瞅了一下说：

“浆果，呃？啊，多可惜啊，它们不能吃。我记得当我还是像这么高的一个孩子时，有一次出去玩——让我想想：是跟谁一块儿出去玩来着？——不，我记不清那是谁了。我记不起曾和什么人一块出去走过，也记不起关心过什么人，或什么人关心过我。浆果，呃？有浆果的时候，就有乐子。是啊，我应该有份享点乐子，应该有人服侍我，让我暖暖和和、舒舒服服的，因为我已经八十七岁了，而且是一个可怜的老头子。我今年八十七了哇，八——十——七！”

他重复这句话时的那副流着口水憨嚼冬青叶子、嚼嚼又吐出来的可怜相；他的小儿子维廉（现在也变了）那种站在一旁冷眼相观、漠然的神气；他的大儿子乔治躺在床上心如铁石、执迷不悟的样子——这一切都不会再感动莱得洛了，因为刚才似乎双脚被钉在地上的化学家已经一下子冲出房门，一溜烟地跑出去了。

在他走到一串桥洞之前，作向导的那个小孩已经从桥洞里爬出来等他。

“回那女人家去吗？”小孩问。

“是的，回去，赶快！”莱得洛答道，“路上千万别停！”

小孩领头走了一小段路。他们不像是在走，而像是在飞奔。小孩赤着脚板拼命追赶，才勉强跟得上莱得洛的快步子。莱得洛躲闪着一切走过身旁的行人，畏缩在裹得紧紧的斗篷里（好像他的衣服随便碰到人的身上，便会有致命的传染力似的），一路没有停下过脚步，径直来到了他们刚才走出的那个小门。他掏出钥匙打开门和小孩一同走了进去，然后匆匆穿过黑黑的走廊，直奔他的住房。

他关好房门的时候，小孩目不转睛地注视着他；他四下张望的时候，小孩连忙退到桌子的后边。

“喂，不要动我！”小孩说，“你领我到这儿来是要把我的钱夺走吗？”

莱得洛又把几个先令扔到地上。小孩立刻跑上前去，全身扑到钱上，仿佛要把它们藏起来不让化学家看见，免得他一时后悔再想要回去。直到小孩见他坐到灯旁、双手掩面之后，才悄悄把那些先令挨个捡了起来。然后爬到炉火跟前，坐到一把大椅子里，从怀里掏出一点剩饭，开始大嚼起来，一面望着熊熊的炉火，一面不时朝紧抓在一只手里的先令瞟上一眼。

“而这，”莱得洛怀着越来越强烈的憎恶与害怕望着小孩说，“而这就是我在人间剩下的唯一伴侣了，唉！”

化学家呆望着这个可怕的孩子，出神地沉思起来。至于沉思了多大工夫才惊醒过来，连他自己也不知道——半个钟头？还是半个夜晚？——但是屋里的沉寂打破了，他刚才看见竖着耳朵在听什么的小孩，突然惊跳起来，直朝房门跑去。

“那个女人来了！”小孩叫道。

化学家半路截住了他：外面她正在敲门。

"让我到她那儿去，好不好？"小孩说。

"现在不行。"化学家说，"呆在这儿！现在谁也不许出屋，谁也不许进屋！——喂，外边是谁呀？"

"是我，先生！"米丽嚷着说，"我求您让我进来！"

"不！绝对不能够！"他说。

"莱得洛先生，莱得洛先生，我求您让我进来吧。"

"有什么事？"化学家仍然紧紧抓着小孩说。

"您刚才看见的那个不幸的人现在更糟了。我说什么也不能把他从可怕的昏迷中唤醒过来。维廉的父亲突然变得孩子气起来，维廉也变了。这个震惊对他太突然了；我简直弄不懂他，他简直不像他本人了。啊，莱得洛先生，求您替我想个办法，求您帮帮忙！"

"不行，不行，不行！"他答道。

"莱得洛先生，亲爱的先生！乔治一直昏迷不醒地嘟囔着你所见到的那个人，乔治担心那个人会自杀！"

"他自杀好啦，比走近我强！"

"乔治昏昏迷迷地说您认识那个人，说他从前曾经是您的朋友，很久很久以前；还说他是这里一个学生的落魄的父亲——我怀疑他说的那个学生，恐怕就是生病的那个青年。您看怎么办呢？我们应该怎样监视着他不让他自杀呢？怎么搭救他呢？莱得洛先生，求您告诉我，求您帮帮我！"

小孩发病似的挣扎着要去开门叫她进来，莱得洛却拼命抓着他不让他去。

"幽灵们，邪恶思想的惩罚者哟！"莱得洛痛苦地茫然四顾说，"请你们看看我吧！让悔悟的微光从我那一片昏黑的脑子里透露出来，照亮我的苦痛吧！我知道我的脑子里是有悔悟之光的。正如多少年来我给学生们讲授的：在物质的世界中什么东西都省略不得，在天地的奇异结构之中，如果程序上缺少一个步骤，组成上缺少一个原子，宇宙就会出现一个空白；我现在也明白了：人类记忆里的善与恶、快乐与愁苦也是这个样子，一个也不能丢掉。幽灵们，可怜我！赶快把我搭救出来吧！”

除去米丽的“帮帮我，让我进来！”和小孩死命挣扎着要找她之外，一点别的反响都没有。

“自我的影子！我的黑暗生活的鬼魂啊！”莱得洛病狂地叫道，“你们再回来吧！再回来日夜纠缠我好了；但是请你们快快把这份‘遗忘’的礼物带走！万一这份礼物一定要粘在我的身上不能去掉，那么就请你们剥夺了我把它传送给别人的可怕的能力吧！请你们取消我所做的事，哪怕让我继续陷在黑夜里呢，可是请你把白昼还给我所糟蹋的那些可怜的人们吧！既然打一开头我就饶了这个女人，既然我从此不再出去播送这样的礼物，决心死在这儿，而除去这个小孩的不会沾染我的魔力的双手而外，也不要任何一只别的手来照顾我——那么求你听听我的话吧！”

唯一的答复仍然是小孩拼命挣扎去找米丽（他也仍然紧抓着不松手）和门外愈来愈响的喊叫声：“帮帮我，让我进来吧！他曾经一度是你的朋友呀，我们怎样监视他不让他自杀，怎样搭救他呢？你瞧，他们都变了，另外还有谁能帮我的忙呢？求求你，让我进来吧，莱得洛先生！”

第三章
收　法

天空依然是一片黑糊糊的夜色。在空旷的原野上，从山顶上，从海面的孤舟甲板上，一条遥远的、低悬的、渐渐有转为明亮希望的灰色光带，已经隐约出现在朦胧的地平线上了；但是这个明亮的希望依然是缥缈的、不定的，而乌云也正和月亮奋力地角逐着。

笼罩着莱得洛脑子的黑影，一个连一个地纷至沓来，遮蔽了他脑中的那线微光：正如乌云徘徊于月亮和大地之间，因而把地球包藏于昏暗之中一样。乌云抛到大地上的影子是飘忽不定的，莱得洛脑中的影子也同样一闪一晃，忽明忽暗的；也正和乌云一样，即使亮光能够闪现一下，可是乌云登时横扫过来，使得天地比以前益发昏暗。

在房舍之外，一种深沉的、严肃的寂静，笼罩着这所古老学院的建筑。它的扶墙和房角在地上投下了许多神秘的、奇怪的黑影；当月亮钻出云层、银光四溢的时候，这些黑影便连忙躲入平滑的白雪里销声匿迹；可是一会儿云来月去，它们又立刻钻出来，显露着原来的奇形怪状了。在房舍之内，化学家屋里的炉火已经气息奄奄，接近熄灭，因而到处一片昏暗模糊。外边的敲门声喊叫声没有了，阴森森的寂静统治着一切；什么都听不到了，只有炭火的自燃仿佛在咽着最后一口气，不时发出一声低低的毕剥声。那个小孩正躺在炉前的地上酣睡着。化学家自从敲门声停了以后也一直坐在椅中没动，活像一个石头人儿。

正在这时，他以前听到的圣诞音乐又开始奏了起来。起初，他侧耳静听着，正如他在教堂墓地时那样；但是不一会儿，他突然站起来，伸出两只手，好像一个朋友已经来到他的跟前，而他也要把这双凄凉的手，无害地放到他的身上似的。音乐还在奏着，夜风送来了一个悠扬的、甜蜜而又悲哀的调子。他这样平伸双手的时候，脸色不那么僵板、不那么茫然了，一阵微微的颤动荡漾了他的全身；他的眼睛里充满了泪水，他用手蒙住脸，默默低下头来。

他对于忧伤、冤屈、苦恼的记忆，还没有恢复过来；他知道没有恢复，他始终不相信它会恢复，也不对此抱什么希望。但是他的心坎里开始有了一种默默的颤动，远处的音乐里蕴含的情绪又能打动他的心弦了。是的，即使音乐只把他所丢掉的记忆价值，很忧伤地告诉了他，他也是热烈地感谢上苍啊！

音乐的最后和弦已经消失，他抬起头来细听那袅袅余音。这时，正在小孩的那边，那个幽灵站着出现了（熟睡的孩子正躺在它的脚旁），木然不动地呆望着他。

它的神气尽管还像以前那样森然可怕，可是当他浑身颤抖地看它时，它的面貌却不像从前那么狰狞残酷了——也许那是他这么想着或是这么希望着罢了。现在它并不是孤单单地站在那儿，因为它那朦胧的手里牵着另外一只手儿。

是谁的手儿呢？莫非站在它旁边的那个形象真是米丽吗？还是只是她的灵魂或画像呢？那个安详的头微微低垂着，正和她平时的样子完全一样，两只眼睛向下瞅着，仿佛在怜悯那酣睡在地板上的小孩。一道绚烂之光映到她的脸上，可是并没有照着幽灵的黯淡的脸。虽然她紧靠它站着，它还是和从前一样，脸色是朦胧的、苍白无色的。

“鬼魂！”化学家一看见它又心绪缭乱，“我对于米丽始终不曾执拗、傲慢过。请你不要把她带到此地，请你饶了我吧！”

“这不过是一个影子，”幽灵说，“早晨旭日东升以后，赶快去找我带到此地来的这个形象的真人去！”

“难道这就是我的无情命运，难道我就非去找她不可吗？”化学家叫道。

“是的！”幽灵答道。

“去破坏她的安静，去毁灭她的善德，去把她变成我这个样子，去把她变成我把别人变成的样子！是吗？”

“我说的是‘找她去’，我并没有说别的什么！”幽灵申辩道。

“啊呀，好，那么告诉我，”莱得洛惊呼道，他觉得它的话里隐藏着一个希望，赶快抓住它，“告诉我：我能够取消我所做的事吗？”

“不能！”

“我并不要求恢复我本来的自己，”莱得洛说，“因为我所抛弃的东西是出于心甘情愿的，也是公平地甩掉的；可是对于那些我把‘遗忘’传给了他们的许多人，他们自己并没有要求这样的礼物，事先没有得到一点警告就完全不知情地被迫接受了那个诅咒，而他们又没有一点闪避的能力！难道我不能帮助他们吗？”

“不能！”

“如果我不能，别人能吗？”

那幽灵，站在那儿好似一尊铸像，直瞪瞪地盯了他一会，然后蓦地转过脸去，望了望身旁的那个影子。

“噢，她能吗？”莱得洛注视着那个形象说。

幽灵松开了一直紧抓着的她的手，轻轻举起手来做了一个打发她走开的姿势。依然保持原来姿态的米丽的影子，开始移动或者开始融化了。

“别走！”莱得洛带着一种说不出来的热切挽留说，“请再等一忽儿，请你发发慈悲吧！刚才音乐声荡漾在空中的时候，我晓得一种变化已经来到我的身上。告诉我：我已经丢掉传染她伤害她的力量了吗？我可以毫无所惧地走近她吗？请给我一点希望的信号吧！”

幽灵依然望着她的影子——可不望他一眼—— 一言不发。

“至少请你告诉我这一点：从今以后，她有没有一种自己意识得到的力量，去纠正我所做的一切呢？”

“她没有！”幽灵答道。

“那么有没有一种她意识不到的力量赐给她呢？”

幽灵答道：“尽管找她去吧！”说完，米丽的影子慢慢消逝了。

他们两个又和当初赠送“遗忘”礼物的时候一样，隔着仍然躺在幽灵脚旁的小孩的身子，面对着面，目光可怕地你盯着我、我盯着你。

“可怕的导师哟！”莱得洛双膝跪到幽灵前面，苦苦哀求地说，“当初你弃绝了我，而今你又来访我。从你那比较温和的面目上，我愿意相信我已经获得了一线希望之光。既然如此，我就决心不问情由遵命前去找她了。我伤害了许多人，人类的能力也没法赔偿他们的损失。为了他们的利益，我祈求我在苦痛中发出来的呼声，已经得蒙天听，或者就要蒙受天听吧，但是有一件事——”

“你说的是躺在这儿的这个小东西？”幽灵指着孩子，截断莱得洛的话。

“是的，正是，”化学家说，“那么你知道我要提出的问题了：为什么在我所接触的人中，只有这个孩子感染不上我的魔力？为什么，为什么从他的思想上我觉得他是我自己的可怕的同道？”

“你已经抛弃了对于忧伤、冤屈和苦恼的记忆，凡是没有这样记忆的人都会变得和这个孩子一样。他就是这种人的一个完完全全的、不折不扣的写照。”幽灵指着孩子说。“忧伤、冤屈、苦恼等的记忆，可以使人心软肠柔，但是这样的记忆从来没有进入过他的心房：因为这个苦小子从一降生起，就被弃置到比牲畜的境遇还悲惨的境遇中，而且在他的记忆范围以内，从来没有一只仁爱的手或一颗慈悲的心，曾在他那硬邦邦的胸膛里掀起过一丁点儿这样的情绪。在这个孤儿的心里是一片不毛的荒原。在像你那样把记忆抛掉的人们的心中，也是同样的荒原一片。啊，不幸呀，这样的人！啊，十倍的不幸呀，一个有着成千上万类似躺在这儿的孩子的妖怪们的国家！”

莱得洛听到幽灵的话，吓得胆战心寒，退缩了一下。

“这样的人们之中没有一个——是的，连一个都没有——不是播种罪恶的稼禾而要人类去收割的。这个小孩身上的每一粒罪恶的种子，都要长成一片片的‘毁灭之禾’，而要人们去收割去储存，然后再播种到世界许多地方，直至到处布满了邪恶，激怒了上帝，再发一次泛滥的洪水淹没一切才算完事。一个城市中街道上每日习闻习见的、公开的、不被惩处的凶杀，都比不上这样的一个惨象更罪孽深重。”

幽灵好像低头望着酣睡的小孩，莱得洛也望着他。可是莱得洛此刻对于小孩的情绪却和以前完全不同了。

幽灵继续说道：“世上任何一个做父亲的人——从他身边，白天黑夜都会有这样邪恶的人们走过；任何一个慈爱的母亲（不管她属于哪一个社会阶层）；任何一个从小长大的人，都要对这种滔天的邪恶担负着不同程度的责任。不管世界上的哪一个国家，都会遭受这种邪恶的灾殃；不管地球上的哪一种宗教，都要遭受这种邪恶的摈斥；不管世界上的哪一个民族，都要蒙受这种邪恶的耻辱。”

化学家交叉着十指，又害怕又可怜地浑身抖个不停。两只眼睛从睡觉的小孩身上，转向站在那儿指着小孩的幽灵。

“喂，喂！”幽灵接着说，“瞧瞧你甘心选择的这个典型吧！你的魔力在这儿是不起作用的，因为从他这个小小的心里，你没有可以驱除的东西。他的思想和你的思想正是你所说的‘可怕的同道’，因为你已经堕落到他那个违反天理的水平了。他是人类之‘冷酷’的产物，你是人类之‘骄矜’的产物；在你们两个人的身上，老天的德性已经全被破坏；从精神世界的两极，你们两个碰到一起！”

化学家弯下腰来蹲在孩子的身边，带着和哀怜自己一样的悲恻，赶紧替他盖上一点东西，再也不像以前那样又冷淡又憎恶地躲避他了。

现在地平线上遥远的灰色光带明亮了，黑暗退避了。这时一轮红日升自东方，金箭四射。古老学院的山形墙壁和屋顶烟囱闪耀在清新的空气里；城市的炊烟和蒸汽都变成了金黄的彩云。蜷伏在阴暗角落的、经常被打旋儿的阴风吹着的那个日晷，现在抖掉了夜间堆到它那暗淡面庞上的雪粒，眨着眼儿瞅着围它打旋涡的白雪花。毫无疑问，晨光已经摸索着路子走进了冷僻的、散发着土腥气的、诺曼拱门半埋在土里的地下圣堂那里，激起爬在墙上的懒洋洋的植物的液汁，加速了存在于那里的奇妙优美的小小生物世界里的缓慢的生命机能，使它们也隐约知道温煦的太阳已经升起来了。

台特北全家都起来了，忙乎起来了。台特北先生除下了店铺的百叶窗子，把橱窗内陈列的宝贝东西一件一件地显示到耶路撒冷大楼的人们的眼前（虽然他们的眼睛是那么不受这些东西的诱惑）。小道尔法斯早已出去了，现在已经卖他的“拍坡”卖到一半时间了。五个小台特北正在后厨房里由妈妈指挥着经受凉水浴的酷刑，十只小眼睛都被肥皂和摩擦弄得红肿肿的了。因为小莫洛克神正使着性子吵呀闹呀的（她照例是如此），所以负责看护她的小约翰被推到水里，马马虎虎冲了一下，便连忙爬出来去抱起妹妹，比以往更吃力地蹒跚在店铺门口了——小莫洛克神的体重又增加了好多——因为她的身子加添了许多御寒的衣物，那些加添的针织绒线寒衣、一顶帽子、一双蓝绑腿套，简直构成了一整套的锁子盔甲！

这个小婴孩的一个特点就是总在出牙。牙齿根本不曾出过呢，还是出来后又缩回去了呢？这一点谁也不很明白；但是按照台特北太太的说法，她的牙齿已经出到足够一套牙科设备，而可以挂牌开设一个齿科诊所的了。为了摩擦她的牙肉，不惜征集了大批家伙，还不算她的腰里（就在她的嘴巴下面）总吊晃着的那个大骨环。这个骨环很大，足可以抵得一个青年尼姑的大串念珠。什么刀把啦、伞帽啦，从存货里选出来的手杖头啦、家人的手指头（特别是约翰的手指头）、豆蔻末啦、甲壳啦、门把啦、火箸上的木捏手啦等等，都是用来摩擦她的牙肉、让她出牙的最普通的工具。至于一星期之内，她的牙肉可以摩擦出多少电来，那就不要计算了吧。尽管台特北太太说："牙就要钻出来了，这个孩子就要像个人样了。"可是她的牙老是钻不出来，因而这个孩子也老不像个人样。

在几个钟头之内，这群小台特北个个的脾气都变坏了；台特北先生夫妇也不比他们好一点。他们原是不自私、很善良、互相忍让的人们，每逢碰到（可以说常常碰到吧）食物不充足的时候，大家总是知足地、甚至慷慨地互相揖让，有一丁点儿的肉食就感到是很大的享受了；但是现在不然了，他们厮打起来，不但争肥皂争凉水，而且还争没有做好的早餐。这个孩子的手打那个，那个孩子的手揍这个。就连一向忍耐吃苦，一向忠诚憨厚的约翰也打起他的妹妹小莫洛克神来了！是的，台特北太太偶然走到门口，忽然见他在妹妹的锁子甲胄上找了一块比较单薄、打上去可以打疼的地方，啪地一巴掌打了上去。

台特北太太大怒了，顿时抓起他的脖领，将他提溜到起坐间里，以加倍的利息，还报了他的巴掌！

"你这个野蛮的小鬼，你这个小杀人凶犯！"她说，"你怎么忍心做这样的事情？"

"她的牙为什么老钻不出来，老麻烦我呢？"约翰这小叛徒大声反驳说，"凭良心说，她这样，你高兴吗？"

"高兴吗？我的小爷爷！"她一手抢过他那被欺侮了的妹妹说。

TETTERBY & Co. NEWSVENDERS

“是的，你高兴吗？”约翰说，“我想你不会高兴的。如果你是我，你一定会当兵去的。我也要当兵去。军队里没有娃娃，省得我一天到晚看孩子！”

赶到争吵现场来的台特北先生，若有所思地不住摸着下巴，不但不去纠正那个小叛徒，听到约翰这种对军队生活的见解，仿佛倒反而感触很深似的。

“如果这个孩子的话有理，我真希望我是在军队里。”台特北太太望着她的丈夫说，“因为在这个家里我根本没有一点安静。我是一个奴隶—— 一个弗吉尼亚①奴隶。”大概由于他们一度落魄到经营烟草生意的模糊联想，台特北太太说出了这句言过其实的话。“一年到头，我没有一天假日，没有一点娱乐。唉，上帝保佑并赐福给这个娃娃吧！”她说。一面怒气冲冲地狂摇着怀里的孩子，一面又向上帝做着这样虔敬的祈求，二者之间实在太不相称了。“喂，这个小娃子现在怎么也不乖了呢？”

既然找不出小娃儿不乖的原因，又白白摇了半晌也找不出个所以然来，所以她索性把孩子扔进摇篮之中，交叉着胳膊坐在那儿，生气地用脚蹬着摇篮摇起来。

“你怎么老站在那儿发愣，什么也不干呢？”她对丈夫说。

“因为我不愿意！”这是台特北先生的回答。

“反正我准知道我不愿意干活！”她说。

“反正我敢起誓我不愿意干活！”他说。

就在这个当口，约翰和另外五个孩子忽然发动了牵制战争。在把早餐摆上桌子的时候，六个孩子为了暂时抢占一块面包掀起了武装冲突：你一拳我一掌打得好不热闹！最小的那个孩子带着一种早熟的审慎，奔驰在战斗员们的外缘，搬搬这个的腿，踢踢那个的脚。台特北夫妇看见这种情形，立刻火热地投入战斗，仿佛这成了他俩唯一可以取得妥协的立场。他们两个把往常的父母

---

① 弗吉尼亚，美国的一个州，以产烟草著称。

柔肠抛到一旁，毫不留情地东杀西砍，终于镇压了这场暴动，气喘吁吁地回到原来的位子上来。

“你啥事不干，还不如读读报好呢！”她说。

“报有什么读头？”他非常不满地反问道。

“怎么？报有什么读头！”她说，“上边不是登着有关治安的新闻吗？”

“那又干我啥事？”他说，“别人干什么，被怎样发落，和我有什么关系？”

“譬如自杀的案件吧！”她提议说。

“与我无关！”他说。

“那么出生、死亡、婚姻呢？难道这些也与你无关不成？”她说。

“就算今天一切出生都彻底结束了；就算一切死亡明天就要发生，我也看不出这与我有什么关系，除非死亡要轮到我的头上。”他嘟嘟囔囔地抱怨说，“至于说到婚姻，我早结过婚了。关于婚姻，我也已经领教够了！”

从台特北太太不满意的表情和态度判断，她对于婚姻的意见，似乎也和她的丈夫没有两样；但是她却故意与他作对，好满足和他吵架的愿望。

“你是一个始终如一的人，不是吗？”她说，“你瞧你自己做的完全用破报纸裱糊的屏风。你不是总好坐在那儿半个钟头半个钟头地给孩子们读报吗？”

“喂！请你说以前我老给他们读吧。从今以后，你不会再看见我做那种事了。我现在变聪明些了！”他说。

“呸，聪明些了！”她说，“你是不是也变得好一些了呢？”

这个问题在台特北先生的心里引起了一个和谐的调子，他懊丧地左思右想了一会，他的手不住地抹着前额。

“更好了一些？”他嘟囔说，“我不晓得我们之中哪一个更好了一些，或者更快乐了一些。更好一些，是吗？”

他转过脸去向着屏风，用手顺着报纸指下去，找到了一段他所要找的文字。

“从前这一直是全家最喜欢的一段，”他懊丧地、糊里糊涂地说，“从前每逢孩子吵嘴或不如意的时候，我一念这段文字，他们立刻就掉眼泪，就安静下来，其效果仅次于林中知更鸟的故事①：‘悲惨的贫困事件：昨天一位矮个子男人怀抱一个婴儿，身边跟着六七个衣衫褴褛、从两岁到十岁的、面有菜色、饿得要死的孩子，来到可敬的法官面前，作了如下的申述。’哈！哈！我简直不明白这说的是什么，也看不出这和我们有什么关系！”

“哎呀，他的样子多么寒伧多么苍老哟！”台特北太太望着丈夫说，“我从来没有见过一个人身上会发生这样的变化！我的天爷，我的天爷，我的天爷呀！这真是一个牺牲！”

“什么是一个牺牲？”她丈夫很不高兴地问。

台特北夫人只是摇着头儿，一声不吭，使劲摇着摇篮，弄得它有如海浪翻滚。

“如果你认为你的婚姻是个牺牲，那么，我的好女人，那么——”他说。

“是的，我确实这么认为！”她说。

“那么，我的意见是这样，”他和她同样倔气同样绷着脸说，“这个事情是两方面的，你说你是个牺牲，我说我也是个牺牲，而且我希望当初你不该接受这个牺牲。”

“喂！台特北，我真希望当初没有接受这个牺牲呢！”她说，“你不能比我希望得更真切了，台特北！”

“我不知道当初我看出她什么好处来！”报纸商嘟哝说，“真的——如果当年我看出她有什么好处的话，现在也没有了！昨天

---

① 相传一个狠心的叔父为了攫取财产，命人将年幼的侄儿侄女引入树林中杀害。凶手之一动了恻隐之心，遂杀死同伴，将两个孩子扔在树林中。孩子冻饿而死。知更鸟见无人掩葬他们的尸体，便以树叶覆盖其上。英国歌谣有曰：“没有一个人，/葬埋这漂亮的一对；/于是红胸知更鸟儿，/忙以树叶覆盖其身。”

吃过晚饭坐在炉旁我就这样想了：她又胖又老，怎么能和别的那许多女人比呢？”

“他——其貌不扬；他——没有一点气派；他——个子又小又矮；他——已经开始驼背；他——已经开始秃头！”她喃喃地说。

“当初居然娶了她，我一定是半疯了，”他嘟囔说。

“当初居然嫁了他，我一定是糊涂了，要不怎么解释得通？”她苦苦推敲着理由说。

他们就怀着这份心绪坐到早餐桌边。可是小台特北们不惯把这顿饭看作坐下来吃的玩艺，而纷纷把它当作一种舞蹈或蹦跳的游戏来看待；结果，很有点像是野蛮人举行的仪式一样，他们一忽儿扯起嗓子尖呼狂叫，一忽儿拿起面包牛肉挥舞，一忽儿列着错综的队伍走到街上又回来，一忽儿在门口台阶上蹦蹦跳跳，作为这出全武行的附属戏。现在大家争执的焦点是摆在桌上的、为大家共有的一个盛着掺水牛奶的缸子。你也抢，我也夺，争吵叫嚷，怒气冲天。这样的情形，真是对于瓦茨博士①身后遗名的一种凌辱。直至台特北先生出头把这群反叛崽子赶出前门以后，才算得到了一个暂时的和平，可是又被约翰偷偷溜回来破坏了：约翰悄悄回到屋里来以后，立刻端起牛奶缸子，寒伧而贪婪地咕嘟咕嘟喝了起来，因为喝得太猛了，噎得他呃嗒呃嗒的，仿佛一个会讲腹语的人在说话②。

“这些孩子早晚要把我气死！”台特北太太赶出小罪犯以后说，“也好，早点把我气死更好！”

“穷人们根本不应该有孩子，他们一点快乐也给不了我们！”台特北先生说。

---

① 瓦茨博士（1674—1748），曾著有《儿童圣歌》，其中有如下的话：“如果狗好咬人和狺狺，/就让它咬人和狺狺；/因为上帝创造它们是这样的。”

② 腹语，是说话人在念一些子音母时，故意紧闭嘴唇和牙齿，并且相应地控制着舌头，因此他说出话来仿佛不是出自口腔，而是来自远方。古希腊人和埃及人常常练习腹语术，或者为了逗乐开心，或者为了进行迷信的欺骗。

这时他正把太太没好气推搡给他的杯子举起来，她也正把自己的杯子端起送往唇边，忽然他们两个都停住了，仿佛被定身法定住了。

“喂，爸爸！喂，妈妈！”小约翰跑进屋来嚷道，“喂，维廉太太从街上走过来了！”

如果从开天辟地以来，曾经有个小孩像老保姆一样小心谨慎地从一只摇篮里抱起一个娃娃，温柔地又哄又拍，高高兴兴地跳着把它抱走；那么小约翰就是这个孩子，小莫洛克神就是这个娃娃。他们两个一块出去了。

台特北先生放下了他的杯子，台特北太太放下了她的杯子。台特北先生揩了揩他的前额，台特北太太揩了揩她的前额。台特北先生的脸开始柔和发光起来，台特北太太的脸也开始柔和发光了。

“求主原谅我！”台特北先生自己对自己说，“刚才我的脾气多坏呀！这倒是怎么回事呢？”

“昨晚我说了那些话，心里那么酸楚难过之后，怎么又对他这么坏了呢？”台特北太太一抽一噎，用围裙揩着泪水哭着说。

“难道我是一个畜生吗？”台特北先生说，“我的心里还有没有一丁点儿的善呢？索菲亚，我的小女人哟！”

“道尔法斯，我的亲人哟！”她说。

“刚才我发的是一阵什么脾气呢？”他说，“我实在不忍去想了，索菲亚！”

“啊，我使的性子比你的坏得多呢！你的脾气算得了什么！”她非常难过地说。

“我的索菲亚，不要这么难受吧！”台特北先生说，“我永远不会饶恕我自己，我恐怕已经快要把你的心都弄碎了，是不是？”

“不，道尔法斯，不！是我伤了你的心，是我！”台特北太太哭道。

“我的小女人！”她丈夫说，“不要这么说吧。你表现出这样高贵的精神，实在更使我惭愧。我不知怎样责备自己是好了。索菲亚，我的爱！你简直不晓得刚才我想的是些什么。当然，我表现的态度已经够坏够坏的了，可是，我的小女人，可是我所想的恐怕更——更——”

“啊，亲爱的，还是不要说出来吧，不要说出来！”她哭着说。

“亲爱的索菲亚！”他说，“不行，我非说出来不可；要是不说出来，我的良心实在过不去，我的小女人！——”

“维廉太太就要到了！”约翰在门口尖呼道。

“——我的小女人，刚才我想的是，”台特北先生呼呼地喘着气，全靠椅子支撑着身子说，“我刚才想的是：我很纳闷当初怎么会爱慕你的——我忘记你给我养了多少宝贝的孩子，却嫌你长得不够我理想的那么苗条。我——我简直没有回想，”他严厉地责备自己说，“没有回想这些年来你做我的太太，与我和孩子们一道所受的苦楚！如果你嫁了别人，也许一个孩子没有，那个人也许比我混得好，幸运得多。本来嘛，任何一个女人都可以找到那样一个男人的。在许多艰难困苦的日子里，你减轻了我的忧患，可是我却和你这么吵呀闹的，嫌你老了。唉，你能够相信吗？我的小女人啊！我自己都几乎不能相信刚才会那么忘恩负义！”

台特北夫人哭一阵笑一阵，笑一阵又哭一阵，在这种旋风似的哭笑里，两手捧住丈夫的脸不放，嚷道：

“啊，道尔法斯！我很高兴你这样想，很感激你这样想！因为我刚才还在想，你的相貌实在平常，道尔法斯；果然你的相貌是平常的，我的爱；可是但愿你是我眼里最平常的一个人，直到你用你那双好手把我的眼睛闭上让我死去。刚才我想你的个子是矮的；果然你的个子是不高，可是我正因为这个而爱你，尤其因为你是我的丈夫而更爱你。刚才我想你开始驼背了；果然你是开始驼背了，可是因为这个，我一定叫你依靠我，我要尽力撑起你的腰。刚才我想你没有什么气派；可是你有，你有的是‘家’的气派，而这正是再纯再好没有的气派了。啊，愿上帝保佑我们的家和所有属于这个家的人们！我的道尔法斯哟！”

“啊哈！维廉太太已经来到了！”小约翰嚷道。

看哪，她真的来到了，所有的孩子们都跟在她后面。

她走进屋里以后，孩子们纷纷上前去吻她，并且互相吻，吻那个婴孩妹妹，吻他们的爸爸和妈妈。吻完之后，纷纷跑回来围着她跳舞，喜气洋洋地跟着她转动。

台特北夫妇不甘落后，也同样热烈地接待了米丽，他们那种给她吸引住的神情，简直就跟自己的孩子一模一样。他俩跑上前吻她的手，紧围着她，简直不知道怎样招待她是好。她像一个善神、爱神、亲神、家神和慈祥之神，翩然降临到他们这家人中间。

“怎么，在这明朗的圣诞早晨，你们大家都这么喜欢见到我吗？”米丽拍着巴掌，愉快地诧异道，“啊唷，啊唷！这太叫人高兴了！”

孩子们叫嚷得更热闹了，大家又吻她，围着她打转，四面八方洋溢着更多的爱、更多的快乐、更多的欢欣、更多的尊敬。她快乐得不知如何是好了。

“啊唷！”米丽说，“你们叫我快活得流出眼泪来了，这是什么样甜蜜的眼泪哟！我哪里配得上你们这般厚爱呢？我做了什么事值得你们这样爱我呢？”

“我们怎么能不爱你呢？”台特北先生大声喊道。

“我们怎么能不爱你呢？”台特北太太大声喊道。

“我们怎么能不爱你呢？”孩子们异口同声跟着嚷。他们又跳舞，又聚到她的身边，紧挨着她，绯红的小脸蛋紧贴着她的衣服，吻了又摸，摸了又吻，可是怎么摸她也摸不够，怎么摸她的衣服也摸不过瘾。

“我从来没有这么感动过，”米丽揩着喜悦的眼泪说，“从来没有像今天早晨这样感动过。我简直兴奋得说不出话来，可是我一能说话，便要告诉你们：今天早晨一出太阳，莱得洛先生就走来看我。他的态度柔和极了，好像我不是自己而是他的宝贝女儿似的。他央求我领他到维廉的哥哥乔治卧病的地方。我们果然一块去了，一路上他那么和蔼、那么温顺，对我那么信赖、那么盼切，以至于我情不自禁地高兴得要淌眼泪。我们走到那座房子的时候，在门口遇到了一个女人（恐怕是什么人打伤了她，脸上青一块紫一块的），当我走过她身边时，她上来抓住我的手，为我祝福。”

“她做得对！”台特北先生说。台特北太太也说她做得对，所有的孩子都嚷着说她做得对。

“啊，但是还有呢，”米丽说，“我们走上楼梯进到屋里的时候，昏迷了几小时，躺在那儿怎么也唤不醒的病人，忽然从床上坐起来，哇的一声哭了。他向我伸出两只胳膊，说他白白糟蹋了一生，说想到过去非常难过，说现在是真正悔悟了。他的过去好比是一片黑云笼罩的原野，现在云消雾散，他能够看得清清楚楚了。他叫我请他的老爸爸原谅他、祝福他，并且要我在他的床边替他祈祷。我照做了，莱得洛先生也非常热情地参加了祈祷，然后向我谢了又谢，然后向上帝谢了又谢，我高兴得心都要跳出来了。如果不是病人求我坐在他的床边（自然这使我只好安静下来），我真兴奋得会哭出来的。我坐在那儿的时候，他在迷迷糊糊的睡梦中也一直抓着我的手不放。即使在他睡着之后，我把手慢慢撤出来，到这里来的时候（莱得洛先生很热切地希望我来这里），他的手还在摸索，在找我的手，结果只好由别人坐到我的位子上来，让病人把他当作我，又把手递给了他。啊唷！”米丽兴奋得抽抽搭搭地啜泣说，“我应该怎样感激这一切，为这一切而高兴呢？我真是太感激太高兴了！”

她说话的时候，莱得洛已经进了屋子。他停下来看了一下这群以她为中心的人之后，便悄悄走上了楼梯。现在他又出现在那个楼梯之上了。这时青年学生急忙打他身边擦过，从上边跑了下来。莱得洛只好停在楼梯上。

“和善的护士，最温存最仁慈的人儿哟！”学生双膝跪在米丽的面前，紧握着她的两手说，“请你饶恕我那粗暴的忘恩负义吧！”

“啊唷，啊唷！”米丽天真地大声说，“你瞧这儿又是一个！这儿又是一个喜欢我的人！啊唷，我可怎么办呢？真是太高兴了。”

她说这些话时的纯朴天真的表情，两手频频举到眼上揩那喜悦之泪的动作，真是动人极了，可爱极了。

“我仿佛不是我自己了，”学生说，“也不晓得是怎么一回事——也许是神经错乱的后果——好像我是疯了似的。但是现在我好了，再也不会那样了。现在一开口说话，几乎就恢复了正常的自我。刚才我听到楼下的孩子们叫嚷着你的名字，几乎一听到这个名字，我的黑影立刻就跑掉了。——喂，不要哭，亲爱的米丽！如果你能看到我的心，知道里面发的是怎样亲爱怎样感激的亮光，你就不会叫我看你掉泪了。你不晓得你的眼泪对我是多重的一种谴责哩！”

“不，不，”米丽说，“我的哭不是谴责，绝不是的；我的哭是一种喜悦。你居然为了这么一丁点儿的小事，觉得非来请我宽恕不可，真是使我惊讶万分，然而，也太叫我高兴了！”

“那么你是不是愿意再回来把那个小窗帘做完呢？”

“不，”米丽擦干了喜悦之泪摇着头说，“现在你不会再喜欢我的针线活儿了！”

“难道你这样说话就是饶恕我吗？”

她使了个眼色把他叫到一旁，然后凑到他的耳朵上轻声告诉他说：

“艾德芒先生，你家里有消息来！”

“消息？怎么来的？”

“也不晓得是你病中没写信的缘故呢，还是你病才好转时写的字体变了样的缘故——不论是什么原因吧，反正这就引起了对于你的真实情况的疑虑。然而，这就是——喂，你当真不会因为什么消息而激动不安吗？如果不是坏消息的话。”

“当真不会。”

“好啦，那么我告诉你，来了一个人！”米丽说。

“难道是我母亲不成？”学生问。不由自主地转过头去望着已经走下楼梯的莱得洛。

“嘘！不是的。”米丽说。

“不会是别的人呀！”

“真的吗？”米丽说，“你敢断定吗！”

“不会是——”在他往下说之前，米丽的手已经堵住了他的嘴。

“是的，正是她！”米丽说，“这位小姐——喂，她的相貌真和那帧小肖像上差不多，不过更漂亮些，艾德芒先生——是的，这位小姐对于你的病况非常怀疑，实在放心不下了，所以昨天晚上就带着一个小使女一同来到了这儿。因为你的信上写的总是‘寄自学院’，所以她就到那儿找你去了；今早我看见莱得洛先生之前，先见了她。她也喜欢我呢，啊唷！又一个喜欢我的人！”

“什么，今天早晨？她现在在哪儿呢？”

“哟！就在我们门房的起坐间里，”米丽的嘴唇更凑近他的耳朵说，“等——着——见——你！”

他使劲握了握她的手，就要飞奔而去，可是她拦住了他。

“且慢！我告诉你，莱得洛先生已经变得好多了：今天早晨他告诉我他的记忆力受了损伤。千万对他多多体谅，艾德芒先生。他很需要我们大家的体谅。”

青年学生的眼神告诉她：她的小心不会白费，他一定按着她的叮咛去做。因此当他掠过莱得洛往外走的时候，他很恭敬地对他一弯腰，可是他的兴趣显然不在他的身上，而在前面。

莱得洛很客气地甚至很谦卑地还了礼，目送他走出房门。然后把头垂到手上，好像是要回忆起什么丢掉了的东西，可是怎样也记不起来似的。

自从幽灵重新出现和受到圣诞音乐的影响以来，一个持久的变化已经来到他的身上。这个变化使他真正感觉到他丢失了多少东西，使他能够怜悯自己的处境，能够清楚地拿自己的可怜处境和周围别人的自然境况相对比。这样，他对周围人们的兴趣复活了，对自己的不幸的一种柔顺的感觉滋生了。当人们上了年纪、脑力已经衰退、可是并无麻木不仁或郁郁寡欢等其他毛病时，往往也有这种感觉，莱得洛的情形和这个相似。

他觉察到，当他通过米丽赎回自己的种种罪行时，当他和米丽相处的时候越来越多时，这个变化在他内心里便逐渐成熟了。因为这个原故，又因为米丽的温柔激起了他对她的依恋（可是并无其他企图），所以他觉得十分离不开她，她是他的忧患中的支柱。

所以当米丽问他是否应该立刻回家去见她的老公公和丈夫时，他连忙回答："是，是！"——因为他也急于如此，——而且立刻挽起米丽的胳膊跟在她的身旁走了。看起来，他倒不像那个精通天文地理、聪明渊博的学者，她也不像那个不甚读书识字、没有多大文化修养的女人；仿佛两个人的位置已经倒换过来：他一无所知，她无所不晓。

他俩挽着胳膊走出房门的时候，他看到小孩们怎样围在她周围爱抚她；他听到他们格格的笑声，悦耳的欢笑；他看见孩子们容光焕发的脸蛋，像一簇鲜花似的围拢在她的周遭；他看见他们的父母恢复原来的样子了，互相恩爱、怡然自得；他呼吸到这个恢复了平静的贫寒家庭的醇芳气息；他想到他给这个纯朴家庭散播的，如果没有米丽，他还会继续散播的毒菌。啊，难怪他这样服服帖帖地走在她的身旁，把她那温柔的胸膛拉得更靠近自己些了。

他们到达学院门房的当儿，老公公腓力波正坐在烟囱旁边的椅子里呆望着地板，维廉正依着壁炉的那边呆瞅着他。她一走进门口，两个人都惊了一下，转过脸来向着她，刹那间，一种灿烂的变化出现在他们的脸上。

“啊唷，啊唷，啊唷！他们也像别人一样这么喜欢见我！”米丽突然停下来，双手合掌狂喜地叫道，“这儿又是两个喜欢我的人！”

喜欢见她！“喜欢”这个词还不够味儿。她一下子跑到丈夫大张着两只胳膊欢迎她的怀里；他该多么愿意这样搂着她，让她的头这样靠着他的肩膀、度过这个短短的冬日啊！可惜老公公也饶不过她，也伸出两只胳膊紧紧拥抱了她。

“唉，我的安静的小耗子这一向上哪儿去了？”老人说，“她怎么出去这么久没有回来呢？没有我的小耗子，我简直过不了，我——我的儿子维廉呢？——我觉得仿佛做了一场噩梦，维廉！”

“我正是那么说呢，爸爸！”儿子说，“我觉得我也做了一场梦，一场噩梦！——您好吗，爸爸？您还不错吧，爸爸？”

“挺结实，挺硬朗，我的该子！”老人说。

多么动人的一个场面呀：维廉握着父亲的手摇个不停，拍着老人的后背，手轻缓地往下摸，好像不知道怎样关切这位老爸爸才好。

“您真是了不起的一个好人，爸爸！——您好吗，爸爸？您果然很结实吗，爸爸？”维廉说完，又握他的手，又拍他的背，又顺着背往下摸。

“是的，我从来没有像现在这样精神这样结实过，我的孩子。”

“您是多么了不起的一个好人啊，爸爸！说的是呢。”维廉非常热烈、非常诚恳地说，“我一想到爸爸一生中的种种遭遇、种种意外和变化、种种忧患和苦恼，再想到在这长长的年月里他的头发已经变白，而且一年比一年变得更白，我就觉得怎样也表示不尽我对这位老人家的尊敬，怎样也不能使他的晚年过得足够安逸——您好吗，爸爸？您真不错吗，爸爸？”

如果不是老父亲一眼瞥见了直到现在不曾被觉察的莱得洛，维廉一定会无休无止地问他的健康，握他的手，拍他的背，又顺着背往下摸的。

“对不起，莱得洛先生，”腓力波说，“我实在不知道您在这儿，不然的话，我真不敢这么放肆无礼！先生，我记得有一年圣诞节也曾看到您在这儿。那时您还是个学生，念书可真用功，圣诞节还在我们的图书馆里转来转去。哈，哈！我的年纪虽然老，可是还能记得很清楚。虽然我今年已是八十七岁了！记得您离开这儿之后，我的可怜的老婆就死去了。您还记得她吧，莱得洛先生？”

化学家回答说记得。

“是的，”老人说，“她真是个可爱的人呢——我记得一个圣诞节的早晨，您和一位年轻的小姐一块来到此地。对不起，莱得洛先生，我想她是您非常亲爱的妹妹，是不是？”

化学家看了看他，摇了摇头说。“我有过一个妹妹，”他迷迷糊糊地说，除此之外，什么也不知道了。

“一个圣诞节的早晨，”老人继续说，“你和她一同来到这儿——当时，天开始下起雪来。我的老婆请那位小姐走进屋子，坐在我们那十位董事改捐年金以前，我们老当作餐厅的那个房间的炉火旁边，因为圣诞节来到的时候，那里老是烧着旺旺的炉火。那时，我也在那儿。我记得当我拨旺炉火，好让小姐烤烤脚暖和暖和的时候，她大声念着那幅画像下的题辞：‘上帝，佑我记忆永新！’然后就和我的老婆谈论起这个来了。现在想来，真有点奇怪：她们两个（两个都绝对不像要死的人）都说这是一个极好的祷词，都说如果她们年纪轻轻就被上帝唤走的话，她们一定要诚诚恳恳地把这个祷词奉献给最亲近的人：‘我的哥哥，’小姐说——‘我的丈夫，’我的老婆说。‘上帝，请您保佑他永远记着我，不要让他忘掉我！’”

两行热泪从莱得洛的双颊流了下来—— 一生中所洒的最辛酸

最苦痛的热泪！

完全陷入回忆这个故事之中的腓力波，直到现在才注意到他掉了眼泪，也直到现在才注意到米丽的焦虑表情，才知道自己不应该再往下说下去了！

“腓力波！”莱得洛把手搭到他的肩膀上说，“我是一个受了打击的人。老天的手已经狠狠地——虽然是我罪有应得——打击了我。朋友，你讲的这些事我听不懂，我的记忆力已经失去了！”

“慈悲的主啊！”老人大喊道。

“我失掉了忧伤、苦恼、冤屈的记忆，”化学家说，“可是与此同时，我也失掉了别人所能记得的一切！”

只要你看到腓力波对他的怜悯表情，看到腓力波如何推过自己的大椅子请他坐下，如何同情他的损失而难过地望着他，你就可以多少知道这样的回忆对于老人是多么宝贵了。

那个野孩子跑了进来，马上奔向米丽那边。

“这就是那间屋子里的那个人，”小孩说，“我不要他！”

“他说的是谁？”维廉问。

“嘘！嘘！”米丽不许他再问下去。

米丽使了一个眼色，维廉和他父亲便依照她的意思，悄悄溜出屋去。当他们不知不觉地溜出去的时候，莱得洛向小孩招招手，叫他过来。

“我最喜欢这个女人！”小孩紧扯着她的裙子说。

“你是对的，”莱得洛微微一笑道，“可是你不必怕到我这边来，我比以前温和多了，特别对于你，可怜的孩子！”

一开始，小孩还是不肯上前去，可是一点一点地听从了米丽的催促，同意走近过去，甚至坐到他的脚旁。莱得洛一面把一只手放到他的肩膀上，哀怜地、带着同病相怜的神情望着他，一面把另一只手伸向米丽。米丽在他身旁弯下腰去，以便直视他的面孔，沉默了一会儿，然后说道：

“莱得洛先生，我可以和您说句话吗？”

"可以，"他目不转睛地盯着她说，"你的声音和圣诞音乐对我都是一样的。"

"我可以问您点什么吗？"

"愿意问什么就问什么吧。"

"您还记得昨晚我敲门时说的话吗？还记得我说的那个从前是您的朋友、现在站在毁灭边缘上的人吗？"

"是的，我——我记得。"他相当迟疑地答道。

"您明白是怎么回事吗？"

莱得洛一面抚摸着小孩的头发，一面瞪着眼睛呆呆地望着她，摇了摇头。

"不久之后，我找到了这个人，"米丽的语音本来是既清晰又温柔的，可是她的慈祥和蔼的目光，使得她的声音显得格外清晰温柔了。"我又回到那所房子去了，多谢老天的帮忙，我找到了他。我到得不算太早，可再迟一会就太晚了！"

莱得洛从小孩头上抽回那只手，放到米丽的手背上，更加注意地望着她。她那怯生生的、然而诚恳的抚摸，正和她的声音和眼睛一样，使他十分感动。

"那个人就是艾德芒先生的父亲——艾德芒就是我们刚才看到的那个学生。他的真实姓名是郎佛德——您能记起这个名字吗？"

"我记得起。"

"那个人呢？"

"不，不记得那个人。他曾经亏待过我吗？"

"是的。"

"啊，那就糟了——那就没有希望记起了！"

他摇摇头，轻轻拍了拍她的手，好像默默要求她的哀怜。

"昨天晚上我没到艾德芒先生那儿去，"米丽说，"这样好不好？您只管听着我说，就仿佛您能记得一切一样。"

"好，我会仔细听着你说的每一个字，尽管说吧。"

“好，因为一来当时我不知道那个人真是他的父亲，二来呢，万一真是他的父亲，我又害怕艾德芒先生久病之后，这样的消息会对他产生重大的影响；所以昨晚我没有去。再说自从我知道那个人是谁之后，我也没到他那儿去过，这是为了另外一个原因：他早就和他的太太和儿子分开了——我从他那儿知道，差不多自从儿子出世以后，他就成了家里的生人——他甩掉了，遗弃了应该是他最亲爱的人。在那以后，他从一位绅士的地位，一步一步地往下跌，一直到——”她说到这里忽然站起来，走出去了。过了一会儿，她带着莱得洛昨晚看到的那个落魄的人回到屋里来。

“你认识我吗？”化学家问他说。

“如果我能说一声不，”对方说，“那么我就太高兴了，而‘高兴’二字我却很少有机会用。”

化学家直瞪瞪地盯着这个站在他面前的极端谦卑自馁的人。如果不是米丽又跑过来站到他身边的老位置上，并把他的注视目光吸引到她的脸上来，他一定还会继续呆望一些时候，拼命想从记忆里搜寻一点线索的。

“您瞧他已经沦落到什么地步，落魄到什么样儿了，”她向化学家伸出一只手来，始终看着他的脸，低声说，“如果你能够想起一切与他关联的事，您会不会对这个曾经爱过的人的遭遇，感到哀怜呢？且不问是多久以前的事，也不问您对于他丧失了您的爱是怎样的想法。”

“我希望我会可怜他，”化学家答道，“我相信我会。”

他的目光转到靠门站着的那个人的身上，又马上转回来望着米丽，仿佛是从她的每个语音、每个眼神里寻求什么启示似的。

“我没有学问，你的学问却这么深，”米丽说，“我不惯思想，而您却老在思想。我以为如果我们能够记得别人对不起我们的事，是很有好处的。我可以告诉您这个道理吗？”

“请说好了！”

“这个道理就是：记住了那份儿冤屈，我们就可以宽恕。”

“原谅我，伟大的主啊！”莱得洛仰脸上望说，“原谅我抛掉了您自己的高贵的特性！”

“如果，”米丽说，“如果正如我们所希望、所祈祷的那样，您的记忆有一天恢复了，您想到一桩冤枉事，同时又想到您已经宽恕了屈待您的人，您不觉得幸福、不觉得快乐吗？”

莱得洛看了看站在门边的人，又把眸子移到她的身上，眼睛一眨都不眨。他觉得一线清光从她的明亮面庞射进了他的脑子。

“他不能重回他所弃绝了的家庭，他也不想重新回去，因为他知道那样只能把耻辱和苦恼带给他所狠心丢开的人。他知道他现在所能给那些人的补偿，只有躲开他们，躲得越远越好。谁行一点好，给他一点钱，就可以把他打发到远方，叫他活下去，叫他不再犯错误，叫他尽力赎回以往的罪恶。无论对他的太太或对他的儿子来说，这一笔助金，都会是他们两个的最好的朋友的一种恩惠——也是他们两个无须知道的一种恩惠。而对于这个身败名裂的可怜人来说呢，那简直是一种再生之恩了！”

莱得洛捧起她的双手，吻了又吻说，“好，就这样吧，请你替我办这件事，现在就办，悄悄地办。同时也请你告诉他，如果我知道为什么要宽恕他，我一定宽恕他。”

当米丽立起身来，把容光焕发的脸儿转向落魄人，暗示她的调解已经成功时，那个人向前迈了一步，低垂着眼帘向莱得洛说道：

“你这么大方——当然你一向就是这样的——大方到在这个曾极其对不起你的人儿面前，还极力驱除了报复的念头！可是我不想从我身上驱除这个念头。如果你能够的话，请相信我——”

化学家做了一个手势，恳求米丽再靠近一些。他一面听着那个人说话，一面凝视着她的面孔，好像要从她的脸上得到听懂那个人所说的话的线索。

那人继续说道，“我是个一文不值的坏蛋，根本不配作什么表白；而且我把自己的所作所为记得过分清楚，所以根本也不敢在你的面前作这样的表白。自从我欺骗了你，开始堕落的第一天起，我就大踏步地、毫不犹豫地向下溜。唉，是的，正是如此。”

莱得洛把米丽紧紧拉到身边，转过脸去望了望说话的人，脸上浮起难过的表情，也显出一种类似悲伤地认出那人是谁的样子。

“假如当初我避免了那致命的第一步，我也许会成为另外的一个人，我的生活也许会是另外一个样儿。可是我不敢说准会这样，也不敢说准有这样的可能性。你的妹妹现在归天了，远比跟我一块过活来得强——即使我一直是你当初想象的那个人——即使我是曾经一度自认为不错的那个人。”

莱得洛听到这儿，匆匆把手一挥，像是希望把这个话题搁到一旁，不必再提。

“我好像是从坟墓里爬出来的人似的，”那人接下去说，“真的，若不是这位好心肠的太太拉我一把，昨天晚上我早就为自己掘好坟墓了。”

“啊唷，啊唷，你瞧他也喜欢我！”米丽感动得低声啜泣道，“这儿又是一个喜欢我的人！”

“说实话，”那人道，“就是讨饭，昨天晚上我也不会撞到你面前来讨，可是今天，关于我们彼此之间已往种种过从的回忆，在我的心里折腾得太凶了，而那些情景就历历如绘地显现在我的面前，因此这位好心眼的太太一提议，我就贸然来到这里领受你的施舍，感谢你的恩德，而且，莱得洛，恳求你在咽最后一口气的时候，能在心里宽恕我，正像你在行动上宽恕我一样！”

他说完了话就转身走向门口，可是又停了一下。

“我那孩子，我希望为了他母亲的缘故，能够得到你的照应，我希望他会值得你的关切。除非我的生命能够苟延很久，除非我确有把握不曾辜负了你的帮助，我将不会再见他了！”

在往外走的时候，他第一次抬起头来看了看莱得洛的脸；目不转睛注视着他的莱得洛也糊里糊涂地伸出了他的手。那个人连忙还了礼，用双手摸了摸它——只是轻轻一摸而未敢去握它——然后搭拉下脑袋慢慢走出去了。

在米丽悄悄把他领出大门去后的几分钟里，化学家扑通坐到椅子上，两手掩起了面庞。当她和公公、丈夫（他们父子二人也非常关心他）一同回到屋来时，看见他这样掩面而坐，她不敢去打扰他，也不叫别人去打扰他；只是轻轻跪到椅子近旁，替睡在地上的孩子盖上一点暖和的衣物。

“说的是呢，我老这么说呢，爸爸！”维廉敬佩地大声说道，“维廉太太的胸膛里是有一种一定要发泄、也一定会发泄出来的母爱的！”

“啊，啊，”老人说，“说得对，说得对，我的儿子维廉说得对！”

“毫无疑问，我们自己没有孩子倒也很好，亲爱的米丽！”维廉温柔地说，“可是有时我又巴不得你也有一个孩子去爱他去抚养他。我们死去的那个娃娃，那个你在他身上寄予很多希望的娃娃，那个没有呼吸过一口生命之息的娃娃——是他使得你这么安详这么温柔的，米丽。”

“是的，每逢想起他来，我就非常快乐，亲爱的维廉。”她说，“我每天都想他。”

“我老怕你想得太多了。”

“不要说‘怕’，这对我是一个安慰；他用很多方式跟我说话，这个不曾活在世上的小乖乖，对我实在是个小天使呢，维廉！”

“你对父亲和我，才真是个天使哩！”维廉温声柔气地说，“我很清楚这个。”

“每逢想起我寄托在那个小宝宝身上的许多希望，每逢想起我曾多少次坐在那儿，想象着那个笑眯眯的小脸蛋偎躺在我怀里（可是它从来不曾偎在我怀里），想象着那对甜蜜蜜的小眼睛向我望着（可是那双眼睛事实上从未见过阳光），我就会对人间一切受了挫折的、天真的愿望，感到更大的同情与关怀。每逢我看到一个漂亮的孩子躺在抚爱他的妈妈的怀里，我就感到更加爱他，因为我想到我的孩子也许就像那样，他说不定也会使我感到和这位妈妈同样的骄傲与快乐。”

莱得洛突然抬起头来，向着米丽望去。

“在整个的一生里我都觉得他在告诉我点什么，”米丽接着说，“我觉得我的小宝宝在替一切没人照管的可怜孩子们求情，仿佛他是活着的一样。他用我所熟悉的声音跟我讲话。每逢我听到有一个受苦难蒙羞耻的青年，我就想我的孩子也许会跌落到同样的地步，幸亏上帝慈悲地及早把他领了回去。就是在像我们父亲的衰老之年和白头银发之中，他似乎也在那儿，仿佛对我说：在你和我死去之后，他也许会活到偌大的年纪，需要年轻人的爱护和尊敬。”

她扯起丈夫的胳膊，把头枕到上面，安详的声调比以前更安详了。

“所有的孩子都这么爱我，所以有时我就不免幻想——当然不用说只是一种傻里傻气的幻想，维廉——他们有一种我所不懂的、对我和我的孩子的哀怜，仿佛他们都明白为什么他们的爱对我那么宝贵。是的，如果说从孩子死后，我变得更安详了，那么我在许多许多的方面也变得益发快活了，维廉。亲爱的，我们的孩子刚生下就死去的那三五天内，我还很衰弱难过而不禁稍觉忧伤，那时一个念头便升起来了：我想如果我好好做一世人，死去之后我就会在天堂看到一个可爱的小东西招呼我妈妈！这么一想，我也就快活了。”

莱得洛扑通一声跪到地上，大叫一声。

“啊，我的神灵！”他说，“您通过纯洁的爱的宣扬，给我恢复了吾主基督在十字架上的记忆，也给我恢复了对于一切死在吾主事业之中的善良人们的记忆。啊，神灵哟！请您接受我的感激，请您赐福给米丽！”

他把米丽紧紧抱在胸口；比以前啜泣得更厉害的米丽，忽然破涕为笑了，而且大嚷起来：

“啊，莱得洛先生恢复正常了！真的，他也非常喜欢我！啊唷，啊唷，啊唷，又是一个喜欢我的人！”

青年学生走了进来，手里扯着一个羞怯怯不敢进来的美丽姑娘。莱得洛对学生的态度完全变了，因为他从这个青年和他年轻的情人的身上，看到自己生活中那一段受惩戒的经历的淡淡的影子。久久囚禁在他那孤零零的方舟里的鸽子①，现在可以飞向这个柔和的影儿（正如飞向一棵浓荫的树一样），寻求栖息，寻求伴侣了。他立刻走上前去搂住学生的脖子，央求他俩做他的儿女。

在一年之中，圣诞节是我们最应当记起人间一切可以补救的忧伤、冤屈和苦恼的日子，而且当我们记起这些事情时，应当和记起自己的亲身经历时同样地积极。因此莱得洛便把一只手放到野孩子的身上，默默祈求上帝作证，发誓要保护他、教育他、矫正他。因为太古时候上帝就曾把爱抚之手放到孩子们的身上，以他的先知和预见，庄严地谴责那些不让孩子接近他老人家的人们。

莱得洛然后愉快地把右手递给腓力波，告诉他今天就要在学院十位已作古的董事改捐年金以前他们常当作大餐厅的那间屋里举行圣诞节宴。维廉以前不是曾经说过吗：斯威哲家族的人口多极了，如果手拉手地围起来，可以把整个英国围一遭。好了，现在莱得洛就对腓力波说：今天的请帖虽然发得过分仓促，可是凡是能邀得来的斯威哲家族的人，他都愿意邀来，来多少都欢迎。

那天果然就照莱得洛的话办了。斯威哲家族人应邀前来的可

---

① 方舟里的鸽子，《圣经·旧约·创世记》第6章：耶和华后悔造人于地，发洪水泛滥，淹没一切，独令挪亚造方舟避难，四十天后洪水退落，挪亚开方舟之窗，放出一只乌鸦及一只鸽子打探洪水是否退净。此处的方舟即指莱得洛的心房，鸽子即指他的爱心。

真不少：老的、少的，多到你要是用十呀百呀的整数计算，就会叫人怀疑这个故事的真实性，因此也就别去计算到底有多少人了吧。反正他们十个二十个地拥挤着来了。他们在那儿听到了关于乔治的大有希望的好消息：老父亲、弟弟维廉和米丽三个人又去看了乔治，三个人等他熟睡了才慢慢离开。参加这个盛宴的还有台特北全家人马，小道尔法斯也在其内：他脖子上围着那条长长的红色围巾，来的时候正好赶上吃牛肉。约翰和小莫洛克神自然照例晚了一步，约翰被压得一侧一歪、气喘吁吁地走了进来，小莫洛克神自然是被认为正在出着牙齿；但这已经是惯常的不足为怪的事了。

一个非常令人伤心的景象是：那个既无姓名也无来历的野孩子，只是呆呆望着别的孩子玩呀闹呀，却不知道怎样和他们说话，也不晓得怎样和他们游戏，他真是连条粗野的狗都不如，对于孩童时代的一切行动和思想都茫茫然一无所知！另一种虽然方式不同、可是看来也很令人伤心的景象就是：这儿的孩子们似乎都有一种本能的感觉，觉得这个孩子和其余的孩子都不一样；他们怕他不快活，就以温柔的言语、轻轻的触摸、小小的礼物等，怯生生地和他打着交道。但是他死靠着米丽的身子不敢离开一步，而且开始爱上米丽了——正如她所说的，这儿又是一个喜欢她的人！因为大家都爱米丽，所以大家看见这个孩子也爱米丽，都很高兴。当他们看见这个孩子从米丽的椅子后面偷偷瞧他们的时候，他们都为他这么紧挨着椅子而高兴万分。

莱得洛、学生和学生未来的新娘坐在一块，他们三人都看见这个情形了，腓力波和其他的人也看到这一切了。

从那以后，有些人说这里所记下来的故事只是莱得洛想象出来的；又有些人说：在一个冬夜的黎明时分，他在炉火里看到了这些事情；还有些人说那个幽灵不过是莱得洛忧郁思想的代表，米丽不过是莱得洛较强的智慧的体现。对于以上的种种意见，我个人实在没有话说。

Lord
Green
Keep my Memor

——我要说的只是：当他们这样欢聚在古老餐厅之中，除了炉火火光并无其他灯光照着（因为他们早已吃完酒席，灯火业已撤走），黑糊糊的影子又从它们的隐藏处偷偷溜了出来，随着摇曳的炉火，满屋跳跶，让孩子们看见墙上映出许多奇奇怪怪的黑影，把屋里原来很真实很熟悉的东西，渐渐变成了种种荒诞的妖怪般的形象。但是大餐厅里有一件东西不曾被它们弄暗或变形，那也是莱得洛、米丽、维廉、腓力波、青年学生和他未来的新娘等人的眼睛看了又看、望了又望的：就是那个悬在镶板墙上、下巴有着尖尖胡须、脖子上围着伊丽莎白式绉领的学院董事的遗像。当大家抬头仰望的当儿，只见那肖像在炉火光里显得格外端庄严肃，那静穆的脸从镶板墙上的暗处，从饰在四周的翠绿冬青花圈之中，栩栩如生地往下瞅着他们。遗像下面，清清楚楚，明明白白，宛如有一个声音在朗读着的是这几个大字：

“上帝，佑我记忆永新！”